KB157711

윤곤강 문학 연구

본 연구서는 충남문화재단의 2022 충남문화예술지원사업 예술연구 및 학술 교류지원 사업의 지원을 받아 출간되었습니다.

윤곤강 문학 연구

Study of Yoon Gon-gang's literature

박주택 외 지음

국학자료원

차례

2부

『윤곤강 문학 연구』 총론

1930년대 한국문학은 큰 줄기에서는 프로 문학에 대한 대타적 의식과 문학의 '조선적인 것'에 대한 고뇌로 점철된 논쟁주의의 면모를 보인다. 문제는 이 같은 의식이 하나의 집단의식에서 단면적으로 시작하는 것이 아니라, 인간 개인의 복합적 논리에 후순했다는 것이다. 따라서 담론은 더욱 다원화되고, 개개인은 그것을 다시 조직함으로써 새로운 문학에의 추구로 이어졌다. 그러한 가운데 윤곤강은 프로 문학과 모더니즘 문학, 그리고 낭만주의 문학의 경계에서 끊임없이 자기 영역을 확장해 왔다. 『윤곤강 문학 연구』는 이와 같은 윤곤강의 문학 세계를 깊이 있게 고찰하고 논의의 영역을 폭넓게 하는 것을 목적으로 저술되었다.

1931년 동경에서 발행된 사회주의 대중지 『批判』에 시 「넷 城터에서」를 발표하며 활동을 시작했던 윤곤강은 이후 1933년에 귀국하여 후기 카프에 가담했는데, 본 연구서의 중심적인 논의는 이러한 전기적 사실을 바탕으로 이루어졌다. 1934년 제2차 카프검거 사건에 연루되어 옥고를 치르게 되었던 사정과 동경 유학과 수감 생활이 그의 본격적인 작품 활동 시작에 있어 상당한 영향을 끼쳤기 때문이다.

본 연구서에 수록된 논문을 바탕으로 윤곤강의 작품 세계를 정리하자면 다음과 같다. 윤곤강은 첫 시집 『大地』(1937) 이후 해방 전까지 『輓歌』(1938), 『動物詩集』(1939), 『氷華』(1940) 등 매년 시집을 발간했다. 뿐만 아니라 신석초, 김광균, 이육사 등과 함께 시 전문 동인지 『子午線』(1937)을 발간했고, 1939년에는 동인지 『詩學』의 주요 필진이자 주재 역할을 맡는 등 활발히 활동하였다. 그러나 1941년부터는 징용 문제 등으로 인해 해방 때까지 시와 평론을 드물게 발표했을 뿐 이전과 같은 정도의 활동은 보여주지 못했다. 해방 직후에는 해방 기념시집인 『횃불』(1946)에 참여하였고, 제5, 6시집인 『피리』(1948)와 『살어리』(1948)를 발표하였다. 그러는 한편 『近古朝鮮歌謠撰註』(1947)나 『孤山歌集』(1948)과 같은 편주서, 『詩와 眞實』(1948)과 같은 시론집을 펴내는 등 시작 외에도 여러 분야에서 연구와 저술활동을 이어갔다.

윤곤강의 활동 시기는 1931년 이후부터 1940년대 후반까지라 할 수 있는데, 이때 그가 보여주었던 치열한 문학적 탐구의식은 1930년대 근대 문학을 재독해함에 있어 중요한 참조항을 제시한다. 전술하였듯 윤곤강은 동경유학생 출신으로 후기 카프 가담, 동인지 창간, 시론집 발간 등 시 창작뿐만 아니라 다양한 경험을 추수해가며 자신의 문학적 역량에 그 경험들을 반영하였다. 이에 따라 그의 시는 하나의 경향에 귀속되지 않고 독자적 세계관을 구축하고자 하는 모습을 보인다.

첫 시집인 『大地』(1937)가 카프 해체 이후 발간되었다는 점을 고려해 보았을 때, 일부 시편에서 계급의식이 두드러지는 모습을 확인할 수 있으나 시집 전체를 면밀히 살피면 『大地』의 시편들이 하나의 경향에 경도되었다고 판단하기는 어렵다. 해당 시집에서는 '노동', '조합', '싸움', '생활' 등의 구체적 언표를 통해 카프의 영향을 연상하게 하는 시편들이 보이는가 하면, 그 속에 내재된 자유 영혼을 꿈꾼다거나 패배 의식이 짙은 대지 위에서 희망을 욕망하는 등의 낭만주의적 경향도 발견할 수 있기 때문이다. 따라서 민족의 현실 의식을 놓치지 않으면서 도래하는 파시즘과 식민지 현실에 대한 내면의 두려움과 회복에 대한 희망이 드러나 있다. 제2시집인 『輓歌』(1938)에서는 1930년대 중후반 모더니즘에 잠식되어 있던 시문학의 시의적 경향을 보여주려는 시도를 함께 발견할 수 있다. 이 때문에 이미지즘에 대한 과도한 매몰이 엿보인다는 비판적 논의가 있기도 하나, 항상 현실과 접맥하여 격정적이지만 번민에 찬 시인의 세계를 완성했다는 평가 또한 존재한다. "우리의 一切의 存在는 現實 속에 있다. 現實을 떠나서 어느 곳에 存在의 意義가 있느냐"라는 언급에서도 잘 드러나듯 그는 리얼리즘의 진실성에 대해서도 항상 고민했다. 즉 현실을 배제하고서는 존재의 의의를 탐구할 수 없다는 입장이 그의 시정신에도 강하게 고양되어 있는 것이다.

『大地』와 『輓歌』가 시기상 초기시집이라면, 『動物詩集』(1939)과 『氷華』(1940)는 중기시집이라 볼 수 있다. 중기에 이르러 윤곤강은 자신의 감정을 전면화하지 않고 절제하는 모습을 보여준다. 해당 시편에서 시인은 현실의 문제를 객관적 상관물인 동물의 속성으로 우화하거나, 본원적인 생명의 서정으로 방향을 전환시키고 있기 때문이다. 특히 『動物詩集』은 동물 이미지를 비롯하여 일종의 자연 지향성을 보여주면서도 '공작'이나 '낙타' 등과 같은 외래종 동물을 시적 소재로 수렴시키면서, 사회 현실을 풍자적으로 묘사하고자 했던 시도가 확인된다. 또 한 가지 주목할 점은 주체의 자기 인식 과정과 함께 식민지 근대성을 비판하는 등 더욱 원숙한 시세계로 진입한다. 가령, '동물원'과 식민 제국의 도시 '경성'을 연결시키려는 시각을 구가했다거나 시인 스스로 시의 현실성과 예술성을 단순한 이분법적 차원에서 바라보지 않으려는 노력을 『氷華』를 통해 시도해 보인다.

이러한 시도를 통해 현실과 시적 기교 사이에서 발생하는 간극에 대해 스스로 고민한 흔적이 두루 보이며, 이를 해결하기 위해 '풍자'라는 방식에 주안점을 두었다는 사실을 알 수 있다. "이諷刺的傾向의特質이라는 것은 그것이 가장主知主義的인데 잇다고볼것이다"(「詩에 잇서서의 諷刺的 態度」)와 같은 언급에서도 알 수 있듯, 그는 1930년대 후반 모더니즘 경향에서 풍자를 특징으로 삼았다. 1930년대 후반 현대시의 모습을 쉬르레알리즘과 상고주의(尙古主義)의 양단에서 근대성에의 탐닉과 현실 도피로 이해한다면, 윤곤강의 시세계는 모더니즘과 리얼리즘의 변증법적 합일의 한 방식이라는 점에서 독자적인 포에지를 획득한다. 이는 "그의 일관된 시론의 특성인 현실주의와 포에지 둘을 지키기 위한 시인의 내면적 노력"일 뿐만 아니라 형식과 내용의 합일을 지향하는 태도로부터 기인한 결과라 할 수 있을 것이다.

한편 해방 이후 발간된 후기시집 『피리』(1948)와 『살어리』(1948), 그리고 편주서와 시론집 등 방대한 저술활동은 윤곤강을 해방기 전통주의 시인의 한 양상으로 소급시킬 수 있는 여지를 마련한다. 다만 동시대적 입장에서 윤곤강은 조지훈, 서정주, 김동리 등이 보여주는 '고전의 현대화'라는 의식과는 달리 '모국어 회복'이라는 의식을 강조했다는 점에서 특징적이다. 최근 해방기 문인의 이중언어 양상에 관한 탈식민성 고찰이라는 연구의 한 측면을 고려한다면, 윤곤강이 후기에 보여준 고전적 작품 세계는 주목을 요한다. 식민지기 수용된 근대성을 탈각하고 '조선적인 것'을 회복하려는 오리엔탈리즘적 접근 방식에 있어 시의 형식과 내용이 아닌 '언어' 그 자체에 집중했다는 사실은 학문적으로 집중해야 할 대목이 아닐 수 없다. 따라서 윤곤강이 발간한 찬주서 『孤山歌集』(1948)은 「漁父四時詞」, 「五友歌」, 「遣懷謠」 등 조선시대 고전시가의 주요 작품을 남긴 윤선도를 통해 시의 전통성을 계승하면서도, 전통과 풍습을 구분하여 의식하는 정치한 이론적 입각을 통해 후반기에는 자신만의 전통주의를 개관한 대표적 사례라 할 수 있다.

『詩와 眞實』(1948)은 김기림의 『詩論』(1947) 이후 근대문학에서 두 번째로 발간된 시론집이다. 카프시기부터 해방 직후에 이르기까지 문학과 현실뿐만 아니라 언어, 철학, 정치적 상관관계를 검토한 그의 시선은 개인의 문학적 세계관뿐만 아니라 1930년대 후반 한국문학을 뒷받침한다는 점에서 주목할 만하다. 앞에서도 언급하였지만 그의 시정신은 현실에 대한 진실한 고찰과 개인의 예술적 욕망의 합일을 통해 이뤄진다. 이를 잘 보여주는 언급은 다음과 같다. "『詩』를 創作한다는 것은 詩人自身 卽 『나』라는 人間이 『너』라는 다른 한 개의 自我에 대하여 發하는 바, 全身的인 한 개의 『質問』이요, 또한 『答辯』이다." 이는 곧 시의 현실성은 진지한 탐구의식과 질문을 통해 완성되는 것이고, 타자가 이를 교감할 때 발현하는 우연성으로 말미암아 "詩의 鑑賞과 理解라는 것의 成立이 可能하게 되는 것"이라는 의미일 것이다.

윤곤강의 작품 세계는 다채로우며 그 변화 또한 속도를 지니고 있다. 그는 1930년대 후반 신진시인의 감각을 끊임없이 수급하면서도, ≪子午線≫과 ≪詩學≫ 등의 동인지 활동과 더불어 활발한 문단 활동을 이어갔다. 이에 1930년대 후반 제2동인지기를 견인함에 있어서도 주요한 역할을 맡았던 윤곤강의 작품 세계를 폭넓은 인식으로 바라보아야 함은 주지의 사실이다. 그의 작품 세계는 김기진, 박영희, 임화, 조지훈 등을 통해 동시대적 평가를 받아 왔으며, 그것은 시인 스스로 지향했던 현실과 포에지의 변증법적 합일의 독특한 방법론과 시적 욕망이 만들어낸 소산이기 때문이라 할 것이다. 그럼에도 불구하고 짧기만 한 그의 생애를 대변해주기라도 하듯, "괴로운 現實속에서 작고만 喪失되는 것을 붓잡을랴努力하엿슴에 불구하고 內省과 良心等의 詠嘆의 굴네를 버서나지 못였다"는 임화의 언급처럼 그 작품 세계는 또한 '미완'으로 남겨진 과제이기도 하다.

『윤곤강 문학 연구』는 윤곤강의 작품 세계와 문학사적 의의를 다양한 측면에서 살필 수 있는 연구 주제를 토대로 '미완'의 영역을 보충하고자 노력하였다. 본서는 윤곤강과 그의 작품에 대해 논의를 꾸준하게 이어온 연구자들과 새로운 시각으로 윤곤강을 재독해내고자 한 연구자들의 폭넓은 논점을 바탕으로 첫째, 윤곤강 문학 세계의 변모 양상, 둘째, 윤곤강 문학의 특성, 셋째, 윤곤강 문학의 장소성, 넷째, 윤곤강의 문학사적 위치라는 네 가지 대주제로 구성되었다. '윤곤강 문학 세계의 변모 양상'에서는 제1시집부터 제6시집까지 윤곤강의 시적 태도와 성격이 다채로운 변화를 겪는 바, 『大地』에서 『살어리』까지의 통시적 · 개별적 분석이 이뤄지고 있다. 「윤곤강 시의 시적 변모 양상」은 윤곤강의 생애에 따른 시적 변모를 전체적으로 논구한다. 식민지 근대 현실에서 카프의 각성을 촉구하고, 변화를 모색하고자 했던 윤곤강의 태도는 『大地』에서 봄과 겨울이 혼재하는 갈등의 시원인 대지 공간으로 반영되었다. 이는 겨울—현재의 혹독한 시련을 견디는 온존의 세계이며 '생명—미래를 노래하는 낙원의 모상(模像)'으로 이해될 수 있다는 것이다. 반면 제2시집 『輓歌』는 윤곤강 내면 주체의 기록이었다. '기억과 경험'의 무상한 죽음의식을 노래하는 속에서 시인은 '죽음'과 '애도'의 순환 구조를 구축하고, 그리하여 '애도하는 주체로 인해 회복된 공간으로 상정될 수 있는 가능성'을 마련하였다. 이렇듯 『輓歌』의 시편이 죽음과 대결하며 고통받는 '주체'의 모습을 드러냈다면, 제3시집 『動物詩集』의 시편은 앞선 시편에서의 격정을 동물이라는 대상에 고정시키며 비교적 안정적인 의식을 유지한다. 일종의 알레고리 형식으로서 구성된 『動物詩集』을 통해 윤곤강은 체험과 지각이 '주체의 타자화', 내지는 '타자의 주체화'가 되는 공존의 의미를 고찰하게 한다.

제4시집 『氷華』 역시 윤곤강 내면의 서정을 드러내는 시편이 다수 수록되어 있다. 해당 시집에서 시인은 '빛의 영역 밖에서 고통과 차분하게 거리를 유지'함을 통해 고독의 비극을 형성하는 결정적 요소를 '가장 순수한 모습'으로 탐구하고자 하였다. 해방 이후 출간된 『피리』는 고전 시가를 원전으로 새로운 해석을 시도한다는 점에서 시사적 특이성을 획득한다. 이러한 태도는 『피리』의 시편을 시대를 관류하며 공동체로서의 민족과 민족성을 구현하는 방안으로 이해하게 한다. 같은 해 출간된 『살어리』 역시 고려가요를 인유하는 등 『피리』의 시적 규범을 이어간다.

윤곤강의 시적 변모 양상 분석에서 특히 주목해야 할 시집은 초기시집에 해당하는 『大地』와 후기시집에 해당하는 『피리』, 『살어리』이다. 기존의 『大地』 연구에서는 대지라는 공간의 특성이 다양하게 해석된 바 있었다. 이어 「윤곤강 초기 시에 나타난 대지적 상상력」은 보다 리얼리즘적인 관점으로 대지 공간을 해석하고자 하였다. 해당 논의에서는 지금까지 윤곤강의 문학적 풍부성에 비하여 시인의 시작품 · 시론을 전반적으로 아우르는 연구가 양적으로 부족했음을 지적하며, 그 원인을 ① 작품의 다양성으로 인해 윤곤강 시작품의 주류적 경향 특정이 곤란하다는 점 ② 시인의 작품에서 사조 · 기법이 다양하게 나타난다는 점 ③ 지주의 아들이라는 출신 배경이 시인의 문학 세계 형성에 많은 영향을 끼쳤다는 점 등으로 분석했다. 또 이러한 문학적 특수성에 바탕하여 『大地』의 공간을 "모색기로서의 초기 시세계"로 분석하고, 초기 시세계와 동일한 인식론적 기반에서 창작된 『輓歌』의 죽음의식－그 연장선상에 놓인 『動物詩集』과 『氷華』가 내보이는 죽음으로의 전이 · 감각의 부활, 그리고 이를 통해 시도되었던 "조선적인 것"의 발견을 탐구하고 있다. 특히 "감각의 부활"에서 한걸음 나아가 윤곤강의 시적 자아가 본질적 자아의 주도에 따라 현실을 헤쳐 나아가고자 했다는 분석은 주목해야 할 내용이다.

이러한 '대지' 공간에 대한 분석은 해방 이후 시집 『피리』－『살어리』를 통해서도 이루어지고 있는데, 본 논의에서는 윤곤강의 "민족적인 것에 대한 관심"이 어떤 계기로 제출되었는가에 중점을 두어 분석을 진행했다. 반면 「전통의 변주와 감정의 구조」에서는 『피리』와 『살어리』가 해방 이전에 발표된 시집에서 보여주었던 윤곤강의 격정적이고 응축된 감정을 해소시키고 정렬하는 기능을 함에 있어 의의를 찾았다. 그럼에도 불구하고 그의 후기시집이 전통론의 한계에 부딪친 것은 고려가요의 수용과 변주가 '결정론적 낭만의 감정'으로 작용하여 미적 생성과 차이를 발생시키지 못했기 때문이라 파악한다. 그리고 그것은 전통을 결정적인 것으로 보지 않고, 과정 그 자체로 파악할 때 '정적인 것'이 아니라 '살아있는 것'으로 보고 전통의 변주에 대한 새로운 인식에 접근할 수 있다는 길목을 제시해 주고 있다.

'윤곤강의 문학적 특성'에서는 그의 시에 대한 다양한 접근이 이뤄졌다. 윤곤강을 둘러싸고, 리얼리즘, 모더니즘, 그리고 낭만주의가 어떻게 혼재되고 있으며, 이에 대한 객관적 인식을 어떻게 체득해야 할 것인가라는 고민이 주된 논점이 되었다. 이에 「윤곤강 시의 리얼리즘의 향방」은 윤곤강의 전기적 사실에 입각하여 '소시민층 의식'이라는 새로운 관점을 제시한다. 이에 따르면 윤곤강은 부르주아 집안의 출신으로 후기 카프에 가담하긴 하였지만 그의 내면 깊숙이 잠식해 있는 소시민 의식이 그의 정치적 활동과 문학적 활동을 위축시키는 결과를 초래했을 것으로 판단한다. 더불어 문예사조에 대한 윤곤강의 폭넓은 관심과 새로운 것에 대한 욕망을 전기적으로 추적해 가며 그의 작품 세계에 대해 리얼리즘이 아닌 모더니즘에서 정합성을 찾고 있다. 한편 윤곤강은 시도 다작하였지만, 당시 김기림 이후 처음으로 시론집을 발간한 인물이기도 하다. 따라서 그의 시적 특성은 시론과의 상관성을 구명하는 것에서도 특징을 갖고 있다.

이를 논의한 「윤곤강 시와 시론의 상관적 변모 과정」은 윤곤강의 시론이 프로시를 옹호하는 초기 경향에서 시적 정신, '포에지'를 강조하는 중기 시론으로, 다시 전통론을 내세웠던 후기 시론으로 변모하는 과정을 추적하며 그 과정에서 발생한 시집과의 상관성을 조망하고 있다. 그 특징은 초기에는 비교적 시론과 시의 정합성이 드러나나, 중기에 이르러서는 윤곤강이 경계했던 센티멘탈리즘적 면모가 『輓歌』나 『氷華』에서는 절제되지 못하고 간극을 보여준다는 점이다. 반면 전통론을 주장한 후기시론에서는 민족주의적 관점에서 윤곤강이 가진 역사의식과 시창작이 결부되는 지점을 찾고 있다. 결국 '시론과 시의 일치 문제는 부분적으로' 실천되었으나, 본 논의는 1930년대 후반 다양한 시적 경향으로 민족어의 명맥을 이어준 시인이자, 일제강점기와 해방공간이라는 카오스 속에서 시대 현실에 대한 '절박한 응전'의 차원을 보여준 시인이라는 점에서 의의를 규명하고 있다.

세 번째 주제인 '윤곤강 문학의 장소성' 연구에서는 통시적인 관점에서 미시적인 관점에서의 공간까지 다양한 논의가 이뤄졌다. 먼저 「윤곤강 시에 나타난 바다의 의미」에서는 윤곤강의 바다시편을 중심으로, 시인에게 있어 바다가 가진 장소성을 고찰하였다. 1930년대 '바다'에 대한 논의는 정지용, 임화, 김기림 등으로 국한되어 있었으나, 이번 논의를 통해 윤곤강의 '바다시편'을 재독할 수 있다는 사실은 주목을 요한다. 그것은 '항구의 슬픔과 애환'을 드러내면서도 식민지 현실에서 희망을 잃지 않는 시인의 내면 의식이 투영된 장소로 기능한다. 그러나 또한 윤곤강에게 있어 바다는 희망이 생동하는 공간이기보다는 화자의 고독함을 보여주는 표상으로 기능하고 있다는 점에서 바다시편의 역설적인 면모를 밝히고 있다. 그러나 해방 이후에는 해방에 대한 기쁨과 더불어 민족의 화해에 대한 염원이 담긴 장소로 전유되고 있다는 점에서 윤곤강의 바다시편을 통시적으로 고찰하였다.

「식민치하 "경주"의 허구적 이미지 생성 · 반영 양상 고찰」에서는 윤곤강의 후기 시론을 바탕으로 『피리』와 『살어리』에 등장하는 '서라벌'이라는 공간을 발견하고 있다. 본 논의는 1940년 『氷華』 이후 소강상태에 접어들었던 윤곤강의 작품 활동이 해방 이후 재개된 것에 주목하여, 『살어리』, 『피리』에 등장한 '서라벌'이 일본이 유도하였던 동양의 복고 이미지에서 자유롭지 않았던 사실을 당시 정치적 상황과 견주어 규명하고 있다. 일제의 정치 · 경제적 의도에 따라 관광 도시로서 '서라벌'의 이미지가 만들어진 정황과 당대 일본 · 조선 인사들의 수용 태도를 정리하였고, 경주가 갖추게 된 허구적 장소성을 발견하였다. 이를 통해 '서라벌'이라는 만들어진 이미지 장소가 윤곤강의 시에 그대로 투영되고 있다는 점을 지적하면서도, 그것이 시인의 이상 공간이자 최종 공간인 '옛마을'로 수렴되고 있다는 점에서 회복되어야 할 공간으로 인식된다는 점에서 의의를 찾고 있다.

「탈주와 귀환—윤곤강의 시적 여정과 지향점」은 윤곤강의 문학적 성취를 '부정적 현실 지각을 통한 탈주와 최종심급으로서 근원 세계로의 귀환'이라는 틀을 바탕으로 그의 작품 세계를 유토피아적 세계 위에 마련하고 있다. 이에 따르면 윤곤강의 시가 내장하고 있는 자연 지향이나 원형적 세계로의 지향은 '지금 이곳의 현실'과는 다른 동일성의 피안 세계를 상정하게 만든다. 그리고 그것은 자연, 대지, 어머니, 고향, 전통 등 다양한 여로를 바탕으로 나타나는 것이다. 그의 시에 나타난 압도적인 현실의 부정성은 결국 근원의 세계, 더 나아가 민족의 공동체적 정서와 의식의 세계를 지향함으로써 식민 근대성과 불화와 갈등을 겪으며 얻은 비판력으로 말미암아 확보된 원형적 근원 세계로 귀환하게 되는 원동력이 됨을 본 논의에서 찾을 수 있었다.

마지막 주제인 '윤곤강의 문학사적 위치'에서는 문학적 의식, 창작 방법과 시론, 활동 시기, 텍스트 방면 등 다양한 차원에서 논의가 이뤄졌다. 「1940년대 초반 윤곤강 시에 나타난 전회(轉回)의 양상」은 그동안 연구가 거의 되지 않았던 1940년대 초반 윤곤강의 작품을 주요 텍스트로 한다는 점에서, 윤곤강이 1940년대 시인으로 위치할 가능성을 마련한다. 본 논의는 '기차'와 '길' 표상을 중심으로 1940년 이후부터 해방 직전까지 발표된 시들을 분석하였다. 「밤차」에서 「박쥐」를 거쳐 「여로」로 이어지는 1년 남짓한 시간 동안 시인 윤곤강의 의식은 중일 전쟁이 세계 대전으로 확산되고, 파시즘이 대두되는 비극적인 현실 공간인

'길' 위에서도 전속력으로 달려가는 기차처럼 일상 생활을 존속해야만 하는 식민지 지식인의 딜레마로 본 논의는 요약하고 있다.

「윤곤강 시론에 나타난 '시인－되기'의 여정」에서는 윤곤강의 시론을 바탕으로 그가 지향하고자 했던 시인－되기의 과정을 탐구하였다. 본 논의에서는 윤곤강의 시인－되기가 자기 생활을 견인해 가는 차원에서 인식되는 것이며, '자기갱신'의 방법론을 통해 '계급문학의 기율이나 전체주의적 창작 방법론의 비전과도 거리를 두면서 상위의 차원의 시적 비전을 수행해 왔다'고 설명한다. 윤곤강에게 있어서 시인이 처한 국면 즉, '생활'의 문제는 현실의 작은 편린임과 동시에, 주어진 현실을 개진해 나갈 수 있는 비전을 발견하는 예민한 장소였다. 그리하여 시인이 주어진 자기 현실을 탈코드화, 탈지층화해 자기 주체를 확인했음을 밝히고, 이 같은 고행의 과잉이 어떤 사조나 학풍, 유행에 따르지 않은 채 묵묵히 '시인－되기'를 수행하였음의 결과임을 확인하며 윤곤강의 시적 전략을 분석하였다.

「1930년대 '浪漫同人'으로서 윤곤강 연구」는 윤곤강과 관련된 1930년대 후반 일련의 문학적 사건을 통시적으로 분석하며 제2동인지기 윤곤강의 활동, 그리고 그것이 갖는 문학적 의의를 고찰하였다. 1937년 『子午線』부터 1939년 『詩學』, 1940년 『新撰詩人集』에 이르기까지 윤곤강이 슬픔 구조로 대표되는 낭만주의 경향을 지녔다는 점, 낭만파 운동을 통해 시의 본원적 의미를 규명하고자 했던 '浪漫同人'이었으며 새로운 시적 주체의 담론적 확장을 꾀했다는 점, 1940년대에 들어서는 과정에서의 김광균에 대한 표절 의혹 제기와 「정문을 맞고 윤곤강 군에게」(김광균)를 통한 해명 등에서 촉발된 "야끼마시" 논쟁을 살피면서 두 시인의 작품 세계가 갖는 간극을 확인하는 등 1930년대 중후반, 그리고 1940년대로 진입하게 되는 과정에서 윤곤강의 문단 활동이 가지는 의의 등을 규명하였다. 「윤곤강 시의 주요 이미지 연구」에서는 1940년 발간된 『氷華』에 드러난 주요 이미지 '벌레, 밤, 푸른색'을 중심으로 텍스트 차원에서 윤곤강의 문학사적 의의를 규명하고 있다. 이에 따르면 벌레 이미지는 시인의 부정적 자기 인식의 표상임과 동시에 자기 파괴적 면모를 보여주는 것이며, 밤 이미지는 시적 주체의 시선을 추적하여 그것이 곧 현실 부정성과 더불어 겨울을 함의하는 백색 이미지와 결부되며 부정성을 더욱 강화하는 차원의 시적 경향을 보여주는 것으로 파악하고 있다. 반면 푸른색 이미지는 그것이 일반적으로 통용되는 우울의 의미가 아니라 미래에 대한 희망과 기대를 표상하는 '봄'의 이미지로 치환될 수 있는 가능성을 제기하며 『氷華』의 시적 세계가 결코 부정성으로 점철된 자기연민의 서사가 아니라는 점을 시사해주고 있다.

「윤곤강 시에 드러난 계몽에 대한 인식과 응전」은 윤곤강의 문학이 리얼리즘, 순수서정, 모더니즘 등 다양한 경향이 혼류되어 있음을 인정하면서도, 이 다양성을 하나의 경향성으로 꿰어줄 시의식에 집중하면서 그것을 계몽의식에서 찾고 있다는 점이 흥미롭다. 이에 따르면 윤곤강의 현실에 대한 인식은 정치적, 사회적 관점보다는 한 차원 근원적인 지점에 놓임으로써, 자연에서 이성으로 진보되는 과정 속에서 1930년대 현실상이 보여준 오류를 변증법적 계몽의식으로 풀어내고 있다는 것이 논지이다. 이를 통해 윤곤강의 문학사적 의의는 계몽에 대한 인식과 그 응전의 정신이 시인의 다변적 시세계를 관류하는 새로운 시의식이라는 점을 밝히는 데 있다고 할 수 있다.

『윤곤강 문학 연구』는 '윤곤강 문학세계의 변모 양상', '윤곤강 문학의 특성', '윤곤강 문학의 장소성', '윤곤강의 문학사적 위치'라는 주제를 바탕으로 총 13편의 연구 논문을 엮었다. 본 연구는 오랜 기간 축적된 윤곤강의 문학을 새롭게 규명하고 재독한다는 점에서 의의를 찾을 수 있다. 특히 시적 변모 양상이 뚜렷한 윤곤강의 작품 세계에 대해 심층적으로 고찰함으로써 그 의미가 연구자마다 변주될 때, 윤곤강 문학의 가치와 의의를 진정으로 발견할 수 있었다. 더불어 1930년대 시인으로 윤곤강을 규명하고 분석한 종래의 논의에 이어 『윤곤강 문학 연구』에서는 윤곤강의 1940년대 작품 활동에 대해 다양한 고찰을 이끌어 낸 것 또한 주목할 일이다. 이를 바탕으로 윤곤강의 문학사적 의의를 고찰한 논의에서도 그의 시의식, 시론과 텍스트, 창작 방법과 기술 등을 바탕으로 1930년대 중후반 윤곤강의 시문학사에서의 위치를 새롭게 지정하려는 시도는 앞으로도 꾸준히 이어져야 할 과제임과 동시에 새로운 연구를 기대하게 만드는 대목이었다.

윤곤강은 풍부한 창작 의욕과 그것을 실천한 다작 행위로 미루어 보아 문학 연구자들에게 지속적인 관심을 받기 충분한 시인이다. 『윤곤강 문학 연구』는 그의 작품 세계와 시정신을 계승하고 보존하기 위한 노력의 일환임과 동시에 한국 문학사에서 쉽게 잊힐 수 없는 시인에 대한 재독을 소명하고, 그 가치를 일깨워 한국 문학연구에 이바지하기 위함에 목적이 있다. 무엇보다도 윤곤강의 문학을 폭넓게 해석하고 그의 작품 세계를 이해함에 있어 깊이 있는 참조항이 될 수 있다는 점이 궁극적인 목적이라 할 수 있다. 이를 통해 윤곤강이 보여주는 시세계와 작품성을 다양한 관점에서 논의될 수 있는 기회가 될 것이다.

『윤곤강 문학 연구』를 통해 의미 있는 논의를 이끌어 주신 열세 분의 연구자들께 감사드린다. 더불어 연구서를 발간할 수 있도록 학술・연구 지원사업으로 선정하고 지원해주신 충남 문화재단과 출판에 도움을 주신 국학자료원에게도 감사드린다. 끝으로 윤곤강 문학 기념사업회 여러분들께도 깊은 감사를 드리며 본 연구서가 윤곤강 문학에 대한 관심과 논의를 진행함에 있어 널리 도움이 되기를 기대한다.

윤곤강문학기념사업회

1부

윤곤강 시의 시적 변모 양상

박주택(경희대학교)

1. 머리말

윤곤강(尹崑崗, 1911~1950)은 충남 서산에서 부농의 아들로 출생하여 보성고보를 졸업한 뒤 일본 센슈대학(專修大學)에 입학하여 수학한다. 그러나 무엇을 전공했는지에 대해서는 뚜렷하게 알려진 바가 없다. 윤곤강은 그의 나이 20세에 『批判』지에 「녯 城터에서」(1931. 11)를 발표하며 문단에 등장한다. 이는 그가 일본의 센슈대학에 입학한 뒤의 일이다. 「녯 城터에서」는 '북한산고성지(北漢山古城趾)'라는 부제가 붙어 있는데 '총소리'와 '자동차'로 뒤바뀐 세상을 비통하게 노래하며 조선(朝鮮)과 조선인(朝鮮人)의 민족의식을 고취하고 있다. 윤곤강의 민족의식은 성(城)이라는 공간성[1]에 궁(宮)으로 대표되는 왕조(王朝)의 폐

1) 공간은 고정된 것이 아니라 사회의 여러 조건 속에서 탄생하고 죽음을 맞이한다. 인간은 이 공간을 통해 자신의 정체성을 확보하고 존재를 확인한다. 또한 공간은 영토·국가·지역 등과 같이 경계를 구획 짓고 그 안에서 다른 공간과 소통 하며 영역성을 갖는다. 사회적 관계의 변화와 역사적 과정으로서의 영역성은 소속감과 폐쇄성, 확장성과 개방성을 동시에 지닌다. 국가가 민족주의와 국가주의 혹은 세계화의 태도

허에 역사적·신화적 의미를 구현함으로써 망국의 비애를 탄식한다. 이와 같은 민족의식은 춘원(春園)의 민족혼이나 육당(六堂)의 조선의식이라는 관념적 민족의식이 아니었으며 <국민문학파>가 주창했던 전통적 민족주의와도 다른 저항과 투쟁의 의미를 지녔다. 무엇보다 그의 의식은 조선이라는 공간을 실체적으로 파악하여 '현실'과 '이상'을 분리하여 생각하지 않고 '현실'을 정면으로 바라보는 속에서 '이상'을 실현하고자 하는 통일된 전체성을 추구한다. 이런 의미에서 윤곤강에게 있어 '현실'은 극복 가능한 전망을 잠복시키고 있는 세계이다. 다음과 같은 말은 이와 같은 사유를 직접적으로 대변한다.

> 오직 우리의 信賴할 唯一 의 길은 現實뿐이다. 우리의 일체의 存在는 現實 속에 있다. 現實을 떠나서 어느 곳에 存在의 意義가 있느냐! 하염없는 過去의 追慕에 우는 대신에 믿을 수 없는 未來의 憧憬에 煩惱하는 대신에 現實에 살고 現實에 生長하자. 現實에 사는 것은 一切의 概念을 버리는 것이다.2)

이와 같은 발언은 윤곤강의 현실에 대한 인식을 드러낸다. 현실을 떠나서는 존재의 의의가 없다는 말이 당위적으로 들릴 수도 있겠지만 이 말이 의미하는 바는 임화(林和)가 기반하고 있던 유물론적 세계관의 사적(史的) 토대에 닿는 것이었다. 말하자면 인간적－사회적－역사적 '현실'은 서로 분리되는 것이 아니라 공통의 사실로서 이는 미래의 '이상'으로 나아가기 위한 기초인 것이다. 주지하다시피 윤곤강은 1934년 그

를 보이는 것도 경계가 주는 공간의 사회적 구성에 기초하며, 지역 역시 정치와 권력과의 관계 속에서 그 위상적 질서를 부여하여 각각의 욕망 층위를 형성한다.

2) 윤곤강, 송기한·김현정 편, 「詩와 現實」, 『윤곤강 전집 2』, 도서출판 다운샘, 2005, 165쪽.

의 나이 23세에 카프(KAPF)에 가담하여 2차 카프 검거 사건에 연루되어 전북 경찰부로 송환되었다가 장수(長水)에서 5개월간 투옥된다. 이와 같은 전기적 사실에 비추어볼 때 윤곤강의 초기 시는 '현실' 또는 '현실 인식'과 관련한 것으로 파악된다. 첫 시집 『大地』(1937)를 고려할 때는 더욱 그렇다. 그러나 윤곤강의 현실 인식을 분명하게 보여주고 있는 초기 작품인 「荒野에움돗는새싹들」(『批判』, 1932. 6)과 「아츰」(『批判』, 1932. 9), 「暴風雨를 기다리는마음」(『批判』, 1932. 11), 「눈보라치는밤」(『中央』, 1934. 3) 등의 시는 등단작인 「녯 城터에서」와 마찬가지로 첫 시집인 『大地』에 수록되어 있지 않다. 이는 일제의 통치가 군국주의 체제로 강화되면서 시의 미적 의식에 대한 자의식과 더불어 의도적으로 누락시킨 것으로 보인다.

두 번째 시집인 『輓歌』(1938)는 첫 시집 『大地』와 다르게 서정적 내면의 세계로 옮아간다. 물론 『大地』에 실린 많은 시도 내면 서정에 바탕을 두고 있지만 『輓歌』는 제목이 상기하는 것처럼 죽음의식이 주를 이루며 비애·울분·슬픔 등이 정조를 이룬다. 이어 출간한 『動物詩集』(1939)은 동물을 주 테마로 삼고 있다는 점에서 근대시사에서 이례적인 시집이라 할 수 있다. 일종의 우화(寓話)라고 볼 수도 있으나 동물을 통해 내면성을 드러내고 있다는 점에서 이 시집 역시 서정이 토대를 이루고 있다. 『氷華』(1940)는 현실에 고통과 그 극복의 여정을 여실하게 드러내고 있다는 점에서 서정으로서의 시적 세계를 드러낸다. 이어 해방 후 출간한 『피리』(1948)와 『살어리』(1948)는 고전 시가(古典詩歌)를 인유하고 있다는 공통성을 지닌다.[3]

---

3) 윤곤강의 6권의 시집은 해방(1945)을 기점으로 나눈다면 『大地』(1937), 『輓歌』(1938), 『動物詩集』(1939), 『氷華』(1940)는 전기에, 『피리』(1948)와 『살어리』(1948)는 후기에 속할 것이다. 그러나 이는 시집의 형식이나 내용 그리고 동시대적 사조의

본고는 이와 같은 논의를 바탕으로 윤곤강이 식민 통치기 국가의 회복을 노래한 시인이자 자유를 염원한 시인이었다는 것을 전제로 그에게 민족과 전통은 무엇이며 그의 내면의 서정과 시대 정신은 무엇이었는가를 살펴보고자 한다.

2. 『大地』의 겨울과 생명 의식

잘 알려지다시피 윤곤강은 근대문학사에서 시집을 가장 많이 발간한 시인 중의 한 사람이다. 그는 1931년부터 1950년 그가 죽기 전까지 꾸준하게 시를 써 왔으며 그 과정에서 다채롭게 시적 세계를 구축해 왔다. 『浪漫』, 『詩學』, 『子午線』 등의 시 전문지 동인으로 활동하며 문학적 역량을 발휘했는가 하면 비평과 평론에도 활발하게 활동하여 「反宗教文學의 基本的 問題」(『新階段』, 1933), 「現代詩 評論」(≪朝鮮日報≫, 1933. 9.26.~10. 3), 「詩的 創造에 關한 時感」(『文學創造』, 1934), 「文學과 現實性」(『批判』, 1936), 「林和論」(『風林』, 1937) 등을 발표하며 시론집 『詩와 眞實』(1948)을 펴내기도 하였다. 특히 「現代詩 評論」에서 윤곤강은 카프에 대해 맹렬한 반성을 촉구하고 있는데 여기서 그는 카프가 '빈곤(貧困)'에 빠진 것은 1931년 9월에 불어닥친 카프 맹원들에 대한 검거로 박영희, 임화, 이기영, 송영, 안막, 권환, 김기진, 김남천

흐름을 고려하지 않는 편의적인 구분이라는 인상이 짙다. 시기의 구분은 작품의 내용과 형식, 발간 시기와 경향 등을 총체적으로 고려하여 나누는 것이 온당하다. 이에 본고는 카프 경향을 보여 준 『大地』(1937)를 1기로, 서정의 내면을 순도 높게 보여주고 있는 『輓歌』(1938), 『動物詩集』(1939), 『氷華』(1940)를 2기로, 해방 후에 발간된 『피리』(1948), 『살어리』(1948)가 전통과 창조라는 공통점을 보여주고 있다는 점에서 3기로 구분하고 이 질서에 따랐다.

등이 구금되어 조직이 와해되는 요인을 지적한 뒤 카프가 맑스주의 원칙을 따르지 않아 "정체(停滯)의 비애(悲哀)에 허덕거리고" 있다고 지적한다. 그런가 하면 「傳統과 創造」(『人民』, 1946)에서는 "傳統이란 過去의 한 現象이 아니라 未來까지를 內包하고 左右하는 힘이며, 傳統을 前提로 하지 않고 革新을 생각할 수 없다"라며 이제까지 없었던 것을 만들어내는 혁신(革新)은 '전통(傳統)'과의 교신 속에서 "創造에 肉迫"한다고 강조한다.

이처럼 윤곤강은 시사(詩史)의 움직임을 폭넓게 바라보며 자신의 시적 세계와 문학의 흐름을 바로잡으려 했다. 특히 윤곤강은 「쏘시알리스틱 · 리알리슴論」(『新東亞』, 1934)이라는 매우 긴 글을 발표하는데 그는 여기서 프로문학의 방향성이 '혼선(混線)'을 빚고 있다며 '창작기술 문제와 수법 문제'에 매달리지 말고 이론의 발생적 · 역사적 조건의 구명(究明)과 정당한 이해가 필요하고 역설한다. 그러면서 "푸로作家는 個人의心理分析을 性格의 自己滿足的인 發展위에서가 아니라 社會的환경의影響下에 形成되며 發展되는 人間의 內的本質의 指示우에 基礎를 잡지않으면안된다"고 강조하며 도식주의를 버리고 인간의 내부와 시대를 통일시켜야 한다고 주장한다.

윤곤강이 제기하고 있는 리얼리즘이라는 용어가 우리 근대문학사에서 쓰이기 시작한 것은 1907년 무렵부터이고 그 개념이 소개되기 시작한 것은 2~3년 후의 일이다. 그리고 사조(思潮)로서의 리얼리즘이 본격적으로 논의된 것은 1915년 무렵부터이다.[4] 윤곤강이 「쏘시알리스틱 · 리얼리슴論」을 소개하고 그 이론적 전개와 표현에 대해 언급하고 있는 것은 윤곤강 자신이 인용하고 있는 그라드콥호의 주장대로 "作家

---

4) 장사선, 『한국리얼리즘문학론』, 새문사, 2001, 199쪽.

는 그 創作的 意圖에 있어 항상 典型的 情勢로부터, 어떤時代의 社會關係의 全體係로부터 出發하는 것"이라며 카프의 당면한 문제를 지적하는 것은 '情勢'를 정확하게 이해하고 '時代' 그 자체를 과학적으로 인식하는 것을 요구한 것이었다. 우리 근대문학사의 리얼리즘 논의가 自然主義的 리얼리즘(1915~1922), 批判的 리얼리즘(1922~1927. 8), 辨證法的 리얼리즘(1927. 8~1933), 社會主義的 리얼리즘(1933~1940) 등으로 변모해 왔을[5] 때 윤곤강의 이 같은 '쏘시알리틕·리얼리즘'(社會主義的 리얼리즘)에 대한 논의는 카프의 각성을 촉구하며 변화를 모색하자는 것이었다.

그러나, 카프가 이미 해산될 위기에 처해 있는 상황에서 윤곤강의 이 같은 발언은 스탈린 체제하에서만 가능한 것이 아닌가 하는 회의가 드는 것도 사실이지만 조선문학이 처해 있는 문학 상황을 타개하기 위해 김남천이 <고발문학론>을 주장하거나 백철이 <종합문학론> 등을 들고나온 것은 윤곤강이 지적하고 있는 바 카프의 이론과 창작, 문학의 세계관과 구체화 문제 등 새로운 문학으로서의 개진을 추동해 온 것이었다. 윤곤강의 카프에 대한 발언은 원칙과 노선에 입론한 것이지만 당시의 시대 조건을 고려한다면 상당히 진보적인 문학관이었다. 첫 시집 『大地』(1937)에는 이 같은 신념이 담겨 있다. 다만 『大地』에 윤곤강이 발표했던 카프 경향의 작품이 미수록 되어 있고[6] 김기림이 모더니즘

---

5) 장사선, 앞의 책, 199쪽.

6) 미수록 작품의 많은 시들 가운데 한 편을 인용하면 다음과 같다.

"榮華와 悲慘을 실은채 이밤도 三更을지나 고요한 沈默의 바다에 배질한다. / 이밤은 光明과 暗黑을 明滅식히는 地上의 燈臺! / 하날에는 새하얀 달빛조차 가리어지고 짱에는 밤의 등불조차 깜박어린다. / 바람이불고 구름이덥힌다. 暴風과 黑雲을指示하는 氣象의變化! / 금시에 무엇이 쏘다질뜻한 날새! 골목 골목에서 들네는소리 - / 이제야 XXXX XXXXX! 暴風을기다리는 幻虛한마음속에 / 항상 쏘다질뜻 하면서도 안쏘다지는 그비ㅅ발이 오날에야 쏘다질녀나보다. / 오호 이거리의 동모들이여

시론을 주장하며 주지주의를 시에 적용하려고 했던 것처럼 윤곤강 역시 그의 입론이 시에 적용되었을 가능성을 염두에 둔다면 그 전모(全貌)를 밝힐 수 없다는 아쉬움이 남는다. 『大地』에는 윤곤강이 입론하고 있는 세계관이나 구체적 실천 등이 반영되어 있지 않고 시의 대부분이 서정으로 주를 이루었기 때문이다.

『大地』는 생성하는 시간인 봄과 넓고 광활한 수평의 공간에서 생명을 기다리는 의지와 겨울의 혹독한 시련을 견디는 흔들림 없는 확신을 단호하고도 결의에 차 보여준다. 봄은 탄생과 생명이라는 신화적 의미를 거느린다. 윤곤강이 『大地』에서 겨울과 봄이라는 이원적 층위를 분위(分位)한 것은 프롤레타리아의 전망을 제시하는 것이기도 하겠지만 그것은 곧 국가의 회복을 염원한 것이었다. 이는 6권 시집의 곳곳에서 발견되는 것처럼 국가·민족·전통·창조의 문제는 그에게 매우 중요한 문제였다. 주지하듯 그간 윤곤강에 대한 평가는 <민족문학>과 <리얼리즘> 논의에서 소외되어왔던 것이 사실이다. 이를 상기한다면 앞으로 윤곤강 문학을 검토함에 있어 이 같은 문제를 환기해야 할 것으로 기대한다.[7)]

쌜리 XXX XXX XXX. / 비온뒤의 개인날이 그립거든 어서어서 XXXXX XXX XXX! / 이都會의 더러운때를 씨서줄 굵은 비발을 마지하기 위하야…….”(윤곤강, 「暴風雨를 기다리는 마음」, 『批判』, 1932. 11)

7) 그러나 앞서 언급한 것처럼 『大地』에는 유물론적 변증법에 입각한 시편들이 미수록되어 있고 그나마 시집에 수록되어 있는 카프 경향의 시들은 계급 인식이 두드러지게 보이지 않는다. 『大地』에 수록되지 않은 윤곤강이 발표한 초기 시의 전모(全貌)를 살펴보지 않는다면 윤곤강의 초기 시 경향을 온전히 평가할 수 없다. 문학사적으로 『大地』가 출간될 무렵은 <시문학파>를 거쳐 김기림 류의 <모더니즘>이나 이상 류의 <아방가르드>가 주류를 형성하는 시기였다. 이와 같은 것을 고려할 때 미수록된 초기 시를 살펴보지 않고 『大地』에 수록된 시만으로 프로 문학의 성향을 지닌 시집으로 평가하고 있는 것에는 다소 회의적이다. 그 같은 경향의 시들이 많지 않을뿐더러 계급적 요소들도 구체적으로 눈에 띄지 않기 때문이다. 22편이 실려 있는

언덕 풀밭에는 노란싹이 돋어나고
나무ㅅ가지마다
소담스런 잎파리가 터저나온다
쪼그러진 草家추녀끝에 槍ㅅ처럼 꼬친 고두름이
햇볕에 하나 둘식 녹어떨어지든ㅅ날이 어제같것만……

악을쓰며 달려드는 찬바람과 눈보라에 넋을잃고
고닲은 새우잠을자든 大地가
아마도 고두름떨어지는소리에 선잠을 깨엇나보다!
얼마나 우리는 苦待하엿든가?
병들어누어 일어날줄모르고 새우잠만자는 사랑스런大地가
하로밧비 잠을깨어 부수수!털고 일어나는 그날을!

흙내음새가 그립고,
굴속같은 방구석에 웅크리고앉었기는
오히려 광이를잡고 주림을 참는것만도 못하여——

地上의온갓것을 네품안에 모조리 걷어잡고
참을수없는기쁨에 곤두러진大地야!

—「大地」 부분

이 시에서 「大地」는 겨울을 이기고 약동하는 봄을 기다리는 것으로 그려지는데 이는 시집 『大地』가 추구하는 전체적 맥락과도 무관하지 않다. 시집 『大地』가 희망의 상상력으로 봄의 이미지를 추구하고 있는 것은 문학적으로도 첫 시집의 출발을 의미하는 것이었지만 자신이 사는 곳을 코스모스의 공간으로 인식하고 다른 세계를 혼돈의 공간으로

『大地』에는 카프 경향의 시 몇 편과 두 번째 시집인 『輓歌』로 이어지는 서정적인 시가 대부분을 차지하고 있다.

인식하는[8] 것은 윤곤강에게 있어서도 마찬가지이다. 국권을 빼앗긴 대지(大地)는 윤곤강에 있어 '다른 세계'이며 이 다른 세계는 '죽은 자들의 영(靈)'들이 사는 곳[9]이다. 공간은 거기에 정주(定住)함으로써 중심을 이룬다. 그랬을 때 대지(大地)는 강과 산의 집과 집들의 연결을 통해서 대지의 온전성을 이룬다. 그러나 식민지기의 빼앗긴 국토는 성스러운 공간이 아니다. 그곳은 악마와 유령이 출현하는 장소이다. 이 '다른 세계'에서 봄을 기다리는 것은 제례(祭禮)적 의미에서 '온전성'을 기다리는 신화적 의미를 갖는다. 말하자면 현재와는 다른 공간 속에서 질서를 이루며 '중심'을 회복하고자 하는 '낙원에의 향수'를 드러낸다. 신화는 태초에, 원초적 무시간적 순간, 신성한 시간에 일어났던 사건들을 이야기한다. 이 시간은 비신성화 되고 불가역적인 시간과는 다르다.[10] 이렇듯 윤곤강이 처한 현실은 대지의 신성을 빼앗긴 '다른 세계의 장소'이다. 탄생－죽음－재탄생의 신화를 간직한 시 「大地」는 훼손되지 않은 삶의 희망과 약진을 노래하며 "어머니의 젖가슴같은 흙의 慈愛"를 지닌 "成長의 숨소리"(「大地 2」)를 간직하며 '다른 세계'의 재탄생의 의미를 표상한다.

30년대가 식민지 근대가 형성되는 시기이고 도시적 외관이 들어서고 있었을지라도 대지를 '慈愛'와 '숨소리'의 자연성(自然性)으로 인식하는 태도는 대지를 시원(始原)의 공간으로 인식하고 있다는 뜻일 것이다.[11] 따라서 현재의 '대지'가 "병들어누어 일어날줄모르고 새우잠만

8) 미르체아 엘리아데, 이은봉 역, 『성과 속』, 한길사, 1998, 61쪽.

9) 위의 책, 61쪽.

10) 미르체아 엘리아데, 이재실 역, 『이미지와 상징』, 까치, 1998, 67쪽.

11) 도시는 윤곤강의 시집에 잘 나타나지 않는다. 이는 윤곤강이 경성과 일본에서 성장기를 보내며 기거하는 일상의 장소였음에도 불구하고 자연에 매여 있음은 그의 성정을 규정하는 것이라 하겠다. 자연의 집착은 "오! 아름답고 살진 自然/ 무엇이 여

자는" 존재가 "뼈저린 눈보라의 攻勢"에 "明太같이 말라붙"(「渴望」)은 존재일지라도 "언덕 풀밭에 노란싹이 돋어"나 "부수수!털고 일어"나 '그날'(「大地」, 「季節」)이 온다는 것은 윤곤강에게 있어서는 자명한 일이다. '그날'은 말할 것도 없이 겨울의 혹독한 추위를 견디고 새 생명이 싹트는 탄생과 생명으로서의 국권 회복의 봄이다. 봄은 잃어버린 시간과 공간의 회복이며 고통과 시련을 견디는 제의적 중심 회복이다. '인고와 견인의 시'라고 할 수 있는 「大地」는 "몸을 태워버리고라도 바꾸곺은 자유"(「蒼空」)를 갈망하며 "이를 악물"(「冬眠」)고 "핏줄이 끊어질 때까지"(「大地」) 부단한 '꿈의 신화'를 지속한다.

> 마당ㅅ가 뱃나무잎이 모조리 떨어지든날
> 나는 눈앞까지 치민 겨울을 보고 악이 바처,
> 심술쟁이 바람을 마음의 어금니로 질겅질겅 씹어보다
> 나를 이곳에 꿇어앉힌 그자식을 찝어보듯이……
>
> —「鄕愁2」 전문

이 시는 「鄕愁3」, 「日記抄」와 마찬가지로 시의 하단에 '長水日記'라는 부제가 붙어 있다. 이 시의 계절은 「大地」와 마찬가지로 겨울이다. 같은 제목의 「鄕愁1」에서 "실창밖 뱃나무잎이 나풀거리고/ 해ㅅ그림자 끔먹!구름은 스르르!/ 鄕愁는 내가슴을 어르만지노니/ 쪼그리고 앉어, 오늘도 北쪽하눌이나 치어다보자!"라며 고향을 그리워하는 심정을 드러내듯 윤곤강에게 있어 향수(鄕愁)는 집의 중심성을 표상한다. 집은 우주와 상응하며 세계의 중심이며 집과 대립을 이루는 '다른 세계'인[12]

기에 나타나 『삶』을 협박하겠느냐?"(「蒼空」)와 같은 곳에서도 나타난다.

12) 미르체아 엘리아데, 『이미지와 상징』, 앞의 책, 55쪽.

감옥[13]은 집과의 단절 속에서 분노와 증오가 서려 있는 '죽음'을 향한 곳으로 이곳은 윤곤강이 처한 내면 공간이자 비신성의 공간으로 악마와 유령이 출현하는 곳이다. "나를 이곳에 꿇어앉힌 그자식을 찝어보"는 이 카오스의 공간은 원초적인 낙원 공간의 회귀를 통해 재생을 꿈꾼다. 『大地』에서 '현실'을 재현하는 대부분의 시가 격앙에 차 있는 것도 "이곳에 꿇어앉힌 그자식을 찝어보"는 것과 같이 "달아나는 꿈자리"(「鄕愁3」)가 있는 곳이기 때문이다. 이처럼 체험이 의식으로 전화(轉化)하는 감옥은 원체험적으로 지각에 의해 '다른 세계'를 인식하며 재탄생의 대지를 펼치고자 한다.

3. 『輓歌』, 『動物詩集』, 『氷華』의 변모 세계

1) 『輓歌』의 '주체'와 죽음의식

상여 노래라는 의미를 지닌 『輓歌』(1938)는 제목에서부터 죽음의식으로 가득 차 있는 시집이다. 『大地』가 현재의 고통을 견디며 미래를 향하고 있다면 『輓歌』는 윤곤강 내면 주체의 기록이다. 이런 의미에서 『輓歌』는 '지금 여기'의 상황과 조건들을 노래하며 '기억과 기대'라는 심리적인 변주를 반복한다. 기억이 경험 안에서 시간과 매개하며 현재의식을 구성하는 것에 반해 기대는 미래 시간 속에 자신의 상태나 성격

13) 이것은 30년대 이후 일제가 군국주의 체제를 갖추면서 조선을 대륙 침략의 기지로 삼고자 하는 것에서 비롯하였다. 이는 천황제 폐지를 주장한 NAPF를 해체하는 것과도 맞물린다. 이로써 KAPF는 34년 7월 해체되기에 이른다. 윤곤강이 1934년 2월에 카프에 가입한 것으로 미루어 카프의 해체 시기와 맞물려 적극적으로 활동한 것이 아닌 것은 분명하다. 그렇지만 윤곤강에게 감옥 경험은 초기시를 형성하는 데 중요한 역할을 한다.

들을 구축한다. 『輓歌』(1938)는 『大地』(1937)와 1년의 거리를 두고 출간했지만 『大地』와는 다른 시적 세계를 구성하며 '울음, 원통, 墓穴, 통곡, 幽靈, 묘지, 광란, 송장, 주검, 亡靈, 눈물, 자살, 臨終' 등과 같은 '기억과 경험'의 무상(無常)한 죽음의식을 노래한다. 고통—무상—죽음은 일반적인 의미에서 소비적인 시간에 속한다. 이 같은 의미에서 『大地』에서 보이던 봄의 희망이 '다른 세계'인 카오스의 세계로 전이되었다는 것은 그만큼 윤곤강의 희망과 기대가 좌절되었음을 뜻한다. 마치 『大地』와는 '다른 세계'를 의도적으로 보여주고자 하는 것처럼 죽음의 감정어들을 동원하여 주체의 주관성을 보여주고 있는 『輓歌』는 좌절에 대한 '애도(哀悼) 의식'과 함께 윤곤강의 내면에 도사리고 있는 감정의 뿌리를 살필 수 있게 해준다. 『輓歌』는 "'죽음'과 '애도'의 교환이라는 순환적 구조를 통해서 애도하는 주체로 인해 회복된 공간으로 상정될 수 있는"[14] 가능성을 마련하고 있다.

윤곤강은 끝까지 계급문학을 견지하고자 했다. 그러나 카프 해산 후 두어 해 뒤에 방향을 전환하는데 그 분기점이 된 것은 1937년 7월 3일 ≪조선일보≫에 발표한 「暗夜」이며 『朝光』(1937. 10)에 「孤獨」, 「病」, 「病室」 등을 발표하면서 명백해졌다.[15] 이는 이찬(李燦)이나 권환(權煥)도 비슷한 경로를 밟고는 있지만 윤곤강처럼 급격한 변화를 보인 것은 아니었다[16]. 임화(林和) 역시 카프가 해산된 뒤 정치적·사회적 이유

14) 김웅기, 「윤곤강 시 연구」, 경희대학교 박사학위논문, 2022, 65쪽.

15) 김용직, 『한국현대시사2』, 한국문연, 1996, 206쪽.

16) 이찬(李燦)은 1935년 4월 30일자 ≪朝鮮日報≫에 「陽村偶吟」을 발표하고 이어 「귀향」이나 「國境一節」, 「北關千里」 등을 발표한다. 권환(權煥)은 1934년 6월 15일 ≪東亞日報≫에 「看板」을 쓴 뒤 1938년 발표한 「展望」에는 계급적 이데올로기가 드러나지 않고 일제 말기에 나온 『倫理』와 『結氷』의 두 권의 시집은 예술성과 관계하는 것이었다. 그러나 권환은 윤곤강과 달리 순수시로 방향을 전환하기까지 5년이 걸린 것으로 이를 상기한다면 윤곤강의 180도 방향전환은 아주 돌발적이며 아

로 위축된 경우가 있었지만 1935년 「다시 네거리에서」(≪조선중앙일보≫, 1935. 7)와 같은 작품을 발표하면서 계급성을 배제하지는 않았다. 이를 상기한다면 윤곤강의 경우는 특이한 일이라 할 수 있다.

> 아하!
> 통곡하는 大地——
>
> 불꽃아!
> 광란아!
> 공소야!
> 곤두재주야!
>
> 주린 고양이처럼
> 지향없이 싸대는 마음의 한복판에서
> 팡! 소리가 저절로 터저나올때,
> 기우리고 엿듣는 귀청은 찢어지거라!
>
> 그때—
> 大地의 한끝으로부터
> 나무가 거꾸러지고
> 집채가 뒤덮치고
> 왼 땅덩이의 사개가 뒤틀릴때,
>
> 미쳤든 마음은
> 기쁨의 들窓을 열어제치고
> 하하하! 손벽치며 웃어주리로다!

울러 급격하다.(김용직, 앞의 책, 207~208쪽 참조)

오오, 벌거숭이같은 意欲아!
삶의 손아귀에서 낡은 秩序를 빼앗고
낯선 狂想曲을 읊어주는 네 魔性을
나는 戀人처럼 사랑한다.

―「輓歌3」 부분

『輓歌』는 『大地』에서 보이던 미래 의식이 비극적 인식으로 변모되는데 이는 자신이 처해 있는 환경 속에서 상실과 불화, 대립과 불안 속에서 파생되는 좌절의식을 표현한 것으로 보인다. 즉 『大地』에서 보이던 '타자성'에 대한 집중과 관심이 『輓歌』에 와서는 자신의 '정체성'을 표현하는 욕망으로 옮아갔음을 의미하는 것으로 이는 국가 · 민족 등과 같은 공동체적 이념이 개인 · 내면 등으로 그 사유가 이동하여 보다 '본유적인 주체'를 표현하는 데 집중했음을 뜻한다. 임화가 지식인으로서 현실의 문제에 문학적 책무를 다하려고 했던 것이나 김기림이 조선 /일본, 조선 /서구의 대립항을 통해 근대적 인식을 자각하고 현실을 통찰하고자 했던 것처럼 윤곤강 또한 '현실' 속에 내재한 본원(本原)으로 돌아가 정신의 본향을 마련하고자 내면의 무한성을 확장한 것으로 파악된다.

즉 『大地』에서 보이던 '타자성'에 대한 관심을 자신의 내면으로 방향을 돌려 대지의 회복에 대한 열망을 구현하고 있는 것으로 해석된다. 이 같은 이유로 『大地』의 생명에 대한 의식은 "통곡하는 大地"로 변하여 "大地의 한끝으로"부터 "거꾸러지"고, "뒤덮치"고, "뒤틀린" 감정을 드러내며 "기쁨의 들窓을 열어제치고/하하하!손뼉치며 웃어주리로다!"라며 망국 국민으로서의 과잉된 자의식을 드러낸다.

이렇듯 「輓歌3」은 고해성사를 하듯 내면의 분열을 드러낸다. 죽음을 불러내는 고복(皐復)의식과도 같이 신성(神性)을 잃어버린 죽음과 대결하며 심층으로의 하강을 계속한다. 경험이 감각을 통해 감정을 드러내는 것이라 할 때 윤곤강은 심층의 하강을 통해 '다른 세계' 이전의 세계, 본원적인 무상(無常), 기원으로서 마음의 저부(低部)에서 깔린 무한을 끌어올린다. 이는 "이 세상이// 살었는지,/ 죽었는지,/ 그것조차,/ 그것조차,/ 알수없는 때"(「때가 있다」)에서처럼 그는 자신을 죽음의 제단 위에 놓고 있다.

그러나 이 죽음은 재생을 위한 힘으로 작용하지 않는다. "살았다—죽지않고 살어있다!"(「小市民哲學」)에서와 같이 "썩은 나무"(「病室2」)나 "송장의 表情"(「呪文」)인 절망만이 있을 뿐이다. 말하자면 「輓歌」에서 "낯선 狂想曲을 읊어주는 네 魔性을/ 나는 戀人처럼 사랑한다"라는 극단의 감정처럼 "검은옷을 입은 주검이, 微笑를 띠우"(「死의 秘密」)며 지나갈 때 "검은옷을 입은 밤"이 "어둠속에 죽"(「O · SOLE · MIO」)는 존재의 불가능성을 노래할 뿐이다. '태양'의 죽음과 "운명의 靈柩車"(「肉體」)를 탄 육체를 조상(「弔喪」)하는 죽음의식은 대결의 좌절 끝에 오는 것으로 육체는 영혼의 창살이 되어 수다한 세계의 무덤을 만든다. 그러나 윤곤강의 시편이 그렇듯 죽음의식이 어디에서 연유하는지는 나타나지 않는다. '죽어가는 자신과 마주하'(「面鏡」)고 '슬픔이 넋을 씹어 먹는 괴로움'(「嗚咽」)을 드러내며 '주체'의 슬픔만 드러낼 뿐이다.

2) 『動物詩集』의 공존하는 주체

『輓歌』는 시대의 절망과 감옥 경험 그리고 내면을 괴롭히고 있는 '적'에 대한 증오와 분노로 죽음과 대결하며 고통받는 '주체'의 모습을 보여준다. 이처럼 『輓歌』가 '주체'를 가학하고 있는 것에 반하여 『動物

詩集』(1939)은 시적 대상인 동물에 의식을 고정함으로써 감각과 감정을 분리시킨 채 비교적 안정적 의식을 유지한다.『動物詩集』은 동물을 제재로 한 권의 시집으로 엮고 있다는 점에서 우리 시사에서 특이한 예를 보여준다. 대상을 통해 사유를 드러내며 존재의 구체성을 인식하면서 주체—대상—주체의 경로를 따르고 있는『動物詩集』은 동물의 형상을 묘사하거나 속성을 묘파해내기보다는 동물에 자신을 가탁(假托)하여 대상과 교호(交互)한다. 따라서『動物詩集』은 '대상'(타자)보다는 사유 존재로서 '나'(주체)를 찾아가는 도정(道程)을 보인다. 그러면서도 주체와 타자가 평등한 관계를 유지하면서 존재성을 인식한다.

> 詩에 있어서의 形式의 革新이라는 것은 單純히 形式的인 革新만이 아니라, 그것을 結果로서 가져오게한 必須의 觀念의 革新에 依 한 것이다. 다시 말하면, 詩의 進化란 形式에 그치는 外部的인 것이 아니라, 實로 詩에 對한 內部的인 進化一卽『觀念』의 進化인 것이다.[17)]

윤곤강이 시의 진화란 방법의 발견으로부터 수행된다며 훈련과 열정을 역설하며 '형식'의 혁신과 '관념'의 혁신을 논하고 있는 것은 가치를 문제 삼는 것이었다. 그의 제언처럼 형식과 관념을 새롭게 추구하는『動物詩集』은 나비, 벌, 달팽이, 왕거미, 매아미, 파리, 굼벵이, 털버레 등과 같은 곤충들과 붕어와 같은 민물고기 그리고 고양이, 종달이, 낙타, 사슴, 원숭이, 비둘기, 황소, 박쥐, 염소, 당나귀, 쥐와 같은 동물들이 등장한다. 주변에 있는 이들은 '현실로서의 의미'를 상기시킨다.

> 채마밭머리 들충나무밑이다.

---

17) 윤곤강,「詩의 進化」, ≪東亞日報≫, 1939. 7.

매해해－염소가
게염을떨고 울어대는곳은,

늙지도 않았는데
수염을 달고 태여난게 더욱슬퍼,
매해해－매해해－염소는 운다.

－「염소」 전문

『動物詩集』은 일종의 알레고리 형식을 띤다. 알레고리는 겉으로 드러나는 표현 속에 대상에 대해 깊은 뜻을 감추고 있어 알레고리의 대상은 때때로 인격화되기도 한다. 그러나 지적(知的)인 해석을 요구하는 알레고리는 『動物詩集』에서 내면의 의미를 표현하는 데 쓰인다.「염소」가 "늙지도 않았는데/ 수염을 달고 태어난게 더욱슬퍼 운다"라는 표현 속에는 인간은 태어날 때부터 수염을 달고 나오는 인간은 없다는 뜻을 내장한다. 우화(寓話)가 동물을 인격화시켜 풍자나 냉소와 같은 수사를 동원한다는 면에서 알레고리와 유사한 점이 있다고 할 때 '염소'는 윤곤강 내면과 동일성을 이루며 '천형(天刑)'과 '불구(不具)'의 이미지를 상기한다. 대상과 거리 조정에 의해 의미를 구성하는 이 형식은 대상이 단순히 고유한 본질이나 존재가 되는 것보다는 의식이 지향하는 바에 따라 다양한 내면과 상면할 수 있다는 강점을 지닌다.

장돌뱅이 김첨지가 노는날은
늙은당나귀도 덩다러 쉬었다,
오늘도 새벽부터 비가왔다,
쉬는날이면, 당나귀는 더 배가고팠다,
배가고파 쓸어진채, 당나귀는 꿈을꿨다.

댓문이 있는집, 마루판 마구에서
구수한 콩죽밥을 싫것먹고,
안장은 금빛, 고삐는 비단
목에는 새로만든 방울을달고,
하늘로 휠 휠 날라가는 꿈이었다.

─<옛이야기>에서─

─「당나귀」 전문

이 시에서 '당나귀'는 '주체'와의 거리를 통해 '주체'의 내면을 드러낸다. 여기서 '당나귀'는 실체로서의 특징이 깊이 있게 그려지기보다는 「염소」와 마찬가지로 '주체'에 의해 동일화된 대상으로 등장한다. 『動物詩集』(1939)의 이 같은 거리 조정은 『大地』(1937)와 『輓歌』(1938)에 비해 안정적인 어조를 드러내며 『氷華』(1940)에 이르러 지속성을 유지한다. 물론 시가 항상(恒常)을 유지하는 것이 아니라 단절과 반복을 계속하며 세계관을 구축하는 것이라면 『動物詩集』은 윤곤강 내면의 휴식과 안정이라는 의미와 함께 '현실'의 의미를 다른 방식으로 전하고자 하는 뜻을 지닌다. 확대하여 해석한다면 '당나귀'의 훨훨 날아가는 꿈은 『大地』에서 보이는 신생과 부활의 의미, 『輓歌』에서 보이는 죽음의 제례 의식과 맞물려 국가·민족과 같은 공동체적 의미를 환기한다. 결국 『動物詩集』은 체험과 지각이 '주체의 타자화' 내지는 '타자의 주체화'가 되는 공존의 의미를 갖는 것이며 다양한 '경험들'이 어떻게 전신적(全身的) '감각'과 관계를 맺는지 보여준다.

3) 『氷華』의 불멸과 자유

『氷華』(1940)는 『動物詩集』(1939)과 함께 내면의 서정을 보여주고 있다는 면에서 연속성을 지니면서 시집에 실린 24편의 시가 '지금 여기'를 심상하며 '壁, 噴水, 夜景, 언덕, 포플라, 時計, 靑葡萄, 茶房, 廢園, 차돌, 눈쌓인 밤, 白夜, 氷河' 등과 같은 구체적 표상물로 채워져 있다. 즉, 『動物詩集』에서의 '동물 표상'이 '자연물'로 대치되었을 뿐 대상을 대하는 방식이나 표현은 크게 바뀌지를 않는다. '주체'는 안정감을 찾으면서도 "슬펴함은 나의 버릇"(「壁」)이라고 토로하거나 "땅덩이가 바루 저승"(「希望」)이라는 고뇌는 멈추지 않는다. 윤곤강이 이 시집에서 담고자 하는 것은 의식의 구현체로서 개인의 역사이다. 그리고 이와 같은 고찰은 윤곤강의 시집 6권이 서로 유기체를 이루고 있다고 할 때 그의 의식은 전체적인 삶 속에서 살펴짐으로써 더욱 다채로울 수밖에 없다. 나아가 존재를 구현하는 시적 방식, 경험과 감각이 세계와 관계 맺는 방법 등 생성의 변화를 폭넓게 살필 때 윤곤강 시의 진정한 이해가 가능할 것이다.

> 터－ㅇ비인 방안에 누어
> 쪽거울을 본다
>
> 거울속에 나타난
> 무서운 눈초리
>
> 코가 높아 양반이래도 소용없고
> 잎센처럼 이마가 넓대도 자랑일게 없다

아름다운 꿈이 뭉그러지면
성가신 슬픔은 바위처럼 가슴을 덮고

등뒤에는 항상 또하나 다른 내가 있어
서슬이 시퍼런 눈초리로 나를 노려보고
하하하 코웃음치며 비웃는 말——

한낱 버러지처럼 살다가 죽으라

—「自畵像」 전문

「自畵像」은 자신과 정면으로 대결하고 있다는 의의를 지닌다. 따라서 거울 속 '무서운 눈초리'는 거울과 상면하는 '주체'로 이 거울로 인해 '나'는 '나'이면서 '나'가 아닌 '나'를 비춘다. 분열된 '주체'를 자기 존재의 부정으로 삼고 있는 이 시는 불안과 내상(內傷)을 시의 원천으로 삼아 "본질적으로 부정의 작용을 하는 의식은 그 자신 개념 속에 외타적 존재와의 관계를 내포함으로써 자기 의식이 되는 것"[18]처럼 '타자'인 거울 속의 '나'를 인식하고 그것을 의식의 실체로 삼는다. 윤곤강이 거울과 대적하며 실체를 현재화(顯在化)하는 것은 '거울'의 외타적 매개를 통해 자기 현현(顯現)의 가능성을 발견하고자 하는 데 있다.

이는 자신과 '현실' 사이에서 멀어진 부정(否定)을 조화하고 균형을 이루려는 '중심'에의 욕망에서 기인한다. 윤곤강이 개인의 존재에 있어 부정을 되풀이하며 고통스러운 내면을 각인하는 것은 그의 의식 속에 '생명과 죽음'이 순환하기 때문이다. 『피리』(1948)와 『살어리』(1948)에까지 이어지는 이 고행은 "외롭게 슬픈 마음"(「噴水」)으로 "호을로 어둠속에 서글피 웃는 밤"(「夜景」)과 "부풀어오르는 하—얀 시름"(「白

18) 프리드리히 헤겔, 임석진 역, 『정신현상학 2』, 한길사, 2005, 729쪽.

夜」)을 변위(變位)시킬 때 신성한 자기의식으로 현현(顯現)할 수 있는 까닭이다.

> 만약 내가 속절없이 죽어
> 어느 고요한 풀섶에 묻치면
>
> 말하지 못한 나의 기쁜 이야기는
> 숲에 사는 적은 새가 노래해주고
>
> 밤이면 눈물어린 금빛 눈동자 별떼가
> 지니고간 나의 슬픈 이야기를 말해주리라
>
> 그것을 나의 벗과 나의 원수는
> 어느 적은 산모룽이에서 들으리라
>
> 한개 별의 넋을 받어 태여난 몸이니
> 나는 우지 마자 슬피 우지 마자
>
> 나의 명이 다—하야 내가 죽는날
> 나는 별과 새에게 내뜻을 심고 가리라
>
> —「별과 새에게」 전문

전술한 바와 같이 『氷華』(1940)는 『輓歌』(1938)에서 보이던 격정이 『動物詩集』(1939)을 거치면서 자기 동일성을 유지하려 한다는 점에서 균형을 지닌 시집이라고 할 수 있지만, 여전히 내상(內傷)과 어둠의식을 드러내고 있다는 점에서 공통성을 보인다. '유언시(遺言詩)'라고도 부를 수 있는 「별과 새에게」는 기쁨과 슬픔을 '별'과 '새'에게 남기고 가겠다는 '주체'의 초월 의식을 드러낸다. '별'과 '새'는 윤곤강의 시에서 좀처럼 드러나지 않는 소재이다. 막힌 세계를 주로 노래한 윤곤강에게 '별'과 '새'는 애상적인 분위기와 함께 영원과 무한이라는 내면의 내밀성을 담고 있다. 이런 의미에서 이 시는 결의에 찬 고백이자 시대와 개인사를 둘러싼 고뇌를 지닌 식민지 지식인으로서의 고뇌를 고통스럽게 토로하는 것이라 하겠다. 『氷華』는 이처럼 빛의 영역 밖에서 고통과 차분하게 거리를 유지한다. 이는 윤곤강이 "아픔과 괴로움과 고통 속에서 고독의 비극을 형성하는 결정적 요소를 가장 순수한 모습으로 다시 보"19)고자 함이었다.

4. 『피리』, 『살어리』의 시대정신

1) 『피리』－전통의 재창조

『피리』(1948)는 고전 시가를 원전(原典)으로 삼아 새롭게 해석하고 있다는 점에서 시사(詩史)에서 특이한 자리를 차지한다. 이는 시집의 「머릿말 대신」에서 "나는 오랫동안 허망한 꿈 속에 살았노라/ 나는 너무도 나 스스로를 모르고 살았노라" 회억(回憶)하며 "西歐의 것 倭의 것에 / 저도 모르게 사로잡혔어라. 분하고 애달"프다라고 성토하는 데에서 발견된다. 예술적 형식과 내용은 오랜 시간에 걸쳐 변화를 지속한다. 지속하는 시간 속에서 '다른 것에 대한 모험'을 시도한다. 예술적 관습뿐만 아니라 주제 · 운율 · 감각 · 언어 등의 것을 새롭게 창조한다. 이런 의미에서 예술은 실험을 바탕으로 한다. 윤곤강은 『大地』(1937)와 『輓

---

19) 에마누엘 레비나스, 강영안 역, 『시간과 타자』, 문예출판사, 1996, 75쪽.

歌』(1938) 그리고 『動物詩集』(1939)과 『氷華』(1940)를 거치면서 끊임없이 변화해 왔다. 『피리』(1948)는 전통성보다는 외래성(外來性)에 그 가치를 두었던 것을 자성(自省)하며 "나의 길을 걸어가리라"(「머릿말 대신」)고 다짐한다. 『피리』(1948)와 『살어리』(1948)는 형식과 내용을 전통성에 바탕을 두고 있다는 점에서 윤곤강 개인과 민족의 정체성을 표상한다. 이는 두 시집이 모두 고려가요(高麗歌謠)를 인유(引喩)하고 있고 편주서(編註書)인 『近古朝鮮歌謠撰註』(1947)와 전주서(箋註書)인 『孤山歌集』을 발간한 것과 맥을 같이 한다.

> 傳統이란 다만 過去의 歷史에 나타난 한 現象이 아니라 未來까지를 內包하고 左右하는 커다란 힘을 말한다. 그러므로 어떠한 傳統을 前提로 하지 않고 革新이라는 것을 생각할 수는 없다. 革新이란 事物이 새로워진다는 것을 말함이요, 事物이 새로워진다는 것은 어떠한 의미로든지 이제까지 없었던 것을 만들어내는 것을 意味한다.[20]

전통이 미래까지를 내포하고 있다는 발언은 혁신이 전통과 합치될 때 창조(創造)로 이어진다는 것을 말하기 위함이다. 이는 "참된 傳統 위에 뿌리박은 創造 오직 그것만이 우리 民族 全體를 바른 길로 이끌어 줄 수 있을 것"[21]을 의미한다.

> 찬 달 그림자 밟고
> 발길 가벼이 옛 성터 우헤 나와
> 그림자 짝 지어 서면
> 괴리도 믜리도 없은 몸하!

20) 『윤곤강 전집2』, 앞의 책, 161쪽.
21) 위의 책, 161쪽.

누리는 젓으보다도 다시 멀고
시름은 꿈처럼 덧없어라

어둠과 손 잡은 세월은
주린 내 넋을 끄을고 가노라
가냘픈 두 팔 잡아끄을고 가노라
내사 슬픈 이 하늘 밑에 나서
행혀 뉘 볼세라 부끄러워라
마음의 거울 비취오면 하온 일이 무에뇨

어찌 하리오 나에겐 겨레 위한
한 방울 뜨거운 피 지녔기에
그예 나는 조바심에 미치리로다
허망하게 비인 가슴 속에
끝 모르게 흐르는 뉘우침과 노여움
아으 더러힌 이 몸 어느데 묻히리잇고

—「찬 달밤에」 전문

시집 『피리』의 1부는 '옛가락에 맞추어'라는 부기(附記)에 고려가요(高麗歌謠)인 「慕竹旨郎歌」, 「井邑詞」, 「動動」, 「鄭瓜亭」, 「西京別曲」, 「가시리」, 「정석가」, 「青山別曲」을 원전으로 삼아 이를 인유(引喩)하거나 패러디한다. 「찬 달밤에」는 「井邑詞」에서 구현된 '달에게 기원하는 여인의 소망'이 '시름의 덧없음과 겨레를 위한 조바심'으로 변주된다. 주지하듯 고려가요는 창작 주체가 평민으로 민중의 감수성을 반영하며 전통으로 자리한 시가(詩歌)이다. 전통이 민족의 심층적 공통 유산이며 민족성이 반영된 문학이라고 할 때 민족문학은 "민족의 원형질에 토대를 둔 공감 영역의 자기 확인이며 영원 지향의 문학으로 작품 그 자체, 장르, 형식, 언어, 문체 등의 민족적 특성에 중요성을 부여한"다.[22] 이렇게 볼 때 『피리』는 시대를 관류하며 공동체로서의 민족과 민족성을 구현한다.

윤곤강이 전통을 통해 얻으려고 한 것은 혁신(革新)을 통한 창조였다. 혁신은 미래를 개진하며 '현재'와 '현실'에 기초하는 인식이다. 즉 외래의 것에 대한 대타적 의미 외에도 해방 후 문학이 나아가야 할 방향을 개진하기 위한 것이었다. 말하자면 소월(素月)이 민요에 감정을 실으며 민족성의 문제를 제기했던 것처럼 '전통과 창조'라는 종합적 시론(試論)을 정착시켜 보려 했던 것이다. 이런 의미에서 『動物詩集』도 '동물'이라는 실체를 상정하고 시적 구조 내에서 사유와 감정을 응축하고 있는 것은 '고려가요'라는 실체의 고유성에 의존하는 『피리』와 닮아 있다 하겠다.

윤곤강이 굳이 고려가요를 시의 전형(典型)으로 삼은 것은 고려가요가 지닌 보편성과 항구성 때문일 것이다. 또한 해방 전후 이념의 대립 속에 시대와 역사가 민족의 염원과는 다른 방향으로 나아가기 때문이었을 것이다. "검하(신이시어－필자 주) 바다 같이 너분 품에 안으사/ 밝은 빛 골고루 비취어 괴오시고/ 三災 八難 죄다 씻어 주소이다/ 온 겨레의 한결 같은 發願이오라"(「새해 노래」)에서 드러나는 것처럼 『피리』는 "－이젠 새 세상이 온다/－이젠 새 세상"(「잉경」)이 오는 문을 열어 놓고자 한다.

2) 『살어리』－개인 운명과 역사

『살어리』(1948)는 『피리』(1948)의 시적 규범을 이어나가는 것처럼

22) 오세영, 『20세기 한국시 연구』, 새문사, 1998, 73쪽.

보인다. 그러나 『피리』가 고려가요를 인유(引喩)하고 있는 시편들과 '옛마을에서'라는 부제가 붙은 연작 형태를 통해 전통과 창조 그리고 장소로서의 공동체적 운명을 지향하고 있다면 『살어리』는 대표적으로 「살어리(長詩)」, 「흰 달밤에(長詩)」, 「바닷가에」 등에서 고려가요를 인유한다. 따라서 『살어리』가 「青山別曲」의 구절을 연상시켜 『살어리』도 『피리』와 마찬가지로 고려가요의 많은 부분을 인유하고 있는 것처럼 보이지만 『살어리』는 『피리』와 다른 세계를 펼쳐 보인다.

『살어리』는 「살어리」, 「잠 못 드는 밤」, 「흰 달밤에」 3편을 장시(長詩)라고 부기(附記)하고 있는데 장시(長詩)라고 부를 만큼 길이가 길지 않아 윤곤강 시에서 비교적 길이가 긴 시라고 이해하면 되리라 생각한다. 『살어리』에는 계절을 노래한 시들이 많이 보이는데 '봄'을 노래한 시편 (「봄」, 「봄밤에」, 「기다리는 봄」)과 '여름'을 노래한 시편(「첫여름」, 「유월」, 「여름」) 그리고 가을을 노래한 시편(「가을 가락」, 「가는 가을」, 「구월」) 등이 보이나 겨울 시편의 제목은 보이지 않는다. 소재 면에서도 꽃, 수박, 나무, 해바라기 등의 식물과 바다 시편(「바닷가에」, 「아침 바다」, 「바다」, 「또 하나의 바다」, 「밤바다에서」)이 두드러지게 많이 보이는 것으로 과거의 시집에서는 발견하기 어려운 것이다. 시선은 식물과 바다와 부딪쳐 내면의 깊이로 침강하기도 하고 식물의 내면과 수평선 너머의 먼 곳을 향해 가기도 한다. 이처럼 『살어리』에서는 "대지에서부터 직·간접적인 방식으로 "옛 마을"로의 '공간적 진화'를 보인다."[23)]

5
살어리 살어리 살어리랏다

---

23) 김태형, 「근대 시인 공간 매개 시어 연구 : 윤곤강·이육사·백석의 작품을 중심으로」, 경희대학교 박사학위논문, 2022, 76쪽.

그예 나의 고향에 돌아가
내 고향 흙에 묻히리랏다

때는 한여름 바다 같이 너분 누리에
수갑 찬 몸 되어 전주라 옥살이
예(倭)의 아픈 챗죽에 모진 매 맞고
앙탈도 보람 없이 기절했어라

그때, 하늘 어두운 눈보라의 밤
넋이 깊이 모를 늪 속으로 가랐을 때
한 줄기 타오르는 불꽃을 보았어라
그것은 도적의 마즈막 발악이었어라

나와 내 겨레를 은근히
태워 죽이려는 그 놈들의 꾀였어라
정녕 우리 살았음은 꿈이었어라
정녕 우리 새날 봄은 희한하였어라

—「살어리(長詩)」 부분

「靑山別曲」의 '청산에 살리라'는 이 시에서 '내 고향 흙에 묻히리랏다'로 변주된다. '살리라'와 '묻히리라'는 차이를 이루지만 여기서 '묻히다'는 '고향' 땅에 살겠다는 의미로 해석된다. '고향'은 가족이 모여 사는 곳으로[24] 자신이 태어난 곳이나 정든 곳을 의미함과 동시에 '민족의 성스러운 땅' 곧 '세계의 중심'의 의미를 갖는다. 집—고향—국가의 등식은 비단 그 공간의 상징성뿐만이 아니라 내면의 공간성을 상징한다. 비

24) 윤곤강은 좀처럼 가족에 대한 이야기를 드러내지 않는다. 아내와 자식은 시 속에 나타나지 않고 어머니와 할머니 그리고 할아버지만 문맥 속에 시어로 등장할 뿐이다. 다만 유일하게 아버지를 읊은 시 「아버지」가 있다.

록 윤곤강 내면의 기저에 언제나 죽음의식이 자리 잡고 있지만 그것과 별개로 '봄'의 대지(大地)로 돌아가겠다는 뜻을 '고향'을 통해 나타낸다.

그러면서 "예(倭)의 아픈 챗죽에 모진 매 맞고/ 앙탈도 보람없이 기절했어라"와 같이 감옥의 고통스러운 경험을 떠올리며 "겨레를 태워죽이려"는 예(倭)를 '도적'으로 인식하는 저항의식을 드러낸다. 윤곤강의 감옥 경험은 「흰 달밤에(長詩)」에서도 보이는 것으로 "감옥 쇠살창으로 번히 넘어다보는 눈은/ 모두 모두 볼꼴 사나웁더니만……"에서와 같이 감옥의 시간을 존재와 분리될 수 없는 번민으로 받아들인다.

『살어리』는 '3 · 1절을 맞이하여'라는 부제로 「시조 두 장(二章)」을 수록하고 있는데 그중 한 장(章)은 '韓龍雲 스승께'라는 부제로 만해가 지닌 고절(高節)을 노래한다. 그런가 하면 시집에 수록되지 않은 「옥(獄)」에서는 "눈뜨면 쇠살창로부터 오는" 새벽 "몇 번이나 죽을 듯 살어났느뇨"(『文化創造』, 1945. 12)라며 기억의 괴로움을 토로하며 '고향'을 그리워하는 기억의 복원 속에 "자기보다도 나를/ 더 사랑한 아버지!"(「아버지」)를 떠 올리기도 한다. 아쉬운 점은 첫 시집 『大地』에서도 그랬듯 국가와 민족을 생각하는 정신이 드러난 「조선」(『藝術運動』, 1945. 12), 「땅」(『新文藝』, 1945. 12), 「旗」(『人民』, 1945. 12), 「三千萬」(『횃불』, 1946. 4), 「우리의 노래」(『赤星』, 1946. 3), 「오빠」(『新文學』, 1946. 6), 「바람(希)」(『大潮』, 1948. 8), 「무덤 앞에서」(≪京鄕新聞≫, 1948 .9. 5) 등의 시가 시집에 수록되어 있지 않다는 것이다.

5. 맺음말

윤곤강은 1931년부터 1950년 그가 죽기 전까지 꾸준하게 순도 높은 시를 써 왔으며 다채롭게 시적 세계를 구축해 왔다. 시론(詩論)을 통해 근대시사에서 자신의 문학적 신념을 펼치는가 하면 『詩學』과 『子午線』 동인으로도 활동했다. 윤곤강은 카프에 가입한 뒤 옥고를 치르며 민족을 위해 역사적인 삶을 살고자 했으며 '나'와 '우리'와 관계 속에서 시대와 역사를 위한 신념을 다해 왔다.

첫 시집 『大地』(1937)는 생성하는 시간인 봄과 광활한 수평의 공간에서 생명을 노래한다. 겨울의 혹독한 시련을 견디는 흔들림 없는 확신으로 단호하고도 결의에 찬 의지를 보여주고 있는 『大地』는 훼손되지 않은 온존의 세계이자 돌아가고 싶은 본원(本原)의 세계였다. 따라서 대지(大地)는 낙원의 모상(模像)이었다.

두 번째 시집 『輓歌』(1938)는 죽음의식을 드러내고 있는 시집으로 이는 시대적 절망과 감옥 경험 그리고 그의 내면을 괴롭히고 있는 증오와 분노 등이 저류(底流)하면서 곳곳에 고통받는 모습을 부조(浮彫)한다. 마치 죽음의 진리가 진정한 진리인 것처럼 자신과 세계를 가학한다.

세 번째 시집 『動物詩集』(1939)은 두 번째 시집인 『輓歌』에서 보이던 격정이 동물에 의식을 고정함으로써 감각과 감정을 분리하여 비교적 안정적 의식을 유지한다. 이로써 『動物詩集』은 동물을 제재로 한 권의 시집으로 엮고 있다는 점에서 근대시사에서 특이한 예를 남긴다.

『輓歌』,『動物詩集』으로 이어지는 죽음과 구원의 변증법은 네 번째 시집 『氷華』(1940)에 와서 더욱 평온을 유지하는데 『氷華』는 불안과 절망이 세 번째 시집인 『動物詩集』을 통해 여과된 뒤 일상적 삶의 의미를 되새긴다.

『大地』, 『輓歌』, 『動物詩集』, 『氷華』가 해방 전의 시집이라면 『피리』, 『살어리』는 나란히 해방 후 1948년에 동시에 출간된 시집이다. 『피리』

(1948)는 고전 시가인 고려가요를 인유하여 전통을 재창조하고 있어 혁신(革新)의 측면에서 높이 평가받을 만하다. 『피리』는 20편에 가깝게 외래의 것에 대한 반성에서 고려가요를 패러디하거나 알레고리화하여 전통이 곧 본질적 근원이라는 것을 일깨워 준다. 『살어리』(1948)는 몇 편의 고려가요만을 인유하고 있어 전통의 재창조라는 의미는 크게 부각되지는 않지만 첫 시집 『大地』에서 보여왔던 광활한 수평의 이미지가 바다의 이미지로 펼쳐지면서 미래로의 세계를 보여준다.

참고문헌

1. 기본자료

윤곤강, 『大地』, 풍림사, 1937.
______, 『輓歌』, 동광당서점, 1938.
______, 『動物詩集』, 한성도서, 1939.
______, 『氷華』, 한성도서, 1940.
______, 『피리』, 정음사, 1948.
______, 『살어리』, 시문학사, 1948.
______, 『詩와 眞實』, 정음사, 1948.

2. 국내 · 외 단행본 및 논문

김용직, 『한국현대시사2』, 한국문연, 1996.
김웅기, 「윤곤강 시 연구」, 경희대학교 박사학위논문, 2022.
김태형, 「근대 시인 공간 매개 시어 연구 : 윤곤강 · 이육사 · 백석의 작품을 중심으로」, 경희대학교 박사학위논문, 2022.
미르체아 엘리아데, 이은봉 역, 『성과 속』, 한길사, 1998.
______________, 이재실 역, 『이미지와 상징』, 까치, 1998.
송기한 · 김현정 편, 『윤곤강 전집 2』, 도서출판 다운샘, 2005.

에마누엘 레비나스, 강영안 역, 『시간과 타자』, 문예출판사, 1996.
오세영, 『20세기 한국시 연구』, 새문사, 1998.
장사선, 『한국리얼리즘문학론』, 새문사, 2001.
프리드리히 헤겔, 임석진 역, 『정신현상학 2』, 한길사, 2005.

윤곤강 시의 리얼리즘의 향방

송기한(대전대학교)

1. 소시민층 의식

윤곤강은 1911년 충남 서산 출생이다. 그의 집은 서산과 당진에 많은 땅을 갖고 있었던 부친의 재산 덕택에 비교적 부유한 편이었다고 한다.[1] 이런 환경이 그로 하여금 일본에서 선진학문을 배우게끔 한 요인이 되었을 것이다. 그 학문이란 당시 선진적인 조류 가운데 하나인 프롤레타리아 문학이었다. 그가 일본에서 관심을 가졌던 것은 프롤레타리아 문학뿐만 아니라 보들레르. 랭보를 비롯한 모더니즘 계열의 시인들도 있었던 것으로 보이는데, 이는 그의 학문사적 관심사가 넓은 범위에 걸쳐 있었음을 알게 해 준다.[2]

윤곤강의 작품 활동은 1931년 『비판』지에 「옛 성터에서」라는 시를 발표하면서 시작된다. 하지만 그의 문학 활동은 매우 점진적으로 이루

---

1) 윤곤강의 부친은 땅도 많았을 뿐만 아니라 여기서 얻은 돈으로 서울에서 집장사를 했다고 한다. 짐작건대, 윤곤강은 매우 유복한 집안에서 태어나고 성장한 것으로 보인다. 김용성, 『한국현대문학사탐방』, 국학자료원, 2011, 363쪽.

2) 위의 책, 363~364쪽.

어진 편이다. 이 작품을 발표하고 난 뒤, 그는 일본으로 유학길에 오르게 되는데, 이 기간은 그가 작품 활동을 하는데 있어서 긴 여백으로 남아 있었기 때문이다. 따라서 그의 본격적인 문학 작품 활동은 귀국 이후부터라고 할 수 있고, 또 실질적으로 이때부터 등단한 것이라고 보는 것이 옳다고 하겠다. 특히 1936년 대표작 가운데 하나인 「狂風」(『조선문학』, 1936. 6)을 발표한 전후로 그는 많은 작품을 발표하고 있었다. 그리고 이 시기 이에 더불어 한 가지 더 덧붙일 것이 있다. 잘 알려진 대로 그는 일본에서 귀국한 직후 카프에 본격 가입하고 여기서 활발한 활동을 하게 되었다는 사실이다. 하지만 그가 카프 가입 직후 검거 선풍이 불었고, 그도 이 칼날을 벗어나지 못했는데, 1934년 피검되어 약 5개월 동안 장수 감옥에 갇히게 되는 것이다.[3] 이 또한 이 시기 그의 문학적 공백의 한 요인이 되기도 했다.

앞서 언급한 대로, 일본 유학체험을 바탕으로 윤곤강은 당시 가장 앞서 나가던 사조들에 대해 깊은 이해를 하고 있었던 것으로 보인다. 이런 환경들이 그의 문학정신을 형성하는 데 있어서 많은 영향을 주었던 것으로 생각되는데, 그러한 흔적들은 작품과 비평 모두에서 잘 나타나고 있다. 그동안 윤곤강에 대한 연구들은 다른 시인들에 비해 늦은 편이지만 제법 있어 왔다. 여기에는 6권에 달하는 시집에 대한 것[4], 그리고 시론[5] 등에 대한 것으로 구별할 수 있을 것이다. 이들 연구들은 윤

---

3) 앞의 책, 571쪽.

4) 김용직, 「계급의식과 그 이후」, 『한국현대시인연구』(상), 서울대 출판부, 2000.
박철석, 「윤곤강 시 연구」, 『국어국문학』16, 동아대 국문과, 1997.12.
송기한, 「윤곤강 시의 욕망의 지형도」, 『윤곤강전집』1, 다운샘, 2005.

5) 윤정룡, 「윤곤강 시론에 대한 검토」, 『관악어문연구』 10, 서울대 국문과, 1985.
이형권, 「시론과 시의 상관적 변모과정:곤강론」, 『한국현대시의 이념과 서정』, 보고사, 1998.
김현정, 「윤곤강의 비평과 탈식민성」, 『윤곤강전집』 2, 다운샘, 2005.

곤강 문학이 갖고 있었던 여러 경향들에 대해 그 나름의 정합성을 갖는 것들이었다. 하지만 시와 시론, 혹은 시 전반을 아우르는 면들에 대한 연구는 아직도 미흡한 편이다. 짧은 기간 동안 6권의 시집을 내었고, 그들 시집이 갖고 있는 고유성이나 개성들에 대해 의미있는 접근이 이루어졌음에도 불구하고 그 전체적인 면모를 드러내고 있는 연구들은 드문 형편이다. 특히 여러 시집들을 관류하고 있는 시인의 정신사에 대해서는 거의 언급되지 않고 있는 것이 현실이다.

여기에는 몇 가지 원인이 있는 것처럼 보인다. 첫 번째는 시집이나 작품들이 갖고 있는 다양성 때문에 이 시인만의 주류적 경향을 특정할 수 없었다는 점이다. 잘 알려진 것처럼 윤곤강의 시들에서 어떤 문예적 흐름들이 뚜렷이 드러나 있는 것은 아니다. 그는 카프에 가담하여 경향시를 쓰기도 했지만, 이 단체의 주류적 담론이라고 할 정도로 뚜렷한 시정신을 갖고 있었던 것은 아니다. 그러니 그를 카프 작가로 분류하는 것도 어려운 것이 사실이다. 물론 이런 면들은 그의 등단 시기와 전연 무관한 것이 아니다. 윤곤강이 문단에 나온 것은 1931년이지만 본격적으로 작품활동을 시작한 것은 1930년대 중반이 넘어가는 시기였다. 이때는 카프 해산기이고, 또 진보적 성향의 작품을 제대로 창작할 수 있는 시기도 아니었다. 그의 초기 시집 『대지』를 읽어보면 알 수 있는 것처럼, 여기에는 어떤 노동자 의식이나 계급투쟁과 같은 전위적인 단면들이 잘 드러나지 않고 있는 것이다. 이런 시적 특성이야말로 그를 카프 작가군으로 분류하는 데 있어 상당히 주저하게끔 한다.

둘째는 그의 작품 속에서 드러나는 사조의 다양성이다. 그의 시집의 면면을 보면, 대번에 알 수 있는 것처럼, 그는 어느 한 시기를 지배했던 주도적인 양식들에 깊이 빠져들지 않았다. 대신 당시에 풍미했던 사조들에 대해서는 무척 예민한 편이었다. 그의 시에서 드러나는 기법과 사유의 다양성이 이를 잘 말해준다.

셋째는 시인의 출신 배경이다. 윤곤강은 서산에서 꽤 잘 사는 집안에서 태어난 것으로 알려져 있다. 말하자면 지주의 자식이었던 것인데, 이런 배경이야말로 그의 시정신 형성에 있어서 중요한 틀로 작용했던 것으로 보인다. 훌륭한 카프작가가 되기 위한 좋은 조건 가운데 하나가 토대임은 아무리 강조해도 지나치지 않을 것이다. 리얼리즘이 요구하는 가장 중요한 이상이 프롤레타리아 출신이고 그에 기반해서 경향문학을 쓰는 일이기 때문이다. 물론 그 반대의 경우도 있을 수 있고, 또 여러 중층적 요인이 결부되어 문학을 생산할 수도 있을 것이다. 하지만 그것은 어디까지나 가정일 뿐 리얼리즘 시에서 현실적 조건이란 어떻든 쉽게 무시될 성질의 것은 아니다. 이런 면에서 윤곤강은 프로작가이긴 하되, 이를 추동할 만한 현실적 기반으로부터 현저히 결여된 경우라 할 수 있다. 다시 말하면 태생적 한계를 갖고 있었던 것인데, 이런 면들이야말로 이후 전개되는 그의 문학 세계 형성에 있어 적지 않은 요인으로 작용했다고 할 수 있다.

이런 여러 요인들이 결부되어 윤곤강은 그 문학적 업적에도 불구하고 제대로 된 평가를 받지 못했다. 그는 1930년대부터 1940년대 후반에 이르기까지 적지 않은 시집을 펴내었다. 뿐만 아니라 김기림과 더불어 자기 주관이 뚜렷한 시론집도 상재했다[6]. 그럼에도 불구하고 그는 시의 양과 비례하는 평가를 받지 못했다. 이제 그 양과 비례하는 질을 담보받아야 하고, 그 문학적 성취 또한 올바르게 자리매김 되어야 할 때가 되었다. 이 과정에서 그 중요한 시금석 가운데 하나는 시인의 정

6) 윤곤강, 『시와 진실』, 정음사, 1948.

신사적 궤적을 추적하는 것이고 시정신의 일관성을 이해하는 점일 것이다. 하나의 단편적인 사실이나 파편적 진실만으로 윤곤강 시인이 갖고 있던 시정신의 본질을 읽어낼 수는 없다. 그것이 윤곤강 시의 전반에 내재된 음역을 밝혀내는 중요한 하나의 단계가 될 것이다.

2. 모색기로서의 초기 『대지』 시세계

카프에 가담한 이후 윤곤강의 문학 활동은 이 시기 다른 카프 시인들에 비해 활발하게 전개된다. 그는 이때 시창작 뿐만 아니라 비평 분야에서도 카프 문학이 추구하는 것들에 대해 자신의 의견을 적극적으로 개진하게 된다. 이 가운데 가장 주목의 대상이 되는 글이 「소시알리스틱 리얼리즘」이다.[7] 윤곤강이 이 글을 쓴 배경은 당시 문단 환경과 밀접한 관련이 있었던 것으로 이해된다. 카프 문학은 1930년대 초반에 들어와 지금껏 진행되었던 경향들에 대해서 전반적인 회의가 일어나게 되었다. 그 하나가 섹트주의, 혹은 공식주의 경향이다. 지극히 도식화된 서사와 경직된 주인공들의 뻔한 행로가 카프 문학을 섹트화시켰고, 이것은 독자로부터 카프문학을 단절시키는 요인으로 작용했다. 이는 곧 창작의 질식화를 가져왔다. 이 공식주의가 만들어 놓은 상황에 대해 이를 타개하고 나아갈 방향, 탈출해야할 출구를 모색해야할 즈음에 러시아에서 제기된 사회주의 리얼리즘이 전파, 소개되었다. 이 사조는 건설기에 놓인, 러시아 사회주의 사회에 대한 제반 모습과 그 온전한 완성을 위해 제기된 것임은 잘 알려진 일이다. 하지만 카프에서는 사회주의 리얼리즘에 제시된 그러한 배경은 사상한 채, 공식주의로 대표되는

7) 『신동아』, 1934. 10.

유물변증법적 리얼리즘과 대비되는 사조로만 이해하기에 급급했다. 윤곤강의 「소시알리스틱 리얼리즘」은 이런 상황에서 제기되었는데, 그 내용이란 주로 사회주의 리얼리즘을 정확하게 소개하는 정도의 수준의 것이었다. 그럼에도 이 글은 사회주의 리얼리즘을 둘러싼 혼란 속에서 이 사조의 정의나 내용을 제대로 파악, 전달했다는 점에서 그 의의를 찾을 수 있을 것이다.

이 글에서 보듯 이 시기 카프에서의 윤곤강의 작가적 위치는 제법 큰 것이었다고 할 수 있다. 그는 당시 가장 첨예한 화두로 제기되었던 사회주의 리얼리즘에 대해 그 나름의 이해를 갖고 있었을 뿐만 아니라 창작에서도 이를 어느 정도 보여주었기 때문이다. 뿐만 아니라 그는 카프 구성원에 대한 검거 선풍이 일어났을 때, 김남천과 더불어 구속되기도 했다. 말하자면, 윤곤강은 문학적 실천과 작가적 실천이라는, 카프 작가에게 요구되는 전일적 실천을 모두 수행하고 있었던 작가 중의 하나였던 것이다.

카프 전후부터 본격적인 작품활동을 한 윤곤강은 1937년 자신의 첫 시집 『대지』를 출간하게 된다. 이 작품집이 담아내고 있는 내용들은 그리 과격한 것들이 아니다. 진보적인 문학활동을 전혀 할 수 없는 시기이기에 작품 속에 담긴 내용 또한 그와 비례해야 했을 것이다. 하지만 시집을 꼼꼼히 읽어보면, 이 시집에는 계급 문학적인 특성으로 분류해도 이상하지 않을 만큼 이 요소들이 많이 반영되어 있음을 알 수 있다. 그러한 까닭에 그의 시세계를 분류할 때, 『대지』를 카프의 세계관에 입각한 시집이라는 평가가 내려진 것은 타당하다고 하겠다.[8] 이 가운데

8) 김용직, 앞의 책, 623~641쪽. 김용직은 이 글에서 계급의식에 바탕을 둔 『대지』를 1기로 두고 『만가』에서 4시집 『빙화』까지를 2기, 5시집 『피리』부터 6시집 『살어리』까지를 3기로 분류하고 있다. 시집에 표현된 내용만을 문제 삼으면, 이런 분류는 비

무엇보다 주목을 끄는 작품이 「日記抄」이다.

> I
> 七月十五日
>
> 나무 장판 한구석에
> 네모진 나무 뚜껑이 덮였다
> 에! 구려…
> 臭覺을 잃은 先住民들이
> 찌푸린 내 얼골을 노린다.
>
> II
> 七月十六日
>
> 내음새
> 내음새
> 썩어 터지는 내음새!
> 一오늘도 나는
> 어서 臭覺이 喪失될 날을 苦待한다.
> 一<長水日記>에서
>
> 一「日記抄」 전문

작품의 끝에 <長水日記>라는 표기에서 알 수 있는 것처럼, 「日記抄」는 카프의 제2차 검거 사건과 깊은 관련이 있는 시라 할 수 있다. 윤곤강은 1934년 2월 카프에 가담한 직후 곧바로 검거 사건에 연루되어 장수에서 5개월동안 감옥생활을 한 것으로 되어 있다. 이 작품이 이때 쓰

교적 타당하다고 하겠다.

여진 것이라는 사실은 작품 끝에 표기된 <長水日記>라는 근거에서 내린 것이다. 이런 이유로 해서 이 작품은 짧은 양식임에도 그 시사하는 바가 큰 경우라 하겠다. 일찍이 감옥체험을 바탕으로 작품을 쓴 대표적 경우로 김남천의 「물」을 들 수 있다. 이 작품이 발표된 것이 1933년이다. 『대중』이라는 잡지를 통해서인데, 그 내용은 1931년 카프 제 1차 검거 사건 때의 경험을 다룬 것이다. 이 사건에 연루되어 유일하게 감옥을 간 것이 김남천이었는데, 그는 이념의 투철함을 보이기 위해서, 혹은 경우에 따라서는 자랑하기 위해서 이 작품을 썼던 것으로 판단된다. 그러한 정서는 이 작품의 후기에서도 드러나고 있는데, 그는 이 작품을 감옥에서 썼거니와 또 이 작품을 동지들에게 헌사한다고 했기 때문이다.[9] 하지만 이에 대한 카프 구성원들의 평가는 매우 인색한 편이었다. 임화가 작가의 그러한 행위를 단지 생물학적 경험에 의한 것이라고 평가 절하했기 때문이다. 임화가 말한 것은 프롤레타리아 작가의 실천은 개인의 독특한 경험이 아니라 집단의 경험과 일치할 때 비로소 진정한 작가적 실천이 될 수 있다는 논리였다.[10]

임화와 김남천 사이에 벌어진 '물논쟁'이란 실상 당파성의 올바른 구현이란 무엇일까 하는데 주어진 것이었다. 그 원리적 측면에서는 임화의 주장이 보다 설득력 있는 것임에도 불구하고 김남천의 입장에서는 다소 억울한 측면이 있었을 것이다. 무엇보다 프로작가라면 아주 저열한 곳에 이르더라도 이를 거부하지 말아야 하는 당위적 의무같은 것이 있어야 한다고 판단했기 때문이다. 어떻든 그 정합성 여부는 제외하더라도 이 논쟁이 윤곤강의 현실을 비껴가지 못했던 것으로 보인다. 윤곤

9) 작품 「물」 후기 참조.
10) 임화, 「6월중의 창작」, ≪조선일보≫, 1933. 7. 12~19.

강이 구속되던 시기에 이동규를 비롯한 여타의 카프 문인들도 함께 피검되었다. 윤곤강은 이때 가석방되어 5개월 만에 감옥을 나왔지만, 그로서는 이때의 경험을 개인적인 것으로만 남겨두고 싶지 않았던 것으로 보인다. 특히 문단에 대해, 그리고 유행하는 사조들에 대해 예민한 감수성을 갖고 있었던 그에게는 자신의 감옥체험이야말로 당연히 좋은 문학적 소재라고 판단했을 것이다. 그 경험의 결과가 만들어낸 것이 「일기초」인 셈이다.

김남천의 「물」과 달리 이 작품은 서정 양식이다. 이는 자신의 경험을 시간적, 계기적으로 전개할 수 없다는 한계가 필연적으로 제기될 수밖에 없었는데, 윤곤강은 그 단점을 감각적 인상으로 대치하려 했던 것으로 보인다. 이 작품은 감각의 깊이로 인해서 이를 읽는 독자에게 공감각적 반향이 크게 울리는 경우라 할 수 있다. 함께 공유할 수 있는 정서의 폭과 깊이로 인해서 이 작품은 작가가 의도했던 효과, 카프 작가로서의 실천이라는 효과를 충분히 달성할 수 있을 것이라고 본 것이 이 작품의 창작의도라고 할 수 있을 것이다.

> 오다가 길을 잃은 미친바람이
> 窓문을 두드려 잠든 나를 깨웟다!
>
> 지금은 혀[舌]끝 같은 초생ㅅ달만 밤을 지키는 子正!
> ―이런 때면 언제나 찾어오는 네 생각!
> 오오 눈앞에 그려지는 또렷한 네 얼골 네 음성 네 손ㅅ길…
>
> 칼로 점인 듯 또렷한 네 생각이
> 잠 깨인 내 가슴속에 짜릿하게 숨여들어
> 말못할 그리움의 물ㅅ결을 그려 주노니

사랑하는 내 친구여 너는 항상 말했느니라!
바다같이 훠―ㄴ한 '영내ㅅ벌' 한구석에 불숙―솟은 '우름산' 밑
오막사리 초가가 네 집이요
그 속에 소처럼 일하다 꼬불어진 네 아버지가 있고
파뿌리같이 하―얀 머리칼과 갈퀴ㅅ살 같은 손을 가진 네 어머니가 있고
또 대를 이은 '황소'네 형님이 살고 있다고―

네가 땅속ㅅ길을 휘벼 다니든 그 시절―
밤 깊이 이 들창을 두드리며 은근히 나를 부르든 그 음성이
지금도 내 귀에 쟁쟁! 울고 있다!
(―그것은 얼마나 또렷하게 나의 고막을 울렷든가?)
처음 그 소리를 들을 때
나는 반가움보다도 오히려 두려움이 앞섰드니라!
(―저놈은 눈물도 없고 괴로움도 없나?)

그러나 날이 가는 동안에, 사랑하는 내 친구여!
나는 너의 부르는 소리에 반겨 문을 열어 주었고
흐릿하게 엉켯든 내 마음속 의심의 뭉치는
새벽하늘처럼 개어 벗어지고야 말었드니라!

아니 그보다도,
오히려 나는 적적함을 참을 수가 없었다
창문을 두드리는 네 음성을 못 듯는 밤이면―.

승리의 노래에 가슴을 태우는 불 수레 火車를
너와 한가지 휘몰고 내달릴 때!
그리고 새로운 것과 낡은 것의 불 닷는 성화ㅅ속에서
너와 한 가지 참된 노래를 가슴속에 아로삭일때!

그때였다!

나리는 눈[雪]을 지는 꽃잎으로 보든 내 생각이 곤두재조를 넘은 것은

그리고, 季節의 품속에서 '봄'을 참지 못하고

'방 안'에다 '봄'을 가꾸려든 어리석은 내 노래가

두집혀진 曲調를 소리 높여 외치게 된 것은—

그러나! "봄"을 拒逆하는 미친바람이

또 한 번 거리를 휩쓸고 지나간 지금

너와 나는 같은 하늘 밑에 숨 쉬는 딴 世上ㅅ사람이 되고 말었다!

오! 뚜렷하게도 떠올으는 네 생각에

내 눈은 지금 새벽하늘처럼 개어 벗어지고

잠은 비호처럼 千里萬理 달어난다!

덜컹! 덜컹! 창문을 두드린 것은 네 손이 아니요

늦겨을ㅅ밤 하늘 우에 길을 잃은 미친바람의 손ㅅ버릇임을 번연히 알것만

—「狂風—R에게」 전문

이 작품은 자아의 성격 변모를 담고 있는 성장시이다. 성장시란 교양을 수업하고 의식의 변화를 꾀하는 과정으로서의 시라고 할 수 있다. 그리고 작품의 부제는 'R에게'로 되어 있다. 한 연구자에 의하면, R이란 이찬이라고 한다. 윤곤강이 카프에 가담한 것이 이찬의 소개에 의해서 이루어졌는데, 이들은 이전부터 친분관계를 유지했었기에 이런 추정이 가능하다고 했다.[11] 실제 작품 속에 표현된, 자아의 변모 과정을 이

11) 김용직, 앞의 책, 629쪽.

해하게 되면, R이 이찬임을 어렵지 않게 알 수 있다.

어떻든, 이 작품이 우리에게 주는 시사점은 여러 면에서 찾을 수 있는데, 우선 그 하나가 작품 속에 구현된 상징이라는 의장이다. 카프가 공식적으로 해체된 것이 1935년이지만, 적극적인 활동은 이미 그 이전부터 정지되었다고 보는 편이 옳을 것이다. 1934년의 제2차 검거도 그러하거니와 1931년에 시도된 제1차 검거사건 때부터 카프의 활동은 현저하게 위축되어 있었기 때문이다. 따라서 윤곤강이 본격적으로 작품 활동을 시도하던 때인 1930년대 중반은 표면적으로 계급문학을 내세우기는 매우 어려웠을 것으로 판단된다. 그 직접적인 표현이 어려운 것이라면, 이를 우회하는 방법을 시도할 수밖에 없는데, 그 대안으로 선택된 것이 바로 상징이라는 의장이었다고 할 수 있다. 문학이 객관적 상황의 열악함으로부터 어느 정도 벗어날 수 있는 것도 이 상징이라는 은폐된 장치가 있었기에 가능한 것이라 할 수 있다.

이 작품에서 '미친 바람'이라든가 '땅속 길을 휘벼 다니든 그 시절', 혹은 '눈', '미친 바람' 등은 모두 시대의 음역으로부터 자유로운 것이 아니다. 물론 이런 상징적 장치들이 모두 프롤레타리아 의식을 드러내는 의장이라고 간주하는 것도 올바른 이해 방식은 아닐 것이다. 일제 강점기라는 상황을 염두에 두면, 그것은 민족적인 영역 내에서 이해하는 것도 가능하기 때문이다. 그럼에도 이 작품을 계급시의 반열에 두고 이해할 수 있는 근거는 우선, 그가 이 작품을 발표할 때 카프 맹원이었다는 사실이다. 계급이나 싸움, 혹은 투쟁이라는 말을 표면적으로 내세우지 않더라도 이 작품에서 시도되고 있는 상징적 의장들은 계급시가 요구하는 요건들을 어느 정도 구비하고 있는 것이라 하겠다.

그리고 두 번째는 이른바 소시민의식이다. 이 의식은 그의 시를 이해하는 데 있어서 중요한 계기가 되는데, 어떻든 소위 전선에 나가는 상황 속에 놓인 자아들이 흔히 겪을 수 있는 갈등 등이 여기에 뚜렷이 제시되고 있는 것이다. 예를 들면, 전선에 함께 나아가자는, 서정적 자아를 부르는 친구의 음성을 두고 "처음 그 소리를 들을 때/나는 반가움보다도 오히려 두려움이 앞섰드니라!"하는 부분이 그러하다. 그 연장선에서 "저놈은 눈물도 없고 괴로움도 없나?"라는 담론의 경우도 마찬가지이다. 평범한 자아가 선진적인 자아로 나아가는 과정에서 필연적으로 발생할 수밖에 없는 자의식의 분열, 곧 소시민 의식이 여기서도 적나라하게 펼쳐지고 있는 것이다.

세 번째는 전망의 세계이다. 자아는 친구의 집요한 설득에 선진적인 자아로 거듭 태어나게 된다. 그리하여 자아는 스스로를 감옥에 가두는 소시민성으로부터 벗어나 "너의 부르는 소리에 반겨 문을 열어 주는" 적극적인 주체로 새롭게 존재의 변이를 하게 된다. 이제 과정으로서의 주체, 도정으로서의 주체를 벗어던진 자아는 지금껏 자신을 억누르고 있던 '의심의 뭉치'를 벗어던지고 자신 앞에 펼쳐지고 있는 '새벽 하늘'을 볼 수 있는 자세를 갖추게 된다. 그 하늘 속에서 자아가 본 것은 "승리의 노래에 가슴을 태우는 불수게"이다. 이는 미래에 대한 밝은 전망이 아닐 수 없는 것이다.

이 작품에서 보이는 이런 층위에서 알 수 있는 것처럼, 윤곤강은 카프가 요구하는 것들에 대해 자신의 임무를 충실히 수행하게 된다. 그 가운데 특히 주목해서 보아야 할 것이 "승리의 노래에 가슴을 태우는 불수게"와 같은 전망의 세계이다. 앞서 언급대로 윤곤강이 문단에 본격 등장한 시기는 이른바 전형기에 해당하는 때였다. 한 시기의 주도적 담론이 쇠퇴하고 그 자리를 새로운 주조가 들어서기 시작하는 때가 전형

기인데, 그 새로운 사조란 당시의 기준으로 보면, 다름아닌 사회주의 리얼리즘이었다. 그 많은 오해에도 불구하고 이 시기 사회주의 리얼리즘이 가져온 효과랄까 영향은 이른바 '산인간'과 '전망'의 세계로 초점화되어 있었다. 전자는 주로 지금까지의 카프 문학에서 지적되었던 부정적인 것들, 가령, 공식주의에 대한 대항담론이었고, 후자의 경우는 낭만적 사실주의와 결합된, 건설기 사회주의에 대한 새로운 기획이었다. 윤곤강이 사회주의 리얼리즘를 소개하면서 무엇보다 강조한 것이 바로 낭만적 사실주의에 기반한 전망의 세계였다.[12) 「광풍」뿐만 아니라 첫시집 『대지』의 주제랄까 그 주도적 담론 역시 미래에 대한 낙관적 기획, 곧 전망과 분리해서 논의하기 어려운 이유가 바로 여기에 있다.

시퍼렇게 얼어붙은 어름ㅅ장!
그러나! 귀를 기우리고 들어를 보렴!
그 밑을 貫流하는 거센 물ㅅ줄기의 音響을—

찬바람의 견딜 수 없는 攻勢에 白旗를 들고
敗北의 구렁에 흐늑여 울든
저— 언덕 나무ㅅ가지들의 푸른 힘줄을!

칼날 같은 이빨[齒]로
온갓 것을 씹어 삼키려든 北風도
이제는 갑분 숨소리를 남기고 달어나리로다.

아아 미처 날뛰는 찬바람의 季節—
그놈은 온갓 것을 모조리 아서 갓다!

---

12) 윤곤강, 「소시알리스틱 리얼리즘」 참조.

단 하나밖에 없는 창ㅅ살 틈으로
겨을날 太陽의 한 줄기가 새어 듦을 보고
내 사랑하는 親舊들은 오늘도,
누ㅡ 렇게 썩은 얼굴을 움즉이고 있으리라!

太陽에 굶은 人間의 넋이여!
두말을 말고 네 가슴을 네 손으로 짚어 보렴!

가슴속 깊이깊이 한 줄기 아련한 봄노래가 삐악! 소리를 치고
멀미 나는 憂愁가 몸서리치며 달어날,
그리하여 熱火에 넘치는 太陽이 눈부시게 나리쪼일 그날을
너는 全身을 다하여 目擊할 수 있으리니

그때! 사랑하는 親舊들도 돌아오리로다!

쩡! 갈라지는 어름ㅅ장의 외우침!
ㅡ아모런 束縛도 앙탈도 그놈에게는 自由일다!
보아라! 거북[龜]의 잔등처럼 가로세로 금[線]을 그으며
地心을 뚫고 내솟는 自由의 魂, 實行의 힘이,
한 거름 두 거름 닥어오는 季節의 목덜미를 걷어잡고
地上의 온갓 헤게모니ㅡ를 잡으려는 첫소리를!

오오 冬民의 魂이여!
기지개를 켜고 부수수 털며 일어나는 實行의 힘이여!
나는 이를 악물고 가슴을 조리면서
네 다리에 피가 흘을 때까지 채ㅅ죽을 더[加]하련다.

ㅡ「동면」 전문

이 시의 주된 의장 역시 상징인데, 앞서 언급대로 당시 객관적 상황이 주는 열악함을 염두에 두면, 이런 장치들은 능히 이해할 수 있는 것이라 할 수 있다, 이와 더불어 주목할 점은 이 시에 「狂風」과 마찬가지로, 미래에 대한 전망의 세계를 담아내고 있다는 점이다. 실상 이런 면들은 윤곤강의 시에서 매우 예외적인 면이 아닐 수 없는데, 이는 목적의식기의 시편들과 비교하면 더욱 그러하다고 하겠다. 임화의 시들을 제외한 목적의식기의 시들은 흔히 '개념 위주의 시' 혹은 '뼈다귀의 시'로 인식되었다. 세계관 위주의 문학, 그리하여 관념 위주의 문학이 생산된 것인데, 하지만 이런 형식의 문학이라고 하더라도 작품 내에 전망의 세계를 뚜렷이 드러낸 경우는 드물었다.

그에 비하면 윤곤강의 시들은 이전의 시들에 비해 미래에 대한 전망을 매우 뚜렷히 드러내고 있는 경우이다. "시퍼렇게 얼어붙은 얼음장" 밑에서 도도히 "관류하고 있는 거센 물줄기의 희망"이라든가 "찬바람의 견딜 수 없는 공세에 백기를 들고/패배에 구렁에 흐늑여 울든/저 언덕 나뭇가지들의 푸른 힘줄"에서 보듯 미래에 대한 신념을 굳건히 표현하고 있기 때문이다. 뿐만 아니라 그러한 환경 속에서 "내 사랑하는 친구들은 오늘도, 누렇게 썩은 얼굴을 움즉이고 있으리라"는 낙관적 신념을 드러내고 있기까지 하다. 여기서 알 수 있듯이, 윤곤강은 카프가 퇴조하던 시기에 그 여운을 마지막까지 붙들고 있었던, 어쩌면 최후의 카프인인 것처럼 비춰지는 것도 사실이다.

카프 문학의 가입과 그 조직이 요구하는 임무들에 대해 충실히 받아들인 윤곤강이지만 시집 『대지』에는 이와는 다른 경향의 시들도 제법 존재한다는 점에서 주목을 끄는 경우이다. 특히 『대지』 이후 전개된 시세계와 『대지』의 시세계를 분리하기 어려운 것이라면, 이런 이질성은 더욱 관심의 대상이 된다고 할 수 있다. 우선 그 가운데 하나가 이미지즘 경향의 시들이다.

바다여!
白髮을 모르는 久遠한 靑春이여!
검푸른 네 얼골에 불타는 意慾이여!
그 무엇에게도 굴從하지 안는 不屈의 人間魂이여!
불타는 네 억센 意慾을 나는 사랑한다!

내 마음의 젊었든 그 時節—
성낸 사자처럼 성낸 사자처럼
오—즉 기탄없이 뛰어나가든 내 마음의 젊었든 그 時節!

오오
피 끓는 가슴이여!
靑年다운 意氣여!
용감스런 전진이여!
거센 물결 같은 不屈의 힘이여!

그것을 나는 너에게 탐낸다!
말 못할 굴욕에 몸ㅅ서리를 치고
가슴을 치며 쓰러진 내 마음에
밑바닥까지 숨여드는 네 意慾!

오! 바다
나는 네 氣魄을 사랑하다!

—「바다」 부분 31

이 작품 역시 『대지』의 세계로부터 크게 분리되어 있는 것은 아니다. 그것은 두 가지 측면에서 그러한데, 하나는 전망이고, 다른 하나는 그러한 세계에 육박해 들어가고자 하는 자아의 역동적 실체이다. 하지만 이런 유사성에도 불구하고 이 작품은 『대지』의 세계와는 그 기법상 상이한 점이 발견되는데, 바로 이미지즘적인 요소이다. 그가 이미지즘이라는 모더니즘의 한 지류를 자신의 시적 방법으로 인유했다는 뜻인데, 그렇다면 이런 의장의 도입이 시사하는 것은 무엇일까. 이에 대한 해답이야말로 그의 초기 시, 나아가 중기, 후기 시와의 관련성을 말해주는 주요 근거라 할 수 있는데, 우선, 그 하나의 근거는 시인의 기질적 특성에서 찾을 수 있을 것이다. 윤곤강은 기질적으로 매우 세심한 성격을 가진 소유자였고[13], 당대 유행하던 사조에 민감했던 성격에서도 찾을 수 있다. 뿐만 아니라 그는 이 시기 카프 문학이 갖고 있는 한계에 대해서도 미리 예감한 듯 보인다. 유행에 쉽게 반응하는 시인 자신의 기질적 특성과 객관적 열악함에서 오는 카프 문학의 한계가 맞물리면서 그의 관심은 여러 분야로 뻗어나갔던 것으로 보인다. 그리고 세 번째는 그의 자의식으로부터 결코 떠나지 않았던 소시민의식과도 분리하기 어려운 면이 있다. 이는 그가 카프문학을 지속적으로 추동해나갈 수 없는 한계, 곧 그의 시세계를 구분하는 기준점과도 같은 것이었다. 이런 여러 요인들이 겹쳐서 「바다」라는, 시인의 시세계와는 전연 다른 이미지즘 계열의 작품이 탄생하게 되었던 것이다.

그리고 다른 하나는 모성으로서의 대지의 의미이다. 그의 시에서 대지는 여러 의미를 갖고 있는데, 이 또한 이 시기만의 고유한, 혹은 그만의 독특한 상징이 빚어낸 주요 의장 가운데 하나라고 할 수 있다.

---

13) 이러한 면은 작품의 말미에 작품을 쓴 시기를 꼭 표기한다든가 장소를 밝히는 행위에서 찾아볼 수 있다.

소낙비 한줄금 지나간 다음—
젖빛 안개ㅅ속에서 太陽은 눈을 뜨고
하늘은 푸른 바다처럼 다시 개어 벗어지면

황새는
푸른 帳幕의 한끝을 물고
훠—ㄹ 훨 白扇을 내젔고

아카시아 그늘을 좋아하는 검정 암소는
색이 든 풀닢을 입에 문 채 게염을 질을 때—

大地에는
황홀한 여름의 精氣가 기지개를 편다.

고기ㅅ덩이처럼 탐스럽게
부풀어 오는 검붉은 흙 속에
어린뿌리를 처박고
地平 저— 끝까지 초록빛 물결을 그리는 벼 포기!

나는
소담스런 그 모양에 넋을 잃고
꿈속 같은 황홀 속에 눈을 감는다!

오오
어머니의 젖가슴 같은 흙의 慈愛여!
삶을 탐내는 놈에겐 '生의 봄'을 선사하고

죽엄을 갖어올 놈에겐
'死의 겨을'을 선고하는 永遠한 自然의 어머니여!

가을마다
가을마다
비ㅅ자루만 털고
복장을 치고 통곡을 해도 시원치 않건만…

그래도
봄이 오면
흙이 그립고
개구리의 하一얀 배때기가 보곱어
길고도 오一랜 忍從의 굴레를 못 벗는 人間의 弱點을
나는 생각한다!

해마다 봄이 오면
언제나 변함없이
쟁기와 괭이가 기어 나오고
온갖 씨 種子가 뿌려지고
물싸움, 풀 싸움, 비료 싸움…

그리하여 왼 大地에
스담스런 곡식들의 숨소리를 듯는다!
흙을 사랑하는 까닭이다!
총알보다도 더 따거운 지내간 살림살이에
몸ㅅ서리를 치고 이를 악무는 것도…

보아라!
푸른 옷을 떨치고
높다런 하늘을 치어다보는
벼 포기의 分列式을一
꾀꼬리를 울릴 만치 노一랗게 익은

양참외의 散兵陣을—

오오
大地에 넘처흘으는 成長의 숨소리여!

그리고, 자라나는 것들의 걷잡을 수 없는 慾求여!
나는 아지 못하는 동안에
두 손을 들어 내 가슴을 짚어 본다.

—「대지2」 전문

인용시는 윤곤강 시인이 자신의 첫 작품집의 제사로 인유했을 정도로 그 상징성이 큰 작품이다. 먼저 시적 자아가 땅에 대해서 갖는 애착의 강도로 비춰봤을 때, 이는 카프 시의 영역과 분리하기 어려운 것처럼 보인다. 마치 이상화의 「빼앗긴 들에도 봄은 오는가」와 비견될 정도로 땅에 대한 사랑은 무한한 열정을 동반한다. "나는/소담스런 그 모양에 넋을 잃고/꿈 속 같은 황홀 속에 눈을 감는다!"에서 알 수 있는 것처럼, 신명나는 땅에 대한 그리움의 정서가 애틋하게 표백되어 있는 것이다. 이런 감수성을 더 확증해주는 것이 "물싸움, 풀 싸움, 비료 싸움"과 같은 치열의 정서이다.

이런 이해는 그가 한때 카프 시인이었기에 해석 가능한 방법이었다고 할 수 있다. 그러나 이 작품에는 이 외에도 다른 면들이 분명 존재하는데, 그 하나가 모성적 상상력이다. 이는 대지가 갖고 있는 원형적 상징에서 오는 것인데, 실상 이 작품에서 가장 강조되고 있는 부분이 여기에 있다고 해도 과언이 아닐 정도로 매우 심화되어 표현되고 있다. 다시 말해 "영원한 자연의 어머니"라는 사유가 바로 그러하다.

그리고 세 번째는 자연의 전일성이다. 그것은 곧 형이상학적인 것이

거니와 이 작품에서의 대지는 존재론적 불안에 시달리는 인간의 저편에 놓인 존재로 구상화된다. 전일한 자연의 모습 속에서 "길고도 오랜 인종의 굴레를 못 벗는 인간의 약점을 생각한다"가 바로 그것인데, 이는 영원성과 일시성, 전일성과 파편성의 대립이라는 근대적 이원론의 세계로부터 자유로운 것이 아니다.

넷째는 흙에 대한 사랑, 곧 국토애, 나아가서는 조국애로 그 음역이 확대되는 경우이다. 해방 직후 윤곤강의 시세계가 현저하게 이 부분에 초점이 주어지는 것을 이해하게 되면, 흙에 대한 시인의 이같은 인식은 한순간의 감각이나 순간적인 정서적 결단에 의한 것이 아님을 이해할 수 있게 된다.

「대지」가 표방하는 '대지'의 의미 층위들은 매우 다양하다. 그렇기에 시집 『대지』의 주제랄까 주류적 경향이 무엇인지 빠르게 단정하는 것은 쉬운 일이 아니다. 『대지』에는 계급적인 요소도 있지만 그렇지 않은 경향의 시들도 있고, 하나의 시편에서 여러 층위로 갈라지는 의미들도 혼재해 있다. 이런 맥락에서 윤곤강의 초기 시, 곧 『대지』의 시세계는 여러 의미의 층들이 모여서 하나의 시집을 이룬 것이라는 판단을 하게 된다. 특히 그의 시들이 『대지』 이후 현격하게 변모한다는 점에서 더욱 그러하다. 그의 초기 시는 중기와 후기로 나아가는 모색의 시기에 놓여 있었던 것이라 할 수 있다.

3. 죽음 충동과 감각의 부활

『대지』는 계급의식에 바탕을 둔 시이긴 하지만, 그렇다고 이 시집의 주류적 경향을 이 의식에 가둬놓고 이해하는 것은 매우 선부른 판단이라 할 수 있다. 그가 카프에 가담했고, 또 일제의 탄압에 의해 검거되었으며, 그 결과 감옥에 간 것은 사실이었다. 이런 면들을 보면, 그는 틀림없는 카프 시인이었다고 하겠다. 하지만 논리의 세계에 기대게 되면 이런 면들은 진리에 가까운 것이지만, 논리가 초월한 세계, 곧 감성의 세계에 이르게 되면, 이는 전연 다른 세계와 마주하게 된다. 윤곤강이 사회주의 리얼리즘을 소개하고 이를 자기화했던 비평의 세계와 달리 시집 『대지』의 세계는 전혀 다른 것을 보여주었기 때문이다. 그가 이 시집에서 표현한 것은 비평에서 논했던 것과는 현격하게 거리가 있는 것이었다. 이 시기 그는 프로문학이 가져야 할 덕목으로 문화보다는 정치적인 측면을 강조했다. 그리하여 프로문인이라면 의당 프롤레타리아 의식을 가져야 하고, 그에 기반한 작품을 써야 한다고 했다.[14] 하지만 비평에서의 논리와 달리 실제 창작에서는 이에 현저히 미달하는 국면을 보여주었다. 이런 맥락에서 그의 첫시집 『대지』를 모색기의 작품집으로 이해했던 것인데, 그의 이런 다층적인 면들은 두 번째 시집 『만가』에 이르면 이전과는 전혀 다른 모습을 보여주게 된다. 『만가』 이후부터 해방 직후에 쓰여진 『피리』 이전까지의 시집들, 가령, 『동물시집』, 『빙화』를 동일한 계열의 시집들로 판단할 수 있는데, 이들의 공통점이 모두 모더니즘적 경향을 갖고 있었다는 것이다.[15] 실제로 이 시기 윤곤강은 「감동의 가치」[16] 라든가 「감각과 주지」[17] 등을 연속적으로 발표하면서 모더니즘에 대한 관심을 뚜렷이 드러내고 있었다.

하지만 중요한 것은 비평에 의해 표방된 시인의 관심이 아니라 작품

---

14) 윤곤강, 「반종교문학의 기본적 과제」, 『신계단』, 1933. 5.

15) 김용직, 앞의 책 참조.

16) 『비판』, 1938, 8.

17) ≪동아일보≫, 1940, 6.

의 그것이며, 거기에 내재된 사유일 것이다. 그리고 궁극에는 그 변화의 계기 및 변화의 결과일 것이다. 윤곤강은 『대지』 이후 거의 매년 『만가』(1938), 『동물시집』(1939), 『빙화』(1940)를 펴내게 된다. 이런 결과야말로 문학에 대한 치열한 자의식 말고는 그 설명이 불가능하며, 실제로 이런 시집들의 주류적 특성이 시인 자신의 내면과 밀접한 관련을 갖고 있다는 점이다. 마치 외부와의 치열한 탐색을 주고받던 자아가 대화 상대를 잃고나서 보여주는 고독의 몸부림과 같은 모습을 보여주고 있기 때문이다. 다시 말하면 대상과 고립된 채 닫힌 골방에서 스스로에게 던지는 질문의 형식처럼, 『대지』 이후의 시집들은 자아의 내면 풍경 속에서 만들어지고 있었던 것이다.

미래에 대한 전망을 뚜렷이 그리고 오랜 동안 표방하던 시인이 어떻게 이런 낙차 큰 변화를 보여줄 수 있는 것인가. 물론 이런 변화가 갑자기 이루어지지는 않을 터인데, 그 이해의 실마리 역시 시집 『대지』 속에 마련되어 있었다고 보는 것이 옳을 것이다. 이런 맥락에서 『대지』 속에 펼쳐지고 있었던 다양한 세계들이 주목의 대상이 될 수밖에 없었는데, 그 실마리란 앞서 언급한 「狂風」이다. 이 작품은 평범한 자아가 친구의 집요한 설득에 의해 선진적인 자아로 거듭 태어나는 모습을 그린 성장시라고 했다. 여기서 시적 자아의 선택을 어렵게 한 요인은 다름 아닌 소시민성이었다. “저 놈은 눈물도 없고 괴로움도 없나”라는 것에서 알 수 있는 것처럼, 시적 자아를 항상 망설임 속에서 자유롭지 못하게 한 것은 이 의식이었다. 이런 감각은 소시민이라면 누구에게나 있는 것이고, 그 자의식의 기울기에 따라 자아의 발전 여부, 혹은 의식의 성장 여부가 결정되는 것이었다. 윤곤강은 친구의 설득에 의해 이로부터 어느 정도 벗어난 듯 보였다. 하지만 그러한 소시민성, 소위 좌익 기회주의란 것이 그리 쉽게 사상되는 것이 아님은 저 오랜 혁명의 역사가 증거하거니와 그에게는 이 문제가 거의 생리적인 차원의 것이 아니었나 생각될 정도로 깊이 각인되어 있는 경우였다. 다음의 시는 두 번째 시집에 실린 것인데, 다른 어떤 경우보다 그러한 자의식을 잘 보여주고 있다.

살었다—죽지 않고 살어 있다!

구질한 世渦 속에 휩쓸려
억지로라도 삶을 누려 보려고,

아침이면—
定한 時間에
집을 나가고,
사람들과 섞여 일을 잡는다,

저녁이면—
찬바람 부는 山비탈을
노루처럼 넘어온다,
집에 오면 밥을 먹고,
쓸어지면 코를 곤다.

사는 것을
어렵다 믿었든 마음이
어느덧
아무것도 아니라는 마음으로 변했을 때

나의 일은 나의 일이요,

남의 일은 남의 일이요,
단지 그것밖에 없다고 믿는 마음으로 변했을 때,

사는 것을 미워하는 마음이
다시 강아지처럼 꼬리 치며 덤벼든다.

—「小市民 哲學」 전문

윤곤강은 부유한 집안에서 태어났다고 이미 언급한 바 있다. 그의 부친은 많은 토지를 갖고 있었던 지주였거니와 이를 바탕으로 도회에서 주택 장사를 할 정도의 부르주아 계층이었다. 윤곤강은 말하자면 소시민적 자의식을 가질 수밖에 없었던 출신의 사람이었던 것이다. 토대가 모든 존재의 의식을 결정적으로 규정짓는 것은 아니지만 그렇다고 해서 이를 완전히 부정하기도 어려운 일이다. 이는 윤곤강에게도 동일하게 적용되는 문제가 아닐 수 없는데, 그는 어떻든 프로 작가로 출발하긴 했지만 그 반대편에 놓일 수 있는 개연성 또한 충분히 가지고 있는 경우였다. 다시 말하면 소시민의식을 다른 어느 작가의 경우보다 더 적극적으로 드러낼 수 있는 위치에 있었던 것이다. 인용시는 그러한 단면을 잘 말해주는 작품이라는 점에서 주목을 요하는 경우이다.

이 작품을 지배하는 요소는 이른바 열린 가능성 혹은 선택 가능성이다. 다시 말하면, 무엇을 할 수 있다는 가능성이 아니라 선택할 수 있는 지점이 적어도 하나가 아니라는, 여러 형태로 존재할 수 있다는 가능성이다. 가능성이 있다는 것이야말로 소시민들이 가질 수 있는 최우선의 가치가 아닐 수 없을 것이다. 미래에의 전망을 직시하고 또 대지에 대한 뜨거운 애착을 갖고 있었음에도 불구하고 그 생리적인 소시민 의식 탓에 이렇듯 윤곤강은 내향적인 세계로 돌아와 있었던 것이다. 물론 시인이 존재론적 변이를 시도하던 시기가 객관적인 상황이 열악해지고, 역사의 객관적 필연성을 이야기하기에는 부담스러운 상황이 된 것은 틀림없는 사실일 것이다. 그 상황 속에서 윤곤강은 이런 내면의 장으로 존재의 변이를 시도한 것이다. 어느 한 시인이 이렇게 솔직하게 자신의 내면을 드러내기란 쉬운 일이 아니다. 그런 솔직성이야말로 문학을 마주하는 윤곤강의 순진성을 말해주는 것인데, 어떻든 이를 계기로 그는 철저하게 내면 탐구 세계로 들어오게 된다.

실상, 자본주의적 외적 현실에 대응하는 두 가지 사조, 곧 리얼리즘과 모더니즘은 동전의 양면과도 같은 것이다. 이를 두고 어느 학자는 전망의 부재 여부에서 그 둘 사이의 차이점을 말하기도 하고, 또 자아의 파탄 여부에서 그 상위점을 말하기도 한다. 하지만 그 인식론적 토대는 동일한 것이고, 외부 현실과의 대화의 장 속에서 이 둘의 관계는 얼마든지 교호할 수 있다는 사실이 무시되어서는 안 될 것이다. 중요한 것은 본질이란 결코 변화하지 않는다는 사실이다. 다만 응시의 각도라든가 혹은 비판의 넓이만이 있을 뿐이다. 따라서 『대지』에서 펼쳐보였던 윤곤강의 시세계는 『만가』와 『빙화』에 이르기까지 그 인식론적 기반은 거의 동일한 것이라 할 수 있다.

인식론적 토대를 바탕으로 보면, 『대지』와 『빙화』에 이르기까지의 시세계는 동일한 연장선에서 설명할 수 있는 근거를 마련할 수 있게 된다. 다만 인식의 방법이나 그 대응의 양상만이 상이할 뿐이다. 어떻든 『대지』 이후 윤곤강의 시세계를 지배하고 있었던 것은 부르주아 의식이었다. 그러니 그는 『대지』에서 주류적 특성이었던 계급 문학의 세계로부터 빠져나와 새로운 단계로 나아가기 시작했던 것으로 보인다. 하지만 그러한 세계가 전연 엉뚱한 근거에서 시작된 것이 아니라 시집 『대지』에서 일정 부분 마련되었다고 보는 것은 옳다고 하겠다. 바로 모더니즘 세계로의 전이이다.

두 번째 시집 『만가』를 지배하고 있는 시적 주제는 죽음의식이다. '만가'라는 단어의 뜻에서 알 수 있듯이 시적 자아는 죽음의 그림자로부터 자유롭지 않거니와 모든 시의 맥락이 여기서 시작된다. 그런데 이런 죽음의식조차 이미 첫 시집 『대지』에서 예비된 것이었다. 이 시집의 주된 상징적 장치가 '겨울'이었거니와 '겨울'의 신화적 의미야말로 이 죽음의식으로부터 자유로운 것이 아니기 때문이다. 그만큼 시집들 사이에 놓인 거리는 없었던 것이고, 그 연속성은 매우 큰 것이라 이해할 수 있을 것이다.

Pale Death knocks with impartial foot,
At prince's hall and peasant's hut.

—*HORACE ODES*

—성낸 물결의 넋두리냐?

숨 막힐 듯 잠자다가도
바람이 은근히 꾀이기만 하면, 금시에
흰 이빨로 虛空을 물어뜯는,
주검아, 너는 성낸 물결의 넋두리냐?

—고기에 미친 독수리냐?

죽은 듯 고요한 양지 쪽에
둥주리에서 갓 풍긴 병아리를
한숨에 덤석! 채여 가는,

주검아, 너는 독수리의 넋을 닮었느냐?

그가 삶을 탐내어
목숨을 놓지 않고 몸부림쳤건만
울부짖고 발버둥이 치며 앙탈도 했건만,

주검아, 너에겐
아무것도 거칠 것이 없느냐?
물도, 불도, 원통한 목숨까지도…
무엇 하나 너에겐 거칠 것이 없느냐?

사람의 그 누가 살기를 원할 때,
목 놓아 못숨을 불러도 불러 봐도
너에겐 한 방울 눈물도 아까웁고,

사람의 그 누가 죽기를 원할 때
죽기를 손꼽아 기다리고 기다려도
너는 그것마저 선뜻 내어주기를 끄리느냐?

주검아, 네가 한 번 성내어
피에 주린 주동아리를 벌리고
貪慾에 불타는 발톱을 휘저으면
閃光의 刹那, 刹那가 줄다름질 치고

도막 난 時間, 時間이 끊지고 이어지는 동안
살고 죽는 수수꺼끼는 번대처럼 매암도는 것이냐?
어제(새벽 네 時)

그여코 너는 그의 목숨을 앗어 갔고,

오늘(낮 한 時)
遺族들의 嗚咽하는 소리와 함께
그를 태운 靈柩車는 바퀴를 굴렸다.
바둑판같은 墓地 우에 點 하나를 보태기 위하야—
오호, 주검아!

한마디 남김의 말도, 그가 나에게
주고 갈 時間까지 너는 알뜰히도 앗어 갔느냐?

바람 불고 구름 낀 대낮이면
陰달진 그의 墓地 우에 가마귀가 떠돌고,
달도 별도 없는 검은 밤이면
그의 墓碑 밑엔 능구리가 목 놓아 울고,

밤기운을 타고 亡靈이 일어날 수 있다면
원통히 쓸어진 넋두리들이
히히! 하하! 코우슴치며 시시덕거리는 隊伍 속에
그의 亡靈도 한자리를 차지하리로다!

—「輓歌2」 전문

『만가』에는 다양한 색조의 경향들이 어우러진 시집이다. 『대지』에서 모색된 것들이 한꺼번에 분출되어 하나의 성채를 이룬 것처럼 여러 경향의 작품들이 여기에 모여 있는 것이다. 이미지즘으로 대표되는 모더니즘 경향의 시들도 있는가 하면, 자아를 탐색하는 서정시도 있다. 뿐만 아니라 옅은 형태로 무늬지어진 현실지향적인 시들도 있고, 초기 우리 근대 시단의 한 맥락이었던, 자유시를 향한 하나의 시도였던 엑조티시즘적인 경향도 나타나고 있다. 그 가운데 가장 큰 변화란 바로 내부로 방향지어진 자아의 시선들일 것이다. 『대지』에는 자아의 시선이 비교적 외부로 향해져 있었고, 이를 바탕으로 여러 의미들이 만들어지고 있었다. 하지만 『만가』에 이르면 시인의 시선은 내부로 옮아오게 된다. 그렇다고 해서 내부로 향해진 이러한 시선들이 자아성찰과 같은 존재론적 영역에 머물러 있는 것은 아니다. 윤리성의 여부에 따라 자아의 존립을 규정짓고자 하는 계몽의 차원과는 거리를 두고 있는 것이다.

『만가』의 주된 주제의식은 제목이 시사하는 바와 같이 죽음에 관한 것들이다. 그런데 여기서 표방된 죽음의식은 존재론적 자아가 느끼는 죽음충동과는 일정한 거리가 있는 것처럼 보인다. 존재의 감옥으로부터 벗어나지 못한 주체가 실존적 결단을 통해서 늘상 나아가는 지대가 죽음충동이었다. 그렇기에 거기에는 윤리적 감각이 내재될 수밖에 없었다. 하지만 윤곤강이 『만가』에서 의미화한 죽음은 자아 내부에서 길러지는 것들이 아니다. 그것들은 밖에서 자아를 응시하며, 자아를 위협하고 있는 이타적인 존재들이다. 마치 무한히 발산하는 욕망처럼 죽음의 기제들은 거침없이 자아의 내부로 스며들어오고 있는 것이다. 가령, "고기에 미친 독수리마냥" 자아에게 다가오는 것이다. 이런 환경에서 자아는 실존에 대한 위협으로부터 자유롭지 못한 불안한 존재가 된다.

시인에게 다가오는 이 죽음의식의 실체란 무엇일까. 그리고 자아의 실존을 불안케 하는 이 감각은 도대체 어디에서 오는 것일까. 『대지』를 계급의식에 바탕을 둔 시집으로 규정하거나 적어도 이 의식의 흔적에서 자유롭지 않은 경우라고 한다면, 『만가』 이후의 시집들은 그러한 의식의 뒤편에서 만들어진 시집들이다. 이런 방향성이란 카프 작가들에게서 흔히 있어온 이른바 후일담의 문학과 비슷한 것이라 할 수 있다. 이 문학이 갖는 본령은 현실과의 끊임없는 조율성이다. 그러니 어떤 식으로든 사회에 참여하거나 경우에 따라서는 고향으로의 회귀와 같은 적극적 허무주의에 빠지기도 한다. 이런 논리가 적용된다면, 윤곤강의 『만가』는 이들 문학이 지향했던 방향과 분리하기 어려운 것처럼 보인다. 후일담의 문학에서 논의할 수 있는 근거가 될 수 있다는 사실이다.

비록 객관적 현실의 악화에 따른 것이긴 하지만 적극적으로 변혁하고자 했던 현실이 사라진 다음 남겨진 자리란 무엇일까. 소설처럼 논리의 세계로 대응하는 방식과 달리 감각만으로 대응해야 하는 서정의 세계는 어떤 것일까. 논리의 세계가 현실의 유혹으로부터 자유롭지 못한 경우라면, 서정의 세계는 그러한 유혹으로부터 비교적 자유로운 것은 아닐까. 적극적으로 대응해야 하는 현실이 사라진 자리에서 시인 윤곤강이 감당해야 했던 것은 현실이 사상된 감각이었을 가능성이 매우 크다. 그리고 그 감각이란 「만가2」가 일러준 것처럼 밀려드는 죽음에의 유혹이었다. 하지만 시인은 현실을 대신하여 육박해들어온 이 죽음에 대해 소극적으로 반응한 것은 아니었다. 그는 이 죽음을 수동성이 아니라 적극성으로, 경우에 따라서는 자아를 곧추 세우는 다른 수단으로 받아들였다.

A faint cold fear thrills through my veins.

— ROMEO AND JULIET.

어둠이 어리운 마음의 및바닥
촉촉이 젖은 그 언저리에
낼름 돋아난 붉은 혓바닥.

—검정고양이의 우름이로다!

웃는지, 우는지,
알 수 없는 그 소리가
검게, 붉게, 푸르게, 내 맘을 染色할 때,
털끝으로부터 발톱 끝까지
징그럽고 무서운 꿈을 풍기는 動物.

妖氣냐?
毒草냐?
배암이냐?
저놈의 눈초리!

동그랗게, 깊고 차게,
마음껏 힘껏, 나를 노려보는 것!

오!
槍끝처럼 날카롭고나!
바늘처럼 뾰—족하고나!

—「붉은 혓바닥」 전문 54

이 시는 아마도 세 번째 시집 『동물시집』의 근간이 되는 작품처럼 보인다. 『만가』에서부터 윤곤강은 동물들을 시의 소재로 등장시키고 있는데, 그 정점이 『동물시집』인 까닭이다. 이 작품의 소재는 뱀으로 추정되는데, 시인 또한 4연에서 '배암이냐'라고 묻고 있다. 하지만 여기서 중요한 것은 그 소재가 정확히 무엇이냐에 있는 것이 아니다. 『만가』의 주제는 죽음에 관한 것들이라 했는 바, 여기서 우선 죽음은 몇 가지 층위를 갖는다. 하나는 그것이 현실과의 대응 속에서 얻어진 것이고, 다른 하나는 시인의 감각과 관련된다는 사실이다. 시인이 목적했던, 혹은 의도했던 현실이 사라진 자리, 그것은 곧 죽음과 같은 불활성의 것은 아니었을까. 하지만 그 결과는 그 반대로 기능한다. 그것은 마치 살아 있는 것처럼 시인에게 다가와 위협하는 까닭이다. 그리하여 시인은 거기서 마땅히 나아가야 할 방향을 상실한 채 노예처럼 석화된 자세를 취하게 된다. 그리고 다른 하나는 이런 환경 속에서 점점 침잠해 들어갈 수밖에 없는 자아의 모습이다. 각성을 통해서 현실을 추동해 나가던 자아의 모습은 점점 위축되어 간다. 그 끝이 죽음과 같은 것임은 당연할 것이다.

이런 죽음의 늪에서 자아는 새로운 유혹을 느끼게 된다. 하지만 이 유혹은 서정주가 작품 「화사」에서 느꼈던 뱀의 혀와는 전연 다른 것이다. "낼름 돋아난 붉은 혓바닥"은 동일하지만 그 방향은 전혀 다른 까닭이다. 「화사」는 자아를 욕망의 기계로 나아가게끔 하는 수단이었다. 그러니 홍분과 설레임이라는 능동적, 적극적 정서가 활발하게 작동했다.[18] 하지만 윤곤강에게 다가오는 혓바닥은 「화사」의 그것처럼 욕망을 일깨우는 유혹이 아니다. 이 혓바닥은 자아를 죽음의 늪에 갇히는 것을 용납하지 않는다. 자아를 죽음의 그늘에서 탈출시키고자 "마음 것 힘 것, 나를 노려본"다. 아니 단순히 노려보는 것이 아니라 그 혀는 가시가 되어 "창끝처럼 날카롭"거니와 "바늘처럼 뾰족하기"까지 하다. 이 날카로운 혀에 무딘 감각이 설 자리는 없어진다.

『만가』 이후 윤곤강의 시들은 감각과의 치열한 싸움을 전개한다. 그는 무뎌가는 자신의 감각을 일깨우기 위해 자아의 분열을 적극 시도한다. 이는 분명 본질적 자아와 이상적 자아라든가 혹은 의식과 무의식의

---

18) 「화사」는 인간의 본성을 욕망에서 이해했다. 그리고 그 자유로운 발산이 관능이며, 이 정서가 곧 인간의 본 모습이라고 판단했다.

치열한 대결이라는 이상의 「거울」과도 사뭇 다른 경우이다. 이 갈등에서 얻고자 하는 것이 존재론적 완성에 대한 열망이 아니라는 뜻이다. 윤곤강은 자신의 작품에서 어떤 실존을 초월한 이상적 자아의 모습에 대해 희구한 적이 없다. 그는 무뎌진 감각, 죽어가는 감각을 일깨우기 위해 끊임없이 노력했을 따름이다. 『동물시집』과 『빙화』는 그러한 노력의 일단을 잘 보여주는 시집들이다. 따라서 이 시집들은 자연스럽게도 『만가』의 연장선에 놓여 있는 시집들이라 할 수 있다.

> 까투리가 푸드드 날러간 가랑잎의 밑에
> 골무 쪽 같은 대가리를 반짝 처들고
> 갈라진 혓바닥이 꽃수염처럼 낼름거린다.
>
> <세네카>의 웅변이 아무리 무서워도
> 내 이빨에 < 아라파스타 >의 살결, 젖퉁이를 물려
> <안토니오>의 뒤를 따라간 <크레오 · 파추라>다!
>
> 내 손꾸럭을 물어 다오,
> 피가 나도록 내 손꾸락을 꽉! 물어 다오.
>
> —「독사」 전문 73

이 작품은 「붉은 혓바닥」의 연장선에 놓여 있는 시이다. 그만큼 『만가』와 『동물시집』은 동일한 음역으로 묶어낼 수 있다. 「독사」는 존재의 전이와 밀접한 관련이 있는 작품이다. 가령, 하나의 존재로부터 다른 존재로 전이되는 매개로서의 기능을 할 수 있다는 뜻이다. 이런 맥락에서 이 작품에는 두 가지 의미가 내포된다. 하나는 죽음으로의 전이이다. 그런 변이를 역사는 말하고 증명한다. 클레오 파트라가 그것인

데, 시인은 그녀가 독사에 물려죽은 뒤 자신의 연인 안토니오를 따라간 것이라고 이해한다. 이렇듯 독사라는 실존은 변화시키는 주요한 매개가 된다고 보는 것이다.

그리고 다른 하나는 감각의 부활이다. 마지막 연에 나와 있는 것처럼, 자아는 독사로 하여금 "내 손꾸럭을 물어 다오/피가 나도록 내 손꾸락을 꽉! 물어 다오"라고 했다. 물론 이같은 행위가 클레오 파트라의 그것과 달리 죽음으로 향하는 길이 아님은 자명할 것이다. 그것은 존재의 변이와 밀접한 관련이 있기 때문이다. 바로 분명한 의식의 전환, 실존에 대한 뚜렷한 깨달음인 것이다.

어느 특정 개인이나 시인에게 있어 감각은 곧 살아있음의 증거가 될 수 있다. 특히 외적 상황이 악화되어 존재의 활동이 극히 제한되어 있는 경우라면 더욱 그러할 것이다. 일찍이 소월은 감각의 부활을 통해서 자신의 존재성과 사회적 함의를 부각시키려 했다.[19] 소월은 일제 강점기 조선의 현실을 죽음으로 이해했고, 그 부활을 통해서 민족, 조국의 독립을 꿈꾸었다. 그의 의도가 시의적절하고 정합성이 있는 것이었다면, 이는 윤곤강의 경우에도 그대로 적용될 수 있을 것이다. 특히 시인이 활동했던 무대가 1930년대 후반이라면 이런 시도는 더욱 그 시의성이 있는 것이라 하겠다. 잘 알려진 대로 이 시기에는 자아와 비자아라든가 나와 너의 구분이 불명료한 때였다. 그 연장선에서 조선적인 것과 그렇지 않은 것의 구분도 점점 모호해져 간 시기였다. 경계가 불분명할 때, 가장 필요한 것은 이 구분을 명확히 해주는 것뿐이다. 이런 상황을 대표하는 것이 바로 죽어있는 감각이다. 따라서 감각의 부활이야말로 자아를 비자아로부터 탈출시키는 것이고, 나와 너를 구분시켜주는 근

19) 송기한, 「감각의 부활과 생명성의 고양」, 『소월연구』, 지식과 교양, 2020 참조.

거가 된다고 하겠다. 윤곤강의 시에서 시도된 감각의 부활은 이런 맥락에서 그 의미가 있는 것이라 할 수 있다. 그의 시들은 어느덧 이렇게 민족적인, 혹은 집단적인 것으로 나아가기 시작한 것이다.

윤곤강이 일제 강점기에 마지막으로 쓴 시집이 『빙화』이다. 이 작품은 1940년에 출간되었는 바, 제목이 시사하는 것처럼 이 시집은 주로 얼음과 같은 이미지들과 깊은 관련을 맺고 있다. 얼음은 겨울의 이미지로부터 자유로운 것이 아니고 또 시대의 맥락으로부터 자유로운 것도 아니다. 시인이 시집의 제목을 이렇게 정한 것도 그러한 의미들을 담아내고 싶은 개연성이 있었을 것이다.

『빙화』의 시세계는 이전 시집들과 다른 면이 검출된다. 무엇보다 이전 시집에서 볼 수 없었던 것들, 가령 현실이 많이 추방되어 있는 점이 드러난다. 현실이 추방되었다는 것은 내용의 빈곤을 의미하는 것이거니와 실제로 이 시집에는 풍경화적인 요소가 제법 많이 등장한다. 이는 곧 이미지즘 수법의 강화와 밀접한 관련이 있는 것인데, 앞서 언급대로 윤곤강이 주로 관심을 갖고 있었던 것들 가운데 하나는 모더니즘이었다. 그는 이 사조가 요구하는 수법인 이미지라든가 엑조티시즘, 그리고 현대 문명에 대해서도 다소간 관심을 표명해온 터이다. 뿐만 아니라 자아의 내면 풍경을 들여다보는 심리 묘사에도 상당한 관심을 기울인 바 있다.

1 黃昏
구름은 감자밭 고랑에
그림자를 놓고 가는 것이었다

가마귀는 숲 넘어로

울며 울며 잠기는 것이었다

마슬은 노을빛을 덮고
저녁 자리에 눕는 것이었다

나는 슬픈 생각에 젖어
어둠이 무든 풀섶을 지나는 것이었다

2 湖水
바람이 수수닢을 건드리며 가는 것이었다

못가에 서면 그 속에도 내가 서 있는 것이었다

호수는 차고 푸른 나날을 보내는 것이었다

산울림을 타고 되도라오는 염소의 우름이 있는 것이었다

하늘엔 힌 구름이 갓으로만 갓으로만 몰리는 것이었다

3 마을
한낮의 꿈이 꺼질 때 바람과 황혼은
길 저쪽에서 소리 없이 오는 것이었다

목화 꽃 히게 히게 핀 밭고랑에서
삽사리는 종이쪽처럼 암닭을 쫓는 것이었다

숲이 얄궂게 손을 저어 저녁을 뿌리면
가느디가는 모기 우름이 오양간 쪽에서 들리는 것이었다

하늘에는 별 떼가 은빛 우슴을 얽어 놓고
은하는 북으로 북으로 기울어지는 것이었다.

—「MEMORIE」 전문 83

제목에서 알 수 있는 것처럼, 이 시는 근본적으로 엑조티시즘적인 특징을 보여주고 있다. 게다가 소제목으로 제시된 '황혼', '호수', '마을'에서 보듯 풍경 묘사도 있고, 또 마을의 한 장면, 한 장면을 소개하는 영화적 기법 같은 것도 드러나 있다. 그럼에도 시인은 창작과 달리 비평에서는 이런 형식주의에 대해 긍정적 시선을 보낸 것은 아니다. 카프 시절의 비평과 창작이 그러했던 것처럼 말이다. 가령, 그는 「기교」[20]라는 글에서 내용없는 문학, 곧 기교 위주의 문학을 두고 진정성 있는 문학이 아니라고 선언했기 때문이다. 하지만 이는 어디까지나 논리의 차원에서나 가능한 이야기이고 감성을 위주로 하는 서정의 세계에서 이런 논리가 곧바로 적용되지는 않았다. 언제나 그러하듯 감성이란 논리를 초월하는 곳에 있는 까닭이다. 이 외에도 이 시집에는 「夜景」, 「포플라」, 「언덕」 등 현실이 추방된 작품이 제법 상재되어 있었다. 이런 면들은 분명 1940년대초가 일러주는 시대 상황과 분리해서 설명하기는 어려울 것이다. 그럼에도 이 작품에서 주목을 끄는 시로 「自畵像」을 들 수 있다.

터—ㅇ 비인 방 안에 누어
쪽거울을 본다

거울 속에 나타난

20) 윤곤강, 『시와진실』, 정음사, 1948. 8.

무서운 눈초리

코가 높아 양반이래도 소용없고
잎센처럼 이마가 넓대도 자랑일 게 없다

아름다운 꿈이 뭉그러지면
성가신 슬픔은 바위처럼 가슴을 덮고

등 뒤에는 항상 또 하나 다른 내가 있어
서슬이 시퍼런 눈초리로 나를 노려보고
하하하 코웃음 치며 비웃는 말—

한낱 버러지처럼 살다가 죽으라

—「自畵像」 전문 88

자화상은 어떤 대상에 의지하여 스스로를 비출 때 나오는 모습이다. 대개 그러한 모습은 두가지 경로로 오버랩되는데, 하나가 자아 내부 사이에서 이루어지는 의식과 무의식의 갈등, 그리고 그로부터 얻어지는 형이상학적인 국면들이다. 하지만 이런 양상들은 관념적이어서 어떤 뚜렷한 실체로 곧바로 현상되는 것은 아니다. 반면 그 둘 사이를 매개하는 어떤 구체적 사물이 있을 경우 그 실체는 한결 뚜렷해진다. 잘 알려진 대로 이런 경우 거울은 인식론적 판단의 좋은 매개가 된다. 거울이 자아와 비자아 사이에 내재하는 거리나 갈등을 증거하는 좋은 매개로 기능하는 것도 이 때문이다.

「자화상」은 『만가』의 「붉은 혓바닥」이나 『동물 시집』의 시들과 밀접한 상관관계가 있는 시이다. 아니 관계가 아니라 그 연장선에 놓여있다고 해도 과언이 아닐 정도로 똑같이 닮아있는 면을 보여준다. 이런 맥락에서 보면, 시인은 『대지』 이후 자신의 본질이나 실존에 대해 지속적인 관심을 표명해왔다는 것을 알 수 있다. 「자화상」은 거울을 매개로 한 것이기에 이상의 「거울」이나 윤동주의 「자화상」과 비교할 수 있는 작품이다. 잘 반사된 면 속에서 자아의 또 다른 모습을 발견하는 것이라는 점에서 그 유사성을 알 수 있는 까닭이다. 하지만 이런 유사성에도 불구하고 윤곤강의 그것과 이상, 그리고 윤동주의 그것에는 어떤 동질성도 공유하고 있지 않다. 이상과 윤동주의 '자화상'이란 현실적 자아와 본질적 자아의 갈등이 내포된 시들이다. 그런데 이들 관계가 수평적이라는 점에서 윤곤강의 그것과 크게 차이가 난다는 사실이다. 갈등이란 수평적 관계일 때 가능한 것이지, 어느 한쪽에 의한 힘의 균형이 무너질 때 갈등은 전혀 의미가 없게 된다. 이럴 경우는 지배라든가 종속과 같은 수직적 관계가 힘을 발휘하게 되기 때문이다.

윤곤강의 「자화상」은 갈등보다는 종속이나 지배의 정서에 가까운 것이다. 소위 말하는 본질적 자아와 현실적 자아가 갈등하는 관계가 아닌 까닭이다. 거울 속의 자아는 나와 경쟁하는 관계가 아니다. 그 자아는 현실 속의 나를 '무섭게 노려보는' 존재이다. 이 자아는 무언가 잘못된 방향 혹은 자신이 의도한 방향과는 다른 방향으로 나아가지나 않을까 하는 등의 의심이 만들어낸 역할을 수행하고 있을 따름이다. 그는 갈등하는 자아가 아니라 감시하는 자아이다. 현실적 자아는 이로부터 벗어나지 못한다. 왜냐하면 갈등하는 것들이 수평적 관계가 아니라 수직적 관계에서 이루어지기 때문이다.

수직적 관계 속에서 현실적 자아는 자유롭지 못하다. 게다가 이 자아는 본질적 자아로부터 "하하하 코웃음을 치며 비웃는 말"을 듣기까지 한다. "한낱 버러지처럼 살다가 죽으라"고 말이다. 이런 비야냥이 가능한 것은 그만큼 현실적 자아가 본질적 자아의 기대치를 만족시키지 못했기 때문이다. 도대체 본질적 자아가 추동하는 만족치란 무엇이란 말인가. 실상 이 물음에 대해 자아의 올바른 행보가 무엇인가를 대답하는 것은 쉬운 일이 아닐 것이다. 하지만 여기서 확실한 것은 무뎌진, 무기력한 자아에 대한 일깨움 정도로 이해하는 것이 옳은 판단일지도 모른다. 이런 판단의 근거는 시인이 지금까지 보여주었던, '감각의 부활'이라는 정서와 분리하기 어려운 것이기 때문이다. 시적 자아는 객관적 현실이 주는 열악함으로부터 상당히 위축되어 있을 뿐만 아니라 그러한 현실에 대해 적극적으로 나아가고자 하는 의지 또한 상실한 터였다. 그리하여 그가 선택한 것은 현실추수주의나 감각을 드러내지 않고 지내는 일뿐이다. 하지만 그러한 자아를 본질적 자아는 결코 수용하지 못한다. 그는 본질적 자아의 관심을 받고, 경우에 따라 지도를 받으며, 현실을 헤쳐나아가고자 했던 것이다. 시인이 『대지』 이후의 시집에서 존재의 확인이나 감각을 끊임없이 부활하고자 했던 것은 바로 이런 이유가 있었기 때문이다.

4. 대지와 고향, 그리고 민족에 대한 새로운 발견

1945년 8월 15일 해방이 되었다. 이 해방은 누구에게나 그러한 것처럼 윤곤강에게도 남다른 것이었다. 그에게도 자신만이 추구하던 민족문학을 건설할 수 있는 기회를 맞이했기 때문이다. 일제 강점기 카프에 가담했던 문인들이 대부분 그러했던 것처럼, 윤곤강 역시 좌익문인단체였던 문학가동맹에 가입하게 된다. 윤곤강이 이 단체에 가입하게 된 것은 해방 이전 가지고 있었던 이념의 결과로 보이지만, 어쩌면 다른 요인들이 더 강하게 작용하지 않았나 생각된다. 그것은 자신과 밀접한 관계에 있던 임화라든가 전주 사건에 가담했던 문인들과 행동 통일 차원에서 비롯된 측면이 크기 때문이다. 하지만 해방 직후 시인으로서, 혹은 비평가로서 보여주었던 윤곤강의 문학적 이력에 비춰보면, 그의 이런 행보는 작품 세계와는 상반된 것이었다고 하겠다.

우선, 비평가로서 윤곤강은 해방 직후에도 이전과 마찬가지로 제법 활동을 보여준다. 하지만 이 시기 그가 발표한 글 가운데 문학가동맹이 내세운 이념을 선양하거나 혹은 고무 추동하는 글들은 거의 보이지 않는다는 점이다.[21] 가령, 임화를 비롯한 많은 문인들이 해방 직후의 현실 인식과 그에 기반한 세계관을 적나라하게 표시하고 있다는 점에서 보면, 문학가동맹 구성원으로서 윤곤강의 이러한 행보는 선뜻 납득하기 어려운 측면이 있다.

이 시기 윤곤강의 창작 역시 비평 행위와는 분명한 차이를 느낄 정도의 것은 아니었다. 물론 예외가 전혀 없는 것은 아니다. 해방 직후 윤곤강이 처음 쓴 것으로 추정되는 「삼천만」[22]의 시가 그러한데, 이 작품에서 윤곤강은 해방된 조선의 기쁨과, 그 기쁨이 민족과 계급에 대한 해방이 전제되어야 비로소 가능한 것임을 역설하고 있기는 하다. 하지만 한 편의 시 작품을 썼다고 해서 그것이 이 시기 이 시인의 본령이라고 말하는 것은 설득력이 떨어진다고 하겠다. 적어도 하나의 뚜렷한 세

---

21) 이 시기 그가 발표한 대표글로는 「文學과 言語」, ≪민중일보≫, 1948. 2. 28. 「나라말의 새 일거리」, 『한글』, 1948. 2. 「文學者의 使命」, 『백민』, 1948. 5. 1. 「孤山과 時調文學」, ≪조선일보≫, 1948. 9. 등이다. 이 가운데 해방직후의 상황과 어느 정도 부합하는 글이 「문학자의 사명」이다. 하지만 그는 이 글에서도 집단보다는 개별성의 총합 같은 것을 민족문학의 토대로 인식함으로써 집단 위주의 문학, 곧 당파성 같은 것을 뚜렷하게 내세우고 있지는 않다.

22) 작품의 부기에 의하면, 이 시는 1945년 8월 20일에 쓴 것으로 되어 있다.

계관을 보이려면 여러 몇 편의 작품 속에서 이를 지속적으로 표명해야 하는 절차가 있어야 하는 까닭이다.

해방 직후 진행된 시인의 창작행위를 추적해 들어가다 보면, 그의 문학적 본령이 무엇이었던가를 새삼 되묻지 않을 수 없게 된다. 특히 자유로운 이념 선택의 공간에서 시인은 지금껏 펼쳐보인 이념의 색채로부터 스스로를 감추고 있었기 때문이다. 그는 카프에 가담했고, 그 여파로 감옥에 가기도 했으며, 여기서 얻은 경험을 토대로 시를 쓰기도 했다. 말하자면 작가적 실천도 그는 다른 카프 시인과 달리 제대로 시행했던 것이다. 뿐만 아니라 1930년대 중후반의 어두운 현실에서도 그는 상징적 장치이나마 이념의 심연에 들어가 이를 언어화하는 작업도 수행해내었다. 하지만 열려진 공간, 이념을 선택하는 데 있어 아무런 제약이 없었던 해방공간에서 그는 자신의 세계관을 뚜렷이 드러내고 있지 않았던 것이다. 이런 결과가 말해주는 것은 무엇일까. 해방직후 윤곤강의 이러한 행보는 아마도 두 가지 각도에서 그 설명이 가능할 것으로 보인다. 하나는 부르주아 자식으로서 가지고 있었던 소시민성이고 다른 하나는 모더니즘이라는 양식이 주는 사유의 편린들이다. 윤곤강은 친구의 권유로 선진적인 노동자 의식으로 존재의 변환을 시도했지만 그의 의식의 저변에는 항상 소시민 의식이 자리하고 있었다고 했다. 익히 알려진 대로 이 의식은 미결정성 혹은 미종결성으로 특징지어진다. 하나의 결정을 위해서는 여러 단계의 망설임이 뒤따르는 것이 소시민 의식의 궁극적 특성인 것이다. 그는 해방 이전에 이 의식으로부터 자유롭지 않았거니와 해방 직후에도 마찬가지였던 것으로 보인다. 오히려 이 감옥으로부터 더더욱 벗어나지 못한 것이 아닌가 생각될 정도로 그는 이 한계에서 벗어나지 못하고 있었다. 따라서 문학가동맹에 참여한 것은 친분에 의한 행위의 결과일 뿐 결코 자신의 세계관에 의한 것이었다고는 할 수 없을 것이다.

둘째는 모더니즘 등 제반 사조와의 연관성이다. 해방 이전 윤곤강의 시세계는 다양한 측면에 걸쳐져 있었다. 리얼리즘의 영역이 있었는가 하면 모더니즘의 영역도 있었고, 혹은 그 중간 매개항도 있었다. 뿐만 아니라 서정시의 본령이라 할 수 있는 순수시의 영역에도 결쳐 있었다. 이런 다양성이야말로 욕망의 편집성이 낳은 결과이고, 사상적, 혹은 문예적 호기심이 낳은 결과일 것이다. 말하자면 그는 오히려 현대성이 무엇인지를 탐색하는 산책자에 가까울 정도로 근대에 대한 것들에 대해 집요한 탐색의 열정을 보여주고 있었던 것이다. 그러한 열정이 그로 하여금 여러 번에 걸쳐 존재의 변신을 만들어왔고, 그 변신의 과정 속에서 해방을 맞이한 것이다. 이때 그러한 사상의 편력 과정에서 주목해서 보아야 할 것이 대상에 대한 집요한 천착의 과정이라 할 수 있다. 이러한 시도가 실상 모더니즘의 정신과 분리하기 어려운 것인데, 윤곤강은 다른 어느 시인보다도 이 의식에 투철한 면모를 보여준 것이 아닌가 생각된다. 그것은 그가 해방 직후 발표한 두 권의 시집, 가령, 『피리』(1848)와 『살어리』(1948)를 통해서 나타나게 된다.

『피리』와 『살어리』를 관류하는 두 가지 큰 흐름은 소위 민족적인 것과 원형적인 것에 놓여 있다. 먼저 『피리』는 민족적인 것에 크나큰 관심을 둔 시집이다. 그렇다면 여기서 표명된 이 민족의식이란 어떤 계기와 동기에 의해 제출된 것일까 하는 의문이 들게 된다.

누릿 가온대 나곤
몸하 호올로 널셔
—< 動動 >에서

보름이라 밤하늘의
달은 높이 현 등불 다호라
임하 호올로 가오신 임하
이 몸은 어찌호라 외오 두고
너만 호자 홀홀히 가오신고

아으 피 맺힌 내 마음
피리나 불어 이 밤 새오리
숨어서 밤에 우는 두견새처럼
나는야 밤이 좋아 달밤이 좋아

이런 밤이사 꿈처럼 오는 이들—
달을 품고 울던 벨레이느
어둠을 안고 간 에세이닌
찬 구들 베고 눈 감은 古月, 尙火…

낮으란 게인 양 엎디어 살고
밤으란 일어 피리나 불고지라
어두운 밤의 장막 뒤에 달 벗 삼아
임이 끼쳐 주신 보밸랑 고이 간직하고
피리나 불어 설운 이 밤 새오리

다섯 손꾸락 사뿐 감아쥐고
살포시 혀를 대어 한 가락 불면
은 쟁반에 구슬 구을리는 소리
슬피 울어 예는 여울물 소리
왕대 숲에 금 바람 이는 소리…

아으 비로소 나는 깨달았노라

서투른 나의 피리 소리언정
그 소리 가락 가락 온 누리에 퍼지어
메마른 임이 가슴 속에도
붉은 피 방울 방울 돌면
찢기고 흩어진 마음 다시 엉기리

―「피리」 전문 103

해방 직후 발표된 『피리』는 이전의 시집과 비교해 볼 때, 여러 면에서 구분된다. 우선 형식적인 측면에서 시인은 작품의 서두에 우리의 전통 시가의 한 구절을 제시하면서 작품을 전개해나간다. 인용된 「피리」에서는 우리의 전통 가요인 「동동」이 전제되어 있다. 그런데 이런 면들은 두 번째 『만가』의 경우와는 매우 다른 측면이다. 『만가』에서 시인은 『피리』와 마찬가지로 도입 시를 꼭 제시하는데, 여기서는 대개의 경우 서구 시인들의 작품이었다.

이런 면은 적어도 다음 두 가지 면을 시사해준다. 하나는 해방 직후 그의 작품들이 전통적인 것으로 회귀했다는 것이고, 더 이상 모더니즘의 세계관을 고집하지 않게 되었다는 뜻이 내포된다. 결론적으로 말하면, 이런 작품 행위들은 적어도 이 시기에 모더니즘이 지향하는 의장이나 내용에 대해서는 거리를 두었다고 알리는 증표들이라 할 수 있다. 다시 말하면 일시적, 파편적인 인식이 아니라 항구적, 통합적인 인식을 갖게 되었다는 것이다. 실제로 이 시기 윤곤강은 「전통과 창조」에서 '창조'란 '전통'에서 오는 것이고, 또 그 전통이란 과거의 것이 아니라 미래까지 내포된 힘이라고 이해하고 있다.[23] 이는 파편화된 인식을 갖고 있는 모더니스트가 그 인식의 완결을 위해 항구적인 모델로 나아가

23) 『인민』, 1946. 1.

는 것과 동일한 도정이라고 할 수 있다.

윤곤강은 해방 직후, 전통과 같은 통합의 정서로 현저하게 기울어지고 있었다. 이는 집단적 통합의 표상인 인민성이라든가 당파성과는 뚜렷히 구분되는 것이라는 점에서 주목을 요하는 것이라 할 수 있다. 이런 통합의 정신을 토대로 윤곤강이 해방 직후 발견한 것은 분열된 민족의 모습들이었다. 어쩌면 그는 이러한 분열상을 자신이 겪어온 파편성과 연결짓고 싶었던 것은 아닐까. 그렇기에 그는 전통적 악기인 피리 소리에 "찢기고 흩어진 마음 다시 엉기리"라고 하는 욕망을 보인 것은 아닐까.

그리고, 이 시기 윤곤강의 통합적 세계관을 보여주는 것 가운데 하나가 고향의식이다. 고향이란 전통과 더불어 통합의 감수성을 대표한다. 일찍이 파편화된 감수성을 이런 고향의식 속에서 초월한 대표적 시인으로 오장환이 있다.[24] 그는 근대의 세례를 통해 무너진 통합의 감수성을 고향이라는 전일적 감수성으로 초극했던 것이다. 이런 행보에 기대어 보면, 윤곤강이 자신의 여섯 번째 시집이자 마지막 시집인 『살어리』는 그 사시하는 바가 매우 큰 것이라 할 수 있다.

허두
살어리 살어리랏다
靑山애 살어리랏다
멀위랑 다래랑 먹고
靑山애 살어리랏다
　　얄리얄리 얄랑셩 얄라리 얄라
....

---

24) 오장환의 시에서 발견되는 탕자의 고향발견이 바로 그러하다. 오세영, 「탕자의 고향발견」, 『월북문인연구』(권영민편), 문학사상사, 1989 참조.

일링공 더링공 하야
나즈란 디내와손뎌
오리도 가리도 업슨
바므란 또 엇디호리라
　　얄리얄리 얄랑셩 얄라리 얄라……………………

—「靑山別曲」에서

1
살어리 살어리 살어리랏다
그예 나의 고향에 돌아가
내 고향 흙에 묻히리랏다

나무잎이 우수수 지누나
황금빛 나뭇잎이 지고야 마누나

누른빛 한의바람 속엔
매캐한 암노루의 배꼽 내 풍기고
지는 해 노을을 고웁게 수놓으면
어린 적 생각 눈에 암암하여라

조무래기 병정 모아 놓고
내 스스로 앞장서서
숨 가쁠사 풀 덩굴 헤치며 헤치며
대장 놀음에 해 지는 줄 모르던 곳

2
살어리 살어리 살어리랏다
그예 나의 고향에 돌아가
내 고향 흙에 묻히리랏다

하마 꿈엔들 잊히랴
댓가지로 활 매어
홍시라 쏘아 따 먹고
잠자리 잿불에 구어 먹던 시절

엄마가 비껴 주는 머리
굳이 싫다 울며 뿌리치고
냇가에 나아가 온 하루 물탕치다가
할아버지께 종아리 맞던 생각

그때, 나는 춧사랑을 알았어라
달보다 곱고 탐스런 가시내
가슴의 피란 피 죄 몰리었어라
꿀에 미친 왕벌이 꽃밭을 싸대듯—

3
살어리 살어리 살어리랏다
그예 나의 고향에 돌아가
내 고향 흙에 묻히리랏다

물 같은 세월은 어느덧
사냥도 갈 나이 되자
산도야지 이빨을 깎는 대신
나는야 머리 깎고 서울로 가고
그때부터, 나는 눈물의 값을 알았어라

겨레의 설움과 애달픔을 알았어라
그때부터, 나는 이친 범 되었어라
자고 닐어 맞이하는 것 주림뿐이었어라

그때, 나를 기다려 지친 가시내
헛된 해와 달 보내고 맞다가
굳이 맺은 언약도 모진 칼에 잘리어
남의 임 되어 새처럼 날아갔어라

4
살어리 살어리 살어리랏다
그예 나의 고향에 돌아가
내 고향 흙에 묻히리랏다

고운 손길 한번 못 만져 본
애타는 시름 덧없이 보내고
나는야 잃어버린 땅 찾으러
사랑보다 더 큰 사랑에 몸 바쳤어라

투구 쓰고 바위 끝에 서서
머언 하늘 끝 내어다보면
화살이 빗발치는 싸움터 나를 불렀어라
불 맞은 호랑이처럼 나는 내달았어라

날아드는 화살이 가슴에 맞는가 했더니
화살이 아니라 한 마리 제비였어라
비비배 비비배배… 제비는 몸을 뒤쳐
내 어깨를 스치며 날아갔어라

5
살어리 살어리 살어리랏다
그예 나의 고향에 돌아가
내 고향 흙에 묻히리랏다

때는 한여름 바다같이 너분 누리에
수갑 찬 몸 되어 전주라 옥살이
예[倭]의 아픈 챗죽에 모진 매 맞고
앙탈도 보람 없이 기절했어라

그때, 하늘 어두운 눈보라의 밤
넋이 깊이 모를 늪 속으로 가랅을 때
한 줄기 타오르는 불꽃을 보았어라
그것은 도적의 마즈막 발악이었어라

나와 내 겨레를 은근히
태워 죽이려는 그놈들의 꾀였어라
정녕 우리 살았음은 꿈이었어라
정녕 우리 새날 봄은 희한하였어라

6
살어리 살어리 살어리랏다
그예 나의 고향에 돌아가
내 고향 흙에 묻히리랏다

도적이 물러간 옛 터전엔
상긔 서른여섯 해의 썩은 냄새 풍기어
겨레끼리 물고 뜯는 거리엔 가마귀 떼 울고
때 오면 이슬 될 목숨이 하도하고야

바람 바다 밑에서 일어
하늘을 다름질칠 제
호련히 나타날 새 아침하!
흰 비들기처럼 펄펄 날아오라

내 핏줄 속엔 어느덧
나날이 검어지는 선지피 부풀어
사나운 수리의 날개 펴뜨리고
설은 몸 밀물처럼 흘러가노라

7
살어리 살어리 살어리랏다
그예 나의 고향에 돌아가
내 고향 흙에 묻히리랏다

어린애 가슴처럼 세월 모르던 시절하!
바랄 것 없는 어두운 마음의 뒤안길에서
매캐하게 풍기는 매화꽃 향내
아으, 내 몸에 매진 시름 엇디호리라

언마나 아득하뇨 나의 고향
몇 메 몇 가람 넘고 건너
구름 비, 안개 바람, 풀끝의 이슬 되어
방울방울 흙 속에 숨이고녀

눈에 암암 어리는 고향 하늘
궂은 비 개인 맑은 하늘 우헤
나무나무 푸른 옷 갈아입고
종다리 노래 들으며 흐드러져 살고녀 살고녀…

—「살어리」 전문

해방 직후 윤곤강이 시도했던 민족문학은 아마도 이런 전통성, 혹은 원형성에 있었던 것은 아닐까. 이런 근거는 이때 자신이 의욕적으로 밝힌 민족문학의 개념에서 그 시사점을 얻을 수 있을 것이다. 「문학자의 임무」에서 윤곤강은 민족적 이념이라는 것을 불변의 어떤 것으로 이해했다.[25] 그것은 시간과 공간에 따라 달라지는 것이 아니고 일체의 것을 초월하고 어루만져주는 무진장하고 전지전능한 힘으로 파악한 것이다. 다시 말하면 민족적 이념이란 일시적이고 순간적이 아니라 영원한 것이고 어떤 순간에도 흔들리지 않는 항구적인 그 무엇이라고 본 것이다. 그런 다음 그는 이 이념이라는 것이 위로부터의 전체성이 아니라 개별자들이 모인 전체성이라고 파악했다. 말하자면 민족의 이념이란 전체성이 아니라 개별자들의 총체가 모여서 된 것이라 했던 것이다.[26]

그런데, 이런 시도는 몇 가지 오해를 불러일으킬 만한 소지가 있는 것 또한 사실이다. 하나는 당파성과의 관련양상인데, 잘 알려진 바와 같이 당파성도 여러 개별자들이 모여서 하나의 공통관계로 형성되는 것이다. 뿐만 아니라 그것은 집단적인 것이어서 항구성이랄까 보편성 또한 내포하는 것이라 할 수 있다. 하지만 윤곤강은 이에 대한 논의를 전혀 다른 식으로 우회하면서 그 위험을 비껴가고 있다. 밑에서 위로, 곧 개별자들이 모인 총체가 민족 이념이라고 판단하는 것이다. 이렇게 이해하게 되면 어느 특정 집단에서 공유되는 이념들은 배제되게 된다. 물론 여기서도 난점이 전혀 없는 것은 아니다. 이럴 경우 민족에 대한 개념적 이해라든가 정의가 제대로 내려져야 하는 까닭이다.

어떻든 윤곤강이 이해했던 개별자들의 총체란 거의 아키타이프, 곧 원형에 가까운 것이 된다. 모든 개체들에 향유되는, 그리고 공통되는 것이야말로 원형 이외의 다른 대안이 없기 때문이다. 그 결과 시도된 것이 전통이고, 고향에 대한 감각이었던 것이다. 이런 정서를 통해서

25) 『백민』, 1948. 5.
26) 위의 글 참조.

윤곤강은 해방 직후의 혼란을 극복할 수 있는 계기랄까 근거를 찾았을 수도 있다. 이는 이 시기 그만이 갖고 있었던 득의의 영역이 아닐 수 없는데, 어떻든 이런 발상의 근원에 자리하고 있는 것이 모더니즘의 행보와 불가분의 관계에 놓여 있었다는 사실이다. 모더니즘이란 사유의 정서이고 지속의 정서이며, 미종결적 특성을 갖는다. 그래서 열린 가능성을 향해 계속 전진하는 특성을 갖고 있다. 윤곤강은 해방 이전부터 이미 문학에서 다채로운 실험을 시도해온 터였다. 미완결된 자신의 정서, 파편화된 자신의 정서를 완결시켜줄 것에 대한 치열한 모색의 과정을 거친 것이다. 그리하여 그가 완결의 장으로 만난 것이 전통이고, 삶의 원형질이었다. 그런데 해방 직후는 아이러니컬하게도 그러한 질서를 필연적으로 요구하고 있었다. 이념이 부채살처럼 퍼져나가고 민족이 분열하는 현실을 목도한 것이다. 이런 현실 속에서 그는 일종의 확신 아닌 확신을 얻은 것처럼 보인다. 무질서가 아니라 질서, 분열이 아니라 통합, 이 모두를 하나로 아우를 수 있는 원형질의 발견이야말로 이 시기가 요구하는 시대정신으로 말이다. 그러한 확신이 그로 하여금 전통이나 고향과 같은 통합의 세계로 나아가게끔 만들었던 것이라 할 수 있을 것이다.

5. 사사적 위치

윤곤강은 우리 시사에서 낯선 위치에 놓여 있는 시인이다. 일제 강점기 적지 않은 시집과 예외적인 시론집의 발간에도 불구하고 그에 대한 연구들은 영성한 편이다. 그런데 이런 결과들이란 결코 낯선 것이 아니라는 점에서 또 다른 보편성을 만들어내고 있는 것도 사실이다. 중간자 혹은 회색이란 늘 관심이나 소외의 경계에 놓여 있는 존재들이기 때문이다. 게다가 윤곤강은 시인으로서 등장한 시기 또한 애매한 위치에 놓여 있었다. 잘 알려진 바와 같이 카프의 등장은 우리 문단의 한 획을 긋는 사건이었고, 그 문학적 전개는 크나큰 주목의 대상이 되는 것이었다. 이런 거대한 흐름에 윤곤강의 경우도 국외자적 위치에 있었던 것은 아니다. 하지만 그는 카프가 퇴조되는 시기에 등장했고, 그러한 까닭에 이 단체가 내세우는 여러 조건들과 의무들에 대해 충실히 이해할 수 있는 처지에 놓여 있지 못했다. 오히려 이런 애매한 위치가 그의 문학적 위치를 문학사에서 위축시키는 결과를 초래하게 만들었다.

윤곤강 문학을 이해하기 위해서는 무엇보다 이 시인의 출신 조건을 문제 삼지 않을 수 없을 것이다. 그는 부르주아 집안에서 태어났고, 이 환경은 그의 문학활동에 있어 절대적인 기준으로 작용해 왔다. 그것은 다름 아닌 소시민 의식이었다. 이 의식은 시인의 행위나 사유를 결정하는 데 있어 늘 중간자의 위치 혹은 기회주의적 측면에 머무르게 하는 속성이 있었다. 가령, 무엇하나 뚜렷이 결정하거나 자리하게끔 하는 결단성의 결여와 밀접한 관련이 있었던 것이다. 이런 면들은 카프 구성원으로서 윤곤강이 활동하는 데 있어 큰 제약 가운데 하나로 기능했다. 뿐만 아니라 이 의식은 이 시기뿐만 아니라 해방 직후 윤곤강의 사유에도 어느 정도 영향을 미치게 된다.

그리고 윤곤강의 문학을 이해하는 데 있어 두 번째 근거는 그의 문학에 나타나는 사유의 다양성들이다. 물론 이러한 요건들이 첫 번째 것, 곧 소시민 의식과 분리하기 어려운 것은 사실이지만, 어떻든 그는 여러 문학적 조류들에 대해 관심이 많았고, 이를 자신의 작품 속에 구현하고자 했다. 이를 두고 유행병적인 멋에의 집착이라고 할 수 있겠고, 또 문학적 정열이라고 치부할 수도 있을 것이다. 이 도정에서 그는 여러번 존재의 변신을 시도하게 되고, 그 변신의 결과들은 그대로 자신의 시집 속에 담기게 된다. 그의 시집들이 짧은 기간 집중적으로 발표되었음에도 불구하고 시집들 사이에 내재하는 인식성의 차이는 이 열정의 결과라고 할 수 있을 것이다.

윤곤강의 문학 세계에서 가장 중요한 기준점은 리얼리즘의 영역보다는 모더니즘의 영역에서 찾아야 그 정합성을 담보받을 수 있을 것으로 보인다. 특히 해방직후 펼쳐보였던 민족주의에 바탕을 둔 민족문학과 삶의 원형질을 탐색해 들어간 고향의식을 염두에 둘 때 더욱 그러하다. 그는 근대의 탐색자였고, 또 항해자였다. 삶의 조건이 어떻게 개선되는가를 탐색하는 것이 근대성의 한 과제라면, 그는 이러한 면들에 충실히 부응하는 면을 보여주었다고 하겠다. 그것이 존재의 변이에 따른 새로운 세계에 대한 열망이었고, 그 결과 그가 발견한 것이 민족이라는 집단의 이념, 삶의 원형질에 대한 발견이었기 때문이다.

이런 시도가 있었기에 그는 해방직후 문학가동맹과 일정한 거리를 둘 수 있었던 것으로 보인다. 물론 그가 문학가동맹에 가입하기는 했지만, 그는 여기에 거리를 두고 있었다. 그가 하나의 단체에 가입한다는 것은 분열의 한 단초가 된다고 생각했는지도 모른다. 이는 해방직후 자신이 발견하고 추구해나간 민족적인 정서, 집단의 정서와는 상위적인 것이었다. 그래서 그는 크나큰 이념에서 지도되는 환경보다는 개별성의 총체가 모여서 만들어내는 집단의 정서에 보다 더 밀접한 친연성을 보였는지도 모른다. 고향과 같은 삶의 원형질이야말로 계급이나 계층을 초월한, 절대적인 하나의 세계이기 때문이다.

참고문헌

윤곤강,『시와 진실』, 정음사, 1948.

______,「소시알리스틱 리얼리즘」,『신동아』, 1934. 10.

______,「반종교문학의 기본적 과제」,『신계단』, 1933. 5.

______,「감동의 가치」,『비판』, 1938. 8.

______,「감각과 주지」, ≪동아일보≫, 1940. 6.

______,「전통과 창조」,『인민』, 1946. 1.

______,「문학자의 임무」,『백민』, 1948. 5.

송기한 · 김현정 편,『윤곤강 전집』1 · 2, 다운샘, 2005.

김용성,『한국현대문학사탐방』, 국학자료원, 2011.

김용직,「계급의식과 그 이후」,『한국현대시인연구』(상), 서울대 출판부, 2000.

박철석,「윤곤강 시 연구」,『국어국문학』16, 동아대 국문과, 1997. 12

송기한,「감각의 부활과 생명성의 고양」,『소월연구』, 지식과 교양, 2020.

이형권,「시론과 시의 상관적 변모과정: 곤강론」,『한국현대시의 이념과 서정』, 보고사, 1998.

오세영,「탕자의 고향발견」,『월북문인연구』, 문학사상사, 1989.

윤정룡,「윤곤강 시론에 대한 검토」,『관악어문연구』10, 서울대 국문과, 1985.

임 화,「6월중의 창작」, ≪조선일보≫, 1933. 7.

윤곤강 초기 시에 나타난 대지적 상상력

시집 『大地』를 중심으로

송재일(공주대학교)

1. 머리말

윤곤강(1911～1950)은 1937년부터 1940년 사이 『大地』(1937), 『輓歌』(1938), 『動物詩集』(1939), 『氷華』(1940) 등 네 권, 해방 후 『피리』(1948), 『살어리』(1948) 등 두 권의 시집을 발간하였다. 이 논문에서는 그의 초기 시집인 『大地』[1]를 중심으로 '대지'에 나타난 상상력을 고찰하고자 한다.

그동안 윤곤강 문학에 대한 연구는 40여 편의 학술논문과 박사논문 2편을 포함한 10여 편의 학위논문이 있다. 그러나 시집 『大地』만을 다룬 연구는 없다. 윤곤강 시의 변모 과정 연구에서 1기를 『大地』와 『輓歌』로 보기[2]도 하지만, 『大地』만을 분리하여 1기로 구분하기도 한

---

1) 이 논문은 尹崑崗, 『大地』(朝鮮現代詩人叢書 1, 풍림사, 1937)를 텍스트로 하였다. 이 시집에는 22편의 시가 실려 있는데, 목차에는 23편이다. 목차에는 「日記抄 (1)」과 「日記抄 (2)」로 구분되어 있으나 실제로는 「日記抄」가 I 과 II로 구분된 한 편으로 수록되었다.

2) 임종찬, 「윤곤강 시 연구」, 『인문논총』 37, 부산대학교 인문대학, 1990.

다.[3] 『大地』와 『輓歌』를 다른 경향으로 구분한 연구자들의 대부분은 『大地』를 계급문학의 범주에 속한다고 판단하였다. 백철, 김용직, 이경교, 조용훈, 송기한, 김현정, 최혜은 등이 『大地』의 경향을 계급주의로 보았다.[4] 그러나 일찍이 오세영은 윤곤강을 생명파 시인으로 분류하였다.[5] 그리고 시집 『大地』의 경향에 대하여 조동일은 '생명의 봄이 올 것을 간절하게 바라는 노래로 엮어 시련을 견디는 자세를 다지려고'[6] 했다고 했고, 박철석은 암울한 현실과 자아의 갈등을 보여주고 봄기운을 맞이하는 기다림과 희망을 잃지 않는 의지를 보여준다[7]고 하였다.

박철석, 「윤곤강 시 연구」, 『국어국문학』 16, 동아대학교 국어국문학과, 1997.
유성호, 「윤곤강 시 연구 : 현실과의 길항, 격정적 자의식」, 『한국근대문학연구』 24, 한국근대문학회, 2011.

3) 김용직, 「계급의식과 그 이후」, 『한국현대시사』, 한국문연, 1996.
송기한, 「윤곤강 시의 욕망의 지형도」, 『한국문학이론과비평』 24, 한국문학이론과비평학회, 2004.
김옥성, 「윤곤강 시에 나타난 자연의 의미」, 『문학과 환경』 14－3, 문학과환경학회, 33쪽.

4) 『大地』를 계급문학의 범주에 속하는 것으로 보는 주장은 다음과 같다.
백철, 『新文學史潮史』, 신구문화사, 1989, 488쪽. '프로시의 서사적인 시풍을 그대로 갖추었다.'
이경교, 「윤곤강의 문학사적 자리」, 『목멱어문』 5, 동국어문학회, 1993. '카프 경험의 현실 인식이 반영되었다.'
조용훈, 『근대시인연구』, 새문사, 1995. '프로문학이 보여주는 계급의식이 뚜렷하다.'
김용직, 앞의 논문. '계급 시가 갖추어야 할 기본 요소를 내포하고 있다.'
김현정, 「윤곤강의 시 연구」, 『문예시학』 11－1, 충남시문학회, 2000, 229~232쪽. '식민지인의 애환과 계급의식이 표출되었다.'
송기한, 앞의 논문, 2쪽. '투쟁의 이미지에서 계급시의 성격이 확고하고, 현실적 정황과 투쟁의지를 형상화시키는 데 주력하였다.'
최혜은, 「윤곤강 문학 연구」, 충남대학교 대학원 박사학위논문, 2014, 59쪽. '프로시인으로서의 경향 문학의 성격이 잘 드러난다.'

5) 오세영, 「생명파 연구」, 『국문학논집』 10, 단국대학교, 1983, 162쪽.

6) 조동일, 『한국문학통사 5』, 지식산업사, 1988, 480쪽.

7) 박철석, 「윤곤강 시 연구」, 『국어국문학』 16, 동아대학교 국어국문학과, 1997, 80쪽.

유성호는 '겨울/봄' 같은 알레고리적 대위가 매우 빈번하게 노출되고 절정기의 프로 시들의 성격을 하나하나 지워가면서 퇴행의 조짐을 보여주었다고 하였으며[8], 제해만은 '의지와 갈구의 주조를 표출하였다고'[9] 하였다. 양애경은 '현실과 자아의 갈등'[10]이라고 하였으며, 이경교는 '시대적 불의와 대결하는 시인의 갈등을 형상화 하였다'[11]고 했고, 김웅기는 '프로문학의 영향에서 탈피하여 새로운 시 정신을 부각'하였다고 했다. 김옥성은 『대지』의 많은 작품들이 '겨울'이라는 혹독한 현실에 대한 인식을 거친 후에 '봄'이라는 낙관적 비전을 제시하는 구조를 취하고 있으며, 많은 작품에서 '대지'－'자연'은 '농토'를 의미하고[12], 농민의 착취 문제를 날카롭게 비판하면서 농민이 해방된 농경 공동체를 지향하였다고 했다.[13]

이러한 연구들의 대부분은 시인의 전기적 여건을 이해함으로써 시의 이미지를 해석하려고 하였다. 그리고 『大地』의 시편들에 대해 부정적 평가를 내리기도 한다. 한영옥은 이 시편들이 상투적, 직정적 토로에 그치고 언어적 절재가 가해지지 않았으며, 시의 암시성이 지나치게 노출되었다고 하였다.[14] 류명심은 현실 인식의 창조적 승화가 이루어지지 않았으며,[15] 양애경은 현실에 대한 불만을 토로하고 절망하면서

8) 유성호, 앞의 논문, 103쪽.

9) 제해만, 「시대상과 시적 변용 : 윤곤강론」, 『단국대학교 대학원 학술논총』 11, 단국대학교, 1987, 49쪽.

10) 양혜경, 「윤곤강 시의식의 변모 양상 고찰」, 『동남어문논집』 8, 동남어문학회, 1998.

11) 이경교, 앞의 논문, 103쪽.

12) 김옥성, 앞의 논문, 34쪽.

13) 김옥성, 「윤곤강 시의 식민지 근대성 비판과 자연 지향성」, 『문학과 환경』 15－3, 문학과환경학회, 2016, 43쪽.

14) 韓英玉, 「윤곤강 시 연구」, 『誠信硏究論文集』 18, 성신여자대학교, 1983, 56쪽.

15) 류명심, 「윤곤강 시 연구 (1)」, 『동남어문논집』 8, 동남어문학회, 1998, 228쪽.

현실 문제에 관심을 기울기는 했으나 적극적인 저항 의식을 보이지 않는다[16]고 하였다.

1930년대는 일본의 군국주의의 길을 노골화한 시기다. 이는 일본의 만주 침략(1931)을 계기로 본격화되었고, 특히 우리 농촌은 수탈의 공간이 되었다. 수천 년간 농경문화가 중심이었던 우리 민족에게 대지는 생명과도 같았고, 삶의 기반이었다. 대지에 대한 수탈은 우리 민족의 모든 것을 잃은 것과 마찬가지였다. 일본제국은 일본 내의 사회 운동은 물론 조선의 민족 해방 운동에도 탄압을 가했다. 윤곤강이 활동한 카프의 경우, 1931년 1차 검거를 시작으로 탄압을 하기 시작하여 급기야 1935년에 해산되었다. 1937년 전후에 본격적으로 시 창작 활동을 시작했던 윤곤강은 그러한 사회적 상황에서 자유로울 수 없었을 것이다. 이러한 시기에 윤곤강 시인은 왜 시적 공간으로 대지에 관심을 두었을까?

이 논문에서는 윤곤강 초기 시인 시집 『大地』에 나타난 '대지'의 이미지 분석을 중심으로 상상력을 고찰하고자 한다. 상상력이란 보이지 않는 것을 보거나 실체의 입자에 접촉하려는 욕망을 운동의 특징으로 삼으며, 욕망의 운동으로서의 상상력은 물질적이고 역동적인 상상력의 토대를 형성한다.[17] 상상한다는 것은 현실을 떠나는 것이며 새로운 삶을 향해 돌진하는 것이기 때문에 상상력은 하나의 상태가 아니라 인간의 존재 그 자체다.[18] 상상력은 인간 정신 활동의 결과물이며, 이미지를 만들어 내는 능력이다. 시적 이미지는 시인에 의해서 언어의 형대로 만들어지는 새로운 이미지다. 새로운 이미지란 그 이전의 자신의 모

---

16) 양혜경, 앞의 논문, 303쪽.

17) 유경훈, 「바슐라르의 상상력 이론과 창의력의 철학적 기초」, 『영재교육연구』 19(3), 한국영재학회, 2009, 638쪽.

18) 곽광수, 『바슐라르』, 민음사, 2010, 36쪽.

습과 다른 가치를 추구하여 끊임없이 변화하는 것을 말한다. 시적 언어는 시적 상상력의 체계 속에서 자신만의 고유한 의미를 지닐 수 있는 파롤들의 종합이다. 그것은 작가가 말하고자 하는 의식, 몽상적 의식의 구체적 표현 형태다.[19] 바슐라르는 네 원소(물, 불, 공기, 대지) 중에서 대지와 관하여 두 권을 저술하였다.[20] 대지(흙)는 네 가지 원소 중에서 가장 구체적이고, 고대인들의 신화에서도 모든 것의 원인이며, 그들이 바라보는 세계는 대지에 근원을 두었다.[21] 대지에 대한 인간의 상상력은 두 축으로 나타난다. 인간에 맞서는 완강한 대지의 저항을 굴복시키고 지배하려는 일로서 나타나는 의지의 상상과 궁극적 정지 상태인 휴식의 상상을 통해 대지의 견고한 표면을 꿰뚫고 생명력과 하나가 되고자 하는 상반된 두 축이 나타난다.[22]

---

19) 홍명희, 「이미지와 상상력의 존재론적 위상」, 『한국프랑스학논집』 49, 한국프랑스학회, 2005, 435~435쪽.

20) 바실라르, 민혜식 역, 『불의 정신분석 · 초의 불꽃/ 대지와 의지의 몽상』, 삼성출판사, 1982.
가스통 바슐라르, 정영란 옮김, 『대지 그리고 휴식의 몽상 : 내밀성의 이미지 시론』, 문학동네, 2016.

21) 장영란, 「대지의 신화의 상징과 이미지의 표상과 생산 원리」, 『비교민속학』 57, 비교민속학회, 2015, 204쪽.

22) 김윤재 · 박치완, 「바슐라르의 대지의 시학에 나타난 상상력의 두 축」, 『철학 · 사상 · 문화』 제17호, 동국대학교 동서사상연구소, 2014, 210쪽. 이 논문에서 바슐라르의 대지의 시학에 나타난 시적 상상력의 두 축에 관하여 "인간에게 대지는 다른 원소들과 달리 견고하고 안정된 모습으로 나타난다. 대지의 평탄한 표면은 상반된 물질적 상상력의 축을 자극한다. 하나는 인간에 "맞서는(contre)" 대지의 저항을 넘어서, 대지를 지배하려는 의지에 촉발된 인간이 '일'을 통해 창조에 도달하는 '의지'의 활동이다. 다른 하나는 대지의 표면을 꿰뚫고 "안으로(dans)" 침투하려는 인간이 대지의 내부에서 편안함을 느끼고, 내부에 간직된 생명력의 정수와 일체감에서 회복을 경험하는 '휴식'의 활동이다. 의지와 휴식이란 상반된 활동은 대지라는 하나의 원소 안에 종합 되어 있다. 대지가 이러한 양면적 가치를 갖는 이유는 대립된 가치들은 물론, 다양한 가치들을 종합하는 시적 상상력의 변증법 때문이다."라고 언급하였다.

시적 교감 즉 시적 이미지가 느끼게 하는 감동을 설명하기 위해서는 그것의 과거를 조사할 것이 아니라 상상 가운데 그것이 눈앞에서 조직적으로 변해가는 모습 그 자체를 묘사해야 한다. 이것이 곧 바슐라르의 이미지의 현상학이며, 그 감동의 체험을 그는 혼의 울림이라고 한다.[23)] 윤곤강의 초기 시에서 공간(대지)에 대한 시적 상상력은 노동의 대지와 겨울의 대지로 나타난다. 이러한 공간의 상상력이 한 편의 시 안에서도 상보적으로 작용하여 의지와 휴식의 몽상으로 우리에게 활력을 회복하는 역할을 한다. 따라서 이 논문에서는 '대지' 이미지 분석을 통해 시인의 역동적 상상력에 의해 대지를 비롯한 원소들이 어떻게 새롭고 다양하게 수용되는가를 살피고자 한다.

2. 대지의 상상력

1) 노동의 대지

바슐라르의 네 원소 이론 중에서 대지에 관한 이미지는 노동으로 자주 표현되는 '의지'에 관한 상상과 궁극적 정지 상태인 '휴식'에 관한 상상이 주를 이룬다.[24)] 노동의 성격과 관련된 의지에 대하여 바슐라르는 하나의 주체와 견고한 물질이 충돌할 때 떠오르는 이미지며, 의지의 몽상은 인간이 물질과 부딪쳐 투쟁하여 이 물질을 변형시키고 있는 동안에 떠오르는 이미지를 뜻한다고 한다. 그리고 그는 단단한 물질과 투쟁적인 노동을 통하여 힘 또는 원동력의 상상력이 형성된다고 파악한

23) 곽광수, 「바슐라르와 象徵論史」, 『空間의 詩學』(가스통 바슐라르), 민음사, 1995, 16~18쪽.

24) 성창규, 「땅에 관한 상상력—바슐라르의 몽상으로 히니와 이재무의 시 읽기」, 『동서비교문학저널』 22, 한국동서비교문학회, 2010, 63쪽.

다.[25] 윤곤강의 초기 시나 시집 『大地』의 시에는 어떤 정치적이거나 이념적 용어가 등장하지 않는다. 그의 시에 노동 행위가 빈번히 나타난다. 이는 노동 의지의 상상력을 보여주는 것이라 하겠다. 아래 시는 1932년에 창작된 시인의 시작 초기의 작품이다. 시작 초기부터 대지의 상상력이 시인의 창작 기반이 되었으리라 판단된다.

北쪽나라 멀고먼―ㄴ 遼東七百里ㅅ벌 불어오는 찬바람은
이田園의 들밧테도 차저와 나무닙은 우수수! 썰어진다.

○

싸늘한 밤서리 소리업시도 짜우에 나려안고 고요한 沈默속에서 한두마리 구슬픈 버레소리
―아! 추어―
장차 음습한 찬바람의 무서운 警告와도 갓치……

○

드을에는 黃波의무르녹는 곡식들 제무게에 고개 숙이고
해맑은 하눌우에는 秋月大空의 뭇기럭이 쎄지어울며 날어간다.

○

참으로 참으로 썌만남은 손으로 파고 심고 각구어내는 사람에게
곡식이 익어감을 바라보는것보다 더큰 깃븜이어대 잇스랴.
그喜悅속에 푹!파뭇처 그대로 窒息한들 엇더랴!

○

하것만 머지안은 압날 저―언덕에 벼실히 수레소리 들려오고
왼一年내 一心精力 잇는대로 밧친 곡식을 ××× ×××
그리고 갑업는 嘆息과 絶望의눈물만 차저올 얄미운 가을임에야 …….

○

25) 김옥성, 앞의 논문, 67쪽.

주린 어머니의 껍질만 남은 젓꼭지에 매여달려
「웨, 젓이 안히나와」하고 보재는 아기의 철몰으는 소견을
눈물로 달래어 嚴冬雪寒을 새우게할 가을바람이어든
오호, 그엿코 그엿코 그몹쓸 가을이어든 오지나 말지…….

○

보라, 그들의 피를 들어마실 저-곡식은
얼마나 먹음직 스러운가를-
저 호미를 들고 흙과흙을 뒤지고 뒤지어 그곳에 비로서 몃만번의
가을이 오고 갓는가를-

○

그러나 가을마나 가을마다 차저오는 쏙갓튼 푸념이엇나니
-올에는바람에도 장마도 벌레도업서 풍년이다.
하지만, 장녜갑고 세금물고…… 무엇먹고 사나!

○

가을이 오면 낫이나 밤이나 이 푸념!
落葉의 동산에 피눈물만 쑤리고 갑업는 咀呪만을
虛空中天에 실려보내든 때도
이제는 地平線 저-넘어로 살아지련다.
그러나 허겁흔 푸념과 絶望의한숨을 버리고
中空놉히 날어가는 쎄기력이처럼
××× ××× 나아갈 참다운 가을이 올때 까지…….
오호, 참혹한 이마을을 음습하고 농낙할 무서운 가을바람은
몃번이나 몃번이나
無限의우름에 殉死하는자者들을 湖笑할것이냐?
-슷 · 一九三二 · 가을-

-「가을바람 불어올때」 전문(『批判』, 1932. 12)

화자는 가을로 접어든 풍년이 든 어느 농촌 풍경을 묘사한다. 이 시

의 시간은 '北쪽나라 멀고먼ㅡㄴ 遼東七百里ㅅ벌 불어오는 찬바람은/ 이田園의 들밧테도 차저와 나무닙은 우수수! 떨어'질 때다. 화자에게 '싸늘한 밤서리 소리업시도 싸우에 나려안고 고요한 沈默속에서 한두 마리 구슬픈 버레소리'가 'ㅡ아! 추어ㅡ'하는 것처럼 들린다. 화자에게 이러한 상상은 '장차 음습한 찬바람의 무서운 警告와도 갓치' 다가온다. 그래서 화자에게 '찬바람'은 폭력의 상징이며, 두려움으로 몰려온다.

이러한 '드을에는 黃波의무르녹는 곡식들 제무게에 고개 숙이고,' '그들의 피를 들어마실 저ㅡ곡식은' 먹음직스럽게 익었다. '올에는바람에도 장마도 벌레도업서 풍년이다.' 그래서 화자는 '머지안은 압날 저ㅡ언덕에 벼실히 수레소리 들려' 오리라고 생각한다. 이러한 풍년은 '호미를 들고 흙과 흙을 뒤지고 뒤지어' 얻었다. 즉 이는 '호미'라는 도구를 가지고 저항하는 단단한 땅과 투쟁하여 얻은 노동의 결과다. 그 곡식들은 '왼一年내 一心精力 잇는대로 밧친' 결과물이다. 그러나 가을의 찬바람이 불어오면 '장녜갑고 세금물고…… 무엇먹고 사나!'라는 푸념과 한탄이 '가을마나 가을마다 차저오는 석갓'이 찾아온다, 화자는 이러한 푸념과 원망을 하면서도 '썌만남은 손으로 파고 심고 각구어내는 사람에게 곡식이 익어감을 바라보는것보다 더큰 깃븜이' 없다고 단언한다. 이는 노동의 기쁨이며, 대지의 저항에 맞서 그를 굴복시키는 농민의 의지다. 그래서 '그喜悅속에 푹!파뭇처 그대로 窒息한들 엇더랴!'라고 토로한다. 그럼에도 결과는 '嘆息과 絶望의눈물만 차저올' 것이라는 것을 화자는 잘 안다.

화자가 '호미를 들고 흙과흙을 뒤지고 뒤지어 그곳에 비로서 몃만번의 가을이 오고 갓는가'라는 진술에서 노동의 중요 요소인 반복성을 파악할 수 있다. 이러한 노동은 '허겁흔 푸념과 絶望의한숨을 버리고, 中空놉히 날어가는 쎄기럭이처럼/ ××× ××× 나아갈 참다운 가을이 올째 까지……' 지속될 것이다. 이러한 노동의 지속 과정에서 노동의 투쟁이 발생하고, '참다운 가을이 올째 까지' 저항하는 대상과 물질의 저항 자체도 통합한다. 노동의 결과가 절망에 이른다 해도 화자는 결코 노동을 포기하지 않는다. 이는 노동의 진정성을 체득한 모습이다.

이 시와 5년 정도의 거리를 두고 창작된 「가을의 頌歌」에서도 이러한 대지의 상상력이 지속된다. 이 시는 「가을바람 불어올째」의 직설적인 진술을 줄이고 다듬은 느낌이 든다. 이 시의 중간 이후 부분은 다음과 같다. "드을에는// 黃波의 무르녹는 곡식들/ 제무게에 고개 숙이고,/ 밤ㅅ서리를 뒤어쓴 숲속에/ 버레떼는 沈黙을 쪼갠다!/ 아아 추어…… / 장차 음습할 찬바람의 무서운 警告와도 같이……// 머지않은 앞날—/ 저 언덕에 수렛ㅅ소리 들리면/ 피땀 짜먹은 곡식을/ 값없는 탄식과 맞바꿀……// 보라!/ 몇만번의 가을이/ 이렇게 오고 갓는가!"(「가을의 頌歌」에서, 『大地』, 1937). 김옥성은 이 시에 대하여 착취당하는 농민의 현실을 선명하게 보여주는 작품이며, 가을 들판에서 무르익어가는 벼들이 황금빛 물결로 출렁이지만 농민들은 전혀 흥겹지 않은 이유를 수확의 많은 부분을 지배계급에게 빼앗길 것이기 때문이라고 하였다. 그리고 시적 주체는 '농토'의 역사를 "몇 만년" 동안의 '농민 착취의 역사'로 규정한다[26]고 하였다. 하지만, 시 「가을바람 불어올째」의 '참으로 참으로 쌔만남은 손으로 파고 심고 각구어내는 사람에게/ 곡식이 익어감을 바라보는것보다 더큰 깃븜이어대 잇스랴./ 그喜悅속에 푹!파뭇처 그대로 窒息한들 엇더랴!'라는 구절을 보면 달리 생각할 수 있다. 몇 만년 동안 착취의 역사 속에서 농민들은 '絶望의한숨'을 쉬면서도 노동을 포기하지 않았다. 이는 땅을 지배하려는 농민들의 어기찬 생명력이라

26) 김옥성, 앞의 논문, 35쪽.

할 수 있다. 여기에서 농민들의 노동의 진정성이 지속되고 있음을 알 수 있다.

농민들이 저항하는 대지를 일구는 물질은 호미를 비롯한 괭이, 쟁기 등이다. 인간에 맞서는 완강한 대지의 저항을 굴복시키고 지배하려는 일로서 나타나는 의지의 몽상이다.

밧고랑 흙덩이는 달궈진 므쇠!
굴둑 쑤신 쑤시개 가튼 맨발 바닥에 드러붓네

마름밥 접밥 한술에 새기운 짜내어
손바닥 침 칠하고 호미 다시 잡는 마음!

밧맛리 키다리 『포푸라』도
맥이 풀려 입파리 느러트리고,

울다 울다 목마저 갓는지
종달이 울음도 간데 업다,

보리밧 넘어 울타리 틈으로
가난이 부는 피리 마저 목이 마첫네.

—「炎天小曲」 전문(≪朝鮮中央日報≫, 1934. 5. 21)

이 시도 시집 『大地』를 출간하기 3년 전쯤 발표되었다. 이 시의 정황은 '『포푸라』도 맥이 풀려 입파리 느러트리고,// 울다 울다 목마저 갓는지/ 종달이 울음도 간데 업'는 염천이다. '밧고랑 흙덩이는 달궈진 므쇠' 처럼 뜨겁다. 달궈진 무쇠처럼 뜨거워진 흙덩이가 농민의 '굴둑 쑤신 쑤시개 가튼 맨발 바닥에' 그 뜨거운 열기를 들어부었다는 표현에서 대지가 인간에게 맞서는 완강한 저항을 상상할 수 있다. 농민은 단단한 무쇠 같은 땅을 호미로 부드럽게 한다. 이러한 흙의 저항을 굴복시키고 지배하려는 그는 '마름밥 접밥 한술에 새기운 짜내어/ 손바닥 침 칠하고 호미 다시 잡'는다. 이렇게 농민은 온갖 힘을 다하여 대지의 완강한 저항에 맞선다.

맥풀린 두 팔에 매어달려 오르락! 내리락!
무듸고 무된 괭이날이
붉은흙을 뒤지고 뒤질때……
저녁노을은 왼들을 뒤덮엇다!

압흔허리를 펴고
느러진고개를 들고
그는 아마득한 벌판을 내어다본다!
― 구비 구비 뻐더나간 모래이랑우에
푸른바다처럼 물결치는 보리밭!

……<중략>……
지긋 지긋 한 「보리고개」를 그려본다
그리고 아지못하는동안에, 그는 불으짓는다!
― 네 언제 일안하고 놀어보앗든가!
언제 하른들! 언제 단 하르인들……

―「드을」에서(『大地』, 1937)

화자는 저녁노을이 온 들을 덮는 저녁까지 붉은 흙을 뒤지고 또 뒤진다. 반복된 노동의 결과 괭이 날이 땅의 저항에 부딪쳐 무뎌졌다. 무뎌진 연장에서 우리는 노동의 연속성과 반복성을 상상할 수 있다. 이러한 노동의 반복으로 화자의 팔은 맥이 풀려 힘없이 오르락내리락한다. 이러한 표현에서 노동자의 노동과 대지의 저항 속에서 변증법적 시간으로 파악할 수 있다. 화자는 고된 노동으로 허리가 아프고, 고개마저 늘어져 있다. 일의 일정한 과정에서 노동의 투쟁이 발생한다. 목표를 노리는 노동의 지속된 시간으로 저항하는 대상과 물질의 저항 자체도 통합된다. 통합의 결과로 아득한 벌판에는 푸른 바다처럼 보리밭이 물결친다. 온종일 힘들고 고단한 노동을 할지라도 저녁이 되면 아름다운 노을을 바라보고, 넓은 들판에 펼쳐진 보리밭 물결을 보는 화자의 행위에서 휴식을 연상할 수 있다. 노동은 궁극적으로 대지에 자신의 욕구를 침투 또는 실현하고 가장 깊은 잠과 같은 휴식으로 귀결될 수 있다. 그러나 일 년 내내 농사를 지어도 빈곤에서 헤어나지 못한다. '지긋 지긋한 「보리고개」'가 휴식을 앗아간다. 화자는 단 하루인들 노동을 멈춘 일이 없었다고 부르짖는다.

> 오늘도 무디고 무딘 호미날은
> 붉은흙을 뒤지고 뒤지어
> 벌써 해는 한나절이 채웠고나!
>
> 아!
> 해마다 오는 보리고개는
> 언제나 변함없는 주림의 나라!
> 마음은 항상 드을에.
> 삶과 주림의 一切가 그속에있는 붉은흙에서
> 단한번도 떠나본적이 없건만—
> —끝—

—「哀想」에서(『大地』, 1937)

이 시는 앞에서 언급한 「드을」에서와 같이 노동의 반복성과 노동 결과의 허탈함을 드러낸다. 화자가 쥐고 있는 호미는 당사자의 의지가 요구되는 물질이다. 호밋날이 무디고 무뎌졌다는 표현에서 지속적인 힘을 들여 노동 행위를 했다는 것을 읽을 수 있다. 화자는 한나절 동안 호밋날이 무뎌지도록 붉은 흙을 뒤지고 뒤지는 반복된 노동의 행위를 한다. 위에서 언급한 시 「드을」(『大地』, 1937)과 마찬가지로 화자가 행하는 노동의 동작은 저항하는 대상과 땅이라는 물질의 저항 자체를 통합한다. 땅을 뒤지고 또 뒤지는 행위는 땅이라는 대상을 분쇄하고 훼손하려는 것이 아니다. 붉은 땅을 부드럽게 하는 노동의 과정은 연금술을 연상하게 한다. 연속된 노동은 땅을 고르고 다듬어 씨앗을 뿌려 싹을 틔우고 가꿔 열매를 거두고자 하는 구체적 목표가 있기 때문이다.

노동의 결과 부드러운 흙에서 풍요로움을 가져온다 해도 현실은 해마다 보릿고개와 맞닥뜨려야 한다. 편안한 삶을 영위하려는 욕망과 의지로 마음은 항상 '드을'(땅)에 있다. 그러나 언제나 나라가 변함없이 굶주림에서 벗어나기 어렵다. '굶주림'에서 궁극적인 죽음의 의미를 읽어낼 수 있다. '삶과 주림의 일체'가 '붉은흙' 속에 있다는 것에서 삶과 죽음의 상상력을 발견할 수 있다. 역설적으로 삶은 죽음으로 가는 길이다. '붉은흙' 즉 대지에서 삶과 죽음의 상상력이 의지와 휴식의 역설을 통해 새로운 이미지로 형성된다.

> 마음은 항상 드을에.
> 삶과 주림의 일체가 그속에있는 붉은흙에서
> 단한번도 떠나본적이 없건만—
>
> 가을마다

가을마다
비ㅅ자루만 털고
복장을치고 통곡을해도 시원치않건만……

그래도
봄이 오면
흙이 그립고
개구리의 하—얀 배때기가 보끕어
길고도 오—랜 忍從의굴레를 못벗는 人間의 弱点을
나는 생각한다!

해마다 봄이 오면
언제나 변함없이
쟁기와 괭이가 기어나오고
온갖씨 種子가 뿌려지고
물싸움, 품싸움, 비료싸움……·

그리하여 왼 大地에
스담스런 곳식들의 숨소리 듯는다!
흙을 사랑하는 까닭이다!
총알보다도 더따거운 지내간 살림살이에
몸ㅅ서리를 치고 이를 악무는것도……·

—「大地 2」에서(『大地』, 1937)

화자는 농사를 짓는 농부다. 이 농부는 가을이 되면 곡식을 거두어 기쁨이 가득할 텐데 오히려 '비ㅅ자루만 털고/ 복장을치고 통곡을해도 시원치않'을 정도로 허탈하다. '그래도' '해마다 봄이 되면/ 변함없이' '온갖씨 種子가 뿌'리려고 쟁기와 괭이가 등장한다. '해마다'와 변함없이'라는 어휘에서 보듯이 농사의 노동이 지속적으로 반복되었음을 알 수 있다. '그래도'라는 어휘에서 노동의 결과가 아무리 허탈해도 노동을 지속해야 하는 의지를 읽을 수 있다. 농부가 사용하는 쟁기와 괭이는 당사자의 의지가 요구되는 물질이다. 이러한 물질을 사용하여 지속적인 힘을 들이는 노동을 해야 '왼 大地에/ 스담스런 곡식들의 숨소리 듯'을 수 있다. 화자는 '봄이 오면/ 흙이 그립고/ 개구리의 하―얀 배때기가 보곺어/ 길고도 오―랜 忍從의굴레를 못벗는 人間의 弱点'을 알면서도 노동 행위를 다시 반복한다. 화자의 살림살이는 '총알보다도 더따거운' 상태다. '총알'은 단단한 금속으로 사람의 생명을 앗아가는 물질이다. 가난한 살림이 얼마나 힘든가를 상상할 수 있다. 그럼에도 불구하고 '몸ㅅ서리를 치고 이를 악'물면서도 노동 행위를 지속하는 것은 '흙을 사랑하는 까닭이다.'

칼로 점인듯 또렷한 네생각이
잠깨인 내가슴속에 짜릿하게 숨여들어
말못할 그리움의 물ㅅ결을 그려주노니
사랑하는 내 친구여 너는 항상 말했느니라!
바다같이 훠―ㄴ한 「영내ㅅ벌」한구석에 불숙―솟은 「우름산」밑
오막사리초가가 네 집이요
그속에 소처럼일하다 꼬불어진 네아버지가 있고
파뿌리같이 하―얀머리칼과 갈퀴ㅅ살같은 손을가진 네 어머니가 있고
또 대를 이은 「황소」네형님이 살고 있다고―

―「狂風 ―R에게」에서(『대지』, 1937)

화자는 '미친바람이/ 窓문을두드려' 잠이 깼다. 그는 창틀을 통해 밖

을 바라본다. 창을 통해 밤하늘의 초승달을 바라보면서 친구에 대한 몽상 속에 빠진다. 상상력이 친구에게 다시 친구가 살던 집으로 스며든다. 화자는 '사랑하는 내 친구'가 항상 하던 말을 빌려 그 친구의 부모가 대를 이어 농사를 지었다는 노동 행위를 드러낸다. 이 친구의 집은 들판 한구석에 솟은 산 밑의 오막살이 초가집이다. '오막사리 초가집'은 '너'의 유년시절 추억과 꿈이 있던 곳이다. 그러나 그 친구는 그 집에 살지 못한다. 가난한 보금자리이지만 그 초가집은 원초적인 보금자리다. 이 오두막은 하나의 도피처이고, 은거지이며, 하나의 중심이다. 이 초가집은 '너'의 어린 시절 꿈이 있었던 공간이며, 지금도 아버지 어머니, 형님네가 살고 있다. '살고 있다'는 즉, 거주한다는 행위는 잊어버리지 않는 무의식의 가치로 뒤덮여 있고, 뿌리 내리기를 원하는 꿈들이 있다. 또한 집은 뿌리를 내리고 머무르고자 하는 의지의 이미지를 부여받는다. 그 친구의 아버지는 소처럼 일하다 허리가 꼬부라진 농부다. 소는 꾀를 부리지 않고 우직하게 일만 한다. 아버지는 허리가 꼬부라지도록 평생을 소처럼 일만 했다. 그의 어머니의 손을 '갈퀴ㅅ살같'다고 표현한다. 늙을 때까지 어머니의 고된 노동의 반복으로 손이 갈퀴 살처럼 닳고 거칠어졌다. 그곳엔 '대를 이은 「황소」네형님이 살고 있다.' 대를 이어 살고 있는 형님이 '황소네'라는 별명을 얻은 것으로 볼 때 형님 역시 오로지 노동만을 지속적으로 해온 것으로 추측된다. 이렇게 볼 때, '그'의 집은 농민이 가난하게 살고, 삶의 터전이 노동의 현장이라는 점을 상상할 수 있다.

여기는 키다리兵丁『포푸라』나무들의
검푸른 잎사귀 하늘걸리는 역내(驛川) 뚝(防築)
때는 보름ㅅ달 마저 홍시 紅柿처럼 빨아케 불붙은 밤!

달빛은 방죽 貯水池 안에 담긴물을 『거울』삼어
벼이삭 고개숙인 『역내ㅅ벌』 수리조합촌(村)의 늦가을ㅅ밤風景의 화상을 그리었고나!

오! 아름답고 살찐 自然
무엇이 여기에 나타나 『삶』을 협박하겠느냐?

……눈만 뜨면 두더지처럼 땅만 뒤지고
그것만이 단하나뿐인 사람에게는
이러한 아름답고 기름진 自然도 갖어서는 못쓰는가?

…… <중략> ……
나는 역역히 알고 있다!
人間의 목숨의값이 그얼마나 높은것인가를!
우리가 죽잔코 따(地球)의 품안에 숨쉬는 동안까지는
정녕코 억임없이 살과살을 맛대어볼수잇고 말과 말을 전해볼수가 있다는것을!

—「蒼空」에서(『大地』, 1937)

호수(저수지)의 물속에 비친 벼 이삭이 고개 숙인 늦가을 벌판의 밤 풍경은 예술 창조에 선행하는 몽상을 야기한다. '역내 뚝'에 '키다리兵丁『포푸라』 나무들의/ 검푸른 잎사귀'가 하늘에 걸렸다. 커다란 '『포푸라』 나무의 검푸른 잎사귀를 달고 하늘을 향해 솟아오르려면 깊이 땅에 박힌 뿌리가 있어야 한다. 포프라에서 하늘을 향해 솟아오르는 상승의 이미지와 동시에 보이지 않는 생명의 뿌리라는 자연의 내재적 가치를 발견할 수 있다. '보름ㅅ달 마저 홍시 紅柿처럼 빨아케 불붙은 밤!' 이다. '벼이삭 고개숙인 『역내ㅅ벌』 수리조합촌(村)의 늦가을ㅅ밤風景'

이 달빛이 비치는 물속에 비쳐 그림처럼 보인다. 이는 아름답고 풍요로운 들판이다. 이렇게 '아름답고 살찐 自然' 속에서 오로지 '눈만 뜨면 두더지처럼 땅만 뒤지'면서 노동을 지속하였다. 이렇게 대지에서의 노동은 의지의 몽상이라고 할 수 있다. 농민은 땅을 갈고, 파고, 매야 씨를 뿌리고 가꾸어서 열매를 얻을 수 있다. 그러나 그는 '아름답고 기름진 自然도 갖'지 못하는 것이 현실이다. 이러한 절망의 현실 속에서도 화자는 '人間의 목숨의값이 그얼마나 높은것인가를!' 잘 알고 있다. 그래서 '우리가 죽잔코 따(地球)의 품안에 숨쉬는 동안까지는' '정녕코 억임없이 살과 살을 맛대어볼수잇고 말과 말을 전해볼수가 있다는것을!' 확신한다.

2) 겨울의 대지

근본적으로 농경문화는 땅에 기반을 두고, 유목 문화는 하늘에 기반을 둔다. 현실을 직관하고 상상하여 사유하는 인간의 시선 속에서 하늘과 땅은 인간이 발을 붙이고 살아가며 눈을 들어 바라보는 세계다. 특히 흙과 대지는 모든 것의 근원이며, 식물들도 대지에 뿌리박고 자라나며, 동물들도 대지에서 살아간다. 그러므로 대지는 대지뿐만 아니라 그 주위를 둘러싼 산, 물, 식물 등을 포함한 장소 전체들을 의미한다. 그리고 원시시대부터 대지는 지상의 모든 것을 양육한다고 믿었기에 모든 것의 어머니로 생각되었다.[27] 윤곤강 시에서 대지는 일반적으로 평야, 들, 언덕 등으로 나타난다. 먼저 상상의 기후인 겨울의 대지 이미지를 살펴보자.

---

27) 장영란, 「대지의 신화의 상징과 이미지의 표상과 생산 원리」, 『비교민속학』 57, 비교민속학회, 2015, 204~205쪽.

뼈저린 눈보라의 攻勢에 大地는 明太같이 말라붙고
겨울은 상기 冷酷한챗죽을 흔들며
地上의 온갓것을 모조리 집어먹으려한다!
멀미나는 苦難의밤 겨울도 이제는 맛창이날때도 되었건만
아즉도 끊칠줄모르고 몰려드는 北風의攻勢!

그놈의攻勢의 方向을 노리면서
견될수없는 봄의渴望에 흐늑여 울다가
이제는 울기운조차 없어지고야만 애닯은 목숨들이
여기에 死體와같이 누어있다!
진물나는 눈瞳子처럼 脈없이 슬어지는 겨울의太陽아!

너는 우리들의 굳센意慾을 알리라!
어서! 奔馬와같이 거름을 달리어라!
冷酷한겨울을 몰어낼 봄바람을 실어오기위하여—.

渴望에 가슴조리는 우리가 두손을 쩍버리고 그놈을 안어드릴 날,
오고야말 그놈을 한시라도쉽게 걷어잡고싶은 말못할渴望이여!

地上의온갓것을 겨울의품으로부터 빼았고 香氣로운 봄의품안에
다 그것들을 덥석! 안겨주굜은 불타는渴望이여!

—「渴望」 전문(『大地』, 1937)

이 시는 시집 『大地』의 첫머리에 수록되었다. 이 시의 화자는 '대지'가 '明太같이 말라붙'었다고 한다. 대지는 '견될수없는 봄의 渴望에 흐늑여' 울었다. 그러나 '이제는 울기운조차 없어지고야' 말았다. 그 대지 위에 생명들이 꿈뜰대야 하는데, '애닯은 목숨들'이 사체 같이 누워 있다. 대지는 '죽음' 혹은 '소멸' 이미지로 나타난다. 대지의 생명력을 앗

아간 대상물은 무엇일까? 그것이 바로 겨울이다. 화자는 겨울이 '冷酷한챗죽을 흔들며/ 地上의 온갓것을 모조리 집어먹으려한다!'고 토로한다. 또한 겨울은 대지에 '뼈저린 눈보라의 攻勢' '긏칠줄모르고 몰려드는 北風의攻勢'를 가한다. 겨울의 태양도 겨울의 공세에 '진물나는 눈瞳子처럼 脈없이 슬어지'고 만다.

겨울의 이미지가 냉혹한 챗죽, 눈보라의 공세, 북풍의 공세로 확장되면서 역동성을 띠게 된다. 바슐라르는 격렬한 공기라는 원소로 이루어진 역동적 이미지의 극한을 향해 폭풍우치는 우주 속으로 들어가 보면 심리적으로 분명한 인상들이 축적되는 것을 보게 된다고 한다. 또한 그는 사나운 바람은 순수한 분노, 대상없는 분노, 구실 없는 분노를 상징한다고 하였다.[28] 그러나 이 시의 화자는 겨울 바람을 냉혹하고 뼈저리며 그칠줄 모르는 공세로 인식한다. 이 시에서 냉혹한 북풍의 몽상 속에서 이미지를 주는 것은 시각이 아니고 청각이다. 눈보라의 공세, 북풍의 공세, 냉혹한 챗죽을 흔드는 소리는 공포감을 한층 더 증폭시킨다. 더욱이 겨울의 (챗죽을)'흔들며', (모조리)'집어먹으려' 하고, (긏칠줄모르고)'몰려드는' 행위(공세)는 운동성을 띠게 된다. 이 운동성은 상상력의 깊이를 더하여 대지의 고통을 내밀함으로 표출한다. 바슐라르는 고통은 인간과 자연이 분리될 수 없으며 서로 연결된 존재임을 확인시키는 가장 강렬한 감정[29]이라고 했다. 대지의 자연의 온갖 것들이 고통을 받고 있다. 시인은 우리 민족이 떠안은 시대적 상황의 고통과 이를 감내하는 실존의 방편을 '뼈저린 눈보라의 攻勢' 앞에서 고통 받는

28) 가스통 바슐라르, 정영란 옮김, 『공기와 꿈 : 운동에 관한 상상력』, 이학사, 2000, 409쪽.

29) 이찬규, 「가스통 바슐라르의 대지적 상상력과 심층생태학」, 『프랑스어문교육』 46, 한국프랑스어문교육학회, 2014, 233쪽.

대지에게서 찾는다.

그러나 대지는 갈망을 한다. 혹독한 겨울을 몰아낼 강한 의지를 가지고 있다. 봄바람과 합작하여 '地上의온갓것을 겨을의품으로부터 빼앗고' 봄의 대지에 지상의 생명체를 모두 안겨주고 싶은 '불타는渴望'을 한다. 이는 땅 속 깊이 묻혔던 씨앗들이 차가운 동토의 땅을 뚫고 올라와 하늘을 향해 줄기를 뻗어 올라가기에 대한 간절한 갈망이다. 겨울의 대지는 죽음을, 봄의 대지는 재탄생을 상징한다. 이 시에서 대지의 겨울—봄의 상징 현상은 '죽음과 재탄생'이라는 순환구조의 이미지로 나타난다. 윤곤강의 초기 시에서 겨울의 대지는 죽음에서 생명의 몽상 이미지[30]로 나타난다.

> 시퍼렇게 얼어붙은 얼음ㅅ장!
> 그러나! 귀를기우리고 들어를보렴!
> 그밑을貫流하는 거센 물ㅅ줄기의 音響을—
>
> 찬바람의 견될수없는攻勢에 白旗를 들고
> 敗北의구렁에 흐늑여울든
> 저—언덕 나무ㅅ가지들의 푸른힘줄을!
>
> 칼날같은 이빨(齒)로
> 온갓것을 씹어삼키려든 北風도
> 이제는 갑분숨소리를 남기고 달어나리로다.
>
> 아아 미처날뛰는 찬바람의 季節—

30) 바슐라르에 의하면 '몽상'은 꿈과 생각이 결합되어 있는 단어이며, 몽상은 '깨어 있는 꿈'이라고 했다. 박세곤, 「바슐라르의 이미지의 현상학과 공자의 시 삼백 사무사」, 『아시아문화연구』 28, 가천대학교 아시아문화연구소, 2012, 75쪽.

그놈은 온갓것을 모조리아서갓다!

단하나밖에없는 창ㅅ살틈으로
겨을날太陽의 한줄기가 새어듦을 보고
내 사랑하는親舊들은 오늘도,
누ㅡ멓게 썩은얼굴을 움즉이고있으리라!

太陽에굶은 人間의넋이여!
두말을말고 네가슴을 네손으로 짚어보렴!

가슴속 깊이깊이 한줄기 아련한 봄노래가 삐악! 소리를치고
멀미나는憂愁가 몸서리치며 달어날,
그리하여 熱火에 넘치는 太陽이 눈부시게 나리쪼일 그날을
너는 全身을다하여 目擊할수있으리니

그 때! 사랑하는親舊들도 돌아오리로다!
쩡! 갈러지는 어름ㅅ장의 외우침!
ㅡ아모런束縛도 앙탈도 그놈에게는 自由일다!
보아라! 거북(龜)의잔등처럼 가로 세로 금(線)을그으며
地心을뚫고 내솟는 自由의魂, 實行의힘이,
한거름 두거름 닥어오는 季節의 목덜미를 걷어잡고
地上의 온갓헤ㆍ게ㆍ모ㆍ니ㆍㅡ를잡으려는 첫소리를!

오오 冬眠의魂이여!
기지개를켜고 부수수털며 일어나는 實行의힘이여!
나는 이를악물고 가슴을조리면서
네 다리에 피가흘를때까지 채ㅅ죽을 (더加)하련다

ㅡ「冬眠」 전문(『大地』, 1937)

'창'이 단 하나밖에 없는 방에 친구들이 있다. '누ㅡ멓게 썩은얼굴 친구들'이 방 구석에서 웅크리고 앉아 있을 것이다. 이 방은 '겨을날太陽의 한줄기가 새어'드는 구석을 상상할 수 있다. 그 구석의 벽이 '내 사랑하는親舊들'의 삶을 제한한다. 가혹한 그 구석 속에 웅크리고 들어가 있는 세계에 대한 몽상에 시인은 현실성을 부여한다. 창밖 대지의 현실은 '시퍼렇게 얼어붙은 어름ㅅ장!'과 '찬바람의 견딜수없는공세'가 있으며, '칼날같은 이빨'을 드러내는 북풍과 '미처날뛰는 찬바람'이 부는 공간이다. 이는 침울한 몽상이다. 이렇듯 냉혹한 겨울은 '온갓것을 모조리아서갓다!.' 물론 이러한 현실은 시대적 고통을 상징한다.

그러나 화자는 그 속에서도 몽상을 한다. 얼음장에서도 '그밑을貫流하는 거센 물ㅅ줄기의 音響을ㅡ' 듣는다. 이 거센 물줄기는 재빠르게 봄을 불러오고 자연 전체를 점령하게 된다. 시인은 물줄기의 음향에서 신선하고 힘찬 봄의 노래를 듣는다. 물은 죽음과 삶을 잇는 매개자가 된다. '찬바람의 견될수없는攻勢에' '흐늑여울든' '저ㅡ언덕 나무ㅅ가지들'에서도 '푸른힘줄을!' 본다. 동토에 깊이 뿌리를 내린 나무는 냉혹한 겨울에도 고사하지 않는다. 오히려 화자는 그 나무의 가지에서 푸른 힘줄기 같은 새 생명을 발견한다. 화자는 상상의 힘으로 묘사하지 않으면 안 되는 봄을 가지고 있다. 그래서 동면 속에서도 '가슴속 깊이깊이 한줄기 아련한 봄노래'를 몽상한다.

화자는 태양과 대지의 결합을 상상한다. 태양이 대지와 결합되면, 즉 '熱火에 넘치는 太陽이 눈부시게 나리쪼일 그날'이 오면 '쩡! 갈러지는 어름ㅅ장의 외우침!'을 듣게 되고, '그 때! 사랑하는親舊들도 돌아'올 것을 믿는다. 얼음장에서 차갑고 무거우며 단단한 감각을 느끼지만 봄이 오면 스스로 변화하는 속성을 가지고 있다. 그러므로 대지는 죽음의 겨울 이미지에서 '地心을뚫고 내솟는 自由의魂, 實行의힘,' '冬眠의魂'이 생명의 계절인 봄의 이미지로 향하고 있다. 겨울과 봄의 순환이라는 자연의 질서를 뛰어넘어 시인의 상상력은 역사적 현실에 대한 본질과 내면의 깊은 곳에 이르게 된다.

> 언덕 풀밭에는 노란싹이 돋어나고
> 나무ㅅ가지마다 소담스런 잎파리가 터저나온다
> 쪼그러진 草家추녀끝에 槍ㅅ처럼 꼬친 고두름이
> 햇볕에 하나 둘식 녹어떨어지든ㅅ날이 어제같것만……
>
> 악을쓰며 달려드는 찬바람과 눈보라에 넋을잃고
> 고닯은 새우잠을자든 大地가
> 아마도 고두름떨어지는소리에 선잠을 깨엿나보다!
> 얼마나 우리는 苦待하엿든가?
> 병들어누어 일어날줄모르고 새우잠만자는 사랑스런大地가
> 하로밧비 잠을깨어 부수수!털고 일어나는 그날을!
>
> 흙내음새가 그립고,
> 굴속같은 방구석에 웅크리고앉었기는
> 오히려 광이를잡고 주림을 참는것만도 못하여ㅡ
>
> 地上의온갓것을 네품안에 모조리 걷어잡고
> 참을수없는기쁨에 곤두러진大地야!
>
> 풀뿌리로, 나무ㅅ가지로,
> 지저귀는 새떼, 아름풋한 아즈랑이,
> 흘으는샘泉ㅅ물, 속삭이는 바람(風)……
> 무엇하나이고 네것않임이 없고나!

오! 두말말어다, 이제부터 우리는
활개를 쩍!버리고 마음것 기지개를 켜볼수있고
훈훈한 太陽을 품안에 덤석!안어볼수가있다!
허파가 바서지고 피ㅅ줄이 끊어질때까지라도 좋다!

항상 네가 원하는것이라면 무엇이고
그놈을 굳건히 걷어잡어라!
그곳에 永遠한 大地의敎訓이있다!

—「大地」 전문(『大地』, 1937)

화자에게 대지는 사랑스럽다. '하로밧비 잠을깨어 부수수!털고 일어나는 그날을!' 갈망한다. 즉 죽음의 대지가 재생하여 새 생명을 얻을 것에 대한 간절한 갈망이다. 원래 대지는 생명이 자랄 수 있는 공간이다. 대지는 겨울 동안 얼어 있지만 봄이 되면 생명은 대지를 뚫고 지상으로 솟아오르는 강력한 힘을 가지고 있다. 그러나 대지는 '찬바람과 눈보라에 넋을잃고/ 고닮은 새우잠을자'고, '병들어누어 일어날줄모르고 새우잠만' 잔다. 잠만 자는 대지는 죽음을 상징한다. 이러한 대지가 고드름 떨어지는 소리에 선잠을 깨듯 꿈틀댄다. 고드름은 차갑고 단단하며 창처럼 뾰족한 공격성을 가진 물질이다. 이러한 물질이 떨어지는 수직운동의 의해 대지에 부딪히는 충격을 가한다. 이 수직운동에 의해 충격을 입은 대지는 잠에서 깨어나 새 생명을 얻게 된다. 대지는 병들어 누워 있지만 스스로 정화와 치유의 힘과 강력한 생명력을 가지고 있다. 그래서 화자는 대지가 우주 질서와 법칙에 따라 잠에서 깨어나 일어날 그 날을 고대한다.

한편, 대지의 '언덕 풀밭에는 노란싹이 돋어나고/ 나무ㅅ가지마다 소담스런 잎파리가 터저나'왔다. 여기에서 언덕은 노란 싹이 돋아나고,

나뭇가지마다 소담스런 이파리를 키워내는 곳이다. 이 또한 뿌리내리기의 이미지와 연결할 수 있다. 화자는 생명을 키운 '흙내음새가 그립'다고 한다. '쪼그러진 草家추녀끝에 槍ㅅ처럼 꼬친 고두름'이 '햇볕에 하나 둘식 녹어떨어'지자 대지는 '地上의온갓것을 네품안에 모조리 걷어잡고/ 참을수없는기쁨에 곤두러'졌다. 화자는 '쪼그러진 草家'에서 '굴속같은 방구석에 웅크리고앉었'다. '굴속같은 방구석'은 동굴 이미지다. 이 가난한 보금자리인 동굴은 겨우내 꿈꾸는 은신처였다. 동굴 속에 거쳐하는 것은 보호를 받고자 하는 것이지 갇히는 것을 원하지 않는다. 그래서 '활개를 쩍!버리고 마음것 기지개를 켜볼 수 있고/ 훈훈한 太陽을 품안에 덤석!안어볼수가있'다는 몽상을 한다. 여기에서 불(햇볕)과 물(고드름)의 상상력이 대지의 행복으로 결합되는 것을 볼 수 있다. 화자는 풀뿌리, 나뭇가지, 지저귀는 새떼, 아지랑이, 샘물, 바람 등 지상의 온갖 것 '무엇하나이고 네것않임이 없고나'라고 한다. 풀과 나무 등의 감추어진 씨앗이 차갑고 딱딱한 흙을 뚫고 지상으로 올라와 싹을 틔우고 줄기를 뻗으면서 하늘을 향한다. 하늘을 나르는 새떼도 사실 땅의 것을 먹고 자란다.

화자는 모든 것을 빼앗긴 동토의 대지에서도 행복에 대한 원초적 꿈을 가지고 있었다. 바슐라르는 행복은 확장성, 응축과 내밀성이 필요로 한다고 하였다. 그리고 그는 행복을 상실했을 때, 삶이 악몽 같을 때, 잃어버린 행복의 내밀성에 향수를 느끼게 마련이며, 대상의 내밀한 이미지에 결부된 일차적 몽상들은 행복의 몽상이라고 하였다. 자연스러운 몽상 속에서 찾아본 모든 대상물의 내밀성은 행복의 배아다.[31] 풀뿌리, 나뭇가지, 지저귀는 새떼, 아지랑이, 샘물, 바람 등 지상의 모든 물질이

31) 가스통 바슐라르(2016), 앞의 책, 28쪽.

봄이 되면서 대지의 품으로 돌아왔다. 봄이 오기 전 화자는 삶이 악몽 같았거나 행복을 상실했을 때 더 행복의 내밀성을 간절히 갈구했을 것이다. 그래서 봄이 오자 대지의 모든 것을 품에 안고자 한다. 이 행복을 유지하기 위해서는 '허파가 바서지고 피ㅅ줄이 끊어질때까지라도 좋다!'고 한다. 대지에서 행복을 꿈꾸는 것이 바로 휴식의 몽상이 아닌가 한다.

① 마당ㅅ가 뻿나무잎이 모조리 떨어지든날
나는 눈앞까지 치민 겨울을 보고 악이 바처,
심술쟁이 바람을 마음의 어금니로 질겅질겅 씹어보다
나를 이곳에 꿀어앉힌 그자식을 찝어보듯이……

—「長水日記」에서

—「鄕愁 2」 전문(『大地』, 1937)

② 싸락눈이 山처럼 싸히고 싸히는 밤
어름쪽같은 마루판우에 버개도없이 모로누어,
달어나는 꿈자리를 두손으로 홈켜잡을 때
몬지에 찌든 쾨쾨한 나의鄕愁는 고두름처럼 굳어버리다

—「長水日記」에서

—「鄕愁 3」 전문(『大地』, 1937)

「鄕愁 1」을 비롯하여 「鄕愁 2」와 「鄕愁 3」은 연작시다. 시 「鄕愁 2」와 「鄕愁 3」의 끝부분에 '「長水日記」에서—'라는 기록이 있다. 이는 윤곤강이 전북 장수에 구금되었을 때 쓴 시로 추측된다. 그는 1933년 일본에서 귀국하여 카프에 가담하였고, 1934년 2차 카프 검거사건 때 연루되어 그해 12월에 석방될 때까지 5개월 동안 전북 장수에서 옥살이를 하였다. 위 시 모두 계절이 겨울이다. 구체적으로 겨울은 ①에서는 '마당ㅅ가 뺏나무잎이 모조리 떨어'진 '눈앞까지 치민 겨을'날이고, ②에서는 '싸락눈이 山처럼 싸히고 싸히는 밤'이다. ①에서 겨울은 화자를 감옥에서 가둔 세력을 상징한다고 할 수 있다. 그래서 겨울이 오자 악에 바치게 된다. 그래서 '나를 이곳에 꿀어앉힌 그자식'을 '마음의 어금니로 질겅질겅 씹어'보는 것이다. ②에서 화자는 눈이 산처럼 쌓인 밤에 '어름쪽같은 마루판우에 버개도없이 모로누어' 있다. 이러한 겨울의 방은 고통스러운 현실의 이미지를 표상한다. '달어나는 꿈자리를 두손으로 훔켜잡'아 보지만, '몬지에 찌든 쾨쾨한 나의鄕愁'는 차갑고 단단한 '고두름처럼 굳어버'린다. 화자는 감옥에 갖혀 고향을 그리워하지만 그로 인해서 시름에 잠겼다. 화자는 고향에 대한 향수에 잠겨 있다. 고향의 집은 어린 시절 꿈과 추억이 서려 있는 공간이다. 원래 집은 인간의 사상과 추억과 꿈을 한데 통합하는 가장 큰 힘의 하나며, 하늘의 우레와 삶의 우레를 거치면서도 인간을 붙잡아 준다.32) 그러나 화자가 거쳐하는 집은 어름쪽같은 마루판우에 버개도없'는 감옥이다.

시인은 죽음의 겨울 대지에서도 늘 생명력을 얻게 되리라는 몽상을 한다. 겨울과 봄의 순환에서 생성되는 대지의 생명력은 시 「드을」(『大地』, 1937)에서도 잘 나타난다. 화자는 "아! 三冬도 지리지리/ 얼마나 날과밤을/ 견딜수없는 추위에/ 바스스! 떨든 보리싹이/ 저렇게도 탐스럽게 자라나다니!"라고 봄으로 재탄생된 대지의 생명력에 감탄한다.

대지는 대지 자체뿐만 아니라 그 주위를 둘러싼 산, 들, 식물 등 모든 것을 포함한 장소 '전체'를 의미한다고 한다. 원시시대 우주의 생성과 관련하여 최초의 신으로 대지(흙)와 관련된 대지의 여신이 자주 등장한

32) 가스통 바슐라르, 곽광수 옮김, 『空間의 詩學』, 민음사, 1995, 118쪽.

다. 또한 대지 위에 자라는 식물들로 인해 지상의 살아있는 모든 것들을 대지가 양육한다고 생각하였다. 이 때문에 대지는 모든 것의 어머니라고 생각하였다.[33] 네 계절의 순환 원리에 따라 곡식은 가을에 수확하는 동시에 죽음을 당하여 겨울에 모습을 감추게 된다. 그러나 봄이면 다시 소생한다. 그래서 대지는 다시 생명을 키워낸다.

羊털같은 바람이 한케 두케 두터워지는 동안
장ㅅ대같은 고두름은 녹어떨어젓다.

썰그러진 추녀끝에 잠만자든 늙은 몬지들도
기―ㄴ 하품, 늘어진 기지개에 묵은꿈을 걷어찻다.

雨水도 지나고
驚蟄도 春分도 지낫다.

水分과 太陽을 빨아먹은 肥滿한 언덕에
개나리도 제멋대로 어우러젓다.

江南간 제비도 옛보금자리가 다시 그리워
묵은 둔지에 새직(진?)흙을 칠할날이 머지않다.

두더지의 별명을 듯는 마을사람들이
쌀항아리의 밑바닥을 긁는날
풀뿌리를 먹고 부황이날 보릿고개도 머지 않다.

뼈를 쑤시는 嚴冬, 지리한 낮과 밤을

33) 정영란, 앞의 논문, 205쪽.

땅속에서 졸든 개고리떼가 하품을하면

건너마을 수리조합ㅅ벌에는
또다시 힘잇는 농부가가 들리리라
—끝—

—「봄의 幻想」 전문(『大地』, 1937)

봄은 대지에 활기를 불어넣어 활기찬 생명력을 과시하는 계절이다. 봄바람이 불어 '장ㅅ대같은 고두름은 녹어떨어'졌다. 고드름은 '장대' 같다는 수식어로 인하여 단단하고 강하며 무거운 이미지를 함축한다. 그러나 '녹어떨어'진다는 서술어에 의해 고드름의 이미지는 대지에 생명을 불어넣는 부드러운 물이 된다. 이렇게 고드름은 부피와 무게를 통해 양감을 느끼게 된다. 경칩과 춘분이 지나자 '水分과 太陽을 빨아먹'어 대지는 '肥滿한 언덕'이 되었다. 언덕은 하늘을 향해 올라가는 형상을 가지고 있다. 언덕은 하늘을 숭배하는 유목민족에게 신이 내려오고 신을 만나는 장소로 인식되듯 숭고와 관련된 신성한 이미지를 가졌지만[34], 산과 들의 중간 지점으로 어린 시절 고향의 원초적 기억을 불러일으키는 곳이기도 하다. 그래서 언덕은 어린 시절 몽상을 지배하는 공간이다. 윤곤강의 시에서 언덕은 어떤 이미지일까? 시집 『大地』를 낸 삼 년 후인 1940년에 발간한 시집 『氷華』에 수록된 「언덕」에서 그 이미지를 찾을 수 있다. 이 시에서 '언덕은 늙은 어머니의 어깨와 같다.'고 표현하였다. 이 시에서 '늙은 어머니의 어깨 같'은 언덕은 '풀 한포기도 없는' 앙상한 겨울 공간이다. 마음이 외로울 때 이 언덕에 서면 '가슴을 치는 슬픈 소리가 들'린 곳이다. 화자는 겨울의 언덕에서 날마다 '가까

34) 장영란, 위의 논문, 208쪽.

워오는 봄의 화상을 찾고 있었다.' 화자는 '늙은 어머니'로 상징되는 겨울 언덕이라는 공간에서 '봄의 화상을 찾는' 행위를 반복한다. 이러한 행위는 언덕에서 휴식을 다시 얻으리라는 확신을 가지고 있기 때문이다.

이 시에서 언덕은 '水分과 太陽을 빨아먹'었다. 그 결과로 개나리가 피어 어우러졌다. 개나리가 피어 어우러지려면 언덕에 깊이 뿌리를 내려야 한다. 여기에서 대지 안으로 침투하는 뿌리의 상상력을 생각해 보자. 수분은 빨아먹은 개나리 뿌리는 대지의 표면을 뚫고 심층으로 들어간다. 대지의 표면을 꿰뚫고 심층으로 들어가는 것을 상상하는 인간에게 뿌리는 모든 시적 가치들이 종합되어 있는 '원초적 이미지(l'image première)'라 할 수 있다. 우리가 뿌리와 대지와의 관계를 생각할 때, 그것은 역동성으로 나타나며 대지를 꿰뚫고 들어가는 힘은 물질의 안으로 침투하는 인간의 상상력과 하나가 된다. 식물이 대지에 뿌리를 내리는 것은 양분을 흡수하기 위함이다. 모성적 대지와 연관하여 생각한다면 뿌리는 무엇보다 생명력과 하나가 되는 것이다.[35] 이 뿌리는 땅 속의 물(수분)을 빨아들인다. 또한 줄기(개나리)는 하늘(햇빛)을 빨아들인다. 그렇다면 개나리의 뿌리는 하늘을 향한 줄기이고, 줄기는 하늘과 땅의 양분을 빨아들이는 뿌리라고 상상할 수 있다. 즉, 물(수분)과 하늘(태양)과 언덕(대지)과 나무(개나리)가 결합하고 활력을 주는 것은 바로 상상력 운동의 완성이다. 바슐라르는 외부의 대상을 바라보면서 상상력이 운동을 시작하는데 필수적인 것이 주체와 객체, 상상력이 서로 융합하여 이끌어내는 이미지에 대한 기쁨과 경탄이라고 언급했다.[36] 그래서 시인은 대지를 바라보면서 상상력의 운동을 시작한다. '肥滿한 언

35) 김윤재 · 박치완, 앞의 논문, 203~204쪽.
36) 유경훈, 앞의 논문, 622쪽.

덕'은 뿌리의 상상력을 제공하고 주체와 객체 그리고 상상력이 융합되면서 생명력의 이미지를 이끌어 낸다.

화자는 '江南간 제비도 옛보금자리가 다시 그리워' 머지 않은 날에 찾아올 것을 상상한다. 제비가 다시 올 날을 '묵은 둔지에 새진흙을 칠할날'로 비유하였다. 제비의 묵은 둥지는 굳어 딱딱한 흙이다. 이 굳어진 흙에 새 진흙을 칠해 행복한 보금자리를 만들 것이다. 새로 칠하는 진흙은 흙과 물의 결합이며 이는 반죽의 이미지로 나타난다. 흙과 물이 결합된 집에서 제비는 새 생명을 키울 것이다. 즉 흙(대지)과 물이 결합되면서 이들은 창조의 근본 물질이 된다.

이러한 상황은 시의 제목에서 말해주듯이 현실이 아니라 환상이다. 환상은 현실성이나 가능성이 없어 보이는 헛된 생각이나 꿈이다. 이러한 환상에서 깨어나 현실을 돌아보니 '두더지의 별명을 듯는 마을사람들이/ 쌀항아리의 밑바닥을 긁는날/ 풀뿌리를 먹고 부황이날 보릿고개도 머지 않다.' 마을 사람들은 먹을 것이 없어 부황이 들고, 보릿고개가 곧 오리라는 것을 안다. 그럼에도 불구하고 그들은 절망하지 않는다. '뼈를 쑤시는 嚴冬'이 지나고 봄이 오면 '땅속에서 졸든 개고리떼가 하품을' 하면 들판에 또다시 힘 있는 농부가가 들리리라고 상상한다. 천체 운동에 따라 계절의 시간이 흘러가고, 대지 위에도 싹이 트고 자라며, 열매를 맺고 씨가 떨어져 땅 속으로 들어가는 것이 우주의 질서와 법칙이다. 화자는 이러한 하늘의 이치와 인간의 운명을 알기에 봄의 재탄생에 순응하는 것이다.

> 소낙비 한줄금 지나간 다음—
> 젖빛 안개ㅅ속에서 太陽은 눈을 뜨고
> 하늘은 푸른바다처럼 다시 개어벗어지면

황새는
푸른帳幕의 한끝을 물고
훠ㅡㄹ 훨 白扇을 내젔고

아카시아그늘을 좋아하는 검정암소는
색이든 풀닢을 입에문채 게엄을 질을때ㅡ

大地에는
황홀한 여름의精氣가 기지개를 편다.

고기ㅅ덩이처럼 탐스럽게
부풀어오는 검붉은 흙속에
어린 뿌리는 처박고
地平 저ㅡ끝까지 초록빛 물결을 그리는 벼포기!

나는
소담스런 그 모양에 넋을잃고
꿈 속 같은 황홀속에 눈을 감는다!

오오
어머니의 젖가슴같은 흙의慈愛여!
삶을 탐내는놈에겐 生의봄을 선사하고

죽엄을 갖어올놈에겐
『死의겨을』을 선고하는 永遠한 自然의 어머니여!

……<중략>……
보아라!
푸른옷을 떨치고

높다런 하늘을 치어다보는
벼포기의 分列式을—

꾀꼬리를 울릴만치 노—랗게 익은
양참외의 散兵陣을—

오오
大地에 넘처홀으는 成長의 숨소리여!
그리고, 자라나는것들의 걷잡을수없는 慾求여!
나는 아지못하는동안에
두손을 들어 내가슴을 짚어본다.

—「大地 2」에서(『大地』, 1937)

이 시는 16연 53행으로 비교적 긴 시다. 아홉 째 연의 '복장을치고 통곡해도 시원치않건만……'이나 열두 째 연의 '총알보다 더따가우 지내간 살림살이에/ 몸ㅅ서리를 치고 이를 악무는것도……'라는 구절을 제외한다면 대지는 생명력이 넘치는 곳이다. 이 시의 화자는 여름의 대지에 서서 먼저 하늘을 바라본다. '소낙비 한줄금 지나간 다음' '젖빛 안개ㅅ속에서 太陽은 눈을 뜨'자 '하늘은 푸른바다처럼 다시 개어벗어'졌다. 대지에서 황새는 흰 날개를 펼쳐 날고, 검정 암소는 되새김질하면서 졸음에 겹다. 즉 하늘, 황새, 암소가 대지의 공간 속에 자리잡는다. 또한 대지에서 여름의 정기가 황홀한 기지개를 편다. 대지에는 벼포기가 탐스러운 검붉은 흙속에 뿌리를 박고 '地平 저—끝까지 초록빛 물결을' 이룬다. 초록빛 물결을 이루는 벼포기는 땅 속에 깊이 뿌리를 내리고 있다. 검붉은 흙 속에 뿌리를 내리고 사는 벼들의 모양을 보고 화자는 '넋을잃고/ 꿈 속 같은 황홀속에 눈을 감는다!'.

화자는 흙을 '어머니의 젖가슴' 비유한다. 이러한 비유에서 어머니의 품이라는 내밀성을 불러온다. 흙은 어머니처럼 자애롭다. 이 흙은 '삶을 탐내는놈에겐 生의봄을 선사하고' '죽엄을 갖어올놈에겐/『死의겨을』을 선고'한다. 그래서 화자는 흙은 '永遠한 自然의 어머니'라고 한다. 땅은 어머니와 같이 생명력을 싹틔우듯이 비밀스러운 공간인 동시에 죽음의 공간이기도 하다. 벼 포기는 검붉은 흙속에 뿌리를 처박고 있고, 또한 이 뿌리의 힘으로 높다란 하늘을 향해 뻗어 있다. 바슐라르는 역동적 이미지를 고려할 때 뿌리는 더없이 다양한 힘을 부여 받으며, 지탱하는 힘인 동시에 찌르는 힘37)이라고 한다. '地平 저—끝까지 초록빛 물결을 그리는 벼포기'와 '높다런 하늘을 치어다보는 벼포기'라는 표현에서 우리는 대지의 자양을 하늘을 향하게 하는 뿌리를 상상할 수 있다. '大地에 넘처흘으는 成長의 숨소리'에서 뚫고 나가려는 뿌리가 가지는 희망의 역동성이 드러난다. 여기에서 눈부신 벼 포기에 뿌리를 내리는 힘을 부여하는 아름다운 이미지 발견하게 된다.

3. 맺음말

이 논문에서 윤곤강의 초기 시집인 『大地』를 중심으로 그가 '대지적 상상력'을 어떻게 펼쳐나가는가를 고찰하였다. 이 시집을 낸 1937년 즈음 우리 민족의 삶은 고통스러웠다. 윤곤강 시인은 대지에 관한 시적 몽상을 통해 이러한 민족의 시대적 현실을 극복하고 대지의 생명력을 회복시키려고 노력했다. 지금까지 고찰한 내용을 요약하여 결론을 내리면 다음과 같다.

---

37) 가스통 바슐라르(2016), 앞의 책, 320쪽.

첫째, 윤곤강 초기 시에 나타나는 노동의 행위자는 농민이며, 그의 노동은 농사를 지어 생산하는 일이다. 노동의 대지에 대한 몽상을 통해 농민들에게는 궁핍에서 벗어날 수 없음에도 불구하고 대지(흙)의 저항을 굴복시켜 경작하고자 하는 노동 의지가 강하게 나타난다. 노동의 대상이 되는 대지는 '붉은 흙', '달구어진 무쇠 같은 흙덩이'다. 대지의 저항에 맞서 정복하려는 물질은 '호미, 괭이, 쟁기' 등이다. 농민들은 대대로 일 년 내내 한 번도 대지를 떠나 본 일이 없을 정도로 노동을 한다. 노동의 지속과 노력은 '무뎌진 괭이', '무뎌진 호밋날'이라는 도구에서 잘 드러난다. 노동의 기쁨이나 희열은 잠시뿐이다. 노동의 결과는 언제나 '절망의 한숨', '탄식과 절망의 눈물'만 남는다. 그러나 농민들은 결코 노동을 포기하지 않는다. 노동의 진정성을 체득했기 때문이다. 농민들의 반복되는 노동의 동작은 저항하는 대상과 물질의 저항 자체를 통합한다. 반복된 노동 행위는 땅이라는 대상을 분쇄하고 훼손하려는 것이 아니다. 노동의 결과로 부드러운 흙에서 풍요로움을 가져오기 위함이다. 그렇다 해도 현실은 해마다 보릿고개와 같은 '굶주림'의 고통과 맞닥뜨려야 한다. '삶과 주림의 일체'가 '붉은 흙' 속에 있다는 것에서 삶과 죽음의 상상력을 발견할 수 있다. '붉은 흙' 즉 대지의 몽상에서 삶과 죽음은 의지의 역설을 통해 새로운 이미지로 형성된다.

둘째, 겨울의 대지에 대한 몽상을 통해 암울한 세계 인식의 내면화를 보여준다. 시인의 초기 시에서 나타나는 겨울의 대지는 죽음 혹은 소멸을 상징한다. 냉혹한 겨울로 인해 대지의 자연은 고통을 받는다. 시인의 몽상은 민족이 떠안은 시대적 상황의 고통과 이를 감내하는 실존의 방편을 고통 받는 겨울의 대지에서 찾았다. 대지의 '겨울-봄'의 상징 현상은 죽음과 재탄생이라는 순환구조의 이미지로 나타난다. 그의 시에서 겨울은 실제의 기후인 겨울을 뛰어넘어 상상의 기후 이미지로 확장된다. 1930년대는 일제의 억압적인 상황에 놓여 있었다. 초기 시에서 시인의 몽상은 겨울과 봄의 순환이라는 자연의 질서를 뛰어 넘어 역사적 현실에 대한 본질과 내면의 깊은 곳에 이른다. 또한, 겨울의 대지에 대한 몽상을 통해 봄, 흙, 바람, 물 등 대지의 온갖 것들과 농민이 힘을 모아 새 생명을 꿈꾼다. 시인은 현실이 아무리 고통스러워도 어김없이 자연의 순환적 질서 속에서 세상을 바라보려고 한다. 시인은 대지를 바라보면서 상상력의 운동을 시작한다. 대지의 생명들은 뿌리로 땅(대지) 속의 물을 빨아들이고 줄기로 하늘(햇빛)을 빨아들인다. 이렇게 결합하고 활력을 주는 것은 바로 상상력 운동이다. 이렇게 시인은 상상력을 제공하고 주체와 객체 그리고 상상력이 융합되면서 생명력의 이미지를 이끌어 낸다. 풀뿌리, 나뭇가지, 새떼, 아지랑이, 샘물, 바람, 햇빛, 새싹, 벼, 포플라 나무 등 지상의 모든 물질이 봄이 되면서 대지의 품으로 돌아온다. 시인은 시대 상황의 고통스러운 삶 속에서 몽상을 통해 생명력을 다시 찾는 행복의 내밀성을 간절히 갈구했을 것이다. 시인은 이 시집의 글쓰기를 하면서 겨울의 대지에서 견고함을 뚫고 태어나는 모든 생명을 품에 안는 휴식을 몽상하였다.

이상과 같이 윤곤강 시인은 의지와 휴식이라는 상반된 몽상을 대지라는 하나의 원소 안에 통합시켰다. 대지에 대한 '깨어 있는 꿈'의 서정으로 농민들의 노동과 현실을 전면에 내세워 민족의 근원적인 삶을 복원하고자 하였다. 특히 시인은 겨울의 대지적 상상력으로 현실의 무기력함과 동시에 생명력의 부활을 몽상하였다. 우리는 『大地』의 시편들에 나타나는 대지적 상상력을 통하여 일제의 압박에서 고통스럽게 살아가는 사람들의 상처와 허탈감이 치유될 수 있는 울림을 발견하게 된다. 앞으로 이 시집에 나타난 대지의 의지와 휴식의 몽상이 『輓歌』(1938)를 비롯한 그 이후의 시집에 어떻게 나타나는가를 연구하는 것도 하나의 과제로 남는다.

참고문헌

곽광수, 「바슐라르와 象徵論史」, 『空間의 詩學』(가스통 바슐라르), 민음사, 1995.

______, 『바슐라르』, 민음사, 2010.

권택우, 「윤곤강 시 연구」, 『문화전통론집』 창간호, 경성대학교 향토문화연구소사, 1993.

김웅기, 「尹崑崗 詩 硏究」, 경희대학교 대학원 박사학위논문, 2022.

남기택, 「윤곤강 시의 장소성 고찰」, 『어문연구』 90, 어문연구학회, 2016.

김옥성, 「윤곤강 시에 나타난 자연의 의미」, 『문학과 환경』 14－3, 문학과환경학회, 2015.

______, 「윤곤강 시의 식민지 근대성 비판과 자연 지향성」, 『문학과 환경』 15－3, 문학과환경학회, 2016.

김용직, 「계급의식과 그 이후」, 『한국현대시사』, 한국문연, 1996.

김윤재 · 박치완, 「바슐라르의 대지의 시학에 나타난 상상력의 두 축」, 『철학 · 사상 · 문화』 제17호, 동국대학교 동서사상연구소, 2014.

김현정, 「윤곤강의 시 연구」, 『문예시학』 11－1, 충남시문학회, 2000.

류명심, 「윤곤강 시 연구 (1)」, 『동남어문논집』 8, 동남어문학회, 1998.

박세곤, 「바슐라르의 이미지의 현상학과 공자의 시 삼백 사무사」, 『아시아문화연구』 28, 가천대학교 아시아문화연구소, 2012.

박철석, 「윤곤강 시 연구」, 『국어국문학』 16, 동아대학교 국어국문학과,

1997.
백 철, 『新文學史潮史』, 신구문화사, 1989.
성창규, 「땅에 관한 상상력—바슐라르의 몽상으로 히니와 이재무의 시 읽기」, 『동서비교문학저널』 22, 한국동서비교문학회, 2010.
송기한, 「윤곤강 시의 욕망의 지형도」, 『한국문학이론과비평』 24, 한국문학이론과비평학회, 2004.
송기한 · 김현정, 『윤곤강 전집 1 : 시』, 도서출판 다운샘, 2005.
양혜경, 「윤곤강 시의식의 변모 양상」, 『동남어문논집』 8, 동남어문학회, 1998.
______, 「윤곤강 시의 미적 거리」, 『비평문학』 16, 한국비평문학회, 2002.
오세영, 「생명파 연구」, 『국문학논집』 10, 단국대학교, 1983.
유경훈, 「바슐라르의 상상력 이론과 창의력의 철학적 기초」, 『영재교육연구』 19(3), 한국영재학회, 2009.
유성호, 「윤곤강 시 연구 : 현실과의 길항, 격정적 자의식」, 『한국근대문학연구』 24, 한국근대문학회, 2011.
이경교, 「윤곤강의 문학사적 자리」, 『목멱어문』 5, 동국어문학회, 1993.
이찬규, 「가스통 바슐라르의 대지적 상상력과 심층생태학」, 『프랑스어문교육』 46, 한국프랑스어문교육학회, 2014.
임종찬, 「윤곤강 시 연구」, 『인문논총』 37, 부산대학교 인문대학, 1990.
장영란, 「대지의 신화의 상징과 이미지의 표상과 생산 원리」, 『비교민속학』 57, 비교민속학회, 2015.
제해만, 「시대상과 시적 변용 : 윤곤강론」, 『단국대학교 대학원 학술논총』 11, 단국대학교, 1987.
조동일, 『한국문학통사 5』, 지식산업사, 1988.
조용훈, 『근대시인연구』, 새문사, 1995.
최혜은, 「윤곤강 문학 연구」, 충남대학교 대학원 박사학위논문, 2014.
韓英玉, 「윤곤강 시 연구」, 『誠信硏究論文集』 18, 성신여자대학교, 1983.

홍명희, 「이미지와 상상력의 존재론적 위상」, 『한국프랑스학논집』 49, 한국프랑스학회, 2005.
바실라르, 민혜식 역, 『불의 정신분석 · 초의 불꽃/ 대지와 의지의 몽상』, 삼성출판사, 1982.
가스통 바슐라르, 이가림 옮김, 『물과 꿈 : 물질적 상상력에 관한 시론』, 문예출판사, 2017.
__________, 정영란 옮김, 『대지 그리고 휴식의 몽상 : 내밀성의 이미지 시론』, 문학동네, 2016.
__________, 김웅권 옮김, 『몽상의 시학』, 동문선, 2007.
__________, 정영란 옮김, 『공기와 꿈 : 운동에 관한 상상력』, 이학사, 2000.
__________, 곽광수 옮김, 『空間의 詩學』, 민음사, 1995.

윤곤강 시에 드러난 계몽에 대한 인식과 응전

박진희(대전대학교)

1. 머리말

윤곤강은 1911년 충청남도 서산 유복한 집에서 태어나 1950년 서울 종로에서 작고하여 충남 당진에 안장되었다. 그는 1931년 『비판』에 시 「녯 城터에서」를, 1933년 『신계단』에 평론 「반종교문학의 기본적 문제」를 발표하면서 창작 활동을 시작하였다. 그는 1930년 일본 유학을 떠나 1933년 귀국한 후 카프에 가담하였으며 1934년 카프 제2차 검거 때 구속, 수감된 바 있다.

윤곤강은 1937년 첫 시집 『大地』(풍림사)를 발간한 이후 『輓歌』(동광당서점, 1938), 『動物詩集』(한성도서주식회사, 1939), 『氷華』(한성도서주식회사, 1940) 등 해방 전까지 매년 한 권씩, 네 권을 발간하였으며 해방 후 시집 『피리』(정음사, 1948), 『살어리』(시문학사, 1948)를, 시론집 『詩와 眞實』(정음사, 1948)을 펴냈다. 또한 그 외에도 편주서 『近古朝鮮歌謠撰註』(생활사, 1947), 『孤山歌集』(정음사, 1948)을 발간했다. 실로 당대 어느 시인보다 왕성한 활동을 했다고 볼 수 있다.

윤곤강 시에 관한 연구를 살펴보면 초기에는 주로 시세계의 변모에 초점이 맞추어져 있었다. 임종찬[1], 김용직[2], 양혜경[3] 등의 논의가 이에 해당한다. 이후 욕망[4]에 관한 연구에서부터 표상[5]이나 이미지[6], 현실[7], 전통[8], 생태[9] 등 다양한 주제로 논의가 확장되어 왔다. 그러나 이와 같은 연구범위의 확장에도 불구하고 윤곤강의 시세계에 흐르는 일관된 시의식이랄까 정신사적 면모에 관해서는 연구가 이루어지지 않았다고 볼 수 있다.

잘 알려져 있듯 그는 1937년부터 해방 전까지 시집을 매년 한 권씩, 총 네 권을 발간했는데 여기에는 리얼리즘, 순수서정, 모더니즘의 면모들이 혼류되어 있다는 특징을 보인다. 이러한 현상의 원인을 윤곤강의 새로움에 대한 추구에서 찾거나[10] 그것 자체를 그의 독자적인 시세계

---

1) 임종찬, 「윤곤강 시 연구—시적 변모를 중심으로」, 『코기토』 제37집, 부산대학교 인문학연구소, 1990.

2) 김용직, 「계급의식과 그 이후 : 윤곤강론」, 『현대시』, 한국문연, 1996.

3) 양혜경, 「윤곤강 시의식의 변모 양상 고찰」, 『동남어문논집』, 동남어문학회, 1998. 10.

4) 박윤우, 「낭만적 주체의 욕망과 내성—윤곤강론」, 『시와 시학』 7, 시와시학사, 1992; 송기한, 「윤곤강 시의 욕망과 지형」, 『한국문학이론과 비평』 24권, 한국문학이론과 비평학회, 2004.

5) 한상철, 「윤곤강 시의 동물 표상 읽기」, 『어문연구』 77, 어문연구학회, 2013.

6) 김교식, 「윤곤강 시의 거울 이미지 연구」, 『한성어문학』 44, 한성대학교 한성어문학회, 2021.

7) 유성호, 「윤곤강 시 연구—현실과의 길항, 격정적 자의식」, 『한국근대문학연구』 24, 한국근대문학회, 2011. 10; 김옥성· 유상희, 「윤곤강 시의 식민지 근대성 비판과 자연 지향성」, 『문학과환경』 15권 3호, 문학과환경학회, 2016. 09.

8) 김기영, 「윤곤강의 고려가요 수용시 고찰」, 『인문학연구』 55, 충남대학교 인문과학연구소, 2016.

9) 남진숙, 「윤곤강 시의 생물다양성과 생태학적 상상력 : 『동물시집』을 중심으로」, 『문학과환경』 13권 2호, 문학과환경학회, 2014. 12.

10) "윤곤강은 카프가 불가능한 시기에 활동하면서 좌절감이 아니라 생산적인 활동을 더 많이 보여주었다. 문학인 윤곤강은 카프의 끝에서 좌절했다기보다, 카프로 출발

로 보는 경우도 있다.[11] 그러나 시류에 대한 추수라는 시선이 있는 것도 사실이다.[12]

시기 구분에 있어서는 의견이 조금씩 다르지만[13] 길지 않은 시간동안 많은 시적 변화를 보이고 있다는 특징에 대해서는 대부분의 연구자들이 동의하고 있다. 또 이에 대한 연구도 어느 정도 축적되었다고 할 수 있다. 그러므로 이제는 그의 시세계를 관류하는 일관된 시의식을 살펴보고 그러한 시의식과 시적 변화와는 어떠한 관계가 성립하는지에 대해 살펴보아야 할 때라 판단한다. 윤곤강 또한 "기술(技術)과 형식"의 저변에 흐르는 '세계관'[14]의 중요성을 피력한 바 있다.

본고는 윤곤강의 시의식의 기저에 '계몽'[15]에 대한 인식이 배태되어

했지만 그 이상의 변화를 도모하고 주도한 문인이라고 볼 가능성이 있는 것이다." 나민애, 「1930년대 후반 '제2의 동인지기'와 윤곤강의 역할」, 『우리말글』 제70집, 우리말글학회, 2016. 09. 30, 282쪽.

11) "우리는 그의 시편들이 당대 주류였던 '순수서정시/프로시/모더니즘시' 어디에도 귀속되지 않고 독자적 세계를 일구었다는 점을 말할 수 있다. …… 그래서 그는 문학사에서 반(反)주류적이자 혼(混)주류적이었다고 할 수 있다." 유성호, 앞의 논문, 96쪽.

12) 임종찬은 윤곤강의 시세계를 '카프에 속했던 시기', '카프로서 행세하기 어려운 시기', '해방공간'으로 나누어 시적 변모를 살피면서 "당시 카프 계열 문인들이 그러했듯이 그도 급변했던 시대적 흐름에 따라 몇 번씩 시적 변화를 거치기는 했지만 나름대로의 창작에 대한 행동 강령이 분명했던 시인이면서 정열적인 시인이었"다고 평가했다. 임종찬, 앞의 논문, 45쪽.

13) 김용직과 송기한은 『大地』를 1기로, 『輓歌』에서 『氷華』까지를 2기로, 그 이후를 3기로 구분하였고 임종찬, 유성호 등은 『大地』와 『輓歌』를 1기로, 『動物詩集』과 『氷華』를 2기로, 『피리』와 『살어리』를 3기로 구분하였다.

14) 윤곤강은 "시의 가치의 '평가의 척도'가 되는 것은 기술의 교졸이라는 점에 잇는것 이안이라 보다더 중요한것은 『무엇』을 『엇더케』 노래하였는냐는데에 있는것이다. 기술과 형식의 여하도 궁극에 잇서서는 세계관의 문제로 도라가는것이기때문"이라 밝힌 바 있다. 윤곤강, 「33年度의 詩作 6篇에 對하야」, 『윤곤강전집2』, 도서출판 다운샘, 2005, 211쪽.

15) 이 글에서는 아도르노와 호르크하이머의 『계몽의 변증법』(김유동 역, 문학과 지성

있다고 보고 해방 전 작품[16]을 대상으로 그의 시에 드러나는 인식과 이를 바탕으로 한 시적 응전의 양상을 살펴보고자 한다. 이를 통해 윤곤강의 시세계를 흐르는 일관된 세계관을 구축하고 시세계의 변화 내지 혼류와의 관련성도 밝힐 수 있을 것으로 사료된다.

2. 분리 이전의 자연에 대한 감각

윤곤강의 시에서 가장 큰 비중을 차지하고 있는 주요 소재를 꼽으라면 자연일 것이다. 그의 시에서 자연은 현실이나 이상적 세계의 비유, 내면을 토로하는 매개체 등 다양한 양상으로 드러난다. 이에 비해 윤곤강 시의 자연에 주목한 연구는 많지 않은 편이다. 있다 해도 시기에 따른 자연의 의미 변화를 밝히고 있는 경우다.[17] 이 글에서는 보다 근본적인 자연에 대한 윤곤강의 인식에 주목하고자 한다. 자연과 인간 간의 관계, 원초적 자연, 자연성에 대한 인식이 그것이다. 이는 세계 내지 현실 인식의 기반이 되는 것으로, 시기에 따라 변하는 것이 아닌 근본 인식이라 할 수 있다. 존재의 의미, 현실에 대응하는 태도, 지향점 등은 이

사, 2001)의 개념을 차용해 윤곤강의 시의식을 분석하고자 한다. 물론 이를 '근대', 혹은 '근대성'이라 표현해도 크게 틀린 것은 아니나 '계몽'은 근대성을 포함하는 보다 넓은 개념으로 '탈신화', '탈자연', '탈마법화' 등확장된 의미로 쓰인다.

16) 해방 전 시집과 해방 후 시집 간에는 8년이라는 시간적 간극이 있고, 해방 후 발간한 시집에는 우리 민족의 언어와 전통적 정서에 대한 탐구라는 뚜렷한 방향성 아래 창작된 작품이 주를 이룬다는 점에서 해방 전 작품만을 연구 대상으로 삼았다.

17) 김옥성은 윤곤강의 시세계를 4기로 나누어 1기(『대지』)는 진보의 원리를 보여주는 코스모스적 자연을, 2기(『만가』)는 '죽음'이 지배하는 카오스적 자연을, 3기(『동물시집』, 『빙화』)는 '어머니'와 같은 자애로운 자연을, 4기(『피리』, 『살어리』)는 민족주의 색채를 띤 자연을 드러내고 있다고 밝히고 있다. 김옥성, 「윤곤강 시에 나타난 자연의 의미」, 『문학과환경』 14권 3호, 문학과환경학회, 2015. 12.

러한 근본 의식에 따라 달라질 수 있는 것이다.

인간의 탄생과 성장이 모체로부터의 분리와 독립을 의미하듯 인간 진보의 역사 또한 자연으로부터의 분리에서부터 시작되었다. 아도르노와 호르크 하이머의 『계몽의 변증법』에 의하면, 유기적으로 통합되어 있던 자연으로부터 인간은 '자기 유지(Selbsterhaltung)'[18]를 위하여 자신을 폭력적으로 분리시킨다. 이때 자연과 인간의 통일은 파괴되고 양자는 서로 적대적 요소로 대립하게 된다. 이것이 계몽의 시작이며 이성을 중심으로 펼쳐진 문명의 시원이다. 계몽이란 자연에 종속되어 있던 인간이 자연의 지배에서 벗어나 주체의 위치에서 자연을 지배하게 됨을 의미하는 것이다.

인간에게 "알려지지 않은 것, 낯선 것은 모두 원초적이고 분화되지 않은 것"[19]이며, 인식의 체계 안에 포함되지 않는 이러한 세계는 인간에게 공포를 주는 대상이다. "진보적 사유라는 가장 포괄적인 의미에서 계몽은 예로부터 인간에게서 이러한 공포를 몰아내고 인간을 주인으로 세운다는 목표를 추구해왔다."[20] 그러나 그 과정에서 드러나는 현실은 참혹했다. 『계몽의 변증법』의 원고가 1944년 퇴고 된 점을 감안하면 저자들이 목도한 계몽의 결과는 제국주의의 횡포, 파시즘의 광기, 전쟁 등이었다. "왜 인류는 진정한 인간적 상태에 들어서기보다 새로운

---

18) 『계몽의 변증법』에서 '자기 유지'는 인간이나 인간의 역사가 출발할 수밖에 없도록 만든 근본 계기다. '자기 유지'는 살아남으려는 생명의 본능이나 생명의 원죄로서 그것 또한 자연의 일부다. 인간은 '자기 유지'를 위해 자연으로부터 일탈하여 자신을 주체로, 자연을 객체로 정립하려 하며 나아가 '제2의 자연'이 된 사회에서는 자신을 주체로, 타인을 객체로 만들려 한다. 이 과정 속에서 빚어지는 폭력의 끝없는 확대 재생산은 '자기 유지'를 자기 파괴로 전환시켜버린다. Th. W. 아도르노 · M. 호르크하이머, 앞의 책, 35쪽.

19) 위의 책, 39쪽.

20) 위의 책, 21쪽.

종류의 야만 상태에 빠졌는가"[21]라는 물음과 "완전히 계몽된 지구에는 재앙만이 승리를 구가하고 있다"[22]라는 언표는 이러한 맥락에서 나온 것이다.

윤곤강의 시세계에는 일련의 이와 같은 인식이 드러나고 있다. 먼저 원초적이고 분화되지 않은 자연, 분리 이전의 자연을 그리고 있는 작품으로 「느티나무」가 있다.

> 오란 오란 아주 오오란 옛적 / 땅덩이 배포될 그 때부터 있었더란다 / 굴속처럼 속이 훼엥한 느티나무 / 귀 돛인 구렁이도 산다는 나무…… / 마을에 사는 어진 사람들은 / 풀 한포기 뽑는 데도 가슴 조리고 / 나무 한가지 꺾는 데도 겁을 내어 / 들에 산에 착하게 사는 온갖것을 / 한 맘 한 뜻으로 섬기고 받들었더란다 / 안개 이는 아침은 멀리 나지 않고 / 비 오고 눈 나리는 대낮은 집에 웅크리고 / 천둥에 번개 이는 저녁은 무릎 꿇고 빌어 / 어질게 어질게 도란거리며 도란거리며 살았더란다
>
> (붙임)
>
> 이 詩는 1943年『三千里』南方詩人特輯에 내었었는데, 이 詩가 不穩하다 하여 停刊云云으로 主幹이 불리어 가고 作者도 경무국 出入을 한 일까지 있다.
>
> ―「느티나무」 전문(『피리』, 263쪽)[23]

인용한 시는 『피리』에 수록되어 있지만 '붙임'에 밝히고 있는 바와

---

21) Th. W. 아도르노 · M. 호르크하이머, 앞의 책, 12쪽.

22) 위의 책, 21쪽.

23) 『윤곤강 전집1』, 도서출판 다운샘, 2005. 앞으로 인용하는 시는 수록 시집명과 전집 쪽수만 표기하기로 한다.

같이 해방 전인 1943년 『삼천리』에 실렸던 작품이다. 시적 대상은 '느티나무'이다. 그런데 이 '느티나무'에는 태고의 시간성이 함의되어 있다. "땅덩이 배포될 그 때부터 있었"으며 "귀 돛인 구렁이도 산다는 나무"이기 때문이다. 이는 인간이 자연에 종속되어 있던, 분리 이전의 세계를 환기하게 한다. 이어지는 시구들에서 이를 확인할 수 있다. 이 세계에서 인간은 "풀 한포기 뽑는 데도 가슴 조리고 / 나무 한가지 꺾는 데도 겁을 내어 / 들에 산에 착하게 사는 온갖것을 / 한 맘 한 뜻으로 섬기고 받"드는 존재로 묘파되고 있다. 이성을 토대로 한 합리적 인식과는 거리가 먼, 자연을 두려워하고 숭배하는 애니미즘[24]의 세계인 것이다.

비록 인간이 자연을 두려워하고 숭배하는 구도로 그려지고 있지만 "마을에 사는 어진 사람들"이라거나 "들에 산에 착하게 사는 온갖것"이라는 표현에서 시인은 이러한 세계를 유대적 통합의 세계로 인식하고 있음을 알 수 있다.

> 어둠이 망난이처럼 / 왼누리를 집어삼켰도다! // 바늘 한 개만 떨궈도 / 벼락처럼 귀청을 흔들 靜寂속에 / 두쌍의 눈알은 올빼미 같다! // 날어드는 개똥불도 / 등불처럼 우리를 놀려주도다! // 바삭대는 나뭇잎마저 / 소낙비처럼 우리를 조롱하도다! // 어둠과 握手한 밤의 亡靈들이 / 히히히! 코우슴치며 내닫는도다! // 소리도 모습도 없는 것을 / 듣고 보는 귀와 눈ㅡ // 귀는 바람먹은 문풍지로다! / 눈은 주린 고양이의 눈알이로다! // 오! / 눈이 보는 것, / 귀가 듣는 소리, // ㅡ아무것도 없는 것을 듣고 보는 것은 / 어머니에게 도깨비이야기를 듣고자란 탓인가? / 나의 파로ㅡ마, 너는 알리라! // 어대서

24) "애니미즘이 사물을 정령화했다면 산업주의는 영혼을 물화한다." Th. W. 아도르노·M. 호르크하이머, 앞의 책, 59쪽.

우는 쇠북이냐? / 아…… 그소리마저 비웃는가?

—「暗夜」 전문(『輓歌』, 91쪽)

'망난이', '亡靈', '도깨비' 등 위 시에 등장하는 시적 대상은 이성, 질서와는 거리가 먼 존재이거나 '마법', 신화적 세계의 존재들이다. 이러한 의미들을 포회하고 있는 것이 '어둠'이다. '어둠'은 대상을 인식의 체계로 환원할 수 없는 상태, 미지의 세계를 표상한다. '바늘 한 개', '날어드는 개똥불', '바삭대는 나뭇잎'은 모두 미미한 존재이지만 이 '어둠'의 세계에서는 인간을 놀리고 조롱하는 위치에 놓이게 된다. 더 나아가 시적 자아는 "아무것도 없는 것"을 듣고 본다. '어둠'은 현실의 합리적 인식, 가치, 감각 등의 질서가 전복되는 초현실적 세계인 것이다. 이러한 현상에 대한 까닭을 시적 자아는 "어머니에게 도깨비이야기를 듣고자란" 것에서 찾는다. '도깨비이야기'로 표상되는 신화적 세계를 '어머니'와 연결시키고 있는 것을 보면 이러한 세계를 근원적인 것으로 인식하고 있음을 알 수 있다.

전략 // 오! 두말말어다, 이제부터 우리는 / 활개를 쩍!버리고 마음것 기지개를 켜볼 수 있고 / 훈훈한 太陽을 품안에 덤석!안어볼수가있다! / 허파가 바서지고 피ㅅ줄이 끊어질때까지라도 좋다! // 항상네가 원하는것이라면 무엇이고 / 그놈을 굳건히 걷어잡어라! / 그것에 永遠한 大地의敎訓이있다!

—「大地」 부분(『大地』, 38~39쪽)

전략 // 오오 / 어머니의 젖가슴같은 흙의 慈愛여! / 삶을 탐내는놈에겐『生의 봄』을 선사하고 // 죽엄을 갖어올놈에겐 /『死의 겨을』을 선고하는 永遠한 自然의 어머니여! // 중략 // 오오 / 大地에 넘처흘으는 成長의 숨소리여! / 그리고, 자라나는것들의 걷잡을 수 없는 慾求여! / 나는 아지못하는동안에 / 두 손을 들어 내가슴을 짚어본다.

—「大地2」 부분(『大地』, 40, 42쪽)

「느티나무」와 「暗夜」가 분리 이전의 자연의 세계를 그리고 있다면 인용한 시들에서는 그러한 자연의 원초적 성질, 그 일면을 간취할 수 있다.

위 시들에서 '대지'는 '자연'을, '자연의 어머니'는 곧 '대지'를 의미한다. 시적 주체는 이 자연에 영원성을 부여하고 있다. 눈길을 끄는 것은 자연이 "삶을 탐내는놈에겐 『生의 봄』을 선사하고 // 죽엄을 갖어올놈에겐 / 『死의 겨을』을 선고"한다는 인식이다. 자연이 '선사', '선고'의 주체이긴 하지만 여기에서 초점이 되고 있는 것은 '성장'하는 것들, "자라나는것들의 걷잡을 수 없는 慾求"이다. "삶을 탐내는놈"은 곧 '성장'하는 것들이자 '자라나는' 것들이며 이것들의 '욕구'는 삶에 대한 의지가 되는 셈이다.

「大地」에서 시적 주체는 "항상 네가 원하는것이라면 무엇이고 / 그놈을 굳건히 걷어잡어라!"라고 선포한다. 이를 "永遠한 大地의 教訓"이라 표현한 것에서 이러한 의지, '욕구'가 원시적 생명의 본연적 성질, 곧 '야성'이라는 의미로 이해할 수 있을 것이다.

머—ㄴ 옛날 사람의 조상도 / 너처럼 털과 꼬리가 있었다드라. / 네 발로 기고 뛰어다니며 / 굴속에서 날고기를 먹고 살었다드라. / <맘모스>와 독사를 만나도 / 무섭잖게 싸워 이겼다드라. / 하물며 글자 같은건 너처럼 / 알려고도 하지않앗다드라.

—「원숭이」 전문(『動物詩集』, 163쪽)

위 시에서는 좀 더 구체적으로, 그리고 실체적으로 원시적 생명의 본연적 성질을 드러내고 있다. "머―ㄴ 옛날 사람의 조상", 곧 진화 이전의 인류를 시적 대상으로 하고 있기 때문이다. 이때의 인간은 "굴속에서 날고기를 먹고 살았"던 문명 이전의 존재, "글자 같은건 알려고도 하지 않았"던 이성 내지 계몽 이전의 존재이다. 이들은 "<맘모스>와 독사를 만나도 / 무섭잖게 싸"우는 야성적 존재이기도 하다.

「暗夜」는 1938년 간행된 『輓歌』에 수록된 작품이고 「느티나무」는 1943년 『삼천리』에 실렸던 작품이다. 이처럼 윤곤강의 분리 이전의 자연, 계몽 이전의 세계에 대한 감각은 첫 시집 『大地』에서부터 『輓歌』, 『動物詩集』, 1943년 『삼천리』에 실렸던 「느티나무」에 이르기까지 꾸준히 의미화되고 있었음을 확인할 수 있다.

3. 근대적 진보와 소외된 존재에 대한 인식

윤곤강은 그의 시에서 분리 이전의 자연, 원시적 생명의 본연적 성질에 대한 감각을 드러내 보이고 있다. 이것이 유토피아로서의 자연이 아님은 물론이다. '원하는 것이라면 무엇이고 굳건히 걷어잡'으려는 원시적 생명의 '욕구'는 위험한 것에 속한다. 통제되지 않는 본능이 뒤엉킨 자연의 상태 즉 카오스는 '만인의 만인에 대한 투쟁'의 상태가 될 수 있기 때문이다. 그러므로 "순수하게 자연적인 생존은 문명에게 있어서는 절대적 위험을 의미"[25)]하는 것일 수 있다.

그런데 윤곤강은 시론에서 '야성'과 '원시적 생명의 카오스'를 언급하면서 "사는 것의 최고의 정수(亭受)는 위험하게 사는데 있다"라는 니체

25) Th. W. 아도르노 · M. 호르크하이머, 앞의 책, 63쪽.

의 말을 인용한 바 있다.[26] 니체는 문명의 의미를 인간의 '왜소화', '평균화'로 규정짓고 이를 인간의 최대 위험으로 판단했다.[27] 즉 인간이 정작 무서워해야 할 것은 공포가 아니라, 오히려 아무런 무서워 할 것이 없음으로 인해 무기력해지고 왜소화 되는 문명의 상태라는 것이다.[28]

윤곤강의 시편에서도 이러한 "'길들여진 인간' 어찌하지 못할 정도로 범용하고 생기 없는 인간"[29]의 양상을 확인할 수 있다.

> 살었다— 죽지않고 살어있다! // 구질한 世渦속에 휩쓸려 / 억지로라도 삶을 누려보려고, // 아침이면— / 定한 時間에 / 집을 나가고, / 사람들과 섞여 일을 잡는다, // 저녁이면— / 찬바람부는 山비탈을 / 노루처럼 넘어온다, / 집에 오면 밥을 먹고, / 쓸어지면 코를 곤다. // 사는 것을 / 어렵다 믿었든 마음이 / 어느덧 / 아무것도 아니라는 마음으로 변했을 때 // 나의 일은 나의 일이요, / 남의 일은 남의 일이요, / 단지 그것밖에 없다고 믿는 마음으로 변했을 때, // 사는 것을 미워하는 마음이 / 다시 강아지처럼 꼬리치며 덤벼든다
>
> —「小市民哲學」 전문(『輓歌』, 128쪽)

26) 윤곤강, 「꿈꾸는 精神—詩는 꿈의 實體化—」, 『윤곤강전집2』, 127쪽.

27) 프리드리히 니체, 김태현 역, 「<선과 악>, <우와 열>」, 『도덕의 계보』, 청하, 1982, 51쪽.

28) "오늘날 우리로 하여금 '인간'에 대해 혐오감을 갖게 하는 것은 무엇인가? 그것은 결코 공포가 아니다. 오히려 그것은 이젠 우리들이 인간에 대해 무서워해야 할 아무것도 지니고 있지 않다는 것이다. …… 사람이 지하적이며 투쟁적인 삶을 살아가는 이상, …… 사람은 선천적인 자성(資性)으로 부러지지 않고 팽팽하게 당겨져, 위급한 경우가 닥치면 더욱더 팽팽하게 당겨지는 활처럼, 새로운 것, 보다 어려운 것, 보다 먼 것을 향하는 마음의 준비로 서게 되는 것이다. …… 인간에 대한 공포와 함께 우리는 인간에 대한 사랑, 인간에 대한 외경, 인간에 대한 희망, 심지어 인간에 대한 의지마저도 상실하고 말았다." 위의 책, 50~51쪽.

29) 위의 책, 50쪽.

위 시의 시적 자아는 "구질한 世渦속에 휩쓸려 / 억지로라도 삶을 누려보려고" 하는 '생기 없는 인간', 무기력한 인간으로 묘파되고 있다. 또한 "아침이면— / 定한 時間에 / 집을 나가고", "저녁이면— / 찬바람부는 山비탈을 / 노루처럼 넘어"와 "집에 오면 밥을 먹고, / 쓸어지면 코를" 고는 '길들여진 인간'이기도 하다.

"사는 것을 어렵다 믿었"을 때 시적 자아는 오히려 살아있음을 느꼈을 터다. 습관처럼 반복되는 일상에 매몰되어, 사는 것이 "아무것도 아니라는 마음으로 변했을 때" 그는 살아있다는 감각을 상실하게 되었던 것이다. "살었다—죽지않고 살어있다!"라는 절규는 스스로 그것을 확인시켜야 할 만큼 살아있음을 느끼지 못하고 있다는 방증이다. "나의 일은 나의 일이요, / 남의 일은 남의 일이요, / 단지 그것밖에 없다고 믿는 마음"에서 보듯 '소시민'의 일상성은 관계의 파편화를 가져오고 그것은 다시 삶에 대한 혐오로 이어지게 된다. 이러한 구도는 '定한 時間'으로 표상되는 근대적 시간관과 긴밀하게 연결되어 있다.

> 어둠은 바다속처럼 깊은데 // 책상머리의 사발시계가 // 제풀에 지쳐 혓소리를 외운다 // 폭 폭 뾰—죽한 바늘이다 // 쩡 쩡 싸—늘한 어름쪽이다 // 톡 톡 가슴을 파먹는 따짜구리다 // 칭 칭 목에 감기는 배암 배암 배암……
>
> —「時計」 전문(『氷華』, 194쪽)

근대로 들어서며 시간은 주관적이고 경험적인 것에서 계측 가능한 균질적인 것으로 바뀌었다. 근대적 시간관은 질적 가치를 양적 가치로 환원 가능하게 했다. 시간을 공간화하여 분할 가능한 것으로 만들었으며 "공간의 시간적 분할 또한 가능해졌다. 이렇게 분할된 공간은 다시

인간의 행위를 시간적으로 미세하게 분할하여 시, 공간에 흡수했다."[30] 근대적 시간 개념을 내면화한 인간은 '정해진 시간'에 따라 움직이는 표준화된 생활 습속과 태도를 갖게 된다. 이러한 맥락에서 근대적 시간관은 지배계층의 효율적 통치와도 긴밀하게 연결되는 것이었다.[31]

위 시에서는 이러한 근대적 시간에 관한 비판적 인식을 엿볼 수 있다. "책상머리의 사발시계"는 근대적 시간의 표상이다. 그것은 "뾰―죽한 바늘", "싸―늘한 어름쪽"과 같은 날카롭고 차가운 것으로 이미지화되면서 존재의 소외를 환기하게 한다. "가슴을 파먹는 따짜구리", "칭칭 목에 감기는 배암 배암 배암" 또한 시적 자아를 구속·규율하는 근대적 시간성에 대한 비유다. 이와 대척되는 지점에 '바다속처럼 깊은 어둠'이 있다. 이는 계측 불가능한 주관적 시간이자, 근대적 시간으로 환원되지 않는 질적 시간이다. '어둠' 속에서 "책상머리의 사발시계가 // 제풀에 지처 헛소리를 외"우고 있는 까닭이 여기에 있다.

> 사람과 소― / 단둘이 이야기하면서 / 해가 지도록 밭을 간다. // 엉금엉금 / 소는 끌고, / 띄염띄염 / 사람은 밀고, / 물기없는 자갈밭을 / 왼종일 갈어붙인다. // 기동차가 울고간다. / 책보들멘 아희들이 / 소리치며 지나간다. // 갈어도 갈어도 / 밤낮 갈어도 / 신신치 않것만, // 사람과 소― / 단 둘이 이야기하면서 / 해가 지도록 밭을 간다.

---

30) 근대적 시간관념을 형성하는 데 철도의 역할은 지대하였다. 열차가 출발하고 통화하고 도착하는 시간이 각 지역마다 할당되면서 먼저 시간이 잘게 분할되고 이를 통해 공간의 시간적 분할이 가능해졌다. 이창익, 「한국적 근대는 어떻게 만들어졌나―근대적 시간과 일상의 표준화」, 『역사비평』, 역사비평사, 2002. 05, 414쪽.

31) 일제하에서 이루어진 시간관념의 근대화 프로젝트에 '시의 기념일' 제도가 존재한다. 일제하에서 매년 6월 10일은 '시의 기념일'로, 조선총독부와 지방관청은 학생들이나 청년들을 동원하여 여러 가지 형태의 시간에 관한 계몽사업을 1921년부터 실시하였다. 정근식, 「시간체제와 식민지적 근대성」, 『문화과학』 41호, 문화과학사, 2005. 03, 156쪽.

// 엉금엉금 소는 끌고, / 띄엄띄엄 / 사람은 밀고.

—「耕田」(『輓歌』, 145쪽)

"해가 지도록", "왼종일", "밤낮"이라는 표현에서 보듯 위 시에는 근대적 시간이 흐르지 않는다. "엉금엉금", "띄염띄염" 시간은 느리고도 불규칙적으로 흐르고 있다. 그러한 시간 속에서 "사람과 소"의 관계는 수평적이고 유대적이다. "단둘이 이야기하면서" 밭을 갈고 있다는 점에서 그러하다. "물기없는 자갈밭을 / 왼종일 갈어붙인다"거나 "갈어도 갈어도 / 밤낮 갈어도 / 신신치 않"다는 표현에서 식민지 농민의 핍진한 현실을 그리고 있는 것으로 볼 수도 있겠으나 여기에 초점이 맞추어져 있는 것은 아니다. 전근대적 시간성과 그 안에 놓인 대상 간의 관계가 중심이 되고 있다.

"사람과 소"가 전근대적 시공간에 놓인 대상이라면 '기동차'와 "책보들멘 아희들"은 속도와 학교라는 근대적 시공간과 관계가 깊은 대상들이다. 이들은 요란하게 스쳐 지나갈 뿐이며 그것과 관계없이 "사람과 소"는 "단둘이 이야기하면서 / 해가 지도록 밭"을 갈고 있다. "엉금엉금 소는 끌고, / 띄염띄염 / 사람은 밀"면서 말이다.

이 시의 구도는 독특하다. "기동차가 울고간다. / 책보들맨 아희들이 / 소리치며 지나간다."를 중심으로 '경전(耕田)'의 풍경이 앞뒤로 배치된, 데칼코마니 형식을 취하고 있기 때문이다. '경전'의 풍경은 정적이고 지속적인 데 반해 근대의 풍경은 소란스럽고 휘발적인 것으로 그려지고 있다. 마치 근대적 시간이 전근대적 시간에 포위되어 있는 듯한 형상이다. 그만큼 이 시에서는 전근대적 시공간이 강조되고 있다는 의미이다.

이 외에도 「때가 있다」, 「土曜日」, 「하로」 등 윤곤강은 여러 편의 시에서 근대적 시간과 일상성에 매몰된 자아, 파편화된 유대성에 대한 인식을 드러내고 있다.

한편, 윤곤강의 『動物詩集』에는 문명이라는 '무쇠철망' 속에서 원시적 생명력을 상실한 존재, 그러한 현실에 순응하는 태도에 대한 비판적 인식이 드러나고 있어 주목을 요한다.

> 무쇠철망 넘어— / 죽은 듯 고요한 양시에 / 눈알만 끔먹 끔먹…… // 멀리서 잔나비의 해해거림. / 더멀리서 두루미의 볼멘소리. // 벌떡 일어나서 / 조바심이 매암돌 때, // 점잔도 주림엔 상관없어 / 으흥— 먹고싶어! / 흐흥— 나가고싶어!
>
> —「갈범」 전문(『動物詩集』, 166쪽)

'갈범'은 맹수[32]에 속하는 동물이다. 깊은 산속에서 맹위를 떨치며 사냥을 해야 하건만 "죽은 듯 고요한 양시에 / 눈알만 끔먹 끔먹"하고 있다. "멀리서 잔나비의 해해거림 / 더멀리서 두루미의 볼멘소리"가 들려도 '무쇠철망' 안에 갇혀 아무것도 할 수 없는 신세다. 우리 안에 갇혀 있는 동물은 시간이 지나면서 그 본래적 성질, 원시적 생명력을 잃게 된다. 이는 근대적 시간, 근대적 일상에 종속되어 생기를 잃고 무기력해진 인간, 문명에 길들여져 왜소해진 인간을 환기하게 한다.

> 네 얼골에 청승마진 온갖 얼굴이 얼비치고, / 네 눈알에 깊이모를 슬픔이 끔먹어리고, / 네 모가지에 썩은냇물이 흘러내리고, / 네 잔

32) 한상철은 윤곤강 시의 '맹수'들이 자신의 본래적 속성을 거세당한 채 '무쇠철망'이라는 폐쇄적 공간 속에 갇힌 존재들로 표현되고 있으며 이는 반복적인 일상에 종속된 도시인의 삶을 암시하는 것으로 보았다. 한상철, 「초기 현대시의 동물 표상 연구—백석과 윤곤강의 동물 시어를 중심으로」, 『한국문학이론과 비평』 제65집(18권 4호), 한국문학이론과 비평학회, 2014. 12, 305쪽.

등에 영원한 주림이 얹처있고나.

—「낙타」(2) 전문(『動物詩集』, 161쪽)

주변성이 많어서 / 망테기를 짊어졌니? // 그렇게도 목숨이 아까워 / 물동마저 달어맸니? // 조상때부터 오늘까지 / 부려만 먹힌 슬픔도 모르는체, // 널름 널름 혓바닥이 / 종이쪽까지 받어먹는구나.

—「낙타」(1) 전문(『動物詩集』, 159쪽)

"청승마진 온갖 얼굴", "깊이모를 슬픔이 끔먹어리"는 '눈알', "썩은 냇물이 흘러내리"는 '모가지', "영원한 주림이 얹처있"는 '잔등' 등 「낙타」(2)에는 낙타의 청승맞은 모습이 묘사되고 있다. 「낙타」(1)에도 낙타의 부정적 모습이 드러나고 있지만 여기에는 외모가 아니라 태도에 초점이 맞추어져 있다는 점에서 차질적이다. 시적 자아는 "망테기를 짊어"지고 "물동마저 달어"맨 낙타의 현실을 외부적 힘에 굴복한 결과라 보고 있다. 잘 길들어 "조상때부터 오늘까지 / 부려만 먹힌 슬픔도 모르는체" 주는 대로 먹고, 시키는 대로 복종하는 존재가 '낙타'라는 것이다.

털버레가 나비 되어 꽃밭으로가고 / 굼벵이가 메아미되어 숲으로 가는데, / 죄—그만 집속에 쓸쓸히 주저앉어 / 주어진 운명을 달게 받는다고, / 참새야! 웃지마라, 흉보지마라. // 비록 날개없어 날지못할망정 / 보고싶은 것을 가릴 수 있는 눈이 / 두 개의 뿔 끝에 으젓하게 백여 있고, / 비록 길지못해 빠르지못할망정 / 가고싶은데를 기어갈 수 있는 발이있다. // 달뜬 털버레가 나비로 몸을바꾸고 / 건방진 굼벵이가 매아미로 변했다가 / 찬서리 나리는저녁, 이름도모를 덤풀속에 / 송장처럼 쓸어저 슬픔을씹고 우는것보다는 / 차라리 이신세가 나는 좋단다.

—「달팽이」 전문(『動物詩集』, 154쪽)

입을 꾹 다물고 / 갈귀마저 뉘피어 / 노염을 재운채 / 바위처럼 앉어있어도, / 사자는 사자다. // 저 눈알을 봐요, / 별이 숨었지! / 저 눈알을 봐요, / 핏기가 어렸지!

—「사자」 전문(『動物詩集』, 162쪽)

"죄—그만 집속에 쓸쓸히 주저앉어 / 주어진 운명을 달게 받"으며, "차라리 이신세가 나는 좋"다고 체념하고 있는 '달팽이' 또한 무기력한 존재로 볼 수 있을 것이다. 그런데 시적 자아의 시선은 '낙타'에 대한 그것과는 사뭇 다르다. 날개가 없어 '나비'나 '메아미'처럼 날 수는 없지만 "보고싶은 것을 가릴 수 있는 눈이" 있고 "가고싶은데를 기어갈 수 있는 발이있다"며 긍정성을 부여하고 있기 때문이다. 이러한 차이는 어디에서 기인하는 것일까. 그것은 본연적 성질, 원시적 생명성에서 찾을 수 있다. "죄—그만 집속에" 앉아 있거나 기어다니는 것은 '달팽이'의 본연적 성질이다. 달팽이는 자연성대로 살고 있는 것이지만 낙타는 본연적 성질, 원시적 생명력을 상실한 채 인간에게 길들어 복종적 삶을 살고 있는 것이다.

'사자'에 대한 시선을 보면 시적 자아의 인식적 구도가 좀 더 분명해진다. '사자' 또한 동물원에 갇혀 있는 처지임에는 마찬가지이다. "입을 꾹 다물고 / 갈귀마저 뉘피어 / 노염을 재운채 / 바위처럼 앉어있"다는 묘사에서 이를 확인할 수 있다. 그러나 '사자'는 길들지 않았다. '눈알에 숨어있는 별'이, '눈알에 어려있는 핏기'가 이를 증명해준다. 갇혀 있는 현실에 복종이 아니라 분노하고 있는 것이다.[33]

---

33) 니체는 『차라투스트라는 이렇게 말했다』에서 '정신의 세 변화'를 '낙타', '사자', '어린아이'의 비유로 설명했다. '무거운 짐'으로 상징되는 권위에 '낙타'는 '무릎을 꿇고' 복종하는 정신, '사자'는 그것에 '대적하려는' 정신이며 '어린아이'는 "창조의 놀이"를 하는 정신으로 비유된다. 니체, 정동호 역, 『차라투스트라는 이렇게 말했다』,

『動物詩集』의 여러 시편을 통해 주어진 현실보다 그 현실에 대응하는 존재의 태도에 초점을 맞추고 있는 윤곤강의 시선을 확인할 수 있다.

4. 저항으로서의 순수서정과 카오스

윤곤강은 그의 시에서 분리 이전의 자연, 원시적 생명에 대한 감각을 드러내 보이고 그것을 상실한 현실 또한 부단히 그려내었다. 근대적 시간에 대한 인식과 그것에 종속되어 있는 근대인의 일상에 대한 형상화가 그것이다. 그 안에서 파괴된 유대성과 무기력해지고 왜소화된 존재 또한 핍진하게 그려내고 있다. 그렇다면 윤곤강 시에서 그러한 현실에 대한 응전은 어떠한 양상으로 구현되고 있을까. 윤곤강의 시에 대한 인식을 드러낸 글에서 이를 확인해 볼 수 있다.

> 꿈은 野性의 幻影이다. 睡眠이라는 單純한 動作에 依하여 밤마다 意識을 解體하고 原始的 生命의 카오스(混沌)으로 돌아간다. 이것은 生命 있는 사람이면 누구나 가질 수 있는 自然의 恢復을 意味한다.
> … 중략 …
> 詩는 現代의 野獸群의 꿈꾸는 世界－洞窟이다. 그것은 客體의 自己發展의 必然的 進行에 抵抗하는 人間意志의 衝突에서 생기는 生命의 불꽃이다.
> 散文을 必然에 대한 意志의 抵抗이라면 詩는 事物이 가진 바 必然의 方向을 逆換하는 꿈의 現實化이다. 勿論 詩人의 詩와 結合하는 것은 表現을 通하여서만 可能하나 그것은 絶對否定을 通하여 相互結合된다. 여기에 存在로서의 詩의 不斷의 生成變化가 있다. 詩人은 항

책세상, 2010, 38~41쪽. 윤곤강의 시의 '낙타'와 '사자' 또한 동일한 구도로 의미화되고 있는 것으로 볼 수 있다.

상 變轉하는 "現實"과 "永遠한 것"을 同時에 보는 까닭이다. 니이체의 解釋에 의하면 사람이 "사는 것의 最高의 亨受는 危險하게 사는데 있다"고 한다. 그러한 意味에서 우리는 現實과 時間的 實在의 統一인 現存으로서의 超越者가 되어야 할 것이다. 그러한 覺醒에서 詩의 理念으로 胚胎시키고 또한 詩人의 誠實을 發掘해야 될 것이다. (1940년 10월 ≪東亞日報≫)

—「꿈꾸는 精神—詩는 꿈의 實體化—」(『윤곤강전집2』, 127쪽)

윤곤강은 시란 "꿈의 실체화"라 언표하고 있다. "꿈은 야성의 환영"이다. 즉 시란 '야성'의 실체화가 되는 셈이다. '야성'이란 "원시적 생명의 카오스"이며 "자연의 회복"을 의미한다. 이것은 '의식' 곧 이성과 상충되는 의미다. '야성'이 "의식을 해체"한 '꿈'을 통해서만 구현되는 까닭이 여기에 있다. 윤곤강은 이러한 '야성의 실체화'로서의 시를 "객체의 자기발전의 필연적 진행에 저항하는 인간의지의 충돌에서 생기는 생명의 불꽃"이라 표현하고 있다.

'자기유지'를 위한 자연으로부터의 분리는 '필연적 진행'이다. "인간은 언제나 자신을 자연 밑에 굴복시킬 것인지 아니면 자연을 자신의 지배하에 둘 것인지를 선택"[34]해야 했기 때문이다. 이것이 진보, "자기발전의 필연적 진행"인 것이다. 그러나 살펴본 바와 같이 그 과정 혹은 결과에는 부정성이 함의되어 있다. 윤곤강에게 시란 필연적 부정성에 "저항하는 인간의지"의 발현이며 그러한 "충돌에서 생기는 생명의 불꽃"으로 의미화된다.

윤곤강은 시인을 "영원과 현실을 동시에 보는 자"로 규정하고 있다. 사실 분리 이전의 자연, '영원'으로 다시 돌아가는 것은 불가능한 일이

34) Th. W. 아도르노 · M. 호르크하이머, 앞의 책, 65쪽.

다. 그러나 '필연적 진행'이라고 해도 그것에 무기력하게 끌려갈 수도 없는 노릇이다. 그것에 "저항하는 인간의지", "필연의 방향을 역환하는 꿈"을 포기해서는 안 된다는 의미이다. '필연적으로 진행'되는 흐름과 그것의 방향을 '역환하려는 인간의지', 그 '충돌'에서 "생명의 불꽃", 곧 새로운 가치가 생성되기 때문이다.

윤곤강이 인식하는 '현대'는 '야성', '원시적 생명의 카오스' 등 '영원'이 상실된 세계이다. 윤곤강이 시를 "현대의 야수군(野獸群)의 꿈꾸는 세계—동굴"이라 표현한 까닭은 이러한 현실 인식과 긴밀하게 연결되어 있다. "주체 속에 있는 자연의 기억을 통해 계몽은 지배 일반과 대립한다."[35] 윤곤강의 시에서 계몽의 필연적 진행에 저항하는 의지는 이 "주체 속에 있는 자연의 기억"을 이미지화하는 방식으로 드러나고 있다. 그 하나가 통합과 유대의 자연에 대한 형상화이다.

> 만약 내가 속절없이 죽어 / 어느 고요한 풀섶에 묻치면 // 말하지 못한 나의 기쁜 이야기는 / 숲에 사는 적은 새가 노래해주고 // 밤이면 눈물어린 금빛 눈동자 별떼가 / 지니고간 나의 슬픈 이야기를 말해주리라 // 그것을 나의 벗과 나의 원수는 / 어느 적은 산모롱이에서 들으리라 // 한 개 별의 넋을 받어 태여난 몸이니 / 나는 우지 마자 슬피 우지 마자 // 나의 명이 다—하야 내가 죽는날 / 나는 별과 새에게 내뜻을 심고 가리라
>
> —「별과 새에게」(『氷華』, 193쪽)

'만약'이라는 시어에서 알 수 있듯 위 시의 내용은 일어나지 않은 미래의, 혹은 상상의 사건을 그리고 있다. 시적 자아의 '죽음'이 그것인데

35) Th. W. 아도르노 · M. 호르크하이머, 앞의 책, 76쪽.

이 죽음이라는 사건을 통해 유대적 통합의 세계가 펼쳐진다. 현실에서 존재는 파편화되어 있다. "나의 벗"과 "나의 원수"가 대립해 있고 죽기까지 "말하지 못한 나의 기쁜 이야기", "슬픈 이야기"가 남아있기 때문이다. 그러나 죽음 이후의 세계에서는 "나의 기쁜 이야기"는 "적은새가 노래해주고" "나의 슬픈 이야기"는 '별떼'가 말해준다. 더 중요한 것은 '나의 벗'과 '나의 원수'의 이분법적 대립의 관계가 파기되고 "어느 적은 산모롱이에서" 함께 시적 자아의 못다 한 '이야기'를 듣게 된다는 사실이다. '듣는다'는 행위에는 소통의 의미가 함의되어 있다. 자아와 타자, 인간과 자연, 벗과 원수의 경계가 무화되는 세계인 것이다.

'나'는 "한 개 별의 넋을 받어 태여난 몸"이다. 자연에서 났으며 자연의 일부라는 인식이다. 그러므로 죽음이라는 것은 다시 자연으로 돌아가는 것으로 의미화된다. "나는 우지 마자 슬피 우지 마자"라는 시구는 이러한 맥락에서 이해될 수 있을 것이다. 삶과 죽음의 경계 또한 이렇게 무화되고 있다.

> 땅밑에서 솟어난 어둠이 / 뭉치고 뭉치어 밤이 된다 // 가시처럼 뻗친 찬 정기 / 푸른 별떼를 불러오고 // 마음 절로 미처 / 밤길 가벼히 들에 나리면 // 빛은 말도없이 어둠과 손잡고 / 밤의 숨결 이슬되어 귀에 젖다 // 숲기슭에 번지는 도깨비불처럼 / 호올로 어둠속에 서글피 웃는 밤
>
> ―「夜景」(『氷華』, 187쪽)

어둠이 '뭉치고 뭉쳐' 밤이 되고 '밤의 정기'는 '푸른 별떼'를 불러온다. 「별과 새에게」에서 드러난 바와 같이 윤곤강 시에서 '별'은 삶과 죽음, 지상과 천상의 매개로 기능한다. 자아는 "한 개 별의 넋을 받어 태

여난 몸"이기에 죽음도 슬퍼할 까닭이 없다는 인식에서 이를 확인할 수 있다. 이 시에서도 '별떼'는 인간과 자연, 빛과 어둠의 경계를 허물고 상호 동화하게 하는 매개로 작용하고 있다. '별떼'로 인해 시적 자아의 '마음'은 "절로 미처 / 밤길 가벼히 들에 나리"게 되고 "빛은 말도없이 어둠과 손잡"게 되기 때문이다.

한편 이 시는 "공감각의 수법을 통해 밤과 시인과의 교감상태를 인지"[36]케 하는 이미지즘 시로, 혹은 "예술적 차원으로의 변모를 위해서 모더니즘의 기법을 수용한"[37] 것으로 언급되는 작품이다. 같은 시집에 수록되어 있는 「MEMORIE」 또한 윤곤강의 대표적 모더니즘 시로 언급되는 작품이다.[38] 이 시는 '황혼', '호수', '마을'로 나누어 각각의 풍경을 묘사하고 있어 특징적이다. '것이었다'라는 종결어를 통해 시적 자아와 대상과의 거리를 확보하고 있지만 그럼에도 대상들은 개별적으로 존재하면서도 서로 스미고 동화되어 하나의 풍경을 이루고 있다. 이를 통해 윤곤강 시에서 모더니즘적 경향을 보이는 시는 기법적으로 모더니즘을 차용하고 있지만 내용에 있어서는 동화, 교감 등 서정적 동일성을 지향하고 있는 측면을 확인할 수 있다.

인용한 시들과 같은, 통합과 유대의 자연에 대한 형상화가 "주체 속에 있는 자연의 기억"의 한 축을 이루고 있다면[39] 다른 한 축은 이성,

---

36) "'밤의 숨결 이슬되어 귀에 젖다'라는 시구는 공감각의 수법을 통해, 밤과 시인과의 교감상태를 인지케 한다. 즉 '밤의 숨결'이라는 청각적 이미지가 '이슬'로 시각화되었다가 '귀'로 다시 청각화, '젖는다'는 촉각적 이미지로 귀결되고 있다" 한영옥, 「윤곤강연구」, 『연구논문집』제18집, 성신여자대학교, 1983. 8, 63~64쪽.

37) 임종찬, 앞의 논문.

38) 조영복은 「MEMORIE」, 「분수」 등의 시를 '풍경시'로 부르고 있다. 조영복, 「윤곤강, '황혼'의 풍경화와 '별떼'의 축제」, 『시의 황혼』, 한국문화사, 2020, 508~510쪽.

39) 장만영은 윤곤강에 대해 "현실과 대결하지 못하는 기질을 타고"났으며 "그를 서정시인으로밖에 보지 않는"다고 밝힌 바 있다. 장만영, 「崑崙을 생각한다」, 『現代文

의식, 질서 등을 해체하는 방식으로 현현된다.

날이 밝으면 / 원수스런 아침이다. // 해야! / 빛잇는 온갖것아! // 낫이 나에게 / 매양 밤인것처럼, // 나에겐 밤마저 / 항상 가시밧이다. // 무엇 하나 / 차저보지 못한체, // 소리 하나 들어보지 못한체, // 흐르지 안는 / 때이 바퀴다. // 갈래갈래 찌저진 / 생각의 긔폭이다. // 제코도 못보는 / 얄구진 눈알이다. // 제소리도 못가리는 / 찐 귀창이다. // 제뜻도 못쏫는 / 벙어리 혀바닥이다. // 눈을 / 써도, // 다시 / 감아도, // 밤은 / 언제나 밤. // 고개를 / 들어도, // 다시 / 숙여도, // 눈압흔 / 언제나 캄캄. // 밤대로 어두운 밤. / 낫대로 어두운 낫. // 오오! / 밤 · 낫 · 낫 · 밤. // 파고들면 / 파고들수록, // 어둠은 / 겹겹으로 두터워, // 밤 · 어둠 · 낫 · 어둠. / 낫 · 어둠 · 밤 · 어둠. // 가라안친채, / 말라부튼채, // 흐를줄 모르는 / 검푸른 장막. // 엉크러진채, / 뭉크러진채, // 풀어볼수 업는 / 안타까운 쉄자리. // 멀미나는대로, / 괴로운대로, // 질질 끌려만가는 / 썩은 몸둥아리. // 천겹, / 만겹, // 겹겹이 뒤덥친 그속에 / 숫모를 어둠을 안고, // 가로, / 세로, // 엉크러진 / 쉄자리속에 // 끌려가는 허재비가 / 송장처럼 자빠질때, // 단 하나 / 등불조차 업고, // 그윽한 새끼별 하나 / 차저볼수 없고, // 주저안기 실혀, / 쉽추 되기 원통해, // 억지를 쓰고 / 밀처도 봣고, // 풀어보고파, / 엉크러진 올개미를, // 사지를 뒤틀어 / 몸부림도 쳐 봣다. // 쑤루루…… / 피먹은 독사처럼, // 아무러케나 / 달어나고십고, // 짱! / 미친개마냥, // 무엇이던지 / 물어뜻고 십다. // 무엇 하나 / 바랄 것 업고, // 누구 하나 / 미들 수 업는 마음아, // 술처럼 / 어둠을 드리켜고, // 주정군처럼 / 취하는 살림아! // 빗을 탐하다 / 지처버린 마음이, // 무엇때문에, 무엇때문에 / 두더지를 부러워 하느냐고, // 벗아! / 뭇지를 마라. // 행혀 / 뭇지를 마라. // 뭇지 안는 것이 / 괴로움인것처럼, // 뭇는것도 나에겐 / 더큰 괴로움이란다. // 손짓도 말게! / 건

學』, 1963. 1.

드리지도 말게! // 어둠의 길섭헨 / 그것들이 소용업스니— // 처음으로 들어가보는 / 길다란 굴구멍처럼, // 발길 닷는대로, 나는 / 더듬어 가마! 더듬어 가마! // 등불도 / 실타! // 바람 불면 / 써질것이니—. // 쇠(指南針)도 / 일 업다! // 四方이 죄—다아 / 캄캄한 그믐밤이니— . // 어둠은 언제까지도 / 어둠이라기에, // 단지, 몸둥이를 휘감은 / 그것이 실키에 // 왕개미 쏀 / 모래언덕 송충이처럼, // 비—비— / 뒤틀고 십고, // 총알 마진 / 노루새끼마냥, // 껑중! / 뛰고 십다. // 오오, / 어둠 · 어둠 · 어둠…… // 벗아! 어둠은 내게 주어진 / 또하나 거룩한 선물이다.

—「暗夜」 전문(『批判』(1938. 10), 368~374쪽)

이 시에서 세계는 '어둠'이고 '카오스'다. "밤 · 어둠 · 낫 · 어둠. / 낫 · 어둠 · 밤 · 어둠."에서 보듯 밤과 낮이라는 자연의 질서마저 전복되고 모두 어둠에 귀속되어 있다. 또한 이 시는 현실이 아닌 '꿈자리'를, 정신이 아닌 '썩은 몸뚱아리'를 그리고 있다. 이 "썩은 몸뚱아리"는 "엉크러진 올개미"에 휘감겨 있다. 그것에서 벗어나고자 시적 자아는 "사지를 뒤틀어 / 몸부림"도 쳐보지만 소용없다. 그런데 이를 해결하고자 하는 의지는 매우 비이성적 방식으로 분출되고 있다. "피먹은 독사처럼, // 아무러케나 / 달어나고십고, // 짱! / 미친개마냥, // 무엇이던지 / 물어뜻고 십다"거나 "왕개미 쏀 / 모래언덕 송충이처럼, // 비—비— / 뒤틀고 십고, // 총알 마진 / 노루새끼마냥, // 껑중! / 뛰고 십다"는 등 인간적 이성이 아닌 동물적 본능의 층위에서 표출되고 있기 때문이다.

어둠 속 "엉크러진 올개미"에 휘감겨 있는 시적 자아는 벗에게 "손짓도 말"고 "건드리지도 말"라고 하고 '등불'도 '쇠(指南針)'도 필요 없다고 한다. 어둠 속에서 길을 제시해줄 수 있는 어떠한 것도 거부하고 있는 것이다. 그런데 '손짓'이나 '등불', '쇠(指南針)'는 이미 방향이 정해진 것으로, "필연적 진행"과 동일한 맥락에 자리하는 의미이다. 자아는 이끄는 대로, 정해진 대로 가는 것이 아니라 "처음으로 들어가보는 / 길다란 굴구멍처럼, // 발길 닷는대로" 더듬어 더듬어 가고자 하는 의지를 드러내고 있다.

시적 자아의 마음은 "빗을 탐하다 / 지처버린 마음"이고 "무엇 하나 / 바랄 것 업고, // 누구 하나 / 미들 수 업는 마음"의 상태다. 모든 것을 밝혀주고 올곧은 길을 제시해 줄 것 같았던 빛, 그 빛으로 표상되는 인간, 이성 등의 가치는 더 이상 믿을 수 없는 것이 되었다. 시적 자아가 '어둠'을 '거룩한 선물'로 여기는 까닭이 여기에 있다. 이처럼 이 시에서 대상은 빛/어둠, 인간/동물, 이성/본능, 정신/몸의 이분법적 대립의 구도로 드러나고 있으며 의미는 후자 즉 어둠, 동물, 본능, 몸을 통해 구현된다는 특징을 보이고 있다. 「輓歌3」이나 「呪文」과 같은 작품에서는 이와 같은 의미를 보다 구체적인 언어로 표현해 보이고 있다.

> 그때— / 大地의 한끝으로부터 / 나무가 거꾸러지고 / 집채가 뒤덮치고 / 왼 땅덩이의 사개가 뒤틀릴 때, // 미쳤든 마음은 / 기쁨의 들窓을 열어제치고 / 하하하! 손벽치며 웃어주리로다! // 오오, 벌거숭이가튼 意欲아! / 삶의 손아귀에서 낡은 秩序를 빼앗고 / 낯선 狂想曲을 읊어주는 네 魔性을 / 나는 戀人처럼 사랑한다.
>
> —「輓歌3」(『輓歌』, 74쪽)

인용한 시의 배경 또한 "나무가 거꾸러지고 / 집채가 뒤덮치고 / 왼 땅덩이의 사개가 뒤틀"리는 카오스의 세계다. 카오스의 세계에 시적 자아의 "미쳤든 마음"은 기뻐하며 조응하고 있다. "벌거숭이가튼 의욕"은 '마성'을 발현하는데 그것은 구체적으로 "낡은 질서를 빼앗고 / 낯선 광상곡을 읊어주는" 것이다. 이 시에서는 이처럼 이성, 질서와 같은 계몽적 가치가 해체되고 있으며 시적 자아는 이를 추동하는 "벌거숭이가튼 의욕", '마성'을 "연인처럼 사랑한다"고 선포하고 있다.

> 呪文을 외우리라! // 네거리도 좋다, / 뒷골목도 좋다, / 밑바닥도, 한복판도…… / 내가 갈 그길을 / 幽靈처럼 더듬어가며, // 呪文을 외우리라! / 질투, 싸흠, 게급, 기쁨, 슬픔…… / ㅡ이런 것들이 빙글빙글 / 風車처럼 매암도는 한복판에 버티고 서서, // 呪文을 외우리라! // 푸른 하늘을, 꽃과 나무를, / 모래알과 바위를, 쉴줄 모르는 바다와, 늙은 땅덩이를, / 그우에 세워진 녹쓴 제도와 낡은 인습을, // 呪文을 외우리라! / 얼굴은 송장의 表情을 하고 / 눈은 독수리를 흉내어 / 어린애를 채여가는 문둥이처럼ㅡ
>
> ㅡ「呪文」(『輓歌』, 83쪽)

시적 자아에게 현실은 "질투, 싸흠, 게급, 기쁨, 슬픔" 등이 "풍차처럼 매암도는" 혼란스러운 세계다. 이 세계의 "한복판에 버티고 서서" 자아는 '주문'을 외우리라 결의하고 있다. "푸른 하늘", "꽃과 나무", "모래알과 바위", "쉴줄 모르는 바다와, 늙은 땅덩이", 그리고 "그우에 세워진 녹쓴 제도와 낡은 인습"이 바로 '주문'의 실체다. 자연을 밟고 그 위에 세워진 '녹슨 제도와 낡은 인습', 이는 곧 계몽, 문명화의 과정에 다름 아니다. 그것은 인간의 자연성을 파괴하고 견고한 권위가 되어 인간을 무기력하고 왜소하게 만든다. 이를 해체하기 위해 '주문'이 필요한 것이다.

'주문'이란 비이성, 비합리성의 영역에 해당하는 것으로, 자연성을 불러들이는 의식 행위다. "얼굴은 송장의 표정을 하고 / 눈은 독수리를 흉내어"라는 시구는 주술사를 연상케 하고 "어린애를 채여가는 문둥이"는 미신적 행위의 극단을 보여준다. '제도'와 '인습'으로 표상되는 계몽된 세계가 그것들이 추방했던 자연성에 의해 다시 전복되고 있는 것이다. 중요한 것은 이를 시적 자아의 '갈 길'로 인식하고 있다는 사실이다. 그것은 이미 주어져 있는 길, "필연적 진행"의 길이 아니라 "유령처럼 더듬어"가야 할 길이다. 이는 「暗夜」(『批判』)에서 "처음으로 들어가보는 / 길다란 굴구멍처럼, // 발길 닷는대로, 나는 / 더듬어 가마! 더듬어 가마!"라고 표명한 바와 일맥상통한다.

이처럼 윤곤강은 그가 인식한 현실에 대한 응전으로 서정적 동일성으로서의 자연과 카오스의 세계라는 분리 이전의 자연에 대한 감각을 발현하고 있다. "근원으로서의 자연이 기억될 때 계몽은 완성되고 스스로를 지양한다"[40]는 맥락에서 윤곤강의 응전 방식은 의미를 획득한다고 할 수 있겠다.

살펴본 바와 같이 계몽에 대한 인식과 그에 대한 응전의 시적 태도는 윤곤강의 첫 시집에서 해방 전 마지막 시집에 이르기까지 부단히 이어지고 있다. 이러한 계몽에 대한 인식이 '리얼리즘시/모더니즘시/순수서정시'로 언급되면서 동시에 그 어디에도 귀속되지 않는다는 그의 시세계를 관류하는 시의식, 혹은 정신이 아닐까 한다.

윤곤강은 시인이란 "영원과 현실을 동시에 보는 자"라 했다. 영원에 대한 감각, '근원으로서의 자연에 대한 기억'이 순수서정시와 모더니즘시의 양식으로, 그것을 상실한 현실의, 모순에 대한 인식과 그 응전의 한 방편이 리얼리즘시의 형식으로 발현되고 있음을 확인할 수 있었다. 이는 윤곤강이 시류에 편승하여 여러 사조를 추수한 것이 아니라 일관된 시의식을, 다양한 시적 의장을 통해 발현하고 있었음을 말해주는 것이다.

---

40) Th. W. 아도르노 · M. 호르크하이머, 앞의 책, 79쪽.

5. 맺음말

윤곤강 시의 특징 중 하나는 길지 않은 창작 기간 동안 많은 시적 변화를 보인다는 것, 리얼리즘, 순수서정, 모더니즘과 같은 다양한 경향이 혼류되어 있다는 점이다. 이와 같은 양상에 따른 분석은 어느 정도 축적되어 있는데 이렇게 서로 다른 경향을 하나로 꿰어줄 시의식에 대해서는 아직 연구가 미미한 편이다. 본고는 이러한 문제의식에서 출발하여 해방 전 윤곤강의 작품을 대상으로 그의 시에 드러나고 있는 계몽에 대한 인식을 고찰하였다.

윤곤강은 식민지 근대를 살아가며 현실의 모순에 대해 인식하고 문학적 실천에 대해 고민했던 시인이었다. 카프 시인으로서의 활동은 그 대표적 예라 할 수 있을 것이다. 그러나 그의 현실에 대한 인식은 보다 근원적인 지점에 놓여있었던 것으로 보인다. 인간이 자연의 일부였던, 분리 이전의 자연에서부터 이성을 중심으로 진행된 계몽, 진보의 과정에 대한 인식이 그것이다. 이 과정은 필연적인 부분이 있으나 인간은 그로 인해 도구화되고 왜소해지게 되었다.

계몽된 세계는 진정한 진보의 길로 들어서기보다 또 다른 야만에 빠지게 되었다. 제국주의, 파시즘, 전쟁 등이 그 방증이다. 아도르노와 호르크하이머는 이를 '계몽의 변증법'으로 설명한 바 있다. 물론 윤곤강의 시에서 이러한 일련의 과정이 정치하게 그려진 것은 아니다. 그러나 포괄적인 범위에서 계몽의 의미와 그로 인해 인간이 처하게 된 현실을 다각적으로 그리고 있다. 또한 그러한 현실에 대한 응전으로 서정적 동일성으로서의 자연과 카오스의 세계라는 분리 이전의 자연에 대한 감각을 발현하고 있음도 살폈다.

이를 통해 확인할 수 있었던 것은 영원에 대한 감각, '근원으로서의 자연에 대한 기억'이 순수서정시와 모더니즘의 양식으로, 그것을 상실한 현실의, 모순에 대한 인식과 그 응전의 한 방편이 리얼리즘시의 형식으로 발현되고 있다는 사실이다. 계몽에 대한 인식과 그 응전의 정신이야말로 리얼리즘, 모더니즘, 순수서정이라는 윤곤강의 다변적 시세계를 관류하는 시의식이라 할 수 있을 것이다.

참고문헌

송기한 · 김현정 편, 『윤곤강 전집』 1 · 2, 다운샘, 2005.

김교식, 「윤곤강 시의 거울 이미지 연구」, 『한성어문학』 44, 한성대학교 한성어문학회, 2021.

김기영, 「윤곤강의 고려가요 수용시 고찰」, 『인문학연구』 55, 충남대학교 인문과학연구소, 2016.

김옥성, 「윤곤강 시에 나타난 자연의 의미」, 『문학과환경』 14권 3호, 문학과환경학회, 2015. 12.

김옥성 · 유상희, 「윤곤강 시의 식민지 근대성 비판과 자연 지향성」, 『문학과환경』 15권 3호, 문학과환경학회, 2016. 9.

김용직, 「계급의식과 그 이후: 윤곤강론」, 『현대시』, 한국문연, 1996.

나민애, 「1930년대 후반 '제2의 동인지기'와 윤곤강의 역할」, 『우리말글』 제70집, 우리말글학회, 2016. 9.

남진숙, 「윤곤강 시의 생물다양성과 생태학적 상상력: 『동물시집』을 중심으로」, 『문학과환경』 13권 2호, 문학과환경학회, 2014. 12.

박윤우, 「낭만적 주체의 욕망과 내성-윤곤강론」, 『시와 시학』 7, 시와시학사, 1992.

송기한, 「윤곤강 시의 욕망과 지형」, 『한국문학이론과 비평』 24권, 한국문학이론과 비평학회, 2004.

양혜경, 「윤곤강 시의식의 변모 양상 고찰」, 『동남어문논집』, 동남어문학회, 1998. 10.

유성호, 「윤곤강 시 연구-현실과의 길항, 격정적 자의식」, 『한국근대문학연구』 24, 한국근대문학회, 2011. 10.

이창익, 「한국적 근대는 어떻게 만들어졌나－근대적 시간과 일상의 표준화」, 『역사비평』, 역사비평사, 2002. 5.

임종찬, 「윤곤강 시 연구－시적 변모를 중심으로」, 『코기토』 제37집, 부산대학교 인문학연구소, 1990.

장만영, 「崑崙을 생각한다」, 『현대문학』, 1963. 1.

정근식, 「시간체제와 식민지적 근대성」, 『문화과학』 41호, 문화과학사, 2005. 3.

조영복, 「윤곤강, '황혼'의 풍경화와 '별떼'의 축제」, 『시의 황혼』, 한국문화사, 2020.

한상철, 「윤곤강 시의 동물 표상 읽기」, 『어문연구』 77, 어문연구학회, 2013.

______, 「초기 현대시의 동물 표상 연구－백석과 윤곤강의 동물 시어를 중심으로」, 『한국문학이론과 비평』 제65집, 한국문학이론과 비평학회, 2014. 12.

한영옥, 「윤곤강연구」, 『연구논문집』 제18집, 성신여자대학교, 1983. 8.

프리드리히 니체, 김태현 역, 「<선과 악>, <우와 열>」, 『도덕의 계보』, 청하, 1982.

____________, 정동호 역, 『차라투스트라는 이렇게 말했다』, 책세상, 2010.

Th. W. 아도르노 · M. 호르크하이머, 김유동 역, 『계몽의 변증법』, 문학과지성사, 2001.

윤곤강 시의 주요 이미지 연구
시집 『氷華』를 중심으로

전지윤(공주대학교)

1. 머리말

시인 윤곤강은 『大地』(1937), 『輓歌』(1938), 『動物詩集』(1939), 『氷華』(1940), 『피리』(1948), 『살어리』(1948)의 6권의 시집을 출간하며 식민지 시대에 활동했던 시인들 중 가장 많은 시집을 냈다. 또한 다양한 평론 활동에 매진했을 뿐 아니라, 김기림의 『詩論』에 이어 근대문학사상 두 번째 개인 시론집인 『詩와 眞實』(1948)을 출간한 바 있다. 이처럼 윤곤강은 1930년대 초반부터 해방 직후에 이르기까지 꾸준한 창작 활동과 비평 활동을 지속했다. 그러나 윤곤강 시문학에 대한 논의는 몇몇 연구자에 의해 간헐적으로 이루어져 왔으며, '1930년대의 대표 시인'이나 '1940년대의 대표 시인'을 이야기할 때 흔하게 거론되지 않는 시인인 것이 사실이다. 따라서 윤곤강 시가 지닌 특징과 가치를 제대로 탐구하고, 그의 문학적 위상을 확립하기 위해서는 윤곤강 문학에 대한 연구가 더욱 활발하고 깊이 있게 진행되어야 한다. 이 연구는 그러한 작업의 일환으로 윤곤강의 네 번째 시집 『氷華』에 나타난 주요 이미지를 살펴봄으로써 시적 주체의 자기 인식과 세계 인식 양상을 밝히는 것을 목적으로 한다.

윤곤강 문학에 관한 기존의 연구는 크게 작품에 관한 연구[1], 시론에 관한 연구[2]의 두 갈래로 나누어 볼 수 있다. 특히 이들 선행 연구 중에서 윤곤강 시에 드러난 이미지를 중심으로 진행된 연구들[3]이 다수 포

---

1) 김태형, 『근대 시인 공간 매개 시어 연구—윤곤강 · 이육사 · 백석의 작품을 중심으로』, 경희대학교 박사학위논문, 2022; 김웅기, 『윤곤강 시 연구』, 경희대학교 박사학위논문, 2022; 김교식, 「윤곤강 시의 거울 이미지 연구」, 『한성어문학』 44, 한성어문학회, 2021; 김기영, 「윤곤강의 고려가요 수용시 고찰」, 『인문학연구』 55(2), 충남대학교 인문과학연구소, 2016; 김옥성 · 유상희, 「윤곤강 시의 식민지 근대성 비판과 자연 지향성」, 『문학과 환경』 15(3), 문학과환경학회, 2016; 남기택, 「윤곤강 시의 장소성 고찰」, 『어문연구』 90, 어문연구학회, 2016; 김교식, 「윤곤강 시에 나타난 길의 의미」, 『한국언어문학』 99, 한국언어문학회, 2016; 김교식, 「윤곤강 시의 동물 이미지와 주체의 자기 인식 양상 연구」, 『현대문학이론연구』 64, 현대문학이론학회, 2016; 김옥성, 「윤곤강 시에 나타난 자연의 의미」, 『문학과 환경』 14(3), 문학과환경학회, 2015, 31～57쪽; 김현정, 「윤곤강 시 연구 : 당진을 중심으로」, 『한국문학이론과 비평』 67, 한국문학이론과비평학회, 2015; 최혜은, 『윤곤강 문학 연구』, 충남대학교 박사학위논문, 2014; 한상철, 「초기 현대시의 동물 표상 연구—백석과 윤곤강의 동물 시어를 중심으로」, 『한국문학이론과 비평』 65, 한국문학이론과비평학회, 2014; 남진숙, 「윤곤강 시의 생물다양성과 생태학적 상상력」, 『문학과 환경』 13(2), 문학과환경학회, 2014; 한상철, 「윤곤강 시의 동물 표상 읽기」, 『어문연구 77』, 어문연구학회, 2013; 유성호, 「윤곤강 시 연구 : 현실과의 길항, 격정적 자의식」, 『한국근대문학연구』 12(2), 한국근대문학회, 2011; 양혜경, 「윤곤강 시의 공간구조 고찰」, 『비평문학』 23, 한국비평문학회, 2006; 송기한, 「윤곤강 시의 욕망과 지형」, 『한국문학이론과 비평』 24, 한국문학이론과비평학회, 2004; 양혜경, 「윤곤강 시의 미적 거리」, 『비평문학』 16, 한국비평문학회, 2002; 양혜경, 「윤곤강 시의식의 변모 양상 고찰」, 『동남어문논집』 8, 동남어문학회, 1998; 임종찬, 「윤곤강시연구」, 『코기토』 37, 부산대학교 인문학연구소, 1988; 제해만, 「시대상황과 시적 변용—윤곤강의 경우」, 『국어국문학』 95, 국어국문학회, 1986.

2) 박현익, 「윤곤강의 1930년대 포에지론 연구—자극의 수용 및 표현의 내적 논리를 중심으로」, 『어문론총』 81, 한국문학언어학회, 2019; 최혜은, 「윤곤강의 합일의 시학과 포에지론」, 『비평문학』 51, 한국비평문학회, 2014; 문혜원, 「윤곤강의 시론 연구」, 『한국언어문학』 58, 한국언어문학회, 2006; 김현정, 「윤곤강의 비평 연구」, 『비평문학』 19, 한국비평문학회, 2004.

착된다는 점에 주목할 만하다. 그러나 이 연구는 선행 연구들이 중점적으로 다루지 않은 윤곤강의 네 번째 시집 『氷華』의 24편[4]의 시를 살펴보고, 두드러지는 주요 이미지를 분석한다는 점에서 기존 연구들과 대별된다.

윤곤강의 『氷華』는 1940년 출간된 시집으로, 대부분 이미지를 중점적으로 묘사한 시편들이 등장하며, 이전의 시편들과 다르게 감상성에서 벗어난 서정성을 이루었다는 평가를 받는다. 박재서는 윤곤강이 "『動物詩集』에 이어서 시의 대상을 '동물'에만 한정시키지 않고 다양한 자연의 세계로 확산시키면서 회화적 이미지를 획득"(박재서, 1988:88)했다고 하였고, 박철석은 "곤강의 초기시에서 흔히 접할 수 있는 격렬한 어조와 상투적 시어는 사라지고 처음부터 끝까지 응축된 시어와 시적 긴장미"가 돋보인다고 하였다.(박철석, 1997:88) 송기한은 "타자의 이미지와 자아의 내면이 서로 조응하고 교감하는 양상이 특정한 기법에 기대지 않고서도 매우 자연스럽고도 깊이 있게 이루어지고 있다"고 언급하였다.(송기한, 2004:13) 최혜은도 "시적 화자의 절망적 현실인식과 비애의 정서는 비유적이고 감각적인 이미지로 그려진다"(최혜은, 2014:140)고 하면서 이미지에 주목하였다. 이렇듯 화자의 내면세계가 잘 드러나며 이것에 기여하는 것이 '이미지'라는 평가를 받는 『氷華』와 관련된 논의가 미진하다는 문제의식에서 이 연구는 출발하게 된다.

---

3) 김교식, 「윤곤강 시에 나타난 길의 의미」, 『한국언어문학』 99, 한국언어문학회, 2016; 김교식, 「윤곤강 시의 동물 이미지와 주체의 자기 인식 양상 연구」, 『현대문학이론연구』 64, 현대문학이론학회, 2016 ; 한상철, 「초기 현대시의 동물 표상 연구 －백석과 윤곤강의 동물 시어를 중심으로」, 『한국문학이론과 비평』 65, 한국문학이론과비평학회, 2014; 한상철, 「윤곤강 시의 동물 표상 읽기」, 『어문연구 77』, 어문연구학회, 2013.

4) 『氷華』의 「MEMORIE」에는 '黃昏', '湖水', '마을'의 부제를 단 세 편의 시가 포함된다.

시인은 전달하고 싶은 관념이나 실제 경험 또는 상상적 체험들을 미학적으로 그리고 호소력 있는 형태로 형상화할 수단을 찾는데, 이것이 바로 이미지이다. 따라서 우리는 개개의 독립된 형태로서의 이미지군을 숙고함으로써 시인의 감정, 의식 등을 파악할 수 있다.(김준오, 2017:168) 따라서 본고는 이 시집에 드러나는 이미지를 분류하고 이 주요 이미지들이 작동하는 방식과 그 의미를 탐구하고자 한다. 그리고 이 주요 이미지들이 시적 주체의 자기 인식과 세계 인식과 어떻게 연관되는지를 살펴보고, 당시 시인의 의식 지향성의 면모를 밝힐 것이다.

2. 자기 부정성과 벌레 이미지

윤곤강의 『氷華』에는 벌레 이미지가 드러나는 시편들이 있다. 「자화상」, 「비애」가 이에 해당한다. 윤곤강의 시편에는 다양한 동물, 곤충들이 등장하는데, 특히 벌레 이미지가 드러나는 윤곤강의 시편은 『氷華』뿐만 아니라 다른 시집에도 나타난다. 윤곤강의 세 번째 시집 『動物詩集』에 수록된 「달팽이」는 한상철의 연구[5]에서 다루어진 바 있다. 그의 시에서 드러난 벌레 이미지는 시적 주체의 자아 인식과 밀접한 관련이 있으므로, 두 편의 작품을 통해 밝혀보고자 한다.

---

5) 한상철은 1930년대 후반기에 활동한 임화, 이용악, 윤곤강, 오장환 등의 젊은 시인들이 동물 표상, 특히 벌레/곤충 표상에 많은 관심을 기울인 것에 주목한 바 있다. 그는 현실적 태도나 문학적 경로가 상이했던 시인들에게서 유사한 현상이 반복된다는 것에 의의를 두고 이를 박물학 담론과 연관 지었다. 그러면서 임화, 이용악의 「버러지」, 「동면하는 곤충의 노래」는 시적 주체의 내면을 투영한 표상의 구현으로 보고, 윤곤강, 오장환의 「달팽이」, 「화원」을 시적 주체를 둘러싼 외부적 조건의 부정성을 부각하는 표상의 서사라고 하였다. 한상철, 「1930년대 후반기 시의 현실 비판적 경향과 '벌레곤충' 표상」, 『한국문학이론과 비평』 67, 한국문학이론과비평학회, 2015, 323~345쪽.

벌레 이미지는 「자화상」에서는 '버러지', 「비애」에서는 '버레'로 나타난다. '벌레'는 지상에 존재하면서 가장 낮은 자세로 땅을 기어가는 존재로, 사람들에게 '불쾌감, 혐오감, 더러움' 등과 같은 부정적인 느낌을 준다. '버러지 같다', '버러지만도 못하다'와 같은 관습적인 표현은 상대방을 비하하거나 공격하려는 의도로 사용되기도 한다. 문학작품을 '벌레 이미지'와 연관 지었을 때 가장 먼저 떠올리게 되는 것은 프란츠 카프카의 『변신』이라고 할 수 있는데, 하루아침에 흉측한 벌레로 변해버린 그레고르가 가족들에게 당하는 냉대는 벌레 이미지에 대한 보편적인 인식을 보여주는 좋은 예가 된다. 윤곤강이 시 속에서 '벌레 이미지'를 사용함으로써 표현하고자 했던 것은 무엇인지 살펴보자.

터－ㅇ비인 방안에 누어
쪽거울을 본다

거울속에 나타난
무서운 눈초리

코가 높아 양반이래도 소용없고
잎센처럼 이마가 넓대도 자랑일게 없다

아름다운 꿈이 뭉그러지면
성가신 슬픔은 바위처럼 가슴을 덮고

등뒤에는 항상 또하나 다른 내가 있어
서슬이 시퍼런 눈초리로 나를 노려보고
하하하 코웃음치며 비웃는 말－－－

한낱 버러지처럼 살다가 죽으라

—「自畵像」 전문(윤곤강, 1940:29~30)

화자는 '터ー ㅇ비인 방안'에서 '쪽거울'을 통해 스스로를 바라본다. 거울을 통해 보는 '나'는 '무서운 눈초리', 높은 코, 넓은 이마를 가지고 있는데, 이것들이 '소용없고' '자랑일게 없다'고 이야기한다. '아름다운 꿈'이 '뭉그'러졌고, '성가신 슬픔'이 생겨났기 때문이다. 그리고 거울 속의 '등뒤에는' '또하나 다른 내'가 있다. 이는 자아의 분열을 의미하는데, 거울 속의 '서슬이 시퍼런 눈초리'를 지닌 그는 '코웃음치며 비웃'으며 화자에게 말한다. '한낱 버러지처럼 살다가 죽으라'고. 이는 앞서 언급한 관습적 표현 중 '버러지 같다'와 같은 맥락에서 움직인다. 최혜은 역시 "한낱 버러지처럼 살다가 죽으라"는 구절을 "시인의 내면에서 나오는 본질적 자아의 외침"이라고 하면서, "사회 안에서 타자화된 모습이 실은 이상과는 달리 벌레처럼 초라한 모습임을 일깨우며 냉엄하게 질타하고 있는 것"(최혜은, 2014:144)이라고 주장하였다. 이렇듯 이 작품에서 사용된 벌레 이미지는 스스로를 쓸모없고 하찮고 세상에 도움이 되지 않는 존재로 생각하는 시인의 '자기 인식'과 관련된다. 이때 주목할 점은 화자를 '버러지'와 같은 존재로 전락시킨 것은 다름 아닌 '현실'이라는 것이다. 결국 거울 속에서 '서슬이 시퍼런 눈초리로 나는 노려보'는 또 다른 화자의 시선은 자신에 대한 부정적 인식이기도 하지만, 한편으로는 당대 현실을 날카롭게 꿰뚫는 감식안이라고도 할 수 있다.

애여 이속엔 들어오지 마라

몸뚱아리는 버레가 파먹어

구멍이 술술 뚫리고

넋은 하늘을 찾다가
따에 거꾸러저 미처난다

애여 이속에 들어오지 마라

—「悲哀」 전문(윤곤강, 1940:43~44)

『氷華』에 실린 시편들에서는 육체와 영혼이 분리된 자아상이 등장한다. 앞서 살펴본 「自畫像」, 그리고 「꿈」, 「넋에 혹이 돛다」 등이다. 「悲哀」 역시 '몸둥아리'와 '넋'으로 나타나는 시어가 각각 육체와 영혼으로 대치된다. 화자는 '애여 이속에 들어오지 마라'라고 경고하고 있다. 하나가 아닌 '몸둥아리'와 '넋'으로 분리되어버린 것으로도 모자라 '몸둥아리'는 '버레 파먹어 구멍이 술술 뚫'린 상태이다. 여기에서 '버레'는 '몸둥아리'에 '구멍이 술술 뚫'리게 한 대상으로 나타난다. 그저 가볍게 물린 상태가 아니라 '버레' 때문에 '몸둥아리'에 '구멍이 술술 뚫'린 상태를 상상으로 가정하는 것은 자기 파괴적인 면모로써, '하늘을 찾다가 따에 거꾸러저 미처'버린 '넋'과 조응함으로써 화자의 자기 부정성을 극대화한다. 결국 『氷華』 속에 나타난 벌레 이미지들은 시적 화자의 부정적인 자아 인식, 더 나아가 시인 윤곤강의 부정적인 자아 인식을 드러내기 위해 동원된 표상이라고 할 수 있다.

3. 절망적 세계와 밤/어둠 이미지

윤곤강의 『氷華』의 대부분의 시편들은 '밤'을 시간적 배경으로 삼거나 '밤'이 주된 제재로 기능하는 경우가 많다. 밤 이미지는 문학 작품들에서 통상적으로 시련, 고난, 불행한 현실 등을 상징하는데, 윤곤강의 시에서도 역시 마찬가지이다. 이 부분에서는 '밤'이 주된 제재로 기능하여 시적 주체의 세계 인식을 잘 드러내고 있는 「夜景」, 「밤의 시름」을 분석해보고자 한다.

땅밑에서 솟어난 어둠이
뭉치고 뭉치어 밤이 되다

가시처럼 뻗친 찬 정기
푸른 별떼를 불러오고

마음 절로 미처
밤길 가벼히 들에 나리면

빛은 말도없이 어둠과 손잡고
밤의 숨결 이슬되어 귀에 젖다

숲기슭에 번지는 도깨비불처럼
호을로 어둠속에 서글피 웃는 밤

—「夜景」 전문(윤곤강, 1940:21~22)

화자의 세계는 '땅밑에서 솟어난 어둠'이 '뭉치고 뭉치어 밤이 되'는 세계이다. 빛이 한 자락도 없는 어둠 속에서 화자는 '가시처럼 뻗친 찬 정기'가 '푸른 별떼'를 불러오는 상황과 마주한다. 그러나 어둠의 반대편에 있는 '빛'은 '말도없이 어둠과 손잡고', '밤의 숨결'은 액화한 '이슬'이 되어 화자의 귀를 적신다. 시각으로만 접하던 세계의 어두움이 화자에게 촉각으로, 더 직접적으로 다가오는 것이다. 밤의 시적 공간이 어둠의 불가시적인 시간과 만나 시적 주체의 내적 갈등은 극대화되고(김교식, 2016:217), 결국 화자의 '마음'은 '절로 미처'버리게 된다. 게다가 '숲기슭에'는 '도깨비불'이 번진다. '도깨비불'은 무덤의 시체, 특히 뼈에서 인(燐)의 작용으로 인해 발생한 것으로 본다. 시간이 지나 공기 중에 노출되는 뼈의 인이 어두운 밤에 빛을 방출하는 것이다. 얼핏 보면 긍정적인 '빛'이미지와 맞닿는 것 같지만, 사실상 '도깨비불'은 '무덤, 시체, 뼈, 죽음' 등과 연결되는 이미지라고 할 수 있다. 캄캄한 어둠 속에서 화자가 마주 보는 유일한 빛은 '죽음의 빛'이라는 측면에서, 시인 윤곤강이 자신이 처한 세계의 현실을 얼마나 암담하게 인식하고 있었는지를 알 수 있다. 어둠을 내몰 수 있다고 믿었던 '빛'이 '어둠과 손'을 잡는다는 것은 화자에게 철저한 고독감을 느끼게 하며, 결국 화자가 할 수 있는 것이라고는 '호올로 어둠속에 서글피 웃는' 것일 뿐이다.

오라는 사람도없는 밤거리에 홀로 서면
먼지묻은 어둠속에 시름이 거미처럼 매달린다

아스팔트의 찬 얼굴에 이끼처럼 힌 눈이 깔리고
뻴딩의 이마우에 고두름처럼 얼어붙는 바람

눈물의 짠 갯물을 마시며 마시며 가면
흐미하게 켜지는 등불에 없는고향이 보이고

등불이 그려놓는 그림자 나의 그림자
힌 고향이의 눈길우에 밤의 시름이 깃을 편다

—「밤의 시름」 전문(윤곤강, 1940:57~58)

화자는 '오라는 사람도없는' 고독한 '밤거리'에 '홀로 서' 있다. 그가 보고 있는 밤은, '먼지묻은 어둠속' '시름이 거미처럼 매달'리는 '밤'이다. 1연에서 '거미'로 비유된 '시름'은 2연에서 '이끼처럼 흰 눈'과 '고두름처럼 얼어붙는 바람'으로 나타난다. '어둠속'에 매몰된 '아스팔트'와 '삘딩'을 백색 이미지가 뒤덮는 것이다. 일반적으로 백색 이미지와 흑색 이미지는 서로 대비되는 양상으로 나타나는데, 이 작품에서는 오히려 백색 이미지가 흑색 이미지의 부정성을 강화하는 데 동원된다. 그렇지 않아도 암담하게 느껴지는 '밤'에 겨울의 속성을 물씬 풍기는 '눈'과 '고두름'이 더해지면서, 화자는 '눈물의 짠 갯물'을 마시며 마시며 길을 간다. 더하여, 등불에 희미하게 비치는 그의 고향은 '없는고향'이다. 즉, 화자가 그리워하는 옛 세계 혹은 화자가 꿈꾸는 이상적인 세계는 없는 것이다. '등불'은 '나의 그림자'만을 남길 뿐, '없는고향'을 다시 되돌리지는 못한다. 마지막 연에서는 '흰 고향이'와 같은 '눈길'에 '밤의 시름'이 '깃'을 펴는데, 이는 흑색 이미지가 백색 이미지를 뒤덮는 것이라고 할 수 있다. 즉, 화자의 비관적인 세계 인식이 극대화되는 것이다.

땅덩이가 바루 저승인데

사람들은 그걸 모르고

밤낮 썩은 동아줄에다

제목을 매어달고 히히 웃는다

제목을 매어달고 해해 웃는다

—「希望」 전문(윤곤강, 1940:25~26)

윤곤강의 비관적인 세계 인식이 가장 잘 드러나는 작품은 반어적인 제목을 지닌 「希望」이다. 화자가 인식하는 세계인 '땅덩이'는 다름 아닌 '저승'이다. '저승' 역시 '죽음, 어둠, 밤, 사후세계' 등의 부정성과 연결된다. 그런데 화자와 같은 세계에 머물고 있는 타자들, 즉 '사람들'은 그 사실을 인지하지 못하고 '밤낮 썩은 동아줄에다' 자신의 목을 '매어 달고' '히히' 혹은 '해해' 웃기만 한다. '동아줄'은 결국 '사람들'이 바라고 소망하는 무엇인가를 의미할 텐데, 그것은 비극적이게도 '썩은' 것이다. 화자가 보는 세계는 이미 '저승'과 다름없고 '저승'에서 '썩은 동아줄'에 '제목을 매어'다는 것은 죽음을 지향하는 것이다. 화자는 죽은 세계와 죽은 세계를 지향하는 타자들을 보며 냉소한다. 화자에게 타자들은 '비판의 대상'이며 '동정의 대상'이고, 자신이 처한 세계는 절망 그 자체이다. 결국 시인 윤곤강은 밤 이미지 혹은 어둠 이미지를 통해 절망적이고 비관적인 세계 인식을 드러낸 것이라고 할 수 있다.

4. 현재에 부재하는 희망과 푸른색 이미지

앞서 시인 윤곤강의 벌레 이미지 사용과 부정적인 자기 인식, 밤/어둠 이미지 사용과 비관적인 세계 인식을 연관 지어 살펴보았다. 대부분의 시편들에 겨울이 계절적 배경으로, 밤이 시간적 배경으로 나타나는 것은 시적 주체의 내면과 외부 세계의 어두움을 보여주는 것이라고 할 수 있다. 그러나 윤곤강의 작품 속에는 희망이 숨어 있고 그것은 푸른색 이미지로 드러난다. 이 장에서는 「언덕」, 「별과 새에게」를 중심으로 그 양상을 살펴보고자 한다.

언덕은 늙은 어머니의 어깨와 같다

마음이 외로워 언덕에 서면
가슴을 치는 슬픈 소리가 들렸다

언덕에선 넓은 들이 보인다

먹구렝이처럼 다라가는 기차는
나의 시름을 실고 가버리는것이었다

언덕에 푸른 풀 한포기도 없었다

들을 보면서 날마다 날마다 나는
가까워오는 봄의 화상을 찾고있었다

—「언덕」 전문(윤곤강, 1940:23~24)

화자는 '늙은 어머니의 어깨'와 같은 '언덕'을 본다. 김옥성은 '늙은 어머니의 어깨'라는 표현에 대해 "'늙은 어머니로서의 자연'은 본질적으로는 근원적이고 자애로운 어머니의 의미를 지니지만, 현상적으로는 자아의 위축감이 반영되어 자아와 거리가 형성된 자연"이라고 하였다.(김옥성, 2015:45) 이러한 자아의 위축감은 '마음이 외로워', '가슴을 치는 슬픈 소리가 들렸다'에서 각각 감정 시어와 청각적 이미지를 통해 드러난다. 그러나 화자는 위축감에 매몰되지 않고 언덕에서 '넓은 들'을 내려다본다. 그동안 마음에 쌓이고 쌓였던 나와 세계에 대한 비관적인 생각들을 '기차는' '실고 가버'린다. 비록 화자가 지금 보는 '언덕'은 '푸른 풀 한포기도 없'는 언덕이지만, 그는 '날마다 날마다' '가까워오는 봄의 화상을 찾'는다. 즉, 지금 당장은 '푸른 풀 한포기'도 기대할 수 없는 상황일지라도, 미래에 대한 희망과 기대를 버리지 않고 푸른색이 가득한 '봄'을 기다리는 것이다. 결국 이 작품에서 '푸른색 이미지'는 현재에는 부재하지만 다가올 미래에 존재하는 희망이라고 할 수 있을 것이다. 유성호는 이 시편을 두고 '시름과 슬픔을 배음(背音)으로 하면서도 도래하고야 말 봄의 화상을 은은하게 기다리는 서정시편'이라는 평을 남겼다.(유성호, 2011:109)

만약 내가 속절없이 죽어
어느 고요한 풀섶에 묻치면

말하지 못한 나의 기쁜 이야기는
숲에 사는 적은 새가 노래해주고

밤이면 눈물어린 금빛 눈동자 별떼가
지니고간 나의 슬픈 이야기를 말해주리라

그것을 나의 벗과 나의 원수는
어느 적은 산모룽이에서 들으리라

한 개 별의 넋을 받어 태여난 몸이니
나는 우지 마자 슬피 우지 마자

나의 명이 다ㅡ하야 내가 죽는날
나는 별과 새에게 내뜻을 심고 가리라

ㅡ「별과 새에게」 전문(윤곤강, 1940:33~34)

이 작품은 자신의 죽음을 가정하고 있다. 화자는 죽은 뒤 '어느 고요한 풀섶에 묻치'기를 바란다. 두드러지는 점은, 의미상의 대비 구조가 뚜렷하게 나타난다는 것이다. 먼저 '기쁜 이야기ㅡ새'와 '슬픈 이야기ㅡ별떼'의 대비이다. 화자는 '말하지 못한 나의 기쁜 이야기'는 '새가 노래해주고', '나의 슬픈 이야기'는 '별떼가' '말해주'기를 바란다. '새'와 '별'은 모두 하늘의 존재들로, 일반적으로 '새'는 자유를, '별'은 '밝음'을 상징하는데 이들은 각각 화자가 살아있는 동안 차마 하지 못한 기쁨과 슬픔을 알리는 역할을 맡게 된다. 두 번째의 대비는 '나의 벗'과 '나의 원수'이다. 그들은 새와 별이 이야기해주는 기쁜 이야기와 슬픈 이야기를 듣게 되는 대조적인 대상들이다. 그러면서 화자는 자기 자신을 두고 '한 개 별의 넋을 받어 태여난 몸'이라고 이야기한다. 화자는 죽었다고 해서 슬퍼할 이유가 없다. 본래의 자리로 돌아가는 것이기 때문이다. 그는 스스로에게 슬피 울지 말자고 말한다. 전체 흐름에서 화자는 자신의 죽음 앞에 두려움을 느끼지도 않고, 슬퍼하지도 않으며 더 이상 자기 자신을 부정적으로 바라보지도 않고 자신이 속한 세계를 미워하지도 않는다. 이렇게 담담히 떠나갈 수 있는 것은, '별과 새에게 내뜻을 심고 가리라'고 다짐했기 때문이다. 이때의 화자는 부정적인 세계 속에서 자조적인 웃음을 지으며 살아가는 자신의 모습을 계속해서 저주하고 미워하는 '나'가 아니다. 스스로를 '버러지처럼 살다가 죽'는 대상으로 치부하지 않는, 부정적인 자의식을 털어낸 '나'이다. 송기한은『氷華』의 세계는 윤곤강의 내면세계가 가장 안정된 지점이라고 언급하며, 윤곤강이 비로소 타자와 자아의 일정한 관계 속에서 자신의 위치를 인식하고 있을 뿐 아니라 자신의 고유한 내면의 빛깔 또한 저항 없이 수용하고 있다고 언급했다.(송기한, 2004:13) 이 시에서 푸른색 이미지는 '풀섶'에서 나타나는데, '풀섶'은 화자가 영원한 안식처로 선택한 곳으로 모체의 자궁처럼 그의 육신을 품는 공간이다. 화자는 이제 '자신의 위치를 인식하고 자신의 고유한 내면의 빛깔을 수용'한 상태이고, 그러한 화자가 '풀섶'에 안기는 것은 희망을 희구하는 시인의 의식지향성을 보여주는 것이라고 할 수 있다. 이때의 희망은 '있는 그대로의 자신과 있는 그대로의 세계'를 수용함으로써 오는 것이다.

5. 맺음말

이 논문은 윤곤강의 네 번째 시집 『氷華』의 주요 이미지들을 화자의 자아 인식, 세계 인식의 측면과 연결 지어 살펴봄으로써 기존에 다루어지지 않았던 윤곤강 시세계의 또 다른 면모를 발견하고자 하였다. 지금까지 논의한 『氷華』의 주요 이미지의 양상을 정리하면 다음과 같다.

첫째, 벌레 이미지가 드러나는 시편들은 시적 주체의 부정적인 자기 인식과 관련된다. 「自畵像」의 경우 거울 속의 '나'가 거울 밖의 '나'에게 "한낱 버러지처럼 살다 죽으라"고 이야기하는 부분에서 벌레 이미지가 드러난다. 이는 스스로를 쓸모없고 하찮고 세상에 도움이 되지 않는 존재로 생각하는 시인의 부정적 자기 인식의 표상이라고 할 수 있다. 「悲哀」에는 분리된 화자의 육체와 영혼이 등장하는데, 이때 육체에 해당하는 '몸둥아리'는 '버레'가 '파먹어 구멍이 술술 뚫'린 상태로 나타난다. 이러한 상태를 상상으로 가정하는 것은 자기 파괴적인 면모이며, 화자의 자기 부정성을 보여주는 것이라고 할 수 있다.

둘째, 밤 이미지 혹은 어둠 이미지가 드러나는 시편들은 시적 주체가 바라보는 절망적이고 비관적인 세계의 모습과 연관된다. 「夜景」은 '땅 밑에서 솟어난 어둠'이 뭉쳐 '밤'이 되고, 화자는 그 세계 안에서 죽음의 빛에 해당하는 '도깨비불'과 마주한다. 어둠을 내몰 수 있을 것이라 믿었던 '빛'이 '어둠과 손'을 잡는 장면은 시인의 세계가 얼마나 절망적이었는지를 보여주는 것이다. 「밤의 시름」에서는 '밤'에 겨울의 속성을 지닌 '눈'과 '고두름'이 더해지면서 백색 이미지가 흑색 이미지의 부정성을 강화하고, 이는 화자의 비관적인 세계 인식을 효과적으로 드러내는데 기여한다. 더하여 「希望」의 화자는 자신이 머무는 '땅덩이'를 '저승'으로 인식하는데, '저승' 역시 '죽음, 어둠, 밤, 사후세계' 등의 부정성과 연결된다. 시인 윤곤강은 밤 이미지 혹은 어둠 이미지를 통해 지옥과 같은 자신의 세계를 표현한 것이다.

마지막으로 윤곤강의 시편에 드러난 푸른색 이미지는 지금－현재에는 부재하지만 언젠가는 다가올 희망을 상징한다. 「언덕」은 '푸른 풀 한포기도 없'는 언덕이지만, 그곳에서 '날마다 날마다' '가까워오는 봄의 화상을 찾'는 것은 미래에 대한 희망과 기대를 버리지 않고 푸른색이 가득한 '봄'을 기다리는 화자의 모습을 표현한 것이다. 자신의 죽음을 가정한 「별과 새에게」의 경우 영원한 안식처로 '어느 고요한 풀섶'을 선택한 화자의 모습을 통해 희망을 희구하는 시인의 의식지향성을 드러낸다.

이 연구는 『氷華』의 이미지와 회화성에 초점을 두고 주요 이미지군을 분석하여 시적 주체의 인식, 더 나아가 시인 윤곤강의 의식 지향을 밝히고자 하였다는 의의를 지닌다. 하지만 『氷華』의 주요 이미지군을 더 세분화하여 면밀히 살피지 못하고 일부 시편들만을 대상으로 삼았으므로, 후행 논의를 통해 발전시킬 필요가 있다.

윤곤강은 흔히 '카프 시인으로 출발하여 전통에 관심을 가진 시인' 정도로 우리에게 인식된다. 그러나 그는 39년이라는 짧은 생애를 살면서도 6권의 시집과 1권의 시론집, 다양한 평론 수십 편을 남기며 문학 활동에 심혈을 기울였다. 짧지만 열정적이었던 삶과 그가 남긴 글들이 많은 연구자들에 의해 다각도로 주목받고 조명되어 윤곤강의 시세계와 문학사적 위치가 더욱 공고해지길 바란다.

참고문헌

윤곤강, 『氷華』, 한성도시주식회사, 1940.

김교식, 「윤곤강 시의 거울 이미지 연구」, 『한성어문학』 44, 한성어문학회, 2021, 29~64쪽.

______, 「윤곤강 시에 나타난 길의 의미」, 『한국언어문학』 99, 한국언어문학회, 2016, 211~236쪽.

______, 「윤곤강 시의 동물 이미지와 주체의 자기 인식 양상 연구」, 『현대문학이론연구』 64, 현대문학이론학회, 2016, 59~86쪽.

김기영, 「윤곤강의 고려가요 수용시 고찰」, 『인문학연구』 55(2), 충남대학교 인문과학연구소, 2016, 53~78쪽.

김옥성 · 유상희, 「윤곤강 시의 식민지 근대성 비판과 자연 지향성」, 『문학과 환경』 15(3), 문학과환경학회, 2016, 27~53쪽.

김옥성, 「윤곤강 시에 나타난 자연의 의미」, 『문학과 환경』 14(3), 문학과환경학회, 2015, 31~57쪽.

김웅기, 『윤곤강 시 연구』, 경희대학교 박사학위논문, 2022.

김준오, 『시론』, 삼지원, 2017.

김태형, 『근대 시인 공간 매개 시어 연구—윤곤강 · 이육사 · 백석의 작품을 중심으로』, 경희대학교 박사학위논문, 2022.

김현정, 「윤곤강 시 연구 : 당진을 중심으로」, 『한국문학이론과 비평』 67,

한국문학이론과비평학회, 2015, 71~92쪽.

______, 「윤곤강의 비평 연구」, 『비평문학』 19, 한국비평문학회, 2004, 75~98쪽.

남기택, 「윤곤강 시의 장소성 고찰」, 『어문연구』 90, 어문연구학회, 2016, 205~231쪽.

남진숙, 「윤곤강 시의 생물다양성과 생태학적 상상력」, 『문학과 환경』 13(2), 문학과환경학회, 2014, 59~89쪽.

문혜원, 「윤곤강의 시론 연구」, 『한국언어문학』 58, 한국언어문학회, 2006, 283~303쪽.

박현익, 「윤곤강의 1930년대 포에지론 연구 — 자극의 수용 및 표현의 내적 논리를 중심으로」, 『어문론총』 81, 한국문학언어학회, 2019, 173~194쪽.

송기한, 「윤곤강 시의 욕망과 지형」, 『한국문학이론과 비평』 24, 한국문학이론과비평학회, 2004, 351~376쪽.

양혜경, 「윤곤강 시의 공간구조 고찰」, 『비평문학』 23, 한국비평문학회, 2006, 177~198쪽.

______, 「윤곤강 시의 미적 거리」, 『비평문학』 16, 한국비평문학회, 2002, 170~186쪽.

______, 「윤곤강 시의식의 변모 양상 고찰」, 『동남어문논집』 8, 동남어문학회, 1998, 297~316쪽.

유성호, 「윤곤강 시 연구 : 현실과의 길항, 격정적 자의식」, 『한국근대문학연구』 12(2), 한국근대문학회, 2011, 95~123쪽.

임종찬, 「윤곤강시연구」, 『코기토』 37, 부산대학교 인문학연구소, 1988, 81~95쪽.

제해만, 「시대상황과 시적 변용—윤곤강의 경우」, 『국어국문학』 95, 국어국문학회, 1986, 444~445쪽.

최혜은, 『윤곤강 문학 연구』, 충남대학교 박사학위논문, 2014.

______, 「윤곤강의 합일의 시학과 포에지론」, 『비평문학』 51, 한국비평문학회, 2014, 283~320쪽.

한상철, 「초기 현대시의 동물 표상 연구—백석과 윤곤강의 동물 시어를 중심으로」, 『한국문학이론과 비평』 65, 한국문학이론과비평학회, 2014, 323~345쪽.

______, 「윤곤강 시의 동물 표상 읽기」, 『어문연구』 77, 어문연구학회, 2013, 347~370쪽.

전통의 변주와 감정의 구조

윤곤강의 『피리』, 『살어리』를 중심으로

이재복(한양대학교)

1. 전통의 수용과 시의 형상

윤곤강이 발간한 시집은 모두 6권이다. 1937년 『대지』를 시작으로, 1938년에 『만가』, 1939년에 『동물시집』, 1940년에 『빙화』를 거쳐 해방 이후인 1948년에 『피리』와 『살어리』를 발간한다. 처음 시를 발표한 것이 1931년 『批判』에 「넷 城터에서」이고, 마지막이 1948년 9월 5일 ≪京鄕新聞≫에 발표한 「무덤 앞에서」라는 점을 고려한다면 그의 시작 활동은 이십여 년이 채 되지 않는다. 더욱이 첫 시집을 발간한 1937년부터 잡으면 그가 본격적으로 활동한 기간은 십여 년에 불과하다.[1] 이 사실은 그가 활동한 기간이 채 한 세대의 주기도 되지 않는, 다시 말하면 이 기간은 한 시인의 시세계의 변화와 변모 양상을 드러내기에 충

1) 1937년 이전에 발표한 시는 많지 않다. 1931년과 1933년에 각각 1편, 1932년과 1934년에 각각 4편, 1935년과 1936년데 각각 2편을 발표했을 뿐이다. 그의 시는 잡지나 신문 같은 매체보다는 대부분 시집 형태로 발표되었다고 할 수 있다.(송기한 · 김현정 편, 『윤곤강 전집 1』, 다운샘, 2005; 권영민, 『한국근대문인대사전』, 아세아문화사, 1990 참조)

분하지 않다는 것을 의미한다.

하지만 이러한 판단은 물리적인 시간을 단위를 넘어 주관적인 차원에서 발생하는 시인의 개인차를 고려하지 않고 있다는 점에서 위험성을 지닌다고 할 수 있다. 윤곤강의 시세계는 이미 여러 연구들을 통해 시기별로 일정한 분절이 이루어져 왔다. 그의 시를 3기로 분절하는 경우가 일반적이다. 이 경우 『대지』와 『만가』를 1기, 『동물시집』과 『빙화』를 2기, 『피리』와 『살어리』를 3기로 혹은 『대지』를 1기, 『만가』와 『동물시집』을 2기, 『피리』와 『살어리』를 3기로 나눈다.[2] 이 구분의 차이는 『대지』를 계급문학으로 보느냐 아니면 그러한 요소를 제거한 것으로 보느냐 하는 데서 비롯된다. 이러한 차이에 주목해서 김옥성은 그의 시세계를 4기로 분절하는데, 『대지』를 1기, 『만가』를 2기, 『동물시집』과 『빙화』를 3기, 『피리』와 『살어리』를 4기로 구분하고 있는 것이 바로 그것이다.[3] 윤곤강의 시세계에 대한 차이는 연구자의 분절 기준에 따라 달라질 수 있다.

그런데 윤곤강의 시세계의 분절 과정에서 흥미로운 것은 3기 혹은 4기로 들어오면서 그가 '전통'에 대한 강한 자의식을 드러내고 있다는 점이다. 전통에 대한 그의 자의식은 '의도적인 기획에 의해 단기간에 집필된 시집'[4]의 기획 의도와 궤를 같이한다는 점에서 그것은 우연의 산물로 볼 수 없다. 그의 전통에 대한 자의식은 식민지와 해방 공간 내에서의 자신의 정체성과 주체성의 발로 내지 당대 공동체의 지적 표상인 민족주의 이념의 발로로 볼 수 있다. 해방 이후 이런 자의식을 그는

---

2) 전자를 대표하는 논자로 박철석, 임종찬, 유성호를 들 수 있고, 후자를 대표하는 논자로 김용직, 송기한을 들 수 있다.

3) 김옥성, 「윤곤강 시에 나타난 자연의 의미」, 『문학과 환경』 14권 3호, 문학과환경학회, 33쪽.

4) 위의 글, 32쪽.

다양한 방식으로 표출한다. 먼저 그는 전통이란 무엇이며 또 무엇이어야 하는지에 관한 자신의 생각을 분명하면서도 강하게 드러낸다. 그는 전통을 '창조'와 '혁신'과의 관계 속에서 규정하고 그것을 토대로 논의를 전개한다. 전통 논의에서 창조와 혁신을 강조하는 것은 전통의 속성을 결정짓는 중요한 규정이다. 전통이 의미 있는 것은 그것이 창조적으로 계승될 때이다. 따라서 진정한 창조는 전통을 필요로 하고 또 진정한 전통은 창조를 필요로 하는 것이다. 그는 이것을 '혁신'이라고 말한다. 즉 '혁신이란 전통을 깊이 파악하여 새로운 창조의 기초를 삼는 것'[5]이라고 말한다.

전통에 대한 그의 생각은 일반론을 벗어나지 않지만 여기에서 우리가 주목해 보아야 할 것은 전통을 시간 차원에서 파악하고 있다는 점이다. 과거, 현재, 미래라는 시간의 흐름 속에 전통을 위치시켜 놓음으로써 그것이 각각의 시간의 흐름 속에서 어떻게 창조적으로 진화해가는지 하는 문제를 제기한다. 과거가 현재 속으로 단순하게 밀어 넣어지는 지속에 그치는 것이 아니라 그것이 미래를 잠식하고 추동하는 창조적이고 혁신적인 진보 혹은 지속이라는 문제를 제기하는 것이다.

> 傳統이란 다만 過去의 歷史에 나타난 한 現象이 아니라 未來까지를 內包하고 左右하는 커다란 힘을 말한다. 그러므로 어떠한 傳統을 前提로 하지 않고 革新이라는 것을 생각할 수는 없다. 革新이란 事物이 새로워진다는 것을 말함이요, 事物이 새로워진다는 것은 어떠한 意味로든지 이제까지 없었던 것을 만들어 내는 것을 意味한다. 그러므로 傳統 가운데에 이미 革新을 위한 새로운 萌芽가 마련되어 있는 것이다. 그리하여 革新은 傳統의 探究와 그 本質의 把握으로부

5) 윤곤강, 「전통과 창조」, 『인민』, 1946. 1.

터 始作되는 것이다. 革新은 그 自體의 움직임과 傳統의 本質이 合致되는데서 이루어지는 것이다. 그리함으로써 우리는 비로소 正當한 傳統의 繼承者가 될 수 있는 것이다.[6)]

전통에 대한 개념을 '혁신'의 차원에서 읽어내고 있는 글이다. 그는 혁신의 전제로 전통을 들고 있다. 그에 의하면 혁신은 "전통의 탐구와 그 본질의 파악으로부터 시작되는 것"인 동시에 그것은 또한 "그 자체의 움직임과 전통의 본질이 합치되는데서 이루어지는 것"이다. 전통의 핵심을 정확하게 간파하고 있는 그의 글은 비록 과거, 현재, 미래의 관계 내에서 전통의 창조적 지속이라는 문제를 구체적으로 제시하고 있지는 않지만 전통이 단순한 답습이 아니라 창조적 진화의 맥락 안에 있어야 한다는 사실을 강조하고 있다. 창조적 진화란 일종의 '생명의 도약' 같은 것이다. 마치 한 송이 꽃이 열매를 맺듯 전통이란 과거, 현재, 미래의 관계 내에서 각기 다른 창조적 시간의 분절을 거쳐야 한다. 열매는 꽃에서 비롯되지만 그 꽃과는 다르듯이 전통 역시 현재, 미래를 거치면서 과거의 것과는 다른 새로운 것으로 거듭나야 하는 것이다.

전통에 대한 그의 이러한 생각은 실제 창작으로 이어진다. 그의 시세계에서 전통이 하나의 분절적 의미를 지니게 되는 것은 『피리』에서부터이다. 이와 관련하여 흥미로운 것은 이 시집의 '머리말'이다. 여느 시집의 머리말과는 다르게 여기에는 시인의 감회나 소회보다는 자신의 주장이 강하게 투영되어 있다. 시인 역시 이것을 의식한 듯 머리말이라고 하지 않고 "머릿말 대신"이라고 적고 있다. 그가 여기에서 강조하고 있는 것은 우리 것을 배척하고 남의 것(서구, 중국, 일본 등)을 숭상해온 저간의 우리 조상들의 사대주의적인 태도와 그것을 바로 잡지 못한 채

6) 윤곤강, 앞의 글.

답습해 온 자신에 대한 반성과 주체성 회복에 대한 강한 결의이다. 마치 무엇인가를 선언하는 듯한 형식으로 되어 있는 이 시집의 머리말은 거칠고 낯설게 느껴지면서도 그의 시세계의 주요한 분절의 지점을 드러내고 있다는 점에서 흥미롭다.

> 우리 조상들이 중국것을 숭상한 것을 흉보면서도
> 아지못게라! 나는 어느새 西區의 것 倭의 것에
> 저도 모르게 사로잡혔어라. 분하고 애달파라.
> 꿈은 깨고 나면 덧없어라. 꿈에서 깬 다음
> 뼈에 사무치는 뉘우침과 노여움에서 생긴 침묵이
> 나로 하여금 오랜 동안 입을 다물고 지내게 하였노라.
>
> ○
>
> 우리 조상들이 「井邑詞」나 「青山別曲」이나 「動動」이나
> 「가시리」나 「西京別曲」이나 「處容」을 돌보지 않고
> 李白, 杜甫, 蘇東坡, 白樂天, 陶淵明, 王維에 미치듯
> 자손인 나도 또한 「괴이테」 「하이네」나 「피쉬이킨」 「에세이닌」
> 이나
> 「바이론」 「키이스」나 「벨레이느」 「보오들레르」 「발레리이」 …나
> 島崎藤村, 石川啄木, 相馬御風, 上田敏, 萩原朔太郎…을
> 숭상하고 본뗘 온 어리석음이여!
>
> ○
>
> 보드러운 바람과 종달새의 노래가 감도는 古月(李章熙)도
> 麝香노루의 배꼽내 같은 강한 향내를 풍기고
> 타오르는 촛불처럼 지글 지글 불타는 尙火(李相和)도

달밤에 부는 피리소리 같은 素月(金廷湜)의 牧歌도
琥珀빛갈처럼 따스한 抱石(趙命熙)도……잊고 살았노라[7]

"우리 조상들"의 "중국 숭상"과 "나"의 "서양"과 "왜"의 "숭상"에 대한 비판과 반성이 감정의 토로 형식을 통해 드러나 있다. 우리 조상들이 숭상한 중국 문인들과 그 후손인 시인이 숭상한 서양과 일본의 문인들을 불러낸 뒤 시인은 그것을 "어리석음"으로 규정한다. 그리고 그동안 이런 어리석은 행위로 인해 소외되고 망각되어버린 우리 근대 시인들과 고려시대 시가인 고려가요 혹은 고려속요를 불러낸다. 그가 격하게 불러낸 이 대상들 중 전통과 관련하여 특히 주목되는 것은 고려가요이다. 우리의 많은 전통 시가들 중에서 시인은 왜 고려가요를 표 나게 불러낸 것일까? 그의 시집이 의도적인 기획에 의해 단기간에 집필된 것이라는 점을 고려한다면 고려가요를 전면에 내세운 것 역시 의도된 것으로 볼 수 있다. 우리 시가 중 고려가요는 구조, 표현, 율격, 언어 등의 면에서 독특함을 드러낸다는 것은 익히 잘 알려진 사실이다.

시인의 기획된 의도 속에 이런 사실들이 포함되어 있으리라고 추측하는 것은 어렵지 않다. 하지만 그 모든 가능성들 중에서 가장 주목해야 할 것은 고려가요의 감정구조라고 할 수 있다. 우리 시가들 중 고려가요만큼 풍부하고 솔직한 감정구조를 드러내는 양식도 없을 것이다. 고려가요를 고려속요라고 부르는 이유가 바로 여기에 있다. 인간의 속된 세계와 그 속에서 들끓는 인간의 감정을 가감 없이 솔직하게 표출함으로써 고려가요는 우리의 감정구조를 확장하고 심화하는데 더없이 좋은 본보기를 제공한다고 볼 수 있다. 인간에게 감정은 인간다움과 살

7) 윤곤강, 「머릿말 대신」, 『피리』(『윤곤강전집 1』, 송기한 · 김현정 편), 다운샘, 2005, 221～212쪽.

아있음의 증거이고, 이 감정을 어떻게 조율하느냐가 그의 삶의 방향과 가치를 결정한다고 할 수 있다. 이런 점에서 시인이 시를 통해 드러내는 세계의 의미와 삶의 가치 역시 감정의 구조에 의해 좌우될 수밖에 없다. 감정이 감정 밖의 그 무엇에 의해 조율되는 것이 아니라 감정 안에서 그것을 조율하는 그 무엇에 의해 이루어진다는 내재론적 접근이 세계 이해에 더 근본적인 성찰과 이해를 제공한다는 사실을 잊어서는 안 될 것이다. 특히 "격정 토로와 미성숙한 급진적 절규가 원색의 언어에 담겨 대지를 적시고 있고 암울하고 번민에 찬 죽음에의 '輓歌'가 울려 퍼지는 형상"[8]으로 시작되는 윤곤강 시의 궤적에서 볼 때 이러한 감정구조에 대한 탐색은 그의 시세계 전반을 이해하는데 중요한 계기를 제공해 줄 것이다.

2. '대지'의 변주와 감정의 층위

윤곤강의 시세계를 이해하는 방식은 다양할 수 있다. 하지만 방식의 다양함에도 불구하고 그의 시세계를 이해하기 위해서는 어느 한 부분보다는 전체를 보아야만 그것이 가능하다는 것을 우리는 잘 알고 있다. 그의 시 전체를 보는 것은 직관을 통해서만이 가능하며, 그 직관이란 몸으로 느끼는 감각이다. 『대지』로부터 『살어리』에 이르기까지 그의 시 전체를 관통하는 일관된 흐름이 있다면 그것은 감정이라고 할 수 있다. 어떤 주제나 형식이 아닌 감정의 차원에서 그의 시를 해석한다는 것은 몸의 직관에 의존하기 때문에 가장 정확하고 구체적일 수는 있지

8) 유성호, 「윤곤강 시 연구 : 현실과의 길항, 격정적 자의식」, 『한국근대문학연구』 24, 한국근대문학회, 2011, 98쪽.

만 문제는 그러한 감정의 덩어리들을 어떤 관점에서 섬세하게 분절하고 의미를 재구성하느냐가 생각처럼 쉽지 않다는 점이다. 감정은 구체적이지만 그 감정의 결이 각각 어떻게 차이를 드러내는지 또 그 감정의 흐름이 어떤 의미 지향성을 가지고 어떤 식으로 전개되는지 하는 것들을 드러내야만 감정의 구조를 밝혀낼 수 있을 것이다.

이런 점에서 그의 첫 시집 『대지』는 중요하다. 그의 시를 감정의 차원에서 들여다볼 때 첫 시집은 그 감정의 발원지가 된다. 여기에서 발원된 감정이 『만가』, 『동물시집』, 『빙화』를 거쳐 『피리』와 『살어리』로 흘러들면서 끊임없는 생성과 소멸에 따른 변주 과정을 드러낸다. 이렇게 『대지』에서 『살어리』에 이르는 감정의 변주 과정은 일반적인 시간의 변주 과정의 구조를 드러낸다. 『대지』에서 『만가』로 다시 『만가』에서 『동물시집』으로의 감정의 흐름을 보면 그것은 과거의 감정이 현재 속에서 생성과 소멸이라는 과정을 거쳐 다시 태어나고, 그 다시 태어난 감정은 그 안에 미래적인 감정을 잠식하고 추동하는 가능태를 지니고 있다는 점에서 일반적인 시간의 변주 과정의 구조와 다르지 않다고 할 수 있다. 이것은 그의 시세계에서의 감정의 변주가 창조적 진화의 과정을 거쳐 새롭게 생성된다는 것을 단정적으로 말하는 것은 아니다. 감정의 창조적 진화 여부는 감정의 변주 과정에서 얼마나 창조적이고 능동적인 힘이 발생하고 그것이 새롭고 진보적인 지속성으로 이어지는지에 달려 있다.

첫 시집 『대지』에 투영된 감정은 어둡다. 그것은 온갖 욕구와 욕망의 감정이 뒤엉켜 있기 때문이다. 시인이 처한 현실의 장에서 대지는 무한한 생산성과 풍요로움을 가져다주는 그런 대상으로 존재하지 않는다. 현실의 장에서의 대지는 온갖 수탈과 착취, 고통과 모순으로 가득 찬 부정의 대상일 뿐이다. 이런 대지의 모습은 시인의 기대를 배반한다. 그가 기대하고 꿈꾸는 대지는 생명의 약동이 끊임없이 이어지는 그런 근원적 에너지로 충만한 엘랑비탈(élan vital)한 세계이다. 현실로서의 대지와 이상으로서의 대지 사이에 거대한 균열이 생기고, 이 균열로 인해 시인은 감정의 혼란 상태에 빠진다. 시인의 상상을 초월하는 과도한 부정의 그림자가 드리워진 현실 속 대지와 생명의 약동이 끊임없이 이어지는 이상화된 대지 사이의 충돌은 시인의 감정을 극단적인 상태에까지 이르게 한다. 이러한 감정은 고스란히 시의 언어로 표출된다.

> 마당ㅅ가 뽯나무잎이 모조리 떨어지든날
> 나는 눈앒까지 치민 겨을을 보고 악이 바쳐,
> 심술쟁이 바람을 마음의 어금니로 질겅질겅 씹어보다
> 나를 이곳에 꿀어앉힌 그자식을 씹어보듯이……[9]

> 가을마다
> 가을마다
> 비ㅅ자루만 털고
> 복장을치고 통곡을해도 지원치않건만……[10]

> 오오 위대한 슲음과 항상 같이있는 가장큰 기쁨이여!
> 너는 우리들의 단하나뿐인 永遠한糧食일다!

> 흘으는 時間이여! 久遠한 靑春 歲月이여!
> 우리가 죽지 않고 네품안에 안겨있는 동안에는
> 떠나는 너와 그와 나에게, 다시 맞날 그날을

---

9) 윤곤강, 「鄕愁2」, 앞의 책, 32쪽.
10) 윤곤강, 「大地2」, 위의 책, 41쪽.

주지 않고는 못백이리라!
거기에는 아모런 앙탈도 소용이 없다! 어서 내놓게, 어서![11)]

炭色煙氣에 눈을 못뜨고
한地點에서 매암도는 生活이여!
나는 너에게 告別의인사를 보낸다!

永遠히 새로워질 수 없는 썩은生活이여!
나는 너의품에서 殉死하기를 拒絶한다![12)]

이 시들에 투영된 시인의 감정은 과도함 그 자체다. 스스로 통제할 수 없는 과도함 속에 놓여 있기 때문에 시인은 자신의 감정을 다스릴 어떤 객관적인 준거를 찾지 못하고 있다. 이런 점에서 이 시들에 투영된 시인의 감정은 카오스적(chaotic)이라고 할 수 있다. 시인으로 하여금 무질서하고 혼돈스러운 상태의 감정을 유발하게 한 대상인 "그자식"은 곧 대지의 수탈자이다. 이 수탈자를 향한 시인의 감정은 막혀 있고, 그로 인해 그 감정은 지신의 안에 갇혀 있게 된 것이다. 이것은 감정 구조 차원에서 보면 '맺힌 감정 혹은 감정의 맺힘'이라고 할 수 있다. 이 맺힌 감정을 풀어내지 못하면 그것은 퇴영적인 속성을 드러내게 되고, 결국에는 원한의 감정을 낳게 한다.

『대지』에 투영된 이러한 퇴영적인 감정은 『만가』에 오면 '죽음' 혹은 '묘지'라는 보다 극단화된 형태로 제시된다. 시인은 현실보다 오히려 죽음을 더 친숙하게 느끼고, 그것이 자신의 삶의 본질이라고 여기게 된다. 죽음이 삶을 대체하는 세계란 '광란' 그 자체이며, 이 상황에서 시

11) 윤곤강, 「告別」, 앞의 책, 58~59쪽.
12) 윤곤강, 「告別 II」, 위의 책, 60쪽.

인이 할 수 있는 일이란 '통곡' 뿐이다.[13] 모든 가능성이 차단된 상태이기 때문에 감정, 다시 말하면 카오스적 감정은 극에 달할 수밖에 없다. 죽음이 더 현실 같은 『만가』의 세계가 드러내는 삶과의 단절성을 가장 잘 보여주는 시 중의 하나가 바로 「面鏡」이다. 시인은 삶과 단절된 이 세계를 "올 사람도 없고/기다릴사람도 없는/바다속같은 방안……"[14] 이라고 표현한다. 사람 혹은 세상과 단절되어 있기에 이 세계는 '소리가 없고', "靜淑"하다. 일찍이 이상도 「거울」에서 세상과 단절된 이러한 세계를 '소리가 없는 조용한 세상'[15]이라고 말한 바 있다. 시인은 죽음의 세계를 경험할 수 없기 때문에 그것을 '소리가 없고 정숙한 곳'이라고 한 것이지만 여기에 투영된 시인의 감정은 결코 조용하거나 정숙하지 않은 카오스 그 자체라고 할 수 있다. 혼돈이 극에 달한 감정이란 곧 감정의 맺힘이 극에 달한 상태라는 것을 의미한다.

감정의 구조에서는 맺힌 감정은 푸는 것이 원칙이다. 하지만 감정을 푸는 일은 그렇게 간단한 것이 아니다. 감정풀이에는 고도의 기술이 숨어 있다. 감정이 섬세한 결을 지니고 있는 만큼 그것을 풀어내는 데에는 고도의 섬세함이 요구된다고 할 수 있다. 우리가 흔히 감정을 푸는 기술로 카타르시스(catharsis), 라사(rasa), 신명(神明)을 말하기도 하지만 이 각각에도 차이가 존재한다.[16] 이 방식들 중에서 신명은 한을 전제로

13) 윤곤강, 「輓歌3」, 앞의 책, 74쪽.

14) 윤곤강, 「面鏡」, 위의 책, 85쪽.

15) 이상, 김주현 역, 「거울」, 『이상문학전집－詩』, 소명출판, 2005, 79쪽.

16) 조동일은 서구와 인도 그리고 우리의 극이 가지는 미적 효과를 비교하여 그 성격을 밝히고 있다. 그에 의하면 서구의 극은 '카타르시스(catharsis)', 인도의 극은 '라사(rasa)', 우리 극은 '신명풀이'라는 미적 효과를 지향한다는 것이다. 이런 전제 하에 서구, 인도, 우리의 극을 비교하면 먼저 작품의 구조에서 카타르시스와 라사는 '완성된 닫힌 구조', 신명풀이는 '미완성의 열린 구조'의 방식을 드러내며, 언어의 사용에서 보면 카타르시스와 라사는 '시', 신명풀이는 '놀이'를 지향한다는 것이다. 그리

한다. 한이 곧 신명이 되는 것이 아니라 그 한의 감정을 잘 어르고 삭이는 과정을 거쳐야 한다. 맺힌 한을 어떻게 잘 삭이느냐가 감정의 구조에서 중요하다는 것이다. 이렇게 되면 감정은 '맺힘'에서 '어름(삭임)', '어름(삭임)'에서 다시 '품(풀이)'라는 구도가 성립되는 것이다. 이런 감정의 구조에서라면 그의 시에서 중요한 것은 『대지』와 『만가』의 맺힌 감정을 어떻게 잘 어르고 삭이느냐가 되는 것이다.

윤곤강의 시에서 이 어름 혹은 삭임의 과정은 『만가』 이후 그중에서도 『빙화』에서 잘 드러난다. 『대지』와 『만가』에서 죽음의 견고한 이미지로 제시된 시인의 맺힌 감정을 어떻게 어르고 삭이느냐 하는 문제는 곧 그 감정으로 되돌아가 그것을 깊이 있게 들여다보는 과정을 통해 해결할 수밖에 없다. 시인이 『빙화』에서 제시하고 있는 것은 '마음'이다. 감정이란 결국 마음의 문제라는 것이 시인이 제시한 답이다. 단단히 맺힌 감정의 매듭을 풀기 위해 그 감정의 결을 따라가 그것을 느슨하게 하는 것이 한 방법이라는 것을 알게 된 것이다.

> 다만 홀로 외롭게 슬픈 마음이기에
> 밤도 깊어 자즈러지는 이 거리로 왔다
>
> 분수가 푸른 불꽃을 불어올리는 거리
> 그옆에서 언약도없는 사람을 나는 기다린다
>
> 푸른 반달이 기울어진 하늘을 향하야

고 관중의 반응에서 보면 카타르시스와 라사는 '수동적 수용', 신명풀이는 '능동적 참여'로 정리할 수 있으며, 세계관에서는 카타르시스와 라사는 '별도로 설정되어 섬김을 받는 신', 신명풀이는 '사람 자신 속의 신명'을 지향하는 것으로 비교가 가능하다는 것이다. 조동일, 『탈출의 원리 신명풀이』, 지식산업사, 2006, 297~361쪽 참조.

구슬처럼 불꽃처럼 타오르는 물줄기

가슴속 외론 시름에 지는 한숨처럼
슬픈 소리를 하면서 떨어지는 물줄기

온데 간데 모르게 닥어온 시름이
끝없는 마음의 층층다리를 기어올라간다

눈동자속 저도 모르게 고인 눈물처럼
소리없이 떨어져 흩어지는 물줄기

밤의 늪을 거러가는 지친 바람처럼
가벼웁게 불려서 스러지는 물줄기

얼굴도 모습도없는 슬픔이기에 이 한밤
보이지않는 발자취를 마음은 가늠한다

마음속 헛된 꿈에 타는 불꽃처럼
불똥도없이 불똥도없이 가라앉는 물줄기

동아배암의 꼬리우는 소리처럼……
송장우에 슬어지는 자진 탄식처럼……[17]

「面鏡」에서 소리없이 정숙한 죽음의 이미지를 드러낼 때와는 사뭇 다른 감정 상태를 드러내고 있는 시이다. 시 속에 투영되어 있는 시인의 "마음"은 "분수"처럼 쉼 없이 약동한다. "불어올리"고 "타오르고",

---

17) 윤곤강, 「噴水」, 앞의 책, 184쪽.

"떨어지"고 "흩어지"고 또 "불려"지고 "스러지"고, "가라앉"고 "슬어지"는 분수의 움직임에 따라 시인의 "마음"도 함께 움직인다. "분수"의 흐름에 따라 움직이는 시인의 "마음"의 진폭은 크고 깊다. "온데 간데모르게 닥어온 시름이/끝없는 마음의 층층다리를 기어올라간다"나 "얼굴도 모습도없는 슬픔이기에 이 한밤/보이지않는 발자취를 마음은 가늠한다"에 투영되어 있는 감정의 진폭을 상상해보라. "마음"이 포괄하고 있는 진폭이 이 정도로 크다는 것은 곧 감정이 아우르는 세계가 크다는 것을 의미한다.

이 시 속에 투영된 시인의 "마음"이 이 정도라면 『대지』와 『만가』에 깃든 죽음의 퇴영적인 감정을 어르고 삭이는 데에 문제가 없어 보인다. 외로움과 슬픔의 감정은 그것을 어르고 삭이면 여기에 깃들어 있던 어둡고 부정적인 감정들이 고양되고 승화되면서 생명의 도약(엘랑비탈)을 불러오게 한다. 인간의 감정은 언제나 어둡고 부정적인 것과 밝고 긍정적인 것이 함께 존재하면서 우리의 삶을 이룬다. 『대지』와 『만가』에 깃든 죽음의 퇴영적인 감정이 『빙화』에서의 부드럽고 역동적인 생명의 감정과 만나 어름과 삭임의 과정을 거쳐 새로운 감정으로 탄생한다는 것은 그의 시 전체로 볼 때 의미 있는 전개 과정이라고 할 수 있다. 만일 『대지』와 『만가』에 깃든 죽음의 퇴영적인 감정을 제대로 어르거나 삭이지 못한다면 그의 시는 어떤 새로운 도약도 불가능할 것이다. 『빙화』에서는 「噴水」처럼 부드럽고 역동적인 감정을 토대로 한 마음을 통해 사물이나 세계를 느끼고 인지하려는 시도들이 강하게 엿보이는 시편들이 많다. 하지만 그의 시의 감정 전개는 여기에서 그치지 않는다. 감정구조의 차원에서 보면 감정의 맺힘 그리고 어름이나 삭임 다음에는 풂(풀이)이 와야 한다.

그의 시에서 이 품에 해당하는 시편들이 해방 이후 씌어진 『피리』와 『살어리』라고 볼 수 있다. 이 두 시집들이 '맺힘－어름－품'이라는 감정의 구조의 흐름 내에 있다는 것은 시인의 의도된 기획은 아니었을 것이다. 감정의 구조가 이런 흐름을 가지게 된 데에는 식민지와 해방이 지니는 시공간적인 의미가 시인의 감정구조에 영향을 주었을 것으로 보인다. 일제의 억압이 주는 부정적인 감정이 해방이 되면서 자유라는 역동적이고 긍정적인 감정으로 바뀌게 된 것이다. 하지만 이것은 어디까지나 텍스트 밖과의 상동성을 고려한 유추일 뿐이다. 실제 텍스트에서는 다를 수 있다. 이와 관련하여 그의 시에서 엿보이는 것은 '누리', '전통'과 같은 개념을 시 속으로 끌어들이고 있다는 점이다. 이것은 그의 시의 내용과 형식에 이 개념들이 영향을 주었다는 것을 의미한다.

누리와 전통에 대한 강조는 '고려가요의 수용'이라는 차원으로 나타난다. 그는 이 두 권의 시집에 무려 11편의 고려가요를 수용하고 있다.[18] 고려가요의 수용은 그가 제기한 누리 혹은 전통과 관계된 것으로 볼 수 있다. 특히 고려가요의 수용은 지금까지 전개된 감정에 일정한 변화를 불러일으키기에 이른다. 고려가요의 풍부하고 진솔한 감정과 밝고 경쾌한 리듬감은 맺혔던 감정을 풀어내는 데 기능적으로 작용한다. 대개 시제와 본문이 시작되기 전에 인용해 놓은 고려가요는 그 시 전체의 감정의 흐름을 지배할 뿐만 아니라 그것이 파생시키는 의미의 결정에 영향을 미친다. 가령 「살어리」에서 본문이 시작되기 전에 인용해 놓은 「청산별곡」은 "靑山"에 살고자 하는 진솔한 바람을 "살어리랏다"의 반복과 "얄리얄리 얄랑셩 알라리 얄라"[19]라는 밝고 경쾌한 후렴

---

18) 고려가요 13편 중 『피리』와 『살어리』에 수용된 작품은 「상저가」, 「유구곡」을 제외한 11편이다. 「쌍화점」, 「이상곡」, 「서경별곡」, 「정석가」, 「동동」, 「만전춘 별사」, 「가시리」, 「청산별곡」, 「정과 정」, 「처용가」, 「사모곡」이 바로 그것이다.

구를 통해 표출함으로써 맺혀 있던 감정을 리드미컬하게 풀어내고 있다. 이러한 「청산별곡」의 감정구조는 자연스럽게 시 본문으로 이어져 시 전체의 감정의 흐름과 여기에서 파생되는 세계의 의미에 영향을 미친다. 「청산별곡」의 수용에 따른 영향의 정도는 좀 더 섬세하게 살펴보아야 하겠지만 이것이 '맺힘—어름—품'으로 이어지는 감정의 흐름을 따르고 있다는 것은 분명해 보인다.

3. '누리'로의 도약과 '흰'의 원형적 지향

'맺힘—어름—품'의 감정구조에서 '품(풀이)'은 그 감정의 최종 형태를 결정한다는 점에서 중요하다. 어떻게 푸느냐에 따라 감정의 정도는 크게 달라진다. 맺힘, 어름, 품에서 그 품이란 단순히 맺힌 감정을 해체한다는 의미를 넘어 그것은 그 안에 '고양'의 의미를 지닌다고 할 수 있다. 품과 고양은 상호작용적인 측면이 있다. 어떤 것을 잘 풀려면 충분히 감정이 고양되어야 하는 것이고 또 충분히 고양된 감정은 혼돈에 질서를 부여한다는 차원에서 그것은 품 혹은 해소의 의미를 띤다. 그런데 감정을 고양하기 위해서는 그것을 가능하게 하는 어떤 대상이 존재해야 한다. 가령 그 대상이 절대적으로 크다거나 혹은 헤아릴 수 없을 정도로 깊다거나 아니면 본질적인 순수성을 드러낼 때 우리의 감정은 고양된다.

윤곤강의 시에서 이러한 감정의 고양은 『피리』와 『살어리』를 통해 드러난다. 이 시집들에서 시인이 제시하고 있는 "누리"와 "흰"의 세계 속에 그 단초가 있다. 누리는 『피리』의 「머릿말 대신」에 제시되어 있

19) 윤곤강, 「살어리」, 앞의 책, 279쪽.

다. 여기에서 시인은 "나는 다시, 나의 누리로 돌아가리라"[20]라는 말을 선언처럼 하고 있다. 앞뒤 문맥을 살펴보면 그가 말하는 "누리"는 자명하다. 그것은 "중국것"도 "西歐의 것", "倭의 것"도 아닌 우리의 것을 말한다. 그가 말하는 우리의 것이란 우리 말과 우리 땅을 근간으로 자신의 정체성과 주체성을 찾고 또 회복하는 것을 의미한다. 그가 『피리』와 『살어리』에서 우리의 전통적인 시가인 고려가요를 수용한 것도 이런 맥락에서라고 할 수 있다.

「머릿말 대신」에 마치 선언하듯이 제시되고 있는 누리는 시인의 고양된 감정의 투사물이다. 그의 시의 전체 흐름 속에서 보면 이 누리에의 감정투사는 식민지 시대를 거쳐 해방에 이르는 도정에서 혼돈과 부정의 세계에서 벗어나 질서와 긍정 혹은 환희의 세계로 나아가고자 하는 시인의 열망에서 비롯된 것이라고 할 수 있다. 일제 치하에서 시인이 가장 희구한 열망은 우리 겨레 혹은 민족의 주권을 회복하는 일이었을 것이다. 일제 치하에서 거의 질식해버릴 것 같은 상황에 처했던 우리 말, 우리 땅, 우리 역사, 우리 전통 등의 정체성을 회복하는 것이 하나의 사명처럼 느껴진 것은 이 땅의 시인으로서 자연스러운 감정이었을 것이다. 그가 해방 이후 발간된 『피리』와 『살어리』를 통해 누리를 강조한 데에는 그만한 이유가 있었던 것이다. 그에게 누리는 온전히 회복해아야 할 절대적인 대상이었던 것이다. 누리에 대한 이런 태도는 그로 하여금 혼돈과 퇴영 속에 놓여 있던 자신의 존재를 질서와 생명의 약동을 지닌 존재로 도약할 수 있는 계기를 제공한다.

이러한 누리로의 도약은 곧 감정의 고양을 의미한다. 시인에게 누리는 절대적으로 큰 존재이기 때문에 그것을 대하는 시인의 태도는 늘 경

---

20) 윤곤강, 「머릿말 대신」, 앞의 책, 212쪽.

건하고 숙연하다. 아울러 이 순간 그것을 향한 시인의 감정은 고양될 수밖에 없다.

누릿 가온대 나곤
몸하 호올로 녈셔

—「動動」에서

보름이라 밤 하늘의
달은 높이 현 등불 다호라
임하 호올로 가오신 임하
이 몸은 어찌호라 외오 두고
너만 혼자 홀홀히 가오신고.

아으 피맺힌 내 마음
피리나 불어 이 밤 새오리
숨어서 밤에 우는 두견새처럼
나는야 밤이 좋아 달밤이 좋아

…(중략)…

다섯 손꾸락 사뿐 감아 쥐고
사포시 혀를 대어 한 가락 불면
은쟁반에 구슬 구을리는 소리
슬피 울어 예는 여울물 소리
왕대숲에 금바람 이는 소리……

아으 비로소 나는 깨달았노라
서투른 나의 피리 소리언정

그 소리 가락 가락 온 누리에 퍼지어

붉은 피 방울 방울 돌면
찢기고 흩어진 마음 다시 엉기리[21]

「피리」는 고려가요 「동동」을 인용하여 "찢기고 흩어진" 채 존재하는 "누리"의 회복을 노래하고 있는 시다. 「동동」에서 사랑하는 사람과의 이별이 「피리」에서는 "나"와 "누리"의 이별로 치환된다. 사랑하는 임과의 이별을 노래하고 있기 때문에 두 시의 정조는 정한이 배어 있다. 하지만 「동동」의 화자가 임과의 이별 상황에 대해 수동적인 태도를 취하고 있다면 「피리」의 화자는 능동적인 태도를 취하고 있다는 점에서 차이가 있다. 「피리」의 화자는 임, 다시 말하면 누리와의 이별에서 오는 아픔을 "피리"를 통해 치유하려 한다. 자신의 "피리 소리 가락"이 "온 누리에 퍼져", "찢기고 흩어진 마음"을 "다시 엉기"게 하려는 데 화자의 의도가 있는 것이다.

시인에게 "누리"는 절대적인 존재이다. 그런 존재가 "찢기고 흩어진" 상태로 존재한다면 그것은 시인의 마음을 아프게 하는 요인이 될 수밖에 없다. 시인은 그것을 치유하기 위해 '밤 새 피리'를 분다. 시인에게 이 행위는 상처받은 "누리"를 어르고 그 아픔을 풀어내는 자신이 할 수 있는 최선의 방식이다. "누리"의 상처를 다른 그 무엇이 아닌 "피리 가락"으로 치유한다는 것에서 "가락"을 단순한 소리가 아닌 이 우주의 조화와 운행 원리로 이해하고 살아온 우리 겨레의 전통을 강하게 환기받는다. 따라서 우리의 전통에 입각해서 볼 때 피리 소리에는 눈에 보이지 않지만 이 우주와 우리의 삶을 가능하게 하는 힘 같은 것이 내재

21) 윤곤강, 「피리」, 앞의 책, 220~221쪽.

해 있다고 할 수 있다. 피리 소리를 들으면 어떤 기운이 느껴지고 그것에 이끌려 행동하게 되는 것은 여기에 인간의 감정을 고양시키는 우주의 리듬(음양의 원리) 같은 것이 흐르고 있기 때문이다.

우리에게 이 우주는 하나의 거대한 리듬에 다름 아니다. 우주 만물에는 하나같이 리듬이 있고, 그 리듬은 언제나 생성의 과정에 있다. 따라서 우리가 피리를 분다는 것은 우주 만물에 존재하는 리듬을 조율하는 것에 다름 아니다. 시인이 "다섯 손꾸락 사뿐 감아 쥐고/사포시 혀를 대어 한 가락 불면/은쟁반에 구슬 구을리는 소리/슬피 울어 예는 여울물 소리/왕대숲에 금바람 이는 소리……"를 불러낼 수 있는 것도 이런 맥락에서 이해할 수 있을 것이다. 우리의 "누리"가 입은 상처를 우리의 가락으로 치유한다는 발상은 시인의 강한 주체성을 드러내고 있는 것으로 볼 수 있다. 이것은 누리로 도약하고 싶은 시인의 감정구조와 궤를 같이한다고 할 수 있다. 시인은 여기에 대해 강한 믿음을 가지고 있다. 자신이 행하는 피리를 통한 누리로의 도약에 대해 시인은 "소리 가락 가락 온 누리에 퍼지어/붉은 피 방울 방울 돌면/찢기고 흩어진 마음 다시 엉기리"라고 노래하고 있다. 이것은 누리로의 도약에 대한 시인의 낙관적인 전망을 드러낸 것이라고 할 수 있다.

이러한 누리로의 도약과 관련하여 『피리』와 『살어리』에 중요한 상징이 제시되어 있다. 누리로의 도약은 과거, 현재, 미래라는 지속성 속에서 창조적 진화의 의미를 내포한 개념이다. 이런 점에서 누리로의 도약은 어느 한 방향으로의 지향성을 의미하는 것은 아니다. 그것은 겨레, 전통 등과 깊은 관계를 맺고 있다는 점에서 과거 지향적으로 이해할 수 있지만 시에서의 이 개념들은 '원래(原來)' 혹은 '본래(本來)'의 의미에 더 가깝다. 누리로의 도약과 감정의 고양 차원에서 보면 이것이 극대화되고 정점에 이르기 위해서는 누리의 원래 혹은 본래의 차원에 가까이 가는, 다시 말하면 그것의 존재성을 회복하는 일이 전제되어야 한다. 시인은 누리의 이러한 원래 혹은 본래 모습을 '흰 것'에 대한 자의식을 통해 드러내 보이고 있다. 여기에서의 흰 것은 어떤 사물이나 존재가 처음 시작되는, 마치 세상에 처음 나온 아기 같은 원래의 모습을 고스란히 간직한 그런 세계를 말한다. 따라서 이때의 흰은 어떤 색을 말한다기보다 원래의 바탕 같은 것을 말한다고 할 수 있다.

시인은 이 원래의 바탕으로 돌아가기를 희구한다. 이러한 바람 속에는 본래의 바탕을 알 수 없게 한 것들을 걷어내려는 의지도 투영되어 있다. 가령 「나도야」에서 시인이

> 때가 와서, 내가 죽은 날은
> 봄, 별이 꽃처럼 흐르는 저녁도
> 여름, 소나기 시원한 대낮도
> 나무잎 붉게 물든 밤도, 다아 그만 두고
> 다만 함박눈 소리 없이 나려 쌓여
> 온 누리 희게 변한 아침이거라[22)]

라고 노래했을 때, 그가 바라는 "온 누리 희게 변한 아침"은 모든 사건이 일어나기 전 태초의 모습에 대한 표현으로 볼 수 있다. 눈에 보이는 흰 세상 너머 그것의 본래 바탕의 세계를 보고 싶어 하는 시인의 바람은 「해바라기」에서는 "해"로 드러나기도 하고, 「바다」나 「밤 바다에서」는 "바다"로 드러나기도 한다. 「해바라기」에서 시인이 희구하는 "해"는 모든 생명의 본 바탕을 함의하고 있는 존재이고, 「바다」나 「밤 바다에서」

---

22) 윤곤강, 「나도야」, 앞의 책, 256쪽.

의 “바다”는 탄생과 죽음의 본 바탕을 함으로 하고 있는 존재이다.

그러나 이 존재들의 본 바탕은 스스로 적나라하게 그 모습을 드러내지는 않는다. 이 존재들은 그것을 은폐하고 있기 때문에 우리는 그것을 ‘발견’해야 한다. 발견의 세계는 개념을 통한 드러냄을 거부한다. 진정한 발견은 개념이나 도구화된 방식을 통해 드러나는 것이 아니라 몸을 통한 직접적인 접촉과 경험을 통해 드러난다. 「바다」에서 시인이 “나는 아노라! 속사기는 바다, 너의 비밀을”이라고 할 때 그 앎이란 이런 과정을 통해 알게 된 것이다. ‘바다의 비밀’을 들추어낼 수 있듯이 시인은 ‘겨레’의 비밀도 알고 싶은 것이다. 시인에게 ‘겨레’는 ‘바다’처럼 그 본래 바탕이 은폐되어 있는 존재이다. 따라서 ‘겨레’ 혹은 ‘누리’의 본래 바탕에 대한 탐색은 시인에게 늘 진행형이다.

> 밤 바다는 물 우헤
> 검은 빛 주름살을 지우고
> 가뜩이나 으슥한데
> 물새 울어 더욱 서럽고야
> 사나운 물결의 아우성과 함께……
> 야…… 이 저녁
> 나는 고래처럼
> 물속에 잠기고 싶고나
> 겨레의 눈물 죄 다아 걷어가지고
> 끝 모를 이 바다 밑으로
> 뉘우침 없이 가랒고 싶고나……[23)]

시인에게 “바다”는 “끝 모를” 존재이다. 이것은 “바다”가 본래 바탕

---

23) 윤곤강, 「밤 바다에서」, 앞의 책, 335쪽.

으로 존재하기 때문이다. 만일 "바다"가 그것을 벗어나 존재한다면 여기에 "겨레"를 투영할 이유가 없는 것이다. "바다"의 본래 바탕에 "겨레" 혹은 "겨레의 눈물"을 투영해보면 그것의 본래 바탕이 드러난다고 믿기 때문에 "끝 모를 바다 밑으로" 가라앉고 싶어 하는 것이다. 존재성의 차원에서 볼 때 "바다"는 그 크기를 헤아릴 수 없을 정도로 클 뿐만 아니라 생성과 소멸을 무수히 반복하면서 장구한 시간을 거쳐 온 존재라고 할 수 있다. "바다"의 이러한 존재성이 의미하고 있는 것은 그것이 무엇보다도 "바다"로서의 본래 바탕을 잘 지니고 있다는 점일 것이다. 시인은 이러한 "바다"에 "겨레"를 투영해 그것이 지니는 본래 바탕으로서의 존재성을 들추어내고 싶었던 것이다. "바다"의 본래 바탕인 흰 것으로서 원형성과 시인이 궁극적으로 들추어내고 싶은 "겨레"의 본래 바탕인 흰 것으로서의 원형성이 「밤 바다에서」에서 만나 낭만어린 시적 정서를 드러내고 있다.

4. 결정론적 낭만의 감정과 미적 생성의 부재

윤곤강의 시 세계는 대지의 다양한 변주와 그에 따른 감정구조의 변화를 기본으로 한다. 그의 시적 상상의 출발인 대지는 묘지, 분수, 어머니, 고향, 누리, 바다 등으로 변주되면서 그 의미를 확장하고 있고, 그러한 변주의 과정에 따라 감정 역시 맺힘－어름－품이라는 구조를 드러낸다. 이 과정에서 중요한 분절의 계기를 제공하고 있는 것이 고려가요 등 우리의 전통적인 시가 양식의 수용이다. 『피리』와 『살어리』에 수용된 고려가요 등은 시의 형식 뿐 아니라 내용에 직접적인 영향을 미친다. 특히 감정구조의 차원에서 전통적인 시가 양식의 수용은 『대지』와

『만가』에서의 원한 맺힌 감정을 어르고 푸는 데 기능적으로 작용하면서 혼돈스럽고 부정적인 시세계를 일정한 질서와 긍정적인 세계로 바꿔놓고 있다. 고려가요의 자유롭고 활달하며 또 진솔한 감정은 식민지 상황을 벗어나 해방을 맞은 공간과 상동적 관계를 유지하면서 우리 겨레의 본래 바탕을 탐색하기에 이른다.

우리 문학사를 통해 볼 때 해방 공간에서의 겨레의 언어와 본래적 존재 양식에 대한 탐색은 시와 시인의 주체적이고 자율적인 정체성 정립을 위해 반드시 필요한 과정이라고 할 수 있다. 해방 이후 출간된 『피리』와 『실어리』에서 우리의 전통 시가 양식인 고려가요 등을 수용한 시인의 의도 역시 이와 무관하다고 볼 수 없다. 하지만 해방 공간에서의 우리 문인들의 이러한 의도가 모두 일정한 성과로 이어진 것은 아니다. 민족 혹은 겨레에 대한 의식이 지나치게 이념화되고 당위론적 차원으로 기울어지면서 해방 공간이 지니는 다양한 생성과 차이의 가능성을 망각하거나 상실하게 된다. 『피리』와 『실어리』에서의 윤곤강의 전통에 대한 수용과 해석 역시 이런 위험으로부터 자유롭지 못하다. 시인이 수용한 고려가요는 우리 겨레의 언어 감각과 감정구조를 드러내는 데 더없이 좋은 양식이라고 할 수 있다. 이러한 이유로 현대에 와서도 고려가요의 변주된 형태가 하나의 미적 양식으로 재현되어 드러나는 것이다. 고려가요 「가시리」의 감정 구조가 김소월의 「진달래꽃」에 와서 하나의 독특한 미적 양식으로 재현되어 드러나는 경우가 바로 그것이다.

그렇다면 윤곤강의 경우는 어떤가? 『피리』와 『살어리』에 수용된 고려가요가 그의 시의 언어 감각과 감정구조에 영향을 준 것은 이미 이야기한 것처럼 사실이다. 하지만 그것이 미적 생성과 차이의 차원까지 나아간 것이라고 하기에는 무리가 있어 보인다. 고려가요의 수용으로 『

피리』와 『살어리』의 감정구조가 좀 더 다양화되고 유연해진 것은 사실이지만 그것이 미적 생성과 차이로 이어진 것이라고 평가할 수는 없다. 그의 시에서의 고려가요의 수용이 미적 생성과 차이로 이어지지 못한 데에는 그것이 지나치게 결정론적으로 작용하고 있기 때문이다. 시의 본문이 시작되기 전에 인용된 고려가요가 변주 혹은 생성과 차이를 위한 존재로 작용하고 있는 것이 아니라 시의 전체 구조를 답습 혹은 퇴영의 차원으로 작용하면서 그것을 결정하고 있기 때문에 '전통의 재발견' 혹은 '창조적 진화' 같은 그런 미적 사건은 발생하지 않고 있다. 고려가요가 지니는 풍부한 감정이 새로운 창조를 위한 에너지로 작용하는 것이 아니라 이렇게 퇴영의 차원에 머물러 있기 때문에 그의 시에서의 미적 생명의 약동(élan vital)은 일어나지 않고 있는 것이다.

『피리』와 『살어리』에는 감정의 풍부함이 있다. 하지만 그것은 이미 어디서 많이 경험한 듯한, 낯설고 새로운 미지의 가능성들을 지니고 있는 그런 감정이 아니다. 그것은 고려가요로의 퇴영적인 이미지를 넘어서지 못하고 있다. 우리는 이미 결정되어버린 언어와 세계에 새로움과 흥미를 느끼지 못한다. 이미 결정되어버린 감정은 어떤 대상이나 세계와 만났을 때 우리 내부에서 일어나는 무엇인가를 추동하고 이 차원에서 다른 차원으로 도약하는 그런 감정과는 궤를 달리한다. 하나의 차원서 다른 차원으로 혹은 한 궤도에서 다른 궤도로 '퀀텀 점프(Quantum Jump)'할 때에는 반드시 에너지가 필요하다. 그것은 생성의 에너지인 동시에 차이의 에너지인 것이다. 만일 이러한 퀀텀 점프 없이 하나의 궤도를 계속해서 도는 것은 현상 유지를 넘어 그것은 일종의 퇴영을 의미한다고 볼 수 있다. 우리가 겨레와 전통 같은 담론의 장을 만났을 때 은연중 답습이나 퇴영의 이미지나 의미를 떠올리는 것은 역설적으로 무의식 중에 이 퀀텀 점프에 대한 강박관념과 불안이 존재하기 때문이라고 할 수 있을 것이다.

이러한 딜레마를 해결하지 못하면 『피리』와 『살어리』에서처럼 결정론적인 낭만의 감정에 빠질 수 있다. 아름다움, 다시 말하면 시에서의 미적 생성과 차이는 시인의 결정론적인 태도 내에서 발생하는 것이 아니라 그것을 거부하고 부정하는 시인의 미지와의 끊임없는 긴장과 대결 속에서 탄생하는 것이다. 전통은 늘 과거이면서 동시에 현재이고 현재이면서 동시에 미래인 그런 시간의 흐름 속에 놓여있는 것이다. 과거는 현재 속에서 새롭게 탄생하고 또 소멸하는 것이고 현재는 미래 속에서 또 새롭게 탄생하고 소멸하는 것이다. 이러한 시간의 과정이 생성과 차이를 만들어내는 것이다. 인간의 감정 역시 이러한 시간의 과정 내에 존재한다. 그의 시의 맺고, 어르고, 푸는 일련의 감정의 흐름이 하나의 온전한 미적 구조로 이행되지 못한 채 결정론적 감정의 딜레마에 빠져 퇴행의 길로 빠지게 된 데에는 시간 내에서의 미적 혹은 창조적 진화에 대한 깊이 있는 이해가 부재한 데서 비롯된 것이라고 할 수 있다. 우리 시인들의 시에 드러나는 전통의 양상과 그동안 수없이 제기되어온 전통론이 실질적인 성과로 이어지지 못하고 당위적인 확인 정도의 차원으로 그친 데에는 전통에 대한 막연한 감정적 접근이 그 주된 원인이라고 할 수 있다.

결정론적 낭만의 감정은 비단 윤곤강에게서만 드러나는 시적 태도는 아니다. 흔히 전통의 문제를 들고 나온 근대 이후 많은 우리 시인들에게서 엿보이는 시적 태도이다. 전통의 결정되어 있는 그 무엇이 아니다. 전통은 끊임없는 생성의 과정 중에 있는 것이다. 이런 점에서 전통은 하나의 과정이라고 할 수 있다. 전통의 리얼리티는 과정 혹은 생성의 과정 그 자체라고 할 수 있다. 윤곤강의 시를 통해 볼 때 '지금, 여기'에서의 전통에 대한 보다 생산적인 논의는 전통 자체를 결정론적으로 보지 않아야 할 것 또 그것을 정적인 존재(being)가 아니라 살아있는 것(becoming)으로 볼 것 그리고 시간 내에서 전통에 대한 시인의 의식과 전통과 관련된 물질, 공간 등이 끊임없이 창조적으로 진화하는 지속의 상향운동으로 이해할 것 등의 차원에서 이루어져야 한다. 이런 점에서 '전통의 변주'라고 할 때 그 변주는 끊임없이 창조적으로 진화하는 지속의 상향성을 지녀야 하고, 그에 따라 감정도 구조화되어야 한다는 것을 의미한다.

참고문헌

윤곤강, 「전통과 창조」, 『인민』, 1946. 1.

송기한 · 김현정 편, 『윤곤강 전집』 1 · 2, 다운샘, 2005.

권영민, 『한국근대문인대사전』, 아세아문화사, 1990.

김옥성, 「윤곤강 시에 나타난 자연의 의미」, 『문학과환경』 14권 3호, 문학과환경학회, 2015. 12.

이상, 김주현 역, 『이상문학전집-詩』, 소명출판, 2005.

유성호, 「윤곤강 시 연구—현실과의 길항, 격정적 자의식」, 『한국근대문학연구』 24, 한국근대문학회, 2011. 10.

조동일, 『탈출의 원리 신명풀이』, 지식산업사, 2006.

2부

탈주과 귀환

윤곤강의 시적 여정과 지향점

김홍진(한남대학교)

1. 머리말

지금까지 윤곤강[1] 문학의 성취와 한계에 대한 연구는 다양한 방향에서 활발하게 진행되어왔다. 이 글은 기존 연구가 개진한 성과를 바탕으로 그의 시적 여정이 품은 의미를 부정적 현실 지각을 통한 '탈주'와 최종심급으로서 근원 세계로의 '귀환'이라는 이해의 틀 아래에서 살펴보고자 한다. 서정시는 사회적인 것을 거부하는 정도만큼 사회를 반영하

1) 윤곤강(1911~1950)은 충남 서산에서 태어나 혜화전문을 중퇴하고 일본 센슈우(專修)대학에서 수학했다. 그는 1931년 『批判』 11월호에 시 「넷城터에서」를 발표하며 시작 활동을, 1933년 「반종교문학의 기본적 문제」를 『신계단』에 발표하면서 비평 활동을 시작했다. 그는 약관의 나이에 등단하여 1950년 타계하기까지 20년의 작품 활동 기간 동안 『大地』(풍림사, 1937), 『輓歌』(동광당서점, 1938), 『動物詩集』(한성도서주식회사, 1939), 『氷華』(한성도서주식회사, 1940), 『피리』(정음사, 1948), 『살어리』(시문학사, 1948)를 상재한 다작의 시인이며, 시와 비평에 대한 전체적인 면모는 송기한 · 김현정이 엮은 『윤곤강 전집 1 시』와 『윤곤강 전집 2 산문』(다운샘, 2005)을 통해 확인할 수 있다. 그는 시 창작과 함께 적극적으로 자신의 시적 입장을 왕성하게 개진해 나간 다산의 비평가이고, 김기림의 『시론』(1947)에 대응하는 시론집 『시와 진실』(1948)을 펴낸 선구적인 시론가이기도 하다.

는 역사적 산물[2]이라는 역설적 주장처럼 사회적인 속성을 함유한다. 서정시가 갖는 사고의 구조 자체 속에는 이미 내적인 것에서 외적인 것으로, 개별적인 사실이나 작품으로부터 그 뒤에 있는 보다 넓은 사회경제적 현실로 나아가는 움직임이 전제되어 있다. 그리고 상부구조를 이루는 예술로서 서정시는 사회경제적 토대 내지 하부구조와의 관계[3] 속에서 파악할 수 있다. 이 글은 곤강 시를 일제 말, 그리고 해방기로 이어지는 억압적 상황과 모순, 혼돈과 분열의 부조리한 현실에 대응한 일종의 유토피아 정신의 결과로 보고자 하는 데서 출발한다.

서정시는 역사 현실에서 자유롭지 못하다. 곤강의 시가 부정적 현실에서 탈출하여 근원 세계로 귀환하려는 의식에는 억압과 모순의 역사 현실을 극복하려는 유토피아 의식이 한 구석에 도사리고 있다. 그의 시가 지향하는 현실의 부정적 지각을 통한 비판과 탈주, 그리고 근원 세계로의 귀환은 유토피아 정신과 멀리 떨어져 있지 않다. 유토피아 의식은 현실 인식 끝에 발생한다. 여기서 유토피아 의식은 현실을 부정하고 미래를 전망하면서 기존의 부정적 질서를 극복하고자 하는 의지적 태도를 뜻한다. 이러한 의식은 인류 공동체가 추구하는 올바른 세계에 대한 갈망[4]이며, 현실에 대한 분석과 비판을 통해 특정한 사회상을 제시[5]해주는 힘을 발휘한다. 요컨대 곤강 시의 밑변에는 부정적 현실에서 피안 세계를 꿈꾸는 유토피아적 충동이 자리한다. 그 충동의 심리적 기저에는 현실의 부정적 지각과 비판이라는 부정의 원리, 그리고 이상 세계의 창조라는 희망의 원리[6]가 작동한다.

---

2) 프레드릭 제임슨, 여홍상 · 김영희 공역, 『변증법적 문학이론의 전개』, 창작과비평사, 1984, 47쪽.

3) 위의 책, 18쪽.

4) 마르틴 부버, 남정길 역, 『유토피아 사회주의』, 현대사상사, 1993, 38쪽.

5) 김영한, 『르네상스의 유토피아』, 탐구당, 1988, 15쪽.

우리의 근대사는 비극적이게도 식민근대화로부터 출발한다. 이러한 파행적 상황에서 우리는 동일성을 상실할 수밖에 없었고, 정체성은 파괴될 수밖에 없었다. 곤강이 문단 활동을 시작한 시기는 일제의 강압적 철권통치가 극에 달한 일제 말 암흑기였다. 그리고 그가 타계한 시점은 해방을 맞았지만 극심한 이념 대립과 민족 분단이 현실화한 분열과 혼돈의 시대였다. 곤강은 일제 말의 암흑기를 통과해 연속하는 해방기 혼돈의 시대를 살았다. 그가 살아간 삶의 토대로서 역사 현실의 조건은 지극히 불우했고 고통스러웠다. 이러한 역사적 사실을 상기할 때 그의 시의 특성을 당대의 역사 사회적인 조건과 연관해 살피는 방법은 곤강 시의 원류를 이해하는 데 하나의 유효한 접근 방법일 수 있다. 왜냐하면 식민의 정치 · 사회 · 경제 · 문화 현실과 무반성적인 서구 추수적 근대성, 좌우 대립의 갈등과 혼돈의 비극적 상황에 민감하게 반응하면서 그의 창작 행위는 펼쳐졌기 때문이다.

일제 말과 해방기 혼돈의 상황에서 곤강은 누구보다도 현실에 민감하고 치열하게 반응한 문학인이다. 그는 현실과의 길항 관계 속에서 격정적인 자의식을 통해 창작 활동을 펼친 시인이면서 비평가로서 근대시 권역 전체에서 가장 열정적[7]으로 시와 비평 창작에 몰두한 문인 가운데 하나이다. 그의 시 창작이나 비평 행위는 현실 대응의 산물이기도 하다. 당대의 역사 현실은 불우했고 바람직한 미래를 위해서는 이 부정적 현실태를 극복하고 통합할 이상적 가능태의 세계를 모색할 필요성이 있었다. 그런 이유로 그는 "칼날같은 이빨(齒)"이 "미처날뛰"며 "온갓것을 씹어삼키"는 "찬바람의 季節"(「冬眠」)로 은유된 엄혹한 시대의

6) 임철규, 『왜 유토피아인가』, 민음사, 1994, 29쪽.
7) 유성호, 「윤곤강 시 연구－현실과의 길항, 격정적 자의식」, 『한국근대문학연구』 24집, 한국근대문학회, 2011, 95~96쪽.

'겨울', 죽음의 '만가'(輓歌)가 울려 퍼지는 비극적 상황에서 탈출하여 근원 세계로 귀환하고자 한다. 이를테면 차안의 현실태를 부정하고 바람직한 삶의 가능태를 '대지'와 '봄', '빛'과 '고향', '누리'와 '전통'으로 표상되는 피안의 자연 생명, 우리 민족 고유의 노래인 고려가요 등 민족어가 내장하는 공동체적 정체성으로서 민족 정서의 회복을 통해 희망의 대안을 찾고자 했다.

일제 말이나 해방의 시기는 외양만 다를 뿐 파행과 혼돈의 양상은 이형 동질의 구조를 지닌 것이나 다름없다. 이러한 사회 구조의 근본적인 내적 모순을 해결하기 위해 곤강은 문학의 적극적인 현실 참여와 실천을 당위 명제로 내세우는 문학적 입장을 밑변에 깔고 출발한다. 그것은 그가 문학적 출발 초기부터 카프(KAPF)에 참여해 활동한 사실에서도 유추할 수 있으며, 이러한 문학적 입장을 반영하여 현실과 생활을 강조하는 리얼리즘적 성격이 강한 문학적 태도를 견지해 나갔다.[8] 어떤 특별한 역사 현실적 조건이나 상황이 의식적이든 무의식적이든 특정한 성향의 문학적 경향을 생산할 수 있다는 점에 동의한다면, 곤강의 현실 문제에 대한 문학적 관심은 필연적인 귀결이라 할 수 있다.

곤강의 시적 여정과 지향의 밑변을 관통하는 흐름은 그렇다고 리얼리즘이라는 특정한 경향에만 국한할 수 없다. 그의 문학은 당대 주류를 형성하던 '순수서정시/ 프로시/ 모더니즘시' 어디에도 귀속되지 않고 독자적인 세계[9]를 이룰 만큼 다양한 면모를 지니고 있다. 말하자면 그의 시는 당대 주류를 이루던 시적 경향의 성격들이 골고루 혼재되어 나타나는 유연성과 탄력성을 지니고 있다. 하지만 분명한 사실은 현실에

---

8) 문혜원, 「윤곤강의 시론 연구」, 『한국언어문학』 제58집, 한국언어문학회, 2006, 284쪽.

9) 유성호, 앞의 글, 96쪽.

대한 응전의 자장권 안에서 그의 창작 행위가 전개되었다는 점이다. 이러한 전제 아래 이 글은 곤강의 시를 현실에 대한 부정적 지각과 탈주의 비판적 인식, 그리고 부정적 현실에 대한 비판적 모색을 통한 근원 회복이라는 이해의 틀을 전제로 접근한다.

2. 식민 현실과 부정적 세계 인식

일제 강점기 말 폭압적 파시즘과 해방기 대립과 갈등, 분열과 혼돈이 지배하는 역사 현실은 절망적인 암흑기였다. 불우한 현실은 식민 주체들에게 좌절과 패배, 상실과 고통, 억압과 굴욕을 안겨주는 공간일 수밖에 없었다. 말하자면 피지배의 식민 주체들이 처한 상황이나 해방의 타율성이 배태할 수밖에 없는 억압과 혼돈의 환경은 정상적인 삶의 공간이 아닌 전망을 상실한 죽음의 공간이다. 곤강의 시에서 시적 주체가 처한 현실 세계는 "눈보라의 攻勢에 大地는 明太같이 말라붙고" 겨울 북풍이 "冷酷한챗죽을 흔들"어 대는 "멀미나는 苦難의 밤", "이제는 울기운조차 없어지고야만 애닯은 목숨들이" "死體와같이 누어있"(「渴望」)는 절대적 비극의 상황이다. 식민 현실은 '여기도 저기도 이쪽에도 벌거숭이'(「벌거숭이마을」)이고, "오늘도,/ 당나귀 목청을 닮은 기동차가/ 두메꾼의 식구를 몰고/ 北으로 北으로 울"(「제비가 있는 風景」)면서 쫓겨 가며, "피땀 짜먹은 곡식을/ 값없는 탄식과 맛바꿀"(「가을의 頌歌」) 수밖에 없을 만큼 궁핍하고 참혹한 지경이다. 시적 주체는 죽음과 폭력이 세계를 지배하는 척박하고 암울하며, 삶다운 삶을 허락하지 않는 암담한 불모의 현실에 처해 있는 것이다. 이렇게 황폐하고 폭압적인 경험 세계는 시적 주체를 상실과 고통으로 내몰고, 한편으로는 그 현실이 결핍한 부재하는 동일성의 근원 세계를 동경하게 만든다.

> 오오 멀미나는 習性의 되푸리여!/ 흘려보낸 어제는 오늘을/ 닥쳐온 오늘은 다시올 來日을……/―이렇게 낮과 밤이 되푸리될때/ 거짓의 씨는여름날 구데기처럼 새끼를 치노니// 屈속처럼 캄캄한 앞길이여!/ 굼벵이처럼 飛躍을 모른 생활이여!
>
> ―「季節」 중에서[10]

> 바람 불고 구름낀 대낮이면/ 陰달진 그의 墓地우에 가마귀가 떠들고,/ 달도 별도 없는 검은 밤이면/ 그의 墓碑밑엔 능구리가 목놓아 울고,
>
> ―「輓歌 2」 중에서

곤강 시에서 시적 주체가 처한 현실은 지극히 부정적이다. 말하자면 그의 시적 생산의 토대를 이루는 경험 세계 혹은 생활 공간은 "언제나 변함없는 주림의 나라"(「哀想」)이거나 "왼누리에/ 검은옷을 입은 밤이/ 죽어넘어진 太陽을 조상"(「O · SOLE · MIO」)하는 굶주림과 죽음, 겨울과 밤(어둠)이 지배하는 형국이다. 이는 비단 곤강뿐만 아니라 당대의 모든 인간 개체들이 그랬듯이 온몸으로 겪지 않으면 안 되는 불행과 궁핍의 경험이기도 하다. 인용 시 역시 이 같은 맥락에서 암담한 현실을 바라보는 암울한 시선과 절망적인 어조로 인해 드러나는 시인의 비극적 세계 인식의 일단을 가늠할 수 있다. 그리고 이를 통해 현실에 대한 시인의 태도가 얼마나 부정적이며 절망적인지를 짐작하게 한다.

화자는 "屈속처럼 캄캄"한 현실의 "墓碑밑엔 능구리가 목놓아" 우는

---

10) 시의 인용은 모두 송기한 · 김현정이 엮은 『윤곤강 전집 1 시』(다운샘, 2005)의 원문을 그대로 따르며, 별도로 시집 이름이나 쪽수는 편의상 생략한다.

비극적 현실에서 “굼벵이처럼 飛躍을 모”르며 죽음과도 같은 절망적 생활을 이어가는 형편이다. 자아의 동일성은 파괴되고, 세계는 불모적이며, 여기에서 미래의 전망과 구원의 희망은 거의 찾을 길이 없어 보인다. 이것은 시인이 다른 작품에서 “시퍼렇게 얼어붙은 어름ㅅ장”, “칼날같은 이빨(齒)”(「冬眠」)이 환기하는 경험 세계의 고통, “굴ㅅ속가튼 어둠ㅅ속”에서 “죽엄 보다도차듸찬 生”(「어둠ㅅ속의 狂風」)을 살 수 밖에 없는 절망적 상황, “어둠의 나라 땅밑에 반드시 누어/ 흙물을 달게 빨”(「지렁이의 노래」)며 비참한 삶을 부지(扶支)해가는 참혹한 현실 인식과 동일한 것이다. 곤강에게 “세상은 썩은 능금”이며 “곪아터진 局部”(「杞憂」)처럼 병들고 부패한 것이다. 시인은 주체와 세계가 서로 조화로운 관계를 유지할 수 없는 극심한 대립과 갈등, 부재와 결핍의 상태에 놓여 있다. 이럴 때 자아와 세계가 합일을 이루는 동일성의 서정적 자아는 성립하기 어렵다. 이는 현실의 시인이 자신을 하나의 통일되고 안정된 주체로 인식하도록 허락하지 않는 비극적 상황에 놓여 있음을 환기한다.

> 멀미나는 긴긴밤의 어수선한 꿈자리처럼/ 허구많은 歲月의 障壁을 헤여뚫고/ 왼 누리에 불을 붙여주고싶은 죄스러운 꿈이/ 幽靈처럼 느러선 집채와 거리와 산모롱이에/ 희게 찢어지는 눈바라처럼/ 미처날뛰다가/ 제풀에 지처 거꾸러진 참혹한 時間이다
>
> ―「얼어붙은 밤」 중에서

> 푸른 湖面을/ 寂寥가/ 자취없이 더부렁거릴때,// 안개처럼 어리운 憂鬱 속에/ 허거픈 마음은 잠들줄 모르고// 고달픈 肉體는/ 운명의 靈柩車를 타고/ 검푸른 그림자 길게 누은/ 陰달진 墓地를 부러워한다
>
> ―「肉體」 전문

현실에 대한 비극적 인식은 인용한 시에서도 그대로 반영되어 있다. 인용 시에서 화자의 자조적이며 절망적인 부르짖음은 자신을 구속하고 있는 현실이 얼마나 강고하고 폭압적인지를 잘 보여준다. 화자가 처한 계절적 배경은 겨울이며 시공간적 배경은 시의 제목처럼 참혹하게 "얼어붙은 밤"이다. 화자는 어둠이 지배하는 "멀미나는 긴긴밤" "왼 누리에 불을 붙여주고싶은" 꿈을 꾼다. 그러나 그 꿈은 지향점을 잃고 '눈보라처럼 미처날뛰다가' 참혹하게 거꾸러지고 만다. 여기에서 밤은 작품의 계절적 배경 겨울과 함께 암담하고 우울한 언어이며, 그것은 죽음과 맞닿아 있는 시간이다. '미친듯 몸부림치는 어둠의 狂亂' 속에서 목숨은 "숨통만 발딱거"리는 절박한 상황이다. 육체는 고달프고, "안개처럼 어리운 憂鬱속"에서 구원의 가능성은 찾을 길이 없어 보인다. 그리하여 마침내 화자는 "陰달진 墓地를 부러워"하고, "娼窟의 대낮같은 고달픔"은 삶을 "陰달진 墓穴로 휘몰아 보"(「輓歌 3」)내고픈 죽음의 충동으로까지 이끌린다. 이렇게 현실을 죽음으로 환원하는 비극적 인식은 역설적으로 현실에 대한 근본적 거부인 동시에 삶의 부정성에 대한 저항이며, 궁극적으로는 현실을 지탱하는 억압적 질서에 대한 항체를 형성하도록 한다.

> 灰色煙氣에 눈을 못뜨고/ 한地點에서 매암도는 生活이여!/ 나는 너에게 告別의인사를 보낸다!// 영원히 새로워질 수 없는 썩은生活이여!/ 나는 너의 품에서 殉死하기를 거절한다!// 오오! 죽지않는 情熱이여!/ 샘물처럼 숨여드는 希望과 信念이여!
>
> ―「고별II」 중에서

> 지금은 겨을과봄의 갈림의시절!/ 우리는 노래하련다 偉大한詣음

과 항상같이있는 가장큰기쁨을!/ 푸른옷을떨친 건강한 봄향내여!/
싹트는 나뭇닢의 생기스런 氣魂이여!

—「봄」 중에서

현실의 억압적 질서 체제가 가하는 압력이 강화될수록 이에 대한 반작용으로서 현실을 탈출하여 근원 세계로 나가고자 하는 충동적 욕망은 이에 비례하여 더욱 강렬할 수밖에 없다. 시적 감동보다는 인식을 더 강조하는 듯한 인용 시—시적 완성도는 차치하고—에서 볼 수 있듯이 화자의 격정적인 어조는 자신을 구속하고 있는 현실로부터의 탈출 욕망의 직접적인 토로이다. 화자는 "죽지않는 情熱"과 "샘물처럼 솟여드는 希望과 信念"을 통해 "한地點에서 매암도는 生活", "영원히 새로워질 수 없는 썩은生活"의 무력한 상태에서 벗어나고자 한다. 그리하여 현실의 "偉大한슲음"은 결국 "가장큰기쁨"을 동반한다는 화자의 믿음은 "건강한 봄향내"와 "싹트는 나뭇닢의 생기스런 氣魂"을 노래한다. 곤강의 시 곳곳에는 이러한 억압적인 현실로부터의 탈출 의지를 표명하고 있는데, 이것은 앞서 언급했듯 대지(자연), 봄, 빛(태양), 고향(어머니), 누리 등으로 표상되는 원형적 자연의 생명 세계이다. 이를 통해 시인은 부정한 세계를 벗어나고자 희구한다.

특히 곤강의 초기 시는 '겨울', '어둠', '죽음' 등의 이미지로 상징되는 부정적 현실의 엄혹한 상황에서 '봄', '대지', '태양(빛)', '고향'으로 상징되는 자연 생명의 긍정적 세계를 지향하는 다소 도식적인 상상력 속에서 펼쳐진다. 이는 일종의 미래에 대한 낙관적 전망을 지향하는 혁명적 낭만주의의 영향으로 추정[11]할 수 있다. 일제 강점의 식민이라는 역사

11) 김옥성, 「윤곤강 시에 나타난 자연의 의미」, 『문학과 환경』 14권 3호, 문학과환경학회, 2015, 34쪽.

적 질곡을 온몸으로 감내할 수밖에 없었던 불행하고 궁핍한 상황은 가치체계의 분열과 정신적 혼돈의 상태, 폭력과 억압이 지배하는 모순과 부조리한 삶 속으로 사람들을 내몰았다. 따라서 비극적인 역사적 상황은 '어둠'과 '밤'과 '겨울'의 이미지를 현실의 알레고리로 인식하게 하고, '빛'과 '태양', 또는 '봄'과 '고향'의 이미지를 통해 현실의 부조리와 모순, 억압과 결핍, 혼돈과 분열을 극복한 이상세계의 알레고리로 인식하게 만든다. 겨울과 봄, 어둠(밤)과 빛(태양)의 알레고리는 곧 죽음의 질서에서 탈출하여 생명의 근원 회복을 암시한다. 왜냐하면 빛과 어둠은 상대의 존재성이 강화하는 만큼씩 그 존재성을 더욱 확연하게 드러내기 때문이다.

암울한 밤의 어둠과 죽음의 겨울로 인식되는 현실은 극복되어야 마땅하며, 빛의 밝음과 생명의 질서가 지배하는 낮의 세계로 전환되어야 온당하다. 이 빛과 어둠의 소박한 알레고리가 언어적 위력을 발휘하고 실천적 계몽의 의지를 고양할 수 있었던 것은 서정시의 조건을 형성하는 역사 현실이 그만큼 타락했고 사악했기 때문이다. 이를테면 자신이 처한 환경에 대한 불만족과 결핍감이 늘어날수록 "아름답고 살진 自然"(「蒼空」), "香氣로운 봄의품안"(「渴望」), "어머니의 젖가슴같은 흙"(「大地2」), "어머니의 품속"으로서 '땅'(「땅」)이 표상하는 영원한 생명의 시원을 향한 동경과 향수는 커져만 갈 수밖에 없다. 엄혹한 현실에서 자연을 지향하는 대개의 시인들이 그러하듯 시인이 궁핍한 현실의 대척점으로 내세운 곳 역시 자연(대지), 생명의 봄이다. 이때 자연이나 봄, 고향, 누리는 상실한 낙원의 대용품이나 도피처라는 단순한 의미보다는 적극적으로 회복해야 할 시원의 영역이라는 실천적 윤리성을 띤다.

너는 우리들의 굳센意慾을 알리라!/ 어서! 奔馬와같이 거름을 달리어라!/ 冷酷한겨을을 몰어낼 봄바람을 실어오기위하여….// …중략…// 地上의온갓것을 겨을의품으로부터 빼앗고 香氣로운 봄의품안에다 그것들을 덤석! 안겨주굔은 불타는渴望이며!

—「渴望」 중에서

지붕도 나무도 실개울도/ 죄 다아 얼어붙은 밤과 밤/ 봄은 아득히 머언데/ 싸락눈이 혼자서 나리다 말다……/ 밤이 지새면 추녀 끝엔/ 수정 고두름이 두자 석자……/ 흉칙한 가마귀떼 울음소리와/ 울부짖는 된바람의 휘파람 뒤에/ 따스한 햇살이 푸른 하늘에 빛나/ 마침내 삼단 같이 기인 햇살로/ 아침 해 둥두려서 솟아오면,/ 장미의 술 속에 나비 벌 취하고/ 끊긴 사랑의 실줄은 맺어지리

—「기다리는 봄」 전문

현실과 미래의 전망이 막혀버린 상태에서 시인이 할 수 있는 일은 비극적 역사 현실을 부정하고 이상적인 세계를 꿈꾸며 동일성이 회복된 피안으로 탈주를 감행하는 것이다. 동일성의 근원이 파괴된 절망적 현실에서 근원을 꿈꾸는 인간은 현재의 삶이 불만족스럽고 결핍이 강하면 강할수록, 부재 의식이 크면 클수록, 고통이 심하면 심할수록 시원의 세계에 대한 동경과 향수는 더욱 강렬할 수밖에 없다. 반복하지만 곤강 시의 핵심 이미지로서 대지와 빛과 봄은 그의 시 정신을 규제하는 중심 이미지로 기능한다. 이런 이미지들은 그의 시에서 부정한 겨울과 죽음, 폭력과 궁핍, 결핍과 부재를 물리치는 초월적 상징물이다. 이때 그것들은 자연 생명, 새로움, 순수, 질서 등의 의미자질, 이를테면 자연의 질서와 생명의 회복과 이상세계의 회복이라는 의미를 포함하며, 전망의 확실성과 미래적 가치에의 동경, 열정과 신념, 의지와 구원의 대

상이라는 계열적 의미를 거느린다.

곤강은 이러한 이미지들이 지닌 밝음과 생명의 회복을 통해 원형적 생명의 가치와 희망의 세계를 찾는다. 말하자면 어둡고 절망적인 겨울과 죽음 등에 대해 저항적 태도를 취하면서 이상적 세계를 갈망한다. 겨울과 어둠과 죽음의 현실에서 시인은 빛과 생명을 갈망하고 "우리들의 굳센 意慾"과 "불타는 渴望"을 통해 부정한 현실을 무화(無化)시키고 새롭게 정화된 질서의 세계가 회복하기를 꿈꾼다. 시인은 '냉혹한 겨울', '얼어붙은 밤', '까마귀 떼 울음소리'로 은유한 현실의 부정성을 폐절하고 "香氣로운 봄", "따스한 햇살", "아침 해"로 상징되는 새롭게 정화된 생명의 질서, 즉 "끊긴 사랑의 실줄"이 회복되기를 희원한다. 암담한 현실에 대한 분노와 역사의 고난과 어둠의 알레고리로서 밤과 겨울은 "봄의향내"와 "삼단 같이 기인 햇살"의 "아침 해"가 솟아나는 정화된 세계를 기약하는 것이다. 이러한 부분은 억압적 현실과 어둠을 물리치고 피안 세계를 열망하는 시인의 의지적 태도를 엿볼 수 있게 한다.

빛과 어둠은 낮과 밤, 생과 사라는 본능적이며 원형적인 상징체계의 출발점이며, 흔히 이 체계는 긍정적인 것과 부정적인 것, 선과 악의 상징[12]적인 대립적 이미지로 쓰인다. 이에 따라 어둠이 짙으면 짙을수록 빛에 대한 갈망은 더욱 강렬한 것처럼 한국 근대시의 향일성은 비단 곤강에게만 해당하는 것이 아닌 일반적인 특성이다. 이는 그만큼 서정시의 현실적 조건과 경험 세계가 어둡고 황폐했다는 사실을 역설적으로 환기한다. 돌이키면 역사 현실의 어둠에서 빛과 어둠, 겨울과 봄의 알레고리는 발원하고 절망에서 희망의 빛을 틔우고자 하는 열망이 우리 근대시의 출발이기도 했다. 곤강의 시에서 생명의 빛과 어둠이 내포하

12) 르네 위그, 김화영 역, 『예술과 영혼』, 열화당, 1974, 114쪽.

는 죽음의 알레고리는 부조리와 악, 모순과 고통, 결핍과 부재의 현실을 돌파하려는 정신, "들을 보면서 날마다 날마다" "가까워오는 봄의 화상을 찾"(「언덕」)는 염원의 전망이 잠복해 있다.

식민 현실은 빛과 어둠처럼 이분법적으로 단순하게 세계를 인식하게 했다. 압도적인 어둠의 비극성과 궁핍한 시대의 삶에서 곤강은 "밤마다 고처죽는 넋에" "돌혹이 돛"(「넋에 혹이 돛다」)도록 고뇌하고 번민하지 않을 수 없었다. 이러한 현실의 압도적인 비극성과 시대의 궁핍은 현실을 혼돈과 무질서의 어둠의 세계로 인식하도록 매개한다. 말하자면 역사 현실의 알레고리로서 어둠과 겨울, 혼돈과 무질서가 가져오는 비극성은 그의 시적 출발의 무의식을 강력하게 규정한다. 빛과 어둠은 질서와 혼돈, 이상과 현실의 이분법적 자장 안에서 작동하기 마련이다. 이 같은 인식구조는 지금 여기의 타락한 세계를 부정하고 시인 개인뿐만 아니라 우리가 궁극적으로 이룩해야 할 참다운 세계의 모습을 너무도 선명하게 각인시켜준다. 현실을 어둠으로 인식하고 피안의 빛을 꿈꾸는 이러한 의식의 또 다른 발원지는 식민 근대화 과정이 노정하는 착취와 수탈, 가치의 물화, 향락과 소비문화 등 도시문화가 배태한 부정성이다.

3. 물신 욕망과 도시 생태 비판

곤강은 문학적 출발 초기부터 카프(KAPF)에 참여한다. 이러한 전기적 사실은 표면적으로 그가 누구보다도 현실 문제에 대해 고민이 깊었으며, 문학의 현실 참여와 실천성에 많은 관심을 가졌음을 지시한다. 단순하게 말해 문학은 어떤 식으로든 현실을 반영하고 현실에 참여한다는 논리를 따르면, 당대의 현실은 타락했고, 따라서 문학은 이를 변혁하기 위한 사회적 실천력을 갖추어야 한다. 타락한 사회에서는 누구든 그 타락의 현실로부터 결코 자유롭지 못하다. 곤강 역시 이러한 상황의 논리 구조에서 그의 문학적 지평을 넓혀갔다. 이때 그의 시에서 발견할 수 있는 내용 중 하나가 착취와 타락의 위악적인 식민 근대성에 대한 비판적 인식이다. 일제에 의해 식민지 착취의 일환으로 추진된 파행적이며 기형적인 근대화 혹은 도시화는 비판적 지식인에게 간과할 수 없는 문제이기도 하다.

> 지금 낮과 밤을 分析하는 네온싸인이 반짝이고 群衆은 그불빛을 짜라 움직이고 멈추고……/ 都會의 가슴팩이에 매달려 몸부림치며 울녀나오든 狂想曲도 지금 時間과空間을 넘어/ 無我夢中의 別世界인 迷夢의 흐릿한 숨길우에 고히 잠들고/ 멀리 暗黑속에 잠긴 山影조차 嘲笑할듯이 沖天의 氣勢를 자랑하는 雄大한建物사이로/ 蒼白한 얼골우에 눈물을 먹음은 달빛이 니히리즘의노래를 구슯히 맛추고잇다./ 이것은 現代文化의 燦爛한曙光의 남은빗을 자랑하는 科學文明의 最高峰!
>
> ―「暴風雨를 기다리는마음」 중에서

서구의 경우 근대적 도시화는 산업혁명 이후 전면화된다. 우리의 경우는 개화 계몽기 이후일 것이다. 따라서 도시, 도시문화, 도시적 삶에 대한 문학적 형상화가 시작된 것은 물론 개화기 이후로부터라 할 수 있다. 개화 계몽기는 근대화에 대한 열망으로 인하여 도시는 긍정적 이미지로 수용 표현될 수밖에 없었다. 예컨대 춘원에게 도시는 문명화의 척도이며 근대화 수준의 절대적 지수이다. 그러나 식민 근대가 본격적으로 진행되면서 도시의 공기는 사람을 자유롭게 한다는 식의 긍정적인 이미지만으로 재현되지 않는다. 특히 전통의 붕괴, 규범의 훼손, 불공평한 분배, 가치의 물화, 인간소외 등 도시가 팽창함에 따라 여러 문제를 야기하면서 도시는 더 이상 긍정적 이미지로만 수용 표현되지 않는다. 일찍이 백철이 간파했듯이 근대도시 현실이 작가의 눈앞에 나타난 것은 착하고 아름다운 것보다는 속되고 추하고 악한 것이 더 많다.[13)]식민 근대의 전개 과정은 불가피하게 많은 문제를 발생시킬 수밖에 없고, 무엇보다도 식민지의 도시화가 본원적인 초과잉여 수탈의 전진기지로 작동한다[14)]는 사실을 피부로 확인할 수 있었기 때문이다. 이에 따라 억압적 신분제도의 철폐와 신분 상승의 기회 공간, 보다 풍요로운 경제적 환경, 말하자면 더 이상 무한한 가능성과 자유를 약속한 공간으로 인식될 수만은 없었다.

음산한 묵시적 후광을 드리고 있는 인용 시는 도시 문화가 거대한 괴물처럼 번식함에 따라 발생하는 인간의 왜소화와 소외, 왜곡된 도시적 삶의 허무하고 소비적인 양상을 비판적으로 바라보고 있다. 화자는 도시에 갇혀서 본원적 인간성을 상실하고 "虛無의나라로 줄다름"치는 세태의 풍속을 비감하게 재현한다. 이를테면 삶이 '黃金'과 '享樂'에 의해 허무하게 소비되는 풍경을 통해 도시를 탈신화화한다. 그러면서 화자는 "도회의 더러운째를 씨서줄 굵은 비발"이 쏟아져 타락한 세계가 정화되기를 염원한다. 현란한 "네온싸인이 반짝이고 群衆은 그빛을싸라 움직이고 멈추는" '別世界'로서의 도시는 "現代文化의 燦爛한曙光"이며 "科學文明의 最高峰"으로서의 위세를 자랑한다. 그런 도시는 "貴엽고 옙분 子息"과 "다른 한편에는 賤하고 더러운 子息을 길러내"며 "享樂과

13) 백철, 『新文學思潮史』, 신구문화사, 1982, 250쪽.
14) 이성욱, 『한국 근대문학과 도시문화』, 문학과사회사, 2004, 62쪽.

舞踏을 춤추고 다른 한편에 죽엄의 輓歌를 외우"는 야누스의 얼굴을 하고 있으며, 지극히 부정적인 증상들이 펼쳐지는 곳으로 묘사된다. 그 도시는 "폼페―의 燦爛한文化를 재ㅅ속에 파뭇"은 "火山의 爆破"로도 "좀처럼 탈듯십지안"고 "문허질듯 십지안"을 만큼 견고한 위세를 자랑한다. 현란하게 빛나는 '네온싸인의 찬란한 서광', 혹은 "이렇게 훌륭한 地上樂園"(「撞球場의 색님들」)으로 은유된 모조신화에 대한 시인의 부정과 비판과 저항은 불모적인 식민의 도시공간에 대한 반성적 성찰에서 비롯하는 것이며, 물신이 조장한 향락과 풍요가 배면에 감춘 죽음을 투시하고 이를 정화하고자 하는 의지와 열망의 표현인 것이다.

화자에게 도시의 밤은 "憎惡와 陰謀와 復讐와 計劃의 불길이 활활 타오르는" 비정한 공간이고, "黃金과 權勢"로 은유된 물신의 힘이 지배하는 병리적인 공간으로 인식된다. 이처럼 도시는 곤강에게 지옥의 세속적 현대판처럼 지각된다. 자본과 문명의 욕망이 배태한 도시, 도시화, 도시적 삶, 도시적 문화에 대한 곤강의 시선과 반응은 비판적 차원을 넘어서 거의 혐오에 가까운 반응을 보인다. 이러한 반응은 도시 공간이 삶을 얼마나 폭력적으로 왜곡하고 파괴하며, 인간의 정신을 얼마나 황폐화시키는지에 대한 시인의 인식 수준을 엿볼 수 있게 한다. 도시 문명과 문화적 양태에 대한 시인의 거부감은 물론 식민 근대와 도시 문명이 불가피하게 초래하는 부정성에서 비롯한다. 하지만 그 거부감과 반감의 심리적 밑변에는 농경 문화적 공동체 사회에 익숙한 의식과 뿌리 깊은 생활관습에서 기인한 것으로도 볼 수 있다.

농경문화에서 근대 도시로의 이행은 편리와 편안, 쾌락과 향락의 대중적 보편화라는 전에 경험할 수 없었던 전혀 새로운 삶의 얼굴로 다가온다. 하지만 그 이면에는 공포와 혐오의 감정을 동시에 내포한다. 이러한 상황에서 도시의 풍속을 부정적 태도로 지각하는 것은 자연스러운 일이기도 하다. 식민 도시에 대한 도저한 반감은 "憎惡와 陰謀와 復讐와 計劃의 불길이 활활 타오르는" "虛無의나라", "細菌의뿌리 백힌" "都會의心臟", "거리의 不當한存在", "都市의 더러운때"라는 윤리적으로 불온하고 위생학적으로 불결한 표현으로 말미암아 도시의 부정성과 식민지성을 극대화한다.

이와 함께 "窓 문마다/ 새하얀 얼굴을 내어민 女工들"(「팔월의 대공」), "비누물같고 오줌빛같은 삐ㅡ르"에 "허리끈을 느추는" "술취한 紳士들"(「酒寮」), 불빛을 따라 "불나비의 넋으로 모여"드는 '사람들'(「茶房」)을 바라보는 시선도 도시에 대한 곤강의 태도를 엿볼 수 있게 한다. 이러한 도시의 궁핍과 고통, 물신 가치와 폭력, 관능적 쾌락과 향락, 비인간화와 소외 등의 이미지는 도시가 배면에 은폐하고 있는 죽음을 투시하는 행위이다. 화려한 동경의 대상이었던 도시는 불모의 삭막한 사막으로 변해버린 것이다. 도시는 욕망 충족의 전시장이며, 군중들은 "現代文化의 燦爛한曙光의 남은빗을 자랑하는 科學文明의 最高峰"인 "雄大한建物"에 포위되어 대지로부터 추방된 것이다.

> 零下 四度!/ 珠盤알로만 安樂을 홍정할 수 있다고 信念하는 그 사나이의 第二婦人이/ 三七年式 포ㅡ드로 아스팔트를 스케ㅡ팅한 다음,// 뒤미처 딸어대서는 또한놈의 포ㅡ드!/ 그속에는 피아노마저 끄려먹은 젊은 音樂家S君이 타고 간다// 무엇이고 流線型을 조아하는 그女子의 口味에도/ 珠盤알로만 安樂을 홍정할 수있다는 그 사나이의/ 流線型배때기만은 싫症이 낫나?
>
> ㅡ「街頭에 흘린詩」 전문

> 쇼ㅡ윈도ㅡ의 검정 휘장에/ 슬쩍 제얼굴을 비춰보고/ 고양이처럼

> 지나가는 거리의 아가씨야!// 어대선지, 산푸란시스코의 내음새 풍기는 째즈가,/ 술잔속에 규라소—를 불어넣는구나!// 香氣없는 造花, 紫外線없는 人造太陽,/ 壁도 땀을 흘리는 「遠磨 스토—브」,// 돈으로만 살수있는 乳房의 觸感./ 아아! 人造大理石 테—블 우에 코를 비벼보는 심정.
>
> —「夜陰花」 중에서

근대문명의 압축적 표지인 도시의 삶에 대한 비판 정신이 겨누는 여러 지점 중 하나는 거리의 풍경이 자아내는 물신 욕망과 현시, 관능적 에로시티즘과 관음이다. 도시는 체험의 일회적 순간성과 익명성을 해방으로 간주하는 과격한 자유주의적 경향으로 흐르기도 하는데, 이들은 퇴폐적 관능미와 찰나적 쾌락을 추구[15]하며, 대체로 물신에 사로잡힌 욕망의 화신으로 그려진다. 말하자면 인용 시는 도시를 향락과 관능적 쾌락, 부도덕과 윤리의 몰락, 물신 팽배와 소외, 인간성 상실 등의 이미지와 연관한 비판적 풍자와 혐오의 태도를 취하고 있다.

화자는 마치 벤야민이 말하는 보들레르의 산책자와 같이 '아스팔트 위를 채집하는 방식'으로 거리의 풍경을 스케치한다. 말하자면 화자는 대상에서 멀리 떨어진 위치에서 대상을 질서정연하게 포착하는 방식이 아닌 대상에 바짝 접근해서 대상의 움직임과 활력을 실감 있게 스케치한다.[16] 그럼으로써 우선 「街頭에 흘린詩」에서처럼 시적 대상인 "사나이의 第二婦人", "三七年式 포—드" 자동차, "젊은 音樂家S君", "사나이의 流線型배때기"가 함유하는 정신적이며 윤리적 비정상의 도시 풍경이 포함하는 의미의 구체성과 다양성을 포착해낸다. 이러한 수법은

15) 송승철 · 윤혜준, 「대도시의 집중과 그 문화적 반영」, 『인문학연구』 제4집, 한림대출판부, 1997, 34쪽.

16) 이성욱, 앞의 책, 48쪽.

과장된 기법을 사용하는데, 즉 "珠盤알로만 安樂을 홍정"한다거나, "아스팔트를 스케－팅한"다거나, "피아노마저 끄려먹"는다는 표현에서처럼 과장을 통해 대상은 자신의 부정적 특징을 비교적 선명하게 드러내도록 하고 있다. 이러한 수법을 통해 시인은 물신주의적 욕망과 도덕적 타락을 풍자적으로 비판한다.

아울러 「夜陰花」도 이와 같은 맥락에서 읽을 수 있다. 이 작품 역시 거리의 풍경에서 채집한 시이다. 화자는 "人魚를 닮었다는 계집들"과 유흥을 즐긴 후 '갈지字' 걸음으로 "종각앞에 오줌을 깔기고/ 입으로는 데카단스를 외우는 무리"와 쇼윈도에 "제얼굴을 비춰보고" "지나가는 거리의 아가씨"에게 시선을 준다. 이들을 바라보는 화자의 의식은 암울한 현실을 외면한 채 퇴폐적 향락을 탐닉하는 풍조에 대한 조소와 비판적인 시선이 흐르고 있다. 서구 자본주의 도시문화의 새로운 상징이라 할 수 있는 '째즈'와 "술잔속 규라소"로 은유된 도취적 향락의 이미지가 결합하면서 욕망에 들린 무리들의 무반성적인 삶의 태도를 비판하는 것이다. 향락에 도취된 도시의 밤거리는 '造花', '人造太陽', "돈으로만 살수있는 乳房의 觸感"이 암시하듯 모든 것이 인위적으로 조작되어 자연성이나 인간성이 거세된 장소이며, 성애마저도 돈으로 교환되는 물신의 신전인 것이다. 도시는 사람들에게 흥분과 자극을 공급하는 출처가 되고, 거리는 모든 것을 사고팔 수 있는 상품화된 공간이다. 시인은 도시문화의 왕성한 쾌락 탐닉과 교환가치가 지배하는 당대 도시문화의 퇴폐적이고 향락적인 현주소를 선명하게 양각함으로써 그 부정성을 전경화한다.

인용 시에서 도시는 물신 욕망이 현시되는 공간, 쾌락과 향락의 공간으로 부조되고 있다. 주지하다시피 근대문학은 영웅이나 비일상성의 특별한 사건을 대상으로 삼던 전근대의 양식과 달리 일상 그 자체를 특별한 문제영역으로 취급하는 데서 출발한다. 거리의 풍경이나 쇼윈도는 일상을 특별한 문제적 현상을 드러내는 중요한 요소 가운데 하나이다. '거리'나 '쇼윈도'는 근대성에 내재한 일상성의 무의식적 욕망을 가장 잘 현시하는 곳이며, 도시의 물질적 풍요라는 행복의 미래를 보장해주는 상품의 바다이다. 그러므로 근대문명의 압축적 표지인 도시문화에 대한 곤강의 비판정신이 겨누는 지점에 '거리'와 '쇼윈도'가 있는 것은 자연스러운 일이다. 그런 측면에서 인용 시에서 '거리'나 '쇼윈도'는 소비와 향락의 황홀경에 빠져 부유하는 군중, 허영과 퇴폐의 생산지인 것이다. 이러한 양상은 매끄럽게 빠진 몸매를 자랑하는 포드 자동차에 외설적 시선을 연결시킴으로써 도시의 천박하고 퇴폐적이며 향락적인 이미지에 대한 환유적 풍자의 기능을 발휘하도록 한다. 그럼으로써 시인은 도시의 풍속을 부정적 속성으로 이미지화한다. 또한 '造花', '人造大理石', '遠磨 스토－브',[17] '人造大理石 테－블'으로 매개되는 차갑고 매끄러우며, 딱딱하고 건조한 도시동물로서의 인간관계, 그리고 외래 왜색(倭色) 문물에 도취한 도시문화 풍조를 상징화함으로써 그에 대한 비판적 정신을 드러내고 있다.

거리의 군중들은 욕망에 들린 무반성적인 무리들이다. 반면 곤강 자신은 도시문화로 대표되는 현실세계에 대해 도저한 비판의식을 지닌 성찰적 자아이다. 고쳐 말하면 곤강은 그들을 바라보는 정신적으로 우월한 관찰자의 위치에 있으며, 동시에 군중을 매개로 비판적 성찰을 수행하는 반성적 '도시 산책자'라는 존재의 위치에 자리하고 있다. 이러한 표면적 구도를 좀더 자세히 살펴보면 여기에는 여러 문제들이 가로

---

17) '遠磨 스토브'는 '達磨 스토브'의 오기인 듯하다.

놓여 있다는 것을 알 수 있다. 현란한 거리의 매혹과 쇼윈도의 황홀경에 도취한 군중, 그 환각의 군중들을 바라보는 곤강, 이 두 항의 대칭으로 이루어져 있는 구도는 사실 당대 군중들이 가진 욕망의 실체와 역사성, 물신주의, 식민지성, 근대에 대한 시각체험, 군중을 바라보는 관찰자의 관음적 시선 등 아주 복잡한 양상이 얽혀 있는 결절점이 자리한다.

결국 곤강의 비판적 시선은 식민 근대의 전망 상실을 향해 있다. 그에게 도시 경험이란 이국정서에의 탐닉이나 강박이 아닌 매혹을 생산하고 매혹에 의해 생산되는 환각과 도취, 황홀경의 물신주의에 근거를 두고 있는 식민 근대의 성격이 더욱 심화된 국면에 놓여 있다. 이러한 국면에서 그의 식민지 도시문화에 대한 시선은 환멸적이며, 따라서 그에 대한 비판의식 역시 강렬한 것이다. 그에 따라 곤강은 부정하고 타락한 현실의 대척지로서 존재의 근원이 살아 있는 세계에 대한 강렬한 열망과 동경, 의지와 희원을 품게 된다. 지금 여기의 압도적인 절망적 현실은 계몽의 등대가 비추는 불빛을 따라 희망의 세계로 나가려 하기 십상이다. 여기에는 지금 여기의 죽음과 같은 현실에 처한 시적 주체의 이상세계에 대한 동경, 현실을 돌파하려는 의지적 태도, 즉 어느 정도의 초월적 유토피아 의식이 작동하고 있다.

4. 원형적 근원 세계로의 귀환

1930년대 한국문학에서 거리나 쇼윈도는 카페나 백화점처럼 도시의 중심적인 무대장치로서 기능한다. 이 무대장치 속에서 사람들의 행동을 특징짓는 것은 특별한 일 없이 거리의 쇼윈도를 바라보면서 어슬렁거리며 걸어 다니는 행위이다. 이때 거리와 쇼윈도는 에로티시즘과 상동성을 갖는다. 도시의 스펙터클을 이루는 것 중 중요한 요소 가운데 하나가 에로티시즘이라는 사실은 더 이상의 설명을 요구하지 않는다. 거리의 군중은 욕망의 집어등에 모여드는 맹목적인 어족이며, 물신 욕망과 상품의 휘황에 현혹되어 그 앞에 떼로 몰려드는 맹목의 존재들이다. 다시 말해 물신의 광채에 자신을 들여다볼 줄 모르는 채 욕망의 심연에 빠진 무반성적 존재들이다. 이러한 비판적 인식은 당대 시인들이 그랬던 것처럼 여성과 군중에게 모아져 있다. 그녀, 그리고 그녀가 포함된 군중의 무리는 쇼윈도 앞에서 소비와 자아 연출의 욕망에 들린 '모던 걸'이고, 외부 자극에 무조건적으로 몰려가는 반성을 몰각한 '모던'을 지상 가치로 추구하는 불빛을 향한 어족, 맹목의 군중이다. 곤강에게 도시적 근대성의 경험이란 눈부신 외형과 불빛, 풍요로운 외관, 겉을 화려하게 치장한 데서 비롯하는 부정적 속성을 지닌다.

곤강 시에서 식민지 근대성의 부정적 인식은 농경사회의 공동체적 전통 정서의 파괴, 도시로 유입된 민중들의 빈민화, 각종 노동자로 전락한 도시 노동자, 향락과 도덕적 타락, 소외와 물신 팽배 등을 증언[18] 하고, 그것에 대한 비판적 태도를 전경화하는 데서 잘 드러난다. 압도적인 현실의 부정성은 결국 근원의 세계, 그 근원의 정체성이 오롯이 보존된 대지, 자연, 생명, 고향, 전통, 그리고 이런 이미지들이 내포한 민족의 공동체적 정서와 의식의 세계를 지향한다. 이를 도식적으로 이해하면, 식민지 근대성과 도시 체험, 체험의 환멸과 낙원 상실 의식, 식민 근대성 및 죽음의 도시 문명 탈출을 통한 낙원의 회복 내지는 귀환의 동선으로 파악할 수 있을 것이다. 이러한 동선은 식민 근대성, 도시

18) 전혜자, 「1930년대 도시 소설 연구」, 『한국문학과 모더니즘』, 한양출판, 1994, 10~11쪽; 임헌영, 「도시와 문학－한국문학에서의 도시의 의미」, 『문학과 이데올로기』, 실천문학사, 1988, 169쪽.

와의 심각한 불화와 마찰과 갈등을 겪으며 이에 대한 비판력을 획득하고, 그 부정성의 대안으로서 동일성이 확보된 원형적 근원 세계로의 귀환으로 요약할 수 있겠다.

유토피아 의식의 충동은 "현재 상태에 대한 불만과 그로 인한 고통으로 인해 탄생한다."[19] 곧강 시가 자연과 대지, 봄과 빛(태양), 고향(시골)과 어머니, 생명과 누리, 전통과 민족 정서라는 근원 세계를 재신화화하고, 이를 파괴한 식민 근대성과 이데올로기를 탈신화화하려는 기획은 모두 현재 주어진 현실에 대한 불만과 고통, 환멸과 결핍의 체험으로부터 출발한다. "행복한 사람은 몽상을 좇지 않는다. 오직 만족을 모르는 자들만이 몽상"[20]을 좇는 법이다. 주어진 현실에 만족하고 안온한 행복감을 느끼는 자는 결코 유토피아를 꿈꾸지 않는다. 유토피아는 억압 받으면서 고통스럽게 현실을 살아가는 자들이 꾸는 꿈이다. 유토피아는 원초적으로 자유와 행복한 삶에 대한 꿈이며, 억압적 현실을 전복하고 새로운 세계를 건설하려는 의지의 산물이다. 그리하여 시인이 찾아든 세계는 자연의 생명이며 어머니로서의 고향, 공동체적 삶을 오롯이 보존하고 있는 전통의 공동체적 세계이다.

> 오란 오란 아주 오오란 옛적/ 땅덩이 배포될 그 때부터 있었더란다/ 굴속처럼 속이 훼엥한 느티나무/ 귀 돛인 구렁이도 산다는 나무……/ 마을에 사는 어진 사람들은/ 풀 한포기 뽑는 데도 가슴 조리고/ 나무 한가지 꺾는 데도 겁을 내어/ 들에 산에 착하게 사는 온갖 것을/ 한 맘 한 뜻으로 섬기고 받들었더란다/ 안개 이는 아침은 멀리 나지 않고/ 비 오고 눈 나리는 대낮은 집에 웅크리고/ 천둥에 번개

19) 박설호, 「유토피아, 그 개념과 기능」, 『이화어문논집』 제18집, 이화어문학회, 2000, 9쪽.

20) S. 프로이트, 정장진 역, 『창조적인 작가와 몽상』, 열린책들, 1996, 39쪽.

이는 저녁은 무릎 끓고 빌어/ 어질게 어질게 도란거리며 도란거리며
살았더란다

—「느티나무—옛이야기처럼」 전문

현실의 압도적인 폭력성과 고통, 그로 인한 현재 상태에 대한 불만과 결핍은 부재하는 세계의 아름다움을 향한 시적 지향으로 이어진다. 삶의 총체성이 파괴된 타락한 세계에 살고 있다는 것에 대한 불만과 반성적 되새김은 시적 주체가 피안의 저 너머에 눈을 두고 있다는 것을 의미한다. 이러한 태도는 인용 시에서와 같이 선험적으로 존재했던 조화롭고 평화로운 세계를 상정하는 맥락에서 소박한 낭만적 동경, 또는 적극적으로 해석해 유토피아 의식의 표현으로 이해할 수 있다. 그리하여 동일성의 뿌리를 찾는 것, 곤강은 그곳 시원 세계로 탈주해 '고향'으로 귀환을 감행하는 것이다.

인용 시는 지극한 고요함과 평화로움, 그리고 온화한 안정과 생명이 조화롭게 깃든 '마을'—같은 제목과 소재를 다루는 시가 여럿 있다—, 즉 다른 시에서 "목화꽃 희게 희게 핀 밭고랑에서/ 삽사리"가 "암닭을 쫓"(「마을」, 『朝光』, 1940)거나, "숲으로 이어진 길섶에" "소방울ㅅ소리"와 귀뚜라미 울음이 "왼 마을을 에워싸고/ 방울을 흔들며"(「마을」, 『藝術部落』, 1946) 울어대는 정경을 경이롭게 재현한다. 이로써 시인은 우리가 잃어버린 원형적 질서의 세계를 복원한다. "들에 산에 착하게 사는 온갖" 존재들을 "한 맘 한 뜻으로 섬기고 받들"며 사는 '어진 사람들의 마을'은 현세적인 모순이 제거되고 신성한 생명의 리듬이 충일한 원형적 공간으로 재현된다. 인간은 낙원 상실 이후 원초적 공간을 동경하였고, 무의식은 그곳으로 되돌아가라고 주체의 욕망을 끊임없이 충동질한다. 흔히 모태회귀라는 말로 표현되는 원초적 공간에 대한

향수와 그리움은 인간 심리의 보편적 무의식이기 때문이다. 시인의 '마을'은 자연으로서의 모성이 지닌 힘과 보호, "온갖것을 섬기고 받들며" 존재하는 모든 것들이 서로 "어질게 어질게 도란거리며" 어울려 사는 지극히 조화롭고 평화로운 공간이다. 이렇게 현실에 상처받고 고통받은 시인은 '옛적 마을'의 정서를 재현해낸다. 모든 현실의 억압적 원칙과 요구를 물리치고 '마을'로 상징되는 초역사적인 영원의 세계를 복원하는 것이다.

곤강은 자신의 실존성을 포함한 당대 식민 주체가 동일성의 세계로부터 추방되었다고 인식한다. 그리고 그 세계가 안겨주는 고통과 억압을 넘어서기 위하여 총체적 동일성의 세계를 복원하고 그곳으로 귀환하려 한다. 시인은 식민의 폭력과 고통, 근대성의 타락한 물신과 퇴폐적 향락, 파편화된 시간에 저항하면서 현실에 부재하는 세계, 말하자면 농경문화적 생명 공동체 혹은 자연에 순응하며 조화롭고 평화롭게 삶을 구가하는 원형적인 세계로 찾아든 것이다. "사람과 소"가 "단 둘이 이야기하면서/ 해가 지도록 밭"(「耕田」)을 가는 "들릴듯 들리는듯" "머언 들"(「부르는 소리」)로의 찾아듦, 그곳으로의 귀환은 곧 잃어버린 세계, 상실한 낙원, 빼앗긴 대지, 짓밟힌 생명을 향한 강렬한 열망을 환기한다. 이를 통해 시인은 그것의 온전한 회복 의지를 드러내는 것이다. 그런 의미에서 시인의 욕망은 단순한 낭만주의적 충동이 아닌 부정한 현실을 폐절하고 행복의 나라를 건설하려는 유토피아 의식과 연관되어 있다는 것이다.

살어리 살어리 살어리랏다/ 그예 나의 고향에 돌아가/ 내 고향 흙에 묻히리랏다//…중략…//눈에 암암 어리는 고향 하늘/ 궂은 비 개인 맑은 하늘 우헤/ 나무 나무 푸른 옷 갈아입고/ 종다리 노래 들으며 흐드러져 살고녀 살고녀……

―「살어리(長詩)」 중에서

담을 끼고 돌아가면/ 하늘엔 하아얀 달// 그림자 같은 초가 들창엔 / 감빛 등불이 켜지고// 밤 안개 속 버드나무 수풀/ 머얼리 빛나는 둠벙// 어디선지 염소 우는 소리……

―「달밤」 중에서

엄마에게 손목 잡혀/ 꿈에 보던 외갓집 가던 날/ 기인 기인 여름해 허둥 지둥 저물어/ 가도 가도 산과 길과 물뿐……// 벌떼 총총 못물에 잠기고/ 덤불 속 반딧불 흩날려/ 여호 우는 숲 저 쪽에/ 흰 달 눈섭을 그릴 무렵// 박넝쿨 덮인 초가 마당엔/ 날 보고 웃는 할아버지 얼굴은/ 시드른 귤처럼 주름졌다

―「외갓집」 전문

어느 시대나 사람들은 낙원을 꿈꿔왔다. 이상적 낙원으로서 유토피아는 말 그대로 현실에 부재하는 공간이다. 이 세상 어디에도 존재하지 않는 이상향으로서 행복한 나라를 추구하는 의식은 인류의 보편적인 정서적 전통이며, 문학적 관습이다. 이런 점에서 그것은 현실적이지 못하기 때문에 현실원칙에 어울리지 않는 허무맹랑한 말처럼 들리기도 한다. 하지만 인간은 '아직 없음'으로 '항상 새것을 산출하려는 희망과 창조적 충동을 가진 동물'[21]이다. 요컨대 곤강이 지향하는 낭만적 동경, 또는 유토피아적 전망은 지금 여기가 아닌 미래의 건강하고 행복한 삶에 대한 의지를 함축하는 것이며, 궁극적으로는 희망에 찬 가능태로서의 세계 전환이라는 의미를 지닌다.

---

21) 李成珪, 『중국의 유토피아 사상』, 지식산업사, 1990, 22~23쪽.

인용 시는 당대의 부정적 사회가 회복해야 할 세계가 어떠한 세계인가를 역상(逆像)으로 보여준다. 곤강의 시에서 전통적 서정 자아가 등장하는 적지 않은 작품들은 시적 자아가 처한 현실과 갈등 대립하는 가운데 발생하는 자의식적 표현이 강하게 노정된다. 인용 시도 이와 같은 문맥에서 이해한다면, 시의 문면에서 배어나는 짙은 서정성은 세계와의 불화 끝에 시인이 최종적으로 도달한 지점이 어떠한 세계인지를 환기해 준다. 그가 안주해 '살고 묻히고픈' 세계는 '종다리 노래 흐드러지고' "담을 끼고 돌아가면" "초가 들창"의 하늘과 "박넝쿨 덮인 초가 마당"에 "하아얀 달"이 떠오르는 '고향', "여호 우는 숲 저 쪽"에서 흰 달이 눈썹 모양으로 솟아오르는 원형의 공간으로서 '고향'이다. "별이 떨어져 돌이 되는 머언 골"(「산」)은 시원의 원형으로서 고향이다. 이렇게 곤강의 시적 지향은 원초적 세계로의 만남과 귀환을 의미한다. 그 시원의 공간은 현실과의 긴장이 배태한 유토피아적 공간으로 궁극적으로 회복해야 할 세계이다. 이는, 이를테면 시원의 원형적 공간 회복과 그곳으로의 귀환은 실존적 동일성을 찾으려는 적극적인 시적 실천으로 이해할 수 있다. 유토피아는 부재하는 공간이므로 우리를 더욱 매혹하는 힘이다. 유토피아는 지상에 존재하지 않는 행복한 나라이기 때문에 더 강한 매혹으로 우리를 부른다. 억압적 현실의 고통과 결핍에서 자유로울 수 없었던 곤강은 총체적 동일성이 확보된 이상적 세계를 꿈꿀 수밖에 없었던 것이다.

유토피아 사상은 현실비판이라는 부정의 원리와 바람직한 규범의 제시라는 긍정의 원리를 동시에 지니고 있다. 부정의 원리는 현실 사회의 부조리와 모순을 고발하여 사회개혁사상을 고취시켜 주며, 긍정의 원리는 인간 세계의 가능성에 대한 신뢰를 통해 이상사회의 목표와 방향을 제시함으로써 역사적 창조의 바탕이 된다. 반복하지만 유토피아는 현재 상태에 대한 불만과 그로 인한 고통으로 인해 탄생한다. 곤강 시가 자연, 생명, 고향, 시원으로서의 근원을 재신화화하고, 이를 파괴한 식민 근대의 이데올로기를 탈신화화하려는 기획은 모두 현재 주어진 현실에 대한 불만과 고통으로부터 출발한 것이다. 그럴 때 곤강이 종국에 귀환한 고려의 가요의 세계, 신라의 향가의 변주는 초시간적 영원성에 대한 갈망의 표현이기도 한 것이다. 요컨대 시집 『피리』에서 말한 '나의 누리'(「머릿말 대신」)나 마지막 시집 『살어리』에서 말한 '겨레의 노래'(「책 머리에」)로 은유한 언어, 정서, 심미적인 세계는 바로 분리와 분열, 대립과 갈등이 존재하지 않는 유토피아와 등가적인 세계라 이해할 수 있다.

그리고 "김승과 버러지를 읊은것만 엮어모"(후기)은 『動物詩集』이나, 기타 다른 시집에서 종종 보이는 동물 표상 역시 위와 같은 문맥에서도 이해할 수 있다. 곤강 시의 동물 표상이나 이미지가 내포하는 의미에 대해선 여러 관점의 논의[22]가 있다. 이들의 해석은 물론 타당하다. 특히 송기한 교수가 지적한 곤강 시의 "동물이미지는 인간의 이성이 개입될 수 없는 어둠의 영역에서 솟아나는" "광기와 무의식, 본능이 혼란스럽게 뒤엉켜 있는" "카오스적 세계"[23]를 보여준다는 견해는 시사하는 바가 크다. 말하자면 그의 시에서 동물 이미지는 문명과 인위,

---

22) 광기와 무의식, 본능이 혼란스럽게 뒤엉켜 있는 카오스적 세계를 보여주는 동시에 시인의 내면과 의식을 투영하는 매개물(송기한, 「윤곤강 시의 욕망의 지형도」, 송기한 · 김현정 편저, 『윤공강 전집 1 시』, 다운샘, 2005), 이념과 정경(情景), 생활과 일상(日常)의 표상으로 활용(한상철, 「윤곤강 시의 동물 표상 읽기」, 『어문연구』 77, 어문연구학회, 2013), 생물다양성과 생태학적 관점에서 '살아있음'과 생명인식을 드러내기 위한 소재(남진숙, 「윤곤강 시의 생물다양성과 생태학적 상상력」, 『문학과 환경』 13권 2호, 문학과환경학회, 2014)로 쓰이고 있다는 견해가 있다.

23) 송기한, 위의 글, 429쪽.

인간의 이성과 도덕에 대항하는 이미지로도 읽을 수도 있다. 다양한 동물성으로 표현되는 원시적 생명의 역동성에 대한 곤강의 탐구는 인위적 문명, 인간의 이성, 윤리 도덕, 근대적 합리성, 인간 중심의 권위적 문화에 의해 압살된 본능과 생명, 이성과 자본의 독재와 폭력에 의해서 건설된 근대적 도시나 질서를 허물고 원초적인 무의식의 생명 세계의 복원이라는 의미와 연관해 있기 때문이다. 동물성이 지닌 원초적 세계는 분별과 윤리 이전의 때 묻지 않은 원시적 생명력과 넘치는 관능의 세계이기 때문이다.

요컨대 이러한 동물성이 사라지고 자연의 본능이 거세된 세계는 생명의 세계로부터 추방당한 세계이다. 곤강이 동물을 소환한 것은 물론 동물적 속성을 알레고리 수법으로 활용하려는 의도도 있겠지만, 어쩌면 근대적 질서가 파괴한 차안의 저편에 존재하는 문명 이전의 본능과 생명성을 회복하고자 하는 시적 접근일 수 있다. 어쨌거나 곤강의 『動物詩集』은 한 권의 동물도감에 가까울 만큼 다양하고 풍성한 동물들의 생태와 속성, 형태와 생리에 대한 정교한 탐구와 상상력의 세계를 보여주는 것은 이채롭다. 전통적으로 우리 서정시는 식물적 상상력에 기반하는 경향이 강하다. 이런 사실을 고려하면 곤강 시의 동물적 상상력은 우리 시사에서 소중하고 희귀한 사례라 할 수 있을 것이다.

5. 맺음말

곤강의 시가 내장하는 자연 지향이나 원형적 세계로의 지향은 식민 체제와 해방기 분열과 혼돈이 낳고 양육한 결과로 이해할 수 있다. 식민의 현실과 혼돈의 해방기는 강압과 굴욕, 분열과 혼란의 공간일 수밖에 없었다. 그러한 식민과 해방기 혼돈의 현실은 곤강에게 좌절과 패배, 상실과 고통, 억압과 굴욕을 안겨주는 공간일 수밖에 없었다. 결과적으로 그의 탈주와 근원으로의 귀환은 현실이 주는 좌절과 패배, 상실과 고통, 억압과 굴욕에서 기인하는 것이다. 그는 지금 이곳의 현실과는 다른 동일성의 피안 세계를 자연, 어머니, 대지, 생명, 고향, 전통에서 찾았다.

곤강은 일제의 억압과 폭력과 파시즘이라는 정치적 현실, 해방 후 정치적 혼란 앞에서 이상사회의 목표와 방향을 부정적 현실에서의 탈주를 통한 원형적 공간의 회복과 그곳으로의 귀환을 통해 구원받고자 했다. 그러므로 그의 시는 현실적 조건과는 전혀 다른 자아와 세계의 동일성이 확보된 원형적 세계를 동경하고 재현함으로써 부조리하고 모순에 찬 현실을 되비추는 역상으로서의 의미를 지닌다. 그가 원형적 공간, 자연과 고향, 전통 가요와 민족 정서의 세계로 귀환한 것은 곧 지금의 역사적 현실과는 다른 세계상으로서의 사회를 꿈꾼 결과로 볼 수 있다. 요컨대 곤강의 시는 궁극적으로 회복해야 할 세계가 어떠한 세계인가를 역상으로 제시한다.

곤강 시에서 압도적인 현실의 부정성은 결국 근원의 세계, 그 근원의 정체성이 오롯이 보존된 대지, 자연, 생명, 고향, 전통, 그리고 이런 이미지들이 내포한 민족의 공동체적 정서와 의식의 세계를 지향한다. 이를 도식적으로 이해하면 압도적인 현실의 비극성, 식민지 근대성과 도시 체험, 체험의 환멸과 낙원 상실 의식, 식민 근대성 및 죽음의 도시 문명 탈출을 통한 낙원의 회복 내지는 귀환의 동선으로 파악할 수 있을 것이다. 이를테면 식민 근대성, 도시와의 심각한 불화와 마찰과 갈등을 겪으며 이에 대한 비판력을 획득하고, 그 부정성의 대안으로서 동일성이 확보된 원형적 근원 세계로의 귀환으로 요약할 수 있겠다.

이 글은 곤강의 시에 나타나는 현실의 부정적 지각과 비판적 인식, 그리고 부정성에 대한 대안 명제의 탐색 과정을 추적하여 곤강의 시적 여정이 함축한 의미를 거칠게나마 살폈다. 그럼으로써 그의 시적 인식과 부정적 현실에 대한 안티테제로서의 대안 명제가 혼돈의 역사적 상황에서 차지하는 의미를 규명하였다. 이러한 목적은 그의 시가 내장한 시적 인식과 의미가 혼돈의 현실에서 어떠한 시적 전망과 가치를 획득하는지를 포함하는 것이었다. 여기까지 말했지만, 그럼에도 불구하고 곤강의 시는 지나친 관념 혹은 감정의 과잉 분비에 의한 미성숙한 제작이라는 혐의로부터 자유로울 수 없다. 매몰차게 말하면 지나치게 과도한 감정의 격앙된 상태는 시적 감동을 동반할 수 없다. 곤강의 시는 여러 특징적인 측면에도 불구하고, 몇몇 서정성 짙은 작품을 제외하고는 시인의 고조된 감정만을 드러낼 뿐 시적 감동을 통한 새로운 인식으로 이끄는 데 성공했다고 보기에는 다소 의문의 여지가 있다.

곤강이 자의식의 늪에 빠져 왜 이렇게 격정적으로 부르짖는지는 충분히 이해할 수 있다. 하지만 진정 현실적 고통과 상처를 오롯이 드러내기 위해서는 격앙된 감정, 폭발하는 부르짖음만으로는 부족하다. 물론 이러한 한계는 비단 곤강에게만 적용할 수 있는 부당한 문제제기가 아닌 당대의 시가 보편적으로 포함한 한계이기도 하다. 시적 주체에게 현실 체험이 아무리 충격적이라 해도 그것이 시 속에 편입되기 위해서는 미적 정련과 언어의 심미적 세공을 거쳐야 하는 법이다. 그렇지 않고 관념적 구호나 여과되지 않은 목소리가 시 속에 생경하게 노출될 때 시적 주체의 뜨거운 정열을 확인할 수는 있지만, 결코 미적으로 감흥을 준다고는 평가할 수는 없을 것이다.

참고문헌

김영한, 『르네상스의 유토피아』, 탐구당, 1988.

김옥성, 「윤곤강 시에 나타난 자연의 의미」, 『문학과 환경』 14권 3호, 문학과환경학회, 2015.

남진숙, 「윤곤강 시의 생물다양성과 생태학적 상상력」, 『문학과 환경』 13권 2호, 문학과환경학회, 2014.

문혜원, 「윤곤강의 시론 연구」, 『한국언어문학』 제58집, 한국언어문학회, 2006.

박설호, 「유토피아, 그 개념과 기능」, 『이화어문논집』 제18집, 이화어문학회, 2000.

백 철, 『新文學思潮史』, 신구문화사, 1982.

송기한, 「윤곤강 시의 욕망의 지형도」, 송기한 · 김현정 편저, 『윤공강 전집 1 시』, 다운샘, 2005.

송기한 · 김현정 편저, 『윤곤강 전집 1 시』, 다운샘, 2005.

__________________, 『윤곤강 전집 2 산문』, 다운샘, 2005.

송승철 · 윤혜준, 「대도시의 집중과 그 문화적 반영」, 『인문학연구』 제4집, 한림대 출판부, 1997.

유성호, 「윤곤강 시 연구」, 『한국근대문학연구』 24집, 한국근대문학회, 2011.

李成珪, 『중국의 유토피아 사상』, 지식산업사, 1990.

이성욱, 『한국 근대문학과 도시문화』, 문학과사회사, 2004.

임철규, 『왜 유토피아인가』, 민음사, 1994.
임헌영, 「도시와 문학－한국문학에서의 도시의 의미」, 『문학과 이데올로기』, 실천문학사, 1988.
전혜자, 「1930년대 도시 소설 연구」, 『한국문학과 모더니즘』, 한양출판, 1994.
한상철, 「윤곤강 시의 동물 표상 읽기」, 『어문연구』 77, 어문연구학회, 2013.
프레드릭 제임슨, 여홍상 · 김영희 공역, 『변증법적 문학이론의 전개』, 창작과비평사, 1984.
마르틴 부버, 남정길 역, 『유토피아 사회주의』, 현대사상사, 1993.
르네 위그, 김화영 역, 『예술과 영혼』, 열화당, 1974.
S. 프로이트, 정장진 역, 『창조적인 작가와 몽상』, 열린책들, 1996.

윤곤강 시에 나타난 바다의 의미

김현정(세명대학교)

1. 머리말

윤곤강(1911~1950)은 1931년 11월에 『비판』에 「녯 성터에서」를 발표하여 문단에 데뷔한 뒤 작고하기 전까지 6권의 시집을 발간한 시인이다. 1937년에 첫 시집 『대지』를 발간한 이후 『만가(輓歌)』(1938), 『동물시집』(1939), 『빙화(氷華』(1940) 등 3권의 시집을 해마다 출간하였으며, 해방 이후인 1948년에 『피리』와 『살어리』를 펴냈다. 즉, 1930년대 후반과 1940년대 후반에 시집을 집중적으로 발간한 것이다. 『윤곤강 전집』에 따르면 6권의 시집에 수록되지 않은 시도 42편이나 되는 것을 알 수 있다.[1] 이 시들은 그가 시집을 집중적으로 낸 시기의 전후에 발표되었다. 즉, 1931년부터 1936년까지, 그리고 1940년부터 1947년에 발표된 것이다. 1930년대 초반 경향파적인 경향을 띤 시들과 1940년대 이후의 서정성이 짙은 시, 그리고 해방 이후 리얼리즘 계열의

---

1) 『윤곤강 전집 1』(송기한 · 김현정, 다운샘, 2005)에 의하면 제7부 시집에 수록되지 않은 시가 44편인 것으로 나와 있다. 이 중 시집에 수록된 시와 아주 유사한 두 편을 빼면 42편으로, 시집 한 권 분량에 해당된다고 할 수 있다.

시들이 주를 이루고 있다. 물론 첫 시집 발간 전에 발표된 시 중에는 감정 과잉이나 다소 완성도가 떨어진 작품들도 없지 않으나 대부분의 시가 시집에 수록되기에 손색이 없는 작품들이며, 특히 1940년부터 1947년까지 발표된 시들은 내용이나 형식적인 면에서 시적 완성도를 보여주고 있다.

본고에서는 윤곤강의 시에 나타난 바다의 의미에 대해 고찰하고자 한다. 그의 시 중 바다와 연관된 시는 총 14편이다. 「港街點景」, 「바다－甲板 우에서」, 「港口」, 「鄕愁」, 「바다로 갑시다」, 「波濤」, 「海嘯音」, 「海風圖」, 「바닷가에」, 「아침 바다」, 「바다」, 「또 하나 바다」, 「밤 바다에서－八尾島 바다」 등이 여기에 해당된다. 이 중 「파도」, 「해소음」, 「해풍도」 3편이 시집에 미수록된 시인데, 이 시들은 1940년대 전후에 발표된 시로 윤곤강의 시적 행방을 살피는 데 중요한 자료라 할 수 있다.

윤곤강의 바다에 관련된 시에 관한 논문은 거의 없는 편이다. 윤곤강의 시를 총체적으로, 또는 다른 주제에 대해 살피는 과정에서 간략히 언급하는 경우가 대부분이다.[2] 따라서 이 글에서는 윤곤강의 시에 나타난 바다의 의미를 면밀하게 고구하고자 한다. 1930년대 한국 시단에서 활동하던 시인 중 정지용, 임화, 김기림 등의 시에 나오는 '바다시편'은 주로 일본유학과 바다체험을 투영하고 있다. 이 시기 '바다'는 시인들이 몸담고 있는 당시의 공통된 표상이었으며, 바다가 지닌 다양한 표상들이 모여 1930년대가 마주했던 근대들의 총체를 이루고 있다고 할

2) 김현정, 「윤곤강 시에 나타난 고향의식」, 『한국현대문학의 고향담론과 탈식민성』, 역락, 2005; 최혜은, 「윤곤강 문학 연구」, 충남대학교 대학원 박사논문, 2014; 남기택, 「윤곤강 시의 장소성 고찰－지역문학적 관점을 중심으로」, 『어문연구』 90, 어문연구학회, 2016; 김옥성 · 유상희, 「윤곤강 시의 식민지 근대성 비판과 자연 지향성」, 『문학과 환경』 15권 3호, 문학과환경학회, 2016; 김교식, 「윤곤강 시의 거울 이미지 연구」, 『한성어문학』 제44집, 한성어문학회, 2021 등 참조.

수 있다.[3] 그러나 윤곤강의 '바다'와 관련된 시에서는 이들과는 달리 일본 유학과 바다 체험이 거의 등장하지 않고, 일정 정도 거리를 둔 상태에서 당시의 바다를 조망하는 모습이 주를 이루고 있다. 이는 윤곤강이 다른 시인들처럼 일본 유학을 통해 '바다'를 특화시킬 만한 그의 행적이 불분명하다는 점, 그리고 바다를 통해 식민지현실에서 탈출하고 싶은 욕망을, 해방 후 안빈낙도의 삶을 추구하고자 한 데서 연유한 것으로 보인다.

따라서 본고에서는 윤곤강의 '바다'와 관련된 시적 양상이 어떻게 전개되는지를 살펴보고, 이를 통해 윤곤강이 '바다'를 통해 추구하고자 했던 점이 무엇인지를 고구하고자 한다.

2. 윤곤강 시에 투영된 바다의 의미

윤곤강이 주로 머물던 곳은 세 곳으로 압축된다. 그가 태어난 충남 서산과 학창시절 및 문학의 장(場)인 서울, 그리고 선친의 묘소가 있는 충남 당진이다. 서울을 제외한 충남 서산과 당진은 바다와 접하고 있는 지역이다. 지정학적으로 '바다'가 가까이 있는 이곳에서 태어나고 거주한 점은 그가 바다와 친숙하게 되는 계기를 마련하는 데 도움을 주었을 것으로 사료된다. 그가 일본 센슈(專修)대학에 유학을 다녀오며 경험한 바다 체험도 일정 정도 영향을 미쳤을 것으로 보인다.[4]

---

3) 조동구, 「1930년대 시에 나타난 '근대'의 세 표정—정지용, 임화, 김기림의 '바다시편'을 중심으로」, 『한국문학논총』 제76집, 한국문학회, 2017, 339~340쪽 참조.

4) 윤곤강은 보성고보 22기로, 1931년에 졸업한 것으로 나와 있다.(오영식 엮음, 『보성과 한국문학』, 소명출판, 2017) 안타깝게도 보성고보 시절의 학적부가 유실되어 그의 학창시절을 확인하기 쉽지 않다. 그럼에도 그의 졸업년도를 비추어 볼 때 그는

바다와 연관된 시의 목록을 나열해 보기로 한다.

작품명	발표지	발표연도	창작 시기 및 창작 장소
港街點景	『大地』	1937. 4	
바다－甲板 우에서	『大地』	1937. 4	
港口	『輓歌』	1938. 6	1937. 10. 30
鄕愁	『輓歌』	1938. 6	1937. 8 S항에서
바다로 갑시다	『輓歌』	1938. 6	1937. 8. 15
波濤	『批判』	1938. 7	1938. 5. 20
海嘯音	『朝光』	1940. 8	
海風圖	『朝光』	1941. 1	
바다에서	『피리』	1948. 1	1942년 가을
바닷가에	『살어리』	1948. 8	高城에서
아침 바다	『살어리』	1948. 8	高城에서
바다	『살어리』	1948. 8	高城에서
또 하나의 바다	『살어리』	1948. 8	高城에서
밤 바다에서 －<八尾島 바다>	『살어리』	1948. 8	1948년 정월 당진에서

위의 표를 통해볼 때『대지』와『만가』에 2편과 3편[5),]『피리』와『살어리』에 1편과 5편이 수록되어 있고, 3, 4시집에는 바다와 관련된 시가 실리지 않은 것을 알 수 있다. 3, 4시집이 발간되던 시기와 해방 이전까지 그는 3편의 시를 문학잡지에 발표하게 된다.『만가』에 수록된 3편의 시는 창작시기까지 정확하게 표기되어 있는 것을 알 수 있다. 13편

1931년에 일본 유학을 가서 2년 정도 유학한 것으로 유추할 수 있다.

5)『만가』에 수록된 3편의 시에는 정확한 창작시기까지 나와 있음을 볼 수 있다. 윤곤강은 여섯 권의 시집 중『만가』에만 유일하게 창작시기를 시 하단에 명확히 밝히고 있다.

의 시를 『대지』와 『만가』의 시기, 1940년 전후의 시기, 해방 이후의 시기로 나누어 살펴보기로 한다.

1) 우울한 풍경과 잠재된 희망

이 시기에 발표된 바다에 관한 시들은 대체로 항구의 이국정서와 식민지 현실의 우울한 현실, 그리고 그곳에서의 탈주 욕망을 보이고 있다. 당시 '항구'의 풍경을 엿볼 수 있는 두 편의 시가 있는데, 그것은 「港街點景」과 「港口」이다.

> 가) 저녁안개를 뚫고/ 일손을놓는 뚜—가/ 칼소—의 목청을 흉낼때,// 湖水는 성낸사자처럼 阜頭를 물어뜯고/ 갈매기떼는 퍼—ㄹ 퍼—ㄹ/ 오늘의 마즈막 白旗行列을 꾸미고 지나갔다.// 情다운 쌍동이처럼,/ 우뚝— 하눌을 치받은 煙筒밑—/ 寄宿舍 드높은 窓문에는/ 明太같은 얼굴을 내민 촌색시들이/ 바다건너 그리운故鄕을 꿈꿀때,// 보름달보다도 더밝은 電燈의거리에는/ 羊의頭腦를 쓴 善良한 市民男女가/ 콩알만한 또하나의福을 빌기위하여/ 敎會堂 층층다리를 기어을러가고,// 밤안개속 저편에서는/ 港口를 떠나는 밤ㅅ배가/ 出帆의 BO—를 울린다.[6]
>
> —「港口點景」 전문(『大地』)

> 나) 港口/ 쏜살같이/ 밤차를 타고/ 이곳을 왔다// 西海바다우에 찌푸린 하늘,// 펭키칠한 褪色한 建物들이/ 여기 저기 느러진 늙은 港口.// 가난한 땅덩이를 가진 이港口는/ 찬바람을 헤여가는 갈매기처럼 쓸쓸하고// 호—이!/ 호—이!/ 어대서 들리는 그물꾼의/ 주고 받는

---

6) 송기한 · 김현정 편, 『윤곤강 전집 1』, 다운샘, 2005, 35쪽. 이하 『전집 1』, 쪽수를 기입하기로 한다.

소린가?// 소곰 내음새 풍기는 하늘은/ 막걸리처럼 컬컬하구나./ (丁丑, 十月, 三十日)[7]

—「港口」 전문(『輓歌』)

가)는 항구의 우울한 풍경을 점묘하듯 구체적으로 보여주고 있다. 새로운 것을 찾아나서는, 꿈에 부푼 희망의 모습이 아니라 '저녁안개'와 '밤안개'가 자욱한, 미래가 불투명한 답답한 항구의 모습이다. 그곳에는 "성낸사자처럼 埠頭를 물어뜯"는 파도와 "오늘의 마즈막 白旗行列을 꾸미고 지나"가는 갈매기떼의 모습으로 가득 차 있다. 또한 "明太같은 얼굴을 내민 촌색시"들이 바다 건너의 고향을 그리워하는 모습도, 선량한 시민들이 "콩알만한 또하나의 福"을 빌기 위해 교회당으로 가는 풍경도 보인다. 마지막 연에서는 "밤안개속 저편"에서 항구를 떠나려는 뱃고동소리가 들린다. 항구의 어둡고 우울하고 답답한 풍경을 통해 식민지현실을 살아가는, 출구가 보이지 않는 식민지인들의 심정을 대변하고 있다고 할 수 있다. 그럼에도 "콩알만한 또하나의 福"을 비는 소시민들의 삶에서 불씨만한 작은 희망을 엿볼 수 있다.

나)는 『만가』에 수록된 시이지만, 1937년 10월의 마지막 날에 창작되었음을 알 수 있다. 시인은 답답한 경성에서의 삶에서 벗어나고자 밤차로 서해 항구로 떠난다. 그러나 그를 기다리고 있는 것은 희망이 가득한 생기 있는 항구의 모습이 아니라 경성과 크게 다르지 않는, 식민지현실의 어둡고 침울한 항구의 모습이다. "西海바다우에 찌푸린 하늘"과 "펭키 칠한 褪色한 建物"이 암시하는 "느러진 늙은 港口" 말이다. 가)의 시처럼 이 시에서도 "호—이!/ 호이!"하며 주고받는 그물꾼들의 소리에서 일말의 희망을 볼 수 있다.

---

7) 『전집 1』, 142쪽.

이처럼 그의 초기시에 등장하는 '항구'는 당시 식민지현실의 어둡고 우울하고 답답한 모습을 드러내주는 동시에 희망의 끈을 놓지 않고 있음을 볼 수 있다. 이러한 모습은 그의 시 「향수」에서도 이어진다.

> B · H……/ B · H……/ 青銅처럼 녹쓴 욧트,/ 마스트에 나풀대는 三色旗,// 유리빛 海面을/ 물결이/ 흰토끼처럼 달어나면서/ 대낮의 靜寂을 뿌려놓고,/ 황소우름처럼 목멘 汽笛이/ 낡은마음의 야윈 觸角 우에/ 기름진 鄕愁를 던저놓고 달어날때,// ――나는/ 물결의 마음에 귀 기우리고/ 메르헨(童話)의 追憶을 씹어본다./ (丁丑 八月 S港에서)[8]
>
> ―「鄕愁」 전문

위 시는 제목으로 볼 때 '바다'와 연관성을 찾기 쉽지 않으나 전체적인 내용을 통해, 그리고 '丁丑, 八月, S港에서'(1937년 8월, S항에서) 지었다는 기록을 통해 바다와 관련된 시임을 어렵지 않게 알 수 있다. 시인은 S항에 대해 "청동처럼 녹쓴 욧트"가 있고, 돛대에 "三色旗"가 나풀거리는 모습으로 표현한다. "유리빛 海面" 위에 하얀 포말이 오가는 것을 보며 문득 '향수'에 젖어들게 된다. 오랜 기간 식민지현실에 익숙해진 "낡은마음의 야윈 觸角"에 "기름진 향수"가 다가온 것이다. 그리하여 시인은 고향에서 전해져오는 "물결의 마음"에 귀 기울이고, 유년시절의 추억에 젖어들게 된다. S항의 바다와 파도를 보며, 고향 바다의 추억을 떠올리고 있는 것이라 할 수 있다.

항구를 통해 식민지현실의 고통과 비애를 절감하면서도 희망을 잃지 않고, 바다를 통해 '향수'를 접한 시인은 바다의 속성 중 하나인 '역동성'을 발견하려 안간힘을 쓴다.

---

8) 『전집 1』, 143쪽.

가) 오오/ 피끓는 가슴이여!/ 靑年다운 意氣여!/ 용감스런 전진이여!/ 거센 물결같은 不屈의힘이여!// 그것을 나는 너에게 탐낸다!/ 말못할 굴욕에 몸ㅅ서리를 치고/ 가슴을치며 쓰러진 내마음에/ 밑바닥까지 숨여드는 네意慾!/ 오! 바다/ 나는 네氣魄을 사랑하다![9]

—「바다—甲板 우에서—」 부분

나) 바다로 갑시다, 나와 함께// 유리빛 하늘과 紺靑色바다가 누어있고,/ 물결에빛나는 아침해에 맑은바람이 춤추는 곳——// 바람의 꾀임을 받은 물결이 언덕을 치받을때/ 흰모래우에 남어지는 속삭임을 엿드르며,// 새하얗게 반짝이는 조개꺼풀을 주어/ 따이야몬드보다도 어여쁜 목거리를 만들면,/ 당신은 그것을 목에 걸고 물결과함께 춤을추서요.[10]

—「바다로 갑시다」 전문

가)와 나) 모두 '바다'의 긍정적인 부분을 찾고자 하는 양상을 보이고 있다. 가)에서는 "말못할 굴욕에 몸서리"치고 "가슴을치며 쓰러진 내마음"에 바다의 '氣魄'을 불어넣고자 한다. 오랜 기간 식민지현실 속에서 몸과 마음이 지치고 힘든 시점에서 바다의 역동성을 통해 "기탄없이 뛰어나가는 내마음의 젊었든 그 時節"로 회귀하고픈 욕망을 드러내고 있는 것이다. "불타는" 바다의 "억센 意慾"을 통해 삶의 활력을 되찾고자 하는 것이다. 나)는 가)와 많이 다른 것을 볼 수 있다. 나)에서는 식민지현실의 고통과 우울 등이 보이지 않기 때문이다. 이는 고통과 우울이 해소된 것이라기보다는 오히려 고통과 우울을 감추고 있는 것이라 할 수 있다. 그리하여 시인은 비록 군국주의의 노골화로 더욱 힘든 현실이지만, "유리빛 하늘과 紺靑色바다"로 떠나자고 화자에게 권유하고 있

9) 『전집 1』, 44쪽.
10) 위의 책, 146쪽.

다. 오랜 기간 식민지현실의 고통으로 인한 슬픔과 우울에 침잠해 있는, 삶의 의욕을 잃은 시적 화자에게 언제나 젊고 푸른 '바다'의 기백을 전하고자 "바다로 갑시다"라는 청유형 문장까지 쓰고 있는 것이다.

이처럼 윤곤강의 초기시에서 보여준 바다와 관련된 시의 특징은 항구의 슬픔과 애환을 구체적으로 드러내고 있다는 점, 궁핍하고 고통스러운 식민지현실에서도 희망을 놓지 않는다는 점, 개인뿐만 아니라 타인들에게까지도 바다의 기백과 역동성을 끊임없이 환기시키고 있다는 점 등이라 할 수 있다.

2) 고독과 절망의식

『만가』 이후부터 해방 전까지의 '바다'와 관련된 시는 「波濤」, 「海嘯音」, 「海風圖」, 「바다에서」[11]등이다. 대부분 희망을 찾아 떠나는 역동적인 모습보다는 커다란 벽을 느끼고 있는 좌절된 모습이며, 쓸쓸함과 고독이 내재된 풍경이다.

> 언덕으로—/ 언덕으로—/ 기어올르고시픈 죄업는 꿈이다!// 그러나 한번도/ 아름다운 그꿈을 살려보지 못한채,/ 오늘도 언덕을 치밧고 몸부림치는 놈./ 우우우우……몰려와서는/ 바위의 앙가슴을 지버뜻고,/ 쭈루루루……다라난다.// 치밧다가 지치면 물러가고/ 물러가서는 견딀수업서,/ 또다시 덤벼드는 貪慾!// 쉴줄 모르는 그놈의 앙탈에/ 멀미나게 쏘서진 먹빗 안개가/ 진주빗 포장을 싸라노은체,/ 지새면 도망갈 한밤의 꿈이 차듸차다/ (戊寅五月二十日)[12]
>
> —「波濤」 전문

11) 「바다에서」는 해방 이후 발간된 『피리』에 수록된 작품이지만, 시 말미에 '42년, 가을'에 창작된 점을 고려하여 해방 이전의 시기에 묶는 것이 타당하다고 할 수 있다.
12) 『전집 1』, 367쪽.

1938년 7월 『비판』에 수록된 시로, 이전의 시와는 다른 양상을 보이고 있다. 『대지』와 『만가』에 실린 바다와 관련된 시에서는 식민지현실의 우울함과 답답함에서 탈출하기 위해 바다의 역동성을 갈구했다면, 이 시에서는 답답한 망망대해에서 탈출하기 위해 끊임없이 몸부림치는 '파도'에 무게중심을 두고 있기 때문이다. 언덕(육지)에서 바다를 동경하던 모습에서 바다가 언덕(육지)을 그리워하는 모습으로 바뀐 것이다. 그리하여 시인은 "언덕으로―/ 언덕으로―" 오르고 싶은 '죄업는' 파도의 '꿈'을 표출하고 있다. 그러나 그 꿈이 실현되지 못할 것이라는 모르리 없는 '파도'는 본능처럼 "오늘도 언덕을 치밧고 몸부림"친다. 언덕뿐만 아니라 "바위의 앙가슴"까지 잡아 뜯고 달아나기도 한다. "물러가서는 견딜수업서,/ 또다시 덤벼드는" 파도의 모습에서 당시 식민지현실을 살아가는 소시민들의 좌절된 꿈을 엿볼 수 있다. 이 시에서 주목해 볼 점은 넘어설 수 없는 커다란 벽을 향해 끊임없이 부딪치는, 파도의 역동성이 남아 있다는 점이다. 안타깝게도 이후 발표된 시에서는 파도의 이러한 역동성을 발견하기 쉽지 않다.

> 가) 힌 모래밭우에 활개펴고 누으면/ 연달아 나의 이름을 부르는 소리// 조개꺼플과 고기뼉다귀의 넋이뇨/ 피를 토하고 죽은 해당화의 넋이뇨[13]
>
> ―「海嘯音」 전문

> 나) 바람이 와서/ 왈칵! 물결이/ 바위를 깨물고,/ 소리치며 일어났다/ 다시 거꾸러진다.// 머―ㄹ리/ 죄―만 윤선이/ 하―얗게, 입김을/ 뿜으면서가고,// 마음 괘―니 서글퍼/ 어미여인 노새마냥/ 께께 울고

13) 『전집 1』, 379쪽.

만 싶은데,// 고기 배때기처럼/ 하늘 빛나고,/ 쏴―하는 소리는/ 바람 대신 물결이다.[14]

―「海風圖」 전문

두 작품 모두 『조광』에 발표된 시이다. 「해소음」은 1940년 8월에, 「해풍도」는 1941년 1월에 발표되었다. 가)에서는 바다의 역동성과 기백을 더 이상 발견하기 쉽지 않다. 여느 때처럼 바다의 파도소리도 들리지만, 시인은 그 소리를 "연달아 나의 이름을 부르는 소리"로 듣는다. 그 소리는 살아있고 꿈이 가득한 소리가 아닌, 이미 죽은 "조개꺼플"과 "고기뼉다귀"의 넋의 소리이자 "피를 토하고 죽은 해당화의 넋"의 소리인 것이다. 생명력이 사라진, 삭막한 바다의 풍경을 엿볼 수 있다. 바다의 낭만과 기백이 사라진 그곳에는 바다의 휘파람 소리(海嘯音)가 더 이상 아름답게 와 닿지 않는다. 당시 식민지현실을 살아가는 이들의 진한 절망의식과 슬픔을 엿볼 수 있다. 나)에 나오는 '해풍'은 역동성의 상징이라 할 수 있다. 바다 바람에 의해 잔잔하던 바다도 파도가 일고, 그 파도로 바다가 살아 숨 쉬게 마련이다. 그러나 이 시에 나오는 해풍은 역동성과 기백이 소진된 바다 바람이다. 그리하여 "바람이 와서/ 왈칵! 물결이/ 바위를 깨물고, 소리치며 일어"나도 "다시 거꾸러"질 수밖에 없다. 저 멀리 바다를 힘차게 나아가게 하는 바람이 아니라 힘이 빠진 바람인 것이다. 커다란 배 갑판 위에서 본 위용 있는 바다의 모습이 아니라 "죄―만 윤선이/ 하얗게, 입김을/ 뿜으면서" 가는 소소한 바다의 풍경이다.

해 서쪽으로 기울면/ 일곱가지 빛갈로 비늘진 구름이/ 홀란한 저

14) 『전집 1』, 384쪽.

녁을 꾸미고/ 밤이 밀물처럼 몰려들면/ 무딘 내 가슴의 벽에/ 철석! 부디쳐 깨어지는 물결……/ 걸어오는 안개 바다를 덮으면/ 으레 붉은 혓바닥을 저어, 등대는/ 자꾸 날 오라고 오라고 부른다/ 이슬 밤을 타고 나리는 바윗기슭에/ 시름은 갈매기처럼 우짖어도/ 나의 곁엔 한송이 꽃도 없어……/ (42, 가을, 高城에서)[15]

―「바다에서」 전문

1942년 가을에 창작된 이 시는 일제 말기의 고독의식을 보여주는 작품이라 할 수 있다. "해 서쪽으로 기울면/ 일곱가지 빛갈로 비늘진 구름이/ 홀란한 저녁을 꾸미"지만 시적 화자의 마음에는 커다란 변화가 없다. "무딘 내 가슴의 벽에/ 철석! 부디쳐 깨어지는 물결"이 있을 뿐이다. 「해소음」에서 바다가 나를 부른 것처럼, 이 시에서도 등대가 "자꾸 날 오라고 오라고 부"르고 있다. 그러나 그곳에는 "시름은 갈매기처럼 우짖어도/ 나의 곁엔 한송이 꽃도 없"는 외로운 바다의 풍경이 놓여 있다. 일제 말기의 시적 화자의 외로움을 보여주는 동시에 식민지현실의 황량하고 쓸쓸한 모습을 반영한 것이라 할 수 있다.

이처럼 1930년대 말에서부터 해방 이전까지의 바다와 연관된 시의 경향은 희망이 좌절된 절망적인 모습과 식민지현실의 탈출구를 찾지 못하고 방황하는 양상이 지배적인 것을 알 수 있다. 이 시기에 발표된 다른 시들도 이러한 경향에서 크게 벗어나지 못하고 있음을 볼 수 있다.

3) 고향의 정서와 민족의 화해

해방 이후 바다와 관련된 시는 마지막 시집인 『살어리』에 수록되어 있다. 「아침 바다」, 「바다」, 「또 하나의 바다」, 「밤 바다에서―<八尾

15) 『전집 1』, 254쪽.

島 바다>」 등이다. 일제강점기에 발표된 시와는 사뭇 다른 양상을 보이고 있다. 대부분의 시에서 식민지현실에서의 고통과 우울한 모습은 보이지 않고, 식민지에서 해방된 밝은 이미지를 표상하고 있다.

> 살어리 바닷가에 살어리/ 나문쟁이와 조개랑 먹고/ 시원한 바닷가에 살어리// 아리따운 조개의 꽃/ 외딴 섬 바위 기슭에/ 부디치는 물결소리 들으며// 밀물 냄새 풍기는 물거품에/ 날개 적시며 적시며, 갈매기처럼/ 펄펄 날아돌며 희게 희게 살어리// 아득한 머언 바다 바라보며/ 아침이나 낮이나 저녁이나/ 휘파람 불며 불며 살어리// 바닷물 우헤 돌팔매 쏘면서/ 내 마음 희게 희게 빛나도록/ 조악돌 던지며 던지며 살어리[16]
>
> —「바닷가에」 전문

이 시는 장시 「살어리」와 짝을 이루는, 안빈낙도적인 삶의 욕망이 잘 반영된 작품이다. 일제강점기에 발표된 바다와 관련된 시와 많은 차이점을 보이고 있다. 억압과 핍박에서 오는 쓸쓸함이나 절망감, 죽음의식 등이 보이지 않고, 그 시기 '바다'를 통해 갈구하던, 무의식적 욕망이 짙게 배어있다. '나문쟁이[17]'와 '조개' 등을 먹고, "아리따운 조개의 꽃/ 외딴 섬 바위 기슭에/ 부딪치는 물결소리"를 듣고, 갈매기처럼 자유롭게 날며 희게 살고 싶은 욕망을 드러낸다. 휘파람도 불고 바닷물 위에 조약돌을 던지며 살고자 하는 희망을 담아내고 있다. 언덕에 막힌 파도도 자유로운 물결소리로 바뀌었고, '白旗行列'로 보이던 갈매기도 자유롭게 노니는 평화로운 모습으로 변화되었다. 또한 죽은 "조개꺼플"과 "고기뼈다귀"의 넋의 소리이자 "피를 토하고 죽은 해당화의 넋"의 울음소

16) 『전집 1』, 331쪽.
17) 나문쟁이: 나문재의 서해안 방언.

리도 기분 좋을 때 부르는 바다의 휘파람 소리로 바뀌었다. 일제 강점기에 누릴 수 없었던 것들이 해방 이후 원래의 상태로 돌아가 자유롭고 평화롭게 노닐 수 있게 된 것이다. 시인은 고산 윤선도 등이 누렸던 '안빈낙도'의 삶을 영위하고 싶은 욕망을 표출한 것이다.[18]

> 가) 갈매기의 흔드는 손수건에/ 바다의 아침은 열려// 새애파랗게 틔는 하늘이/ 바다보다도 해맑은 아침// 바다의 배때기는 노상/ 육지보다도 높게 부풀어// 오늘도 바다는 저의/ 육척한 몸짐을 뒤틀고// 외로운 마음은 갈매기처럼/ 훨 훨 울며 날아 가누나/ (高城에서)[19]
>
> —「아침 바다」 전문

> 나) 한 점 구름 없이 개인 하늘/ 흰 모래언덕에 앉아 바다를 본다// 옷에 번지면 파아랗게 물들리/ 하늘보다도 푸르른 바다……// 푸른 섬에 잠자는 흰 등대/ 돛과 돛이 아침인사를 바꾼다// 소아…… 소아…… 모래언덕을 핥는 물결의 혓바닥……/ 나는 아노라! 속사기는 바다, 너의 비밀을/ (高城에서)[20]
>
> —「바다」 전문

두 작품 모두 시 말미에 '高城에서'라는 기록이 있는 것으로 강원도 고성에 가서 쓴 시임을 알 수 있다. 해방 이전인 1942년 가을에 고성에서 쓴 시 「바다에서」와 다른 모습을 보이고 있다. 시 「바다에서」는 외로움과 쓸쓸함이 가득한 어두운 면이 지배적이었던 데 반해, 두 시에서는 바다를 통해 외로움을 날려 보낸 해맑은 아침의 밝은 이미지를 보여

---

18) 그가 이 시기 고산 윤선도의 시가를 묶은 『고산가집』(1948)을 발간한 것도 그의 안빈낙도의 삶을 영위하고 싶은 욕망을 투영한 것이라 할 수 있다.

19) 『전집 1』, 332쪽.

20) 위의 책, 333쪽.

주고 있다. "새애파랗게 틔는 하늘"이 보이고, 바다는 오늘도 본능처럼 자신의 "육척한 몸짐을 뒤틀"어 역동적인 모습을 띠고 있다. 나)에서는 "하늘보다도 푸르른 바다"의 모습과 푸른 섬에 있는 흰 등대와 돛과 돛이 아침인사를 나누는 장면도 보인다. 그리고 시 「또 하나의 바다」에서는 "나의 가슴에도 물결소리 있어/ 나의 가슴에도 또 하나 큰바다 있"[21]다고 하여 시적 화자의 생동적인 커다란 꿈을 엿볼 수 있다. 이 시기는 시인이 시집 발간뿐만 아니라 『朝鮮歌謠撰註』와 『孤山歌集』을 편찬하는 등 의욕적으로 활동하고 있었던 때였다. 그가 꿈꾸었던 시의 길을, 우리 민족의 얼을 되살려놓는 길을 묵묵하게 가고 있었던 것이다.

> 너부나 너분/ 바다의 품에 안기어/ 오고 가는/ 검은 구름 속으로/ 숨어 흐르는 쪽달 치어다보며/ 이 저녁/ 내 배는/ 동쪽으로 동쪽으로/ 기우뚱 기우뚱 떠나가누나// 밤 바람은 물 우헤/ 검은 빛 주름살을 지우고/ 가뜩이나 으슥한데/ 물새 울어 더욱 서럽고야/ 사나운 물결의 아우성과 함께――/ 야…… 이 저녁/ 나는 고래처럼/ 물속에 잠기고 싶고나/ 겨레의 눈물 죄 다아 걷어가지고/ 끝 모를 이 바다 밑으로/ 뉘우침 없이 가�고 싶고나……/ (무자, 정월, 당진에서)[22]
>
> ―「밤 바다에서―<八尾島 바다>」 전문

이 시는 『살어리』 '바닷가에서'편의 마지막 작품이다. 1948년 정월에 창작한 것으로, 대부분이 '고성에서' 지은 작품인데 반해 이 시는 당진에서 집필되었다. 이 시에서 눈여겨 볼 내용은 당진에서 지었음에도 당진의 바다가 아닌 인천 지역에 있는 '팔미도'를 노래하고 있다는 점이다. 팔미도는 우리나라 최초의 등대가 있는 섬으로, 사주(沙洲)로 연

21) 『전집 1』, 334쪽.

22) 위의 책, 335쪽.

결된 두 섬이 마치 여덟 팔(八)자 꼬리처럼 생겼다고 하여 붙여진 이름이다. 이 시는 해방 이후 지어진 바다와 연관된 시와는 다른 분위기를 보이고 있다. 시제목 '밤 바다에서'도 볼 수 있듯 아침 바다의 밝은 이미지가 아닌, 밤 바다의 어두운 이미지를 띠고 있다. "오고 가는/ 검은 구름 속으로"라고 한 구절과 "내 배는/ 동쪽으로 동쪽으로/ 기우뚱 기우뚱 떠나가누나"라고 한 구절에서는 평화로운 안정된 느낌이 아닌 불안하고 불길한 느낌마저 들게 한다. "밤 바람은 물 우헤/ 검은 빛 주름살을 지우고/ 가뜩이나 으슥한데/ 물새 울어 더욱 서럽고야"라고 한 대목에서도 물새마저 울어 불안한 마음이 배가되는 것을 알 수 있다. 끝부분에서는 "나는 고래처럼/ 물속에 잠기고 싶고나/ 겨레의 눈물 죄 다아 걷어가지고/ 끝 모를 이 바다 밑으로/ 뉘우침 없이 가랁고 싶고나"라고 노래하고 있는데, 이는 해방 이후 좌우익 대립으로 이한 민족 분열에 대한 우려를 표출하고 있는 것으로 보인다. 즉, 민족이 분열되지 않고 평화롭게 화합되기를 간절히 바라는 마음을 담아낸 것이라 할 수 있다.

이처럼 해방 이후 바다에 관련된 시의 양상은 안빈낙도의 삶을 꿈꾸는 밝고 긍정적인 모습과 민족의 분열의 불안감과 화해에 대한 염원이 담긴 모습으로 압축할 수 있겠다.

4. 맺음말

지금까지 윤곤강 시에 나타난 바다의 의미에 대해 구체적으로 살펴보았다. 그 내용을 요약해 보기로 한다.

첫째, 『대지』와 『만가』의 시기에 발표된 바다에 관한 시의 특징은 항구의 슬픔과 애환을 구체적으로 드러내고 있다는 점과 궁핍하고 고통스러운 식민지현실에서도 희망을 놓지 않는다는 점, 개인뿐만 아니라 타인들에게까지도 바다의 기백과 역동성을 끊임없이 환기시키고 있다는 점 등이라 할 수 있다.

둘째, 『만가』 이후부터 해방 전까지의 '바다'와 관련된 시는 「波濤」, 「海嘯音」, 「海風圖」, 「바다에서」 등으로, 이 시들은 대부분 희망을 찾아 떠나는 역동적인 모습보다는 커다란 벽을 느끼고 있는 좌절된 모습이며, 쓸쓸함과 고독이 내재된 모습이라 할 수 있다. 1940년대의 시적 화자의 외로움을 보여주는 동시에 식민지현실의 황량하고 쓸쓸한 모습을 잘 반영하고 있다고 할 수 있다.

셋째, 해방 이후 바다와 관련된 시는 「아침 바다」, 「바다」, 「또 하나의 바다」, 「밤 바다에서－<八尾島 바다>」 등으로 마지막 시집인 『살어리』에 수록되어 있다. 일제강점기에 발표된 시와는 사뭇 다른 양상을 보이고 있다. 대부분의 시에서 식민지현실에서의 고통과 우울한 모습은 보이지 않고, 식민지에서 해방된 밝은 이미지를 보여주고 있다. 이처럼 해방 이후 바다에 관련된 시의 양상은 안빈낙도의 삶을 꿈꾸는 밝고 긍정적인 모습과 민족의 분열의 불안감과 화해에 대한 염원이 담긴 모습으로 압축할 수 있을 것이다.

따라서 윤곤강은 유년시절의 고향에서의 바다 체험을 바탕으로, 끊임없이 '바다'를 찾아 식민지현실의 고통과 우울함, 절망과 고독의식을 달랬고, 안빈낙도의 삶과 민족 화해의 길을 모색했다고 할 수 있다.

참고문헌

송기한·김현정 편, 『윤곤강 전집 1』, 도서출판 다운샘, 2005.

김교식, 「윤곤강 시의 거울 이미지 연구」, 『한성어문학』 제44집, 한성어문학회, 2021.

김옥성·유상희, 「윤곤강 시의 식민지 근대성 비판과 자연 지향성」, 『문학과 환경』 15권 3호, 문학과환경학회, 2016.

김현정, 『한국현대문학의 고향담론과 탈식민성』, 역락, 2005.

남기택, 「윤곤강 시의 장소성 고찰－지역문학적 관점을 중심으로」, 『어문연구』 90, 어문연구학회, 2016.

오영식, 『보성과 한국문학』, 소명출판, 2017.

윤곤강, 『고산가집』, 정음사, 1948.

조동구, 「1930년대 시에 나타난 '근대'의 세 표정－정지용, 임화, 김기림의 '바다시편'을 중심으로」, 『한국문학논총』 제76집, 한국문학회, 2017, 339~340쪽 참조.

최혜은, 「윤곤강 문학 연구」, 충남대학교 대학원 박사논문, 2014.

1940년대 초반 윤곤강 시에 나타난 전회(轉回)의 양상

'기차'와 '길' 표상을 중심으로

한상철(목원대학교)

1. 머리말

1941년 가을을 지나며 중일전쟁의 교착과 삼국동맹 체결로 불거진 제국 일본 내부의 진영 다툼이 확전으로 일단락되었다. 그해 10월 강경파 육군 세력을 대표하던 도조 히데키 내각이 수립되면서 중국과의 전쟁은 영미와의 식민지 쟁탈전 양상으로 변모한다.[1] 아직 총력전의 실체가 드러나기 전이었기에 대영, 대미 확전의 초반 전황이 만들어낸 군국주의 열풍과 그에 편승한 제국/식민지 사회의 퇴행은 당시 문학장에도 직간접적인 영향을 미쳤다. 1933년 일본 사회주의자 그룹에서 벌어진 대규모 전향[2]이나 1938년 10월 '무한삼진' 함락이 일으킨 조선 사회

1) 중일전쟁이 태평양전쟁으로 확전되는 양상과 제국 일본의 대영, 대미 개전이 지니는 의미에 대해서는 요시다 유타카, 최혜주 역, 『아시아 태평양 전쟁』, 어문학사, 2012, 18~46쪽; 가토 요코, 양지연 역, 『왜 전쟁까지－일본 제국주의의 논리와 세계의 길 사이에서』, 사계절, 2018, 355~372쪽 참조.

2) 1933년 6월 7일, 사노 마나부(佐野學)와 나베야마 사다치카의 옥중 공동성명으로 시

지식인들의 전향 바람이 또 다른 차원에서 확장된 것이다.

세계대전의 광기와 암울함 속에서 강고해진 파시즘 체제는 작가들에게 주어진 외적 굴레이자 내적 번민의 계기였다. 그 문학적 발현 양상의 한 사례로 1940년대 초반에 발표된 윤곤강(1911~1950) 시편의 특성을 살피려는 것이 이 글의 문제의식이다. 1930년대 중후반에만 네 권의 시집을 간행하며 카프 해체 후 시단을 주도하던 소장파의 일원이었지만, 1941년에 접어들면서 윤곤강의 창작 활동은 급격하게 위축된다. 아쉽게도 당시 시인이 처한 상황과 그 내면을 짐작할 수 있는 자료가 온전하게 전해지지 않아 그 원인을 특정하기란 난망하다. 다만 창작 활동의 위축이 중일전쟁의 확전과 그로 인한 제국/식민지 사회의 정세 변화에 맞물려 있다는 사실은 중요한 참조 사항으로 다루어질 필요가 있다. 문학적 침체기에 해당할 1941~1942년 사이에 발표된 7편의 시에서 이전과는 다른 모종의 변화가 감지되기 때문이다. 흥미롭게도 그 특성 중 하나가 '기차'와 '길' 표상의 활용이다. 특히 1940년 이전까지 거의 활용되지 않던 '기차' 표상은 시적 주체의 현실인식을 투영하는 매개체로 등장한다는 점에서 각별한 주목을 요한다.[3] 이러한 현상은

작된 일본 사회주의자들의 전향 양상과 그 사상적 배경에 대해서는 쓰루미 슌스케, 최영호 역, 『전향』, 논형, 2005, 27~35쪽; 후지타 쇼조, 최종길 역, 『전향의 사상사적 연구』, 논형, 2007, 13~85쪽 참조.

3) 윤곤강의 시에서 '기차' 표상의 활용은 1940년 이후 나타난 현상이다. 기실 1930년대 후반 윤곤강 시의 독창적 면모는 '동물' 표상의 집중적인 활용과 연결되어 있었다. 그의 동물 시편은 식민지 현실에 대한 내적 번민과 사회 풍자 양면에서 독보적인 위상을 지닌 것으로, 식민지 문학장에서 유일무이한 사례였다. 하지만 41년 이후 윤곤강의 시에서 동물 표상의 비중은 이전에 비해 대폭 감소하고, 이동, 길, 기차 등의 표상이 그 자리를 대신 채우게 된다. 1930년대 후반 윤곤강의 동물 시편이 지니는 특성과 문학사적 의미에 대해서는 한상철, 「윤곤강 시의 동물 표상 읽기」, 『어문연구』 77, 어문연구학회, 2013; 한상철, 「식민의 장소, 동물원의 정치적 무의식-1930년대 후반의 동물 시편을 중심으로」, 『어문연구』 90, 어문연구학회, 2016 참조.

같은 시기에 활동했던 카프 계열 작가들과 닮아있지만, 동시에 시인 나름의 독창성을 일정하게 확보하고 있다는 점에서 윤곤강 시의 한 특이점이자 1940년대 문학의 심층으로 연결되는 통로일 수 있다.

이어지는 본문에서는 논의의 전제로 1920년대 후반부터 1930년대 중후반까지 근대 시문학에 나타난 주요 시인들의 예외적 '기차' 표상을 간략히 검토하게 될 것이다. 이를 바탕으로 1940년대 초반 윤곤강의 시에서 '기차'와 '길'이 지니는 의미를 집중적으로 분석하고, 그것이 당대 문학 네트워크와의 상호 교섭 속에서 시인으로서의 고유성을 획득해 가는 과정임을 구명하고자 한다.

2. '기차' 표상의 분화로부터

1927년 여름을 사이에 두고 두 편의 '기차' 모티프 시편이 카프의 기관지 역할을 했던 『조선지광』에 실렸다. 먼저 발표된 작품은 교토에 머물던 정지용의 「슬픈 기차」였다. 도일(渡日) 초반의 이중 언어 창작 과정에서 다른 표상들을 압도했던 '기차' 연작을 갈무리하는 작품이자 유일하게 국문으로만 발표된 작품이기도 했다.[4] 이로부터 넉 달 뒤 경성의 신문사에 적을 두고 있던 여수 박팔양의 「밤차」가 같은 지면에 게재되었다. 카프 탈퇴로 벌어진 대내외적 소란함 속에 나온 시였지만 식민

4) 최근 발굴된 도시샤 대학 시절의 일본어 작품과 대조할 때 정지용이 남긴 기차 관련 시편의 창작 시점은 모두 1925~1927년 사이로 모아진다. 이 시기에 발표된 기차 관련 시편은 유사 모티프의 중복을 고려하면 결과적으로 5편이지만, 이중어 발표와 이후 개작 과정까지를 포괄할 때 도합 13편으로 늘어난다. 창작 시기와 첫 발표 지면에 집중해 보면 그의 기차 시편을 이루는 원형은 모두 교토 유학 시절에 만들어졌음이 확인된다.

지 현실에 대한 비판의식은 외려 강해졌다는 점에서 다분히 문제적인 작품이었다.

> 우리들의 기차(汽車)는 아지랑이 남실거리는 섬나라 봄날 왼하로를 익살스런 마도로스 파이프로 피우며 간 단 다.
> 우리들의 기차는 느으릿 느으릿 유월소 걸어가듯 걸어 간 단 다.
> (중략)
>
> 먼데 산이 군마(軍馬)처럼 뛰여오고 가까운데 수풀이 바람처럼 불려 가고
> 유리판을 펼친 듯, 세토나이카이(瀨戶內海) 퍼언한 물. 물. 물. 물
> 손가락을 담그면 포도(葡萄)빛이 들으렷다.
> 입술에 적시면 탄산수처럼 끓으렷다.
> 복스런 돛폭에 바람을 안고 뭇배가 팽이처럼 밀려가 다 간,
> 나비가 되여 날러간다.
>
> 나는 차창(車窓)에 기댄대로 옥토끼처럼 고마운 잠이나 들쟈.
> 청(靑)만틀 깃자람에 마담. R의 고달픈 뺨이 붉으레 피였다, 고은 석탄(石炭)불처럼 이글거린다.
> 당치도 않은 어린아이 잠재기 노래를 부르심은 무슨 뜻이뇨?
>
> 잠 들어라.
> 가여운 내 아들아.
> 잠 들어라.
>
> —정지용, 「슬픈 기차(汽車)」 부분(『조선지광』, 1927. 5)

> 추방되는 백성의 고달픈 백(魄)을 실고
> 밤차는 헐레벌덕어리며 달어난다

도망군이 짐싸가지고 솔밭길을 빠지듯
야반(夜半) 국경의 들길을 달리는 이 괴물이여!

차창밖 하늘은 내 답답한 마음을 닮었느냐
숨맥힐 듯 가슴 터질 듯 몹시도 캄캄하고나
유랑(流浪)의 짐 우에 고개 비스듬히 눕히고 생각한다
오오 고향의 아름답든 꿈이 어디로 갔느냐

비닭이집 비닭이장같이 오붓하든 내 동리
그것은 지금 무엇이 되었는가
차바퀴 소리 해조(諧調)마치 들리는 중에
희미하게 벌려지는 괴로운 꿈자리여!

북방 고원의 밤바람이 차창을 흔든다
(사람들은 모다 피곤히 잠들었는데)
이 적막한 방문자여! 문 두드리지 마라
의지할 곳 없는 우리의 마음은 지금 울고 있다

그러나 기관차는 야음(夜音)을 뚫고 나가면서
'돌진! 돌진! 돌진!' 소리를 질른다
아아 털끝만치라도 의롭게 할 일 있느냐
아까울 것 없는 이 한 목숨 바칠 데가 있느냐

—박팔양, 「밤차」 부분(『조선지광』, 1927. 9)

정지용과 박팔양은 동인지 『요람』 시절의 인연으로 일찍부터 묶여 있던 문우였다.[5] 하지만 이들의 행로가 교토의 대학과 경성의 신문사

5) 1936년 발표된 한 회고에서 박팔양은 경성법전 시절인 1922년경 같이 문학 활동을 하던 『요람』 동인들의 명단을 상세히 밝혀 둔 바 있다. 정지용, 박제찬, 김승영(휘문

로 엇갈린 후 둘 사이의 교집합은 점점 멀어졌고 '구인회' 시기에 들어서야 다시 겹치게 된다. 이런 탓에 1920년대 중후반 발표된 두 시인의 초기 시편에 담긴 교차 가능성은 이제까지 별다른 관심을 받지 못했다. 그런데 그들의 엇갈림이 여전하던 1927년 공교롭게도 '기차'와 '기관차'를 모티프로 삼되 상반된 지향을 담고 있는 두 편의 시가 짧은 시차를 두고 한 지면에 실리게 된 것이다.

두 작품은 모두 철로 위의 '기차'를 재현하고 있다는 점에서 닮아있다. 하지만 이들의 '기차'와 '기관차'는 제국과 식민의 위계로 구분된 동아시아 국제철도망의 현실을 일본, 그리고 조선/만주라는 장소의 층위로 대비시킨다는 점에서 당시로는 보기 드문 시적 특이점을 이루고 있다. 지용의 '기차'가 '내지'의 섬과 섬을 통과하는 여행객의 자리로 이어진다면 여수의 '기관차'는 '외지'의 변방 대륙으로 향하는 유이민들의 아픔이 담긴 식민의 철길 위를 보여준다. 식민지 출신의 '청년' 시인들

고보), 김용준(중앙고보), 김경태(일고), 이세기(고상, 경성고등상업학교), 김화산, 박팔양(법전, 경성법학전문학교)이 그들인데, 사실상 경성의 고등교육기관을 망라한 구성원이었다. 이들 중 정지용과의 인연에 대해서 밝힌 부분을 따로 인용해 둔다. "「향수」라 제한 작을 비롯해서 얼마 전에 출판된 정지용시집 중에도 「압천」, 「카페 프란스」, 「슬픈 인상화」, 「슬픈 기차」, 「풍랑몽」 등은 전부 요람에 등재하였던 작품이오 더욱 그 시집 제삼편의 동시 또는 민요풍의 시작은 반수 이상이 그 당시의 작이니 이 문인의 소년 시절이 얼마나 문학적으로 조숙하였는지를 알 수 있으며 (중략) 그러나 각기 동서로 헤어진 후에도 우리들은 잡지를 내어버리지는 아니하였다. (중략) 원고를 써가지고는 그대로 책을 내여 그야말로 원고회람을 하였다. 경성에서 경도로, 경도에서 동경으로 우리들의 원고뭉텅이는 쉴 새 없이 돌아다녔다." 박팔양, 「요람시대의 추억」, 『중앙』, 1936. 7, 147~148쪽. 여기서 박팔양은 「슬픈 기차」가 『요람』에 실렸다고 증언하고 있는데 관련 기록을 확증할 수 있는 텍스트가 전해지지 않아 현재까지 실증은 불가능하다. 다만 지용이 밝힌 창작 시기나 박제찬의 문학 활동에 대한 홍종욱의 고증을 고려했을 때 『요람』의 회람 시기가 1927년까지 이어졌는지는 확언하기 어렵다. 『요람』 동인들에 대한 실증적 고증으로는 홍종욱, 「교토 유학생 박제환의 삶과 실천－문학청년, 사회주의자, 식민지 관료」, 『한국학연구』 40, 인하대학교 한국학연구소, 2016, 403~409쪽 참조.

에게 종주국의 동해안을 가로지르는 남행길과 반식민지로 전락한 만주로의 북행길이 주는 의미는 다를 수밖에 없을 터. 이런 맥락에서 두 시에 등장하는 기차는 식민지/제국에서 살아남아야 하는 시적 주체가 세계를 바라보는 제한된 창문, 일종의 프레임 역할을 하게 된다. 서로 다른 이력을 가진 제국의 두 철도망과 그 안에 자리한 다국적 군상들이 이들의 시로 마주치는 순간, 열도에서 조선을 거쳐 대륙으로 이어지는 제국/식민지의 모순된 현실도 충돌하게 된 셈이다.

하지만 지용과 여수가 보여준 강렬한 '기차'의 이미지와 그 함축적 의미는 1927년을 기점으로 두 사람 모두에게서 사그라든다. 지용의 경우 교토 시절이 마무리되면서 '기차' 표상도 시효를 다했고, 얼마 후 만주로 떠난 여수의 시에서도 기차 표상은 더 이상 찾아보기 어렵게 된다. 결과적으로 1920년대가 저물며 두 시인의 '기차' 표상도 함께 사라진 것인데, 이들이 남겨놓은 제국/식민지의 '기차'들은 1930년대에 들어서면서 한층 다양한 모습으로 분기한다.

3. 식민지의 '암야'를 가로질러

1935년 카프 해산 이후 쏟아진 '후일담' 형식의 시편에서 '기차'는 다시 한번 인상적인 시적 표상의 자리에 오른다. 한 세대 앞선 정지용이나 박팔양의 '기차'에 담겨 있던 제국/식민지의 위계는 이들의 '기차'로 넘어오면서 보다 명확한 자기 정체성을 부여받는다. 특히 주목할 지점은 이 시기의 기차 시편 중 다수가 '밤'의 들판을 달리는 '밤차', 혹은 '야행차'를 호출하고 있다는 사실이다. 여수의 선행 사례에서 보듯, 밤과 기차의 조합은 일차적으로 당시 조선과 만주를 오가던 동아시아 철도망 이동의 물리적 조건이었다. 하지만 '밤'이 지니는 풍부한 상징성에 강조점을 둔다면 그 속을 달리는 '기차'들은 중일전쟁으로 향하는 시대적 상황에 대한 암시로도 읽어낼 수 있다. 이런 맥락에서 밤의 철로 위를 달리는 '기차'의 내부야말로 비루한 식민의 삶과 허울 좋은 제국의 화려함이 교차하는 극적 무대였다.

아직 멀었는가 추풍령은……
그믐밤이라 정거장 푯말도 안 보인다.
답답워라 산인지 들인지 대체 지금 어디를 지나는지?

나으리들뿐이라 누구한테 엄두를 내어
물을 수도 없구나.

다시 한번 손목시계를 들여다보고 양복쟁이는 모를 말을 지저귄다.
아마 그 사람들은 모든 것을 다 아나보다.

되놈의 땅으로 농사가는 줄을 누가 모르나.
면소에서 준 표지를 보지, 하도 지척도 안 뵈니까 그렇지!

차가 덜컹 소리를 치며 엉덩방아를 찧는다.
필연코 어제 아이들이 돌멩이를 놓고 달아난 게다.

가뜩이나 무거운 짐에 너 그 사이다병은 집어넣어 무얼 할래.
오호 착해라, 그래도 누이 시집갈 제 기름병을 하려고……

노하지 마라 너의 아버지는 소 같구나./ 빠가! 잠결에 기대인 늙은이의 머리를 밀쳐도,
엄마도 아빠도 말이 없고 허리만 굽히니……

오오, 물소리가 들린다 넓고 긴 낙동강에……

대체 어디를 가야 이 밤이 샐까?
애들아, 서 있는 네 다리가 얼마나 아프겠니?
차는 한창 강가를 달리는지,
물소리가 몹시 정다웁다.
필연코 고향의 강물은 이 꼴을 보고 노했을 게다.

—임화, 「야행차 속」 부분
(≪동아일보≫, 1935. 8. 11, 이후 시집 『현해탄』에 재수록)

위의 시는 1935년 5월 '카프 해산계'를 제출하고 마산으로 내려가 요양하던 시절의 작품이다. 시인은 '1935년 7월 27일 마산 병욕(病褥)에서'라는 원문의 부기를 통해 창작 시점과 장소를 직접 밝히고 있다. 눈여겨볼 지점은 카프 해산 과정에 얽힌 개인사적 부침이 실제 작품에도 일정한 영향을 미친다는 사실이다. 북쪽으로 향하는 경부선 '기차' 안의 유이민 가족을 통해 당대 현실을 고발하는 것이 시의 표면을 이룬다면, 그 이면에 자리한 것은 시적 주체의 미래에 대한 두려움과 불안의식이라고 여겨지기 때문이다.

시의 전반적인 구도는 기차 안 승객들과 어울리지 못하는 유이민 가족의 좌충우돌을 따라가는 방식으로 진행된다. 조선의 남쪽에서 만주로 향하는 가족을 둘러싸고 벌어진 기차 안 풍속도는 사실상 식민지 현실을 축도로 보여주는 것이기도 하다. 8년 전 박팔양이 「밤차」에서 노래했던 유이민들의 비극이 한층 구체적인 형상으로 재현되었다고도 말할 수 있겠다. 문제는 식민지 현실에 대한 고발을 주도하는 시적 주체의 심리가 더 이상 의지나 실천으로 전환되지 않는 사정이다. 고향을 떠나 '되놈의 땅으로' 쫓겨가는 가족의 운명과 '대체 어디를 가야 이 밤이 샐까?'라는 시적 주체의 독백이 교차하면서 만들어진 막막함은 눈앞의 현실을 뚫고 나가겠다는 의지가 아니라 어떤 선택도 하지 못하고 흔들거리는 주체의 내면 풍경에 가깝다. 결과적으로 밤이라는 시간과 이동하는 기차의 결합은 종착지를 향해가는 목적의식이 아니라 자신이 어디로 가고 있는지 알 수 없다는 불안과 접속하는 셈이다.6) 그렇기에 밤의 어둠 속을 달리는 기차는 카프 해산 이후 임화 시문학에 나타나기 시작한 주체의 균열을 보여주는 의식적/무의식적 배경으로 이해할 수 있다.

저무는 역두(驛頭)에서 너를 보냈다.
비애야!

개찰구에는
못 쓰는 차표와 함께 찍힌 청춘의 조각이 흩어져 있고
병든 역사가 화물차에 실리어 간다.

대합실에 남은 사람은
아직도
누굴 기다려

---

6) 이와 관련하여 염무웅은 임화 시에서 '밤'의 의미가 '암울'과 '적막', 나아가 '내면에 파고든 고독과 피로감'과 맞닿은 두 사례로 1926년 4월 ≪매일신보≫에 발표된 「무엇 찾니」와 1945년 11월 ≪자유신문≫에 발표된 「길」에 주목한 바 있다. 양편 모두에서 임화는 시인으로서의 자기 정체성을 두고 번민하고 있었고, 그런 내면 풍경이 '밤'의 이미지와 맞닿아 있다는 것이다. 염무웅, 「죽음을 넘어 시대의 어둠을 넘어－오늘을 비추는 거울로서의 임화의 삶과 문학」, 『임화문학연구』, 소명출판, 2009, 33~34쪽. 한편 1930년대 후반 임화의 시에 등장하는 '밤'이 시적 주체의 '우울'을 드러내는 시간으로 의미화되고 있다는 지적도 유사한 맥락의 논의로 이해된다. 유승미, 「식민지 조선 사회주의 청년의 우울」, 『어문논집』 67, 민족어문학회, 2013.

나는 이곳에서 카인을 만나면
목놓아 울리라.

거북이여! 느릿느릿 추억을 싣고 가거라
슬픔으로 통하는 모든 노선이
너의 등에는 지도처럼 펼쳐 있다.

—오장환, 「The Last Train」(『비판』, 1938. 4)

안개 짙은 밤
나는 그늘진 나의 청춘을 안고
북행열차에 실려
도망치듯 고향을 떠났노라

산 속을 기어
해안(海岸)을 달음질쳐
북관천리……

차실(車室)은 우리 모두가 안고 있는
한 폭의 생활 축도(縮圖)런가
행복은 문 어귀에도 없고
불행(不幸)만 꽉 차 숨이 막힌다.
(중략)

오라는 글발도 없고
기다리는 사람도 없는
밤과 밤을 거듭한
추방의 막막한 나그네 길

—김조규, 「북행열차」 부분(1941)

중일전쟁 시기를 지나면서도 식민지 현실과 길항 관계를 유지하던 리얼리즘 계열 시인들에게서 '기차'는 주요한 표상이자 배경으로 재생산되었다. 널리 알려진 오장환의 「The Last Train」이나 ≪만선일보≫ 시절 김조규가 재현해 놓은 「북행열차」는 임화의 사례를 잇는 대표적인 후속작으로 꼽을 만하다. 주목할 것은 이들의 시에서도 카프 해산 직후 임화 시에 엿보이던 시적 주체의 불안과 두려움이 각자의 방식으로 여전히 기차 표상에 접맥되어 나타난다는 사실이다. 먼저 '병든 역사'가 실린 '화물차'와 '추억'을 실어 나르는 '거북'으로 그려진 오장환의 '기차'는, 미래를 기약하지 못하는 시적 주체에게 목적지를 상실한 맹목적 현실의 표상으로 그려진다. 세계대전이 시작된 이후의 세계를 "행복은 문 어귀에도 없고/불행만 꽉 차 숨이" 막히는 '북행열차'를 통해 재현하는 김조규의 시선에서도 '밤'의 들판을 달리는 '기차'는 제국/식민지의 현실을 압축해 놓은 '한 폭의 생활 축도'로 그려진다. 정해진 철로를 반복해서 달려야 하는 기차의 운명과 주위를 분간하기 어려운 '밤'의 시간은 자신들 앞에 놓인 현실을 표상하는 공통의 출입구였던 셈이다.

4. 세계대전의 한복판에서

한국문학사에서 1940년대 전반은 종종 사라진 시간으로 기억되는 경우가 많았다. 중일전쟁 개전과 함께 조선 사회 전반에 저항보다는 협력의 분위기가 일상화된 결과의 여파일 것이다. 문제는 '저항과 협력'이라는 이분법만으로 속단하기 어려운 광범위한 '회색지대'의 존재다.[7] 이와 관련된 사례를 카프 진영에 참여했던 리얼리즘 계열의 시인들에게서 보는 것 역시 드물지 않은 일인데, 이런 현상의 본질을 시대에 대한 타협적 순응이나 치열한 암중모색 중 어느 한쪽으로 귀결짓는 일은 실제 벌어진 사태를 단순화한 선택이기 쉽다. 식민지의 '회색지대'는 모순된 감정들이 복합적으로 작동하는 사적 번민의 영역에서야말로 한층 유효한 준거점일 수 있다.

카프 해산 직후부터 4년 가까이 누구보다 열정적인 창작 활동을 이어갔던 윤곤강의 연보와 서지에서도 유사한 맥락이 확인된다. 1937년부터 1940년 사이에 집중되었던 윤곤강의 시 창작은 1941년에 들어서면서 급격하게 침체기로 접어들었다. 1941년 6편, 1942년 1편의 시를 추가로 발표했지만, 이전과 비교한다면 턱없이 적은 편수였으며 그나마도 1942년 3월 『조광』에 발표한 「여로」를 마지막으로 1945년 8월까지 더 이상의 시작품은 나오지 않았다.[8] 비평의 경우에도 사정은 별반 다르지 않다. 1943년 4월 결성된 친일 어용 단체인 조선문인보국회 시부회 간사로 임명되었던 사실이 확인되지만, 시인이자 비평가로서의 침묵만큼은 해방에 이르기까지 풀리지 않았던 셈이다. 이런 의미에서 1941년부터 이듬해 초반 사이에 상재된 7편의 시는 격변의 시대와 맞

---

7) 식민지 인식을 객관화하기 위해 광범위한 '회색지대'를 상정해야 한다고 제안한 윤해동의 문제의식을 적극적으로 참조하고자 한다. "일상적 저항의 범주를 통하여 식민체제에 대한 저항의 의미를 확대하고, 친일 개념을 협력 개념으로 전환함으로써 항상적으로 동요하면서 저항과 협력의 양면적인 모습을 가지고 있던 회색지대의 모습을 확인하고자 하였다. 저항과 협력이 교차하는 지점 즉 회색지대는 '정치적인 것'으로서 공적 영역이 위치하는 지대이기도 하다. 식민 지배하에서도 공적 영역은 지속적으로 확대되고 있었지만, 한편으로 그것은 식민권력의 자장을 벗어나지 못하는 것이기도 하였다." 윤해동, 『식민지의 회색지대—한국의 근대성과 식민주의 비판』, 역사비평사, 2003. 49~50쪽.

8) 1941년에 발표된 시 작품은 「해풍도」, 「밤차」, 「구름」, 「박쥐」, 「별이 흐르는 밤」이다. 1941~42년 사이 윤곤강 작품의 서지 사항은 『윤곤강 전집』1, 2(송기한 · 김현정 편, 다운샘, 2005)를 참조했다.

서려 했던 한 시인의 고투와 문학적 전환점을 살피는 주요한 계기로 삼을 만하다.

> 그時代의 詩人들의 詩에對한 態度로 본다면 이詩人이 詩的表現의 態度에있어 一面化된것도 無理한 일은 아니었다. 그때의 詩人들의 觀念은 모두 一面化와 操急性을 가지고있었다. 例컨대 기쁨만을 노래하는 詩人은슬픔을 슬픔만을 노래하는 시인은기쁨을 서로서로 커-다란背德처럼 생각하는傾向을 가졌었다. 이詩人도 그러한 傾向으로부터例外일수는없었다.
>
> 지금 생각하면 모두 不健康한 思考에서 생긴 錯誤와 誤謬였다. 自由詩가 自我의 막다른 골목에 다다러 여러가지 形態로 轉轉하며 彷徨하게되자 詩의世界는 무서웁게 破綻되여, 어떤者는 抒情의原林속에흘리고 온 꽃다발을 주어들고 시드른 香내를 되맡어보고, 어떤者는 生硬한 觀念의탕크를 타고 向方도모르를 暗夜의 荒野를헤매였고, 어떤者는 言語의 奇術師의 看板을 걸머지고 저도 모르는 잠고대를 放賣한것이었다.
>
> 그러는동안에 마침내 때는 왔다. 詩에對한 詩人들의 態度와 思考는 成長한것이다. 이詩人도 새로운 呼吸속에서 自我의方向을 探究한것이다.
>
> (중략)
>
> 그런데 이 "自畵像"에서 내가 느낀것은 첫째로 詩의 題材가 擴大된것, 둘째로 感性이 豐富해진것, 셋째로 表現技法이 多角的인 것이다. 勿論, 이세가지는 하나가 있으면 다른 두가지도 스스로 따르게 되는것이지만, 이세가지가 融合되여 그의詩의 面貌는 一見 變異의 感을주는 것이다.
>
> ―윤곤강, 「權煥時集 "自畵像"의 印象―書評」(『朝光』, 1943. 10)

1943년 가을 윤곤강은 카프 시절의 문단 선배였던 권환의 시집 『자화상』(1943)에 대한 서평을 『조광』에 발표한다. 이 글은 1940년대 전반에 시인이 남긴 유일한 비평문[9]인데 카프 출신의 문단 선배였던 권환의 시적 변화는 곧 세계대전 시기의 식민지 문학장에서 윤곤강 자신이 감당해야 했던 문학적 '회색지대'에 대한 소회와도 연결될 수 있다. 오랜 동료의 '자화상'을 빌려 윤곤강이 밝힌 '시에 대한 태도' 변화는 크게 두 부분으로 요약된다.

먼저 '그 시대'로 지칭된 카프 시기의 문학 운동에 대해서 관념의 '일면화와 조급성'이 전제된 결과라는 평가가 전제된다. '기쁨'과 '슬픔'이 공존하지 못하고 어느 한 편의 입장만이 강조되었다는 것인데, 그렇기에 '불건강한 사고에서 생긴 착오와 오류'일 수 있다는 비판이 뒤따른다. 하지만 조금 더 들여다보면 윤곤강의 강조점은 프롤레타리아 문학에 대한 거부만으로 한정되기 어렵다. 이어지는 대목에서 "자유시가 자아의 막다른 골목에 다다러 여러 가지 형태로 전전하며 방황하게 되자 시의 세계는 무서웁게 파탄"했다는 지적은 1930년대 시단의 경향 전반을 시야에 둔 고찰이자 비평적 판단으로 읽히기 때문이다. 카프에 몸담았던 자신과 동료들에 대한 재평가만이 아니라 식민지 문학장에 나타났던 근대적인 시 운동 전반을 비판적으로 성찰하고자 한 셈이다. 이런 맥락에서, 인용문 후반부에 제시된 권환 시의 세 가지 변화는 무엇보다 윤곤강 자신의 시론(詩論)과 창작 방향이 향하는 지점을 암시하는 것으로도 볼 수 있다.

다만 두 줄기 무쇠길을 밟으며

---

9) 이 시기에 발표된 윤곤강의 또 다른 글로 1940년 『시건설』에 실린 「시단문답」이 추가될 수 있다. 하지만 이 글은 잡지사에서 보내온 세 가지 질문에 대한 답변으로 이루어진 짤막한 설문으로 그나마도 두 질문에 대해서는 답변을 유보하고 있다.

검은 밤의 앙가슴을 뚫고
지금 나는 들을 달리고 있다.

나의 품안에 얽혀 가는 가지가지 사람들
남에서 북에서 오고가는 사람들
—누가 좋아서만 가고 온다드냐?

양초마냥 야위어 돌아오는 가시내
술취한 마음으로 길을 나선 사내
—도대체 그게 모두 어쨌단 말이냐?

나는 모른다 캄캄한 나의 앞길에
무엇이 기다리는지 누가 쓰러져 있는지
수없이 많은 나의 발길의 망설임!

나에겐 비바람 눈보라의 밤낮이 따로 없다
먹구렁이 같은 몸뚱이를 뒤틀며 뒤틀며 나는
달려야 한다 논과 밭 내와 언덕 산과 굴속……

—윤곤강, 「밤차」(『문장』 1941. 3)

「밤차」는 해방 이전 발표된 윤곤강의 시편 중에서 '기차' 표상이 전면화된 보기 드문 사례다. 총 5연으로 이루어진 시는 특이하게도 밤의 들판을 가로지르는 '기차'를 화자로 내세우고 있다. '기차'가 작품의 단순한 배경이 아니라 시적 화자의 역할을 대신한다는 점에서 이전에 보기 어려웠던 구성 방식인데 이동하는 기차 안이라는 상황 제시 외에 장소를 특정할 만한 정보가 모두 배제되다 보니, 시적 화자의 목소리에 일부분 관념성이 드러나는 것도 사실이다. 그럼에도 이 시가 지니는 미덕은 '밤'의 '기차'를 배경으로만 활용하던 이전 시기 카프 계열 시인들의 작품에 비해 형상화 방식이나 의미 면에서 미묘한 차이를 보이기 때문이다.

그 핵심에 놓인 것이 3연에서 4연까지 '기차'의 목소리를 빌려 이루어지는 시적 주체의 독백이다. 앞서 살핀 것처럼 '밤차'가 등장하는 대부분의 시편에서 남과 북의 철로를 오가는 피식민자들의 사연은 되새겨져야 하는 현실이자 조건이었다. 그러니 "양초마냥 야위어 돌아오는 가시내"나 "술취한 마음으로 길을 나선 사내"에게 뒤따를 가슴 아픈 사연은 시적 주체가 현실을 재구성하고 미래로 이끌고 나가기 위한 토대로서의 현실을 구성하는 요인들이다. 그런데 3연 말미에서 시적 주체는 "도대체 그게 모두 어쨌단 말이냐?"라는 한탄으로 식민지의 비극적 현실을 회피하는 듯한 모습을 취한다. 이어지는 독백은 이러한 거리두기의 심리가 어디에서 연유한 것인지를 시사한다. "나는 모른다. 캄캄한 나의 앞길에/무엇이 기다리는지 누가 쓰러져 있는지"라는 막막한 심경고백이 그것인데, 여기까지 이르면 시적 주체의 멈춰 섬은 단순한 회피이기보다 '나'에 대한 근원적 질문이자 동시에 '미래'에 대한 불안에서 비롯된 것임을 감지할 수 있다. 지난 시절 권환을 비롯한 카프의 동료들이 보여준 '일면화와 조급성'은 사실상 윤곤강 자신의 문제로도 수렴될 수 있기에 "수없이 많은 나의 발길의 망설임!"은 과거의 내가 눈여겨보지 않았던 반쪽의 나를 되돌아보아야 한다는 인식의 발현으로 이해될 수 있다. 과거와 현재의 길항 과정에서 도출된 잠정적 귀결이 마지막 연에 나타나는 지극히 현실적인 통찰과 다짐일 것이다. 요컨대 한 시대의 전환점에 놓인 시인의 내면 속 풍경을 밤의 '들'을 달리는 '기차'에 빗대 펼쳐놓은 셈이다.

풀피리 불며 불며
비탈길 넘어 보리밭
머릿길로 머릿길로 접어들면
마음 훍내 먹고 함뿍 취해

아지랑이 저—쪽에 힌 길
길 건너숲에 참새떼 지지재
슬며시 나리는 노을속에
냇물 흘러 푸른 띠
나무다리우엔 스연한 발자국
하마 밟을사 건느면
적은마음 어구 비인 주막
컹컹 짖어 맞는 강아지……

자욱마다 조약돌 밟히도록
어둠에 쌓여 어둠속으로 가도
머얼고 아득한 나의 길

—윤곤강, 「여로(旅路)」(『조광』, 1942. 3)

1942년 『조광』에 실린 「여로」는 해방 이전 지면으로 발표된 시인 윤곤강의 마지막 작품이다. 앞서 살핀 「밤차」로부터 정확히 1년 뒤의 작품인데, 동남아시아와 태평양에서 연일 전해지는 제국 일본의 승전보가 언론 지면마다 가득하던 시절이었음을 염두에 둘 필요가 있다. 군국주의를 향한 소란스럽고 속물적인 퍼레이드에 휩싸여 세상이 떠들썩할 무렵 시인이 작품 속에서 선택한 길은 '어둠'에 쌓인 채 '머얼고 아득한 나의 길'을 찾는 일이었다.

인용한 시 전편을 감싸고 있는 소박하면서도 감성적인 시어에서 먼저 떠올릴 수 있는 것은 한 해 뒤 권환의 시집에 곤강이 부여했던 창작 방법이 그 자신의 시에서 이미 작동하고 있었던 정황이다. 시의 '제재'를 확대하고, '감성'과 '표현기법'을 풍부하게 활용했다는 지적은 그 자신의 시에 대한 평가로도 큰 무리가 없어 보이기 때문이다. 문제는 마지막 연에 담긴 시적 주체의 상황이 앞선 두 연과 엇갈리며 만들어내는 심리적 긴장감이다. 마지막 연을 기준 삼아 시 전편을 다시 읽게 되면 어둠 속 길로 나서야 하는 존재의 선택에서 강한 의지나 다짐이 거세되어 있음에 주목하지 않을 수 없다. 이와 관련하여 1941년 5월 ≪매일신보≫에 발표한 「박쥐」는 당시 윤곤강의 내면을 짐작해 볼 또 하나의 단초를 제공해 준다. 이를테면 "햇빛을 못봐 낮은/나무ㅅ그늘 처마끝에 장님처럼/죽은 듯 만 듯 업드렸다가/밤되면 어둠을 타고/어둠을 타고 일어"난다고 묘사된 '박쥐'가 그렇다. 여기서 확인되는 '어둠' 속에 머무는 존재의 불안한 심리는 일시적인 사건이 아니라 삶 자체에 만연된 조건이자 어찌할 도리가 없는 한계로 표출된다. 이 시기 윤곤강 시에 머물던 시적 주체에게는 계몽이나 낭만이라는 개념으로 붙잡을 수 없는 주체의 어두운 심연이 전제되었던 것이다.

결과적으로 1940년대 초반 「밤차」에서 「박쥐」를 거쳐 「여로」로 이어지는 1년 남짓한 시간 동안 시인 윤곤강의 의식을 맴돌고 있었던 복합적인 감정의 정체는 '어둠' 속으로 난 앞이 보이지 않는 '길' 위에서 어쩔 줄 모르면서도 결국 일상을 살아내야만 하는 식민지 지식인의 딜레마로 요약될 수 있다. 아마도 이 복합적인 감정이야말로 중일전쟁이 세계대전으로 확산되던 시기 식민지 시인의 내면 깊숙이 자리한 '속살'의 한 유형이었을 것이다.

참고문헌

윤곤강, 「시단문답」, 『시건설』, 1940.

______, 「전통과 창조」, 『인민』, 1946. 1.

박팔양, 「밤차」, 『조선지광』, 1927. 9.

______, 「요람시대의 추억」, 『중앙』, 1936. 7.

오장환, 「The Last Train」, 『비판』, 1938. 4.

임　화, 「야행차 속」, ≪동아일보≫, 1935. 8. 11.

정지용, 「슬픈 기차(汽車)」, 『조선지광』, 1927. 5.

송기한 · 김현정 편, 『윤곤강 전집』 1 · 2, 다운샘, 2005.

염무웅, 「죽음을 넘어 시대의 어둠을 넘어－오늘을 비추는 거울로서의 임화의 삶과 문학」, 『임화문학연구』, 임화문학연구회 편, 소명출판, 2009.

유승미, 「식민지 조선 사회주의 청년의 우울」, 『어문논집』 67, 민족어문학회, 2013.

윤해동, 『식민지의 회색지대－한국의 근대성과 식민주의 비판』, 역사비평사, 2003.

한상철, 「윤곤강 시의 동물 표상 읽기」, 『어문연구』 77, 어문연구학회, 2013.

______, 「식민의 장소, 동물원의 정치적 무의식－1930년대 후반의 동물 시편을 중심으로」, 『어문연구』 90, 어문연구학회, 2016.

홍종욱, 「교토 유학생 박제환의 삶과 실천－문학청년, 사회주의자, 식민지 관료」, 『한국학연구』 40, 인하대학교 한국학연구소, 2016.
가토 요코, 양지연 역, 『왜 전쟁까지－일본 제국주의의 논리와 세계의 길 사이에서』, 사계절, 2018.
쓰루미 슌스케, 최영호 역, 『전향』, 논형, 2005.
요시다 유타카, 최혜주 역, 『아시아 태평양 전쟁』, 어문학사, 2012.
후지타 쇼조, 최종길 역, 『전향의 사상사적 연구』, 논형, 2007.

윤곤강 시와 시론의 상관적 변모 과정

이형권(충남대학교)

1. 머리말

곤강(崑崗) 윤붕원(尹朋遠)은 시대 현실에 의해 문학적 굴절을 두드러지게 겪은 시인이다. 그가 살았던 1911년부터 1950년까지의 시대적 성격은 암흑과 혼란으로 요약된다. 평탄치 않은 역사의 험로를 살아가면서 그의 삶은 파란만장한 여정을 겪었는데, 그것이 문학이라는 표현 방식을 획득하면서 시와 시론으로 구체화하게 된다. 그의 일상적 삶은 교원, 면서기, 교수 등의 직업을 전전하다가 신경 쇠약증에 걸려 39세의 나이에 병사하는 것으로 마무리했다. 그의 문학적 삶은 1931년 『비판』을 통해 시인으로 등단하면서 현실주의 문학을 추구하는 것으로 출발했다. 한때 카프에 가입하여 활동하다가 1934년 제2차 검거 사건 연루되어 옥고를 경험하기도 하지만, 그런 와중에도 시인과 시론가로 꾸준한 활동을 전개해 나갔다. 그는 1930년대 후반 일제의 강압 속에서 대다수 문인이 절필이나 도피를 할 때도 왕성한 문학 활동을 실천했다.

곤강은 약 17년간의 창작 기간에 다섯 권의 시집과 한 권의 시론집[1)]

을 남겼는데, 우선 양적인 면에서만 보더라도 치열했던 시심의 일단이 드러난다. 그의 시와 시론의 특징은 시대 요인에 많은 영향을 받으면서 시대에 다른 변모의 과정을 겪었다는 점이다. 그가 살았던 시대는 일제 강점기에서 광복 직후의 혼란기까지였는데, 그는 그러한 시대에 대한 응전의 일환으로 시를 쓰고 시론을 개진했다. 그는 시대가 변하면 그의 시와 시론도 그 상황과 연계하려는 노력을 일관되게 기울였다. 이 같은 특징이 곤강 개인의 문학적 성향을 넘어, 당시 우리 사회나 문단의 현실을 직·간접적으로 반영한 결과였다. 그 반영의 방식은 주로 시대 현실에 대한 비판이나 풍자와 관련된다.

곤강에 관한 연구는, 그의 작품 활동과 문학적 성과에 비해 미진한 형편이다. 이것은 이미 검증된 몇몇 시인들의 제한된 작품만을 대상으로 이루어진 우리나라 시 연구의 편중 현상과도 관계되는데, 현대시 연구의 풍요로운 전개를 위해서 지양해야 할 과제가 아닐 수 없다. 이런 맥락에서 지금까지 그에 관한 연구는 단편적인 수준에서 이루어져 왔다. 당대에는 간략한 서평이나 인상 비평[2]이 주류를 이루었으며, 그 후

---

1) 처녀작은 『비판』(1931년 11월호)에 실린 「옛 성터에서」이고, 마지막 작품은 『대조』(1948년 8월호)에 발표한 「바람」이다. 또한 첫 시집은 『대지』(1937)이며, 이후 『만가(輓歌)』(1938), 『동물시집』(1939), 『빙화(氷華)』(1949), 『피리』(1948), 『살어리』(1948) 등을 출간했다. 시론집으로 『시와 진실』(1948)이 있다. 인용할 때는 원문을 원칙으로 하되, 명백한 오탈자나 오기는 바로잡는다. 한자는 한글로 변환하여 표기하고. 문맥상 한자가 필요할 때는 괄호 속에 병기한다(이하 마찬가지). 또한 『윤곤강 전집 1 시』와 『윤곤강 전집 2 산문』(송기한·김현정 편, 다운샘, 2005)을 참조한다.

2) 이정구, 「윤곤강 시집 '대지'를 읽고」, ≪조선일보≫, 1937. 5. 22.
김중원, 「윤곤강 저 '동물시집'」, ≪매일신보≫, 1939. 10. 15.
이하윤, 「기묘시단 메모」, 『문장』, 1939. 12.
최재서, 「유월시단평」, 『인문평론』, 1940. 7.
______, 「칠월시단평」, 『인문평론』, 1940. 8.
한 식, 「'빙화' 독후감—윤곤강씨의 신시집」, ≪매일신보≫, 1940. 10. 30.
이육사, 「곤강시집 '빙화' 기타」, 『인문평론』, 1940. 11.

간헐적인 관심 표명[3])이 있을 따름이다. 그러나 이들은 곤강의 시세계를 문학사적 의의와 관련하여 총체적으로 접근하는 시각을 확보하지 못한 것으로 판단된다. 다행히 최근 그의 시에 대한 본격적인 시사적 의미 부여를 하는 작업[4])이 있어 관심을 끌지만, 시론과 시 전체의 유기적 연관 관계를 밝혀내는 데는 미흡했다. 그리하여 이 글은 곤강의 대표적 시론과 시를 대상으로 그 상관적 변모 과정을 통시적으로 기술하려고 한다. 방법론으로는 사회 시학[5]) 이론을 활용하면서 곤강 문학의 역사·사회적 의미와 동시에 형식과 표현 문제에도 관심을 가질 것이다. 이를 통해 곤강이 한국 현대 시사에서 차지하는 위상을 재정립하고자 한다.

김 송, 「'살어리'의 향수—감격의 시인 윤곤강을 弔함」, ≪서울신문≫, 1950. 3. 1.
홍효민, 「곡(哭) 윤곤강 시인」, ≪서울신문≫, 1950. 3. 1.
장만영, 「곤강과 나」, 『문학』, 1950. 5.
이하윤, 「곤강을 생각한다」, 『현대문학』, 1963. 1.

3) 문성숙, 「곤강 윤명원론」, 『북천선생화갑기념논문집』, 1982.
서준섭, 「오일도와 윤곤강의 시」, 『한국현대시사연구』, 일지사, 1983.

4) 김용직, 「계급의식과 그 이후」, 『한국현대시사 2』, 한국문연, 1996.

5) 문학 연구에 있어서 역사·사회학적 방법론과 형식주의 방법론이 가지는 각각의 한계를 극복하기 위해 제시된 것이다. 이것은 바흐찐이 러시아에서 "공식적인 이데올로기로 그들의 주장과 러시아 형태주의자들의 반대 명제를 종합"(김현, 『문학사회학』, 민음사, 1983, 80쪽)하고자 했던 의도와 관련된다. 또한 문학이란 "사회적 상호작용이나 의사소통의 산물이며, 또한 그 자체로서 특수한 하나의 사회적 실체"(김욱동, 『대화적 상상력』, 문학과지성사, 1988, 102쪽)라고 했던 것과도 관련된다. 이 같은 관점을 우리나라 시 연구에 본격적으로 도입한 예는 김민수의 저서(『현대시의 사회시학적 연구』, 느티나무, 1989)가 있다.

2. 시론과 시의 변모 과정

1) 시론—시대 정신, 포에지, 전통의 추구

곤강은 시인이자 평론가였다. 그의 시론집 『시와 진실』에는 각종의 신문·잡지에 게재되었던 39편의 글이 실려 있다. 이들 가운데 「현대시의 반성」, 「포에지에 대하여」, 「시의 생리」, 「시의 진화」, 「직관과 표현」, 「창조와 표현」, 「시와 언어」, 「전통과 창조」 등에 그의 시론이 더 직접적으로 드러난다. 여기서 필자의 관심은, 이들 시론 자체의 분석보다는 그것들이 실제 창작 실천의 작업과 연속성을 담보하고 있느냐 하는 점이다. 시인의 시와 시론이 항상 일치하는 것은 아니기 때문이다. 먼저 그의 시론은 1930년대 후반부터 본격적으로 이루어지는데, 그가 창작 생활의 초기에 가졌던 시에 관한 생각은 이렇다.

> 만약, 우리의 뮤우즈들이 좀 더 총명한 정신의 소유자로서 육체와 정신을 상호 분류시키지 않고 좀더 깊고 넓게 시대상과 열정적인 격투를 하였다면, 시라는 것이 의미와 음의 양면의 심미성의 강렬한 통일 가운데서 빚어지는 열매(實)라는 것을 이해하였다면, 경박한 모오던이즘이나 포오르마리즘의 유행병에 걸려 헐한 '아류' 노릇을 하지 않고서도 생활을 영위할 수 있었을 것이다.[6]

시인이란 시대정신에 투철해야 하는 것을 강조하는 동시에 당시 시단의 문제점에 대한 비판도 곁들이고 있다. 곤강은 "시대상과 열정적인 격투"를 강조하고 있는데, 이는 이 글의 전체 문맥을 고려할 때 그가 한때 동참했던 카프의 계급의식과 관련되는 것으로 파악된다. 이 글을 처

---

6) 윤곤강, 「현대시의 반성」, 『시와 진실』, 정음사, 1948, 15~16쪽.

음 발표한 것은 1938년 6월인데, 이 시기는 비록 카프 해산 이후 3년이 지난 때였다. 하지만, 우리 문단에서 프로문학에 대한 미련이 사라지지 않은[7] 상태에 있었다. 이 같은 상황에서 곤강이 프로정신의 다른 이름인 "시대상과의 열정적인 격투"을 강조한 것은 문학적 신념의 일관성을 보여준 것이다. 또한, 당시의 시단에 대해 "경박한 모오던이즘이나 포오르마리즘의 유행병에 걸려" 있다고 진단을 내린 것도 이와 관련된다. 그가 보기에 김기림, 정지용 등으로 대표되는 1930년대 모더니즘 시는 내용을 무시한 형식주의로 일관했다. 즉 "시대와의 열정적인 격투"는 시 내용의 으뜸가는 덕목인데, 이를 도외시하는 그들의 시는 형식만을 탐색하는 "유행병"에 불과하다는 것이다. 그리고 "의미와 음의 양면의 심미성의 강렬한 통일"을 해야 한다는 주장도 형식과 이미지만을 강조하는 모더니즘 시에 대한 거부의식과 다르지 않다. 곤강은 다른 글에서 이러한 주장을 더 강조한다.

> 그곳에 아무리 훌륭한 시적 이론이 있어 '현실 탐구'를 제창할지라도 시인의 처한 바, 현실적 기조에 뿌리를 박은 자각과 인식 밑에 전형적 감성을 노래하려는 인간적 열정이 없이는, 결국 무의미한 정력의 소비 이외에 아무것도 아닐 것이다. ---아무리 시에 있어서의 기술과 언어의 배열법에 이르는 표현 방법을 변혁한다손 치더라도 내면적으로 관류하는 바 시적 정신을 좀먹고 있는 곳에는 아무런

---

7) 이른바 비해소파로 분류될 수 있는 안함광, 한설야, 이기영 등 일군의 프로문학 출신 문인들이 여기에 해당된다. 이들은 카프 해산 이후, 그 극복 방안을 카프가 이룩한 성과의 연장선상에서 찾으려 했다. 당연히 임화와 김남천으로 대표되는 해소파가 카프의 한계를 표나게 강조하며 문학의 계급성을 희석시킨 사실과 대립될 수밖에 없다. 이 같은 비해소파와 해소파의 대립은 해방 이후 '조선프롤레타리아문학동맹'과 '조선문학건설본부'의 입장 차이로 이어진다. 기타 자세한 것은, 김재용의 『민족문학운동의 역사와 이론』(한길사, 1990, 11~32쪽)을 참고 바람.

희망도 없다. 오직 그곳에는 걷잡을 수 없는 애상적 센치멘트와 소시민적 세계의 산물인 고뇌를 위한 고뇌가 유일의 선물일 뿐이다.[8)]

곤강은 "시적 정신", 즉 포에지의 중요성을 강조하고 있다. 이것은 앞서 말한 "시대상과의 열정적인 격투"에 더 구체적이고 문학적인 의미를 부여한 것이다. 즉 내면적으로부터 솟구치는 현실에 대한 뜨거운 열정으로서의 시 정신이 고갈된 시는 아무런 희망도 가져다주지 못한다고 보는 것이다. 하여 그런 시에 나타나는 "애상적 센치멘트와 소시민적 세계"를 문제 삼고 있다. 그리고 그 반대편에 "현실적 기조에 뿌리를 박은 자각과 인식 밑에 전형적 감성을 노래하려는 인간적 열정"을 내세운다. 진정한 시 정신은 "현실적 기조"로부터 나온다는 것인데, 이것은 리얼리즘 미학에서 말하는 문학적 토대로서의 "현실"을 의미하는 것이다. 또한 "전형적 감성"도 마찬가지다. 리얼리즘 미학에서 전형의 개념은 반영과 함께 가장 중요한 요소이다. 소설에서의 전형적 인물 대신 시에서 중요한 것으로 "전형적 감성"을 내세운 것으로 볼 수 있는데, 이는 카프 해산 이후에도 지속하는 곤강의 이념적 경직성[9)] 혹은 일관성이 반영된 대목이다.

곤강의 주장 가운데 또 하나 빼놓을 수 없는 것이 이른바 전통론이다. 이것은 주로 광복 이후의 시 창작과도 연계되는 것으로서, 그 내용을 보면 시론이라기보다는 일반적인 문화론의 성격이 강하다. 해방 후 그는 "전통이란 다만 과거의 현실이 아니라 미래까지를 내포하고 좌우하는 커다란 힘"[10)]임을 밝히고 있는데, 이 대목은 온고지신(溫故知新)

---

8) 윤곤강, 「포에지에 대하여」, 『시와 진실』, 정음사, 1948, 70~71쪽.
9) 김용직, 앞의 책, 195쪽.
10) 윤곤강, 「전통과 창조」, 『인민』, 1946. 6.

의 전통 정신을 강조한다.

> 그러므로 우리가 가장 심각하게 자연에 접촉하여 가장 훌륭하게 자연을 모방하는 것을 가장 훌륭한 창조라고 말할 수 있으며, 혁신이라는 것도 전통에 육박(肉迫)하는 힘이 강할수록 창조적이라고 말할 수 있을 것이다.…중략…참된 전통 위에 뿌리 박은 창조, 오직 그것만이 우리 민족 전체를 바른 길로 이끌어 줄 것이다.[11]

곤강은 전통의 창조적 성격과 민족의 장래 문제까지도 밝히고 있다. 현실의 혁신과 미래의 전망을 강조하는 프로문학론에 심취해 있던 그가, 해방 후 이 같은 전통론을 주창하게 된 연유는 무엇일까? 그것은 정치인이 아닌 문화인으로서의 혼란한 현실을 타개하기 위한 하나의 방책이었다. 광복 직후, 모든 분야가 극도의 정치성과 이데올로기에 휘말리고 있던 당시의 상황에서, 문학 역시 그곳에서 한 발자국도 벗어날 수 없는 상태에 놓여 있었다. 좌익계 문인들은 조선문학건설본부의 결성으로 맹렬하게 활동을 재개했으며, 그와 대립하던 이른바 순수문학파 역시 중앙문화협회를 통해 문학운동을 조직적으로 시작했다. 또한, 이들의 이원적 대립은 극심했고, 좌익계 시인들 자체적으로도 해소파와 비해소파로 나뉘어 더욱 복잡한 헤게모니 싸움에 골몰해 있었다.[12] 이 같은 현실에서 곤강은 어느 쪽에도 치우치지 않으려는 노력과 모색의 결과로 전통론을 주장한 것이었다.

---

11) 윤곤강, 『시와 진실』, 앞의 책, 161쪽.
12) 권영민, 『해방직후의 민족문학운동연구』, 서울대출판부, 1986, 10~11쪽.

2) 시의 세 가지 범주

곤강의 시론이 다양한 변화의 양상을 보이는 것처럼, 그의 시 또한 굴곡이 심한 변모의 과정을 거친다. 곤강 시는 시집을 중심으로 살필 때 두 번의 큰 변모를 겪은 것으로 파악되는데, 하여 그의 시적 특징은 대략 세 범주로 나누어 고찰할 수 있다. 첫째는 시집『대지』에 잘 집약되어 있는데, 자본주의적 모순을 비판하고 계급주의 혁명을 고취하는 데 목적을 둔 전형적인 프로시의 면모를 보여준다. 둘째는 시집『만가』, 『동물시집』,『빙화』를 통해 나타나는데, 첫 번째 범주에 드러나는 현실인식을 완전히 포기하지는 않았지만, 매우 소극적인 양상으로 전개되는 양상을 보여준다. 투철한 현실인식이 떨어져 나간 빈자리엔 우울, 비탄, 슬픔 등으로 점철된 체념의 정서 혹은 풍자의 시학이 자리 잡는 것이다. 셋째는 시집『피리』,『살어리』를 통해 드러나는데, 해방 후의 혼란한 현실에서 시인 자신과 민족의 정체성을 확인하기 위한 전통 추구 정신이 중심을 이룬다.

(1) 부정 정신과 계급의식의 시

첫 시집『대지』에 수록된 시편들은 일제 강점기의 어두운 시대에 대한 인식과 그것을 타파하려는 의식이 전경화된다. 곤강의 시에서 "대지"로 표상된 시대 현실은 어둠에 휩싸인 상태였으며, 그곳엔 우울한 "만가"만이 울려 퍼지고 있었다. 새삼 밝힐 것도 없이, 곤강이 본격적인 창작 활동을 하기 시작한 1930년대 중반은 일제의 강압적 통치 행위가 있었던 시기였다. 일례로 조선 총독 미나미 지로(南次郞)가 부임하면서 비상시국을 선언하여 위기의식을 조장하였다. 나아가 만주사변(1931), 중일전쟁(1937), 태평양전쟁(1941)으로 이어지는, 그들의 침략 전쟁을 도모하는 방편으로 한민족 말살을 위한 내선일체(內鮮一體) 정책[13]을 최우선 과제로 추진했다. 민족의 삶과 정신이 극단적인 위기에 빠져드는 이 같은 상황에서 곤강은 절박한 마음으로 응전의 자세를 갖지 않을 수 없었다. 한일늑약 다음해인 1911년에 태어난 현실파 청년 곤강이 선택한 응전의 방식은, 지주의 아들이라는 계급적 콤플렉스[14]마저 감내하면서까지 실천한 프롤레타리아 운동이었다. 그가 실질적으로 프로문학운동을 하던 1930년대 초·중기에 발표된 작품은 많지 않으나, 『대지』에 실린 많은 시편은 당시의 그 같은 사정을 대변해 준다.

> 쩡! 갈러지는 어름ㅅ장의 외우침!
> ———아모런 속박도 앙탈도 그놈에게는 자유일다!
> 보아라 거북(龜)의 잔등처럼 가로 세로 금(線)을 그으며
> 지심(地心)을 뚫고 내솟는 자유의 혼, 실행의 힘이,
> 한거름 두거름 닥어오는 계절의 목덜미를 걷어잡고
> 지상의 온갓 헤게모니—를 잡으려는 첫소리를!
>
> 오오 동면(冬眠)의 혼이여!
> 기지개를 켜고 부수수 털며 일어나는 실행의 힘이여!
> 나는 이를 악물고 가슴을 조리면서
> 네 다리에 피가 흐를 때까지 채ㅅ죽을 더(加)하련다.
>
> —「동면(冬眠)」 부분

---

13) 이를 효과적으로 이루기 위해 일제는 '30년대 들어 파시즘 체제를 강화해 나가는데, 구체적으로 조선 내 일본군과 경찰의 수를 대폭 증가시키고, '조선사상범보호관찰령'을 선포(1936)하여 철저한 사상 통제를 하게 된다. 이를 보아도 일제의 한민족 말살 정책이 얼마나 전면적, 체계적으로 이루어지고 있었는지 알 수 있다. 강만길, 『고쳐 쓴 한국근대사』, 창작과비평사, 32~38쪽 참조.

14) 김용직, 앞의 책, 196쪽.

시에 의하면, 당시는 "북풍"으로 만물이 얼어붙은 "동면"의 시대다. 그러나 겨울이 깊어지면 봄이 멀지 않듯이, 아무리 억센 고난의 시절이라도 시간의 흐름에 따라 지나가기 마련이라는 인식이 뚜렷하다. 이런 측면에서 시의 화자는 얼음장 밑으로 흐르는 물의 생명력을 깨닫고, 그것을 더욱 촉진하려 하고 있다. "쨍! 갈러지는 어름ㅅ장의 외우침!"에 대한 인식에서 출발하여, "지심을 뚫고 내솟는 자유의 혼, 실행의 혼"을 믿고, "지상의 온갓 헤게모니"를 잡기 위하여 "동면의 혼"에 "피가 흐를때까지 채ㅅ죽을 더"하는 것이다. 주지하듯 부정한 현실을 폭로하고 고발하는 것은 프로문학의 일차적 임무다. 나아가 그것을 타파하기 위해 행동으로 실천해 나가는 일이 요구되는데, 이 시에서 까별히 강조되는 "실행"은 그러한 리얼리즘 미학의 실천(praxis)[15]과 관련된다.

곤강은 광주학생운동과 카프 2차 검거 사건에 연루되어 옥살이를 했던 것으로 알려져 있다.[16] 광주학생운동은 1930년 11월에 일어난 비판적 사회운동으로 그가 문학 활동을 하기 직전의 일이었는데, 이는 현실 비판의 선두에 섰던 카프문학운동에 관심을 두는 계기가 되었다. 또한, 카프 2차 검거 사건이란 일명 전주 사건으로 불리는 것으로서 카프 해산과 직접 연관된다. 카프는 1935년에 대부분의 맹원이 구금되면서 조직이 와해되고, 국내외 정세마저 악화되면서 해산계를 제출하고 공식 활동을 중단한다. 그런데 일제의 강압에 의해 카프가 해산되었기에, 그

15) 리얼리즘 문학관에서 매우 중요한 개념인데, 이 문제를 두고 임화와 김남천은 한때 논쟁을 벌인다. 이른바 '「물」 논쟁'이 그것인데, 임화는 김남천의 소설 「물」(『대중』, 1933. 6)이 경험주의적이고 생리주의적인 오류에 불과하다고 혹평하고, 김남천은 자신이 직접 체험한 옥중 생활(1931 '조선공산주의협의회사건', 일명 카프 1차 검거에 연루)이라는 실천과 창작의 일치였음을 들어 반론을 폈다. 김윤식, 『임화 연구』, 문학사상사, 1989, 337~359쪽 참조.

16) 김용성, 『한국현대문학사탐방』, 국민서관, 1979, 318쪽.

맹원들 중에는 그것을 즉각 인정치 않으려는 사람들[17]이 있었다. 그들은 문학적으로 유물론적 사고를 그대로 유지하고 있었다. 이 점은 곤강도 마찬가지여서 그는 카프 해산 이후 비판적, 공격적 문학 활동에 더 적극적이었다.

> 마당ㅅ가 뺏나무잎이 모조리 떨어지든 날
> 나는 눈앞까지 치민 겨울을 보고 악이 바처,
> 심술쟁이 바람을 마음의 어금니로 질겅질겅 씹어 보다
> 나를 이곳에 꿇어 앉힌 그 자식을 씹어 보듯이……
>
> ㅡ'장수일기'에서(「향수 2」[18] 부분)

이 시에는 곤강의 옥살이 체험이 잘 드러나는데, 광주학생운동에 연루되어 "장수"에서 영어(囹圄) 생활을 했던 사실[19]에 바탕을 두고 있다. 이 시의 주된 정조를 형성하는 "그 자식"에 대한 분노는, "악이 바처"와 "씹어 보듯이"에 드러나는 것처럼, 매우 공격적인 저항적인 "나"의 의식과 관련된다. "그 자식"은 당시 시대 상황으로 미루어 볼 때 일본 제국주의자들이나 그 하수인인 부르주아이고, "나"는 그로부터 핍박받는 프롤레타리아라고 볼 때, 이들 양자 사이에는 계급적 대립 구도가 뚜렷이 설정된다. 특히 "나"의 분노와 울분으로 촉발되는 대결 정신은 일종의 프롤레타리아 투쟁 의식과 관련된 것으로 읽힌다.

이러한 특징으로 인해 시집 『대지』는 "전체로 격렬한 낭만에 휩싸야

17) 대표적인 사람이 해산 당시 서기장이었던 임화였다. 그는 카프 해산 후에도 「다시 네거리에서」(1935), 「적」(1936)과 같은 계급의식이 드러나는 시를 계속 창작한다. 김용직, 『임화문학연구』, 세계사, 1991, 19쪽 참조.

18) 이 작품 외에 「향수 3」, 「일기초」 에도 '장수일기에서'라는 첨언이 달려있어, 이들도 옥중 체험을 형상화한 것임을 알 수 있다.

19) 김용직, 앞의 책, 199쪽.

있으면서도 그 미를 항상 한 계절의 품속에서 봄을 찾는 강렬한 음향이 일관하여 관류하고 있다"[20]는 평가를 받는다. 한편으로는 프로시로서 "매우 유망"[21]하다는 등의 호평을 받기도 한다. 이러한 평가에 상응하는 작품으로 「대지 1」, 「대지 2」, 「봄의 환상」, 「향수 2」, 「바다」, 「들」, 「애상」, 「갈망」 등을 들 수 있다. 이들은 표현 방식에서 직설적 토로의 어조를 주로 사용하면서 유장한 리듬을 견지한다. 이 점은 우리나라 프로시의 일반적인 성격과 유사한 것으로서, 한 행의 음보율이나 음수율뿐 아니라 시 전체의 길이도 장형을 유지하고 있는 편이다. 이 시편들은 1920년대 내용 위주의 프로시에 비해 어느 정도 표현 효과를 지향[22]했다는 점에서 시사적 의미를 부여받을 수 있다.

(2) 체념적 슬픔과 풍자의 시

현실에 대한 부정 정신과 계급의식으로 점철된 초기시 이후, 곤강의 시는 시집 『만가』, 『동물시집』, 『빙화』를 통해 새로운 모습을 보여준다. 이들 시집의 시편들은 내용상의 변화만을 보여주는 데 그치지 않고, 시적 표현 방법상의 변모를 뚜렷하게 보여준다. 우선 제2시집 『만가』에는 계급의식이 잘 드러나지 않으면서 삶에 대한 비관주의적 정서가 흐르는 시편들이 지배적이다. 이들 시는 당시의 시대 현실을 "어둠"으로 인식하고, 그 속에서 느끼는 체념적 슬픔의 정서를 드러낸다. 시의 어조도 시대에 대한 강하고 비판적인 목소리가 사라지고 차분하고

---

20) 이정구, 앞의 글.

21) 이찬, 「윤곤강 시집 '대지'를 읽고」, 『조선문학』, 1937. 6, 101쪽.

22) 김윤식은 한국 프로시의 전개 과정을 (1)PASKYULA 시대(경향시) (2)KAPF 이후(내용 강조) (3)1930년대 이후(표현 강조)의 세 단계로 설정하고, 곤강을 이흡(李洽), 조벽암(趙碧岩)과 함께 세 번째 단계의 동반자 시인으로 분류한 바 있다. 김윤식, 『한국근대문예비평사연구』, 일지사, 1987, 447쪽.

가라앉은 목소리를 보여준다. 초시의 시편들에 비해 내면화되는[23] 새로운 변모의 과정을 겪고 있는 셈이다. 그리하여 『만가』는 주로 어둠 속에 웅크리고 있는 자아를 성찰하는 시편들로 구성되었다.

> 물빛처럼 캄캄한 어둠의 테속———
>
> —「만가 I」 부분

> 어둠이 어리운 마음의 밑바닥
>
> —「붉은 혓바닥」 부분

> 어둠은 어둠을 낳고
> 어둠은 어둠만을 사랑하고
> 어둠은 어둠 속에서 죽느냐?
>
> —「O · SOLE · MIO」 부분

이 시구들은 온 세상이 '어둠'으로 물들었다는 비탄에 찬 현실 인식을 드러낸다. 이는 현실에 대한 비수 같은 열정적 공격성이 실패하고, 깊은 상처를 받은 사람이 갖는 체념적 슬픔의 감정이다. 『대지』가 대성통곡을 곁들인 행동적 인간의 모습을 보여주었다면, 『만가』는 가슴 깊이 침잠하는 흐느낌의 목소리를 들려주었다고 하겠다. 그것은 "어둠의 테속"에 갇혀 "마음의 밑바닥"까지 "어둠"으로 얼룩져 있으니, 생사마저 "어둠"에 지배당하는 자의 목소리이다. 그는 "두 무릎에 얼굴을 파묻고 울어 보아도/가실 줄 모르는 슬픔의 바다"(「오열」 부분)에 빠져버린 것이다. 이렇게 보면, 두번째 시집에서는 첫 시집에서 보여준 프로시다운 투쟁 의식이나 역사적 전망은 상당 부분 희석된 셈이다. 그 빈

23) 서준섭, 「오일도와 윤곤강의 시」, 『한국현대시사연구』, 일지사, 1983, 431쪽.

자리를 차지하고 있는 것이 체념적 자기 부정이다.

> 끈적거리는 삶의 성채여!
> ……오동마차에 태워
> 음달진 묘혈(墓穴)로 휘몰아 보낼까 보다
>
> —「만가 III」 부분

> 검푸른 그림자 길게 누운
> 음달진 묘지를 부러워 한다
>
> —「육체」 부분

이 시구들은 모든 것을 죽음으로 몰아간 시대적 아픔과 절망을 드러낸다. 자신의 고통스러운 삶을 "음달진 묘혈"로 인식하는 부분에서 자기 부정과 연계된 체념의 정서를 읽을 수 있다. 언뜻 보면 문단 내부적으로 1920년대 백조파 시인들의 시, 혹은 보들레르의 내향 정신이나 포우의 환상 세계[24]와 관련되는 것으로 보이기도 한다. 그러나 이보다 더욱 중요한 것은 강렬한 부정적 현실 인식에서 배태되었다는 전제하에, 당시의 시대상과 곤강의 자의식 사이에 형성된 변증법적 발전의 과정으로 보는 시각이다. 즉 곤강이 "만가"가 울려 퍼지는 "죽음"의 세계로 침잠한 것은, 달리 보면 각박한 시대 현실과 우유(優柔)한 내면세계와 타협한 것으로 볼 수도 있다.

『만가』 이후 『동물시집』은 어둡고 슬픈 현실로부터 파생된 슬픔과 체념을 내용으로 하면서도 풍자의 방법을 빈도 높게 보여준다. 주목할 것은 이 시집이 당시 기준으로 볼 때 한국시사에서 유례가 없는 독특한

---

24) 김용성, 앞의 책, 319쪽.

면모를 보여주었다는 점이다. 즉 동물이라는 일관된 소재로 삼아 시 전편을 창작한 우리나라의 첫 시집[25)]인 것이다. 실제로 이 시집에는 많은 종류의 동물들이 등장하여 슬픔의 감정 속에서 자기반성을 하는 인간으로 의인화된다. 즉 "나비, 고양이, 벌, 종달이" 등 30종류의 동물(혹은 곤충)이 등장하는 31편의 시는 "물고 있는 맨드레미조차 소태맛"(「나비」 부분)이거나, "죄―그만 집속에서 쓸쓸히 주저앉어"(「달팽이」 부분) 있거나, "슬픈 슬픈 노래를 읊"(「매아미」 부분)고 있다. 또는 "믿음을 잃은 마음이/도망간 그것을 찾아가/날개 적센 파리가 되어/텀벙! 슬픔의 파리통에 빠"(「파리」 부분)진 모습이다. 이들은 당시 우리 민족의 불행한 현실을 바라보는 곤강 자신의 자의식과 관련되는 것이다. 그 자의식의 밑바닥에 존재하는 것은 일제의 핍박에 길든 우리 민족에 대한 냉소적 태도이다.

> 주변성이 많아서
> 망태기를 짊어졌니?
>
> 그렇게도 목숨이 아까워
> 물통마저 달어맸니?
>
> 조상 때부터 오늘까지
> 부려만 먹힌 슬픔도 모르는 채
>
> 널름널름 혓바닥이
> 종이쪽까지 받어먹는구나
>
> ―「낙타 Ⅰ」 전문

25) 이하윤, 「을묘시단 메모」, 『문장』, 1939. 12, 228쪽.

이 시는 『동물시집』의 전형적인 작품으로서 객관적 상관물인 낙타의 모습과 행동을 풍자하고 있다. 풍자의 대상인 낙타는 역사적 질곡의 시대를 자각하지 못하고 살아가는 우리 민족이라 할 수 있다. "낙타"는 치욕의 세월을 살아가면서도 그것에 대한 뚜렷한 저항이나 비판을 감행하지 못하고 살아가는 일제 치하의 우리 민족을 상징한다. 다시 말해 피지배자로서 "부려만 먹힌 슬픔"마저 느끼지 못하고, 지배자가 장난스레 던져주는 "종이쪽까지 받어먹는" 낙타의 모습에서 불행한 민족의 모습을 떠올린 것이다. 이 외에 「박쥐」, 「염소」 등에서도 이와 같은 풍자 기법이 활용된다.

이 시집에 보이는 또 하나의 변모 양상은 시의 단형화 양상인데, 이는 비교적 긴 유형의 시편들이 지배적인 『대지』와 다른 점이다. 즉 『대지』에 드러나는 의도적이고 목적적인 내용을 직설적으로 길게 서술하던 방식에서 벗어나, 시적 대상과의 직감적 교응을 중시하며 간결한 표현 방식을 견지하고 있다. 예컨대 「개똥벌레」 같은 작품은 "저만이 어둠을 꼬매는 양/꽁무니에 등불을 켜 달고 다닌다."라는 단 2행으로 구성하고 있다. 가장 긴 작품일지라도 15행을 넘어서지 않고 있으며, 대부분의 시편이 10행에 못 미치거나 약간 넘어서고 있는 정도이다. 이러한 시형의 특징들은 『빙화』에서도 계속 유지되는데, 감정의 직설적인 표출을 더욱 자제하면서 순수 서정과 기교를 적극적으로 도입한다.

> 구름은 감자밭 고랑에
> 그림자를 놓고 가는 것이었다.
>
> 가마귀는 숲너머로
> 울며 울며 가는 것이었다.

마슬은 노을빛을 덮고
저녁 자리에 눕는 것이었다.

나는 슬픈 생각에 젖어
어둠이 무든 풀섶을 지나는 것이었다.

—「황혼」 전문

이 시는 그동안의 곤강 시에서 볼 수 없었던 차분하고 침착한 서정을 보여준다. 1연에서 3연까지는 시의 배경을 제시하는 부분으로 화자인 "나"가 있는 주변 환경들과 함께 "황혼"의 분위기를 제시하고 있다. 나아가 이들 "구름의 그림자, 까마귀의 울음, 마슬의 노을빛"이 분위기를 드러내는 데 그치지 않고, 마지막 4연에 와서 "나의 슬픔"으로 시상이 수렴되고 있다. 이는 시의 구조적 측면에서 안정감을 추구한 것으로 볼 수 있다. 또한, 은은한 시풍 속에 시적 대상과의 시간적 거리감을 확보하기 위해 "~것이었다"는 각운을 활용하고 있다. 또한 이 각운을 "가는, 잠기는, 눕는, 무든" 등에서 볼 수 있듯이 비음인 "ㄴ"과 연결하여 정서적 허무감과 체념 의식을 표출하고 있다. 시 내용에서도 현실에 대한 직접적인 비판의식과 일정한 거리를 유지하면서 내적 자기 인식에 무게 중심을 두고 있는 것이다. 하여 이 시집의 주요 에피세트는 "슬픔"이 되고, 그것이 더욱 부정적으로 강조될 때 체념적 정서에 이르게 된다.

슬퍼함은 나의 버릇
꿈도 이젠 깨어진 거울쪽

—「벽」 부분

아름다운 꿈이 뭉그러지면

성가신 슬픔은 바위처럼 가슴을 덮고

—「자화상」 부분

이들 시구에서 드러나는 공통의 정서는 깊은 슬픔이다. "꿈도 이젠 깨어진 거울쪽"에 불과하게 "뭉그러"졌으며, 일말의 "꿈"마저 사라져 버렸다. 이때의 슬픔은 절망감과 다르지 않다. 일제 말기의 잔혹한 현실 속에서 곤강은 인생과 문학의 좌절을 맛보았으며, 시는 그것을 표출하는 수단이었던 셈이다. 그의 심한 좌절감은 또한 "한낱 버러지처럼 살다 죽으라"(「자화상」 부분)는 시구처럼, 문학과 삶에 있어서 현실을 제거해버린 데서 느끼는 자괴감에 이어져 있다. 시대 현실과 문학적 삶의 왜곡으로 역사에 대한 책무감과 개혁 의지로 일관했던 한 시인이 가혹한 무장 해제를 당하고 난 뒤에 보여주는 초라한 모습이다. 이렇게 되면 슬픔은 더 이상 비극적 현실을 딛고 일어서는 역설적인 힘을 발휘하지 못한다. 하여 시인은 이 절망과 좌절의 끄트머리에서 "가슴을 치는 슬픈 소리"(「언덕」 부분)만 들으며 광복 전까지 시를 쓰지 않는다. 일제 말기에 곤강은 시대에 대한 저항의 한 방식으로 절필의 길을 간 것이다.

절필 시기에 곤강은 문학적 삶을 포기하고 철저히 일상인으로 돌아간다. 부친으로부터의 경제적 도움을 받지 않기 위해 성균관대학교 도서관에 근무하다가, 1944년에는 고향인 충남 당진으로 낙향하여 면서기로 근무[26]한다. 태평양전쟁의 막바지에 징용을 피하기 위한 것이었지만, 당시 면서기란 일제의 민족 수탈에 적극적인 조력자가 될 수밖에 없었다. 이 시기는 현실 긍정의 일상적 삶과 현실 비판의 시적인 삶 사

26) 김용성, 앞의 책, 321쪽.

이의 괴리감이 극대화 상태에 놓인 때였다. 결국 시대 현실을 넘어서지 못하고 저항의식, 비판, 울분 등을 시적 언어로 형상화할 수가 없던 것이다. 곤강이 한 시인으로서 시대 현실에 민감하게 반응하며 살았다는 것은 이러한 대목에서도 분명하게 증명된다. 그가 만일 시대 현실에 둔감했다면 절필을 통해 한 시인으로서의 자존심을 지켜내는 일은 불가능했을 것이다.

(3) 혼란한 현실과 전통 회귀의 시

고대하던 광복이 마침내 이루어지자, 곤강은 다시 현실주의자로서의 성향으로 돌아간다. 답답하고 굴욕과 같았던 낙향 생활을 청산하기 위해, 그는 자전거를 타고 사흘이나 걸려 서울로 갔다고 한다. 상경 이듬해 보성고보 교사로 부임하여 학생들을 가르치며 다시 시심을 가다듬는다. 이 시기에 그의 시에 관한 생각은 전통론과 연관되는데, 시집『피리』의 서문에는 이러한 생각이 일목요연하게 드러난다.

> 우리는 조상들이 중국 것을 숭상한 것을 보면서도 아지 못게라! 나는 어느새 서구의 것 왜의 것에 저도 모르게 사로잡혔어라. 분하고 애닯아라. 꿈을 깨고 나면 덧없어라. 꿈에서 깬 다음 뼈에 사무치는 뉘우침과 노여움에서 생긴 침묵이 나로 하여금 오랜 동안 입을 다물고 지내게 하였노라. …(중략)… 아아, 어리석어라! 나는 다시 나의 누리로 돌아가리라. 헛되인 꿈보다도 오히려 허망한 것은 죄다 버리고 나는 나의 누리로 돌아가리로다.[27]

전통의 중요성을 강조하면서 일제 말기에 시적으로 침묵했던 이유

27) 윤곤강,「머리말 대신」,『피리』, 정음사, 1948, 7쪽.

까지 언급하고 있다. 이는 자신이 추구했던 이전의 시 경향에 대한 반성의 의미를 지니는 것이다. 곤강은 "서구의 것 왜의 것에 저도 모르게 사로잡혔"었고, 그로 인해 "뼈에 사무치는 뉘우침과 노여움"으로 일제 말기에 "오랜 동안 입을 다물고" 있었다고 고백한다. 그리고는 앞으로 자신의 시적 방향을 "나의 누리"에서 찾겠다고 선언한다. "나의 누리"를 향하는 마음은 달리 전통 추구 정신이라 부를 수 있는데, 시집『피리』에 나타나는 구체적 실천 방향은 고려 가요의 현대적 변용이었다. 이 시기의 시는 그 형식도 고려 가요처럼 비교적 규칙적이면서 단형을 유지하고 있다.

> 보름이라 밤하늘의
> 달은 높이 현 등불 다호라
> 임하 호올로 가오신 임하
> 이몸은 어찌호라 외오두고
> 너만 호자 홀홀히 가오신고
>
> 아으 피맺힌 내 마음
> 피리나 불어 이 밤 새오리
> 숨어서 밤에 우는 두견새처럼
> 나는야 밤이 좋아 달밤이 좋아
>
> —「피리」 부분

이 시는 "누릿 가온대 나곤/몸하 호올로 널셔"라는 고려 가요「동동」의 한 구절을 제사(題詞)로 삼고 있다. 시의 내용도 이 제사와 관련되는 삶의 애달픈 고독감을 담고 있다. 시의 소재인 "피리"는 그 애잔한 소릿결은 듣기만 하여도 삶의 고적감을 불러일으키는 우리 전통 악기이다.

이 시는 피리를 통한 시적 형상은 어느 정도 이루어지고 있으나, 좀 더 자세히 읽어보면 바람직한 시적 성과를 보여준다고 보기는 어려운 점이 발견된다. 즉 입체적이고 창조적 변용이라기보다는 단순한 인용과 모방의 차원에 머물고 있다. 즉 고어가 무절제하게 사용되고 있으며, 고전 시가의 어투를 그대로 옮겨놓은 부분이 거추장스럽다. 가령 "현, 다호라, 임하, 외오두고, 호자, 아으" 등 고어 내지 고어투가 시적 변용을 거치지 않고 쓰이고 있다. 『피리』의 1부에 실린 14편의 시가 모두 이와 같은 형식을 띠고 있으며, 정과정곡, 서경별곡, 정석가, 가시리 등의 고려 가요를 변용하고 있다.

전통의 기본 속성은 창조적 변용이다. 단순히 과거의 것, 옛것을 모방하는 데 그치는 것은 인습에 불과하다. 거기에는 또한 역사의식이 동반되어야 하는데, 그것은 시간의 흐름 속에서 자리 잡은 자기의 위치, 즉 자기 자신이 처해 있는 시대를 가장 예민하게 의식하게 만드는 것[28]이다. 『피리』의 시편들이 모두 이런 의미를 두루 갖춘 진정한 의미의 전통 발굴이 되지는 못했으나, 간혹 전통적 소재를 나름의 창조적, 역사적 상상의 모태로 삼아 일정한 성과를 보여주기도 한다.

머언 곳에서 오는
피리의 가락처럼
사슴이 운다.
밤

이미 잃어진 옛날의
고운 그리움처럼

---

28) Eliot, T.S., 최창호 역, 『엘리어트 문학론』, 서문당, 1979, 177쪽.

그 소리
꼬리를 물고 예는 곳……

아으 생각하면
나의 전생은
사슴도 벌레도 구름도 아니어라

—「사슴」 전문

이 시는 "예는, 아으" 등의 고어가 어색하긴 해도, 시에 흐르는 전통적 정조와 주제의 변용 솜씨가 그럴듯하다. 1연은 전통 악기인 "피리의 가락"에 "사슴"의 울음소리를 비유하며 고적한 "밤"의 분위기를 드러내고 있다. 2연은 "그 소리"가 "잃어진 옛날의/고운 그리움"에 비유되면서 서정적 자아의 애잔한 상실감을 드러낸다. 그런데 3연에 오면 피리의 구성진 가락을 음미하며 자신의 정체성 문제를 고뇌하는 화자의 모습이 보인다. 즉 "전생"에 대해 생각하던 화자 "나"는 스스로 "사슴도 벌레도 구름도 아니"라고 한다. 이 부정의 속내에는, "나"는 "사슴, 벌레" 등의 동물이나 "구름"과 같은 자연물에 불과했던 것이 아니라, 전통적인 것의 소중함을 인식할 줄 아는 창조적 존재라는 인식이 담겨있다.

이 시는 전통적 소재를 활용해 새로운 인식에 도달했다는 점에서, 옛노래를 재현하는 데 치중한 다른 시편들보다 더 눈길을 끈다. 이 외에 「입추」, 「가을」, 「밤의 노래」, 「마슬」 등도 비슷하다. 이들은 절제된 감정의 은은한 시풍을 통해 자기 확인을 위한 전통 정서에 안착함을 보여준다. 특히 「지렁이의 노래」는 해방 후 남북 분단을 보고 "아프고 저린 가슴을 뒤틀며 사"는 모습을 제시한다. 이를 통해 전통 서정이 개인 서정을 넘어 민족 정체성의 고양에까지 나아가고 있다.

이처럼 『피리』에 드러나는 전통에 의지한 시적 탐구의 과정은 한동안의 침묵 과정을 거쳐 잉태된 자기 확인의 언어를 보여주었다. 그것은 일제 강점기를 통하여 파괴된 우리 전통 서정과 그 언어를 찾으려는 주체적 시 정신과 다르지 않다. 비록 소월(素月)이나 미당(未堂)의 시에서 보여주었던 전통의 창조적 변용에는 미치지 못할지라도, 해방 공간의 어지러운 현실과 이데올로기의 그늘에서 자폐적으로 신음하지 않고, 나름대로 민족시의 진로를 진지하게 모색했다는 점은 평가받아 마땅하다.

『피리』 이후 약 7개월 만에 나온 시집 『살어리』의 시편들도 『피리』와 비슷한 성향을 보여준다. 다른 점이 있다면 시 형식에 있어서 상대적인 다양성을 보여주고 있다는 데서 찾을 수 있다. 즉 서사시 풍의 장시 3편뿐 아니라, 시조 2편과 한 작품이 2행밖에 안 되는 「시월」과 같은 단형의 시가 함께 수록되어 있다. 곤강은 마지막 시집에 이르러 시의 형식상 장·단이 자유롭게 넘나드는 여유를 보여준 셈이다.

3. 맺음말

곤강은 지속적인 변모의 과정을 통해 시와 시론의 다양성의 추구한 문인이었다. 시론의 경우, 초기에는 시의 시대 정신과 현실 감각을 강조했다. 곤강이 시작(詩作) 초기에 부정적 현실에 대한 비판과 투쟁을 내세운 것은 그러한 감각과 관련된다. 그는 실제로 기교 중심의 모더니즘 시나 감각주의 시를 거부하고 내용을 강조하는 경향시를 옹호했다. 첫 시집 『대지』는 그러한 특징이 시 창작에도 그대로 반영되었음을 보여준다. 비록 카프의 공식적 활동이 종식된 시점에 나온 시집이었지만, 프로 시로서 일반적인 특징을 그대로 간직하고 있어 그 명맥을 이어 주었다는 데 의의가 있다. 또한, 이 범주에 속하는 시의 어조는 직설적인 투가 많으며, 시행과 연의 길이가 비교적 장형을 유지하고 있다. 이는 프로시가 지향하는 형식적 특징이다.

곤강의 중기 시론은 시적 정신, 즉 포에지를 강조했다. 이는 초기의 것과 큰 차이가 없으나, 시의 감상성과 소시민주의를 부정하고 현실 감각과 시적 감성의 중요성을 동시에 강조했다는 점에서 특기할 만하다. 다만 이 범주에서 그의 시론과 시가 상당 부분 일치하지 않는 모습을 보여준다. 이런 점은 초기의 시론과 구별된다. 즉 『만가』, 『동물시집』, 『빙화』에는 시대와 현실에 대한 체념적 슬픔의 과도한 노출로 인하여 시론을 통하여 스스로 경계하고자 했던 센티멘탈리즘에 빠져든 시편들이 적지 않다. 다만 형식적 측면에서 탄식과 풍자의 어조가 두드러지며, 행과 연의 길이는 두드러지게 짧아진 모습이다. 시 형식과 시 내용과 적절한 조화를 이루고 있는 셈이다.

후기의 시론은 무엇보다도 전통론을 내세웠다. 곤강이 강조하고 나선 전통은 반서구적, 반일본적이라는 점에서 민족의 주체성 문제와 결부되는 일면이 있다. 특히 그 시대 배경이 해방 직후였다는 점은 시사적 당위성을 확보하는데, 일제 강점기를 통해 타의로 이루어진 빗나간 근대화의 여정을 반성하는 계기를 이루었기 때문이다. 시 창작에서도 시집 『피리』, 『살어리』를 통해 그러한 시심을 적극적으로 실천했다. 그 구체적인 과정은 고려가요를 변용하여 우리의 전통 정서를 현대화하는 것이었다. 이와 같은 구전의 현대화 과정에서 아쉬운 점이 있다면, 창조성과 역사성에 근거한 수용의 미덕을 충분히 발휘하지 못했다는 점이다. 간혹 온고창신(溫古創新)에 성공한 사례도 있지만, 단순한 모방의 수준에 그치는 작품들이 많은 편이다. 형식적으로는 고어 투의 회고적 어조가 많으며, 행과 연의 길이는 장단을 자유롭게 구사하고 있다.

결국 이 글의 모두에서 관심을 가졌던 시론과 시의 일치 문제는 부분적으로만 이루어졌다는 결론에 다다를 수밖에 없다. 그의 시론 중에 시대 정신을 강조한 첫 범주에서만 시와 일치하는 모습을 보여주며, 다른 범주들에서는 상당한 불협화음을 들려주는 셈이다. 그러나 다른 한편으로 곤강의 시론과 시는 모두 치열한 시대의식의 산물이라는 점에서 일관적 성향을 확보한다. 그의 문학적 실천은 처음부터 끝까지 일제 강점기와 해방 공간에 걸쳐 있는, 암흑과 혼돈으로 요약되는 시대 현실에 대한 절박한 응전의 차원이었기 때문이다. 그는 한때 카프에 가입하여 진보적 문학 운동의 한복판에 있었고, 시대 현실은 오래지 않아 그 용기를 앗아갔다. 곤강은 한 시인으로서 어두운 시대 현실에 대항할 수 없을 때 큰 상실감 속에서 자신의 어두운 내면세계로 침전하기도 했다. 광복 후에는 전통 탐색을 위한 자기 발견을 추구했으나, 1950년 혼란한 시대 현실 속에서 삶의 여정을 마무리해야 했다. 하여 그의 문학 여정은, 격랑의 시대적 물결에 치열하게 응전을 하는 미덕을 보여주었다고 하겠다.

이처럼 굴곡 많은 시대 현실을 치열하게 생애를 살다 간 곤강의 문학사적 의미는 다음과 같이 정리할 수 있다. 첫째, 그는 1930년대 후반 다양한 시적 경향으로 민족어의 명맥을 이어 준 시인이다. 그가 1937년부터 1940년까지 매년 1권의 시집을 발간할 정도로 당시 우리 시단에서 보기 드물게 왕성한 시력을 보여주었다. 둘째, 그는 카프 해산 이후까지도 경향시의 이데올로기를 지켜낸 일관성 있는 프로 시인이다. 이는 많은 카프 시인들이 친일의 길로 들어서고, 심지어는 일문(日文)으로 문학 행위를 하던, 당대의 상황에 견주어 볼 때 돋보이는 대목이다. 셋째, 그는 시론과 시의 조화를 이루려고 끈기 있게 노력한 시론가이자 시인이다. 물론 그의 시론과 시세계가 일치하지 않은 시기도 있었지만, 중요한 것은 그 같은 노력이 전통 서정시에 부족한 시의 로고스를 고양하는 데 일정한 역할을 했다는 사실이다. 요컨대 윤곤강은 39세의 인생, 19년의 창작 생활에서 그치고 말았지만, 카프시(론)에서 전통 시(론)까지 다채로운 시도를 한 매우 도전적인 시인이자 시론가였다.(이 글은 필자의 논문 「시론과 시의 상관적 변모 과정 : 곤강론」(『한국현대시의 이념과 서정』, 보고사, 1998)을 부분적으로 수정 보완한 것임을 밝혀둔다.)

참고문헌

1. 기초자료

윤곤강, 『대지』(시집), 풍림사, 1937.

______, 『만가』(시집), 동광당서점, 1938.

______, 『동물시집』(시집), 한성도서, 1939.

______, 『빙화』(시집), 한성도서, 1940.

______, 『피리』(시집), 정음사, 1948.

______, 『살어리』(시집), 시문학사, 1948.

______, 『시와 진실』(시론집), 정음사, 1948.

2. 참고 논저

강만길, 『고쳐쓴 한국현대사』, 창작과 비평사, 1994.

권영민, 『해방직후의 민족문학운동연구』, 서울대학교 출판부, 1986.

김민수, 『현대시의 사회시학적 연구』, 느티나무, 1989.

김　송, 「'살어리'의 향수—감격의 시인 윤곤강을 弔함」, ≪서울신문≫, 1950. 3. 1.

김용성, 『한국현대문학사 탐방』, 국민서관, 1979.

김용직, 「계급의식과 그 이후」, 『한국현대시사 2』, 한국문연, 1996.

______, 『임화문학 연구』, 세계사, 1991.
김욱동, 『대화적 상상력』, 문학과지성사, 1988.
김윤식, 『임화연구』, 문학사상사, 1990.
______, 『한국근대문예비평사연구』, 일지사, 1987.
김재용, 『민족문학운동의 역사와 이론』, 한길사, 1989.
김중원, 「윤곤강저 '동물시집'」, ≪매일신보≫, 1939. 10. 15.
김　현, 『문학사회학』, 민음사, 1983.
문정숙, 「곤강 조명원론」, 『북천선생화갑기념논문집』, 1982.
서준석, 「오일도와 윤곤강의 시」, 『한국현대시사연구』, 일지사, 1983.
이육사, 「곤강시집 '빙화' 기타」, 『인문평론』, 1940. 11.
이정구, 「윤곤강시집 '대지'를 읽고」, ≪조선일보≫, 1937. 5. 22.
이하윤, 「곤강을 생각한다」, 『현대문학』, 1963. 1.
______, 「기묘시단메모」, 『문장』, 1939. 12.
장만영, 「곤강과 나」, 『문장』, 1950. 5.
최재석, 「유월시단평」, 『인문평론』, 1940. 7.
______, 「칠월시단평」, 『인문평론』, 1940. 8.
한식, 「'빙화' 독후감－윤곤강씨의 신시집」, ≪매일신보≫, 1940. 10. 30.
홍효민, 「곡(哭) 윤곤강 시인」, ≪서울신문≫, 1950. 3. 1.
Eliot, T.S., 최창호 역, 『엘리어트 문학론』, 서문당, 1979.

1930년대 '浪漫同人'으로서 윤곤강 연구

『子午線』, 『詩學』, 『新撰詩人集』을 중심으로

김웅기(경희대학교)

1. 머리말

1920년대 데카단이즘으로부터 이어진 감상적 낭만주의는 부르주아 계급의 몰락과 동시에 전근대적 표상의 자기분열에 따른 필수적 과정이었으며, 이는 문학에 대한 담론적 극복의 의지로 전환되었다.[1] 김기림은 1930년대 시단의 풍경을 기교주의로 상정하고 비판한다. 임화는 김기림의 입장을 수용하면서도 이를 마르크스주의적 사관으로 해석하여, 자본주의로 지배된 현실 속에서 현실을 망각하고 시를 언어를 활용한 예술의 극단으로 해석하는 기교주의를 비판했다. 그러나 박용철은 감각을 통해 촉발되는 감정이 곧 시적 언어이며, 이를 체계화한 시적 구성으로 말미암은 감정의 표현이 시라고 반박하며, 기교를 기술로 전

1) 임화는 「조선신문학사론 서설」에서 조선의 문학을 위기적 곤혹으로 표현하고 있으며, "우리 조선문학사상의 모든 사실에 대하여 엄밀한 과학적 평가를 내리고 그 복잡다단한 역사적 발전의 전노정 가운데서 일관한 객관적 법칙성을 찾아내어 한 개의 정확한 체계적 묘사를 만든다는 것은 실로 곤란한 사업이면서도 또한 가장 존귀한 일의 하나"라고 강조한 바 있다. 임화, 『임화 전집 3』, 소명출판, 2009, 374쪽.

환시킨다. 더불어 모든 시적 언어는 표현의 불가능성을 내포하고 있음을 밝힌다.[2] 이 같은 기교주의 논쟁은 프로문학과 모더니즘 문학으로 양분된 상상력으로 말미암은 비평작업 간의 실천관계를 끊임없이 노정(露呈)하였다. 이 가운데 문학이 곧 독자와의 소통구조임을 파악할 때 시는 한 개의 질문이 될 수밖에 없으며 그 질문은 또한 한 개의 대답과 상동을 이루면서 의미를 발생시킨다는 윤곤강의 포에지론을 주목하게 된다. 1930년대는 경향파, 모더니즘파, 순수시파와 같이 뚜렷하게 구분되는 것이 아니라 변증법적으로 그 경계를 흐리는 신진그룹으로서 윤곤강의 담론적 도전이었다.

윤곤강 시가 보여주는 슬픔 구조는 사상적으로 1930년대 시인들이 갖는 낭만적 유전과도 밀접한 관계를 갖고 있다.[3] 그 근거를 보충할 수 있는 지점 중 하나는 시인이 참여했던 동인지와 문단 내에서 그의 입지가 어떠했는가를 살펴보는 일일 것이다. 1930년대 중후반 식민지 지식인으로서 신진문인 그룹을 형성하였던 세대는 유학생 출신의 세대라 할 수 있다. 여기에는 『三四文學』을 주간하였던 신백수(1915), 동경학생예술좌의 문예부 출신 단원이었던 황순원(1915), 청록파 시인이었던 박목월(1915), 박두진(1916), 조지훈(1920), 『子午線』 동인이었던 신석초(1909), 윤곤강(1910), 서정주(1915), 대중종합잡지 『新世紀』 창간에 참여하고 『珊瑚林』을 출간한 노천명(1911) 등이 있었다. 특징적인 것은 1915년생 문인들이 상당히 포진되어 있다는 점이다. 또한 임화나 김기림이 이 당시에 이미 중진에 해당할 정도로 많은 작품을 발표하고 문단 내에서 리얼리즘과 모더니즘의 좌장 격으로 평가된 것을 생각하면

2) 강계숙, 「기교주의 논쟁의 시론(詩論)적 의의」, 『현대문학의 연구』 54, 한국문학연구학회, 2014 참조.

3) 김웅기, 「윤곤강 시 연구」, 경희대학교 박사학위논문, 2022 참조.

그로부터 두세 해 정도 차이가 나는 윤곤강과 신석초가 신진문인으로 분류되는 것은 의아한 일이기도 하다. 그것은 신석초와 윤곤강이 1930년대 초반 비슷한 무렵 일본으로 건너가 유학생활을 하고 난 다음 본격적으로 문학에 참여하였다는 특수한 상황이 까닭일 수 있다. 이렇듯 1930년대 초반 도일한 유학생들이 카프에 가담하게 되는 현상은 일본 내부에서 유행하였던 사회주의사상에 영향을 받았기 때문이다. 문제는 신석초나 윤곤강과 같이 완전한 프로문학적 경향이 아니라 낭만주의적 경향을 동시에 보여주는 문인이 등장하게 된 배경에 있다.

윤곤강, 신석초, 서정주 등을 비롯하여 1930년대 중후반 낭만주의를 이끌었던 문인들은 또한 카프의 영향권 내에도 속하는 시인들이었다. 그것은 마르크스 사상[4]과 국가 자체에 대한 "반권력 허무사상으로 아나키즘"[5] 사상이 유행했다는 사실을 통해 어느 정도 가늠할 수 있다. 또한 일본 내에 정치적 활동과 항일운동을 감행했던 조선인 단체가 무수했던 것 역시 하나의 방증이 된다. 그 결과 대부분의 1930년대 재일조선인은 사회주의나 아나키즘 또는 민족주의[6]에 투신한 탈식민적 유

4) 1930년대 중반 이후 이뤄진 임화의 사회주의 리얼리즘에 관한 진술은 파시즘의 확산으로 빚은 사회주의적 유토피아의 붕괴 이후 스스로 정치가가 아닌 작가로서 이 혼돈의 과제를 극복해 나갈 수 있다고 믿는 과정을 보여준다. 그것은 식민지 조선인의 이념 상실과 무기력의 한 면을 보여준다는 점에서, 그럼에도 불구하고 주체재건을 위한 방법론으로 근대문학의 다양한 분기점을 짚어가며 『신문학사』 저술로까지 나아간다는 점에서 다양한 연구를 추동하게 된다. 관련해서는 류보선, 「이식의 발명과 또 다른 근대－1930년대 후반기 임화 비평의 경우」, 『비교한국학』 19, 국제비교한국학회, 2011; 유승미, 「식민지 조선 사회주의 청년의 우울－임화의 30년대 후반 문건들을 중심으로－」, 『어문논집』 67, 민족어문학회, 2013; 강계숙, 「'시의 현대성'에 대한 임화의 사유－후기 평문을 중심으로」, 『상허학보』 45, 상허학회, 2015 참조.

5) 김명섭, 「1930년대 재일조선인 아나키스트들의 활동과 이념－黑友聯盟(1928~1936)을 중심으로」, 『한국민족운동사연구』 37, 한국민족운동사학회, 2003, 37쪽.

6) 이상훈, 「1930년대 재도쿄(東京) 조선 기독교인 유학생의 민족주의 운동－일맥회와

전(gene)을 갖게 되는 것이다. 그럼에도 불구하고 윤곤강, 신석초 등이 카프 가담 이후에 낭만주의 시인으로 변화하게 되고『浪漫』,『子午線』,『詩學』 등의 동인지에 참여하게 된 것은 개인의 성정으로만 그 문제를 치부할 수 없는 사정이 존재한다. 동경유학생의 정체성을 당시 조선의 정치적 이념의 관계성 또는 일본의 사회주의 흐름 속에서 규명하고자 했을 때, 쉽게 수급되지 않는 다차원적 운동성에 주목할 수밖에 없다는 것이다. 이러한 다차원의 구도 속에서 낭만주의 역시 배격될 이유가 없었다.

2. 1930년대 낭만동인 윤곤강의 시세계

윤곤강이 창작과 비평에서 낭만적 태도를 보인 것은 1930년대 중후반의 문단풍경에 비추어 보면 소명이 가능하다. 그는『批判』이라는 사회주의 종합잡지에 등단작인「넷成터에서」를 비롯하여 다수의 작품을 발표하였다. 이 잡지는 앞서 살폈듯 1931년 창간되어 식민지 조선 잡지 중에서는 통권 114호에 달하는 긴 수명을 보여주는 잡지였다. 1940년 1월호를 끝으로『批判』이 폐간될 때까지 윤곤강은 꾸준히 평론을 발표하였는데, 이 중 대부분이『詩와 眞實』에 수록되어 있지 않다는 사실이 흥미롭다. 오히려 그는 대중신문인 ≪조선일보≫와 ≪동아일보≫에 발표하였던 비평을 대부분 수록하였다. 이는 아무래도『詩와 眞實』이 평론집이라기보다는 시론집의 성격을 띠기 때문이었다. 이 시론집을 살펴보면 윤곤강은 시를 창작함에 있어 '현실'의 문제를 절대 간과하지 않는다. 그러나 정치적으로 현실을 타파하기 위해 문학을 활용하는 유

열혈회를 중심으로」,『한국기독교와 역사』 53, 한국기독교역사연구소, 2020 참조.

물론적 리얼리즘과 총체성, 일반성 속에서 자기 주체와 분투하는 사회주의 리얼리즘을 긍정하기도 한다. 더욱 강조하는 것은 바로 포에지(poésie)이다. 포에지란 시의 본원적인 성질로서 그에게 있어서는 "內部生命의 直接的 表現이라고 形言"되는 것으로 시인이 취할 수 있는 가장 순수한 행위로서의 시적 정신의 표현을 포에지로 규정한다. 그런데 여기서 중요한 점은 시인의 시적 정신만을 강조하는 것이 아니라 독자의 입장에서 "答辯을 求할 可能性"으로서의 요구되는 행위로 본다는 관점이다. 시인은 시를 하나의 대화의 형식으로 이해하고 있다.

> 詩를 創作한다는 것—그것은 곧 詩人의 純粹行爲이며, 同時에 그 詩人의 內部生命의 直接的 表現이라고 形言할 수 있다.
>
> 그리고 그것(詩)을 鑑賞하는 者 卽『읽는 사람』偏으로 考察할 때에는『人間生活』에 대한 眞摯한『質問』을 가질 수 있는 者만이, 特히 詩로부터『答辯』을 欲求할 수 있다는 것이다.
>
> 그리하여 그에게 있어서는『詩』를 읽는다는 것—그것이 한 개의『質問』이 되고,『質問』에 依하여『詩』로부터『答辯』을 求할 可能性을 가지는 것이니, 여기에 비로소 詩의 鑑賞과 理解라는 것의 成立이 可能하게 되는 것이다.
>
> 그러한 意味에서『詩』는『質問』하고『答辯』하는 兩者의 두 개의 對立과, 그 對立을 超越한『統一』에 依하여 成立된다는 것을 思考할 수가 있다. 詩의 創作이 詩人의 가장 純粹한 行爲요, 答辯이라면 詩人은 거기에서『生活한다는 것』에 대한『意義』를 속임 없이『質問』할 수가 있고, 또한 그것의『答辯』을 할 能力을 가지고 있다 말할 수 있는 까닭이다.[7]

---

7) 윤곤강,「포에지이에 대하여」,『윤곤강전집2』, 다운샘, 2005, 69쪽.

야콥슨은 발신자와 수신자를 매개하면서 발화사건을 구성하는 요소로 관련상황(context), 메시지(message), 접촉(contact), 기호(code)를 제시한다. 그것은 각각 발화자의 감정 표시와 수신자의 능동적 태도로 인해 지시적, 시적, 친교적, 메타언어적 성격을 갖게 된다. 이 같은 대화의 구조를 시에 대입했을 때, 시는 시인과 독자 사이에 존재하는 의미발생을 의도적으로 지연시키기 위하여 메시지와 의미를 불분명하게 만들 때 그것이 미학적으로 승화될 수 있는가의 여부에 따라 성패가 갈리는 것이라고 야콥슨은 주장한다.[8] 윤곤강이 시를 한 개의 질문이자 한 개의 답변이라고 말하면서도, 그 "의의"를 정확하게 질문할 수 있고 또 그것을 정확하게 답변할 수 있는 능력이 구현된 상황에서의 발화구조를 시라고 이해하는 것은 주목할 만한 사실이다. 중요한 것은 시를 통해서 시인과 독자가 소통할 수 있는 가장 기초적인 구조를 만드는 것이 바로 시인의 역할이라는 점을 주지하고 있다는 사실인데, 이 같은 관점에서 보자면 윤곤강의 포에지론은 사상의 양가적인 성격을 가지고 있는 변증법적 방법론으로 볼 수도 있을 것이다. 왜냐하면 포에지라는 것이 정확히 무엇인지는 그조차도 정확하게 기술하고 있지는 않지만, 시의 내용과 형식을 초월한 본질적인 것으로서 쓰기와 읽기의 의미가 상통할 수 있는 어떤 한 지점에서 발생할 수 있는 의미의 근원인 것은 분명하기 때문이다.

결국 1930년대 낭만동인으로서 윤곤강의 시세계는 사회주의라는 거대한 사상조류의 내부에서 예술가로서의 기질이 생동하여 빚어진 기형적인 면모를 보여준다. 다시 말해 그들이 보여주는 '낭만성'이란 현실을 대하는 태도의 차원이 아니라, 시의 미적 형식의 차원에서 시의

8) Robert Scholes, 위미숙 역, 『문학과 구조주의』, 새문사, 1987, 30~32쪽.

본질에 닿으려는 일종의 문화운동의 성격을 띠고 있다. 따라서 현실에 대한 비판적 태도를 견지하면서도, 그에 앞서 시의 본질로서 미학성을 강조하고 있는 것이다. 문학이 곧 독자와의 소통구조임을 파악할 때 시는 한 개의 질문이 될 수밖에 없으며 그 질문은 또한 한 개의 대답과 상동을 이루면서 의미를 발생시킨다는 윤곤강은 포에지론도 이 같은 1930년대 낭만적 유전의 기원을 잘 표현해주는 것이다. 그가 참여했던 동인지 『子午線』과 『詩學』에 발표된 작품들도 이 같은 차원에서 시의 본질을 논하고 있다.

『子午線』은 1937년 창간호를 끝으로 폐간된 시전문 동인지로, 신석초, 오장환, 윤곤강 등이 참여했다고 했다고 알려져 있고 이 외에도 김광균, 이육사, 서정주, 함형수, 이상, 박재륜, 신백수 등이 동인으로 이름을 올렸다. 발행인은 민태규로 『浪漫』지를 주재했던 출판인이며, 출판사는 자오선사였다. 권두언과 편집후기 등은 따로 없고, 목차 또한 누락되어 확인되지 않는다. 앞서 살핀 것과 같이 『子午線』의 동인 『浪漫』의 동인과 상당히 겹치며 신백수와 같은 초현실주의 시인의 작품도 실었다. 즉 이들의 기준은 '신진'에 있었다. 문학보다 담론이 앞서는 시대에 이들이 내세운 것은 특정한 문예사조가 아니라 시의 본질을 회복하기 위한 일종의 예술운동이었던 셈이다. 말미에는 C. D. 루이스의 「詩에 對한 希望」을 수록함으로써 시의 본질에 대한 내용을 강조하기도 했다.[9] 결국 시라는 것은 어떤 이념에서 오는 것이 아니라 시인의 내면

9) "모든 光明의 根源에서 오는 感化로서 上空에서부터 오는지 모른 事物 속에 살고 있는 精力의 主人인 魂神인지 意識의 물결아래에 잊어버린 아틀랜티쓰인 人類의 過去가 蓄積된 마음속에 있는 暗黑의 나라에서 오는지 萬若 이 最後의 것이 옳다면 卽 詩의 純粹한 숨결이 人間靈魂의 地層 속에 保存된 生命의 本源的 形態로부터의 流出物이라면 自意識의 漸次的擴張이 많은 (중략) 詩의 死亡이 된다는 것을 우리는 豫言할 수 있다. 우리는 이러한 소리가 나오는 나라는 文明의 蠶食에 依하야 한치식 한치식

깊이에서 우러나오는 '목소리'이고, 그 목소리가 점차적으로 확장되어 가는 과정의 고됨이 영원할 정도로 길다는 사실 자체가 시의 희망이라는 그 내용은, 자오선 동인에게 있어서 시의 본질은 이데올로기의 맹목적 추구가 아니라 시정신이 존재하는 포에지로부터 온다는 사실을 각인시킨다. 또 한 가지는 바로 이러한 시의 목소리를 확신하는 것이 곧 시의 종언이라는 자가당착적 문제는 결코 극복되지 않는 문학이 그러함으로써 문학으로 존재할 수 있다는 역설을 가능하게 한다. 이러한 관점에서 『子午線』에 수록된 윤곤강의 작품을 살펴보기로 한다. 윤곤강은 『子午線』에 두 편의 시를 수록했다. 「告白」과 「별바다의 記憶」이 바로 그것이다. 이 두 작품은 모두 『輓歌』에 재수록 되었다.

꽃가루처럼
보드러운 숨결이로다!

그 숨결에
시드른 내가슴의 꽃東山에도
화려한 봄香내가
아지랑이처럼 어리우도다.

금방울처럼
호동그란 눈알이로다!

그눈알에
굼주린 내靑春의 黃金燭불이

멕혀가는 古來의 貯藏地라고 생각할 수 있다. 그러나 千年이라는 歲月이 詩人에게 있어서 昨日과 같다면 그가 明日에 갈 距離는 길다. 이것이 詩에 對한 希望이다." C. D 루이스, 이성범 역, 「詩에 對한 希望」, 『子午線』 1, 자오선사, 1937, 56쪽.

硫黃처럼 활활 타올으도다.

얼싸안고
몸부림이라도 처볼가,
하늘보다도 높고
바다보다도 더 넓은 기쁨!

오오!
하늘로 솟을가보다!
땅속으로 숨을가보다!
주정군처럼, 미친놈처럼……

―「告白」 전문

「告白」은 어떤 숨결이 시적 대상으로 등장하면서 그것을 긍정하는 정황을 제시하여 서정적인 분위기를 자아내고 있다. 이 작품에서는 전체적으로 생명력이 느껴지는 진술이 전반적으로 전개되고 있다. '숨결'로부터 시작된 이 고백적 서사는 "가슴"에도 "꽃東山"을 피게 하고 봄이라는 생명력의 시간을 부여한다. 그리고 "금방울처럼 / 호동그란 눈알"은 빈골한 "靑春"의 열정까지 불태울 것처럼 어떤 욕망을 작동시키는 근원이 되는 뮤즈이다. "바다보다도 더 넓은 기쁨"을 느끼는 화자는 "주정군", "미친놈"을 자처하면서까지 이 긍정의 상태를 승인하기 위한 몸부림을 친다. 물론 이 작품의 서정적 구조로부터 추수할 수 있는 의미는 그리 크지 않다. 그러나 이것이 발표된 시기는 『子午線』이 창간된 시기, 즉 1937년 11월이라는 점에서 주목해볼 만하다. 다시 말해서 이 작품은 중일전쟁 직후에 발표된 시라는 것이다. 앞서 살폈듯, 윤곤강은 「『이데아』를 喪失한 現朝鮮의 詩文學」을 통해서 전쟁 이후 양산된 모더니즘 문학을 광인의 작품으로 평가절하하면서 비판한 바 있음을 확인했다. 이러한 관점에서 보았을 때, 윤곤강의 시는 휴머니즘적이다. 다시 말해서 시인의 무의식에 내재된 포비아를 가감 없이 드러내는 초현실적이거나 다다적인 문체와 달리 윤곤강의 시에 나타나는 시정신은 소박한 한 개인의 기쁨을 노래하고 있다는 점에서 인도주의적 성향을 띠고 있다는 것이다. 이는 그가 1930년대 중후반의 문학이 이념만 있고 이데아는 없는 실정에 대한 비판을 가하면서도 인도주의적 시편들과 소시민적인 사유에 대해서는 크게 지적을 하지 않은 이유의 방증일 수도 있다. 그러나 더 중요한 것은 바로 휴머니즘을 통한 인간의 상처를 회복하겠다는 고백적 의지가 드러나는 작품을 이 시기에 발표했다는 것이다. 이것은 시의 본질적인 기능을 사유한 것에 다름 아니다. 그리고 그것은 기존의 슬픔-주체가 궁극적으로는 인간성 회복을 위한 도정이었다는 점을 감안함으로써 외연의 확장을 이룩하는 것이라 볼 수 있다.

마음의 曠野우에
푸른 눈瞳子를 가진 밤이 찾어들면,

호졸곤히 지친 넋은
病든 小女처럼 흐느겨 울고,

울어도 울어도
줄어질줄 모르는 무거운 슬픔이
안개처럼 안개처럼
내寢室의 窓기슭에 어리면,

마음의 虛空에는
孤獨의 검은 구름이
滿潮처럼 밀려들고,

——이런때면 언제나
별바다의 記憶이
제비처럼 날아든다,

나려다보면
수없는 별떼가
물논우에 金가루를 뿌려놓고,

건너다보면
어둠속을 율무기처럼
불켠 밤車가 도망질치고,

치어다보면
붉은片舟처럼 쪽달이
동실! 하늘바다에 떠있고,

우리들은
나무그림자 길게 누은 논뚝우에서
褪色한 마음을 朱紅빛으로 染色하고
오고야말 그世界의 꽃송이같은 秘密을
비둘기처럼 이야기했드니라!

—「별바다의 記憶」 전문

한편 「별바다의 記憶」에서는 기존에 보여주었던 시적 주체의 슬픔

인식 메커니즘이 작동하고 있음을 확인할 수 있다. 그것은 추상적인 공간을 통해서 잠식을 진행시키는 '밤'이라는 시간을 통해 본격적으로 개괄된다. "넋"은 이미 지친 상태이며 "病든 小女처럼 흐느껴 울고" 있다. 그러나 이 울음으로 극복되지 않는 슬픔의 영원성은 점점 더 짙어지는 "안개"가 되어 주체의 내면을 수면 아래로 잠식시킨다. '나'에게 있어 날씨를 비롯한 자연의 총체는 슬픔을 인식하게 만드는 장치에 불과하다. 그것은 자연이 이미 불행의 시간을 승인한 세계에 다름 아니기 때문이다. 이러한 상황 속에서 '나'는 "별바다의 記憶"을 떠올린다. 이때의 별은 무생물로 역시 자연의 일부이지만 가시적일 뿐 닿을 수 없는 이상적 공간이라는 점에서 화자의 슬픔을 극복할 수 있는 하나의 도구적 기호가 되는 것이다. 이는 앞서 살폈던 「별과 새에게」에서도 살폈듯이 별은 나의 신체를 치환할 때 부정의 정서를 감각할 수 있도록 설정된 기호였다. 「별바다의 記憶」은 이 같은 설정의 이전 단계로써 서사의 연속성을 구명한다는 관점에서 중요한 작품이 아닐 수 없다. 그 기억이란 다음과 같다. "수없는 별떼가 / 물논" 위에 금가루처럼 뿌려져 있는 어느 밤, "밤車"는 도망을 다니고 "쪽달"이 바다에 떠 있는 아름다우면서도 긴장된 상황임을 유추할 수 있다. 그때 "우리"라고 하는 인칭대명사가 등장한다. 이때의 '우리'는 "退色한 마음을" "염색하고" 어떤 세계의 비밀을 주고받은 사이이다. 이 정황만을 보았을 때 추측할 수 있는 것은 어떤 공동체의 희망이라는 사실 뿐이다. 그리고 그 공동체의 희망이란 긴장된 밤의 공간 속에서 비밀처럼 누설되는 어떤 세계의 도래에 대한 희망이라는 사실이다. 그러나 이 희망을 회상함으로써 화자는 잠시나마 슬픔을 극복하게 되는 것이다.

살펴본 두 편의 시는 전형적인 서정시라는 점에서 파시즘이 도래하고 전쟁의 징후가 농후한 시점에서 윤곤강이 시의 본류는 낭만주의에 있음을 시사하고 있는 것이란 사실을 유추하게끔 만든다. 두 작품의 차이점은 「告白」에서는 휴머니티를 기반한 뉘앙스가 시 전체를 지배하고 있다는 사실이고, 「별바다의 記憶」에서는 슬픔을 극복하려는 시적 주체의 분투가 읽힌다는 점이다. 그러나 두 작품의 내용은 상반될지라도 담론적으로 보았을 때 윤곤강의 시세계가 낭만주의를 지향하고 있었다는 점은 주목할 필요가 있다. 이는 정치적으로 혼란스러운 시기에 시의 본질을 추구했다는 것을 의미하기 때문이다. 이 과정에서 윤곤강은 맹목적 이데올로기를 제거하고 개인의 내면으로 침잠하여 슬픔을 추출하고 이로부터 새로운 시적 주체의 담론적 확장을 보여준 것이다. 그러나 자오선 동인은 창간호를 끝으로 폐간하게 된다. 『浪漫』을 비롯하여 1930년대 시의 위기를 자각하고, 신진시인그룹을 형성하여 타성에 젖지 않은 새로운 문학을 주창하였지만 완벽한 세대교체가 이뤄지지 않은 것이다. 그것은 자본적인 이유가 컸다. 잡지의 기본적인 생존 전략은 '독자 확보'에 있었으며, 당대 저널리즘과 유명 출판사는 권위 있는 문인을 필진으로 내세워 독자 유입 전략을 세웠다. 이에 반해 『浪漫』이나 『子午線』의 경우 신진시인들을 중심으로 하고 있었으며, 출판사 또한 발행인 민태규의 자택을 소재지로 할 만큼 소략적인 '동인지'의 형태를 띠고 있었다. 그럼에도 불구하고 『子午線』이 문학사적으로 의의가 있는 까닭은, 윤곤강을 비롯하여 서정주, 오장환, 이육사, 신석초 등이 참여한 동인지로 그들이 1940년대와 해방공간에서 '생명파', '휴머니스트', '인생파'의 한 그룹을 형성하였던 주요 문인이라는 점이다. 이러한 문학장의 변모 과정에서 윤곤강이 잡지를 통해 보여준 시세계가 슬픔 구조와 연관한다는 사실은, 그의 입장에서 '슬픔'이 단순한 개인 감정의 토로에서 촉발된 것이 아니라 '신시(新詩)'의 한 주체를 형성함에 있어 중요한 감각이었다는 사실을 뒷받침해준다.

한편 윤곤강이 편집에 가담했다고 알려져 있는[10] 『詩學』은 1939년 3월에 창간호를 간행하였고, 통권 4호로 종간된 시전문지이다. 창간호를 살펴보면 광고면에 사회주의 대중 종합지인 『批判』을 광고하고 있으며, 목차를 살펴보면 『子午線』 동인이었던 김광균, 서정주, 신석초, 오장환, 윤곤강 등이 있음을 알 수 있다. 이와 더불어 이병각, 이정구, 김달진, 박노춘, 김정기 등 또한 작품을 발표한 것을 알 수 있다. 『詩學』은 『子午線』과 달리 권두언과 편집후기가 실려 있다. 권두언을 살펴보면 다음과 같다.

> 오늘날처럼 詩가 窓 없는 房— 循環世界 속에서 漫步하는 時節이 앞으로 있을까? 鑑識의 斃死. 觀念의 亡靈. 文字의 行列.
>
> 詩의 否定과 그것의 肯定. 이 두 개의 『接觸點』에서 詩人의 피는 불꽃을 피우리라. 그것의 不幸을 救하기 爲함이라면 무엇이든지 먼저 그것을 『사랑』하는 데서부터 시작되어야 한다.
>
> 여기서 我執脊異는 버려도 좋다. 詩의 둘도없는 敵인 까닭이다. 詩는 좀 더 일즉이 事會의 意志가 되어도 좋았을 것이다. 詩人은 좀 더 일즉이 詩의 精神을 들처메고 온갖 괴로움과 슬픔의 城砦를 뛰어 넘으려는 커—다란 意欲을 가져도 좋았을 것이다.
>
> 오랜 散文에의 忍從의 쇠사슬을 끊고 自我의 새벽을 향하여 突進해야만 될 詩와, 낡은 偏見과 迷夢을 아낌없이 팽개치고 눈먼 쩌—너리즘에 대한 詩獨自의 旗幅을 擁護해야 될 詩人을 위하여 『詩學』은 生誕한다.

10) 『詩學』의 편집 겸 발행인은 김정기이다.

이 권두언에서 유심히 살펴볼 대목은 바로 "詩 不定과 그것의 肯定"이 상접하는 지점에서 시인의 존재가치가 확보된다는 전제이다. 시는 언어로부터 탈피함과 동시에 새로운 언어로써 현현한다. 이 말인즉슨 시는 끊임없이 탈주와 구속을 반복하는 언어의 운동성을 의미한다는 것이다. 그렇기 때문에 시를 써야 하는 시인은 그러한 욕망의 이중성 가운데 지속되고, 이 지속으로 말미암아 문학이 극복되지 않는 한 고통의 책무를 져야 하는 존재가 된다. 이러한 사실을 『詩學』의 권두언으로부터 추수할 수 있다는 사실은 의의가 있어 보인다. 다시 말해 불행을 구원하는 것, 불가능성의 가능성을 꿈꾸는 것이 시의 본질이라고 이 잡지는 이야기하고 있는 것이다. 이때 "我執脅異"를 버리라는 것은 시에 있어서 이념적, 담론적 대립을 그만두고 시의 본류인 "온갖 괴로움과 슬픔의 城砦"를 극복하기 위해 욕망하라는 의미로 해석된다. 이를 통해 알 수 있는 것은 윤곤강이 추구하는 포에지의 성격과 『詩學』의 권두언이 동일한 방향을 가지고 있다는 사실이다. 이는 단순히 낭만주의라는 시적 조류를 주장하는 것이 아니라 시의 본질이 훼손된 현실을 회의적으로 자각하고 그것을 탈바꿈하기 위한 적극적 자세를 취한다는 점에서 『子午線』이 보여준 시에 대한 희망과도 일맥상통하는 부분이 있다. 또한 간략하기는 했지만 살펴본 바로 필진 또한 신진 시인들을 중심으로 형성하고 있었다. 『詩學』 4호 광고면을 살펴보면 『新撰詩人集』에 대한 내용이 있는데 이는 신진 시인들의 외연을 확장하는 정치적인 기획이 아닐 수 없다. 이 책 또한 『詩學』을 발행한 시학사에서 편찬했으며, 윤곤강을 비롯하여 임화, 백석 등 1930년대 후반 주요 시인들을 기획 편집했던 것이다. 이를 보았을 때는 『子午線』보다 『詩學』이 문단의 외연적 확장에 있어 조금 더 의욕을 보여주었다고 판단할 수 있다. 윤곤강은 1호에 「氷河」를 발표했으며, 2호에는 「毒蛇」와 「나비」, 4호에는 「廢園」, 「野獸」를 수록했다.[11] 여기서는 4호에 수록된 시를 중점으로 살피고자 한다. 두 편의 시 중에서 「廢園」은 『氷華』에 재수록되었으며, 「野獸」는 미수록 작품으로 남았다.

> 머ㅡㄴ 생각의 무성한 잡초가
> 줄줄히 뻗어 엉크러지고 자빠지고
> 눈물같은 힌꽃 한송이 빵끗 핀 사히로
>
> 사ㅡ늘한 주검이 배암처럼 기어가다가
> 언뜻 맞우친때 임이 부르는 눈동자처럼
> 진주빛 오색 구름장이 돋어나는것!
>
> 외로운 사람만이 안다
> 외로운 사람만이 알어……
> 슬픔의 빈터를 찾어
> 쪽제비처럼 숨이는 마음
>
> ㅡ「廢園」 전문

이 작품은 『氷華』에 수록된 원문으로 『詩學』 4호에 실린 시를 상당 부분 했음을 먼저 발견할 수 있다. 우선 잡지에 실린 「廢園」은 인용된 시의 첫 연 앞에 마지막 연이 반복되어 수미상관의 구조를 이루고 있다. 또한 '記憶'을 "생각"으로 변경하였다. 1연과 2연은 원래 한 연이었으며, "오색 구름장" 앞에 '希望'이 삭제되었다. 그리고 원래 '슬픔의 廢園'인 것이 "슬픔의 빈터"로 변경되었다.[12] 개작의 의미를 살펴보았을

11) 『詩學』 3호는 현재 찾을 수 없는 상태이다.

때, 윤곤강은 수미상관의 형식적 구조를 탈피하고 마지막 연에서 내면의 진술을 함으로써 내용을 더욱 강조한 것으로 보인다. 개작에서 가장 의미가 커보이는 대목은 바로 기억을 '생각'으로 변경한 것과, 폐원을 '빈터'로 변경한 시어 교체이다. 기억은 생각보다는 객관화된 층위의 기호라 할 수 있다. 다시 말해 기억은 개인의 재현된 이미지를 의미하고 생각은 그보다 조금 더 포괄적인 관점이다. 윤곤강은 의미를 풀어버림으로써 개인의 슬픔에서 보편적 슬픔으로의 확장을 사유했다고도 판단할 수 있는 대목이다. 또한 폐원을 '빈터'로 변경한 까닭에는 제목과의 중복을 피하기 위한 전략이 있을 수도 있다. 그렇지만 폐원이 주는 딱딱한 이미지보다는 '빈터'가 받는 서정적 이미지가 기호적으로 더욱 크게 작용할 수 있음을 고려했을 수 있다. 이러한 관점에서 보았을 때, 윤곤강의 시적 미감은 『氷華』에 이르러서 더욱 서정적으로 변화했음을 직감할 수 있게 된다. 그는 이 작품을 통해 최대한 간결하게 슬픔

---

12) 외로운 사람만이 안다
외로운 사람만이 알어……
슬픔의 廢園을 찾어
쪽제비처럼 숨이는 마음

먼 記憶의 무성한 雜草가
줄줄히 뻗어 엉크러지고 자빠지고
눈물같은 흰꽃 한송이 빵끗 핀 사히로
싸—늘한 주검이 배암처럼 스스르 기어가다가
언뜻 마조친때 님이 부르는 눈동자처럼
진주빛 希望의 五色구름장이 돋어나는것!

외로운 사람만이 안다
외로운 사람만이 알어……
슬픔의 廢園을 찾어
쪽제비처럼 숨이는 마음

—개작 이전의 「廢園」, 『詩學』 4, 1939, 43~44쪽.

을 전달하고자 했다. 그렇기 때문에 감정을 지연시키는 의성어와 의태어도 적극적으로 삭제했다.

한편 이 작품의 제목이 미키 로후(三木露風)의 시집 『廢園』과 같다는 점에서도 생각해볼 수 있지만 그 연관성은 적다. 다만 윤곤강의 시작법이 「당나귀」에서 김첨지를 오마주했던 것처럼 일본 상징주의 시를 환기시키려는 의도가 있었는지는 확인해볼 필요가 있다.[13] 이 작품의 전개과정을 살펴보면 폐원, 즉 허물린 정원에 대한 묘사가 먼저 제시되고 있다. 폐원은 “생각의 무성한 잡초가” 자라는 곳이며, “눈물같은 힌꽃”이 피어나는 곳이다. 또한 죽음이 “배암처럼 기어”다니는 부정의 장소이다. 이러한 장소를 찾는 화자의 마음은 “외로움”이다. 따라서 이 공간은 외로움이라는 정서가 결집된 기호의 장소가 되는 것이다. 이곳에서 화자는 “슬픔의 빈터를 찾어”낸다. 그리고 그곳에 자신의 마음을 숨긴다. 이 같은 행위는 슬픔으로부터 도피하거나 극복의지를 보여주는 것이 아니라 오히려 슬픔으로 더욱 깊이 침잠한다는 점에서 주목할 필요가 있다. 1939년 10월에 발표된 이 시는 개작되기는 했지만 내용상 선취하고 있는 슬픔의 세계에 존재하는 주체의 의식은 변하지 않았음을 알 수 있다.

어둠으로 왼몸을 덮은 地城.

라이트는 그믐밤 호랭이눈깔처럼 뻔쩍인다.

끝모르게 뻗친 두줄기 平行線의 白光.

---

13) 윤곤강은 『피리』와 『살어리』에서 본인이 1920년대 낭만주의와 상징주의에 경도되었음을 고백한 바 있다.

汽笛은 황소마냥 어둠을 쪼갠다.

피스톤이 젓는 끄님없는 손길에

골내며 욕하며 달어나는 바퀴와 바퀴……

오오 불붙는 心臟을 안고

앞으로 앞으로만 달리는 鋼鐵의 野獸.

—「野獸」 전문[14)]

「野獸」는 미수록 작품으로 『詩學』에 발표한 이후 시인의 어느 시집에도 재수록 되지 않았다. 이 시의 핵심은 밤을 지나는 기차의 역동성을 묘사하고 있다는 사실이다. "어둠으로 왼몸을 덮은" 성처럼 검은 기차는 움직이기 시작하고 "라이트는 그믐밤 호랭이눈깔처럼" 상당히 밝게 길을 비춘다. 또한 기적소리는 "황소마냥 어둠을 쪼갠다"는 표현을 사용하고 있다. 이처럼 이미지를 명확하게 사용함으로써 기차의 역동성을 상상할 수 있게 만든다. 이 기차는 끊임없이 질주하는 숙명을 가졌다. 이는 어떤 기능을 가졌을 때 자본에 따라 그 노동을 끊임없이 행해야만 하는 인간의 삶과 닮아 있다. 다시 말해 이 작품을 통해서는 근대성과 노동에 대한 주의를 환기시킬 수 있는 여러 기호가 작동하고 있다는 것이다. 기차는 "불붙는 心臟을 안고 / 앞으로 앞으로만 달리는 鋼鐵의 野獸"가 되어 화자는 그것이 사라질 때까지 지켜보고 있다. 여기에는 특별한 부정성이 확정되어 있지 않다. 슬픔의 메커니즘이나 죽음의식이 드러나 있지 않은 것이다.

---

14) 윤곤강, 『詩學』 4, 시학사, 1939, 45쪽.

그런데 이 시를 분석함으로써 우리는 윤곤강의 정립된 시세계와 이 작품의 차이를 확연히 파악할 수 있게 된다. 우선 이 시의 정황은 철도 기차가 지나가는 것을 화자가 바라보고 있는 것으로 진술되고 있다. 『詩學』의 원문을 살펴보면 산업기관차가 그려져 있고 울타리 바깥에서 사람들이 그것을 바라보고 있는 삽화가 그려져 있음을 확인할 수 있다. 다시 말해 이 작품은 근대적 산물인 기차에 대한 화자의 감상이 드러나 있을 뿐 윤곤강의 시세계에 도저해 있는 죽음이나 슬픔의 메커니즘과는 연관이 되지 않는 기호로 시가 구성되어 있는 것이다. 윤곤강은 이처럼 근대적 산물에 대한 지식인으로서의 감상을 나타내는 시를 쓰기도 했으나, 그것을 시집에 수록하지 않았다는 것은 그만큼 시집에 드러난 '슬픔-주체'와 '죽음 의식'이 의도된 것이라는 사실의 방증이 아닐 수 없는 것이다.

『詩學』은 자오선 동인과는 달리 통권 4호까지 발행하며 약 1년간의 활동을 지속하였다. 그 가운데 시학사에서 발행한 『新撰詩人集』은 윤곤강, 신석초, 백석, 오장환, 신백수 등 1930~40년대 시인들이 주축이 되어 새로운 시에 대한 열망을 표출했고, 그것을 통해 새로운 세대를 호명했음을 알 수 있다. 『詩學』을 통해 윤곤강은 다양한 시도를 하였고 그것은 슬픔을 형상화하는 낭만주의적 태도와 현실비판적 태도가 혼재되어 있는 작품 양상으로 드러났음을 확인할 수 있었다. 그리고 이 작품들이 개작되거나 시집에 싣지 않았다는 사실을 통해 윤곤강의 시적 주체 형성에 있어 '슬픔'이라는 기제가 강력한 전제였다는 점을 방증할 수 있었다. 시인 이정구는 『詩學』 4호에 「「동물시집」의 安着된 精神-「大地」「輓歌」와의 關聯에서」를 통해 1939년 발행된 윤곤강의 제 4시집 『動物詩集』을 시대정신, 곧 사상이 부재한 아름다움에 안착한 시정신의 집약으로 평가한다. 이정구가 구체적인 생활 현실을 기초로 서정을 토로하면서도 소박한 정서를 보여주었던 자신의 시세계에 비추어보았을 때, 윤곤강의 시세계는 이미 현실적인 태도로부터 분리되어 더욱 서정적인 것으로 안착되어 가고 있음을 확인한 것이다. 이정구는 윤곤강이 초기 습작기(1931～1935년)에 보여주었던 시세계와 달리 시의 '사상'과 '생리'가 분리되어 '아름다움'만 추구하는 그의 작품들을 비판적인 태도로 바라본다. 그러나 한편으로 윤곤강은 "前時代의 自己藝術과 함께 詩人 自身도 永遠히 世上을 떠나버리"지도 않고, "새로운 客觀의 理解 속에서 다시 自己藝術을 發展시키는" 방향으로도 나아가지 않고, "다른 第三의 길을 取했던 것"[15]이라고 말한다. 이정구의 관점에서 핵심은 바로 자기예술이다. 그가 생각하고 있는 윤곤강의 '자기예술'은 현실인식에 대한 객관적인 태도와 비판적 입장이었으므로, 시인이 『大地』부터 꾸준히 보여온 슬픔－주체의 시정신과 그 구조는 '제3의 길'이 될 수밖에 없는 것이다. 이렇듯 윤곤강은 자신의 시세계를 긍정하는 차원과 부정하는 차원 사이에서 자신만의 슬픔－주체를 확립하기 위한 시도를 끊임없이 이어나갔다. 그 제 3의 길은 『詩學』에 발표된 「氷河」, 「毒蛇」, 「나비」 등을 통해서도 뒷받침되었다.

3. 『新撰詩人集』의 역할과 야끼마시 논쟁

윤곤강은 1940년 시학사를 통해 『新撰詩人集』 기획에 몰두한다. 이를 미루어 짐작했을 때, '이념적, 담론적 대립을 그만두는 것'은 신시단을 형성하고자 하는 『詩學』의 중심테제였고, 이들은 1940년 『新撰詩人集』을 발간하기에 이른다. 그 작품목록을 정리하면 다음과 같다.

---

15) 『詩學』 4, 앞의 책, 49쪽.

『新撰詩人集』(한경석 편, 詩學社, 1940)에 수록된 시인과 작품

이름	작품
金起林	海圖에 對하여
	太陽의 風俗
	람푸
	마을
金珖燮	梟
	西天月
	空寞
	꿈
	憧憬
金光均	廣場
	石膏의 記憶
	뎃상
	公園
金永郞	언덕에바로누어
	오－매단풍들것네
	물보면흐르고
	내음
金朝奎	疲困한 風俗
	海岸村의 記憶
	猫
	「素描」中의 一節
金軫世	流竄
	異變
	翹想
	怠惰
權煥	遺言狀
	歡喜
	夏夢
劉昌宣	새벽
	보석장수의옛이야기를
	黃昏
柳致環	離別

이름	작품
馬鳴	江岸圖
	窓
	月夜月懷
閔丙均	가시덤불
	風流二題
	황새
	달과胡弓
閔泰奎	黃海
	告別
	이름모를별
朴魯春	해바라기
	탱자
	부적
	海霧
徐廷柱	대낮
	麥夏
	입마춤
辛夕汀	山으로가는마음
	밤이여
	들길에 서서
	작은짐승
申石艸	蜜조를준다
	巫女의춤
	芭蕉
呂尙玄	呼吸
	森林
	부채
楊雲閒	壞層의倫理
	善
	惡
	소라

	山	吳章煥	小夜의노래
	點景에서		喪列
	頌歌		詠懷
李陸史	年譜		할레루야
	靑葡萄	尹崑崗	永河
	鴉片		發園
	湖水		暗夜
李秉珏	祠堂	張萬榮	달·葡萄·잎사귀
	戀慕		女人
	小女		슬픈조각달
李箱	無題		風景
	破帖		少年
李庸岳	北쪽	張瑞彦	古花甁
	장마개인날		理髮師의봄
	두메산골		風景
	전라도가시내		室內
	오랑캐꽃		우물
林和	밤의讚歌	李高麗	房
			香肉
李燦	希望		夜雨
	遺望		瞬間
	밤車	林學洙	봄들
	埠頭·午前·3時		石窟庵(1)
李洽	호들기		石窟庵(2)
	追憶	李貞求	音響
	不安		列車속의風景
총 32명, 124편/349쪽;19cm			

이는 한경석 편으로 되어 있지만, 실제로는 윤곤강이 편집하였다. 참여 시인으로 보면 이상, 김기림, 김광균, 장서언 등과 같은 모더니즘계열 시인, 유치환, 이육사와 같은 민족시인, 김영랑, 장만영, 이정구 등 순수시파, 임화, 이찬, 이용악, 오장환 등 카프계열시인, 서정주, 김조

규, 윤곤강 등 낭만주의 시인, 유창선, 박노춘 등 국문학자이자 시인 등 다양한 세계를 구축하고 있는 것으로 보인다.

문제는 이 『新撰詩人集』이 발간되기 몇 달 전, 김광균과 윤곤강의 '야끼마시 논쟁'이 있었고, 이것을 『시인춘추』의 동인 이해문이 한 번 더 언급하면서 기교주의 논쟁의 재전유로 확장되었다는 사실로부터, 『新撰詩人集』은 1939년 『詩學』 4호에 광고한 것과 달리 참여 시인 목록이 변경되어 나옴으로써, 사후적 의미를 고찰하게끔 만든다는 것이다. 이에 대해서 『新撰詩人集』의 내용과 1940년을 전후 발표된 임화, 김기림, 윤곤강, 이해문, 김광균 등의 평문을 살펴 기교주의 논쟁이 재전유되었던 당시의 문단 내 상황을 고찰했을 때 관련된 글은 다음과 같다.

문단 이면사적 실증자료인 김광균과 윤곤강 사이에 있었던 '야끼마시(やきまし)' 논쟁(1940) 이후 같은 해 '詩學社'에서 발행한 『新撰詩人集』은 기교주의 논쟁의 재전유 양상으로 발전된다. やきまし란 '사진의 인화', '복사'를 의미하는 일어로 당시 '표절'을 의미하는 용어였다. 1940년 1월 27 조선일보에 김광균은 「정문을 맛고 윤곤강 군에게」라는 글을 게재한다. 이 글의 핵심은 '시학 5집 64쪽 정침란에 윤곤강이 쓴 소위 야끼마시 적발'이 자신의 시집 『와사등』에 실린 「풍경」을 두고 표절 의혹을 제기한 것이라며, 이에 대한 해명을 하는 내용이었다. 그러면서도 윤곤강이 『詩學』의 동인으로 함께 활동하면서, 한마디 상의도 없이 이 같은 의혹을 제기한 것, 또한 어떤 저자의 글을 표절한 것인지에 대한 언급이 없었다는 것을 지적한다. 그는 윤곤강의 지적에 대해 "비평 이외의 목적으로 흐르는 요지음 성행하는 자못 고전적인 무사정신은 일소"해야 한다며, "참고로 한마디 더 쓰나 『똥키호－데』의 찰난한 수법도 요즘은 시대적 가치를 상실한 지 오래"라고 강하게 비판한다.

≪조선일보≫에 실린 이 글에는 윤곤강이 참여하였던 『詩學』 동인지에 대한 몇 가지 시사점을 던지는 내용이 담겨 있다. 우선 1939년 창간된 『詩學』은 시 전문 동인지로 통권 4호를 끝으로 종간되었으므로, 김광균이 말하는 『詩學』 5집은 언제 발간된 것인가 하는 문제가 있다. 『詩學』 동인은 1939년 광고란에 신세대 시인의 사화집인 『新撰詩人集』을 1940년에 발간할 것을 광고하고 있다. 이에 『新撰詩人集』을 두고 김광균이 편의상 『詩學』 5집이라 명명한 것인가라는 추측을 해볼 수도 있겠으나, 그가 ≪조선일보≫에 글을 게재한 때는 1월, 『新撰詩人集』은 동일한 신문 광고면에 3월에 실리고, 5월에는 김환태, 홍효민 등의 '쑥 레뷰'가 게재된다. 이를 미루어 봤을 때, 김광균이 사화집이 나오기도 전에 내용을 지적했거나, 실제로 『詩學』 5집이 존재했고 동인 내부의 문제가 발생하자 폐간조치 하였거나 하는 두 가지 추측이 가능해진다. 본 논문은 후자일 가능성에 무게를 두고 윤곤강과 김광균 사이에 있었던 야끼마시 논쟁에 대해 더욱 살피고자 한다.

김광균의 지적에 대해 윤곤강보다 더 강하게 나선 시인은 『시인춘추』 동인이었던 이해문이었다. 그는 3월 ≪동아일보≫에 게재한 「시의 감상과 현시단」을 통해 윤곤강을 다시 한 번 비판하는데, 윤곤강이 김광균의 시 「풍경」을 두고 표절의혹을 제기한 것에서 더 나아가 '야끼마시'의 의미를 시의 회화성, 즉 이미지즘에 대한 비판적 담론으로 확장시키며, 김기림과 김광균, 장만영을 두둔한다. 반면 윤곤강과 임화의 모더니즘에 대한 비판적 시각을 역으로 비판함으로써 '야끼마시' 논쟁은 1936년 이후 임화, 김기림, 그리고 박용철에 의해 개진되었던 '기교주의 논쟁'의 재전유로 확장된다. 그는 역시 "시학 제5집 '정침란'에 일시의 애매성과 몽롱성은 새로운 것의 발명이 아니다"라는 대목에 대해

패기는 있으나 지나친 주관에 빠진 시론이라 비판한다. 그 스스로 이 언급을 윤곤강이 한 것이라 밝히진 않지만, 이는 양주동의 "시 짓는 사람들은 자기도 잘 모르는 말을 자꾸 갖다 쓰더군요. 중견이란 사람이 더욱 그래"라는 말을 인용하며 임화를 비판하기 위한 자기 논리의 정당화로 해석된다. 그는 김기림이 칭찬했던 장만영의 작품이『新撰詩人集』에 한 해 앞서 출간된 임화 편의『現代朝鮮詩人選集』에서는 빠져 있는 것과, 당시 사회주의적 경향을 갖고 있던 오장환은 추천한 것을 함께 지적하며, 진영에 따른 시단의 해석을 비판하고 '신세대' 시인에 대한 폭넓은 수용을 촉구한다. 이와 더불어 윤곤강이 김광균의「풍경」에 대해 지적한 바에 대해서는 "김기림씨가 새로운 표현이라 옹호한 김광균 군의『와사등』속의 일부가 동경문단에 씌워진 것의 '야끼마시'라는 시학지 정침난의 보고는 이 무슨 불행한 지적이냐"라며, 윤곤강이 1938년 발표한「현대시의 반성」의 내용까지 함께 비판한다.「현대시의 반성」의 핵심은 "한 개의『풍경』을『있는 그대로』『보는 그대로』그려놓는 것은, 그 시인이 한 개의 카메라맨보다도 부건강한 것을 의미한다"라는 시의 이미지즘을 비판하고 나선 것에 있다. 이해문은 이와 더불어 김기림의「오전의 시론」과 임화의「기교주의 거부」, 윤곤강의「현대시의 반성」에 대해 "극언한다면 조선시단을 떠난 궤상의 공론"이라는 언급을 통해서 '야끼마시' 논쟁이 기교주의 논쟁의 재전유의 촉발제가 되고 있다는 점이었다.

이러한 일련의 쟁점을 정리해보았을 때, 1940년까지도 이어지고 있는 '기교주의 논쟁'의 잔상은 모더니즘과 경향파, 순수시파의 종합을 통한 신시단 기획을 이상으로 점지했던 윤곤강과 '시학' 동인의 사후적 역할에 대해 고찰하게끔 만든다. 다시 말해 이 과정에서 기교주의 논쟁의 핵심을 탐구하고, 윤곤강의 직관 시론, 이해문의 순수시 옹호론, 김기림의 과학시론 등을 재구함으로써, 한국 근대시의 논쟁사를 통찰하게 되는 것이다.

1939년 발간된 『新撰詩人集』에 수록된 작품은 대부분 『詩學』 동인의 작품이며, 이들은 1930년대 신진그룹이자 낭만주의 그룹이었다 할지라도, 각자가 추구하는 시적 방향은 경향파, 모더니즘, 순수시파, 고전주의 등으로 분화되어 있다. 『新撰詩人集』은 1930년대 후반부터 1940년대로 진입하게 되는 시단풍경의 도정을 폭넓게 고찰하는 참조항이 되어준다. 이는 시의 미학성과 현실적인 문제를 동궤에서 추적함과 동시에, 1930년대 후반 신진시인 그룹의 역량을 보여주기 위한 기획이 아닐 수 없다. 이들의 시세계 면면을 살펴보면 한 경향으로 치우친 것이 아닌 모호한 경계를 만들었다는 점을 한계로 지적하는 논의도 많다. 그러나 정치적 이념과 형식의 문제를 떠나 자유롭게 문학적 역량을 발휘할 수 있는 제반적인 환경을 갖추고자 노력했던 이 같은 정전화 작업은 그들의 문학적 에콜을 미적 본질과 현실을 자유롭게 오가는 '미적 자율성'으로 이반시킨다. 이 과정에서 김광균과 윤곤강의 작은 갈등이 촉발시킨 '야끼마시' 논쟁은 기교주의 논쟁의 재전유의 산물이다. 다시 말해 1930년대 후반 신진 시인그룹이 갖는 한계를 역설적인 선결조건으로 삼았을 때, 그것은 기교주의 논쟁의 재전유 공간으로 전환되며 1930년대 후반에서 1940년대로 진입하는 시단풍경을 가늠할 수 있는 방증이 되는 것이다.

> 詩的 精神이 枯渴된 詩人에게 있어서는, 아무리 훌륭한 表現手法도 一文의 價値가 없다. 그리고 詩人의 皮相的 影像인 『現實』을 아무리 훌륭한 技術로 表現한다 할지라도, 그것은 아무런 『質問』과 『答

辯』을 賦與할 能力이 없다. 質問을 發하고 『答辯』을 賦與할 수 있는 詩—그것은 오로지 時代的 眞實의 偉大한 思想性과 生命性의 完全한 結合에서만 可能한 것이며, 또한 그러므로 그것만이 오직 새로운 世代의 詩人만이 가질 수 있는 唯一의 職務이며, 使命이라는 것이다.

윤곤강은 「포에지이에 대하여」에서 위와 같이 "시적 정신"을 강조하면서, 시를 질문과 답변의 커뮤니케이션 구조로 이해하고 있음을 밝혔다. 이때 질문이란 시적 주체가 갖는 개인적 질문이 아니라 "시대적 진실"과 "사상", "생명"이라는 본질적인 가치에 대한 질문이며, 답변 또한 그에 걸맞은 것이어야 한다는, 그만의 시정신을 보여주고 있다. 그리고 그것이 "새로운 세대의 시인"이 가져야 하는 "직무"이자 "사명"이라 강조하고 있다. 이러한 관점에서 보았을 때, 윤곤강은 김광균의 작품이 일본의 시를 그대로 답습하고 있는 것이며, 그가 가진 이미지즘적 시세계는 시대를 관통하는 질문과 답변의 구조가 아니라 일종의 사진 기술로서의 '재현'에 다름 아니라는 비판을 가한 것으로 보인다. 결국 시대적 진실을 강조한 이 포에지론에서 윤곤강의 입장에 따르면 김광균의 시는 그 같은 "위대한 사상성"을 내포하지 못한 시로 격하되는 것이다. 이러한 관점에 따라 김광균의 시 「풍경」에 대한 윤곤강의 표절의혹 제기로부터 촉발된 이른바 "야끼마시" 논쟁은 단순히 윤곤강과 김광균의 개인적 갈등으로 그치지 않는다. 이를 『시인춘추』 동인 이해문이 기교주의 논쟁의 직접적인 참여자였던 임화와 김기림의 시론으로 확장시키고, 야끼마시, 즉 '사진의 인화'라는 뜻의 일어를 시의 회화성의 비판적 용어로 이해함으로써 윤곤강의 시론을 직접적으로 비판하기에 이른다. 이에 대한 답문으로 윤곤강은 「시와 직관과 표현의 위치, 물질과 정신의 현격」을 발표하며 시에 있어서 중요한 것은 이미지의 언어적 표현이 아니라, 감정과 감각을 관통하는 직관이라며 대응한다. 여기에, 김기림, 임화, 최재서, 양주동, 등 중진들의 평문이 1940년대를 문턱에 두고 더해지면서, 시의 기교주의 논쟁이 재전유되고 있다.

그것은 김광균의 시가 이미지즘을 기반한 낭만주의를 표방하고 있다면, 윤곤강은 낭만주의를 기반한 리얼리즘을 표방하고 있다는 사실을 통해 그들의 시적 세계가 간극을 두고 있다는 것으로 받아들여진다.

4. 맺음말

1940년대에 들어서면서 윤곤강은 당진으로 낙향하여 광복 때까지 작품활동을 거의 하지 않는다. 1937년 『子午線』부터 본격적으로 낭만동인으로 활동하였던 윤곤강을 김광균, 신석초 등과의 관계를 조명함으로써, 본 연구는 윤곤강의 시세계를 조금 더 확장시켜보고자 했다. 신진시인그룹의 문학적 지향성을 함께 고찰하는 한편 윤곤강이 기획했던 『新撰詩人集』에 관한 서지적 접근을 통해 '야끼마시 논쟁'이라는 쟁점을 발견할 수 있었다. 한편 『新撰詩人集』이 편찬된 후인 1940년대 문학은 우리 근대문학의 암흑기였다는 점에서 그들의 기획 및 포부와는 달리 '이상'이 실현되지 못했다는 한계를 지적해볼 수 있다. 그러나 『新撰詩人集』은 1930년대에서 1940년대로 전이되는 문학의 세대론적 길목에서 분명한 역할을 하고 있다. 그 대목은 다음과 같다.

1940년 1월 27일 ≪조선일보≫에 김광균이 쓴 「정문을 맛고 윤곤강군에게」라는 글은 '시학 5집 64쪽 정침란에 윤곤강이 쓴 소위 야끼마시 적발'이 자신의 시집 『와사등』에 실린 「풍경」을 두고 표절 의혹을 제기한 것을 두고 본인이 직접 해명한 글이다. 윤곤강이 『詩學』의 동인으로 함께 활동하면서, 한마디 상의도 없이 이 같은 의혹을 제기한 것, 또한 어떤 저자의 글을 표절한 것인지에 대한 언급이 없었다는 것을 지적한다. '야끼마시'언급에 대해 윤곤강은 이렇다 할 대응을 하지 않았으며 오히려 『시인춘추』 동인이었던 이해문이 3월 ≪동아일보≫에 게재한 「시의 감상과 현시단」을 통해 윤곤강을 다시 한 번 비판했던 것이 야끼마시 논쟁의 핵심이다. '야끼마시'의 의미를 시의 회화성, 즉 이미지즘에 대한 비판적 담론으로 확장시키며, 김기림과 김광균, 장만영은 두둔하고 윤곤강과 임화의 모더니즘에 대한 비판적 시각을 역으로 비판하기에 나선다. 본 연구는 앞으로 더 나아가 이처럼 '이념적, 담론적 대립을 그만두는 것'은 신시단을 형성하고자 하였던 낭만동인 윤곤강을 둘러싼 일련의 논쟁과 정전화 작업을 재해석할 것이다. 1930년대 후반부터 1940년대로 진입하게 되는 시단풍경의 도정을 폭넓게 고찰하고, 시인 간의 이해관계 및 시론적 가치를 재구명하는 논의로 나아가길 바란다.

참고문헌

1. 기본자료

『詩學』 1～4호, 詩學社, 1939～1940.

『子午線』, 子午線社, 1937.

윤곤강, 송기한 · 김현정 편, 『윤곤강 전집 1 · 2』, 다운샘, 2005.

임 화, 임화문학예술전집편찬위 편, 『임화 전집』, 소명출판, 2009.

한경석 편, 『新撰詩人集』, 詩學社, 1940.

2. 단행본 및 논문

강계숙, 「기교주의 논쟁의 시론(詩論)적 의의」, 『현대문학의 연구』 54, 한국문학연구학회, 2014.

______, 「'시의 현대성'에 대한 임화의 사유-후기 평문을 중심으로」, 『상허학보』 45, 상허학회, 2015.

김명섭, 「1930년대 재일조선인 아나키스트들의 활동과 이념－黑友聯盟(1928～1936)을 중심으로」, 『한국민족운동사연구』 37, 한국민족운동사학회, 2003

김웅기, 「윤곤강 시 연구」, 경희대학교 박사학위논문, 2022.

로버트 스콜스, 위미숙 역, 『문학과 구조주의』, 새문사, 1987.

류보선, 「이식의 발명과 또 다른 근대－1930년대 후반기 임화 비평의 경우」, 『비교한국학』 19, 국제비교한국학회, 2011.
유승미, 「식민지 조선 사회주의 청년의 우울－임화의 30년대 후반 문건들을 중심으로－」, 『어문논집』 67, 민족어문학회, 2013.
이상훈, 「1930년대 재도쿄(東京) 조선 기독교인 유학생의 민족주의 운동-일맥회와 열혈회를 중심으로」, 『한국기독교와 역사』 53, 한국기독교역사연구소, 2020.

식민치하 "경주"의 허구적 이미지 생성 · 반영 양상 고찰

윤곤강 후기 시론을 중심으로

김태형(경희대학교)

1. 머리말

1) "고도"로서의 경주 표상

신라 멸망 이후, 경주는 수도로서의 지위는 상실하였으나 지방의 중심 행정구역으로서 그 위치를 확립[1)]하고 있었다. 그러나 일본의 식민지배 당시 국토 전역에서 진행된 조선의 재공간화[2)]로 경주는 행정구역

---

1) "경주는 고려 태조 18년(935)에 처음 그 명칭을 얻은 이후 고려와 조선을 통해 다시 몇 차례 동경, 계림 등으로 개칭되면서 지방행정수도의 하나로 남아있었다. 조선시대 지방행정의 기본인 8도 분할 체제가 1895년에 폐지되기 전까지 경주는 행정편제상으로 8도와 등급이 같은 5부(경주부, 전주부, 함흥부, 평양부, 의주부) 중 하나였다. 경주는 그처럼 신라의 패망 이후에도 지방행정의 요지였던 까닭에 고려와 조선의 문인들에게는 당연히 중요한 곳이었다." 황종연, 「아이덴티티의 장소로서의 경주」, 『고도의 근대』, 동국대학교 출판부, 2012, 18쪽.

2) 이러한 "재공간화"의 대표적인 사례는 한양(경성)이다. 조선의 수도였던 한양은 일제에 의해 식민수도이자 관광지라는 이중적 공간성을 획득하게 되었고, 창경원 개방 등으로 대표되는 "탈권위" 작업의 피해자이기도 했다. 조선 공간의 "재공간화" 현상은 비단 경성이나 경주에서만 일어난 것이 아니라 전국에 걸쳐 동시다발적으로

으로서의 역할보다는 "옛 고도", 즉 패망한 고대 신라의 수도이자 관광지로서의 성질을 지니게 되었다. 조선의 유교 문명에 융합되어 일종의 이상적 군신 우화로 전래되었던 경주의 전설은 "옛 고도"라는 입장 아래 의도적으로 재발굴되었으며, 이러한 발굴 결과는 역사 속 패망 당시 신라의 "유일한 구원자"로서 일본[3]의 위치를 공고히 하는 수단이 되기도 하였다. 또, 이러한 방식을 통해 일제가 경주를 비롯한 "피식민자의 문화"를 재현하고 보존하는 역할을 수행할 수 있다는 제국주의적 면모가 부각되었다.

경주의 "재공간화"는 조선인들이 민족적 자긍심을 획득하도록 하는 동시에 현재 조선의 현실을 더욱 초라하게 받아들이게 하는 계기가 되었다. 일제에 의해 발굴된 경주의 문화적 유산은 당대 조선인 문화 구축의 주요한 바탕이 되었고, 이후로도 일종의 문화적 성지로서 조선 국민문화에 다대한 영향을 끼쳤다. 특히 최재서, 현진건 등의 지식인－문인 계층은 작품 내부에서 경주, 혹은 경주가 함축하는 "신대"에 대한 "복고" 의지[4]를 드러내는 등, 식민치하 재공간화 이후 경주는 조선이

일어났다.

3) "원효의 손자 설중업과 김유신의 손자 김암이 일본에 사신으로 갔던 기록이 오사카에게는 신라가 일본을 "유일한 구세의 신국으로 우러르지 않으면 안 되었던" 증거로 보였다." 황종연, 앞의 책, 26～27쪽; "'신라'와 경주라는 '과거'와 지리는 여행자들(tourist)에게 고대의 '진구(神功)황후'의 반도 합병에 관한 신화적인 기억을 통해 국민적 장소로 표상되거나, '기원'＝역사의 장소로 표상되었다. … 이러한 고대 일본과 조선의 연관이라는 관점은 일본의 식민지 지배자들의 목적에 적절하게 부합하는 것이었다." 허병식, 「식민지의 장소, 경주의 표상」, 『비교문학』 43, 한국비교문학회, 2007, 185쪽; "우리의 입장에서 보면 신공황후가 친히 정벌한 곳이 즉 경주로서 가까이는 풍태합(豊太閤, 도요토미 히데요시)이 침공한 곳도 이곳이다. 또한 이 야마토 민족인 신라왕이 있었으며 귀화한 신라인도 적지 않다. 따라서 이 땅은 고대에 일본의 일부였고 이 지방은 일본의 옛 식민지를 이루었다." 「慶州ノ古蹟ニ就テ」, 『조선총독부월보』 2권 11호, 1912.(윤소영, 「식민통치 표상 공간 경주와 투어리즘」, 『東洋學』 45, 단국대학교 동양학연구원, 2009, 164쪽에서 재인용)

회복해야 할 원형으로서의 위치를 확립하였다.

이렇듯 경주는 조선인의 역사적 주체성를 확립하는 공간이 되었다. 그러나 이와 동시에 식민 지배자인 일제의 능력에 의해 "재발굴"·"보존"된 공간인 까닭에 "신라의 고도"보다는 "동양의 고도"로서 받아들여졌던 것 역시 사실이었다. 상술하였듯 일본에게 있어 고도 경주는 고대 일본의 위치를 공고히 하는 동시에 제국주의 국가로서의 면모를 부각시키는 도구로서 기능하는 공간이었기 때문이다. 일제에 의해 행해진 경주의 발굴품 전시는 "'조선'의 문화적 정체성을 정립해주는 근대성"을 구축하기 위함이 아닌 "유물의 전시를 통해 조선의 역사를 일제의 방식대로 과거화"시키고 "일본 고대문화와의 관계를 드러내"[5]기 위함이었다. 즉, 고도로서의 경주의 가치가 높아질수록 조선인은 찬란한 문화와 일본으로의 역사·문화적 종속이라는 양가적 인식을 가지게 되었던 것이다.

경주의 관광도시화는 이러한 인식을 더욱 공고히 하는 계기가 되었다. 일본인 여행자들은 경주를 여행하며 "내지인에게 감개가 깊은 장소", "일본과 조선의 관계의 역사를 알 수 있"는 공간이라는 감상[6]을 남겼으며, 최재서의 경우에는 내선일체의 근거 마련으로서 "고대"라는 상상적 통로를 마련[7]하기 위해 경주를 수단화하는 모습을 확인할 수 있다. 현진건이 「고도순례－경주」에서 이러한 양가적 감각의 근원을

---

4) 최재서, 「부싯돌」, 『국민문학』, 1944. 1; 현진건, 「고도순례－경주」, ≪동아일보≫, 1929. 7. 18~8. 19.

5) 김신재, 「1920년대 경주의 고적 조사·정비와 도시변화」, 『新羅文化』 38, 동국대학교 신라문화연구소, 2011, 344쪽.

6) 윤소영, 앞의 글, 12~13쪽.

7) 송병삼, 「식민지인의 네이션 구상과 역사적 상상」, 『한국문학이론과 비평』 92, 한국문학이론과 비평학회, 2021, 21쪽 참고.

"동양에 유수한 큰 도시"였으나 "두꺼비 한 마리"도 비웃을 "옛 일"[8]로 인식하고, "폐허의 생명", 즉 "위대한 죽음, 냄새나는 시체"를 밟고 일어선 후에야 나타날 수 있는 "새로운 생명"[9]에 대하여 노래한 이유 또한 이와 같은 "재공간화", "의도적인 신라 이미지 형성"의 영향을 받았기 때문으로 볼 수 있을 것이다.

즉, 본고는 식민지배 이후 문학·문화 매체를 통해 형상화된 경주 표상을 바탕으로, 그것이 식민지배자의 의도에 의해 형성되었을 수 있다는 관점을 견지한다. 또, 토포필리아적 방법론을 통해 해당 관점의 이론적 근거를 마련하고자 한다. 그리하여 식민치하에서 형성된 허구적 "복고"의 대상인 경주 표상을 포착하고, 향후 넓은 범위에서의 적용을 위한 이론적 아이디어 제시를 목적으로 한다.

2) 윤곤강의 시와 시론

문학사적인 측면에서 볼 때, 윤곤강에 대한 연구는 매우 특이한 지점에 위치하고 있다. 1930−40년대 문학사 곳곳에서 윤곤강의 문학적 족적이 발견됨[10]에도 불구하고 이에 대한 연구량이 매우 소략[11]하다는

---

8) 송병삼, 앞의 글, 21쪽.

9) 현진건, 「고도순례−경주」, 『현진건문학전집』 6, 국학자료원, 2004, 175쪽.(황종연, 「아이덴티티의 장소로서의 경주」, 『고도의 근대』, 동국대학교 출판부, 2012에서 재인용)

10) 윤곤강 문학 연구는 매우 다양한 방면에서 진행되고 있다. 초기시에 대한 카프시적 접근(김용직, 「계급의식과 그 이후」, 『한국현대시사』, 한국문연, 1996; 송기한, 「윤곤강 시의 욕망의 지형도」, 『한국문학이론과비평』, 한국문학이론과비평학회, 2004. 12 등)이 등장하는가 하면, 같은 작품(『大地』 수록작)을 대상으로 하면서도 카프시와의 차이점에 주목하는 연구(임종찬, 「윤곤강 시연구−시의 변모과정을 중심으로」, 코기토 37, 1990 등)가 진행되기도 하였다. 카프−비카프 논의와는 별개로 제3시집 『動物詩集』에 대한 동물 표상 연구(김형필, 「動物詩集 연구」, 『한국어문학연구』, 한국외국어대학교 사범대학 한국어문학연구회, 1997. 한상철, 「윤곤

점, 같은 분야에 대한 연구를 진행하더라도 연구자마다 해석하는 방식이 매우 상이하다는[12] 점, 여러 문인과의 접점을 가지고 있음에도 불구

강 시의 동물 표상 읽기」, 『어문연구』 77, 어문연구학회, 2013. 12; 남진숙, 「윤곤강 시의 생물다양성과 생태학적 상상력」, 『문학과 환경』, 문학과환경학회, 2014. 12; 한상철, 「초기 현대시의 동물 표상 연구－백석과 윤곤강의 동물 시어를 중심으로」, 『한국문학이론과 비평』 65, 한국문학이론과 비평학회, 2014. 12; 한상철, 「식민의 장소, 동물원의 정치적 무의식」, 『어문연구』 90, 어문연구학회, 2016. 12; 김교식, 「윤곤강 시의 동물 이미지와 주체의 자기 인식 양상 연구」, 『현대문학이론연구』 64, 현대문학이론학회, 2016. 4. 등), "자화상" 시편이 내포하는 윤곤강의 근대적 자아 인식 연구(권성훈, 「일제강점기 자화상 시편에 대한 정신분석」, 『한국학연구』 42, 고려대학교 한국학연구소, 2012. 9; 권성훈, 「한국 현대 「자화상」 시편의 낭만성 연구」, 『한국시학연구』 47, 한국시학회, 2016. 8; 권성훈, 「한국 자화상시에 나타난 주체의 욕망」, 『한국시학연구』 50, 2017. 5; 권성훈, 「한국 '자아상' 시의 계몽성 연구」, 『춘원연구학보』 10, 춘원연구학회, 2017. 6. 등), 후기시의 고려가요 인유 양상 분석(김기영, 「윤곤강의 고려가요 수용시 고찰」, 『인문학연구』 103, 충남대학교 인문과학연구소, 2016. 6 등), 제2동인지기 당시의 활동 양상 및 문학사적 의미 분석(강호정, 「1930년대 후반 동인시지 연구」, 『한국학연구』 39, 고려대학교 한국학연구소, 2011. 12; 나민애, 「제2의 동인지 시대와 『낭만』지의 시사적 의미－1930년대 후반 동인지의 지형도를 중심으로－」, 『우리말글』 66, 우리말글학회, 2016. 3; 나민애, 「1930년대 후반 제2의 동인지기와 윤곤강의 역할－시론가의 이상과 매체기획자의 이상을 중심으로」, 『우리말글』 70, 우리말글학회, 2016. 9) 등 윤곤강 문학에 대한 다채로운 접근을 확인할 수 있다. 이는 윤곤강의 문학적 활동이 매우 왕성했으며, 다채로운 변모를 보였다는 것에 기인한다.

11) 후술하였듯 윤곤강 문학 해석은 다양한 방면에서 드러나고 있으나, 윤곤강에 대한 연구는 학위논문 10편(석사 7, 박사 3)과 학술지 논문 57편(2021년 기준)에 그치는 상황이다.

12) 윤곤강 문학 연구에서 "상이한 해석"의 사례 중 가장 두드러지는 것은 시작품 활동 시기의 분류이다. 평론의 경우 1937년, 혹은 해방기 이후를 기점으로 카프 논자로서의 윤곤강이 모더니즘 논자로서의 윤곤강으로 변모한다는 것에 큰 이견이 존재하지 않으나 시작품의 경우 총 여섯 권의 시집(『大地』, 『輓歌』, 『動物詩集』, 『氷華』, 『살어리』, 『피리』)을 3기로 구분하는 견해와 4기로 구분하는 견해, 3기로 구분하는 견해에서도 『大地』와 『輓歌』를 초기 작품으로 함께 분류하는 견해(임종찬, 위의 글; 박철석, 위의 글 등)와 두 시집을 각각 리얼리즘과 페시미즘의 경향으로 보아 서로 다른 시기의 작품으로 분류하는 견해(김용직, 앞의 글 등) 등이 발견된다. 또한 상술된 임종찬과 박철석의 해석에서도 견해의 차이가 발견되는데, 임종찬이 윤곤강 초기→중기 사이의 변모를 "나약한 현실주의자"로 전락한 것이라고 본 반면

하고 현대의 문학 연구에서는 이렇다 할 문학적 분류에 속하지 않았다는[13] 점 등을 통해 이러한 "특이점"이 확인된다.

이와 같은 윤곤강의 문학사적 특이성은 시인의 전 생애에 걸쳐 여러 번 발견되는 문학적 변모에 기인한다. 문인으로서 윤곤강의 시적 변모를 세밀하게 살펴본다면 일본 유학 이전[14]과 유학 이후[15], 제1시집 『大地』(1937)와 제2시집 『輓歌』(1938) 시기[16], 제3시집 『動物詩集』(1939)과 제4시집 『氷華』(1940) 시기[17], 1940년 절필 이후 1948년 발간된 제5시집 『살어리』(1948)와 제6시집 『피리』(1948) 시기 등으로 구분되는데, 연구자들은 이러한 변모의 원인으로 ①시인의 적극적인 창작 태도[18]에 기반한 창작 역량 성장 ②평론가로서 모더니즘적 작법에 대한

박철석은 같은 시기의 변모에 대하여 "격렬한 어조와 상투적 시어"에서 벗어나 "풍자적 기법"과 "회화적 수법"이 맞물려 나타나고 있음에 주목하는 모습을 보였다.

13) 이에 대해 유성호는 윤곤강이 "그동안 '동인지/학연/지연/매체' 중심의 문인 편제 방식에서 홀쩍 벗어나 비교적 외딴 작업을 해온, 고독하고도 외로된 사업에 골몰해 온 문인"이었기 때문이라고 밝힌 바 있다. 유성호, 「윤곤강 시 연구－현실과의 길항, 격정적 자의식」, 『한국근대문학연구』 24, 한국근대문학회, 2011. 10, 96쪽.

14) 윤곤강의 도일이 1931년이라는 조용훈의 견해(조용훈, 「곤강 윤붕원 연구」, 『서강어문』 8, 서강어문학회, 1992)에 바탕할 때, 윤곤강의 첫 발표작 「넷 成터에서」(『批判』, 1931. 11)는 그가 도일하기 이전에 쓰였을 가능성이 높다.

15) 윤곤강이 귀국한 1933년 발표한 「겨울밤」(≪조선일보≫, 1933. 1. 3)과 이듬해 발표한 「트러크」(『우리들』, 1934. 3) 등의 작품은 주체가 스스로를 "「트러크」 인부"(「트러크」)로 지칭하는 등 노동자로서의 인식을 갖추고 있음이 확인된다.

16) 상술하였듯 윤곤강 시집에 대한 시기 구분은 여러 연구자들의 입장이 상충되는 상황이다. 「넷 城터에서」에서 『大地』까지만을 초기로 인식하거나, 『輓歌』 또한 초기로 분류하거나, 혹은 첫 시집 이전의 작품만을 초기 시편으로 분류하는 경우 등이 확인된다.

17) 김용직의 경우 『輓歌』부터 『氷華』까지를 중기 시편으로 분류하였다.(김용직, 앞의 글)

18) 윤곤강의 초기 시작 중 경향문학성이 강했던 작품이 『大地』에 상재되지 못하였음을 고려할 때, 『大地』(1937)부터 『氷華』(1940)까지 윤곤강이 창작한 작품의 수는 미발표작, 미수록작, 초기 시작을 제외하고서도 총 138편에 달한다. 각 시집을 준

점층적 수용[19] 등을 제시하고 있다. 그러나 이러한 변모의 원인들은 결국 윤곤강의 삶 속에서 발생한 카프 가담과 해체[20], 투옥 생활, 강점기 후반 일제에 의한 압박, 해방 등 다양한 사건에서 기인한 것으로 볼 수 있다.

또, 문인으로서 윤곤강의 문학적 태도 변모는 시작품에만 국한된 것이 아니라 시론에서도 드러난다. 일본 유학 이후 프롤레타리아 문인으로서 "참으로 眞實한意味의 프로레文學"(「反宗教文學의 基本的 問題」, 1933)에 대한 논의를 제기하던 윤곤강은 카프 해체 및 수감생활 이후 『大地』(1937) 발간을 준비하던 기간인 1936년에는 전대 '리얼리즘', 그리고 현시대 리얼리즘의 "과오"를 지적하는 모습을 보인다.

> 이것을 강조(强調)하는데서 생긴 일반적(一般的) 과오(過誤)는 문학(文學)의 기술(技術)내지(乃至) 수법(手法) 더나가서는 문학(文學)의 형식(形式)가 스타일 문학자(文學者)의 능력(能力)등(等)을 전적

비하는 기간이 1년 미만이었음을 고려할 때 윤곤강은 다작하는 편에 속하는 시인이었음을 확인할 수 있다. 당대 평론(임화, 이원조, 박용철, 한식 등)에서 확인할 수 있는 『大地』에 대한 평("個性化에 철저치 못한(…)散漫한 傾向"(박용철, 「丁丑年回顧(完) 詩壇 — 出版物을通해본 詩人들의業蹟」, ≪東亞日報≫. 1937. 12. 23, 4쪽)과 『氷華』에 대한 평("비로소外部에對한" 시선을 통해 "單純性을 取하려는 傾向"(한식, 「『氷華』讀後感—尹崑崗氏의新詩集」, ≪每日申報≫, 1940. 10. 30, 4쪽)을 비교하면 윤곤강의 다작이 창작 역량 상승에 유의미한 영향을 미쳤다고 추론해볼 수 있다.

19) 문혜원은 시론적인 측면에서 볼 때 1937~1939년 사이를 윤곤강이 모더니즘적 친연성을 보였던 시기로 분석한다. "이 시기(1937~1939)의 시론들은 모더니즘에 대해 어느 정도 긍정적인 시각을 보여주는 것이 특징이다. 그는 근대 초창기 시들의 가장 큰 문제점이 감상적이고 즉흥적이라는 점이라고 지적하면서, 현대시가 이러한 센티멘탈리즘에서 벗어나야 한다고 강조한다." 문혜원, 「윤곤강의 시론 연구」, 『韓國言語文學』 58, 한국언어문학회, 2006. 9, 284쪽.

20) 윤곤강은 1934년 2월 10일 카프에 가입(「푸로藝盟 陣容整頓」, ≪朝鮮日報≫, 1934. 2. 19, 2쪽)한 바 있으나 얼마 지나지 않아 신건설사 사건에 연루되어 체포·구금되었다.

(全的)으로 무시(無視)하는 경향(傾向)으로 나타난 것이다.

—「文學과 現實性」(1936. 10)

1937년 제1시집『大地』발간 이후 윤곤강의 시론적 변모는 더욱 두드러졌다.「創造와 表現」(1939)에서 윤곤강은 에드거 앨런 포, T.S.엘리엇 등의 논의에 기반하여 창조적 표현의 조건을 구축하려는 시도를 보인다. 이러한 변모로 인해 윤곤강의 평론 활동은 동시대 비평가로서 활발히 활동했던 김기림과의 비교[21]를 피할 수 없게 되었는데, 김기림 시론에 대한 윤곤강의 적극적인 공세[22]는 이러한 시선에 더욱 힘을 실게 한다.

그 기준이나 기간에 대한 의견이 분분하다는 문제가 있지만, 윤곤강의 문학세계가 여러 번의 변모를 거쳤다는 점에 대해서는 대다수의 윤곤강 연구자가 주지하는 사실이다. 상술한 시 작품 변모뿐만 아니라, 윤곤강의 시론 역시 데뷔 초기부터『大地』발간 전까지 "푸로"문학에 경도된 모습을 보이던 초기, 1940년 절필 전까지 모더니즘이나 풍자시, 새로운 방법론에 대한 긍정적 모습을 보이던 중기, 평론보다는 논문이

---

21) "실제로 윤곤강은 시론 곳곳에서 김기림을 의식하며 비판하고 있다. 이는 문학적 지향점이 달랐다는 이유 외에도, 동시대의 비평가로서의 경쟁의식이 강하게 작용했던 것으로 보인다. 비슷한 시기에 비평 활동을 했고 시를 쓰는 시인이기도 했다는 점, 그리고 각각 프로문학과 모더니즘을 대표하는 시론가라는 점 등에서 둘은 자연스럽게 비교가 되는 위치에 있었던 것으로 짐작된다." 문혜원, 앞의 글, 284쪽.

22) 이는 윤곤강의 평론적 성질이 변모하는 과도기인 1936~1937년 사이의 시기에서 두드러지는 현상이다. "그리고 그것은 오—즉 새세대(世代) 우수(優秀)한 인간(人間)의 손에의(依)하여 가장 아름답게 개화(開花)될것이며 그들 지성(知性) 광신자(狂信者)들의 손에의(依)하여는 결(決)코 성수(成遂)될수없다는것을 잘알고있다./지성(知性)의 진가(眞價)의 오해(誤解)·오용(誤用)이라기보다도 그것의 한낫 변태적(變態的) 곡용(曲用)으로 일종(一種)의 현실도피(現實逃避)를 일삼는 공중누각(空中樓閣)상(上)의 몽환(夢幻)일 따름이다." 윤곤강,「技巧派의 末流」,『批判』, 1936. 3.

나 작품을 통해 "조선적인 것" 논의를 진행했던 후기로 범박히 구분할 수 있음[23]을 확인할 수 있다. 물론 윤곤강의 시론에서는 꾸준하고 일관된 주제어로서 생활, 사회, 현실 등이 제시되고 있으나, 이를 표현하고 받아들이는 방식에 대해서는 부단한 수정 시도가 있었음을 확인할 수 있는 것이다.

특히 본고에서 주목하는 경주 표상은 윤곤강 후기 시 작품에서 직접적으로 제시되고 있는 "서라벌" 공간과, 이와 밀접한 의미 구조를 내포한 것으로 판단되는 "옛마을" 공간이다. 또 해당 작품의 시론적 접근을 위하여 윤곤강의 후기 시론을 정리하고, 이를 통해 최종적으로는 윤곤강 후기 시론↔서라벌/옛마을 공간↔식민치하 허구적 경주 표상의 관계성을 고찰하고자 한다.

2. 식민치하 경주 이미지 형성

식민치하 경주의 이미지는 일제의 적극적인 근대화 및 유적 발굴·보존을 통한 재공간화에 힘입어 형성되었다. 1914년 3월 1일부터 시행된 총독부령 제111호를 통해 전국 4,336개의 면이 2,522개로 통폐합[24]되는 과정에서 형성된 경주군은 1923년 지정면, 1931년 읍으로의 승격[25]을 거치게 되며, 이 과정에서 진행된 도시 개발·철도 건설·유적

23) 유성호는 본고에서 구분한 초기－중기 사이의 변모를 "카프 창작방법인 '유물변증법적 리얼리즘'에서 '사회주의 리얼리즘'으로 몸을 틀었다가 다시 이것을 본원적인 생명 옹호로 바꾸"었다고 정리하였으며, 후기 시점에서는 "해방 후 민족어 회복과 민족적 정서 탐구로 방향을 전환"하였다고 평한 바 있다. 유성호, 앞의 글, 98~99쪽.

24) 김익한, 「일제의 면 지배와 농촌사회구조의 변화」, 『일제 식민지 시기의 통치체제 형성』, 혜안, 2006, 81쪽.

25) 김신재, 「1910년대 경주의 도시변화와 문화유적」, 『新羅文化』 33, 동국대학교 신

발굴 등은 경주를 단순한 지방 주요 행정구역에서 관광도시이자 옛 문화의 흔적을 간직한 "구도"로 변모시켰다.

1917년부터 1936년까지 순차적으로 개통[26]된 철도는 경주의 관광 도시화를 더욱 가속하였다. 1915년 경성에서 개최된 물산공진회에서 조선의 명승고적 중 하나로 소개되었던 경주는 1916년 서병협에 의해 "당시 예술의 정화를 엿보기에 충분하다"는 평[27]을 받으며 문화 유적으로서의 입지를 다졌다. 또한 1917년부터 1919년까지 총 25호가 발간되어 조선의 주요 도시 및 명승지를 소개한『반도시론』역시 경주에 대한 관심을 증폭시키는 매개로 작용하였다.

이후 1917년 이광수를 시작으로 조선 작가의 경주 유람 기록이 다수 발견되는데, 이는 "일본인이 만들어 낸 표상 구조에 의존"[28]한 인식이라는 한계를 가지고 있음에도 경주가 당대 조선의 주요한 문화적 지류로서의 역할을 맡는 계기가 되었다.

㉮

무궁한 감개가가슴을 눌른다 한참당년삼국을통일하고 세계에자랑할만한문화와예술을 창조해낸이곳이 이대도록소리업시냄새업시 죽어넘어직줄이야!

라문화연구소, 2009, 91~99쪽.

26) 대구－하양(1917. 11), 하양－포항 및 서악－불국사(1918. 11), 불국사－울산(1921. 10), 부산－경주(1936. 12) 김신재,「1910년대 경주의 도시변화와 문화유적」, 앞의 글, 99쪽 참고.

27) 윤소영, 앞의 글, 3~4쪽.

28) 황종연, 앞의 글, 21쪽.; "경주에 들른 여행객들은 신라 유적지와 유물에 의해 여정이 일정 정도는 미리 정해진다. 이때 고적을 본다는 것 또한 투명하게 그 자체를 보는 것이 아니라 그에 대해 축적된 정보를 통해 보는 것이다. 이 지점에서 경주는 하나의 텍스트로 주어지게 된다." 우미영,「古都 여행, 과거의 발견과 영토의 소비」,『동아시아 문화연구』46, 한양대학교 동아시아문화연구소, 2009, 123쪽.

죽엇다니말이되느냐 너는그찬란한유적을보지못햇느냐위대햇든 자최를찾지못햇느냐 세계에자랑할만한 조상가진것을 앙탈하랴느냐

㉯

감을감을한내가길길이씨인사이에 우뚝우뚝써오른 루루한무덤은얼마나쓸쓸한고 싸히고싸힌죽엄가운대 움즉이는오즉하나의 산목숨인 나의숨길도질식할듯하다.[29]

현진건은 이러한 고도의 "찬란한" 흔적을 목도하고 민족적인 자부심을 느끼면서도, 동시에 현 상황과 비교하며 "질식할듯"하다는 인식을 숨기지 못하고 있다. 이는 당시 식민치하에서 조선인들이 경주에 대해 가지고 있었던 양가적 인식을 확인할 수 있는 예시이다. 지금까지 고려-조선을 거치며 유교적 질서에 알맞은 일부 설화만을 전래하였던 지방도시로서의 경주는 재발굴 과정과 관광도시로서의 접근성 개선 등을 통해 "체감할 수 있는 문화적 아이덴티티"로 재구성되었다. 이를 통해 조선인들은 ㉮와 같이 "세계에자랑할만한문화와예술을 창조한곳"으로서의 경주를 인식하고, 민족 문화의 주요 지류로서 받아들일 수 있었던 것이다. 이는 "신대"로의 "복고"[30]라는 원형 회복 개념의 바탕이 되기도 하였다.

그러나 이러한 경주의 "재구성"은 일제의 식민지에 대한 제국주의적 접근에 힘입어 이루어진 것이었으며, 때문에 신라-고려-조선으로 이어지는 민족적 문화 유산으로서의 고도보다는 "동양의 고도"로서의 정체성이 주로 부각되었다. 특히 조선 문인보다 한 발 앞서 관광도시로서의 경주를 여행하고 인식하였던 일본 여행자들의 기록에서는 "동양"

---

29) 현진건, 앞의 글, 1929. 08. 09

30) 송병삼, 앞의 글, 17쪽.

으로서의 정체성, 혹은 "고대 일본"과의 친연성이 반복하여 제시되고 있음이 확인된다.

㉰

경주 땅은 신라 990년간 도성의 유허(遺墟)이다. 반도 문화(文華)의 정수는 단지 이 신라에서 찬집(撰集)되어 수당(隋唐) 대륙의 문명과 일본 아스카와 덴표(天平)의 미술을 화해시켰을 뿐 아니라 그 민족적 개성을 발휘하고 나아가 새로운 고려 문화(文華)의 선구가 된 것은 이미 여러 사서에서 전승된 것으로서 비단 자신의 긍지일 뿐 아니라 실로 동양문명의 자랑을 이루는 것[31]

㉱

제국교육의 근본은 일찍이 교육에 관한 칙어에 명시된 바, 이를 국체에 비추이고, 역사로 증명하여 확고하게 하지 않으면 안 된다.……수신과의 역사적 재료로서는 고대 내지(일본)와 조선과의 깊은 관계가 있던 사실을 우리 국사(일본사)에 비추어 설명하는 것이 가장 바람직하다.[32]

㉲

조선은 일본의 오랜 우방으로서 신공황후 때 조선 남부를 무력으로 지배하여, 하나 내지 둘

의 속국이 있었다는 것이 일본 국사에 기록되어있을 뿐 아니라 중국 역사가 이미 이를 전해주

고 있다.……천삼백 년 후인 지금 다시 일본으로 조선은 돌아온

31) 奧田悌, 『新羅舊都慶州誌』, 玉村書店, 1920, 1~2쪽. 윤소영, 앞의 글, 8쪽에서 재인용. 밑줄 인용자 강조

32) 사설, 「朝鮮教育に就て」, 『教育時論』 958호, 1911. 11. 25. 윤소영, 위의 글, 6쪽에서 재인용. 밑줄 인용자 강조

것이다.[33]

상술하였듯 경주 문화의 재발굴은 일제에 의한 것이었으며, 이러한 작업의 실무 역시 일본에 고용되거나 소속된 인물[34]들에 의해 이루어졌다. 위 인용문의 밑줄 친 부분에서도 확인할 수 있듯, 신라(경주)의 문화는 한반도의 문화로서 그 개별성을 인정받기보다는 대륙과 일본 사이의 중개지로서의 역할, 그리고 이러한 중개 과정 속에서 "동양문명의 자랑"이 되었다는 시선 속에서 재평가되었다. 더 나아가 경주에 대한 "옛 일본 영토"로서의 역사 인식으로 연결(㉯)되어, 일제의 제국주의적 야욕을 충족시키기 위한 수단으로 활용하려 했던 흔적(㉰) 또한 발견할 수 있다.

이렇듯 재발굴 및 후속 연구까지 일제가 통제하고 있는 상황에서 조선인들의 경주에 대한 시선은 일본이 구축한 표상 체계에 기반할 수밖에 없었으며, 직접 방문하여 기행하는 것 역시 일제에 의해 계획된 여행 경로 및 인식 방향에 많은 영향을 받게 되었다. 인용한 ㉯는 이와 같은 현실에 대한 현진건의 저항 의식이자 한계 인식[35]이었다고 볼 수 있다.

---

33) 「慶州ノ古蹟ニ就テ」, 『조선총독부월보』 2권 11호, 1912. 윤소영, 앞의 글, 164쪽에서 재인용.

34) "조선총독부는 조선인은 철저히 배제한 상태에서 그들의 판단에 의해서만 어떤 것은 철거하고 또한 어떤 것은 보전했다. … 고적조사위원회 초대 위원은 위원장을 포함해 28명이었다. 그 구성은 제국대학 교수 8명, 중추원 참의 3명, 그 밖에 대부분은 총독부 고위관료였다." 김신재, 「1910년대 경주의 도시변화와 문화유적」, 앞의 글, 101~104쪽.

35) 이러한 한계 인식은 차후 이태준 「석양」(1942) 등에서 확인되는 폐허적 인식 혹은 허무주의로 발전한다. 관련된 논의는 다음과 같다; 허병식, 앞의 글; 황종연, 앞의 책 등.

정리하자면, 경주라는 문화적 공간은 제국주의적 필요에 의해 재발굴 · 재정립되었으며 이 과정 속에서 일제는 지배 야욕 충족과 내선관계 확립을 위해 문화제에 대한 의도적인 취사 선택을 행하였다. 때문에 조선인은 경주를 민족문화 발양의 초석이자 "찬란한 유적"인 동시에 "쌓이고 쌓인 주검"이라는 현실적 · 민족적 한계로 인식할 수밖에 없었던 것이다. 이러한 양가적 인식은 1940년대 들어 최재서를 위시한 "절대적 원형"으로서의 "복고" 대상 인식으로 발전하는 모습을 보인다.

> **이시다** (전략)그렇게 과거로 거슬러 올라가는 하나의 방향과 함께 앞으로 나아가는 방향이 있어야 합니다. 복고(復古)는 항상 유신(維新)되어야 합니다. 앞으로 나아갈 방향이 있어야 하지요. 그것은 신민족의 창조, 신국민의 창생이라고 생각합니다. 즉, 원래 하나에서 나온 것이 도중에 제각각이 되었는데, 향후 그것이 진실로 하나가 되어서 새로운 국민을 건설하는 것이죠.
>
> …(중략)…
>
> **이시다** 그래서 전진(前進)운동은 신대로 돌아가라는 복고(復古)운동을 수반할 때, 비로소 잘될 거라고 생각합니다[36]

비록 최재서의 "신대로의 복고"는 징병 독려 · 내선일체 강화를 위한 친일적 접근에서 도출된 인식이지만, 그 이전에 있었던 장덕조, 이병기, 현진건 등의 신라 문화에 대한 경외와 복고 의지[37]에 영향을 받았음을 추론할 수 있다. 이들의 "경주" 인식이 그 정도를 막론하고 식민치

---

36) 「총력운동의 신구상」, 『국민문학』, 1944.12., 문경연 · 서승희 외 역, 『좌담회로 읽는 <국민문학>』, 소명, 2010. 618쪽.(송병삼, 앞의 글, 17쪽에서 재인용. 인용문의 이시다는 최재서의 일명)

37) 우미영, 「문화적 기억과 역사적 장소－1920년~1938년의 경주」, 『국어국문학』 161, 국어국문학회, 2012, 493쪽.

하의 의도적 이미지 형성에 영향을 받았음을 고려할 때, 이들이 경주 표상에서 공통적으로 이끌어내고 있는 "절대", "원형"으로서의 가치와 이에 대한 "복고" 의지 또한 일제가 의도적으로 형성한 경주 이미지의 영향 아래 형성되었다는 관점을 제시할 수 있다. 이-푸 투안의 시선을 빌리자면, "외부인의 시각/방문자의 판단"[38]이 "원주민"의 인식에 영향[39]을 준 사례로 볼 수 있는 것이다.

3. 윤곤강 후기 시론의 성격

1) 윤곤강 중기 시론 분석

전술하였듯, 윤곤강의 시문학과 시론은 평생에 걸쳐 변모해 왔다. 특히 후기 시작품 · 시론의 경우, 곤강이 1940년 제4시집 『氷華』 출간 이후 오랫동안 문단 활동을 축소[40]하였던 까닭에 그 이후의 발표작과 『氷華』까지의 발표작 사이의 괴리가 더욱 크게 체감되는 편이다. 이러한 시기에 따른 차이는 비단 작품에서만이 아니라 시론의 차원에서도 쉽게 드러난다.

---

38) 기노시타 모쿠타로는 당시의 경주를 여행하며 "고대 조선인에 대한 뜨거운 경애심이 일어나서 지금 아무런 예술도 갖지 않는, 아니 가질 수 없는 조선인이 가엾다고" 주장하였다. 이는 당대 일본인들의 경주 인식이 조선 문인들의 "경주 콤플렉스"과 크게 다르지 않음을 확인할 수 있는 예시라 할 것이다. 기노시타 모쿠타로, 이한정 · 미즈노 다쓰로 편역, 「조선풍물기」, 『일본 작가들이 본 근대조선』, 소명출판, 2009, 149쪽.

39) 이-푸 투안, 이옥진 역, 『토포필리아』, 에코리브르, 2011, 104~108쪽.

40) 본격적인 문학 활동을 시작한 후, 윤곤강이 1933~1940년 사이의 시기에 발표한 작품은 총 165편, 평론은 27편이었다. 이에 비해 『氷華』 출간 이후 1940~1948년 사이 발표한 작품은 22편, 평론은 1편에 불과하다.

人間은 感情만으로 生活하지않고 理性이라는다른한개의『生活素』를 갖인까닭이며오늘날의 우리에게 있어서는 理性이 感情(本能)에 對하야 덮어놓고 손잡기를 싫여하는 까닭이다.[41]

인용한 글은 "낡은詩"의 시대가 지났음을 선언하며 시인만의 "感情을 感情"하는 시선, 그리고 이를 보조하는 이성의 역할을 강조하고 있다. 곤강은 시가 "感情과理性의 强烈한 統一밑에서만 敢行할수있는" 일로, "누구나가 말할수있고 누구나가 쓸수있는 글자"를 발표하는 것은 "너무나 疲困함을 지나친 地點"(「詩와 古典」, 1938)에 다다른 것이라고 주장한 바 있다. 이는 다음과 같은 그림으로 도식화된다.

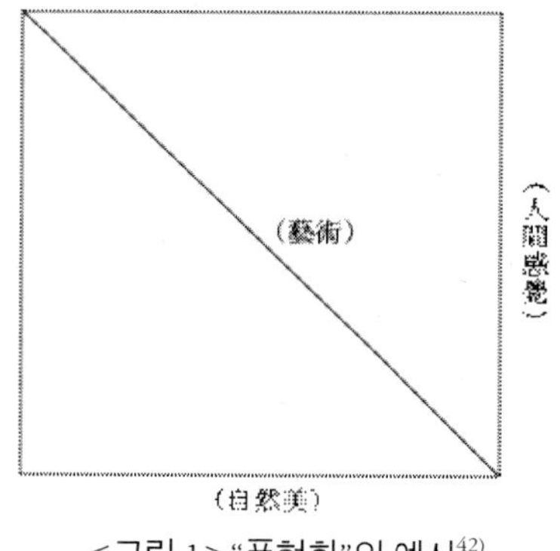

<그림 1>"표현화"의 예시[42]

윤곤강은 객체로서의 자연미와 주체로서의 주관이 평행사변형을 이루며 구성되는 것은 단지 인간의 감각에 불과하며, 이 "충돌"을 그대로 옮겨 적는다고 하여 시가 될 수는 없다고 주장하였다. 그는 이러한 두 감각의 충돌이 "표현화"가 되어야만, 즉 시적 표현이 이루어져야만 그

---

41) 윤곤강, 「感情을 感情하는 사람」, 1937.

42) 윤곤강, 「創造와 表現」, 1939.

것이 시로서 생탄(生誕)한다고 보았다. 이러한 "표현화"된 자연미와 주관의 충돌이라는 시선은 작품에도 반영되어 제2시집 『輓歌』(1938)에서 그 전조를 확인할 수 있으며, 제3시집 『動物詩集』(1939)과 제4시집 『氷華』(1940)에서 좀 더 명확히 드러난다. 당대 평론가들 역시 윤곤강의 "표현화"를 호평하였는데, 특히 임화는 첫 시집 『大地』가 "永嘆의 굴네"를 벗어나지 못한 "內省과 良心"[43]의 시학이라고 혹평한 것과는 다르게 제3시집 『動物詩集』에는 작금의 시가 도달해야 할 지점[44]이라는 평을 남긴 바 있었다. 이에 더하여, 여러 연구자가 윤곤강의 시론적·시적 변모에 대해 다양한 의견을 남겼으나, 그것이 시 창작에 있어 전·중·후기(혹은 1·2·3기, 1·2·3·4기 등)의 유의미한 차이점을 낳았다는 사실에 있어서 크게 이견을 보이는 경우가 없다는 것 또한 그것이 긍정적이든 부정적이든 윤곤강 작품의 변모와 시론의 변모가 유사한 방향을 향해 진행되었다는 사실을 뒷받침한다.

정리하자면, 1937－1940년에 걸친 윤곤강 중기 시론의 특징은 다음과 같다. ①윤곤강 중기 시론의 핵심어는 생활, 사회, 현실 등으로 초기의 핵심어와 큰 차이를 갖지 않는다. ②그러나, 이를 표현하는 방식에 있어 보조적인 의미로서의 "이성"이 강조되었으며 ③이를 통해 자연미와 감각 사이의 충돌 지점에서 발생하는 "표현화"를 중시하게 되었다는 것이다. ④결론적으로, 이러한 시론적 변모는 실제 창작에도 반영되어 당대, 그리고 현대의 평론·연구에서도 이전 작품과의 차이가 확인된다.

---

43) 임화, 「寫實主義의 在認識 새로운 文學的探求에 奇하야 (六), ≪朝鮮日報≫, 1937, 10. 13, 4쪽.

44) "現代와 密着하고 그것과의 執拗한 拮抗 가운데서 如何튼 現代詩는 建設되는것이다. 그러치만 現代詩가 動物詩集의 樣式에 接近하려면 다시 하나의 階段이 必要하다." 임화, 「詩壇의 新世代(六) 詩의 粧飾性과 單純性 (下)」, ≪조선일보≫, 1939. 08. 25.

2) 윤곤강 후기 시론 분석

윤곤강의 후기 시론 연구에 있어, 다시 발표된 평론만으로 그 성질을 분석하기에는 많은 어려움이 따른다. 이러한 경향은 1941년 이후 발표된 평론의 수가 매우 적다는 것에 기인[45]한다. 때문에 윤곤강 후기 시론 분석을 위해서는 당시에 발표했던 논문 및 시작품과의 상호 텍스트적 이해가 필수적이다. 앞서 다룬 바대로 윤곤강의 시론과 시작품은 유사한 방향으로서의 변모를 보여왔고, 상호간의 유의미한 상관관계를 보여 왔다. 이와 같은 이해에 기반하여 윤곤강의 후기 시론 역시 당시 창작한 문학 작품 및 기타 텍스트와 긴밀한 연관성을 지닐 것이라 판단하는 것이다.

더하여, 해방 이후 윤곤강의 저서 · 편역서가 『近古朝鮮歌謠撰註』(1947), 『孤山歌集』(1948) 등 전통시가 연구에 편중되어 있으며, 제5시집 『살어리』(1948)와 제6시집 『피리』(1948) 역시 전통시가의 구절이나 구조를 재인용하는 형식을 주로 취한 것을 고려할 때 후기 윤곤강 시론의 방향성이 전통 시가와의 친연성을 지니고 있음을 추론할 수 있다.

> 革新은 그 自體의 움직임과 傳統의 本質이 合致되는데서 이루어진는 것이다. 그리함으로써 우리는 비로소 正當한 傳統의 繼承者가 될 수 있는 것이다.
>
> 여기에 우리가 함께 생각하게 되는 것은 創造와 模倣에 대한 問題이다. (…) 우리는 傳統과 革新을 決斷코 對立한 것으로 理解할 必要가 없다. 創造란 傳統의 참된 本質을 把握하여 似而非의 傳統=因習

---

45) 문혜원의 경우 해방 이후 윤곤강의 평론에 대해 "이 시기에 몇 편의 글을 남기기는 했지만, 본격적인 시론이라고 하기에는 미흡한 것들이다."라고 주장하였다. 문혜원, 앞의 글, 285쪽.

을 打破하고 그것을 보다 높은 段階로 高揚시키는 데서부터 出發해야 될 것이다.

(…)참된 傳統 위에 뿌리 박은 創造, 오직 그것만이 우리 民族 全體를 바른 길로 이끌어 줄 수 있을 것이다.

—「傳統과 創造」(1946)

위와 같은 추론을 뒷받침하는 것은 "전통"에 대한 윤곤강의 태도이다. 인용문은 1946년 발표한 「傳統과 創造」로서, "傳統은 항상 새로운 創造를 위하여 準備되어 있는 것"임을 주장하고 있다. 앞서 서술하였듯 윤곤강 후기 시론의 소략함을 시작품 및 연구 자료와 비교하여 보충한다면, 이러한 주장을 곤강의 후기 시작품에서 여러 번 등장하는 고전 시가를 원용하거나 일부 수정하여 수록하는 창작 방식과 결합하여 해석을 시도해볼 수 있다. 윤곤강의 후기 시론은 창작자가 자연—옛 것을 모방하는 과정에서 "인습"으로 대표되는 폐단을 배제한 후 남는 "참된 전통"을 민족 문화의 지향점으로 삼고자 했으며, 실제 창작 방법적으로는 과거의 전통 문학을 원용하거나 수정하여 수록하는 방식으로 실현하는 모습을 보였다.

이는 비슷한 시기 전통문학에 관심을 보였던 조지훈 · 서정주 · 김동리 등이 "고전의 현대화" 의식과는 구분되는 것으로, 고전 문학의 현대적 재해석보다는 도리어 "모국어의 회복"을 목적으로 삼았던 것이라 할 수 있다. 이러한 입장의 전조는 "우리는 한개의 허울좋은 看板만을 세워놓기에 서둘지 말고, 한낱 적은것일리자도 좋을지니, 한개의 크라시크(클래식)라도 남겨좋지 아니하면 아니될 것"(「詩와古典」, 1938)이라는 주장에서도 알 수 있는 것처럼 해방 이전의 평론에서도 확인되고 있으나, 이와 같은 시적 행위가 직접적으로 발현된 것은 해방기 이후 후기 시편(과 상호 관계되는 후기 시론)에서의 현상인 것이다.

4. 윤곤강의 "서라벌/옛마을" 분석

『氷華』 이후 오랫동안 작품 활동을 멈추었던 윤곤강은 1948년 『피리』와 『살어리』를 거의 비슷한 시기에 출간하였다. 윤곤강은 해방 이후 한국 전통 시가에 관심[46]을 보였고, 같은 시기 발표한 시집 『피리』와 『살어리』의 작품에 한국의 전통 문학 접목을 시도하였다. 『피리』의 제1장 <피리=옛 가락에 맞추어>의 수록작(「빛을 기리는 노래」 등 14편)[47]은 고전문학의 구절을 부제로 활용하는 동시에 고전문학의 언어를 차용하여 현대적인 재해석을 시도한 작품들이다. 작품의 본문에서 차용되는 옛 어미 "~호리라", "~오리", "~잇고"(「빛을 기리는 노래」)나 옛 어휘 "믜리", "괴리"(「斷章」), 전통적 음보율(3/4음보) 등은 한국 전통 문학에 대해 곤강이 가지고 있었던 깊은 관심을 드러낸다.

윤곤강의 전통 문학 접목 시도는 비단 작품의 외면에서만 한정되지 않았다. 곤강의 "나는 다시, 나의 누리로 돌아가리라"(『피리』 서문)는 다짐은 "이젠 세 세상이 온다"(「잉경」)는 예지로서 발현되는데, 이러한 미래를 담지하는 존재는 "쌓이고 쌓인 세월 속에/두고 두고 먼지와 녹이 실어/한 마리 커어단 짐승"으로 묘사된다. 지금까지 녹이 슬도록 움

46) 이 당시 성균관대 시간강사(1947), 중앙대 교수(1948)로 근무하던 윤곤강은 편주서 『近古朝鮮歌謠竄走』(생활사, 1947)와 찬주서 『孤山歌集」(정음사, 1948)을 출간하였다. 윤곤강이 관련 주제로 발표한 논문으로는 「孤山과 時調文學」(『藝術朝鮮』, 1948)이 있다.

47) 해당 장의 수록된 작품 이외에도 고전시가를 차용하여 창작된 작품은 『피리』에 1편(「별」), 『살어리』에 3편(「살어리(長詩)」, 「타는 마음」, 「산」)이 확인된다.

직이지 않았던 존재를 통해 "동물원"의 짐승들처럼 제국주의의 말뚝에 메여 있던 조국, 혹은 해방 정국에서 이렇다 할 활동을 보이지 않고 침묵하였던 자기 자신을 빗대고 있는 것이라 판단할 수 있다. 그렇다면 "잉경"처럼 "함께 복바쳐 나오는 울음처럼/미친듯 울부짖는 종소리"를 통해 곤강이 발견하고자 했던 것은 무엇인가?

> 버섯처럼 여린 모습으로/옛이야기 속에 나오는 마을 같은 마을//주춧돌과 기왓장의 나라/부러진 탑과 멋없이 큰 무덤의 나라//즈믄 해 두고 두고 늙은 세월/물어도 물어도 대꾸 없고//거치는 발끝마다 찬 풀이슬이/눈물처럼 사뭇 신을 적신다/(慶州에서)
>
> ―「서라벌」(밑줄 인용자 강조)

이는 곤강이 서문에서도 밝혔듯 "西歐의 것 倭의 것"에서 벗어나, "남의 힘을 믿고 빌지 않"기 위한 방식으로 "이 누리에 일어나는 온갖 모습을 붙잡아/그것을 아름다운 가락 속에 집어 넣는 일"일 것으로 판단할 수 있다. 이것을 형식의 방법론으로 조명한 것이 『피리』의 제1장 <피리=옛 가락에 맞추어>였으며, 공간의 방법론으로 조명한 것은 제3장 <서라벌>이었다. 3장의 표제작인 「서라벌」은 "서라벌"이라는 공간을 제시하고, "옛이야기 속에 나오는 마을 같은 마을"이라는 설명을 덧붙인다. "옛이야기"라는 설명은 비단 해방 이후의 곤강이 가졌던 고전문학에 대한 관심 외에도, 『輓歌』·『動物詩集』·『氷華』 등에서 엿보였던 '옛 이야기' 활용에 대한 선호 정황을 통해 해당 공간이 갖는 "이상 세계"로서의 성질을 파악할 수 있다.

그러나 서라벌은 이상적인 공간인 동시에 실존 불가능한 공간이다. 「나비」에서 "헛됨"과 "속절 없음"을 발견하고, 「구름에게」에서 구름의

"뒷모습"만을 확인할 수 있듯 "서라벌"은 이제 "부러진 탑과 멋없이 큰 무덤"만이 남아 있는 공간이다. 다시 말하자면 곤강은 "서라벌"은 이미 망국의 수도이며, "옛이야기"에 나올 법한 "버섯처럼 여린 모습"의 공간일 뿐이라는 것을 인지하고 있었던 것이다. 이렇게 볼 때 「나도야」의 "살리라"는 다짐은 "서라벌"이 아닌 다른 공간을 대상으로 삼는 것이 아니냐는 의문이 발생할 수 있다.

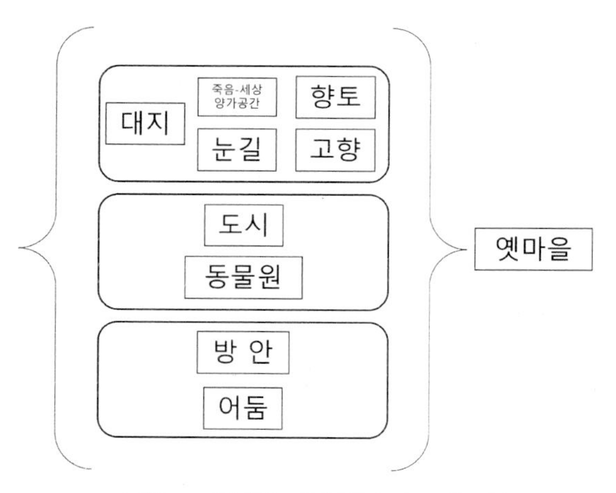

<그림 2> 윤곤강 시적 공간 변모 개요표

이러한 의문에 바탕하여, 곤강이 선택한 방식을 앞선 시에서 여러 차례 발견되었던 '향토' 이미지 공간—'고향' 공간과 "서라벌" 공간의 합일을 통한 "옛 마을"의 발견이었다고 추론해볼 수 있다. 전기적으로 볼 때 곤강의 주요 공간 이동은 충남 · 일본 · 경성을 중심으로 이루어지고 있고, 특히 충남(서산 · 당진)과 경성(서울) 사이의 이동은 제법 빈번히 일어났던 것으로 판단된다. 이에 대해 김현정은 34년 출옥 이후 당진으로 낙향했던 곤강은 44년 다시 징용을 피해 낙향[48]하였고, 해방 이후에

는 상경하여 교육자 · 연구자로서 생활하였으나 방학이면 고향으로 돌아와 휴식을 취했다[49]고 곤강의 서울↔충남 이동 정황을 정리한 바 있다.

"옛마을"은 윤곤강의 작품에서 드러났던 공간들의 다양한 성질을 합일하여 이루어 낸 현실적인 이상 공간으로 보인다. 곤강은 작품 내부에서 "옛마을" 이외에도 "唐津", "닭쨋골" 등의 지명을 언급하며 고향으로의 회귀성, 친연성을 나타내고 있다. 특히 『살어리』에 수록된 장시에서 드러나는 시인 개인의 삶과 고찰은 종합적 · 이상적 공간으로서의 "옛마을"에 대한 근원적 이해를 돕고 있다. 물론 윤곤강의 후기 장시들이 "전통적인 리듬이나 질서를 현대에 와서 무비판적으로 차용하거나 모방하는 것은 어떤 의미를 가져다 줄 것인지 자못 의심스럽다."[50], "시편 각각이 형태상 단조롭고 평면적이다."[51], "전통의 창조적 계승이라는 측면에서 볼 때(…)큰 성과를 거두었다고 볼 수 없다."[52] 등 작시적 면모에서 볼 때 그 가치를 인정받기 어려울 정도로 고전시가에 대한 단순 모방에 그치는 모양새를 보이고 있지만, 공간 형성의 면모에서 분석했을 때에는 그가 현실적 세계에 내포되어 있는 이상적 세계, 즉 "옛마을"의 공간을 지향하게 된 원인을 파악하도록 돕는 것이다.

---

48) 1944년 윤곤강의 낙향에는 동거인 김원자와의 사별과 일제의 강제 징용을 피하기 위함이 원인으로 확인되고 있다. 김용성, 「윤곤강」, 『한국현대문학사탐방』, 국학자료원, 2011, 367쪽.

49) 김현정은 해방 이후 곤강의 행적을 윤곤강의 자녀 윤명순의 회고를 근거로 삼아 설명하였다. 김현정, 「윤곤강 시 연구－당진을 중심으로」, 『한국문학이론과 비평』 67, 한국문학이론과비평학회, 2015, 77쪽.

50) 조용훈, 앞의 글, 35쪽.

51) 유성호, 앞의 글, 117쪽.

52) 권택우, 「윤곤강 시 연구」, 『文化傳統論集』 1, 경성대학교 부설 한국학연구소, 1993, 15쪽.

5. 맺음말

본고는 "고도"로서의 경주 이미지가 식민 통치 이후 일제에 의해 구축된 것임을 당대의 조선 관광지역 개발 및 기행문 분석을 근거로 확인하였다. 특히 경주가 "신라의 수도"로서 재이미지화됨으로써 고대 일본과의 친연성을 획득하게 되었으며, 이는 조선인이 경주를 조선의 공간으로서 받아들이지 못하게 하는 역할을 하였다. "동양"의 고도로 확장된 경주는 내선일체를 정당화하는 도구적 공간이 되었던 것이다.

이러한 도구적 공간으로서의 경주는 일본인뿐만 아니라 조선 문인들의 작품에서도 흔히 나타남이 확인되었다. 이는 내선일체의 근거로서 경주의 고도성을 제시하였던 최재서뿐만 아니라, 현진건 등의 여타 문인들의 경주 순례 문헌에서도 확인할 수 있는 도구성이었다. 이러한 관점에서 바라볼 때, 이들이 의도하였든, 의도하지 않았든 작품 내부에서 그려지는 경주의 이미지는 일제의 의도적인 "복고"에 직·간접적인 영향을 받았다는 혐의에서 자유로울 수 없다는 것이 본고가 제기한 의문점이었다.

특히 1940년 제4시집『氷華』이후 오랜 기간 절필에 가까운 활동 이력을 보였던 윤곤강의 경우 문단 활동이 소강 상태에 접어들었던 기간 집필한 작품들을 1948년에 발간한『살어리』와『피리』에 수록하였는데, 여기서 언급되는 "서라벌"의 경우 일제가 유도하였던 "신대로의 복고" 프레임에서 크게 벗어나지 않는다는 점을 확인할 수 있었다. 서라벌은 윤곤강 문학 세계에서 나타나는 최종 공간인 "옛마을"의 일부로서, 광복 이후 피폐한 해방 공간이 회복해야 할 옛 가치를 의미하고 있다. 그러나 이를 일제가 유도한 "동양의 고도"로서의 경주 이미지에 기반한 것이라고 볼 때, 윤곤강의 의도와는 무관하게 "서라벌" 공간 역시 일제의 의도적 복고에서 자유롭지 않을 수 있다는 것이 본고에서 윤곤강의 시론 및 작품을 분석한 이유였다.

본고는 이 "동양의 고도" 이미지에 대한 혐의 제기를 완전히 마무리 짓지 못하였다는 한계가 있으나, 관련된 연구의 내용을 문학과 연관지어 정리하고 이후의 연구를 위한 관점을 제시하였다는 의의가 있으리라 판단하였다. 향후 본고에서 제기되었던 의문을 보다 완결성 있게 제시하고, "만들어진 이미지", "유도된 이미지"로서의 경주 공간 예시를 발굴하여 확장된 논의로 발전시켜야한다는 필요성을 느낀다.

참고문헌

윤곤강, 『大地』, 風林社, 1937.

______, 『輓歌』, 中央印書館, 1938.

______, 『動物詩集』, 漢城圖書株式會社, 1939.

______, 『氷華』, 漢城圖書株式會社, 1940.

______, 『피리』, 正音社, 1948.

______, 『살어리』, 詩文學社, 1948.

______, 『詩와 眞實』, 正音社, 1948.

______, 송기한 · 김현정 편, 『윤곤강 전집 1』, 다운샘, 2005.

______________________, 『윤곤강 전집 2』, 다운샘, 2005.

권성훈, 「한국 「자화상」 시에 나타난 주체의 욕망」, 『한국시학연구』 50, 한국시학회, 2017.

김기영, 「윤곤강의 고려가요 수용시 고찰」, 『인문학연구』 55(2), 충남대학교 인문과학연구소, 2016, 53~78쪽.

김신재, 「1910년대 경주의 도시변화와 문화유적」, 『新羅文化』 33, 동국대학교 신라문화연구소, 2009.

______, 「1920년대 경주의 고적 조사 · 정비와 도시변화」, 新羅文化 38, 동국대학교 신라문화연구소, 2011.

김옥성 · 유상희, 「윤곤강 시의 식민지 근대성 비판과 자연 지향성」, 『문학과 환경』 15(3), 문학과환경학회, 2016, 27~53쪽.
김옥성, 「윤곤강 시에 나타난 자연의 의미」, 『문학과 환경』 14(3), 문학과환경학회, 2015, 31~57쪽.
김웅기, 「윤곤강 시 연구」, 경희대학교 박사학위논문, 2022.
김태형, 「근대 시인 공간 매개 연구－윤곤강, 이육사, 백석의 작품을 중심으로」, 경희대학교 박사학위논문, 2022.
김현정, 「윤곤강 시 연구－당진을 중심으로」, 『한국문학이론과 비평』 67, 한국문학이론과비평학회, 2015.
문혜원, 「윤곤강의 시론 연구」, 『韓國言語文學』 58, 한국언어문학회, 2006.
박철석, 「윤곤강 시 연구」, 『국어국문학』 16, 동아대학교 국어국문학과, 1997.
성효진, 「한성과 경성의 불안한 공존: 식민지시대 서울의 도시 이미지 형성에 대한 연구」, 『미술사와 시각문화』 22, 미술사와 시각문화학회, 2018.
송병삼, 「식민지인의 네이션 구상과 역사적 상상」, 『한국문학이론과 비평』 92, 한국문학이론과 비평학회, 2021.
유성호, 「윤곤강 시 연구－현실과의 길항, 격정적 자의식」, 『한국근대문학연구』 24, 한국근대문학회, 2011.
한국현대시학회, 『20세기 한국시의 사적 조명』, 태학사, 2003.
황종연, 「아이덴티티의 장소로서의 경주」, 『고도의 근대』, 동국대학교 출판부, 2012.

윤곤강 시론에 나타난 '시인-되기'의 여정

박성준(서울과학기술대학교)

1. 머리말

윤곤강(1911~1950)은 타계하기 전까지 『大地』(1937), 『輓歌』(1938), 『動物詩集』(1939), 『氷華』(1940), 『피리』(1948), 『살어리』(1948) 등 총 6권의 시집과 시론집 『詩와 眞實』(정음사, 1948)을 출간한 바 있다. 그러나 이처럼 왕성한 창작 활동과 시론 작업을 겸했음에도 불구하고 우리 문학사에서 윤곤강에 대한 관심과 평가는 여전히 저조한 편이다. 전환기와 해방기를 통틀어 무려 6권의 시집을 출간한 시인을 한국시사에서 찾아볼 수 없는 것은 물론이고, 그의 시론집 『詩와 眞實』(정음사, 1948)은 김기림의 『詩論』(백양당, 1947)에 이어 한국시사에서 두 번째로 발간된 시론집이었다는 점은 그 출간 이력만으로도 시사하는 바가 크다.

특히 그의 시와 시론을 견주어 살펴보면, 비판적 현실 인식이나 "리얼리즘적 색채"[1]가 강할 것으로만 추론되지는 않는다. 1930년부터 일

---

1) 김교식, 「윤곤강 시의 거울 이미지 연구」. 『한성어문학』 44, 한성어문학회, 2021, 31쪽.

본 센슈대학에서 수학하며 프로문학과 리얼리즘 사상을 접하고 1933년에 귀국하여 카프에 가담[2]한 이후 2차 카프 피검 때 체포되어 복역(1934. 5~12)하는 등 리얼리즘 문학에 경도된 이력을 가지고 있음에도 불구하고, 그는 문학적 한 분파에 귀속되는 작품활동만을 고수하지는 않았다. 그의 시와 시론은 당대 주류보다는 비주류의 세계를 견지하며 단연 독자적인 문학 태도를 유지했기 때문이다. 가령 "'순수서정시/프로시/모더니즘시' 어디에도 귀속되지 않고 독자적 세계를 일구었다는"[3] 평가나 "리얼리즘과 모더니즘, 전통주의를 아우르는 광범위한 내용과 깊이"[4]를 가지고 있었다는 평가가 그렇다. 물론 이와 같은 광범위한 시적 발현은 대개 1년마다 시집을 간행하여 '자아 찾기'에 몰두했던 결과로 이루어진 성과이지만, 이러한 확장된 시선은 일제강점기와 해방 공간에서 훼손된 주체를 확립하고자 하는 시적 의지의 투사였다고도 평가할 만하다.

주지하듯 다수의 논자는 윤곤강 시와 시론의 시기 구분을 총 3단계로 구분[5]하려는 관행에 따른다. 그는 식민지 현실에서 '대지'로부터 자

---

2) 윤곤강은 카프 가담 시점인 1933년 5월에 비평 「反宗敎文學의 基本的 問題」(『新階段』, 1933. 5)를 발표했다. 초기에는 리얼리즘을 토대로 한 비평을 시작으로 자기 시론을 구축한다.

3) 유성호, 「윤곤강 시 연구－현실과의 길항, 격정적 자의식」, 『한국근대문학연구』 24, 한국근대문학회, 2011, 96쪽.

4) 최혜은, 「윤곤강의 리얼리즘 시론과 창작방법론」, 『문예시학』 27, 문예시학회, 2012, 134쪽.

5) 특히 시론의 경우, 윤곤강의 시와 그 궤를 함께하며 다음과 같은 시기 구분이 대표적이다. 김현정은 초기, 카프 해산 이후, 해방 이후로 구분(김현정, 「윤곤강 비평 연구」, 『비평문학』 19, 한국비평문학회, 2004, 77쪽)했으며, 반면 문혜원은 1933년부터 1936년까지를 리얼리즘기, 1937년부터 1939년까지를 시론과 창작 방법의 모색기, 1940년 이후부터는 시인의 주관적 생기를 강조한 시기(문혜원, 「모더니즘과 사회성의 종합」, 『한국근현대시론사』, 역락, 2007, 143쪽)로 구획한다.

기 동일성을 확보하기 위해 몸부림친 시기(제 1시집, 제 2시집)를 지나 현실과의 대립과 서정적 자아의 확장을 꿈꾸는 세계(제 3시집, 제 4시집)를 구축하기도 했고, 이 과정에서 애도의 주체를 발견하는 시적 비전을 내장하기도 했다. 아울러 현실과 포에지의 합일 세계를 구축(제 5시집, 제 6시집)하려 한[6] 해방 공간에서는 종전에 거대한 폭력의 주체였던 일본 제국주의가 빠져나간 자리를 또 다른 '거대 주체'로 대체하지 않고, 자신만의 독특한 시적 지향을 내세웠다는 점이 주목된다. 자기 주관의 세계와 전통 회복으로 지향점을 전환하여 민족어와 민족 정서의 회복을 통해 윤곤강은 훼손된 자아를 구명하려 했다. 즉 윤곤강은 지속되는 리얼리즘론의 정신에서부터 시론이 출발한 것이 아니라, 주어진 현실에 응전하는 시적 주체의 필연적 양태에 따라 자신의 시적 비전을 변모 · 확장해나간 것이다. 그러므로 그의 시적 비전은 '시인'과 '시인 됨'의 자리를 끊임없이 탐구하려고 했던 세계 인식의 태도와도 관련이 깊다.

이에 본고는 주요 시론인 「詩的創造에 關한 詩感」, 「『이데아』를 喪失한 現朝鮮의 詩文學」, 「詩의 意味」, 「靈感의 虛妄」, 「現代詩의 反省」 등의 고찰을 통해 윤곤강의 시적 지향을 탐구함과 동시에, 윤곤강 시론의 출발선이 리얼리즘 문학론에서만 기인하지 않았음을 고찰한다. 아울러 윤곤강에게 '포에지'의 의미와 예술론적 지향, 시인의 자질론 등이 그의 시적 비전과 어떤 관계망을 형성하고 있는지, 시기별 개별 작품들을 통해 해명해볼 수 있다. 특히 초기 시편에서 나타난 강화된 주체의 낭만적 경향과 중기 이후 우화적 알레고리를 비전화한 동물 시편에서의 주체 경향을 비교 고찰하여, 윤곤강이 시와 시론을 통해 궁극적

---

6) 김웅기, 「尹崑崗 詩 硏究」, 경희대학교 대학원 박사학위 논문, 2021, 130~132쪽.

으로 지향하고자 했던 '시인－되기'의 여정을 개별 시편들을 통해 파악해볼 것이다.

2. '시인 자질론'과 시론의 발생론적 자리

윤곤강의 시론을 해제하는 데 있어, 카프와의 연관성을 논하는 관점은 이미 윤곤강 시론 연구의 관행으로 굳어져 있다. 그러나 초기 시론에서 투철한 계급의식과 현실주의적 관점에 배면에는 '시인'으로서 현실을 살아가는 존재에 관한 강한 탐구의 의지가 함께 놓여 있다. 가령 「反宗教文學의 基本的 問題」(『新階段』, 1933. 5)에서는 이기영의 희곡 「人神教主」를 "맑스의 著名한 反宗教論및 無神論에關한命題를積極的으로 强調"한 것으로 해석하는 가운데, 작가가 정면으로 프롤레타리아 계급투쟁을 드러내지 못한 것에 유감을 나타낸다. 그러면서 작가(시인)가 겪고 있는 '현실 생활'과의 관계를 문제의식으로 삼으면서, 종국에는 "진실한 의미의 프롤레타리아문학이 진실한 의미의 푸로레타리아－트의 입장에서만 가능성이 있음"[7]을 강조한다. 이는 계급적 투쟁 의식이 작품에 반영되어야 한다는 의미이기도 하지만, 작품이 산출되기 이전에 '작가 정신'의 필요성을 강조하는 의미이기도 하다. 즉 작품의 성과만큼이나 그 이전에 현실을 살아가는 작가의 태도에서부터 작품의 성패가 결정된다는 것이다. 그러니 다분히 작가론 · 시인론적 입장에서 비평적 시선이 형성될 수밖에 없었다.

「現代詩評論」(≪조선일보≫, 1933. 10. 1)에서도 마찬가지다. "근로

7) 김현정, 「윤곤강의 비평과 탈식민성」, 『윤곤강 전집 2－산문』, 다운샘, 2005, 370쪽. 이하 전집 1권은 "『전집 시』"로, 전집 2권은 "『전집 산문』"으로 표기한다.

하는 人間의 感情生活업시는 「푸로레타리아」 詩는잇슬수업다”며, 당대 프로시에 나타난 계급의식 결여나 창작 방법상의 오류의 문제를 윤곤강은 시인의 주체 차원으로 환원하여 인지한다. 즉 그에게서 프로시의 시적 방법론이란 “口習에 발린 『詩文學의 黨派性』이라든가 『主題의積極性』이라든가 『唯物辨證法的創作方法』等을 외침으로써 詩의 이러한 特殊的인한缺陷을 救出하는” 거시적 차원의 문제로만 인지될 것이 아니다. 시인 스스로가 자기 생활을 견인해 가는 차원에서, 방법론은 ‘자기 갱신’의 의미였던 것이다. 그러니 계급문학의 기율이나 카프 그룹의 전체주의적 창작 방법론의 비전과도 일정 부분 거리를 두고 있었던 셈이다. 그 때문에 윤곤강에게 있어서 시인이 처한 국면 즉, ‘생활’의 문제는 현실의 작은 편린임과 동시에, 주어진 현실을 개진해 나갈 수 있는 비전을 발견하는 민감한 장소이기도 했다.

> 오즉 詩人自身의 生活的無力우에서 캐어(採)내야 될 것이다. / ―詩는 單純히 외적·························로因하여 「貧困」의 「구렁」에 빠저잇는 것도 안이요 技術的不及으로 因하여 그러한것도 千萬番 안이다― / 詩―근로하는 人間의 가슴ㅅ속에 거화를쑤려줄 能動力을가진 眞正한意味의 詩는 詩人自身이 그들의 生活的呼吸속으로 드러가 쑤리깁히 백히는데 依하여서만 비로소 산(生) 「쇠북ㅅ소리」가 되어 그들의가슴속에 高度의 波動을 일으킬수잇는것이다./ 詩人들은 모름직이 詩에 對한 萬卷의 이론을 工夫하는것보다도 눈압헤 肉迫하는 산 現實 그속에서 詩를 차저야된다. 아모리훌륭한理論이잇다 할지라도 現實 그 以上의것이 될수는업다. ―(중략)―우리들의詩는―詩論에依하여서 보다는 「現實」에 依하여 오히려 「훌륭한 教訓」을 밧을수잇는것이다./ 웨냐하면―詩에 對한 理論이라는것도 詩에 對한 切實한苦難ㅅ속에서 헤매이는詩人 그 自身의 所産以外의아모

것도 안이기때문이다. 詩는 詩人自身의 直接的인 肉体的情感을 떠나서는 存在할수업기때문이다. ―(중략)― 人間의 역사를前方에로 이끌수잇는 위대한 能動的힘을가지게되는 까닭이다 詩的創造의 길로……詩的創造의 길로……生生한 現實的 描寫의 길로……이것은 오―즉 오늘ㅅ날의 우리들의억개우에노힌 득어운 사명의 하나이다!

―「詩的創造에 關한 詩感」 부분[8)]

인용문에서 윤곤강은 당대 시의 빈곤 문제를 시인이 감각하는 "생활적 호흡"과 관련이 깊다고 강조한다. 현재에 시가 빈곤하다는 것은 시인들이 살아가고 있는 "생활적 무력"에서 기인한 것이며, 이는 시를 창작하는 '기술적 빈곤'이나 '이론의 부재'와도 관련이 없다는 것이다. 시인이 자신의 생활 속으로 '뿌리 깊게' 파고 들어가, 그 생활의 호흡이 무엇인지 제대로 인지한다면 "가슴속에 高度의 波動"을 일으킬 수 있다는 진단이다. 이렇게 이론과 기술의 문제를 배제하고 개별 시인의 생활 감각의 문제[9)]로 시 현장을 진단할 수밖에 없었던 이유는 이 시기 윤곤강은 프로시를 긍정하고 상대적으로 모더니즘 시에 대한 비판을 감행

8) 『文學創造』, 1934. 6.

9) 이와 같은 입장은 임화의 논고에서도 드러난다. 임화는 "[김기림 -인용자] 씨의 이론은 지성과 감정의 절대적 분리, 또 사유하는 두뇌와 감각하는 신경을 기계적으로 절단한, 바꾸어 말하면 A씨의 신경과 B씨의 두뇌에 의하여 생산된 사상이다./ 하나의 감정이 없는 곳에는 시도 문학도 없는 것이다. 동시에 감정이 감상주의로부터 구별되는 것은 후자의 정관적情觀的인 대신에 전자가 능동적인 것, 즉 감정이란 정관적 감상感傷이 아니라 행동에의 충동인 것이므로 행동하지 않으려는 인간에게는 감정(진실한 의미의)은 없는 것이다./ 또한 [밑줄 강조-인용자]시란 결코 단순한 사고 혹은 지식의 소산이 아니라 생활의 산물이다." (임화, 『문학의 논리』, 임화문화예술전집 편찬위원회 편, 소명출판사, 2009, 505~506쪽; 「曇天下의 시단 1년―조선의 시문학은 어디로?」, 『신동아』, 1935. 12)와 같은 대목들이 그렇다. 카프 그룹 혹은 카프 해산 이후 리얼리즘론을 주창한 그룹에서는 창작자가 겪고 있는 '생활'과 '현실'의 문제를 모더니즘 그룹의 기술절대주의의 결함을 비판하는 맥락에서 중요시하고 있다.

했기 때문이다. 가령 넉 달 전 발표했던 「新春 詩文學 總評」(『우리들』, 1934. 2)에서는 김기림의 「小兒聖書」를 평하면서, "過度의主知(知性)로因한 理解의極難과 奇癖에 지나침으로因한 極度의怪異가잇슬뿐"이거나, "勇氣를일흔 늙은 쏠조아", "新心理主義文學者. 그들은 「感性」의 肥大症에 걸렷다"는 등 강한 어조로 비판의 날을 세운다. 시인이 현실을 제대로 인지하지 않고, 현상적 질서에만 몰두해 감각을 소비한다면, 그런 "모―던이스트詩人들의 共通的인 건질수업는 運命的인缺陷"에 놓일 수밖에 없다는 것이다.[10)]

아울러 이 글들이 발표된 시기가 전주 '신건설사(新建設社) 사건' 바로 직전이었다는 점 또한 고려하지 않을 수 없다. 제2차 카프 검거사건 때 복역한 이력을 생각해보면, 윤곤강은 뒤늦게 카프 맹원이 되어 단 3개월을 활동하고 검거되는 상황을 겪는다. 일본 유학 중에 프로문학의 기율을 수혈받아 귀국 후 카프에 가담[11)]하기까지 하지만, 정작 저 자신은 서산의 천석꾼인 아버지를 두고 있었고, 유복하게 자란 부르주아였으며 또 인텔리였다. 그런 윤곤강에게 자신의 출신 성분과 문학적 지향 사이에서 자기 정체성의 혼란이 잦았던 것은 어쩌면 불가피한 일이었는지도 모른다. 그리고 가담한 카프에서 재빨리 자신의 문학적 노선을 충분히 보여주기 위해서는 창작 시를 통한 예술적 형상화보다는 강한

---

10) 같은 글에서 김기림의 시를 논하면서 "이詩人은 全혀 形式의因習的인裝飾과 比喩와를無視하고 「奇想天外」의直喩를 쓴다는 것이다. 이것은 詩的映像의 새로운 提示라할지는 모르나 새로운世界의 特別한아모것도되지못한다. 그것은 다만 怪奇한 言語의 集合이오 「엑센트티시―틔―」다! 重要한것은 人間의意識의 「테블류존」에 잇는것이다!"이라며, 기술에만 의존하는 당대 주지주의 계열(김기림) 시편들을 격하하여 논하고 있다.

11) 윤곤강은 보성보고 출신이었지만, '구인회' 일원들과의 전기적 관련성이나 매체 활동이 전혀 없었다. 그만큼 "'동인지/학연/지연/매체' 중심의 문인 편제 방식에서 훌쩍 벗어나 비교적 외딴 작업"(유성호, 앞의 글, 96쪽)을 해온 문인이었다고 판단된다.

논조를 내장한 비평 활동을 통해, 다소 직설적인 자기 견해 표명[12]을 선행할 필요가 있었을 것이다.

그러나 윤곤강은 이런 과정을 통해 단순히 당대 문학 풍조에 대한 비판이나 힐난으로 자기 노선을 드러내는 수준에만 그치지 않는다. 기술주의나 이론주의를 비판하는 가운데, 자신의 시적 지향점을 역으로 밝히는 논증을 반복하면서, 이러한 자기 시론적 기획을 초기 비평문을 제출할 때부터 줄곧 유지해나간 것이다. 그에 의하면 어떤 훌륭한 이론이나 시론도 시인의 생활 이상의 가치를 가지기는 힘들며, 시인은 "切實한苦難ㅅ속에서 헤매"일수록 "人間의 역사를前方에로 이끌수잇는 위대한 能動的힘"을 가진 시를 창조할 수 있게 된다. "詩는 詩人自身의 直接的인 肉体的情感을 떠나서는 存在할수업"는 문학적 산출물이기 때문이다. 윤곤강에게 있어서 현실의 문제는 곧 시인이 겪고 있는 능동적 산물인 생활의 문제였으며, 온전히 그 생활을 관장하는, 시인의 책무는 종국에는 시 정신의 문제로 환원될 수밖에 없다. 즉 그는 시의 개념 규정과 시인의 시적 자질을 탐구하려고 했던 것이다.

> 筆者는 質的으로 본 오늘의 이데아를喪失한 詩의 一般的 衰頹의 特性을 통털어놓고 다음의 한말로써 表現하고싶은 蠢動을받는다— /『오늘의 詩의 衰顔의 特性은 感覺을 通하야 神秘의世界를 憧憬하고 交涉하려는데 있고, 또한센치멘탈 · 로맨틔시슴의 傾向을 띄운데 있다』고! …(중략)… 固定化된 리슴! 散漫한 詩行! 그리고, 統一의 굴레를 벗어던진 詩想! 이것이 오늘날의 詩歌를 뒤덮고있는 運命이라는 것이다. / 새로운 말(言語)을 創造한다는것은『새로운 生活을 生活한다는것을의미하는』까닭이다. …(중략)… 詩作品의 個數가 많

12) 윤곤강은 출신 성분과 뒤늦은 카프 참여로 "다소 경질된 이데올로기 우위론"(김교식, 앞의 글, 36쪽)이 짙은 비평문을 제출할 수밖에 없었다.

고 아마추어詩人의 數가 늘어가고 구질한 同人誌가 몇개 생겼다고 詩가 「躍進」을하고 詩의 루넷산스가 到來한다고 興奮讚頌하기에는 우리의詩의世界는 너무나 초라하다. / 오늘날의 우리의詩는 이데아를 喪失하고 이메지―를 이메지로서 率直하게 提示하는 彈力을 갖지 못하고 또한 그것의實行者인 詩人의 生活이 貧困한 것이다.

―「『이데아』를 喪失한 現朝鮮의 詩文學」 부분[13]

그렇다면 시 정신이란 어떤 의미로 호출되는가. 먼저 윤곤강에 따르면 시(인)와 현실은 직렬적 관계인 데 반해, 시단 기류와 시적 방법론의 유행은 병렬적 관계이다. 시가 현실을 반영하는 거울이라면, 시의 빈곤은 현실의 빈곤, 곧 시인이 겪고 있는 생활의 빈곤일 수밖에 없다. 카프 해산 이후 발표된 인용 글에서 윤곤강은 "性急한 그들은, 天眞스러운 그들은, 結局 失敗하고야 말었다. 所謂 三十年代의 『뼈다귀만의포엠!』이 그것의 實證을 爲한 한개의標本이라는것은 이미 우리의 묵은 記憶帳의 하나가 아니냐?"고, 종전에 자신이 가담하기도 했던 카프 문학에 대한 반성을 선행한다. 그렇다면 "1937년의 시점에서 윤곤강은 카프 문학이 '실패'했다고 단정"[14]하고만 있는 것일까.

여기서 1930년대의 카프 시가 '뼈다귀만 포엠'이었다는 것은 윤곤강 저 자신에게도 '유물변증법적 리얼리즘'에 대한 반성과 더불어 '사회주의 리얼리즘'으로 선회해가는 성찰의 지표가 된 언표였다고 이해될 수 있다. 하지만, 참된 리얼리즘의 계승이 이루어지지 않고 있는 당대 시단 상황을 미루어보건대, 그에게 당대 시단은 "이데아를喪失한 詩의 一般的 衰頹"일 뿐이라는 것이다. "이메지―를 이메지로서 率直하게 提示

---

13) 『風林』, 1937. 2.

14) 나민애, 「1930년대 후반 '제2의 동인지기'와 윤곤강의 역할」, 『우리말글』 70, 우리말글학회, 2016, 287쪽.

하는 彈力을 갖지 못”한다는 것은 생활에서 이미지를 제대로 감각하는 ‘진정한 시인’이 부재하고 있다는 것을 의미한다. 그러므로 “詩作品의 個數가 많고 아마추어詩人의 數가 늘어가고 구질한 同人誌가 몇개 생겼다고 詩가 「躍進」을하고 詩의 루넷산스가 到來”하지 않는다는 언술처럼, 그에게 있어서 시단의 양적 성장이 곧 질적 고양으로 비례하지만은 않았던 것이다. 새로운 시의 탄생이 아니라 비전 없는 기존 시의 재생산만으로는 “固定化된 리슴! 散漫한 詩行! 그리고, 統一의 굴레를 벗어던진 詩想! 이것이 오늘날의 詩歌를 뒤덮고있는 運命”에 처할 수밖에 없다는 판단이 나온다. 물론 이러한 논평은 모더니즘의 기류와 쇠락한 리얼리즘 경향을 동시에 비판[15]하고 있었다는 매우 독특한 논조로 볼 수 있다. 그리고 오히려 윤곤강이 당대 시단을 개진할 수 있는 대안으로 제시한 것은 창작 방법론이나 이론적 방향 전환이 아닌 다소 낭만적 입장인 ‘시인의 자질론’이었다. 실패의 현상을 실패로만 귀결하는 것이 아니라 실패를 동력으로 ‘지금 여기’에 요청되는 “實行者인 詩人”의 의미를 보다 더 강화한 셈이다. 그러므로 그에게 새로운 시에 대한 비전은 “새로운 생활”에서만 가능해질 수 있고, 그 생활을 영위하는 주체는 오직 시인일 수밖에 없다. 이론이나 방법론의 필요는 이러한 시인의 탄생 이후에나 덧붙일 부분이라서, 시의 본령과 그 근원성을 논하기 위해서는 당대의 시인이 자질이 무엇인지 고찰해야만 한다. 주지하듯 그 관계 고찰의 과정에서 전환기 윤곤강의 시론이 놓여 있는 독특한 자리는 발생한다.

---

15) 같은 맥락에서 “1933년과 34년 시기에서도, 그의 논조는 패배주의적이라거나 타협적이라고 말할 수 없으며 오히려 문단 전체에 대한 다각적인 비판을 지속적으로 행했다. 이때 프로 문학을 포함하여 윤곤강에게 비판되지 않은 과거의 사조는 거의 전무하다”(나민애, 앞의 글, 289쪽)는 것이 이를 방증한다.

> 詩의 「意味」는 詩的 形象이 詩的 直觀에 感受되어 나타난다. 그리고 그 「意味」는 「非論理的」이다. 意味가 非論理的이란 말은 意味가 「意味아닌 意味」를 가지고 있다는 말이다. 그러므로 이 말은 「意味」가 없다는 말이 아니라 非論理的인 意味를 가졌다는 말이다.非論理的인 意味란 『생각하는 意味』가 아니라 『느끼는 意味』를 말함이다. 생각하는 意味는 論理性을 要求하나 느끼는 意味는 끝까지 非論理性을 主張하고 要求한다.
>
> —「詩의 意味」 부분[16]

> 2. 인스피레이션(inspiration)이라는 말은 행용 "靈感"이라고 意譯되거니와 이 말은, 낡은 詩的 思考를 지닌 사람들이 만들어 낸 말이다. —그들은 詩라면 우선 인스피레이션을 聯想한다. 詩란 「지어지는 것이 아니라 저절로 울어나는 것이요, 따라서 「아무나 손대지 못할 神祕한 것으로 信奉한다. 그리하여, 그들의 思考에 있어서는 「詩—인스피레이션이라는 것이 公式化 되어 있다.
>
> 3. 그러나 새로운 詩的 思考에 있어서는, 詩란 「人間이 가진 온갖 精神의 產物처럼 누구나 다 손댈 수 있는 것」이요, 따라서 「神性이 아니라 人性을 가진 것」으로 思考된다. 그리하여, 거기에 있어서는 「詩—인스피레이션」이라는 공식公式은 송두리째 부정否定되어 버린다.
>
> —「靈感의 虛妄」(1939 仲秋) 부분[17]

앞서 언급한 바와 같이 "시인의 자질론과 더불어 윤곤강 시론의 핵심은 포에지(Poesie) 개념의 규정"에 있다고 볼 수 있다. 그는 "시인의 자질은 경험 대상에 대한 예민한 감수성, 감정의 객관화 능력, 남다른 표현 욕구, 직관 등"을 포괄하는 개념을 전환기에 산발적인 평문들을 통

---

16) 『朝光』, 1940. 6.

17) 『전집 산문』, 82~83쪽.

해 발표해왔으며[18], 『詩와 眞實』(정음사, 1948)을 출간하면서 집대성한다. 여기서 그가 시, 포에지를 혼용하며 사용하는 의미 규정들은 "초기 낭만주의의 포에지 개념"[19]을 그대로 따르고 있는 것으로 보인다.

가령 「詩의 生理－詩的인 것의 追求」(≪조선일보≫, 1939. 7)에서 "詩의 덤불 속에서 참으로 『詩的인 것』과 참으로 『詩人的인 것』을 識別하여 『眞짜』와 『假짜』를 갈라놓지 아니하면 안된다"면서, "詩란 『素質』 없이는 쓸 수 없는 것"이라고 규정한다. '시적인 것'과 '시인적인 것'을 구분할 줄 아는 시각은 현실에서의 진짜와 가짜를 분간하는 태도이며, 그에 따르면 현실에서 '시적인 것'을 인지하는 것만으로는 시인이 될 수 없다. '시인적인 것'까지 파악하고 주체화될 수 있는 자아로 거듭나야만 비로소 시적 자아(시인)가 될 수 있다는 것이다. 이런 관점은 시인은 "素質"이 있어야 한다는 문제로 환원된다. 즉 낭만주의에서 지향하는 '천재성'과 '자발적 충동'을 내재[20]하고 있는 주체여야만 '시인적인 것'까지 충족할 수 있는 '시인'이 되는 것이다. 그러니 윤곤강에게 시적 의미란 직관적인 것이며, 비론리적이면서 '개별 논리가 될 수 있

18) 박현익, 「윤곤강의 1930년대 포에지론 연구」, 『어문론총』 81, 한국문학언어학회, 2019, 177～178쪽.

19) 박현익, 위의 글, 177쪽.

20) 오세영은 한국적 낭만주의 특질은 서구 낭만주의의 전개과정과 다른 맹점에서 진행되었다고 고찰한다. 한국의 낭만주의는 "感情的 世界認識, 理性的 세계관대신에 幻想的 세계관의추구 그리고 현실도피 憧憬(Sehnsusht), 原始性의탐구 민족주의 復古主義, 力動的 自然(dynamic natureor organic nature)認識, 自然性(spontaneity)"(오세영, 『한국 낭만주의 시 연구』, 일지사, 1980, 156쪽)과 같은 맥락보다는 1920년대 민요시의 '감정 옹호'와 '미지에 대한 동경'을 중심으로 전개되었다. 그 때문에 '천재성'과 '동경', '자발적 충동'과 같은 수사들은 모더니즘의 시론과 비교되며 우리 시론사에서 영미 모더니즘에 미달된 수준의 시적 정동으로 평가 절하되는 경우가 많았다. 이에 반해 윤곤강은 오히려 소질과 자질의 층위가 '시인적인 것'의 권능이라고 언급하고 있다.

는' 특수한 자리에서만 발생할 수 있는 "意味아닌 意味"로만 해석될 수 있다. 그에게 "非論理的인 意味란 『생각하는 意味』가 아니라 『느끼는 意味』"이다. 이렇게 시가 생산되어야만, 참혹한 현실의 기저에서 "『眞짜』"의미, "『眞짜』"시인을 분간할 수 있는 태도와 시각이 생긴다. 이런 주장은 주체인 시인뿐만 아니라 객체인 독자(비평가) 또한 "느끼는 의미" 영역에 도달해야만 진정한 의미의 시 감상이 이루어질 수 있다는 의미로 해석된다. 그러니 다분히 낭만주의적 관점에서 '창작하는 영감'과 '독서하는 영감'의 내밀하고 매혹적인 교감이 이루어질 때만 진정하게 "느끼는 의미"로 시인과 비평은 상호 소통이 가능해지는 것이다.

그러나 이러한 교감의 문제를 윤곤강이 단순히 낭만주의를 적극적 수용하고 있다고만 평가할 수는 없다. 물론 그의 시론에서 영감(靈感)에 대한 정의의 경우, 이와 다르지 않은 맥락에서 진행되기도 한다. 그에 따르면 "詩란 「지어지는 것이 아니라 저절로 울어나는 것이요, 따라서 「아무나 손대지 못할 神祕한 것으로 信奉"된다. 작위적으로 의도된 작법에 따라서 만들어지는 것은 시가 아니라 시적 대상에 관해 시적 자아가 감응될 조건이 충족했을 때, 내파된 감성의 분출로 인해 생리적으로 쏟아지는 것이 '시'이다. 그러니 하나의 시가 창작되는 과정은 신비로운 것이며, 그 신비로움의 원천은 개별 시적 영감에서 기인한다. 즉 시인의 주관적 세계와 시적 자극이 분출되는 과정이 시에서의 영감이다. 하지만 윤곤강은 이러한 '영감'에 대한 낭만적 규율을 적극적으로 수용하면서도 다시금 그것을 전복하고자 한다.

"새로운 詩的 思考에 있어서는, 詩란 「人間이 가진 온갖 精神의 産物처럼 누구나 다 손댈 수 있는 것」"이기 때문에, 낭만주의적 관점에서 영감은 신성의 영역으로 이해되지만, 종국에는 "「神性이 아니라 人性

을 가진 것」으로 思考"될 수밖에 없는 것이다. 이는 달리 말하면, 누구나 시적 영감을 주관적인 경험을 통해 도달했다고 착각하고, 공식화하지만 누구나 시인이 될 수 없다는 의미가 된다. 시인이라는 특수 조건은 공식화되는 것이 아니라 '우연성'을 통해 확보되는 것이며, 이 우연성은 '진실된 시인'의 미적 특권이자 권리일 수 있다. 아무나 영감에 도달할 수 없으나 누구나 시인이 될 수 있다고 착각하는 당대 시단의 양적 성장을 고려해보면, 이 같은 논조는 과거부터 현재까지의 시단의 스타일화와 유행화에 대한 풍조를 전면적으로 비판한 것으로 이해될 수 있다.[21] 그러므로 이런 그의 주장은 절대적인 낭만주의 수용이라기보다는 오직 '시'와 '시 정신'의 특수성을 확보하기 위한 윤곤강 나름의 기획이었다는 인상이 강하다. 시와 시인의 자리를 절대화하는 과정에서 낭만주의적 관점을 일부 수용하고 있기는 하지만, 그의 포에지를 통한 예술론은 낭만주의라기보다는 '시인 주체론'에 더 경도[22]되어 있다.

---

21) "윤곤강의 시론은 이후에도 비판과 극복, 새로운 문학의 요청을 중심으로 진전되어 나갔다. 그에게는 카프라는 이념적인 범주보다 광범위한 시인으로서의 자의식과 이상이 본질적이었으며, 사상보다 시 자체에 중점을 두고 있었기 때문에 이후 다양한 활동, 다각도의 비판이 가능했던 것이다" 나민애, 앞의 글, 289쪽.

22) 윤곤강 시론은 '시인 주체'를 절대화하는 잠언이 다수 포진된 '에스프리'나 '풍크툼'의 형태인 경우가 많다. 가령 다음과 같은 구문들이 그렇다. "우리는 詩를 쓴다. 그러나, 우리는 詩를 쓰기 위하여 詩를 쓰는 것은 아니다./ 우리는 詩人이다. 그러나, 우리는 詩人이 되기 위하여 詩人이 되는 것은 아니다."// 참된 詩人은 自己의 出發이 어느 곳이든 그것을 不問하고, 앞으로 앞으로 쉬임없이 前進하고 發展해야 된다. 하이네이든 괴이테이든 벨레이느이든 말라르메이든 휫맨이든 보오들레르이든 그것은 自由이다. —라고 하는 것은 한 곳에 停止되어 亞流의 눈물을 머금고 한 구석에 앉았다는 것은 불쌍한 일인 까닭이다.// 그러므로 참된 詩人은 항상 詩를 죽이면서 詩의 맨 앞을—尖端이라고 불러도 좋다—걸어 가야 된다. 詩人이란 이러한 自覺을 가지고 어둠 속을 헤매는 사람의 名稱이다. 그 自覺을 實踐하지 못하고 밑 없는 구렁에 永永 埋沒되는 不幸이 있을지라도……"(「詩人否定論」, 『朝鮮文學』, 1936. 9)과 같은 잠언은 시의 첨담과 진보를 지향하면서 낭만주의 시인들을 나열하며 개별 시인의 시적 자기 갱신의 필요성을 요청하고 있다.

「詩」란 반드시 때(時代)와 사람(人間)을 떠나서 변하지 않는 것으로서 따로 떨어져 있는 것은 아니니, 한 제네레션(Generation)이 스스로의 빛나는 저녁노을을 남기고, 지는해와 함께 숨 죽을 때, 다음 제네레션은 그 등 뒤에서 솟아 나온다. 온갖 『文化』의 발전은 그것의 『傳統』을 참되게 이어나가는 데 있으니, 「詩」도 이에서 벗어남이 없다./ 우리가 가진바 「詩의 體驗」은 시간으로 보아 참으로 짧다. 그러나, 그것은 서로 뒤섞이고, 얽혀져서, 갈래와 매듭이 많다. …(중략)…아아, 뮤우즈(詩神)여! 나에게 새로운 스테른(星)을 찾게 하라.

—「머릿말」 부분[23)]

『詩와 眞實』을 출간하면서 '머리말'에 수록된 글을 경유해보면, 윤곤강의 이런 독특한 태도는 더욱 구체화된다. 윤곤강이 낭만주의 시론을 그대로 수용했다면, "「詩」란 반드시 때(時代)와 사람(人間)을 떠나서 변하지 않는 것으로서 따로 떨어져 있는 것은 아니"라는 언사로 책의 서두를 시작하지는 않았을 것이다. 윤곤강에게 시적 진리는 시대(세대)에 따라 변동하는 것이었다. 그에 따르면 세대마다 세대 안에서 협의된 시적 형식과 내용이 있고, 전 세대와 현 세대 간의 협의가 이뤄지며 발전해나가는 하나의 시적 문화적 풍조 또한 존재한다는 것이다. 한 세대를 풍미한 시적 합의와 스타일의 유행은 더더욱 짧을 수밖에 없다.[24)] 그러므로 시는 유행보다는 본질적인 것에 관한 탐구에서 시작되어야 하며, 그 본질을 탐구하는 시인의 자리, 시인 됨의 과정을 절대화해야만, 우리 시는 재차 진보할 수 있다. 그러므로 뮤즈를 부르며 '새로운 성'을 자

23) 『詩와 眞實』, 정음사, 1948.

24) "우리가 가진바 「詩의 體驗」은 시간으로 보아 참으로 짧다"라는 의미는 "시"의 자리를 "예술"로 대체했을 때 예술은 '진리'가 아니라 시대 정신에 따라 변동될 수 있는 것이기 때문에 '그 세대 간이 누리는 미적 특권의 시간은 짧은 것'으로 이해해 볼 수도 있을 것이다.

신에게 선사해달라는 것도 낭만적 차원보다는 시적 진보의 차원에서 독해될 수 있다. 이처럼 윤곤강의 새로움에 대한 탐미적 태도는 카프, 모더니즘도, 낭만주의도 아닌 보다 근원적/진보적 차원에서 사유되고 있었던 것이다.

3. 주체의 확장과 '시인-되기'

윤곤강은 자신의 시론 『詩와 眞實』의 서론 격인 「現代詩의 反省」(≪조선일보≫, 1938. 6)에서 "詩人이란 感情을 記錄하고 敍述하는 사람이 아니라 『感情을 感情하는 사람』"으로 규정한다. "人間=詩人이 가지는 어떠한 感情도 그것이 單純한 感情의 敍述일 때에는 詩가 될 수 없는 까닭"이어서, "우리는 지나간 數많은 뮤우즈들의 너무나 自然的인 感情의 表情에 接觸하여 왔으며, 이제는 그 脉없는 人情談과 손때 묻은 常識푸리에 頭痛을 맛보게 된 것"은 "지리한 倦怠"였다는 것이다. 더 나아가 시인은 카메라맨이 되어서는 안 되며, 사회를 해석하거나 비판하고 그 비판을 해석하려고 해서도 안 된다.[25] 그에 따르면 '감정을 감정할 수 있는' 새로움의 창출이 참된 시인의 몫이다. 그렇기 때문에 자신의 창작 시에서도 윤곤강은 세계를 감각하는 시적 주체의 자리를 최대한 확장하고, 영도하려는 기획 유지한다. 먼저 초기 시에 해당하는 제 1시집의 「大地」와 「街頭에 흘린詩」, 제2시집의 「小市民哲學」 등을 경유해서 살펴보자.

---

25) "한 개의 『風景』을 『있는 그대로』 『보는 그대로』 그려놓는 것은, 그 詩人이 한 개의 카메라맨보다도 不健康한 것을 意味한다. / 한 개의 人間 乃至 社會의 解釋, 批判을 說明하는 것으로 自我의 機能의 全部를 삼으려 하는 것은, 그 詩人이 한 개의 不純한 小兒病者보다도 더욱 不純한 것을 意味한다."

언덕 풀밭에는 노란싹이 돋어나고
나무ㅅ가지마다 소담스런 잎파리가 터저나온다
쪼그러진 草家추녀끝에 槍ㅅ처럼 꼬친 고두름이
햇볕에 하나 둘식 녹어떨어지든ㅅ날이 어제같것만……

악을쓰며 달려드는 찬바람과 눈보라에 넋을잃고
고닯은 새우잠을자든 大地가
아마도 고두름떨어지는소리에 선잠을 깨엇나보다!
얼마나 우리는 苦待하엿든가?
병들어누어 일어날줄모르고 새우잠만자는 사랑스런大地가
하로밧비 잠을깨어 부수수!털고 일어나는 그날을!

흙내음새가 그립고,
굴속같은 방구석에 웅크리고앉었기는
오히려 광이를잡고 주림을 참는것만도 못하여——

地上의온갓것을 네품안에 모조리 걷어잡고
참을수없는기쁨에 곤두러진大地야!

—「大地 1」 부분

인용 시는 봄기운에 꿈틀거리고 있는 땅의 모습을 견지하는 시적 화자가 희망의 노래를 "그날"로 형상화하고 있다. 어느새 고드름은 녹아 나무에서는 노란 새순이 돋고 다시 이파리를 밀어 올리는 가운데, "악을쓰며 달려드는 찬바람과 눈보라에 넋을잃고/ 고닯은 새우잠을자든 大地"는 겨울의 선잠에서 깨어났다. 우선 '대지'가 "선잠"이 들었다고 표현하는 것도 그러하거니와, "병들어누어 일어날줄모르 …… 사랑스런大地"는 화자에게 이미 회복을 예비하고 있는 잠재태이다. 화자는 죽음을 내장한 정지 상태의 겨울을 분명 다시 이겨내고 봄이 올 것을 확신하고 있기 때문에, 그에게는 두렵지 않다. "흙내음새가 그"리운 것이고, "굴속같은 방구석에 웅크리고앉었기는/ 오히려 광이를잡고 주림을 참"아 볼 수 있는 것이다. 일제에 의해 이식된 도시 근대와 만주사변(1931), 중일전쟁(1937) 향후 태평양전쟁(1941)으로까지 이어지는 제국주의의 폭압이 화자의 현실에 직간접적으로 개입해오더라도 분명히 다시 당도할 봄의 "그날"을 예비하고 있기 때문에, 화자는 두려워할 필요가 없다. "地上의온갓것을 네품안에 모조리 걷어잡고/ 참을수없는기쁨에 곤두러"질 기쁨만을 현실의 억압 속에서 잘 숨기고 견디면 되는 것이다. 여기서 때가 되면 분출할 수 있는 기쁨이란 윤곤강에게 있어서 우선 경험해보지 않은 미지의 세계이지만, 그것이 미지이기 때문에 그에게는 동경의 대상임과 동시에 참혹한 현실을 견인해 갈 수 있는 현실의 탈출구였다고 판단해볼 수 있다.

첫 시집에서 유물변증법이 투사된 적극적인 카프시가 수록되지 않았음에도 빈번하게 당대 세태와 계급의식이 드러난 시편들을 적절하게 배치한 것도 이와 다르지 않다. 현실 인식에 뿌리를 두고 낭만적 경향을 투사한 시풍[26]을 초기 시에서 선호했던 이유는 굴절된 현실을 횡단하고 내재화하는 주체의 자리가 바로 시인 그 자신이라는 생각을 지속하고 있었기 때문이다. 가령 세태를 풍자하여 계급의식을 드러난 시편들이 그렇다.

---

26) "『大地』는 全體로 激烈한 浪漫에 힘싸여잇스면서도 그미틀 恒常 한季節의품속에서 봄을찻는强烈한音響이 一貫하여, 貫流하고잇다" 이정구, 「윤곤강 시집 『大地』를 읽고」, ≪조선일보≫, 1937. 5. 22.

(가)

零下 四度—

珠盤알로만 安樂을 홍정할수있다고 信念하는 그 사나이의 第二婦人이

三七年式 포—드로 아스팔트를 스케—팅한 다음,

뒤미처 딸어대서는 또한놈의 포—드!

그속에는 피아노마저 끄려먹은 젊은 音樂家S君이 타고간다

무엇이고 流線型을 조아하는 그女子의 口味에도

珠盤알로만 安樂을홍정할수있다는 그 사나이의

流線型배때기만은 싫症이 낫나?

—「街頭에 흘린詩 (그사나이의 第二婦人挿話)」 전문

(나)

살었다——죽지않고 살어있다!

구질한 世渦속에 휩쓸려

억지로라도 삶을 누려보려고,

아침이면——

定한 時間에

집을 나가고,

사람들과 섞여 일을 잡는다,

저녁이면——

찬바람부는 山비탈을

노루처럼 넘어온다,

집에 오면 밥을 먹고,

쓸어지면 코를 곤다.

사는것을
어렵다 믿었든 마음이
어느덧
아무것도 아니라는 마음으로 변했을때

나의 일은 나의 일이요,
남의 일은 남의 일이요,
단지 그것밖에 없다고 믿는 마음으로 변했을때,

사는것을 미워하는 마음이
다시 강아지처럼 꼬리치며 덤벼든다.

—「小市民哲學」 전문

인용 시 (가)와 (나)는 윤곤강의 생활 감각이 그대로 투사된 시편임과 동시에, 윤곤강이 '시인 됨'의 위치에서 현실을 인식하고 세태를 풍자하려는 시적 의지가 엿보이는 시편이다.

(가)의 경우는 일종의 르포의 형식을 빌려 물질만능주의가 팽배해진 당대 사회를 풍자하는 시편이라 할 수 있다. 영하 4도에 추운 겨울 시가지 거리에 "아스팔트를 스케-팅"하고 1937년식 포드 자동차가 등장한다. 그 차에서 내린 여성은 "珠盤알(주판)"으로만 안락해질 수 있다고 믿는 사나이의 첩실이다. 그 뒤에 또 한 대의 포드 자동차가 뒤따르고 있다. 그 차에는 "피아노마저 끄려먹은 젊은 音樂家S君"이 타고 있다. 시편 속에서는 두 대의 포드 자동차를 등장시킨 이유가 적절히 숨겨져 있지만, 시적 화자의 비판적 논조를 미루어보건대 첫 번째 포드의 주인인 사나이의 첩실("第二婦人")은 "音樂家S君"과 내연 관계를 맺고 있는

것으로 보인다. 첩실은 부유한 포드의 차주를 사랑하고, 외래품 포드의 유선형의 아름다운 디자인을 사랑할 수 있지만, 포드 차주의 넉넉하게 나온 "배때기"를 사랑할 수 없다. 대신에 똑같이 포드를 끌고 다니는 "音樂家S君"에게 자신의 사랑을 쉽게 대체할 수 있었던 것이다.

그런데 여기서 (가) 시의 제목이 「街頭에 흘린詩」이라는 것을 생각하지 않을 수 없다. 이런 세태를 담은 르포가 윤곤강에게는 왜 시가 될 수 있었던 것일까. 아스팔트, 포ー드, 피아노 등 도시 경성의 외래적 감각이 시어로 등장하는 것도 초기 윤곤강 시편에서 다소 이질적인 부분[27] 이기도 하지만, 이 시는 물질("珠盤알")로 사랑이라는 감정을 주고 사는 세태를 겪고 있는 현실을 풍자적으로 인지한 시편임에 틀림이 없다. 그러나 그 사랑의 진정한 속내는 포드 자동차의 곡선의 미보다는 유망하고 교양 있고 부유한 젊은 인텔리 음악가의 외모에 집착돼 있다. 여기서 시인의 지위는 그런 가장 현실적인 도시 감수성을 길 위에서 시로 견인하여 줍는 자의 위치로 인지할 수 있다. 즉 적극적인 관찰자와 체험자의 위치에서 생활을 영위하는 생활자의 위치였던 셈이다.

(나)의 경우도 다르지 않다. 제2시집에 수록된 인용 시 「小市民哲學」은 시인의 실증적 관점에서는 다소 이질적으로 느껴지는 시편이다. 정작 윤곤강 자신은 부유한 지주의 아들로 '소시민'으로 식민지 근대 조선을 살아가 본 적이 없는 주체였기 때문이다. 그러나 이런 계급적 특성이 있음에도 불구하고 윤곤강이 '소시민' 주체를 호출하고 그들의 철학을 논하려고 한 이유는 무엇이었을까. 주지하듯 죽음 의식을 노래하고 있는 제2시집 『輓歌』는 '생활'을 너머 우리가 발 딛고 있는 '현실'에

27) 이정구는 이와 같은 모더니즘적 기법의 변주 혹은 외래어의 남용을 「街頭에 흘린詩」, 「三部曲」 등을 언급하며, "왜이런것을 『大地』에서 뽀바버리지 못했다 묻고 싶다"(이정구, 앞의 글)라고 혹평한다.

대한 애도의 시선으로 가득 찬 시집이다. 『輓歌』에서는 이미 '대지'는 "통곡하는 大地"로 변모한 것은 물론이고, "벌거숭이같은 意欲아!/ 삶의 손아귀에서 낡은 秩序를 빼앗고/ 낯선 狂想曲을 읊어주는 네 魔性을/ 나는 戀人처럼 사랑"(「輓歌3」)한다는 구절과 같이, 화자의 육성이 이전보다 강화된 상태를 띤 시편들이 다수 포진되어 있다. 그 때문에 이 시집에서 인용 시는 소시민이 처해 있는 현실의 일그러진 군상이나 냉소를 자기화하는 전략을 쓴다.

소시민의 삶은 정한 시간에 집을 나서고, "억지로라도 삶을 누려보려고" 저녁이면 사람을 만나러 다니기도 하고 저녁이면 똑같이 밥을 먹고 잠이 든다. 늘 이렇게 흔한 하루를 쳇바퀴 굴리듯 마무리하고 있는 것이 소시민의 표본적인 삶이다. 이런 소시민에게 삶은 항상 권태롭지만 절대로 위협이 되지 않아야 한다. 그래야만 '소시민'의 주체적 지위가 완성되는 것이다. 화자는 이런 소시민을 "살었다——죽지않고 살어있다!"라고 호명하고 있지만 사실 그들은 살아있으나 죽어 있는 존재와 다르지 않다. "사는 것을/ 어렵다 믿었든 마음이/ 어느덧/ 아무것도 아니라는 마음으로 변했을 때" 이미 그 삶은 죽음을 내장한 '감정을 감정할 수 없는' 존재이다. 이쯤 되면 화자는 "사는것을 미워하는 마음"을 불러 새로이 세상과 대결하며 사는 것이 '주검'을 '살림'으로 돌리는 일이라 믿고 있는 듯하다. 그렇다면 윤곤강이 생각하는 '감정을 감정할 수 있는' 시인 됨의 자리란 무엇일까.

『動物詩集』부터 윤곤강은 세계와 자아 간의 이질적 상황과 대결 양상보다는 다른 시적 대상을 경유하는 전략을 택한다. 이런 시적 전망은 단순히 인유나 우화적 차원에서 그치는 것만이 아니라, 자기 주체성을 확보하기 위한 또 다른 고행이라 볼 수 있다. 가령, 『氷華』에서는 "아름다운 꿈이 뭉그러지면/ 성가신 슬픔은 바위처럼 가슴을 덮고// 등뒤에는 항상 또하나 다른 내가 있어 …… 한낱 버러지처럼 살다가 죽으"(「自畫像」)리라고 자기 동일성의 세계로 진입하기도 하고, 『피리』와 『살어리』[28]에서는 고려가요를 인유하며 우리 것이 무엇인가 진지한 물음을 수행하기도 한다. 그리고 더 나아가 "西歐의 것 倭의 것에/저도 모르게 사로잡혔어라. 분하고 애달"프다며, 종국에는 "나의 길을 걸어가리라"(「머릿말 대신」)고 선언하기에 이른다. 이렇게 윤곤강의 후기 시는 해방 이후 외세, 열강에 의해 침범당하고 있는 민족의 정신을 회복/재구축하려는 기획이었던 셈이다. 그러면서도 여기에서 자기 주체성이란 주제가 세계를 모두 장악하는 맥락으로 이해하기는 어렵다. 여기서 주목할 점은 『動物詩集』 우화시가 지속적으로 창작되고 있다는 점이다.

(다)
죄—그만 집속에 쓸쓸히 주저앉어
주어진 운명을 달게 받는다고,
참새야! 웃지마라, 흉보지마라.

비록 날개없어 날지 못할망정
보고싶은것을 가릴수있는 눈이
두개의 뿔끝에 으젓하게 백여 있고,
비록 길지못해 빠르지못할망정
가고싶은데를 기어갈수있는 발이 있다.

—「달팽이」 부분

---

28) 『살어리』에서는 『피리』와 마찬가지로, "살어리 살어리 살어리랏다/ 그예 나의 고향에 돌아가/ 내 고향 흙에 묻히리랏다 …… 정녕 우리 살았음은 꿈이었어라/ 정녕 우리 새날 봄은 희한하였어라"(「살어리(長詩)」)하고, 「靑山別曲」을 변주하며 새로운 전통의 창조("새날 봄")을 노래한다.

(라)
꿀벌이 미쳐서 매암돈다

순이는 포도알처럼 눈이 푸른 계집

꿀벌처럼 그열매 빨아먹으면
가슴속에 대—롱 붉게 고은 사랑

—「青葡萄」 부분

(마)
집도 절도 없는 나는야
남들이 좋다는 햇볕이 싫어
어둠의 나라 땅밑에 번드시 누어
흙물 달게 빨고 마시다가
비 오는 날이면 따 우에 기어나와
갈 곳도 없는 길을 헤매노니
어느 거츤 발길에 채이고 밟혀
몸이 으스러지고 두 도막에 잘려도
붉은 피 흘리며 흘리며 나는야
아프고 저린 가슴을 뒤틀며 사노라

—「지렁이의 노래」 부분

(바)
어떤이는 네 몸에서 사랑을 읽고 가고
어떤이는 네 몸에서 이별을 읽고 가고
어떤이는 네 몸에서 죽엄을 읽고갔다

아으, 못 견디게 고와도 아리따워도
덥석! 껴안고 입맞추지 못함은

내 더러힌 몸 다시 씻지 못하는 죄인져!

―「붉은 뱀―A에게」 전문

인용 시 (다)는 『動物詩集』에 수록된 시편이고, (라)는 『氷華』, (마)는 『피리』, (바)는 『살어리』에 수록된 시편이다. 네 편 모두 시적 화자의 내면세계가 동물의 형상을 경유해서 투사되어 있다.

화자의 처지는 "집속에 쓸쓸히 주저앉어/ 주어진 운명을 달게 받는"(「달팽이」) 눈멀고 날지 못하는 달팽이도 되었다가, "몸이 으스러지고 두 도막에 잘려도/ 붉은 피 흘리며 흘리며 …… 아프고 저린 가슴을 뒤틀며"(「지렁이의 노래」) 살아가는 지렁이가 되기도 한다. 여기서의 화자들은 달팽이, 지렁이처럼 스스로는 주어진 현실을 개척할 수 없는 운명을 쥐고 태어난 기형적 몸을 가지고 있기 때문에, 다만 "가슴속에 대―롱 붉게 고은 사랑"(「青葡萄」)을 찾아 달려드는 꿀벌의 처지가 되어 가슴 속에 동경하는 곳을 향해 쉼 없이 나아갈 뿐이다. 그뿐인가. 이런 기형적인 몸으로 세계를 견뎌내고 있는 시적 화자는 종국에는 "더러힌 몸 다시 씻지 못하는 죄"로 제 몸을 인식하며, "어떤이는 네 몸에서 사랑을 읽고 가고/ 어떤이는 네 몸에서 이별을 읽고 가고/ 어떤이는 네 몸에서 죽엄을 읽고갔다"(「붉은 뱀― A에게」)고 고백한다. 이는 화자가 끊임없이 몸을 변주하며 자기 존재를 확인하는 과정이라 볼 수 있다.

들뢰즈와 가타리에 의하면, "되기(becoming)"는 다양체와 상호 접속을 통해 차이를 가로지르는 실천적 양태라 규정한다. 들뢰즈가 수평 확장의 사유 구조로 리좀적 징후와 "기관 없는 신체" 논의했듯 우리는 우리에게 주어진 바깥의 사유를 가시화하기 위해 리좀형의 삶으로 '되기'를 지향할 수밖에 없다. "배치물들은 끊임없이 변주되며, 끊임없이 변형들에 내맡겨"[29]지는 양상처럼 윤곤강은 '동물―되기'와 같이 삶의 척도를 다른 군집 개체군에 전이하여 또 다른 변용태의 삶을 구축하려던 것이다. 그로부터 자기 주체의 본성을 다른 주체로 변화시키면서, 중앙 지역에 점유되고 있는 질서를 문제시함과 동시에 '다른 바깥의 미지'로 시적 주체를 확장해나가는 전략을 세운다. 그러니 시인 자질론을 줄곧 앞세운 시인 됨의 자리 또한 일상을 살아가는 식민지 인텔리의 삶이 시인으로 거듭나기 위해서 감행한 '-되기'의 과정일 수 있다.

거부 지주의 아들에서 '소시민'으로, 다시 달팽이, 지렁이, 붉은 뱀과 같은 수많은 기형적 몸의 동물들로 자신의 주체 양상을 이행해나가면서, 주어진 자기 현실을 탈코드화, 탈지층화하며 자기 주체를 확인했던 셈이다. 물론 이러한 고행의 과정은 어떤 사조나 학풍, 유행에 따르지 않고, 묵묵히 '시인-되기'를 수행하려 했던 윤곤강 고유의 타협 없는 시적 전략이었다고 평가할 만하다. 그러므로 윤곤강이 자신의 시론에서 '감정을 감정할 수 있는' 상태의 진입이란 낭만적 열정에서 기인한 것이라고만은 볼 수 없다. 기성 세계에 저항과 혁명을 기반하고 있는, "하나의 구조를 파괴하고(절단하고) 다른 구조로의 이행"[30]하는 자기 혁명의 소산이었다고 볼 수 있다.

4. 맺음말

서술했듯이, 윤곤강의 시와 시론은 리얼리즘, 모더니즘, 전통주의를 아우르는 광범위한 차원에서 진행됐다. 물론 이는 대개 1년마다 시집을 간행하여 '자아 찾기'에 몰두했던 결과로 이루어진 성과이지만, 이

---

29) 질 들뢰즈·펠릭스 가타리, 김재인 역, 『천 개의 고원』, 새물결, 2003, 160쪽.
30) 서동욱, 『차이와 타자』, 문학과지성사, 2000, 293쪽.

러한 확장된 시선은 일제강점기와 해방 공간에서 훼손된 주체를 나름대로 확립하고자 하는 시적 의지의 투사였다고도 평가할 만하다.

본고는 주요 시론인 「詩的創造에 關한 詩感」, 「『이데아』를 喪失한 現朝鮮의 詩文學」, 「詩의 意味」, 「靈感의 虛妄」, 「現代詩의 反省」 등의 고찰을 통해 윤곤강의 시적 지향을 탐구함과 동시에, 윤곤강 시론의 출발선이 리얼리즘 문학론에서만 기인하지 않았음을 고찰해보았다. 아울러 윤곤강에게 '포에지'의 의미와 예술론적 지향, 시인의 자질론 등은 단순히 낭만주의에서 기인한 것이 아니라, 기성 세계에 저항과 혁명을 기반한 미지에 대한 열정이었다는 것 또한 개별 시편들의 해석을 통해 탐구해보았다.

윤곤강이 시와 시론을 통해 궁극적으로 지향하고자 했던 '시인－되기'의 여정은 시인 스스로가 자기 생활을 견인해 가는 차원에서 인식할 수 있다. 그리고 그 방법론은 '자기 갱신'의 의미로 이해할 만하다. 계급문학의 기율이나 카프 그룹의 전체주의적 창작 방법론의 비전과도 일정 부분 거리를 두면서 그보다 더 상위의 차원의 시적 비전으로 윤곤강은 시인－되기를 수행해왔다.

윤곤강에게 있어서 시인이 처한 국면 즉, '생활'의 문제는 현실을 작은 편린임과 동시에, 주어진 현실을 개진해 나갈 수 있는 비전을 발견하는 민감한 장소이기도 했다. 거부 지주의 아들에서 '소시민'으로, 다시 달팽이, 지렁이, 붉은 뱀과 같은 수많은 기형적 몸의 동물들로 자신의 주체 양상을 이행해나가면서, 주어진 자기 현실을 탈코드화, 탈지층화하며 자기 주체를 확인했던 셈이다. 물론 이러한 고행의 과정은 어떤 사조나 학풍, 유행에 따르지 않고, 묵묵히 '시인－되기'를 수행하려 했던 윤곤강 고유의 타협 없는 시적 전략이었다고 평가할 만하다.

참고문헌

1. 기본 자료

윤곤강, 『詩와 眞實』, 정음사, 1948.

윤곤강, 김현정 · 송기한 편, 『윤곤강 전집 1, 2』, 다운샘, 2005.

2. 논문 및 단행본

김교식, 「윤곤강 시의 거울 이미지 연구」. 『한성어문학』 44, 한성어문학회, 2021.

김웅기, 「尹崑崗 詩 硏究」, 경희대학교 대학원 박사학위논문, 2021.

김현정, 「윤곤강 비평 연구」, 『비평문학』 19, 한국비평문학회, 2004.

______, 「윤곤강의 비평과 탈식민성」, 『윤곤강 전집 2—산문』, 다운샘, 2005.

나민애, 「1930년대 후반 '제2의 동인지기'와 윤곤강의 역할」, 『우리말글』 70, 우리말글학회, 2016.

문혜원, 「모더니즘과 사회성의 종합」, 『한국근현대시론사』, 역락, 2007.

박현익, 「윤곤강의 1930년대 포에지론 연구」, 『어문론총』 81, 한국문학언어학회, 2019.

서동욱, 『차이와 타자』, 문학과지성사, 2000,

오세영, 『한국 낭만주의 시 연구』, 일지사, 1980.

유성호, 「윤곤강 시 연구－현실과의 길항, 격정적 자의식」, 『한국근대문학연구』 24, 한국근대문학회, 2011.
이정구, 「윤곤강 시집 『大地』를 읽고」, ≪조선일보≫, 1937. 5. 22.
임 화, 「曇天下의 시단 1년－조선의 시문학은 어디로?」, 『신동아』, 1935. 12.
최혜은, 「윤곤강의 리얼리즘 시론과 창작방법론」, 『문예시학』 27, 문예시학회, 2012.
질 들뢰즈·펠릭스 가타리, 김재인 역, 『천 개의 고원』, 새물결, 2003.

윤곤강 문학 연구

초판 1쇄 인쇄일 | 2022년 11월 8일
초판 1쇄 발행일 | 2022년 11월 15일

지은이 | 박주택 외
펴낸이 | 한선희
편집/디자인 | 우정민 김보선
마케팅 | 정찬용 정구형
영업관리 | 한선희
책임편집 | 김보선
인쇄처 | 으뜸사
펴낸곳 | 국학자료원 새미(주)
등록일 2005 03 15 제25100−2005−000008호
경기도 고양시 일산동구 중앙로 1261번길 79 하이베라스 405호
Tel 442−4623 Fax 6499−3082
www.kookhak.co.kr
kookhak2001@hanmail.net

ISBN | 979-11-6797-083-1 *93810
가격 | 31,000원